Königin der Spiegelkrieger

Spiegelkrieger Band II

Fantasy-Roman

von

Werner Karl

Einst war sie eine Römerin.

Jetzt ist sie die Königin der Picten.

Ihr Ziel ist die Befreiung

Britanniens von den Römern.

Impressum

Königin der Spiegelkrieger
Spiegelkrieger Band II
Fantasy Roman

www.wernerkarl.org

Titelbildgestaltung aller Bände durch:
Designstudio Daniela Roith, Langenzenn
www.emotions4web.de
unter Verwendung von Fotos aus:
Fotolia, Shutterstock, istockphoto und 123RF
www.fotolia.com
www.shutterstock.com
www.istockphoto.com
www.123RF.com

Schriftart: Times New Roman

Buchtrailer:

unter Verwendung Windows Movie Maker
und o.g. Fotos
Schriftart: Bedrock-Cyr und Times New Roman

Vorwort

Als Teenager verschlang ich die Romane von Robert E. Howard, allen voran die Geschichten seiner Helden Bran Mak Morn, Kull von Atlantis und Solomon Kane. Von diesen hatte es mir Bran Mak Morn am meisten angetan. Sein Volk, die Picten, geheimnisumwittert, von vielen gefürchtet - aus Howards Sicht aber dem Niedergang ausgeliefert -, nahm mich völlig gefangen.

Howard beschrieb die Picten als kleinwüchsig, Gnomen oder Zwergen ähnlich und an Gestalt verwachsen. Dies war der einzige Punkt, der nach meinem Empfinden wenig zu einem Volk passte, dass den Römern – *der* damalig dominierenden Kultur- und Militärmacht - in der Realität das Fürchten lehrte. Ich stellte mir die Picten eher als große Pendants zu den Festlandbarbaren, den Wikingern vor, die sie in Wirklichkeit auch waren. Beide Bezeichnungen, Barbari und Picti, stammten von den Römern und waren natürlich abwertend gemeint. Die Römer wussten vielleicht nicht oder ignorierten, dass die Picten sehr wohl Fähigkeiten besaßen, die anderen Völkern in nichts nachstanden. Zum Beispiel die hoch entwickelte Eisenverarbeitung.

Wenn man sich nun die kalten, nebelumwogten Berge und Täler der schottischen Highlands vorstellt, dazu weiß gewandete Druiden und Mächte aus dunklen Zeitaltern, dann hat man die Welt von Túan, Arianrhod und Sétanta gefunden.

Und das Land der Spiegelkrieger …

Inhaltsverzeichnis

Kapitel I
A. D. 182, Dezember
Sétanta

Das Pferd des Druiden hatte sichtlich Mühe, im Schnee voranzukommen. Seine Hufe hinterließen tiefe Trichter, von denen lang gezogene Schleifspuren zum nächsten Loch führten. Aber Sétanta interessierte das nicht. Er fror, denn die Kälte hatte seine alten Knochen längst durchdrungen. Er trieb das erschöpfte Tier immer weiter. Seit dem frühen Morgen kämpften sich beide durch die weiße Landschaft, die in ihrer Pracht nur dann unterbrochen wurde, wenn die Schneelast auf den Wipfeln der Bäume so schwer wurde, dass sie herunterrutschte und dahinter finsteres Braun und dunkle Schatten dem Auge freigab.

Wenn diese Mähre noch ein wenig durchhält, schaffe ich es bis zur nächsten Flut, dachte er und zog seine Kapuze tiefer ins Gesicht.

Er befand sich an der Westküste des Landes Breith, das die Römer Britannien und dessen nördlichste Völker Picten und Caledonier nannten, anstelle der richtigen Bezeichnung Cruithin. Aber auch das kümmerte den hochgewachsenen Druiden im Augenblick nicht. Sollten sie ihren schlimmsten Albtraum doch nennen, wie sie mochten. Er hatte anderes im Sinn.

Erneut trieb er sein Reittier an und schlug ihm härter als nötig die Hacken in die Seiten. Das müde Tier wieherte protestierend, ergab sich aber seinem Befehl und schritt weiter. Es musste die Beine weit heben, um aus dem vorherigen Loch, das es damit getreten hatte, herauszukommen und in dem tiefen Schnee ein neues zu schaffen. Das kostete Kraft und ein rücksichtsvoller oder vernünftiger Reiter hätte eine andere Route genommen. Durch den Wald wäre eine Alternative gewesen. Der war zwar auch an den lichteren Stellen schneebedeckt und dessen Wipfel trugen dicke weiße Hauben, aber die Schicht auf dem Boden war deutlich dünner als im offenen Gelände. Doch der Weg durch die Wälder hätte trotzdem länger gedauert und Sétanta wollte nicht zulange dem Heerlager Arianrhods, der Witwe Túan mac Ruiths, fernbleiben.

Sein Pferd schnaubte heftig, als er es am einfachen Riemen riss, der ihm als Zügel diente. Beinahe hätte er in dem allgegenwärtigen Weiß den schmalen Einschnitt verpasst, der zwischen zwei steilen Bergen hinunter an die Küste führte.

»Na endlich«, murmelte er leise und ungeduldig in sich hinein und trieb sein Reittier, dem er noch nicht einmal einen Namen gegeben hatte, wieder an.

Der Wind pfiff mit zunehmender Schärfe durch den sich öffnenden Spalt. Die Kälte, die seinen hageren, aber zähen Körper längst ausgekühlt hatte, kroch ihm mit eisigen Krallen bis in die Knochen. Den Göttern sei Dank lag in dem Spalt - wahrscheinlich gerade wegen des starken Abwindes - nur eine geringe Schneedecke und Ross und Reiter vermerkten es jeder für sich dankbar.

Das Pferd verfiel sogar in einen leichten Trab, weniger um seinem Reiter zu Willen zu sein, sondern um ihn schnellstmöglich loszuwerden. Es hatte schon oft diesen Weg genommen und wusste, dass am Strand ein einfacher Stall mit Heu und spärlicher Wärme auf es wartete. Ein Stalljunge würde es mit ein wenig Glück sogar mit Hafer versorgen und trocken reiben.

Der hagere Druide aber hatte nur einen Blick für

den Weg und konnte es kaum erwarten, den letzten Ausläufer des Bergrückens zu umreiten, der ihm bis jetzt noch den freien Blick auf das nahe Meer der skotischen See verwehrte. Der Wind peitschte die salzige Gischt bis zu ihm herauf, aber er nahm es als letzte Wegmarke hin und nicht als weitere Prüfung seines Plans. Als es schließlich soweit war, kniff er seine steingrauen Augen zusammen und spähte über den Strand und das Wasser.

Nach wenigen Augenblicken hatte er am Ufer ein Currach entdeckt, in dessen unmittelbarer Nähe ein kleines Feuer brannte und zwei vermummte Gestalten sich daran leidlich wärmten. Die beiden Figuren bezeugten ihre Aufmerksamkeit dadurch, dass sie sich erhoben, kaum dass Sétanta und sein Pferd hinter dem Hügel hervorkamen. Einer der beiden zog sogar eine Axt unter seinem Mantel hervor. Als der Druide trotz der kalten, salzigen Luft und des stetigen Windes seine Kapuze in den Nacken schob, ließ der Mann die Axt wieder sinken. Noch außer Hörweite gab er dem anderen Mann offensichtlich Befehle, denn der löschte sofort das Feuer und machte sich an dem kleinen Boot zu schaffen.

Als er heran war und mit steifen Gliedern von seinem Reittier stieg, konnte er sich seinen Unwillen nicht verkneifen.

»Ich habe es zwar eilig, Ceallach, aber eine Weile am Feuer zu bleiben, hätte ich zu schätzen gewusst.«

Der zweite Skote, der scheinbar mit seinen wenigen Vorbereitungen am Currach fertig war, nahm dem Druiden wortlos die Zügel ab. Er marschierte damit den Strand in Richtung des kleinen Stalles entlang, der gut versteckt zwischen Kiesstrand und Hügel irgendwann einmal errichtet worden war. Von wem wusste längst niemand mehr. Wahrscheinlich von Fischern, die womöglich inzwischen tot oder an einen freundlicheren Ort gezogen waren.

Sétanta sah, dass sein Pferd den Mann mehr zog, als dass der es führte. Als sich die beiden der einfachen Hütte näherten, öffnete der erwartete Junge rasch die Tür und ließ Pferd und Mann hinein. Warmer Schein blinkte bis zu Ceallach und Sétanta herüber und der ergab sich seufzend in sein Schicksal.

»Hauptsache der Gaul hat es warm und bekommt etwas zu fressen«, sagte er lakonisch und gönnte beides dem Tier nicht. »Dann können wir uns ebenso gut gleich auf die Fahrt machen. Ich hoffe, dein *Schiff* ist noch nicht ganz zerfallen«, spottete er und schob mit dem Skoten das kleine Boot ins Wasser.

Nach zwei Tagen und einer kleinen Rast an der Südküste von Ellan Vannin kam endlich Sétantas Ziel in Sicht: Ynys Môn. Sie hatten den Strand noch nicht ganz erreicht, als zwischen dicht stehenden Bäumen ein Mann mit einem Pferd am Zügel heraustrat und sich knapp an der Wasserlinie positionierte. Sétanta kannte zwar seinen Namen nicht, wusste jedoch, dass es ein Vetter Ceallachs war. Ohne Worte übergab Ceallach dem Druiden die Zügel des frisch und ausgeruht wirkenden Wallachs in die Hand und dieser ihm eine Münze. Noch während Sétanta aufstieg und davon ritt, prüfte der Skote das Metall und schob es schließlich zufrieden in einen mager gefüllten Beutel mit ähnlichen Münzstücken.

Doch das sah der Druide nicht mehr, denn der gab dem Pferd seine Hacken zu spüren und freute sich, dass dieses bereitwillig in einen Galopp verfiel.

Es war bereits Nacht, als Sétanta in das kleine Dorf einritt. Kein noch so einfacher Zaun oder gar ein Wächter hielten ihn auf. Der Schnee war hier durch Wagenräder, menschliche sowie zahlreiche tierische Füße zu einem harten Grau zertreten, das getaut, gefroren, wieder getaut und erneut gefroren einen festen Belag bildete. Bei jedem Schritt des Pferdes knirschte er als würde es auf tönerne Scherben oder zersplittertes Glas treten.

Fast hätte Sétanta das ganze Dorf unbemerkt durchquert - was er nicht beabsichtigte -, als endlich ein verschlafener Mann sich die Mühe machte, nach der Ursache des nächtlichen Knisterns zu sehen. Zu Sétantas Erstaunen hatte der Mann sogar eine hölzerne Mistgabel in den Händen, die ihm allerdings bei wirklicher Gefahr wenig genutzt hätte.

»Heh, wer da?«, rief er mit krächzender Stimme und ein Schwall von schlechtem Atem, einem Gemisch aus Met und Erbrochenem, flog dem Druiden entgegen.

In diesem Moment tat sich in der Wolkendecke eine große Lücke auf und ein halber Mond beschien spärlich die armselige Hütte des mehr besoffenen als mutigen Mannes. Scheinbar war er aber soweit wieder auf dem Weg der Ernüchterung, da er den Mann vor ihm auf dem Pferd sofort erkannte.

»Der Druide!« Der Mann schien mit einem Schlag deutlich klarer im Kopf zu werden und zeigte alle Anzeichen von Furcht.

Der Mann zu Pferd bemerkte es mit stiller Befriedigung und dachte: *zu Recht, mein Guter, zu Recht.* Laut - und völlig überflüssig - sagte er: »Ja, ich bin es.« Sétanta machte sich nicht die Mühe, den

Mann bei seinem Namen zu nennen, den er sicher einmal gewusst hatte und auch den seines Weibes.

»Wo ist dein Weib, Bauer? Und vor allem: wo ist mein … wo ist Balor?«

Der Bauer schüttelte sich, vielleicht um die letzten Schleier seiner Trunkenheit zu vertreiben, vielleicht aber auch, um das Böse, das der Druide ausströmte, von sich zu halten.

»Wo sie immer sind«, knurrte er ergeben und hob den freien Arm und deutete auf die letzte Hütte im Dorf. Und wie jedes Mal, wenn ihn Sétanta *besuchte,* zitterte er wie Laub im Herbstwind und seine vom Suff blutunterlaufenen Augen spiegelten seine Furcht wider.

Der Druide verlor kein weiteres Wort mehr, ritt die kurze Strecke, stieg ab und band den Wallach an einen Pfahl. Die Tür, soweit man das windschiefe Ding überhaupt so nennen konnte, gab unter seinem kräftigen Druck nach und Sétanta trat in die einfache Hütte. Ein fast erloschenes Feuer glomm rot und wärmend vor sich hin, an den Wänden hingen allerlei Brocken aus Dörrfisch und einem einzelnen Stück geräuchertem Wildbret. In einer Ecke lag die Frau des Bauern, ein Weib mittleren Alters, aber aus seiner Perspektive ein junges Ding. In einer anderen Ecke schlief Balor, ein beinahe erwachsener junger Mann von 15 Jahren, der weder das Kind des Bauern, noch der Bäuerin war.

Balor war Sétantas Sohn.

Und der Druide hasste ihn abgrundtief.

Wenn ich dich nicht so dringend bräuchte, hätte ich dich schon längst umgebracht, dachte er zum wahrscheinlich tausendsten Mal.

Vielleicht war es die geöffnete Tür, durch die eiskalte Luft hereinströmte, vielleicht auch ein abschätziger Laut, den er unbewusst von sich gegeben hatte, egal. Beide, der Junge und die Frau erwachten und erkannten ihn sofort. Die Zugluft erfasste die Glut des Feuers und fachte sie ein wenig an. Im roten Schein wirkte das Gesicht des Druiden wie das eines Dämons aus den Tiefen der Unterwelt.

»Vata«, lallte sein Sohn und krabbelte wie ein Tier auf ihn zu und umarmte seine kalten Füße.

Nicht einmal so ein einfaches Wort wie Vater kann dieser Tölpel sprechen. Mit Abscheu stieß er mit einem Fuß die Hände seines Sohnes beiseite und fauchte ihn an.

»Ich habe dir nicht erlaubt, mich zu berühren, Dummkopf. Geh hinaus und kümmere dich um mein Pferd! Und wenn du damit fertig bist, geh zu dem Bauern und versuche, ihn bis zum Morgen nüchtern zu bringen. Ich habe einen Auftrag für ihn.«

Sagte es und drehte seinem Sohn den Rücken zu. Noch während er sein Augenmerk auf die Frau des Bauern richtete, nahm er wahr, dass Balor hinter ihm die Hütte verließ und die Tür schloss. Das schwache Glimmen der Glut verlosch beinahe und beide, Druide und Frau, waren nur vage Schatten in der Dunkelheit.

»Und du Weib, wirst mir die Kälte aus meinen Gliedern vögeln! Und wenn ich deiner überdrüssig bin, wirst du mir ein Morgenmahl bereiten, das genauso saftig und befriedigend sein sollte, wie deine Lust heute Nacht!«

Am nächsten Morgen und nach dem befohlenen Mahl schritt Sétanta aus der Hütte und schenkte der Frau des Bauern keinen Blick mehr. Sie war ihm zu Willen gewesen, so wie jedes Mal, wenn er kam und seinen Sohn *besuchte.*

Doch dieser Besuch wird der erste in einer langen

Reihe mit ganz neuem Charakter sein, mein guter Balor, dachte Sétanta grimmig und schritt auf die Hütte des Bauern zu. *Endlich, endlich sieht es so aus, als wäre ich meinem Ziel einen bedeutenden Schritt nähergekommen. Nach all den Jahren.*

Balor wartete bereits mit seinem Pferd und den Zügeln in der Hand vor der Hütte. Als der geistig behinderte Junge einen unartikulierten Laut von sich gab, erschien auch der Bauer. Er machte einen leidlich nüchternen Eindruck.

Ohne viele Umstände begann Sétanta Befehle zu erteilen.

»Sobald ich aufgebrochen bin, wirst du, dein Weib und Balor hier, euer Hab und Gut packen und dieses Dorf verlassen. An der Küste werdet ihr einen Mann, Ceallach, treffen, der euch in ein paar Tagen auf die große Insel bringt. Er wird euch an einen Ort führen, an dem ihr in Zukunft leben werdet. Ich brauche den Jungen ab sofort immer in meiner Nähe und zu meiner ständigen Verfügung, hast du verstanden, Bauer?«

Nach all den Dingen, die ihm der Druide in den vergangenen Jahren angetan hatte, wagte der Mann es nicht, auch nur ein Widerwort zu erheben. Waren für ihn alle Druiden schon geheimnisvoll und jagten dem Mann Unbehagen ein, so war es bei Sétanta jedes Mal blanke Todesfurcht. Bereits wenn er ihn nur kommen sah, geschweige denn, wenn er ihm so nahe gegenüberstand. Die kalte Bosheit, die Sétanta anderen Menschen gegenüber so trefflich verbergen konnte, zeigte er hier offen und ohne Scheu.

Also nickte der Bauer nur und trollte sich, nachdem ihm Sétanta dies mit einer herrischen Geste befohlen hatte.

»Du, Balor, kommst mit mir!«

Er drehte sich um und schritt in die Hütte zurück, in der er die Nacht verbracht hatte. Die Bäuerin kramte gerade darin herum, als Sétanta und Balor eintraten.

»Verschwinde!«, fuhr er sie an und sie machte sich aus dem Staub.

»Setz dich und strecke deinen Arm nach vorn!«, befahl er und öffnete zwei kleine Behälter, die er sorgsam verpackt mit sich gebracht hatte.

Balor gehorchte und verstand nicht, was sein Vater hier tat. Sétanta griff nach seinem Messer und setzte die Klinge am Arm seines Sohnes an.

Von deinem Fleisch und Blut, dachte er und schnitt tief in den Arm des Jungen.

Kapitel II
A. D. 183, Januar
Ein zweites Leben

Vor dem Gebäude aus massiven Holzstämmen fauchte der Schneesturm und schickte sich an, seine weißen Massen mannshoch aufzutürmen. Im innersten Raum legte Arianrhod mac Ruith ihren Sohn behutsam an ihre Brust und machte sich bereit, sein gieriges Saugen zu ertragen. Von Anfang an hatte Brannon, wie sie ihn nach langer Überlegung schließlich genannt hatte, wenig Rücksicht oder gar Zärtlichkeit ihr gegenüber an den Tag gelegt. Nach jedem Stillvorgang hatte sie Mühe, seinen fordernden Mund von einer Brust zu lösen, um ihm auch die Zweite anzubieten. War auch diese geleert, blickten seine Augen fast vorwurfsvoll in ihre und seine kleinen Händchen kneteten ihre Brust, um auch noch den letzten Tropfen herauszuquetschen. Mehr als einmal hatte er sie mit seinen noch unbewaffneten Zahnleisten so heftig in die Brustwarzen gezwickt, dass sie vor Schmerz aufschrie. In solchen Momenten hatte er innegehalten und sie stumm angesehen. Und manchmal hatte sie dabei den Eindruck, dass er ein abfälliges Lächeln zurückhielt.

Sie seufzte und ergab sich in ihr Schicksal. Wahrscheinlich ging es vielen jungen Müttern so. Vor allem beim ersten Kind.

Tue nicht so wehleidig, schalt sie sich selbst. *Du bist eine Königin der Cruithin und solltest mehr Stärke zeigen. Auch deinem eigenen Kind gegenüber.*

Sie kniff die Augen zusammen, als Brannon wieder hart an ihrer Warze sog und dabei seine Fingernägel in die Haut der Brust krallte. Zu ihrem Glück waren seine Nägel noch weich, doch schmerzhaft war es trotzdem.

Sie hatte andere Mütter beim Stillen gesehen und dabei keinerlei ähnlich aggressives Verhalten der Kinder beobachtet. Noch nicht einmal andeutungsweise. Sie tröstete sich dann immer mit dem Gedanken, das Brannon eben ein besonderes Kind war, von einem besonderen Mann.

Der tot in seiner Gruft lag und zu ihrer aller Verwunderung immer noch nicht verwesen wollte.

Jedes Mal, wenn sie mit ihren einsamen Gedanken an diesem Punkt ihrer Überlegungen angelangt war, stürzte sie in ein Wechselbad widerstreitender Gefühle.

Warum habe ich ihm nicht von dem Trank gegeben? Sétanta hütet den spärlichen Rest wie einen Schatz. Vielleicht wartet er nur darauf, dass ich ihn darum bitte. Was hält mich davon ab, den Mann, den ich liebe, den Vater meines Kindes, wiederzuerwecken?

Ihre Gedanken wurden durch ein leises Geräusch unterbrochen. Jemand hustete vernehmlich hinter der geschlossenen Tür.

Arianrhod schob entschlossen Brannons Händchen von sich und erntete dafür ein protestierendes Jammern. Gleichzeitig sah sie mit Genugtuung, wie dem Jungen die Augenlider zufielen. Sie erhob sich und bettete ihn rasch in seine weiche Liege. Wie immer vermisste sie ein Aufstoßen oder gar einen kleinen Schwall an Milch, so wie dies bei anderen Kleinkindern zum üblichen Verhalten zählte.

Was er einmal hat, gibt er nicht wieder her, dachte sie und richtete ihre Kleidung zurecht.

»Komm herein, Swidger«, sagte sie und freute sich, ein vertrautes Gesicht zu sehen.

Das Gesicht, das der Person gehörte, die nun eintrat, war ihr selbstverständlich auch vertraut, doch hatte sie es jetzt nicht erwartet.

»Inga.«

Mit ein wenig Verwunderung und auch Neid empfing sie ihre ehemalige Sklavin, die längst zur Freundin geworden war.

»Ich freue mich, dass du mich besuchst, komm herein.«

Sie ging zwei Schritte auf die Germanin zu und wollte sie in die Arme schließen. Doch Inga machte ein verkniffenes Gesicht und ging auf die Knie.

»Ich grüße dich, meine Königin.«

Arianrhod blieb wie angewurzelt stehen und spürte Ärger in sich aufsteigen.

»Was soll das, Inga? Seit wann bin ich für dich eine Königin und keine Freundin mehr?«

Sie trat an die blonde Frau heran und zog sie an den Schultern nach oben. Sie versuchte im Gesicht ihres Gegenübers Hinweise für ihr Verhalten zu entdecken, aber Inga drehte sich ein wenig zur Seite.

»Du hast nach Swidger gerufen …«

»Natürlich, er ist meine Leibwache. Nur sehr wenige dürfen sich mir hier so einfach nähern. Und *du* und er gehören zu diesem Kreis. Und du weißt, dass er diese Aufgabe todernst nimmt. Ich kann ihn nur schwer dazu bringen, seine selbst auferlegte Pflicht für andere Dinge zu unterbrechen. Für dich zum Beispiel. Bitte sieh mich an«, forderte sie und ließ die Hände vor ihren Schultern sinken.

Inga wandte sich ihr zu und ein zaghaftes Lächeln stahl sich in ihre Augen.

»Ja, du hast recht, Lu… Arianrhod. Er nimmt seinen Dienst sehr ernst. Er hadert immer noch mit seinem Versagen bei Túans Ermordung …«

»Es war weder seine Schuld noch sein Versagen. Niemand außer mir hätte Túan retten können.«

Ingas Kopf ruckte nach oben. »Auch *du* machst dir Vorwürfe?«

Arianrhod lachte hart auf und ihr vorheriger leichter Ärger änderte seinen Ursprung.

»Natürlich, was denkst du denn? Ich stand ihm am nächsten, ich hätte Trebius Servantus niemals so nahe an ihn heranlassen dürfen. Ich hätte ihn noch davon abhalten können, wenn mich meine Ahnungslosigkeit und Überraschung nicht gelähmt hätte.« Sie machte eine winzige Pause. »Túan würde noch leben und an meiner Seite sein.« Wieder kam der Neid auf Ingas Glück in ihr hoch.

»Und warum gibst du ihm nicht von dem Trank? Alle denken so, sie trauen sich nur nicht, dich danach zu fragen. Du bist ihre Königin. Ich … bin deine Freundin.« Wieder lächelte sie zaghaft und endlich nahm sie Arianrhod in ihre Arme. »Sie haben mich zu dir geschickt, um dich genau das zu fragen.«

»Wer sind *sie*?«, fragte Arianrhod und dachte sofort an Sétanta.

»Na, Maelchon, Catriona, Fionnghal, fast alle Führer baten mich um diesen Besuch.«

Die beiden Frauen lösten sich voneinander und auf eine Geste Arianrhods hin, setzten sie sich auf zwei dick mit Fellen bedeckte Hocker aus Holz. Einer davon war extra für Mutter und Kind mit stützenden Arm- und Rückenlehnen ausgestattet worden. Für ein paar Augenblicke sagte keine der Frauen etwas, sondern lauschten dem Knistern des Feuers und dem ruhigen Atmen des schlafenden Brannon.

»Und Sétanta?«, fragte Arianrhod schließlich und hatte den Eindruck, dass Inga für diese Nachfrage dankbar war.

»Ich mag ihn nicht, er ist mir unheimlich«, antwortete Inga sofort und eine gewisse Erregung färbte ihre nächsten Worte. »*Natürlich* steckt er dahinter.« Sie schüttelte leicht den Kopf und blickte ihre Freundin nun offen an. »Ich bin sogar der Überzeugung, dass er nicht lange damit warten wird, diesen Schritt von dir zu *fordern*.«

Ein wenig erstaunt und doch im Innersten wenig überrascht, nickte Arianrhod und griff nach einer Schale mit gewässertem Wein. Sie bot Inga ebenfalls davon an, doch die lehnte stumm ab. Sie nahm einen tiefen Schluck und knetete dabei unbewusst eine ihrer schmerzenden Brüste. Inga sah es, sagte aber nichts.

»So, du meinst also, er wird dies von mir fordern. Was könnte er für einen Grund dafür haben, außer mir meinen Mann und den Kriegern ihren Anführer zurückzugeben?«

Inga bewies, dass sie sich längst mit dieser Frage beschäftigt hatte, denn sie antwortete sofort.

»Genau das! Er scheint in dir nicht die Anführerin zu sehen, welche die Picten - entschuldige, die Cruithin - für ihren Kampf brauchen.«

»Aber es gibt viele weibliche Kriegerinnen … und auch Fürstinnen. Das sollte ihm nicht fremd sein.«

»Vielleicht traut er dir trotz deiner Abkehr von Rom und deiner Rache an Magnus Lucius nicht.« Sie hatte bewusst das Wort *Vater* vermieden. »Möglicherweise hält er die bereits existierende Armee für nicht ausreichend, um die Römer aus ganz Britannien zu vertreiben.«

Jetzt war Arianrhod wirklich überrascht. »Du meinst, er will *weitere* Spiegelkrieger erschaffen? Es existiert noch ein kleiner Rest des Trankes …«

»Und diesen verwahrt er wie einen Schatz …«, fiel ihr Inga ins Wort.

Sie hat es auch bemerkt, schoss Arianrhod der Gedanke durch den Kopf.

»… aber er scheint der Meinung zu sein, dass damit sich die Zahl der Krieger nicht wesentlich steigern lassen dürfte. Womit er sicherlich auch recht hat. Ich habe den Schlauch ein einziges Mal gesehen, bevor er ihn weggepackt hat. Es ist nicht mehr als ein Schluck davon übrig.«

»Sétanta ist alt. Vielleicht will er diesen Rest für sich nutzen. Wenn er stirbt, könnte ein Verwandter ihn damit ein zweites Leben geben.« Arianrhod nahm einen weiteren Schluck und stellte dann den Krug beiseite. »*Hat* denn Sétanta eine Familie?«

»Ich habe mich behutsam danach erkundigt. Er hatte früher eine Frau, die aber schon lange tot ist. Von anderen Verwandten weiß ich nichts, aber das hat nichts zu sagen.«

Es klopfte an der Tür und am Rhythmus erkannte Arianrhod, dass es nun wirklich Swidger sein musste. Zu Ingas Überraschung glitt ihre Hand jedoch trotzdem an einer Lehne herunter und gelangte somit in die Nähe einer wie zufällig bereitstehenden Klinge, die frisch geschliffen im flackernden Licht des Feuers blinkte.

Arianrhod hatte natürlich die verhaltene Eifersucht Ingas gespürt und ihre in Wahrheit sinnlose Geste sollte der Freundin nur signalisieren, dass sie und Swidger noch nicht so vertraut waren, dass sie auf diese Vorsichtsmaßnahme verzichten konnte. Und prompt huschte ein zufriedenes Lächeln über Ingas Gesicht. Nur einen Wimpernschlag lang, doch Arianrhod genügte es.

»Wer ist da?« Sie vermied es, einen Namen zu

rufen.

»Swidger, meine Königin. Und Sétanta ist bei mir.«

Die Frauen warfen sich beredte Blicke zu.

»Kommt herein!«

Die schwere Tür öffnete sich und Swidger füllte die Lücke fast völlig mit seinem mächtigen Körper aus. Natürlich entging ihm nicht Arianrhods baumelnde Hand in der Nähe der Klinge und er runzelte ein klein wenig die Stirn. Trotzdem nahm er freudig die entspannte Szene in sich auf und machte wortlos Platz für den alten Druiden. Der schob sich langsam herein, warf einen Blick auf den schlafenden Jungen und blieb aufgerichtet stehen.

»Ich sehe, es geht euch beiden gut, Königin«, begann er und ihm war anzusehen, dass er vor Ungeduld förmlich brannte. Sogar auf eine Begrüßung hatte er verzichtet, wahrscheinlich aber einfach nur vergessen.

Als Inga sich erheben und verabschieden wollte, hielt Arianrhod sie mit einer Geste zurück.

»Bleib hier, Inga. Es gibt nichts, was du nicht hören dürftest. Und auch du bleibst hier, Swidger.«

Der Germane nickte nur und blieb neben dem für ihn zu niedrigen Türstock, aber auf der Innenseite des Raumes, stehen. Seine Hand lag dabei wie zur Entspannung lässig auf dem Knauf seines riesigen Breitschwertes.

Sétanta sah sich um, konnte aber keine weitere Sitzgelegenheit entdecken und blieb somit einfach stehen. Er schien mit sich zu ringen und bot somit Arianrhod Gelegenheit, ihn zu betrachten.

Seine gebräunte Haut war zerfurcht wie die wildesten Schluchten und Berge des Hochlandes. Seine hohe Gestalt war hager, fast dürr, strahlte aber eine Kraft aus, die manche Männer in geringerem Alter nicht aufbieten konnten. Überhaupt hatte sie keine Ahnung, wie alt der Druide war. Er hatte es bisher nie erwähnt. Seine weiße Druidenkutte war frisch gewaschen und trug natürlich Symbole, wie sie Arianrhod schon auf Túans Kutte gesehen hatte. Dazu aber auch einige, die ihr unbekannt waren. Seine grauen Augen wirkten wie eine Mischung aus Fels und Stahl. Seine sonst beherrschte Gestik schien verschwunden, eine gewisse Unruhe verleitete ihn zu nervösen Bewegungen.

Er weiß nicht, wie ich reagieren werde, wenn er seinen Wunsch – nein, seine Forderung – vorbringen wird, dachte Arianrhod und lächelte ihm ehrlich, aber vorsichtig, entgegen.

»Danke der Nachfrage, Sétanta, es geht uns gut. Was verschafft mir die Ehre deines Besuches? Es tut mir leid, dass ich dir keinen Platz anbieten kann, aber dein Besuch ist sicher eher privater Natur und dies ist keine Audienzhalle, nicht wahr?«

»Ja …, nein. Es ist wirklich eine private Angelegenheit«, fasste er sich. »Ich … wir wollten dir so viel Zeit geben, wie nur möglich, aber wir sind der Meinung, dass uns nicht unendlich Zeit zur Verfügung steht.«

»Zeit für was, Sétanta?«

»Für die Befreiung unseres Landes. Was sonst, meine Königin?« Er schien wirklich überrascht zu sein, dass sie das nicht von selbst erkannt hatte.

Oder er ist nur ein verdammt guter Schauspieler, dachte Arianrhod und so langsam fand sie Gefallen daran, ihn ein wenig zappeln zu lassen. Andererseits sehnte sie sich gerade das herbei, was er ihr sicher gleich vorschlagen würde.

Oh, mein Túan, wenn ich dich nur bald wieder

haben könnte.

»Sicher, wir haben noch Winter«, fuhr er fort. »Und von den Römern dürften wir nicht nur deswegen vorerst Ruhe haben. Trotzdem sollten wir uns jetzt für das Frühjahr rüsten und unsere Armee weiter ausbauen. Die Kämpfe am gesamten Wall waren eine Sache. Aber das ganze Land bis hinunter an die Südküste ist eine andere. Und wie du weißt, meine Königin, es ist uns bislang nicht gelungen, andere Stämme der Cruithin mit unseren Truppen zu vereinen. Mehrere Versuche sind gescheitert, die meisten haben entweder Angst vor unseren Kriegern oder glauben nicht an die Meldungen unserer Siege.«

Arianrhod bemerkte sehr wohl, dass er *uns* anstelle von *dir* gesagt hatte.

Er ist vorsichtig. Sie nickte zustimmend, sowohl zu seinen Worten als auch zu ihren eigenen Gedanken.

»Was schlägst du also vor, Druide? Hast du einen anderen Zauber, der uns bei unserem Krieg behilflich sein könnte?«

Im gleichen Augenblick, als sie die Worte aussprach, erkannte sie ihren Fehler.

Sétanta versteifte sich und sein Gesicht nahm unweigerlich einen stolzen Ausdruck an.

»Ich habe viele Fähigkeiten, aber die Macht, über welche dein Mann verfügte, kann ich nicht heraufbeschwören. Dazu brauchen wir ihn schon selbst.« Den Rest ließ er ungesagt im Raum schweben, aber jeder wusste, was er meinte.

»Seit der Sekunde, in der der Römer ihn hinterrücks ermordete, denke ich an nichts anderes mehr, Sétanta, das sei dir versichert«, sagte sie mit harter Stimme. »Aber immer wenn ich meine Spiegelkrieger betrachte, quält mich der Gedanke, dass an seiner statt zwei, drei oder mehr Túan vor mir stehen und mir ihre Liebe beteuern. Wie sollte ich mich da für einen entscheiden und die anderen abweisen? Wie würden diese sich verhalten, wenn sie mich mit einem von ihnen eng verbunden und tagtäglich sehen könnten und sie selbst – jeder Einzelne davon – eine unerfüllte Liebe in sich trüge? Wäre das nicht grausam? Würde das nicht zu Mord und noch mal Mord führen? Bruder an Bruder? Vielleicht sogar an seinem Kind?«

Sétanta atmete erleichtert auf und bekam durch ihre Worte bestätigt, dass sie so gut wie nichts von Túan über die Wirkungsweise des Trankes erfahren haben konnte. Vielleicht ahnte sie dies oder jenes, aber *wissen* konnte sie nichts.

Der Grund seiner Erleichterung blieb ihnen verborgen. Seine offen gezeigte gleiche Empfindung legten sie allerdings falsch aus und wieder erkannte er dies und fühlte insgeheim Freude über ihr Unwissen.

»Nun, dann kann ich dir genau diese Angst nehmen, meine Königin. Ich kenne *alle* Auswirkungen des Trankes und kann dir versichern, nur diesen – *deinen* – Túan ein zweites Leben geben zu können.«

Inga und Arianrhod waren verblüfft; *das* hatten sie nicht erwartet. Swidger bewegte sich unangenehm berührt und fühlte sich bei diesem Gespräch völlig fehl am Platz. Am liebsten hätte er sich umgedreht und wäre trotz des Schneesturms nach draußen gegangen.

»Woher kennst du die Wirkungen des Trankes? Ich habe dich bis wenige Wochen vor Túans Tod nicht gekannt und auch danach schien es mir nicht so, als würdest du oft mit ihm gesprochen haben. Hat er dir sein Geheimnis offenbart?«

Arianrhod bezweifelte dies stark und erwartete irgendeine Lüge zu hören. Stattdessen erfuhr sie die Wahrheit und wieder einmal hatte sie den Eindruck, dass sie dieses Volk noch lange nicht wirklich als das ihre betrachten konnte.

»Ich kannte Túans Meister, Kennaigh. Er und ich waren Freunde, viele Jahre, bevor wir beide alterten und er - ohne das ich je davon erfuhr - Túan als seinen Schüler aufnahm.«

»Das erklärt nicht, woher du von dem Trank weißt«, wagte Inga einzuwerfen und erntete dafür von dem alten Druiden einen strafenden Blick. Trotzdem nickte er ihr zu.

»Du hast recht. Aber ich war noch nicht fertig mit meiner Erklärung.« Ein zweiter strafender Blick traf sie und sie hielt ihm stand. »Kennaigh hatte sich in jungen Jahren auf dem Festland *herumgetrieben,* wie er es ausdrückte, und kam auf unsere Insel mit einer schweren Last beladen zurück. Wir beide hatten bei einem Treffen auf Ynys Môn über die Tafel mit dem Rezept diskutiert. Ich wollte schon damals seine Kraft nutzen und vielleicht wäre es dann nicht zu diesem Massaker gekommen. Kennaigh aber hatte zu viel Angst vor dem Trank und verriet mir weder das Rezept noch den Aufbewahrungsort der Tafel.«

Das ist es!, durchfuhr es Arianrhod. *Er hätte längst weitere Spiegelkrieger erweckt, wenn er die Tafel besitzen würde. Er weiß auch jetzt nicht, wo sie sich befindet! Und vielleicht denkt er sogar, dass* ich *sie haben könnte.*

»Es tut mir leid, Sétanta, auch ich weiß nicht, wo Túan die Tafel aufbewahrt hat. Und das Rezept des

Trankes kenne ich ohnehin nicht, auch wenn ich viele Bestandteile gesehen habe, die er dafür verwendet hat.«

Sie blickte zuerst zu Inga, dann zu Swidger und danach mit einem langen Blick auf den immer noch schlafenden Brannon. Auch er würde seinen Vater brauchen. Sie fasste einen Entschluss.

»Also schön. Du bist dir völlig sicher, dass du mir *meinen* Túan mac Ruith wiedergeben kannst? Kein Spiegelbild?«

Sétanta nickte nur.

»Dann sag mir wie!«, befahl sie und wieder hörte jeder ihre Eisenhärte in der Stimme und die wenig versteckte Drohung darin.

Seine steingrauen Augen blitzten und er sprach jedes Wort mit klarer Betonung aus.

»Es darf nur *ein* Tropfen sein!«

Um die Gruft standen einige Hundert Krieger und Kriegerinnen. Zuvorderst natürlich Maelchon mac Cean, Catriona maqq Horestiani und all die anderen wiederbelebten Fürsten und Clanchefs.

In Windeseile hatte sich durch das ganze Winterlager des Heeres die Nachricht verbreitet, dass sie Túan mac Ruith, ihren Druiden, wieder aus der Gruft holen wollten. Das einzige, was die Ausbreitung der Nachricht behindert hatte, war der brusthohe Schnee gewesen, der das ganze Land blütenweiß bedeckte.

Arianrhod, Inga, Swidger und selbstverständlich Sétanta waren allein in die Gruft gestiegen und hatten eine ganze Reihe von Fackeln an den Wänden entzündet. Die Luft in der Grabkammer war erfüllt von den Ausdünstungen der verdorbenen Speisen und Getränke, die man Túan für seine Reise in die

Anderswelt mitgegeben hatte und die immer noch unberührt in ihren Gefäßen vergammelten. Niemand hatte es gewagt, sie durch frische zu ersetzen.

Die Fackeln rußten ein wenig und fast alle waren für den Rauch dankbar, der ein wenig die Fäulnis der Lebensmittel überdeckte. Mit wenigen Handgriffen hatten Inga und Sétanta den Sarg geöffnet, das mit Runen bedeckte Leichentuch entfernt und mit einem Lappen und warmen Wasser die Schicht aus Staub und Reif auf dem Gesicht des Toten abgewaschen. Es war eiskalt in der Grube. Sein Haar hatte man schon bei der Beisetzung so gekämmt gehabt, dass die schwere Kopfwunde, welche ihm Trebius Servantus zugefügt hatte, nicht besonders ins Auge fiel. Bei einem oberflächlichen Blick hätte man meinen können, dass der Druide nur schlief.

Vielleicht tut er das ja auch, überlegte Arianrhod und beobachtete jeden einzelnen Handgriff Sétantas.

Túans Haare und Fingernägel waren ein wenig gewachsen, aber das geschah auch bei *richtigen* Toten.

Sétanta blickte sie noch einmal fragend an, aber innerlich triumphierte er bereits. Er wusste, dass niemand die wahre Bedeutung der Worte erkennen würde, die er gleich in ein Ohr des Toten flüstern würde. Mit scheinbarer Ergebenheit wartete er Arianrhods stumme Erlaubnis ab und öffnete mit übertriebener Sorgfalt den fast leeren Schlauch. Er hielt sogar noch schützend eine Hand unter die Öffnung und ließ wirklich nur einen einzigen Tropfen in den zuvor geöffneten Mund seines Glaubensbruders fallen. Danach schloss er den Mund wieder und beugte sich tief zu ihm hinunter. Aber dies tat er in Wahrheit nur, damit niemand auch nur eine Chance hatte, die Worte zu verstehen.

Mit leiser Stimme sprach er zu dem Toten.

«Fy mbrawd wedi marw, llongyfarchiadau i ti! Cymer fy rhodd, defnyddia dy ail gyfle di a wranda: Fydd yna ddim un arall, felly ei ddefnyddia e yn iawn! Bydded ti'n cael dy rwymo arna i am byth a chyfodi di'n fuan!

Beim letzten Teil des Spruches wusste er, dass sich der Wiedererweckte *nicht* an ihn gebunden fühlen würde. Schließlich hatte Sétanta dem Trank nicht von seinem eigenen Fleisch und Blut gegeben. Trotzdem hatte er die Worte gesprochen. Er wagte es nicht, an der uralten Magie auch nur eine Silbe zu verändern. Und einen vollständig neuen Ansatz eben mit seinen eigenen Zusätzen konnte er nicht brauen, da er nicht im Besitz des Rezeptes war und schon gar keine Kenntnis der richtigen Dosierungen hatte.

Nun, das wird sich hoffentlich bald ändern, grinste er in sich hinein und konnte gerade noch seine Heimtücke in diesem Grinsen verbergen, ehe er sich erhob und immer noch lächelnd an Arianrhod herantrat.

»Wie ich hörte, hast du schon einer Erweckung beigewohnt. Also wird es dir keine Angst mehr bereiten, wenn du bei ihm bleibst. Ich bin davon überzeugt, dass es für ihn von Vorteil ist, wenn du bei ihm bist, wenn er erwacht.« Mit gespielter Fürsorge fasste er sie an den Schultern und drückte sie leicht. »Freue dich, meine Königin. Dein Mann wird bald wieder bei dir sein.« Er lächelte immer noch und Arianrhod war so aufgeregt, dass sie die Falschheit darin nicht sah. »Und es spricht nichts dagegen, dass ich euch in den Bund der Ehe führe, sobald sich seine anfängliche Verwirrung gelegt hat.«

Er verneigte sich kurz vor ihr und verließ die Kammer.

Inga und Swidger hatten sich an den Händen gefasst und traten nun zu Arianrhod mac Ruith und ergriffen auch ihre zitternden Hände.

Es dauert länger als damals bei Swidger und Trebius, dachte Arianrhod und auch die beiden Germanen wurden langsam unruhig. *Aber vielleicht liegt es daran, dass er schon so lange ... tot ist ... war.* Sorge und Aufregung verwirrten ihre Gedanken und mit jeder Sekunde, die verging, konnte sie weniger klar denken. Längst hatte sie sich erhoben und eine seiner Hände ergriffen, erschrocken über die anhaltende Kälte diese sofort wieder losgelassen, nur um sie schließlich erneut zwischen ihre bebenden Hände zu nehmen.

Von den Fackeln waren einige erloschen, aber drei brannten noch und verbreiteten ein gespenstisches Dämmerlicht. Es musste mittlerweile schon nach Mitternacht sein und draußen verharrte nur noch ein Bruchteil der anfänglichen Massen. Kälte und Müdigkeit trieben viele in ihre Zelte und Hütten.

Gerade wollte auch Arianrhod die beiden in ihre Behausung schicken, als sich das Licht im Raum änderte. Ein grüner Schein mischte sich in das goldgelbe Licht der letzten verbliebenen Fackeln.

Erleichtert wandte sich Arianrhod an ihre Freunde.

»Es beginnt.«

Beide antworteten mit einem gequält aufmunternden Lächeln und beobachteten mit wachsender Spannung das Ansteigen des Leuchtens. Keiner der Drei konnte sagen, wie viel Zeit verging, bis das Licht eine Intensität erreicht hatte, dass es die

Leuchtkraft der Fackeln übertraf. Arianrhod sah natürlich an dem vor ihr liegendem Körper das Licht unmittelbar.

Wie eine zweite Haut schmiegte sich der grüne Schimmer um Túan. Einzelne Schwaden züngelten wie Schlangen über den Leichnam und wanden sich unstet kreuz und quer über Kleidung und Haut. Selbst durch die wenigen Kleidungsstücke drang das immer stärker und stärker werdende Licht. In dem Moment, als Arianrhod glaubte, nicht mehr hinsehen zu können, bildeten sich an beiden Beinen und am Kopf blendend helle Sonnen und umspielten die Wunden. Rasch schloss sie ihre Augen, doch sie musste beide Hände davor legen, um nicht geblendet zu werden. Auch Inga und Swidger wandten sich ab, als das Licht mit seiner Helligkeit das ganze Grab auszubrennen schien. Doch das Grün gab keinen wärmenden oder Freude vermittelnden Schein von sich, sondern hatte einen grausamen, giftigen Ton angenommen, der allen Drei unheimliche Schauder über die Rücken fahren ließ.

Und plötzlich wand sich Túans Körper wie in Krämpfen und zuckte mit allen Gliedern. Swidger hatte auf Folterbänken schon Menschen gesehen, die sich ähnlich gebärdeten. Immer heftiger wurden Túans Qualen, die er offensichtlich erlitt. Niemand sagte ein Wort, aber jeder – selbst der sonst so unerschrockene Germane – spürten, dass hier eine Veränderung im Gange war, die sich von der Wiederbelebung anderer Picten unterschied.

Unvermittelt begann der Druide Töne von sich zu geben, ein Wimmern wie von alten Weibern. Innerhalb von Augenblicken steigerte sich das Wimmern zu Trauergeschrei wie von Witwen am Grab eines Verstorbenen. Schlagartig stieß der

Halbtote heftige Schreie voller Schmerz und Pein aus.

Von draußen kamen Catriona und Fionnghal hereingestürmt und blickten verwirrt auf die Szenerie. Auch Maelchon mac Cean wollte in die Kammer, doch für mehr als fünf Personen um den Aufgebahrten bot sie keinen Platz. Also blieb er im Eingang stehen und blickte entsetzt auf das unheimliche Leuchten.

Zehn Hände versuchten Túan zu bändigen und mussten alle Kraft aufwenden, um seiner Stärke etwas entgegensetzen zu können. Wäre er bei vollem Bewusstsein gewesen, so hätte ihre gesammelte Kraft nicht ausgereicht um seiner Herr zu werden. Eine dämonische Macht hatte ihn ergriffen und Arianrhod betete zu allen Göttern – römischen wie cruithischen -, dass er die Prozedur überstand.

Und wieder schob jeder für sich den außergewöhnlichen Verlauf der Erweckung auf den Umstand, dass eben eine lange Zeit verstrichen war, bevor der Trank verabreicht wurde. Alle traten an die Liegestatt heran und versuchten, den sich aufbäumenden, zitternden Körper zu beruhigen oder wenigstens davon abzuhalten, auf den Boden zu stürzen.

Túan schrie nun mit seltsam veränderter Stimme auf und brüllte unverständliche Worte so laut heraus, dass die vor der Gruft wartenden Cruithin unruhig wurden und nervös um sich blickten. Doch kein Feind oder Dämon zeigte sich.

Arianrhod verfolgte mit wild schlagendem Herzen und verkrampften Fingern, wie sich die Wunden endlich schlossen, als hätte es sie nie gegeben. Mit dem letzten Schorf, der verschwand, erlosch auch das grüne Glühen und verebbte das Geschrei ihres

Geliebten und sie war für beides dankbar. Recht viel länger hätte sie diese Tortur nicht ertragen können. Fast war es ihr vorgekommen, als packe eine alte Macht aus uralten Zeiten nach ihrem Herzen und umfing es mit eiskaltem Griff.

Nur langsam beruhigte er sich und sie begriff, dass der Vorgang abgeschlossen war. Statt einer kalten, scheinbar toten Hand, hielt sie neues Leben in der ihren, spürte verhaltene Wärme aufkommen. Endlich lag er wieder völlig still da und sie fürchtete schon, der Zauber hätte trotz des vorherigen Tobens nicht gewirkt. Sie führte ihre Rechte auf seinen Brustkorb und hielt den Atem an, so als könnte sie seinen nicht wahrnehmen, wenn sie selbst atmete.

Und tatsächlich; seine Brust hob und senkte sich. Ruhig, gleichmäßig, als hätte sie nie aufgehört, Luft in seine Lungen zu pumpen.

Als er schließlich seine Augen öffnete und im schwachen Schein der wenigen Fackeln um sich blickte, brach es aus Arianrhod hervor. Sie warf sich auf seine Brust und weinte mit ohnmächtigem Schluchzen. Fast hätte sie seine leise Stimme nicht vernommen, als er ihr zuflüsterte:

»Hab keine Angst, ich bin wieder bei dir.«

Kapitel III
A. D. 183, Februar
Zusammenkünfte

Túan saß stumm an der Liege des Jungen und beobachtete fasziniert dessen Schlaf. Seit Stunden sog er jedes Detail seines Sohnes in sich auf und genoss den Frieden, den das Kind seiner Meinung nach ausstrahlte. Immer wieder entdeckte er Merkmale von dessen Mutter und sich selbst an ihm und freute sich über die verhaltenen Bewegungen des Kleinen.

Brannon hatte das schwarze Haar seiner Mutter, dazu ihre vollen Lippen und - wie Túan in wachen Stunden bemerken konnte -, auch deren dunkle Augen. Von ihm schien er die Veranlagung zu späterer Größe geerbt zu haben, denn in den wenigen Monaten seit seiner Geburt, hatte er schon ziemlich an Gewicht und Größe zugelegt. Auch der Schnitt seines Gesichtes folgte dem Vorbild des Vaters. Trotz aller Rundlichkeit, die kleine Kinder besaßen, waren die Ansätze dazu überdeutlich zu sehen.

Arianrhod trat an Túan heran und schmiegte sich in seinen Schoß.

»Wenn er schläft, ist er dir am ähnlichsten, Liebster«, sagte sie sanft und trotzdem konnte er das Bedauern in den Worten wahrnehmen.

»Und wenn er wach ist?«, fragte er und fasste ihre rechte Hand, die mit seiner Wange spielte.

»Er ist anders als alle Kinder, die ich kenne. Er … ist fordernd und hellwach.«

»Sind das nicht alle Kinder?« Auch Túan begann jetzt, sie zu streicheln und fuhr mit seiner freien Hand durch ihr Haar und gelangte vom Rücken schließlich zu ihren Hüften. Sie räkelte sich wohlig und hauchte ihm ins Ohr.

»Wir sollten die Zeit nutzen, in der er schläft.«

Túan grinste und nestelte an seinem leichten Umhang.

»Du scheinst etwas aus der Übung zu sein, mein zukünftiger Gemahl«, lachte sie leise und zog ihn aufs Bett. Mit aufreizender Geste ahmte sie an ihrem eigenen Kleid seine ungeschickten Bemühungen nach, und erreichte damit, dass auch er verhalten lachte.

Schließlich schälten sich beide aus ihren Kleidungsstücken und sanken auf das Bett nieder. Während er begann, ihre Brüste mit seinen Lippen zu liebkosen, strichen ihre Finger wie in früherer Manier über seinen Körper. Sie suchten nach all den Wunden, die er erlitten oder sich selbst zugefügt hatte, wie sie immer noch mehr ahnte als wusste. Seine Erregung war mittlerweile so in Fahrt gekommen, dass er dieses Mal nicht stutzte und innehielt, sondern anfing, eine ihrer Brüste leicht zu kneten. Mit ein wenig Überraschung und einem verstehenden Lachen hörte er damit auf, als ein wenig Muttermilch hervortrat.

Auch sie besann sich und beendete ihre Suche nach den Spuren alter Wunden. Sie zog ihn herab und küsste ihn, zunächst zart und beinahe schüchtern, dann immer leidenschaftlicher und erregter.

Ihr Liebesspiel nahm sie völlig gefangen, jeder hatte sichtlich Nachholbedarf an Glück und Zärtlichkeit. Tief in ihrem Innern ahnten oder wussten beide, dass dies nicht lange so bleiben würde, und gaben sich nun der Stunde und dem Partner völlig hin. Trotz des harten Winters draußen vor dem Gebäude war es mollig warm. Nach Túans Geschmack schon zu warm, aber er nahm dies hin, denn das Neugeborene und die ehemalige Südländerin brauchten sicher andere Temperaturen als er.

Bald waren beide von Schweiß bedeckt und bemühten sich ihre Leidenschaft nicht auch in lautem Stöhnen oder Ächzen auszudrücken. Und das nicht nur des Kleinen wegen, sondern auch wegen der Wachen. Beide wussten, dass diese nur eine Wand aus stämmigen Hölzern entfernt ihrer Aufgabe nachkamen und über ausgezeichnete Ohren verfügten.

Aber schließlich erreichten beide kurz hintereinander ihren Höhepunkt und sanken erschöpft, aber glücklich nieder und atmeten noch Minuten heftig von der lange vermissten Anstrengung.

Arianrhod war die Erste, die sich wieder regte und ein wenig verwundert auf den immer noch deutlich mehr als normal atmenden Geliebten blickte.

»Es scheint, als dürfte ich dich das nächste Mal nicht so sehr in Anspruch nehmen«, sagte sie halb im Scherz und halb im Ernst. »Du atmest, als hättest du einen langen Marsch hinter dich gebracht und kein – zugegeben sehr anhaltendes – Liebespiel. Fühlst du dich wohl?«

Längst hatte er sich die gleiche Frage gestellt und wunderte sich über seine anhaltende Erschöpfung.

»Es … scheint so, als wäre ich doch noch nicht völlig wieder auferstanden«, gab er zerknirscht zu.

»Nun, zumindest *ein* Teil von dir ist völlig erwacht«, versuchte sie anzüglich über ihre echte Besorgnis hinwegzutäuschen.

Túan blickte doppelt betreten, als er Brannon wahrnahm, der hellwach in seiner Liege stand, sich mit seinen kleinen Händen am Rand festhielt und sie beide ausdruckslos ansah.

»Oh je, ich hoffe, er hat uns nicht die ganze Zeit beobachtet. Unser Sohn ist wach«, schob er überflüssigerweise nach und sah Arianrhod hinterher, die sich rasch ihr Kleid überwarf und zu dem Jungen ging. Sie nahm ihn auf die Arme und wandte sich Túan zu.

»Er kann stehen! Bei allen Göttern, er ist gerade neun Monate alt und steht auf seinen kleinen Beinchen.« Sie drückte ihn an sich und küsste seine beiden Wangen. Der Kleine behielt dabei seinen unbestimmten Ausdruck bei und gab keinen Ton von sich.

»Ja, er entwickelt sich erstaunlich schnell«, sagte Túan und warf einen langen Blick auf Brannon, den dieser ohne einmal mit den Augen zu blinzeln erwiderte.

Swidger grinste breit, als er nach seinem Klopfen ein »Komm nur herein, alter Germane!« gehört hatte, öffnete die Tür und trat ein. Mit einem unverhohlen anzüglichen Blick auf das zerwühlte Bett und immer noch grinsend, nahm er die ausgestreckten Hände Túans entgegen.

»Germane, ja, ein solcher bin ich, aber alt? Ich zählte erst 20 Sommer, und wenn du Inga darum bittest, wird sie dir vielleicht schildern, in welchem Alter ich stehe.« Wieder fiel sein Blick auf das Bett.

Túan lachte und Arianrhod schoss die Röte ins Gesicht.

»Männer«, sagte sie nur mit gespielter Verächtlichkeit und kümmerte sich intensiv um Brannon, der schon wieder mit seinen Lippen schmatzende Geräusche machte.

Der Druide und der Leibwächter gingen nach

draußen und schlossen hinter sich die Tür. Sie gingen ein paar Schritte den kreisrunden Gang entlang und hielten an der Tür zum Vorraum an.

Bevor Túan mit dem begann, was er den mittlerweile zum Freund gewordenen Germanen sagen wollte, ergriff dieser das Wort.

»Ich freue mich, dich wieder unter den Lebenden zu sehen, Túan. Nun verbindet uns das Schicksal auch auf diese Weise miteinander. Und es nimmt mir eine schwere Last von den Schultern, dass du wieder *lebend* bei uns bist. Auch wenn du mir schon mehrmals versichert hast, dass du mir mein Versagen nicht vorwirfst, so brennt in mir immer noch die Wut darüber, dass ich die Zeichen nicht erkannte. Ich hätte Trebius ...«

Túan hob eine Hand und unterbrach den ungewohnten Redeschwall des Germanen.

»Hör auf damit, Swidger! Wenn hier jemand versagt hat, dann ich selbst. Ich *sah* die Zeichen! Und habe sie dennoch falsch ausgelegt. *Ich* hätte erkennen müssen, dass der Römer trotz des Trankes eine ständige Gefahr darstellt.« Er senkte seine Stimme zu einem Flüstern und Swidger erkannte sehr wohl, dass er dies wegen möglicher Lauscher tat. «Aber was noch viel wichtiger ist: Diese Tat offenbart einen Umstand, den ich bisher nicht bedacht hatte. Ich verließ mich immer auf die absolute Zuverlässigkeit des Trankes, doch dem ist offensichtlich nicht so!«

Swidger reagierte wie immer, wenn die Sprache auf den Trank, dämonische Kräfte und ihm als abergläubischen Germanen unbegreifliche Zauber kam. Er rührte sich ungehalten und machte Anstalten, als wolle er davonlaufen.

Doch Túan fuhr rasch - und weiterhin flüsternd - fort:

»Ich fühle, dass meine Erweckung nicht gleich deiner oder all den anderen vonstatten ging. Seit Wochen schone ich mich, gehe nicht auf Wanderung oder Kriegspfad. Ich jage nicht, ich trainiere nicht, da ich spüre, dass ich nicht die Kraft habe, einem normalen Mann auch nur mit der Chance auf Sieg entgegentreten zu können. Selbst die wonnigen Mühen beim Liebesspiel ermatten mich mehr, als es früher der Fall war.« An dieser Stelle verzog er den Mund und lächelte über sein Selbstmitleid. »Um es kurz zu machen: Ich glaube nicht, dass mir ein langes Leben gegönnt ist! Daher möchte ich dir, starker Freund, eine Bürde aufladen, von der ich glaube, dass du der Einzige bist, der sie mit aller Kraft und Würde erfüllen kann.«

»Was könnte ich dem Manne verwehren, der mir das Leben wieder gab?«, antwortete Swidger und fasste erneut die Hände des Druiden.

Túan nickte.

»Ich hatte gehofft, dass du so denkst. Aber hör dir erst an, was ich dir abverlangen will, und dann sag mir, ob du dazu bereit bist.«

Dieses Mal sagte der Germane nichts.

»Deine Aufgabe als Arianrhods und meine Leibwache, ist wie ein Fels in meinem von seltsamen Stürmen erfülltem Herzen. Sollte ich, auf welche Weise auch immer, zu Tode kommen, dann möchte ich, dass du und Inga an Arianrhods Seite bleibt. Du weißt, dass es kein weiteres Erwecken für mich geben wird.«

Swidger runzelte ein wenig die Stirn und Túan befürchtete schon dessen Ablehnung, als der Germane mit schon fast beleidigter Stimme antwortete.

»Nichts anderes wäre mir – und Inga – jemals

eingefallen. *Darum* bittest du mich? Um einen Dienst, den ich schon angetreten habe?«

»Nein, betrachte es nicht als Dienst, sondern als dein Leben! *Bleib bei ihr*, egal was auch die Zukunft bringen mag, ich bitte dich!«

Vielleicht war es das sprichwörtliche Gespür des blonden Hünen, das er erkannte, dass sich Túans Bitte auf mehr bezog, als auf bloßen Schutz. Wieder unangenehm berührt versuchte er, der plötzlichen Aussicht auf kommendes Unheil mit munteren Worten zu begegnen:

»Hahaha, was soll schon passieren? Die Römer laufen wie die Hasen vor uns davon und du hast die Macht, unendlich viele Krieger zu erschaffen, sogar den Toten ein zweites Leben zu schenken. Wer sollte uns also schaden können?« Doch sein Lachen wirkte gekünstelt und ihm fehlte die echte Freude darin.

»So wirst du also meinem Wunsch entsprechen?«

»Ich schwöre dir bei Odin und meinem Platz an dessen Seite in Walhall, dass sich die Schande meines Versagens niemals wiederholen wird!«

Túan wollte etwas erwidern, spürte aber, dass jedes Wort zu diesem Punkt gesprochen war.

Swidger schien diese Empfindung zu teilen, denn er verzog das Gesicht zu einem Grinsen, das zuerst ein wenig verunglückt ausfiel, dann jedoch von ehrlicher Freude zeugte.

»Draußen wartet noch ein Freund auf dich, Túan«, sagte er und deutete mit einem Daumen über seine Schulter. »Die Leibwachen wollten ihn nicht zu euch lassen. Aber ich denke, du kannst jedwede Freude gebrauchen. Er wedelt schon die ganze Zeit mit dem Schwanz.«

»Bran?!«

»Genau der«, konnte Swidger noch antworten,

dann schob ihn Túan zur Seite und stürmte davon.

Mit neu erwachter Kraft stieß Túan die Tür auf und konnte nur zwei Schritte machen, denn Bran hatte ihn kommen hören oder es gespürt und war seinerseits an den Wachen vorbeigesprungen.

Túan ließ sich auf die Knie fallen und wurde von Bran zu Boden gedrückt. Túan drückte ihn und zerwühlte ihm das Fell. Bran war außer sich vor Wiedersehensfreude und sprang um Túan herum, auf ihn zu und stieß ständig seine Schnauze an Brust, Hals und Gesicht.

Die Wachen gingen ein paar Schritte zurück, um den beiden Platz zu lassen. Swidger und Arianrhod blieben ebenfalls direkt vor der Tür stehen und lachten über die beiden, die sich im Schnee wälzten und sich wie Mitglieder eines Rudels hin- und herwarfen.

Fast schien es, als könne sich Bran gar nicht mehr beruhigen und es dauerte lange, bis die beiden endlich am schneebedeckten Boden saßen – Bran fast auf Túans Schoß – und eng aneinander geschmiegt und glücklich in die Runde blickten.

Und plötzlich hatte Túan Tränen in den Augen. Er streichelte Bran unentwegt und der winselte und jaulte verhalten bei jeder Bewegung.

»Du bist alt geworden, mein Freund«, flüsterte Túan und nur Arianrhod und Swidger konnten die Worte hören und blickten das Paar mit unterscheidlichem Ausdruck in ihren Augen an.

»Wie alt ist denn Bran?«, fragte Arianrhod und sah natürlich die großen grauen – und auch dünnen – Stellen im Fell des Wolfes.

»Er muss jetzt 15 … nein 16 Jahre alt sein«, sprach Túan und mit jedem Wort ließ er erkennen, dass er selbst erschrocken war über die Zahl die er genannt hatte.

»Ich wusste gar nicht, dass Wölfe so alt werden können«, begann Arianrhod. Unausgesprochen hing die Tatsache in der Luft, dass das Wiedersehen der beiden nicht lange von Dauer sein würde.

»Werden sie auch normalerweise nicht«, antwortete Túan und schämte sich nicht für seine Tränen. »Ich wusste vom ersten Tag an, dass Bran ein besonderer Freund werden würde … also versuchte ich, so oft es mir möglich war, ihm … Gutes zu tun.«

Er führte nicht genauer aus, was er damit meinte. Aber für Arianrhod und Swidger war klar, dass er damit nur seine Druidenkräfte meine konnte.

Einige Tage später trafen sich Túan mac Ruith und Sétanta auf einer Anhöhe am Rande des Lagers und blickten auf die Winterlandschaft. Seit Tagen hatte es nicht mehr geschneit und der Himmel zeigte sich wolkenfrei und in einem strahlenden Blau. Trotz allem war es immer noch sehr kalt und beide trugen über ihren Druidenkutten warme Winterkleidung.

Obwohl der ältere der beiden Druiden es genau wusste, fragte er scheinbar ehrlich besorgt:

»Wie geht es dir, mein Bruder?«

Túan überraschte die ihm ungewohnte Anrede ein wenig und drehte sich dem Alten zu.

»Wahrlich, wir sind Brüder. Noch nie hatte ich einen anderen Druiden mich so anreden hören. Mein alter Meister, Kennaigh, nannte mich immer Schüler … oder eben bei meinem Namen. Du kanntest Kennaigh, wie ich hörte?«

Sétanta frohlockte, als Túan seinen Meister erwähnte. Er hatte schon seit Tagen überlegt, wie er unverfänglich das Thema auf ihn bringen könnte. Er registrierte sehr wohl, dass Túan auf seine einleitende Frage nicht geantwortet hatte. Aber diese Chance, das Gespräch dorthin zu führen, wo er wollte, konnte er sich nicht entgehen lassen.

»Ja, wir waren Freunde und jung und ungestüm. Wir lernten uns auf Ynys Môn kennen. Wir beide traten dort in die Lehre unseres Ordensführers. Viele Jahre später, als Kennaigh von seinen Reisen auf dem Festland zurückkehrte, trafen wir uns dort wieder. Er zeigte mir die Steintafel, die nun dein Besitz ist.«

Túan nickte. Ihm brannte seinerseits *eine* Frage auf der Zunge. Bis zu seinem Kennenlernen Sétantas hatte er nicht mehr gehofft, jemals eine Antwort darauf zu erhalten. Beide hatten dieses Gespräch erhofft, doch jeder mit anderen Absichten.

»Als Kennaigh starb, fand ich sie in seinen Habseligkeiten. Er hatte sie all die Jahre die ich bei ihm war, vor mir versteckt und auch mit keiner Silbe erwähnt. Trotzdem hinterließ er mir Zeichen, sodass ich sie finden konnte …«

Sétanta nickte und erkannte den Punkt, an dem er einhaken konnte. »So ist das bei uns Druiden. Wissen wird in aller Regel mündlich überliefert. Doch diese Tafel stammt aus anderen Zeitaltern. Und das, was auf ihr geschrieben steht, taugt nicht dafür, nur mit Worten überliefert zu werden.«

Nun war Túan wirklich überrascht.

»Du kanntest die Tafel und ihre Macht? *Dir* hat er sie gezeigt und *mir*, seinem Schüler, nicht?«

Sétanta lächelte mit gespielter Väterlichkeit. »Natürlich, *mein Junge!* Verzeih´ mir die Worte: Aber du warst damals ein Kind, ich sein gleichaltriger Bruder. Du wusstest noch nichts oder wenig von den Künsten, über die wir verfügen und ich hatte die gleiche Ausbildung wie er genossen. Viele Jahre haben wir unsere Aufgaben erfüllt und weiteres Wissen erlangt. Und noch eines darfst du nicht vergessen, Túan, *Schüler des Kennaigh:* Ich war länger sein Freund, als du auf dieser Welt wandelst. Natürlich haben wir versucht die Tafel zu erforschen und natürlich ist es uns gelungen.«

Der unverhohlene Stolz und seine wenig kaschierte Zurschaustellung seiner Überlegenheit gingen völlig an Túan vorbei. Der war viel zu sehr damit beschäftigt, sich vorzustellen, wie die beiden sich gemeinsam über die Tafel beugten und ihr Geheimnis erkundeten.

»Und habt ihr den Trank gebraut? Habt ihr …?«

Plötzlich stutzte er und blickte Sétanta mit Zweifel in den Augen an. »*Wann* hattet ihr an der Tafel geforscht? Du sagtest, ihr ward auf Ynys Môn; man nannte sie damals auch die Insel der Druiden …«

»Und so nennt man sie auch heute noch.«

»Ich hörte von Kennaigh, dass die Römer dort einfielen und mordend und brennend über die Insel gezogen sind. Selbst vor unseren Heiligtümern machten sie keinen Halt. Sie haben alles was sie finden konnten vernichtet und viele Tausend Cruithin starben und jeden Druiden, dessen sie habhaft wurden, haben sie gekreuzigt.«

Als hätte sich plötzlich der Himmel überraschend verdunkelt, so finster wirkte nun Sétantas furchenzerklüftetes Gesicht. »Und viele, sehr viele gingen lieber freiwillig in den Tod, als dass sie den Römern in die Hände fielen und ihnen unter der Folter ihr Wissen preisgegeben hätten. Es war schrecklich …«

Noch mehr Zweifel sprühten aus Túans Augen.

»Das … das klingt so, als wärest du dabei

gewesen; ich meine beim Überfall der Römer.«

Hatte Sétanta ohnehin Augen wie Granit, so wirkten sie jetzt mindestens so alt, wie der Fels auf dem beide standen. Langsam, so als drückten ihn die Jahre, nickte er bestätigend.

Túan keuchte auf.

»Das war vor mehr als 120 Jahren! Wenn du dort schon ein erwachsener Mann warst, wie alt …«

»Ich feiere bald mein 143stes Jahr auf dieser Welt. Und es sieht nicht so aus, als dürfte ich in absehbarer Zeit die Anderswelt erklimmen.« Er nahm den Faden wieder auf. »Ich *war* dort zu dieser schrecklichen Zeit. Und Kennaigh und ich gehörten zu den Glücklichen, die dem ersten Ansturm entkommen konnten. Ich beschwor ihn damals, die Macht der Tafel einzusetzen. Ich bettelte darum, den Trank zu brauen und eine Armee zu erschaffen, um unsere Feinde in das Meer zurückzutreiben, über das sie unser Land heimgesucht haben. Doch Kennaigh hatte länger als ich die Tafel erforscht und war der Meinung, dass wir damit das Böse selbst auf die Erde zurückbringen würden. *Du* und dein Handeln beweisen, dass er damit falsch lag.«

Die Lüge ging ihm so glatt von der Zunge und Túan war so gebannt von der Erzählung, dass ihm auch dieses Detail entging.

»Noch bevor ich ihn überreden konnte«, fuhr Sétanta fort, »wenigstens ein solches Heer aufzustellen, dass die Römer zurückschlagen könnte, war er verschwunden … und mit ihm die Tafel! Lange Zeit glaubte ich, die Römer hätten ihn gefunden und ermordet, so wie viele, viele andere unserer Brüder und Landsleute.«

Er machte eine Pause und blickte Túan tief in die Augen.

»Erst als ich von unheimlichen Kriegern und ihren Siegen hörte, ahnte ich, dass die Tafel nicht verloren oder zerstört worden war. Sondern von jemandem - einem Druiden - erweckt und benutzt wurde. Von dir.«

Nun schien es, als würde Túan gebrechlicher sein, als der um das Vielfache ältere Mann vor ihm, so drückte ihn die Schilderung nieder. Seine Knie gaben nach und er setzte sich auf einen Stein.

»Viel Leid hätte verhindert werden können«, bestätigte er Sétantas Meinung. »Die Römer hätten schon damals zurückgeschlagen werden können. All die Weisheiten von Jahrhunderten, die verloren gingen, durch die Ermordung all unserer Brüder, all dies wäre nicht geschehen.« Heiße Tränen stiegen ihm in die Augen und er hatte keine Scham, sie dem alten Freund seines Meisters zu zeigen. »Und auch meine Familie, mein ganzer Clan, würde noch am Leben sein.«

Der brennende Hass, der lange unter einer dünnen Schicht aus kurzfristigem Frieden und Liebe zu Arianrhod verborgen gewesen war, doch immer weiter geschwelt hatte, drang mit alter Kraft wieder an die Oberfläche. Seine momentane körperliche Schwäche schien verschwunden, wie vom Winde verweht, und Túan erhob sich mit neuer, in Wahrheit nur geliehener Kraft.

»Nun, Sétanta, mein Bruder. Ich denke anders als Kennaigh, wie du an meinen Taten gesehen hast und weiter tun wirst. Und noch einen Unterschied zu meinem Lehrer sollst du sehen: Ich werde nicht zulassen, dass das Wissen um so ein machtvolles Werkzeug wieder für viele Jahre in Vergessenheit gerät. Von nun an sollen immer *zwei* Druiden in das Geheimnis eingeweiht sein. Stößt einem etwas zu, kann der andere die Aufgabe fortführen. Solange, bis wir unser Land wieder befreit haben.«

Sétanta schaffte es, in seinem strahlenden Lächeln, die tiefe Zufriedenheit zu verbergen, die ihn erfüllte. Er beglückwünschte sich für seinen Einfall, dem spärlichen Rest des von Túan gebrauten Trankes einen weiteren Zusatz verabreicht zu haben. *Von deinem Fleisch und Blut.* Ihm war – im Gegensatz zu Kennaigh und offensichtlich auch Túan – schon vor vielen Jahren klar geworden, dass sich dieser Abschnitt nicht nur auf das Fleisch und Blut eines Druiden selbst bezog. Sondern auch auf dessen Kinder. Und der Bann, der einen Erweckten an den Überbringer des Trankes band, funktionierte eben nur mit diesen beiden Zutaten. Ohne sie würden die Wiedererweckten sich zwar erheben, aber nicht unbedingt dem Erwecker folgen.

Und so hat und wird der Tölpel doch noch zu etwas Sinnvollem seinen Beitrag leisten können, dachte er und innerlich lachte er grausam und höhnisch. *Seine Gaben haben Túan zumindest soweit an mich gebunden, dass er meine wahren Absichten nicht erkennt. Und längst kennt er nicht alle Geheimnisse des Steins und des Trankes.*

Marcellus Maximus Lupinius saß zusammen mit Túan, Arianrhod, Swidger, Maelchon, Fionnghal, Catriona, Dòmhnall, Máiri und Sileas in der kleinen Audienzhalle der neuen Königin.

Weder Sétanta noch die anderen Fürsten und Kriegerinnen stellten – auch jetzt nach Túans Wiedererweckung – deren Führungsanspruch infrage. Es hatte keiner erneuten Zeremonie bedurft, sie als Königin und als Herrin der Toten zu bestätigen.

Für die Jahreszeit war es erstaunlich milde und dies genau war der Grund, warum sie jetzt – mitten im Winter – Kriegsrat hielten.

Túan mac Ruith hatte das Treffen in ihrem Namen einberufen, weil er sich immer schlechter fühlte und trotz fehlender sichtbarer Beeinträchtigungen seine Kräfte schwinden sah. Er aß und trank völlig normal, er strengte sich bei keinen Tätigkeiten an, und trotzdem sank seine Kraft beinahe von Tag zu Tag. Er konnte es sich nicht erklären und war damit auch im Vertrauen zu Sétanta gegangen. Der hatte ihm lediglich Speisen mit heilenden Kräutern verordnet, auf die er auch selbst gekommen wäre. Aber sie wirkten nicht.

Arianrhod hingegen hatte ein offenes Ohr für alle Vorschläge, die den Krieg so schnell wie möglich - und natürlich erfolgreich - beenden könnten. Denn sie erhoffte sich eine friedliche Zukunft, in der sie Brannon all ihre Aufmerksamkeit widmen konnte, derer er bedurfte. Er wuchs zu schnell. Sein seltsames Gebaren schob sie auf die Tatsache, dass sie nicht wie andere Mütter ständig bei ihm sein konnte, sondern dies zu einem guten Teil Inga überlassen musste.

Und all die anderen Führer der Cruithin brannten darauf, dass der Schnee schmolz und sie ihren erfolgreichen Feldzug - ob mit oder ohne die Unterstützung anderer Pictenstämme - fortsetzen konnten.

Marcellus Maximus Lupinius, *Lupus, der Wolf*, räusperte sich und stellte seinen Krug mit Honigmet beiseite. Auch wenn alle dem Met kräftig zugesprochen hatten, erhielt er doch ihre volle Aufmerksamkeit. Seine bald 80 Jahre alten Hände zitterten ein wenig.

Túan erinnerte sich daran, wie sie schon bei ihrem ersten Aufeinandertreffen den Bogen und Pfeil nur mühsam gehalten hatten. Auch seine Zeit würde bald kommen.

»Der Winter wird dieses Jahr nicht lange währen«, begann der Römer, der sich schon lange als Picte betrachtete. »Schon jetzt werden die Tage mit Schneefall seltener und die See wird ruhiger und weniger sturmgepeitscht. *Wir* kennen dieses Land«, sagte er und freute sich, als niemand anzweifelte, dass er fester Bestandteil des *Wir* war. »Sobald auch die Römer der Meinung sind, dass die See zwischen dem Festland und Britannia schiffbar wird, werden sie Entsatz für all die von uns vernichteten Truppen schicken.«

»Soweit sie welche entbehren können«, warf Swidger ein. »Viele der Handelsschiffe, die an unsere Küsten gelangen, berichten von Angriffen vieler Völker an beinahe allen Grenzen des Römischen Reiches.«

»Was uns nur recht sein kann«, bekräftigte Maelchon mac Cean und stieß mit seinem Kopf wie ein Raubvogel nach vorn. Sein ohnehin durchdringender Blick hatte einen fanatischen Glanz angenommen, der nur noch durch sein blitzblank poliertes Schwert übertroffen wurde, das nach seiner Meinung schon viel zu lange kein Blut mehr gekostet hatte.

Sileas mac Ducantae hatte kurz geschnittenes Haar, das nur an den Schläfen in zwei dünne, aber lange Zöpfe auslief. Als sie ihren Kopf schüttelte, tanzten sie wie zwei Schlangen vor ihrer Brust.

»Dann werden wir sie an unserer Ostküste erwarten und gar nicht erst landen lassen. Beschießen wir sie mit hatrischem Feuer. Es hat uns beim Sturm auf den Wall hervorragende Dienste geleistet.«

»Wir dürfen uns nicht nur auf diese mögliche Entsatzstreitmacht konzentrieren … wenn sie denn überhaupt kommt. Wir sollten uns zunächst um die Römer kümmern, die schon hier sind«, betonte Catriona und blickte sich nach Zustimmung um.

Ausgerechnet Marcellus Lupinius nickte.

»Oh, glaube mir, Catriona von den Horestiani, sie werden kommen. Wenn ich eines von Rom weiß, dann dieses, dass sie jedes Schiff schicken werden, das sie entbehren können. Die Frage ist nur, *wie viele* werden es sein?«

Jetzt erst griff Arianrhod in die Diskussion ein.

»Das ist aber nicht der Punkt, der dir Sorge macht, Marcellus, nicht wahr? Ob es nun 50, 100 oder mehr Schiffe sind, habe ich recht?«

»Es kommt darauf an, wer in Rom so viel Weitblick aufbringen kann, dass er unsere zu erwartenden Vorbereitungen nicht seinerseits in Erwägung zieht. *Ich* anstelle dieses Feldherrn würde einen Landungsplatz wählen, der sich uns nicht auf den ersten Blick erschließt.«

»Der Weg über den Kanal ist der kürzeste. Die römischen Schiffe mögen unseren überlegen sein, aber für lange Expeditionen sind sie nicht geeignet. Das Meer, das Rom umgibt, ist warm und hat die Bauweise ihrer Schiffe beeinflusst.« Dòmhnall grinste und deutete mit einer vagen Geste zur Tür, was andeuten sollte, dass er die Meere rund um Breith meinte. »Unser Meer ist kalt und in der skotischen See schwimmen immer noch Eisschollen. Im Norden wären sie von allen Resten ihrer südlichen Truppen abgeschnitten und dies ist unser Stammland. Auch wenn sie spekulieren könnten, uns in die Zange zu nehmen, kennen sie doch weder das

Land, noch die Wege, die dort möglich und vor allem *unmöglich* sind. Von dort werden sie nicht kommen. Nein, ich glaube an eine Landung weit im Süden. *Dort* werden sie sich mit den vorhandenen Truppen verstärken und nach Norden marschieren.«

Arianrhod dankte ihm für seine Ausführungen und nickte dann wieder Marcellus Lupinius zu.

»Es sind gute Argumente, die Dòmhnall angesprochen hat. Und trotzdem bist du anderer Meinung.« Es war keine Frage, sondern eine Feststellung.

Der Wolf nickte lächelnd und richtete sich ein wenig auf.

»Ja, sehr gute. Von zehn römischen Feldherren würden neun so vorgehen, wie Dòmhnall es beschrieben hat. Aber ich habe erfahren, dass Marcus Lucius´s Nachfolger ein gewisser Ulpius Marcellus sein soll. Wie ich leider zugeben muss, ein Verwandter von mir.«

»Woher hast du diese Information? Du lebtest viele Jahrzehnte in Breith und hast erst seit du zu uns gestoßen bist, sporadisch Kontakt zu anderen Römern und Britanniern gehabt«, warf Túan ein und fasste sich, wie er hoffte von allen unbemerkt, an die Brust. Ein leichter Stich war wie eine heiße Nadel durch seinen Brustkorb gefahren. Doch kaum hatte seine Hand die Stelle berührt, war der Schmerz wieder verschwunden.

»Es waren wenige darunter, die Kunde von Rom hatten. Doch einer war dabei, der mir erzählte, dass Ulpius, der Sohn eines Vetters von mir, seine politische Karriere mit der Niederwerfung des *Aufstandes,* wie sie es nennen, einen kräftigen Schritt vorantreiben will. Ich fragte detailliert nach, da es viele Römer mit dem Namen Ulpius geben kann, doch die verwandtschaftlichen Verbindungen wurden bestätigt.«

»Und was hilft uns das? Du kennst Ulpius nicht persönlich«, warf Maelchon misstrauisch ein und schob angriffslustig seinen Kopf erneut nach vorn.

»Das muss ich auch nicht. Es genügt, dass ich erfahren habe, dass Ulpius Marcellus sich damit brüstet, genau das Gegenteil von dem zu tun, was politische Gegner von ihm erwarten. Und er in der Regel damit auch Erfolge verzeichnen kann.«

»Und du überträgst dieses Verhalten auch auf seine *militärische* Vorgehensweise?«, fragte Túan mac Ruith und mühte sich, einen frischen Eindruck zu machen.

»Wenn eines meinem Ruf als schlauer Wolf als Grundlage dient, dann ist es mein Gespür für meinen Gegner. Ulpius Marcellus wird an der *Westküste* landen! Er ist der Auffassung, dass wir gerade damit nicht rechnen. Er wird den Süden umschiffen, immer an der Küste entlang, sich vielleicht bei den Skoten neu mit Proviant versorgen und versuchen, dort Söldner anzuheuern. Und dann, wenn das Eis und der Schnee endgültig geschmolzen sind, wird er versuchen, uns mit einem ausgeruhten Kontingent in den Rücken zu fallen, während wir unsere größten Kräfte an der Ostküste auf eine Flotte warten lassen, die dort nie landen wird.«

Maelchon und die anderen waren beeindruckt. Lange sagte niemand etwas.

Dann sprach Arianrhod mac Ruith.

»Nun, mein Freund Lupus, dann schlagen wir ihn mit seinen eigenen Waffen und tun auch das Gegenteil dessen, was er von uns erwartet …«

Kapitel IV
A. D. 183, April
Grenzkontrolle

Es regnete in Strömen und Caerellius Priscus, Präfekt und neuer Statthalter Roms in Britannien, verfluchte sich, dass er sich um diesen Posten sogar bemüht hatte. Es ist etwas anderes, von einem kalten Land zu hören, als es tagtäglich mit Nebel, Regen und noch mal Regen zu erleben. Er war nass bis auf die Haut, trotz des Umhangs, den man vorsorglich dünn mit Ochsenfett eingerieben hatte, um das Wasser abzuhalten. Er trug einen einfachen Legionärshelm und auch kein anderes Zeichen seiner Position, da er gehört hatte, dass kleine versprengte Pictentrupps bevorzugt solche Männer als Erstes massakrierten, wenn sie auf sie stießen.

Diese Hunde scheinen doch nicht so dumm zu sein, wie Magnus Lucius immer geschrieben hatte, dachte er und zog den Umhang enger um sich, als eine Böe neue Wassermassen ihm mitten ins Gesicht warf. *Blaue Affen nannte er sie abfällig. Nun, ich werde nicht den Fehler begehen, sie zu unterschätzen. Ich werde das Frühjahr dazu benutzen, mir das Gelände anzusehen. Persönlich. Und mir den besten Ort für eine Schlacht aussuchen.*

Er warf einen Blick hinter sich und sah, dass die Hälfte seiner Wachmannschaft in Viererreihen hinter ihm ritt. Wären sie in einer Linie geritten, hätten sie den durchweichten Boden nur noch mehr in einen tiefen Matsch verwandelt, als er ohnehin schon war. Auch die Vorhut und die Reiter neben ihm hielten diese Formation.

Er führte zwei Turmae, also 60 Mann mit sich. Die direkte Befehlsgewalt überließ Caerellius Priscus aber seinem Decurio Publius Netello, einem vierschrötigen Militärschädel, dessen Pferd weniger Masse zu haben schien als sein Reiter.

»Wie weit ist es noch, Decurio«, sprach der Präfekt seinen Nebenmann an und wischte sich zum hundertsten Mal den Regen vom Gesicht.

Der machte sich nicht die Mühe, seinen Kopf dem Vorgesetzten zuzuwenden, sondern knurrte mit unterdrückter Lautstärke unter seinem Kinnschutz hervor.

»Nicht mehr weit, vielleicht eine oder zwei Hora.« Zu Caerellius´ Überraschung fügte der Mann eine Frage hinzu.

»Was erwartest du am Wall zu sehen, Herr? Die Picten haben alle Kastelle und den Wall selbst geschleift. Und ich bin mir nicht sicher, ob Rom gewillt ist, diesen Zustand wieder zu korrigieren.«

Auch wenn Caerellius Priscus insgeheim die gleichen Befürchtungen hegte, so rechnete er doch damit, dass vor allem sein Wirken in Britannien darauf größten Einfluss haben würde. Wenn er die Picten aufhielt, sogar zurückschlug und sie endlich zu einem Teil des Römischen Reiches machen würde, dann bräuchte es den Wall nicht mehr. Aber das würde er dem Soldaten nicht sagen. Also beschränkte er sich auf seine unmittelbare Absicht.

»Ich möchte mir ein eigenes Bild vom Zustand des Walles machen, Decurio. Und ich möchte sehen, wie es diese Barbaren geschafft haben, unsere Truppen zu besiegen. Die Wenigen, die gegen Picten gekämpft und es überlebt haben, gaben sehr unterschiedliche Aussagen von sich. Einige sind meiner Meinung nach so übertrieben, dass ich die Männer nicht mehr für glaubwürdig - manche sogar für unzurechnungsfähig - halte.«

Jetzt drehte sich Publius Netello doch zu ihm herum.

»Du weißt aber, dass *ich* eben einer jener bin, die gekämpft und überlebt haben.« Auch ihm lief das Wasser in kleinen Bächen über das Gesicht, doch Caerellius hatte den Mann noch kein einziges Mal dabei beobachtet, dass dieser deswegen eine Hand vom Zügel oder Knauf seines Spatha genommen hätte. Wie sie alle trug er sein parma equestris auf den Rücken geschnallt. Dort diente es als Rückenschutz und leidliches Hindernis für den immer stärker fallenden Regen.

»Es ist mir bekannt, dass du einer der 151 bist. Nicht umsonst habe ich dir das Kommando über diese Turmae gegeben. Gerade deine Aussage und deine Schilderung möchte ich mit dem Zustand des Walls bestätigt sehen.«

Wieder knurrte der Legionär, dieses Mal aber einen nicht klar artikulierten Laut, und richtete seine Aufmerksamkeit wieder auf den Weg vor ihnen.

Der *Weg* war mehr ein schnurgerader Pfad, der im kurzen britannischen Sommer von römischen Wagen befahren werden konnte. Jetzt, nach dem Abschmelzen von Schneemassen, die noch kein Römer zuhause erlebt hatte, war der Pfad ein kalter, brauner Matsch, in dem sich mit jedem Hufschlag kleine Pfützen bildeten. Links und rechts davon hoben sich sanfte Hügel, ab und an von einzelnen Büschen und Bäumen unterbrochen. Erste zarte Ansätze von grünen Knospen waren mehr zu ahnen, als zu sehen. Trotzdem ergaben sie ein mageres und wenig erbauendes Bild. Dazu kam noch ein Himmel, der alle Schattierungen von Grau zeigte und keine Anstalten machte, so schnell seine Pforten zu schließen.

Sie ritten etwa eine Stunde, als der Wind nachließ und schließlich ganz verschwand. Trotzdem regnete es ununterbrochen weiter. Die bisher dicken Tropfen hatten sich in kleine, aber dichte Wasservorhänge verwandelt. Sie fielen so zahlreich, dass sie die Sicht wie leichter Nebel verschlechterten.

Caerellius Priscus überlegte, ob er eine Rast befehlen sollte, und blickte den erfahrenen Legionär neben sich – so wie er dachte unbemerkt – an. Doch bevor er ein Wort sagen konnte, nickte dieser in die Richtung einer auffälligen Dreiergruppe von Bäumen, die wenige Dutzend Schritte neben dem Pfad aus dem Regenvorhang auftauchte.

»Es ist nicht mehr weit, Herr. Wenn uns unser Glück nicht verlässt, dann könnten wir in einer halben Hora am Wall sein und dort nach einem trockenen Platz suchen«, sagte er und der Präfekt stutzte aufgrund eines Untertones in dessen Stimme.

»Von welchem Glück sprichst du, Decurio? Ich kann mir glücklichere Momente als diesen vorstellen. In einem solchen Land, das nur Kälte, Nässe, Nebel und Schnee - und zu allem Überfluss blutrünstige Picten - zu kennen scheint.«

Wieder ließ sich der Legionär herab, seinem Präfekten das Gesicht zuzuwenden. »Siehst du es nicht als Glück an, noch am Leben zu sein, Herr?«

Ohne auf eine Erwiderung zu warten, ritt er weiter. Caerellius Priscus sah, dass der Mann sich ein wenig aufgerichtet hatte und mit frischer Aufmerksamkeit nach den beiden Spähern Ausschau hielt, die am Rande ihres Sichtfeldes etwa einhundert Meter links und rechts des Pfades vorausritten.

Plötzlich stieg ein Rabe krächzend aus einem Wipfel hervor und als schien dies ein Zeichen zu sein, verebbte der Regen und hörte schließlich ganz auf. Sie passierten einen kleinen Hain und nur das Geräusch von Millionen herabfallender Tropfen von Tausenden Ästen und Zweigen umgab sie. Als sie aus den Bäumen herauskamen, lag das gerodete Stück Land vor ihnen, dass auch auf dieser Seite des Walles ein unbemerktes Anschleichen von Feinden hatte verhindern sollen.

Als der ganze Trupp das Wäldchen verlassen hatte, ließ der Decurio anhalten. Mit einer beinahe abfälligen Geste umfasste er die Reste dessen, was einmal der Wall des Hadrian gewesen war.

»Nun, Herr, kannst du dir dein Bild machen. Es ist nicht viel, was dieses Pack davon übrig gelassen hat, nicht wahr?« Er machte keine Anstalten weiterzureiten oder gar abzusteigen, sondern betrachtete mit einer Mischung aus Respekt und Wut die Trümmer der ehemaligen Befestigungsmauer.

Caerellius Priscus fror mit einem Mal. Alle waren sie nass bis auf die Haut, aber mit dem Wind und dem Regen war auch die eisige Kälte verschwunden. Trotzdem liefen ihm kalte Schauder den Rücken hinab. Sein Blick schweifte über die Zerstörung und konnte erst jetzt den Worten der Überlebenden Glauben schenken.

Von all den hölzernen Palisaden und Gebäudeteilen waren nur rußgeschwärzte Stummel übrig, die schwarz und regennass zu ihm herüberglänzten und ihn zu verhöhnen schienen. Türme und andere Befestigungen aus Stein bildeten zusammengesunkene Haufen, die germanischen Hügelgräbern glichen und sicher oft genug auch Gräber waren. Wie Caerellius Priscus berichtet worden war, hatte man bisher nicht gewagt, die Leichen der gefallenen Besatzungen zu bergen und einem anständigen Begräbnis zuzuführen. Er empfand dies als allergrößte Schande und hatte sich geschämt und getobt, als er es erfuhr. Doch nach dem Tod seines Vorgängers und der Ermordung so vieler Offiziere hatte niemand den Willen und den Mut besessen, geschweige denn die Verantwortung auf sich nehmen wollen, dies zu veranlassen oder gar selbst zu tun.

Je länger sein Blick über das Desaster glitt, desto wütender wurde er. Dann fiel ihm etwas auf.

»Es liegen keine Waffen herum, nicht ein Speer, nicht ein Schwert, kein einziger Schild. Und auch an den Schuttbergen schien sich jemand zu schaffen gemacht zu haben. Die Picten?«, fragte er und dieses Mal war er es, der den Decurio keines Blickes würdigte. Immer noch hingen seine Augen an den Spuren der Vernichtung fest, wie eine Fliege im Netz der Spinne.

»Natürlich, Herr, wer sonst? Die Britannier, die sich uns unterworfen haben, trauen sich nicht so weit in den Norden. Und unsere Leute erst recht nicht. Es gab auch keinen Befehl dazu.« Der darin unverhohlene Vorwurf brachte Caerellius Priscus Wut noch mehr in Fahrt.

»Anscheinend ist es doch nicht so weit her, mit der so angeblich hervorragenden Schmiedekunst der caledonischen Stämme, wenn sie unsere Waffen bis auf das letzte Stück eingesammelt haben.« Ein schwacher Versuch, der römischen Überlegenheit, die von dem Bild vor seinen Augen so eindeutig verleugnet wurde, doch ein wenig Anrecht zu verschaffen.

»Du irrst Herr, wenn du glaubst, sie würden unsere Waffen einfach so benutzen. Es ist eher so, dass sie alles Metall einschmelzen, dessen sie habhaft werden können und in ihre verdammten

Krummschwerter verwandeln. Ein Hieb aus einer solchen Waffe schlitzt einen Legionär in einem Zug von oben nach unten auf. Und diese sogenannten Barbari können wirklich gut damit umgehen, das kann ich dir versichern.«

»Du bewunderst sie?!«

»Sie tun nichts anderes, als was auch wir täten, wenn Feinde in unser Land eindringen würden.«

»Aber wir würden sie zu Bürgern Roms machen. Sie hätten Anteil an unserer Kultur, wir …«, protestierte der Präfekt, doch der Legionär wagte es jetzt sogar, abfällig zu lächeln und ihn zu unterbrechen.

»Sieh dich um Herr. Dann siehst du, was sie darauf geben, Teil des Imperiums zu werden.«

Ohne eine Antwort oder einen Befehl abzuwarten, gab er seinem Pferd die Sporen und ritt langsam auf die Überreste zu.

Eine geschlagene Stunde ritten sie an der Südseite des Walls entlang. Nur spärlich gedeckt von den beiden Spähern, die auf der Nordseite sich unbehaglich auf ihren Sätteln bewegten und ihre Blicke nicht vom fernen Waldrand ließen. Jedes noch so geringe Geräusch, und wenn es nur ein Tier oder ein Knacken der Äste war, ließ sie zusammenzucken und nach ihren Waffen greifen.

Keiner der Soldaten sagte ein Wort und jedes römische Skelett, das sie passierten oder das unter Trümmern hervorragte, schien sie anzuschreien und zu verfluchen. Nirgends fanden sie die Leiche eines Picten, nirgends lagen Waffen herum, wenn man von zerbrochenen Pfeilen und Speeren absah, denen allesamt ihre metallenen Spitzen fehlten. Selbst die Rüstungsteile der Legionäre waren verschwunden.

Die Picten waren gründlich gewesen. Einzig die Scharniere von Toren hatten sie nicht aus dem Stein gebrochen. Das war ihnen scheinbar zu mühsam und aufwendig gewesen.

Als ihre Niedergeschlagenheit sich kaum noch steigern ließ, trafen sie auf einen seltsam kleinen Hügel, der schon aus der Entfernung seine beabsichtige Form preisgab. Doch erst beim Näherkommen erkannten sie, dass er aus den hohlen Schädeln römischer Soldaten bestand.

»Merk dir diese Stelle, Decurio!«, befahl Caerellius Priscus mit zornbebenden Lippen. »Sobald wir zurück sind, wird ein bewachter Tross hierher kommen, und jeden einzelnen Gefallenen bergen. Sie sollen in Ehren bestattet werden. Sie hier liegen zu lassen, ist eine Schmach, die ich nicht ertragen und dulden kann.«

»Ja, Herr«, kam die Antwort leise und in einem Ton, der Zustimmung und Wut gleichermaßen ausdrückte.

Es waren die einzigen – und letzten – Worte, die Publius Netello und der Präfekt miteinander sprachen. Wenig später brach die Nacht herein und sie kampierten in einem halb zerfallenen Turm eines Kleinkastells. Im Schutz der Mauern wagten sie es, ein Feuer zu entzünden und ihre durchkühlten Körper aufzuwärmen und ihre Kleidung zu trocken. Auch wenn sie mit dem Entzünden bis zum Einbruch der Nacht warteten, weil sie kein trockenes Holz finden konnten und den Rauch durch die Nacht unsichtbar hofften, so vergaßen sie doch einen wesentlichen Punkt.

Selbst der Qualm feuchten Feuerholzes riecht stark. Und auch ein schwacher Wind trägt diesen meilenweit.

Krähengeschrei und das Husten einiger Männer weckte Caerellius Priscus und zunächst weigerte er sich, die Augen zu öffnen. Doch dann verrieten ihm die leisen Unterhaltungen vieler Männer um ihn herum, dass er scheinbar der Letzte war, der noch geschlafen hatte. Er blinzelte unter seiner Reitdecke hervor und sah genau in die Augen des Decurio.

Der saß komplett gerüstet am niedergebrannten Feuer und hielt die Hände über die fast erloschene Glut. Ohne ein Wort des Grußes erhob sich Publius Netello und ging zu seinen Männern. Scheinbar hatte der Decurio schon den Befehl zum Aufbruch gegeben, denn alle standen bereit und warteten nur auf Caerellius.

Diesem schien es unpassend, nun auf eine morgendliche Mahlzeit zu bestehen und er erfasste die seltsame Stimmung der Männer. Der Tag zuvor schien sie doch mehr mitgenommen zu haben, als er den harten Kämpfern angesehen hatte. Mit wenigen Handgriffen schlüpfte er in die immer noch klammen und völlig verrauchten Kleidungsstücke und gürtete sein Gladius um. Er hatte den Helm schon in der Hand, als die ersten Männer nach draußen traten und zu Salzsäulen erstarrt stehen blieben.

Mit einer raschen Bewegung setzte er den Helm auf und schritt entschlossener durch die Männer, als er sich in Wahrheit fühlte. Als er die Letzten beiden auseinander trieb und freien Blick hatte, blieb auch er wie angewurzelt stehen.

Vier Legionäre – vielmehr ihre abgeschlagenen Köpfe – standen auf Lanzen gespießt in einer Reihe in wenigen Metern Entfernung vor dem Turm. Ihre Körper lagen blutüberströmt davor und dampften noch in der kalten Morgenluft.

Und dahinter standen sie.

Picten in dichten Reihen und mucksmäuschenstill.

Caerellius Priscus hatte noch niemals Picten so nahe gesehen. Ihre Gesichter schienen ihm so dunkel zu sein, wie die Stimmung seiner Männer.

Im gleichen Augenblick, als er sich entschloss, sein Schwert zu ziehen, wusste er, dass er diesen Kampf nicht überleben konnte.

Kapitel V
A. D. 183, Mai
Der zweite Tod

Túan stand Schweiß auf der Stirn und seine Haut war so weiß wie die Schneeflächen, die das Lager in Hunderten Tupfen auf graubraunem Grund umgaben. Er taumelte mehr, als dass er schritt durch die vielen Hütten und Zelte. Längst hatte er die Orientierung verloren und seine fiebrig glänzenden Augen suchten nach einem Wegzeichen, das ihn wieder zu Arianrhods kleiner Befestigung führen konnte. Er registrierte mit zwiespältigen Gefühlen seinen eigenen Gedanken, der das zentrale Gebäude als *ihr* Zuhause und nicht seines oder das von ihnen beiden einstufte.

Ich war tot und sie hat in dieser Zeit die Führung übernommen, dachte er und wäre beinahe gestolpert, als sein linker Fuß in einer Mulde im Schneematsch einsank.

Sollte ich ihr ihren Platz streitig machen? Sollte ich sie – meine Liebe – gefährden, nur um selbst die Cruithin gegen die Römer zu führen?

Er schüttelte den Kopf. Doch weder die Gedanken noch der zunehmende Schwindel ließen sich dadurch vertreiben. Er hielt inne und atmete tief durch; trotzdem drehte sich die Welt um ihn und er stürzte in voller Länge zu Boden. Die Nässe und Kälte stachen wie Eissplitter auf seine heiße Haut und ernüchterten ihn kurzfristig. Mit einem wütenden Schrei stand er auf und seine Arme wirbelten in der Luft, so als wollten sie unsichtbare Gegner mit blanken Händen zerreißen. Er schrie wieder und aus den nächsten beiden Hütten traten eine Kriegerin und zwei Krieger. Sie blickten ihn fragend an und suchten rasch die Umgebung nach möglichen Feinden ab. Aber da war niemand.

Bran zappelte um den Druiden herum und winselte. Es hatte die Ohren eng an den Kopf gelegt und versuchte ständig, diesen in eine Hand Túans zu schmiegen, aber es gelang ihm nicht.

»Túan mac Ruith!«, rief einer der Männer und die Kriegerin wie aus einem Munde.

Der zweite Mann schritt rasch auf den Druiden zu, der schwankend und mit rotgeränderten Augen nach den Schemen sah, die seine zuckenden Hände nicht greifen konnten.

»Druide, was ist mit dir?« Der kräftige Mann packte Túan und erschrak, als er dessen Haut berührte. »Er ist kochend heiß!«, rief er den anderen zu und weitere Cruithin kamen aus den Behausungen und sahen sich neugierig um.

Die Kriegerin fasste den Druiden nur kurz an die Stirn und drehte sich dann zu einem schlanken Jungen um, der flammend rotes Haar hatte und stolz seine ersten Tätowierungen zeigte. Trotz der Kälte trug er einen ärmellosen Umhang. Jeder sollte die Zeichen sehen.

Die Frau deutete auf ihn. »Du, eile dich! Hole Sétanta und sag Swidger Bescheid!«, befahl sie und der Junge wollte schon davonstürmen.

Túan sah ihn einen Moment vor sich und rief aus vollem Hals.

»Eamon!«

Der Junge blieb erschrocken stehen und blickte zwischen der Kriegerin und dem scheinbar wahnsinnig gewordenen Druiden hin und her.

»Geh endlich!«, schrie die Frau den Jungen an und er stürzte davon. Dann winkte sie die beiden ersten Krieger zu sich. »Kommt, wir nehmen ihn in die Mitte und bringen ihn nach oben.«

Längst hatte sich eine stattliche Anzahl Beobachter eingefunden und sie bildeten rasch eine Gasse, durch welche die Männer und die Frau den Druiden Richtung Anhöhe mehr schleppten als führten. Zweimal wäre er ihnen beinahe aus den starken Händen gerutscht, so nass geschwitzt war sein Körper. Sie packten ihn an der Druidenkutte und griffen ihm unter die Arme.

Doch beide Männer zuckten zurück, als sie dort Ausbeulungen fühlten, die dort nicht hingehörten. Und Túan hatte vor Schmerz aufgebrüllt, als sie ihn dort anfassten.

Wie ein Lauffeuer verbreitete sich die Nachricht, dass ihr Druide krank war. Und mit jedem Schritt, mit jedem Straucheln Túans und den verbissenen Flüchen seiner Helfer, wenn er sich plötzlich gegen ihre Hände aufbäumte und mit den Füßen nach ihnen trat, wandelten sich die besorgten Rufe der Menge in Schreckenslaute. Noch nie hatten sie ihren Druiden in so einem Zustand gesehen. Sogar als er tot schien, hatte er lebendiger gewirkt als jetzt.

Dieser schweißnasse Mann, dessen Haut wie Schnee aussah und doch wie Feuer zu brennen schien, machte ihnen Angst. Mancher trat einen Schritt zurück, als die Gruppe ihn passierte. Fiel ein Blick aus Túans Augen in die eines Kriegers, sah dieser darin kleine Dämonen tanzen und viele machten magische Zeichen der Abwehr, die sie von ihm selbst, Sétanta oder anderen Druiden gelernt hatten.

Sie hatten die halbe Strecke hinter sich gebracht, als sich Túan so wild gebärdete, dass zwei weitere Männer hinzutreten mussten, um den jetzt mit aller Kraft tobenden Druiden zu bändigen.

Die menschliche Gasse wurde breiter und von der Anhöhe kamen Arianrhod und dicht hinter ihr Swidger mit gezogenem Schwert mehr schlitternd als laufend herunter.

Aus einer anderen Richtung lief deutlich vorsichtiger Sétanta in Begleitung des Jungen heran.

Túan begann nun zwischen seinen Schreien Laute und Wortfetzen auszustoßen, die kein Cruithin um ihn herum verstand. Auch als Arianrhod und Swidger näher kamen und entsetzt die Augen aufrissen, konnten sie die Worte weder als Latein noch als germanisch, schon gar nicht als cruithin erkennen. Der Druide murmelte und schrie abwechselnd in einer unbekannten Sprache. Aber jede Silbe, jedes Wort, das er ausspuckte, als wäre es pure Galle, steigerte die giftige Wolke aus Angst, die diesen Teil des Winterlagers einhüllte wie ein schwerer Mantel.

Arianrhod versuchte mit ihren Händen den Kopf Túans stillzuhalten und rief ständig seinen Namen. Doch ihr gelang es nicht, seinen Blick auf sich zu lenken. Swidger stand kreidebleich und mit steinernem Gesicht daneben und rief innerlich alle germanischen Götter an, die er kannte, in der Hoffnung, Túan zu helfen und den Dämon von sich zu halten, der seinen Freund befallen zu haben schien.

Als Sétanta endlich heran war und in der allgemeinen Aufregung ein von allen unbemerktes winziges Lächeln seine Mundwinkel durchzuckte, blieben die vier Träger und die Kriegerin mit Túan in ihrer Mitte stehen. Natürlich hofften sie auf Hilfe durch den alten Druiden. Und der begann nun ein Schauspiel darzubieten, dass er lange geübt hatte.

Er hob beide Arme und gebot stumm Platz zu machen. Die Menge folgte ihm nur zu bereitwillig, denn Túan wand sich wie ein glitschiger Aal in den Händen der Krieger. Dabei stieß er Worte und halbe Sätze heraus, die niemand außer Sétanta verstand und die ihnen mehr Furcht einflößten, als der mächtigste Feind im Gefecht.

Kaum hatte Sétanta Raum genug für seinen Auftritt, trat er mit gewichtigen Schritten an den offensichtlich Besessenen heran und legte ihm blitzschnell beide Hände auf die Schläfen.

Bran knurrte drohend, schien aber unschlüssig zu sein. Er beobachtete jede Bewegung Sétantas.

Zu Arianrhods Erstaunen beruhigte sich ihr Liebster fast augenblicklich. Túan wand sich noch eine kurze Weile und sein Gebrüll verfiel in anhaltendes Gemurmel, das so leise wurde, dass niemand hätte sagen können, in welcher Sprache er redete.

Swidger steckte sein Schwert in die Scheide und machte das Zeichen gegen den Bösen Blick. Er stand ein wenig schräg hinter Arianrhod, um Túan beobachten zu können und gleichzeitig dessen Frau den Rücken zu decken. Er zeigte deutlich, dass er hier Mächte am Werk vermutete, die er nicht begriff und die ihm klar machten, dass es Feinde gab, die man nicht mit Axt und Schwert bekämpfen konnte. Dies war nicht sein Schlachtfeld.

Arianrhod warf Sétanta einen dankbaren Blick hin und wollte ebenfalls auf Túan zutreten, doch der alte Druide verbot ihr dies mit einer herrischen Geste.

»Nicht du, Königin. Es genügt, wenn sich diese tapferen Cruithin in Gefahr begeben. Dein Gemahl ist jetzt - so leid es mir tut, es sagen zu müssen - ein scharfes Beil, das an einem seidenen Faden über all jenen hängt, die ihm in die Nähe kommen.«

Nur mit größter Anstrengung gelang es Arianrhod,

zwei Schritte zurückzutreten und mit ruckartigem Nicken ihre Zustimmung kundzutun. Sagen konnte sie kein Wort. Wie mit eisernen Klammern umfassten die unbekannten Laute, die Túan ausgestoßen hatte, ihr Gehirn und würgten ihr die Kehle zusammen.

Die aufgeregten Rufe und Bewegungen der Menge hatten sich mittlerweile in einen Block aus Eis verwandelt. Jeder, der einen Blick auf den Druiden hatte werfen können, stand starr und geschockt. Die dahinter Stehenden waren längst informiert und versuchten durch Lücken einen Blick zu erhaschen, sagten aber ebenfalls nichts.

Die ganze Zeit waren Sétantas Hände an den Schläfen Túans gelegen und in der jetzt vorherrschenden Stille murmelte er seinerseits magische Beschwörungen und Wörter mit scheinbar heilender Kraft. Niemand konnte ahnen, dass sie genau das Gegenteil bewirken sollten. Und es auch taten. In Wahrheit brauchte er jedoch nichts weiter zu tun, er musste nur noch abzuwarten, bis die Saat aufging, die er schon vor Monaten ausgesät hatte. Als Túan wieder seine Stimme anhob und sich stärker zu regen begann, verkehrte Sétanta die Bedeutung seiner Beschwörungen in Lügen.

»Ich konnte ihn vorerst beruhigen«, sagte er an Arianrhod gerichtet, aber so laut, dass es viele der Umstehenden hören konnten. »Aber für eine mögliche Heilung muss er in meine Unterkunft. Dort habe ich die Medizin, die ihm helfen könnte.«

Wäre Arianrhod nicht ohnehin schon blass gewesen, so hätten die Worte des Alten es sicher bewirkt.

»Mögliche Heilung?« Ihre Stimme zitterte. »Und deine Medizin *könnte* nur helfen? Und warum soll er

für mich – seine Frau – eine Gefahr sein? Er würde mir nie etwas zuleide tun.«

Mit gespielter Miene schüttelte Sétanta den Kopf und insgeheim beglückwünschte er sich, so lange und intensiv an einem Gesichtsausdruck geübt zu haben, den er Zeit seines Lebens noch nie echt empfunden hatte: Mitleid.

»Es tut mir leid, Königin«, sprach er und jubelte innerlich über seinen gelungenen Tonfall. »Vielleicht lag er schon zu lange - scheinbar tot und doch wieder nicht, da sein Körper nicht verfallen wollte -, und befand sich wohl auch zu nahe am Tor zur Anderswelt, bis wir ihm den Trank gaben. Nicht alle Auswirkungen des Trankes sind gelüftet …«, log er weiter. »aber ich werde alles tun, um ihn in dieser Welt zu halten.«

Er bedeutete den Kriegern, ihn wieder aufzunehmen, da diese ihn zu Boden gelegt hatten, sobald Sétanta ihn zur Ruhe gebracht hatte.

»Rasch jetzt, bringt ihn in meine Hütte! Jeder Augenblick zählt«, befahl er und Arianrhod nickte bestätigend, als mehrere der Angesprochenen sie anblickten.

Sétanta registrierte diese Blicke sehr wohl und kochte innerlich.

Na schön, noch folgt ihr der Römer-Hure. Aber bald werdet ihr meine Krieger sein.

Sie nahmen Túan wieder auf und schritten durch eine neue Gasse, die sich augenblicklich gebildet hatte, als der alte Druide mit der Hand in Richtung seiner Unterkunft deutete.

Bran blieb dicht an der Seite der Gruppe, warf ab und zu einen Blick auf den alten Druiden und fletschte die Zähne.

Plötzlich setzte ein leichter Regen ein und

verwandelte das gesamte Lager binnen Minuten in eine matschige Fläche mit langsam verschwindenden Schneeresten.

Túan öffnete die Augen und blickte in den Himmel. Seine Lippen bewegten sich stumm und er ließ es zu, dass man ihn trug. Arianrhod lief direkt neben ihm, aber er nahm weder sie noch jemand anderen wahr. Sie war versucht seine Hand zu ergreifen, aber als ihre Rechte auch nur ein wenig zu seiner Rechten zuckte, schüttelte Sétanta bedauernd aber unerbittlich seinen Kopf. Also ließ sie es. Túans Augen schienen in den Wolken nach etwas zu suchen und unentwegt formte er unhörbare Worte.

Es war der einzige und letzte Moment, in dem er ein wenig Vernunft und Klarheit zurück erlangte. Er spürte, dass der Trank, dieser eine Tropfen, den er erhalten hatte, nicht aus der Qualität bestand, auf die er selbst immer so sorgfältig geachtet hatte. Túan konnte nicht ahnen, dass er damit absolut richtig lag. Sétanta hatte zu dem Rest von Túans Rezeptur eigene Bestandteile hinzugefügt. Túan fühlte in sich das Brodeln einer Hitze, deren Quelle sich von seinem Magen in die ganze Brust ausgebreitet hatte. Er versuchte alle Heilsprüche, selbst solche, von denen er eigentlich überzeugt war, dass sie nicht wirkten und blanke Scharlatanerie waren, mit denen sich weniger begabte Druiden ein kärgliches Einkommen sicherten. Doch nichts half. Das Brennen nahm wieder zu und er begann sich wieder gegen die Hände zu wehren, die ihn trugen.

Ohne das es jemand aussprechen musste, legten die Träger an Tempo zu. Nur schnell weg von dem Wahnsinnigen. Sollte doch der alte Druide versuchen, ihn den Dämonen zu entreißen, die erneut mit scharfen Zähnen nach ihm zu beißen schienen.

Gerade als sie die Schwelle zu Sétantas kleiner Holzhütte passierten, fing Túan wieder an vor Schmerzen zu schreien. Sein Körper war nun doppelt nass, vom Regen und vom Schweiß. Sie betteten ihn auf die Liege des alten Druiden, doch dort zappelte er heftig herum, sodass Sétanta in eine Ecke des Raumes deutete.

»Dort sind Seile, bringt sie!«, befahl er. »Schnell. Und bindet ihn fest! Wenn er um sich schlägt, kann ich ihm wenig helfen.«

Sie taten wie geheißen und wickelten die Seile um alle Gliedmaßen. Doch Túan wehrte sich und sie mussten die Seile enger und enger schnüren, damit er sie mit seinen zu Fäusten geballten Händen nicht schlagen konnte.

Mit einem Ruck hob Túan plötzlich den Kopf und stieß ein grässliches Wort hervor, dass wie ein Schlag zwei der Krieger von sich stieß und sie zurücktaumeln ließ.

Den anderen traten beinahe die Augen aus den Höhlen, als sie ihren Druiden so toben sahen. Ihre Pupillen waren schreckgeweitet und sie beeilten sich, die Fesseln festzuschnüren.

Bran gebärdete sich zunächst wie wild und hätte beinahe einen der Kreiger gebissen, ging dann aber zurück und stand mit gebeugtem Kopf in einer Eckes des Raumes.

Arianrhod erstickte ihren Aufschrei mit der eigenen Faust, die sie sich vor den Mund hielt, als sie sah, wie die Seile in die Haut ihres Geliebten schnitten.

Mit keuchendem Atem traten endlich die Männer und die Frau zurück und blickten zu Sétanta. Der hatte derweil in seinen Sachen gekramt und allerlei Kräuter und undefinierbare Gegenstände auf einen Tisch gelegt und schnippelte daran herum. Mit scheinbarer Hast und fliegenden Händen produzierte er einen hellen Brei, den er in einer Schale mit ein wenig Met verdünnte und dann mit einem Löffel an den Gefesselten herantrat.

Doch Túan presste die Lippen zusammen und rollte mit den Augen, dass nur noch das Weiß zu sehen war.

Auf einen Wink Sétantas packten zwei Mann den Kopf des Kranken und pressten die Kiefer auseinander. Der alte Druide fackelte nicht lange und schob Löffel um Löffel zwischen die Lippen Túans. Nach jeder zweiten Portion hielten sie dem immer wilder sich aufbäumenden Mann die Nase zu und zwangen ihn so, den dünnen Brei zu schlucken. Nach dem zehnten Löffel beendete Sétanta scheinbar befriedigt die Quälerei und trat an den Tisch zurück.

»Es wird ein wenig dauern«, sagte er. »… *wenn* es wirkt«, und er schaffte es, gespielte Hoffnung und Zweifel am Erfolg seiner Medizin in diese Worte zu legen.

Wie zur Bestätigung röchelte Túan und im Licht der hastig entzündeten Fackeln und des ohnehin vorhandenen Feuers in der Raummitte sahen alle, was nun mit Túan geschah.

Swidger bemerkte es zuerst, dann Arianrhod, danach die Krieger und die wenigen, die durch den geöffneten Eingang hereinblicken konnten. Sétanta sah es als Letzter, denn er hatte sich abgedreht um seine Utensilien wegzulegen, aber schon vorher gewusst, was nun folgen musste.

Der Gefesselte dampfte!

Die Feuchtigkeit aus Schweiß und Regen verließ

seinen Körper und schwebte wie eine dünne Hülle über dem sich windenden Mann. Ein Gestank erfüllte den Raum, in dem nur der Schweiß ein bekannter Geruch war. Alle - bis auf Sétanta - schoben dies auf die verabreichte Medizin und blickten gespannt auf die einfache Liege.

Aber der Mann darauf schlug seinen Kopf hin und her und seine Hände öffneten und verkrampften sich in Sekundenschnelle. Er schrie wieder und es war ein Mischmasch aus Cruithin, Germanisch, Latein und unbekannten Sprachen. Als er begann, sich in die Lippen zu beißen, steckte ihm Sétanta rasch ein Lederbündel zwischen die Zähne, doch fast augenblicklich spuckte Túan es wieder aus.

Niemand wagte es, es aufzunehmen und ihm erneut in den Mund zu stopfen. Die Folge war, dass Túan sich die Lippen blutig biss und seine heftigen Worte rote Spritzer nach allen Seiten schleuderten.

Arianrhod liefen die Tränen in Strömen aus den Augen und Swidger fasste sie an den Schultern.

Doch als sie glaubten, diese Qual nicht mehr mit ansehen zu können, begann die nächste Stufe in Sétantas bösartigem Wirken.

Über Túans Körper züngelten dünne Lichtblitze in einer grässlichen Färbung. Wie bei der Erweckung der Spiegelkrieger, zuckten grüne Flammenzungen wie giftige Schlangen über seinen Leib, und fügten ihm offensichtlich noch mehr Schmerzen zu. Heller und heller wurden die Blitze und genauso heller wurden seine Schmerzensschreie. Bis weit nach draußen schallten seine schrecklichen Rufe und Arianrhod wäre zusammengebrochen, hätte Swidger sie nicht mit verkniffenem Ausdruck im Gesicht gestützt.

Als wäre dies noch nicht genug, veränderte sich

die bleiche Haut Túans und nahm zunächst ein blasses Grün an. Innerhalb von Augenblicken wurde sie immer dunkler und bildete schließlich grünbraune, faulig wirkende Schwären aus. Als diese nach einer kurzen Phase blendend hellen Schimmers wie gelber Eiter aufplatzten und ekligen Gestank ausströmten, hielt es Arianrhod nicht mehr aus.

»Sétanta!«, schrie sie und erntete nur betrübtes Kopfschütteln.

Sie floh tränenüberströmt aus der Hütte und rannte durch die bestürzte und geschockte Menge, die immer noch im anhaltenden Regen ausharrte und ununterbrochen die Schreie wie körperliche Schläge hinnahm.

Swidger lief ihr hinterher, ein Riese von Mann, niedergebeugt von seiner Hilflosigkeit.

Drinnen jedoch war von dem Mann, der einmal Túan mac Ruith gewesen war, nur ein zuckender brauner Albtraum übrig, der es immer noch schaffte, zwischen zerbissenen Lippen- und Zungenfetzen unartikulierte Laute auszustoßen, die kälter waren als das kälteste Eis auf den höchsten Gipfeln des Gebirges.

An den Wänden, auf der Liege und rings um diese, war alles mit rotem Blut und braunem Auswurf besudelt. Ein Krieger nach dem anderen verließ die Hütte und auch Sétanta wich - scheinbar verzweifelt und widerstrebend - als Letzter zurück.

Er wusste, was nun kam.

Der letzte Akt des Dramas.

Der alte Druide hatte kaum die Schwelle zu seiner Hütte erreicht und war von Bran mit einem drohenden Knurren begrüßt worden, als sich die züngelnden Blitze in echte Flammen verwandelten. Anstelle von Gold und Rot brannten sie in allen

Schattierungen von Grün über Túans Körper. Im Nu war seine verdreckte Kutte ein schwelender Fetzen, sein Geschrei erreichte markerschütternde Höhen und der Gestank der Geschwüre mischte sich mit dem von brennendem Menschenfleisch.

Mit nur wenig gespieltem Entsetzen wich Sétanta vollständig ins Freie und befahl mit wischenden Bewegungen der Menge Platz zu schaffen.

Hinter ihm erklang das langgezogene Heulen Brans und Sétanta unterdrückte seine Befriedigung, dass das Tier so anhänglich war.

Das erspart mir, den Köter zu töten. Soll er doch mit Túan verbrennen!

Zu Túans grässlichem Gebrüll und Brans immer schrecklicher werdendem Gejaule fügte sich nun das Knistern und Prasseln des Feuers hinzu und viele der ringsum stehenden Krieger griffen nach Eimern mit Regenwasser. Andere warfen mit blanken Händen Matsch und kalten Lehm in die heftigen Flammen, doch nichts konnte dieses unheilige Feuer löschen.

Und immer noch drangen Túans Schreie zu ihnen.

Erst als aus allen Ritzen der Stämme, welche die Hüttenwände bildeten, Rauch und Flammen loderten, erstarb seine Stimme.

Die ganze Hütte brannte lichterloh und die seltsamen Farben der Flammen zeigten allen, dass dies kein Feuer von Menschenhand war, sondern ein bösartiger Brand dunkler Mächte. Selbst der immer noch fallende Regen hatte keine Chance gegen dieses Feuer.

Auch wenn es Sétanta so nicht erwartet hatte, verschaffte ihm doch die Ungewöhnlichkeit dieses Feuers ein Alibi. Niemand würde je auf den Gedanken kommen, dass er durch die Manipulation des Trankes die Schuld am Tod Túan mac Ruiths trug.

In gespielter Trauer blieb er solange stehen, bis seine Hütte - und der Mann und das Tier darin - vollständig niedergebrannt waren. Nur wenige leisteten ihm dabei Gesellschaft. Als schließlich nur noch ein schwelender Haufen dem Regen die Stirn bot, wandte er sich endlich ab.

Niemand sah den grausamen Zug um seinen Mund und das verhaltene Grinsen, als er seine Kapuze über den Kopf zog und sich davon machte.

Kapitel VI
A. D. 183, Juni
Ein seltsames Land

Sidonius Gavius stand mit steinerner Miene auf dem Achterdeck der römischen Trireme. Es wehte ein mäßiger Wind und die Schläge der Ruderreihen platschten mit schon fast stoischer Gelassenheit in das bleigraue Wasser. Er blickte zu dem Trommler hinüber und sah, dass der Symphonieacus die Augen geschlossen hatte. Natürlich schlief dieser nicht, denn seine Trommelschläge kamen mit einer Präzision, die jahrelange Übung verrieten. Sidonius blickte mit seiner sprichwörtlichen Griesgrämigkeit auf das verhaltene Wellenspiel der skotischen See und zählte zum hundertsten Male an diesem Tag die Zahl der Jahre bis zu seiner Honesta Missio. Und genau wie die 99 Zählungen zuvor kam er auf eine Zahl, die ihm gar nicht schmeckte. Wären seine Mundwinkel nicht schon verkniffen und sein faltiges, aber ausdrucksstarkes Gesicht nicht ebenfalls in Verachtung geformt, so hätte ihm sein Rechenergebnis sehr rasch diese Miene aufsetzen lassen.

»Selbst das milde Wetter und die ruhige See vermögen es nicht, dir auch nur einen Hauch an Zufriedenheit abzutrotzen«, sagte Ulpius Marcellus, als er an seinen Untergebenen herantrat. Er legte beide Hände auf die Reling und folgte der Blickrichtung seines Praefectus Classis.

»Es ist nicht die Aufgabe, die vor uns steht, Herr«, antwortete dieser, ohne sich ihm zuzuwenden »die mich genauso trübe über die Wellen blicken lässt, wie diese Wolken dort oben auf uns herabschauen. Es ist der Ausblick auf die vielen Jahre, die noch vor mir - und auch dir - liegen, bis wir wieder in der Heimat die Wärme der Sonne und die unserer Frauen genießen können.«

Nun zwang er sich doch ein winziges Lächeln ab und auch Ulpius Marcellus, neuer Statthalter Roms in Britannia, verzog halb belustigt, halb bedauernd den Mund.

Ulpius runzelte die Stirn und versuchte, in dem Einheitsgrau des Himmels einen blassen Fleck zu entdecken, der die Sonne sein könnte. Aber er fand ihn nicht.

»Irgendetwas stimmt mit diesem Land nicht, mein Freund«, sagte er und hoffte, dass seine Bezeichnung für Sidonius auch zutraf. Wenn Ulpius Marcellus an Rom und seine anderen Offiziere in dieser Flotte dachte, hatte er hier mehr als nur vage Bedenken. Keiner der höheren Mannschaftsgrade und etliche der Offiziere scheuten sich, ihr Missfallen für diese Mission mit Gesten und auch Worten kundzutun. Gereizte Wortgefechte waren noch die geringsten Auswirkungen der Stimmung auf allen Schiffen. Sie waren tagelang an der Südküste Britannias entlanggerudert. Jetzt, wo sie in die skotische See einfuhren, nutzten sie jeden Wind und jede Strömung, die sie ihrem Ziel so rasch entgegenbringen sollte, wie es nur ging.

Die vorherrschende Meinung war, den verdammten Aufständischen und den penetrant resistenten Picten an deren Westküste in den Rücken zu fallen, sie niederzumachen und dann nach Hause zurückzukehren. All jenen, die diesen romantischen Vorstellungen nachhingen, war nicht bewusst, dass es weder bei Sieg noch bei Niederlage so ablaufen würde. Und an Letzteres wollte niemand glauben.

Ulpius Marcellus schüttelte den Kopf und drehte

sich Sidonius Gavius zu. Er musterte dessen für einen Römer ungewöhnlich hochgewachsene Statur und suchte unbewusst nach Anzeichen einer Vermischung mit Germanen oder anderen Völkern, welche die Römer im Körpermaß schlugen. Doch wie immer wenn er dies tat, fand er nichts. Gavius war bis in die letzte Faser ein römischer Soldat.

Auch dieser wandte sich nun von der See und der Reling ab und seinem Vorgesetzten zu.

»Was meinst du damit, Herr?«, fragte er und sein Gesicht steigerte die Griesgrämigkeit um eine weitere Nuance. »Britannien liegt weit im Norden«, fuhr er fort und zuckte mit den Schultern »Fast am Rande der Welt. Da ist es wohl zu erwarten, dass es uns sonnenverwöhnten Römern seltsam vorkommt.«

»Nein, du verstehst mich nicht, Sidonius. Ich meine eigentlich nicht das Land, ich meine die Menschen, die darin hausen.«

Jetzt huschte wirklich ein schwaches Lächeln über das Gesicht seinen Gegenübers und Ulpius Marcellus war überrascht, wie sympathisch auf einmal der große Mann wirken konnte.

»Herr, du sagst es selbst: sie *hausen* darin. Wir Römer *wohnen* in Häusern, die diese Bezeichnung verdienen. Diese Barbaren, diese Picten, hausen in Holzhütten. Steinerne Gebäude, die bei uns nur Sklaven bewohnen, bezeichnen sie schon als Fürstensitz. Das Wort, das sie dafür benutzen, klingt so, als würde sie sich erbrechen: Broch. Ich habe mich informiert, Herr.«

Sidonius Gavius schnippte ein unsichtbares Staubkorn von seinem Umhang und schaffte es, gleichzeitig missmutig und überlegen auszusehen.

»Und trotzdem haben sie den Hadrianswall niedergerannt, in Asche und Steinhaufen verwandelt.

Sie haben Magnus Lucius und auch seinen Nachfolger Caerellius Priscus ermordet …« Als Sidonius etwas einwenden wollte, fügte Ulpius mit grimmiger Stimme hinzu: »… und mehr als zwei Legionen bestens ausgerüsteter Legionäre vernichtet. *Ich* nenne so etwas durchaus *seltsam.* Irgendetwas stimmt nicht mit diesem Land«, wiederholte er und nun klang es auch in den Ohren seines Offiziers bedrohlich.

Beide verlegten sich wieder auf die Beobachtung des Meeres und der fernen Küstenlinie, die wie ein dunkler Strich an Steuerbord an ihnen vorbeizog.

Ulpius Marcellus hatte befohlen, gerade so weit davon entfernt zu fahren, dass sie das Land eben nur als dünne Linie sehen konnten. Er hoffte, damit einer frühzeitigen Entdeckung zu entgehen. Womöglich aufkreuzende Schiffe des Feindes gedachte er, mit einem schnellen Schlag auf den Grund der skotischen See zu schicken.

Mit beiden Annahmen lag er falsch.

Vier Tage später landeten sie an der skotischen Küste. Das vorausgeschickte Schiff hatte erfolgreich Kontakt zu einem örtlichen Fürsten aufgenommen und mit einer kleinen Truhe voller Gold und einer Handvoll römischer Waffen eine Einigung erzielt. Der Fürst war ein alter Mann und wenig erpicht darauf, sich mit einer Großmacht anzulegen, die ihre Ambitionen bis vor seine Haustür trug. Er unterschrieb einen Vertrag, der ihm nur das sicherte, was ihm ohnehin gehörte. Er war ein einfacher Mann und kein gewiefter Politiker. Seine Söhne waren da schon aus anderem Holz. Doch auch sie waren zumindest so klug genug, um einzusehen, dass ihr kleiner Stamm im Augenblick gut daran tat, den

Römern das zu geben, was sie forderten und dazu noch gut bezahlten. Auch die Tatsache, dass die anrückende Streitmacht nicht *ihr* Land, sondern das der Caledonier und anderer Stämme auf der großen Insel zum Ziel hatte, führte zum Abschluss des Vertrages. Schon früher hatte man erfolgreich Geschäfte mit den Römern gemacht und Söldnertruppen für gutes Geld verkauft. Ein ziemlicher Teil des Ansehens des skotischen Fürsten beruhte auf diesem Geldfluss, den er trotz seines Mangels an politischer Raffinesse dazu benutzte, um mit anderen Skotenstämmen der Gegend alte Händel beizulegen und neue Verbindungen zu knüpfen. Seine Söhne indes sahen gerade darin die Grundlage für eine zukünftige und dauerhafte Einigung unter den Stämmen.

Und die Chance, sich gegen die Römer zu wehren, sollten diese je auf die Idee kommen, auch ihre Insel einnehmen zu wollen.

Dass es nicht unmöglich war, sich Rom vom Hals zu halten, beobachteten sie seit vielen Jahrzehnten. Zum einen sahen sie in den caledonischen Stämmen Feinde, zum anderen bewunderten sie sie für ihren Widerstand und zunehmenden Erfolg, ihr Land zurückzuerobern.

Also hatten die Skoten Vieh zusammengetrieben und andere Vorräte bereitgestellt. Frisches Wasser gab es mehr als genug, denn ihre Insel rühmte sich vieler Flüsse und Bäche, die eiskaltes, aber hervorragendes Wasser mit sich führten.

Sidonius Gavius beaufsichtigte die Verladung der Waren und achtete peinlich auf eine gerechte Verteilung auf alle Schiffe der Flotte. Die einzelnen beneficarius trirarchi trieben die Leute an; weniger um einen Zeitplan einzuhalten - der nur sehr grob formuliert war -, sondern um die Leute beschäftigt zu halten. Es tat keiner militärischen Einheit gut, wenn sie zu viel Zeit zum Nachdenken hatte. Die frischen Vorräte würden helfen, die mäßige Stimmung ein wenig aufzuhellen.

Ulpius Marcellus nickte anerkennend, als er den steten Strom der Waren und die zufriedenen Gesichter seiner Männer sah. Aus den Augenwinkeln nahm er nur beiläufig wahr, wie ein beneficarius trirarchi auf einem Pergament die einzelnen Posten vermerkte.

»Was glaubst du, Sidonius; werden sich die Skoten weiterhin so kooperativ zeigen, wie sie dies heute und auch in den vergangenen Jahren getan haben?« Allein sein Tonfall drückte für all jene die Marcellus länger kannten aus, dass er sich diese Frage selbst schon beantwortet hatte und nur eine Bestätigung erwartete.

»Nein, Herr« antwortete der praefectus classis und wieder passten seine Worte mit seiner Miene überein. »Ich traue niemandem, der nur für Geld etwas tut und nicht aus innerer Überzeugung. Dieses Skotenpack wird uns sofort eine Klinge in den Rücken stoßen, sobald wir aufhören, sie mit Geld vollzustopfen.« Sein Gesicht wurde noch dunkler, als er auf mehrere Träger deutete, die eine Fuhre römischer Rüstungen in Richtung einer wartenden Gruppe skotischer Männer rollte und sie ohne Worte übergab. »Und ist es wirklich notwendig, ihnen auch noch solche Dinge zu geben? Ihre Schwerter sind mindestens genauso gut, wie die ihrer Vettern dort in Britannien. Das Einzige, was diese Barbaren im Kampf rascher sterben lässt, ist ihr mangelhafter Schutz. Und ausgerechnet den geben wir ihnen freiwillig in die Hände.« Er schüttelte den Kopf und überlegte, ob seine Kritik ihm Schwierigkeiten einbrachte. In seinem Gesicht arbeitete es und es war ihm anzusehen, dass er alle Steigerungen seines Missmutes bereits absolviert hatte und finsterer dreinblickte wie selten zuvor.

Als Ulpius Marcellus zu Lächeln begann, war Sidonius verblüfft und für einige Männer der zahlreichen Wachen und Seeleute, die sie umgaben, waren allein die beiden unterschiedlichen Gesichter mehr als einen Blick wert. Manche unterbrachen sogar ihre Arbeit und mussten von ihren Vorgesetzten ermahnt werden.

»Warum lachst du, Herr?« fragte Sidonius verblüfft und blickte zwischen den Rüstungen und Ulpius hin und her.

»Ich gebe dir recht, mein Freund«, sagte er und hatte zum ersten Mal das Gefühl, dass der Mann vor ihm ähnlich, nein, genauso dachte wie er selbst. »Ich traue den Skoten ebenfalls nicht. Und auch Magnus Lucius benutzte die Skoten nur für die Drecksarbeit. Er nannte sie sein *Skotenpack* und du hast gerade denselben Begriff verwendet. Schlussendlich hat es ihn nicht davor bewahrt, mit einem Pictenschwert im Leib sein Leben auszuhauchen.« Ulpius machte eine umfassende Geste, die das ganze Treiben am Strand mit einbezog. »Weißt du, warum ich diesen Provianthandel überhaupt veranlasst habe? Wir hätten gut auch ohne diese Vorräte an der Westküste Britanniens landen können.«

Jetzt war Sidonius Gavius wirklich verblüfft und Ulpius musste erneut lächeln, da er selten Gelegenheit bekam, von Sidonius einen anderen als grimmigen Ausdruck zu erhaschen.

»Ich bin nicht dumm, Herr«, antwortete Sidonius und straffte seinen Oberkörper, als wollte er den

Statthalter noch mehr überragen, als er es ohnehin schon tat. »Es gehört zu meinen Aufgaben, den Bedarf einer Expedition zu planen und Sorge dafür zu tragen, dass auch ein angemessener Teil als Sicherheit vorhanden ist. Ich dachte, du hast - ohne jemanden einzuweihen - das Ziel und die Aufgabe dieses Feldzuges ein wenig … sagen wir … *erweitert* und dafür zusätzliche Vorräte vorgesehen.«

Wieder nickte Ulpius Marcellus zustimmend. »Du hast recht und wieder nicht ganz. Es ist wahr, dass ich mehr vorhabe, als die Picten im Rücken zu packen. Aber mir dient dieser kleine Aufenthalt auch dazu, mir den eigenen Rücken frei zu halten. Ich kann es nicht leiden, einen Feind anzugreifen und nicht sicher zu wissen, ob mein eigener Rücken unbedroht ist. Wenigstens für die Dauer dieses Feldzuges. Was danach kommt …«

Sidonius Gavius ließ sich dazu herab, schon wieder eine neue Regung zu zeigen: Befriedigung. »Dann soll es mir recht sein, Herr, wenn dieses Skotenpack eine Handvoll Rüstungen erhält. Wenn es sie glauben lässt, das Rom sie in Ruhe lässt, werden sie vielleicht solange stillhalten, bis wir Britannien vollständig ins Reich eingegliedert haben und uns dann um … neue Aufgaben kümmern können.«

Beide verfielen in Schweigen und sahen zu, wie die letzten Männer an Bord gingen und sich für die Nacht bereit machten.

Längst waren viele Feuer entzündet und viele Rinder geschlachtet worden. Der Duft von brutzelndem Fleisch zog über den Strand. Heute würde es keine unzufriedenen Äußerungen geben. Die Aussicht auf ein üppiges Mahl, eine friedliche Nacht und einen Plan, der den Gegner überraschen sollte, hob die Stimmung der Legionäre.

Weit entfernt vom Liegeplatz der Flotte stieg ein Skote auf einen kleineren Berg. Sein Blick fiel auf die 75 Triremen der Römer. Stumm rechnete er nach. Jede römische Galeere trug 90 Legionäre und 170 Mann Besatzung. Das bedeutete mindestens 6.750 Soldaten, dazu mehr als 12.700 Seeleute.

Er schritt um eine steile Bergspitze herum und vergewisserte sich, dass niemand vom Strand zu seiner Position Einsicht hatte. Dann entfachte er ein kleines Feuer. Er nahm seinen Schild und hielt ihn abwechselnd vor das Feuer und nahm ihn wieder weg. Die Abstände variierten mehrmals. Dazwischen machte er eine mehr als deutliche Pause. Drei Mal wiederholte er die Prozedur. Als in der Ferne von einem kleinen Boot ein kurzes Signal zurückkam, löschte er sorgfältig das Feuer und machte sich auf den Heimweg.

Kapitel VII
A. D. 183, Juni
Sehnsucht - Eifersucht - Selbstsucht

Inga und Arianrhod saßen schweigend im innersten Raum der Befestigung, die so etwas wie einen provisorischen Königssitz darstellen sollte. Doch in Ingas Augen kam ihr Lucia - *Arianrhod!* - nicht im Entferntesten wie eine Königin vor. Viel eher sah sie die Witwe als verloren an. Allein gelassen von dem Mann, den sie geliebt und nun zum zweiten Mal hatte sterben sehen.

Die Germanin versuchte, mit dem Kleinen zu scherzen. Doch dieser blickte sie nur streng an und missachtete ihre Versuche, ihm ein Lächeln oder gar ein glückliches Glucksen zu entlocken.

Inga selbst war ebenfalls verzweifelt, und zwar im doppelten Sinne. All das, was ihr in ihrem Leben bisher Freude geschenkt hatte, schien sich in Nichts aufzulösen oder war schon verschwunden.

Aus ihrer Herrin und Freundin war eine Fremde geworden, eine Pictin. Auch wenn Arianrhod beteuerte, sie sei noch dieselbe. Für die Germanin war sie es nicht.

Túan mac Ruith, der Druide, allein durch dessen Existenz und ihre gemeinsame Flucht vor den Römern, hatte sie geglaubt, echte Freiheit zu erlangen. Doch stattdessen hatte sie in ihren Augen nur die Herren gewechselt. Sie diente immer noch. Als Kinderfrau ihrer neuen Königin. Der Königin eines fremden Volkes, barbarisch und primitiv. Bei den Römern hatte sie wenigstens einen kleinen Anteil an deren Kultur und Fortschrittlichkeit abbekommen.

Und Swidger? Sie hatte davon geträumt, seine

Frau zu werden und eine Familie zu gründen. Doch er trug immer noch Schuldgefühle mit sich herum und wich fast nie von Arianrhods Seite. Beide, Arianrhod und er, waren viel öfter zusammen, als sie mit ihm.

Und wenn er bei ihr, Inga, war? Natürlich liebten sie sich, doch mittlerweile tat sie nur so, als würde sie der Sex mit ihm befriedigen. Ständig hatte sie Bilder von ihm im Kopf, wie er Arianrhod bestieg, sie sich unter ihm in Wonnen krümmte und beide schweißüberströmt sich dem Orgasmus entgegenkeuchten, den sie mit ihm schon lange nicht mehr erreicht hatte.

Schließlich gab sie ihre Bemühungen, Brannon zum Lachen zu bringen auf. Es war einer der vielen gescheiterten Versuche, damit vielleicht Arianrhod ebenfalls ein zaghaftes Lächeln zu bereiten.

»Er ist nicht in der Laune für Späße«, sagte sie und hielt Arianrhod den Jungen hin. »Vielleicht hat er Hunger.«

Dessen Mutter nahm ihn mit einem gequälten Ausdruck entgegen, in dem sich ihr eigenes Leid und die Aussicht auf schmerzhaftes Stillen mischten. Sie setzte Brannon in den Schoß und bot ihm eine Brust an. Doch der grapschte nur mit seinen kleinen Händen danach und machte keine Anstalten von ihr trinken zu wollen. Sichtlich erleichtert schob sie die Brust wieder unter ihr Gewand und setzte ihn auf den Boden. Dort rollte er sich auf den Bauch und griff nach allem, was in seiner Reichweite war.

Beide Frauen ließen ihn gewähren. Sämtliche Waffen und gefährlichen Gegenstände befanden sich so hoch an den Wänden, dass selbst, wenn er sich plötzlich aufrichten würde, sie nicht erreichen könnte. Sie hatten diese Vorsichtmaßnahme ergriffen, da sich der Kleine mit rasender Eile entwickelte. Es war nach übereinstimmender Meinung der Frauen nur eine Frage der nächsten Wochen, bis Brannon sich auf seine kleinen Füße erheben und laufen würde.

»Ich möchte nach Hause, Lucia«, sagte Inga unvermittelt und wunderte sich über ihre eigenen Worte. Schon lange trug sie sich mit dem Gedanken. Doch die sich überstürzenden Ereignisse hatten ihr bislang keinen passenden Moment gelassen, Lucia darauf anzusprechen. Und genau jetzt, als sie die Worte aussprach und die Frau, die ihr gegenübersaß, immer noch Lucia nannte, wurde ihr endgültig klar, dass sie sich hier im Pictenland niemals heimisch fühlen würde.

»Das, was unser Zuhause war, existiert nicht mehr«, antwortete Arianrhod barscher, als sie wollte. »Und ich werde alles tun, damit dieses Land nie wieder das Zuhause irgendeines Römers wird.« In ihrem Leid hatte sie Inga völlig missverstanden.

»Ich meine nicht das Kastell und schon gar nicht Britannien, das du jetzt Breith nennst … Königin.« Der Trotz färbte auch ihre Worte schärfer, als sie es vorgehabt hatte. »Und auch das römische Imperium ist nicht das Zuhause, das ich meine. Ich möchte zurück nach Germanien.« Und bevor Arianrhod etwas darauf erwidern konnte, schob sie noch trotziger nach: »Und ich möchte, das Swidger mit mir geht.«

Arianrhod sog die Luft ein und wollte anführen, dass sie Swidger brauchte; er war ihre Leibwache, er war die letzte Verbindung, die sie außer Brannon noch zu Túan hatte. Er war einer der wenigen Menschen, der vieles miterlebt hatte, was sie mit dem

Druiden verband. Wenn auch er ging, würde sie wirklich allein sein.

Ihr Blick fiel auf den Kleinen, der sich eine Tonschale genommen hatte und unentwegt damit auf ein Bild eines Pferdes einschlug, das in einen metallenen Krug gehämmert war. Er hörte erst damit auf, als die Schale zerbrach. Mit überraschender Zielstrebigkeit griff er sich eine Scherbe und kratzte damit am Hals des Pferdes herum. Es sah aus, als wollte er das Tier köpfen.

Arianrhod bückte sich und entwand ihm die Scherbe. Sie musste dabei mehr Kraft aufwenden, als sie erwartet hatte und für einige Sekunden blickte sie den protestierenden Kleinen erstaunt an.

Inga klaubte wortlos die anderen Teile der Schale auf und legte sie auf den einzigen Tisch im Raum.

Arianrhod richtete sich auf und nahm unbewusst eine beinahe königliche Haltung an. Auch Inga versteifte sich und Arianrhod erkannte, dass ihre Freundin zu glauben schien, es sei eine beabsichtigte Geste, die ihre Position bestärken sollte.

»Mein Herz ist schon gebrochen, Inga«, kam es aber wenig königlich aus ihr hervor. »Wenn auch ihr beide mich verlasst, tretet ihr die spärlichen Reste meines Herzens in den Staub.« Sie senkte betrübt den Kopf. »Aber natürlich werde ich dich nicht aufhalten; du kannst gehen, wohin es dir beliebt.«

»Und Swidger?« Inga konnte nicht verhindern, dass ihre Stimme zitterte.

»Für ihn gilt natürlich das Gleiche. Ich habe nicht vor, mich wie ein römischer Statthalter zu gebärden. Weder gegenüber meinem neuen Volk noch gegenüber meinen einzigen Freunden.«

Es tat Arianrhod fast körperlich weh, als sie sah, wie sehr die Erleichterung ihre ehemalige Freundin aufatmen ließ. Mit einem feuchten Schimmer in den Augen sah sie zu, wie Inga sich unmerklich verbeugte, sich umdrehte und den Raum verließ.

Der selbstverständlich vor der Tür Wache haltende Swidger blickte verständnislos auf die beiden Frauen und machte ein völlig ratloses Gesicht, als Inga ihm leise aber mit fester Stimme zuraunte:

»Sobald es deine *Herrin* erlaubt, möchte ich dich in meiner Hütte sehen.«

Inga konnte nicht verhindern, dass sich ihre Titulierung mit Spott färbte und sie bei den anderen Worten einen befehlenden Ton angenommen hatte, der Swidgers Stirn zum Runzeln brachte. Sie stob davon und hätte beinahe Sétanta umgerannt, der gerade den äußeren Ring und die dortigen Wachen passiert hatte.

Der alte Druide blickte ihr nach, dann in Swidgers Gesicht und durch die immer noch offene Tür in das seiner Königin.

Manche Dinge scheinen sich auch von selbst zu erledigen. Also haben meine kleinen Gespräche über Freiheit mit dieser Germanenhure endlich Wirkung gezeigt.

»Ich bitte um ein wenig deiner Zeit, Krone des Nordens«, sagte Sétanta und blieb abwartend vor der privaten Kammer Arianrhods stehen. Er wandte sich noch einmal in den Gang um, durch den Inga verschwunden war und dann wieder zu seiner Königin zurück. »Wenn du eine zweite Kinderfrau benötigst, kann ich dir eine empfehlen. Die Römer haben auch vor Kindermord nicht zurückgeschreckt und ich kenne einige Cruithin, die sich freuen würden, den kleinen Brannon mit dir gemeinsam aufzuziehen.« Er blieb immer noch vor der Tür stehen.

Arianrhod erhob sich und nahm Brannon auf die Arme. Sie trug ihn zu seinem Bett und legte ihn hinein, doch fast augenblicklich fasste der Junge, der gerade 1 ½ Jahre alt war, den Rand des Kinderbettes und zog sich daran hoch. Seine Beinchen wackelten längst nicht mehr und er blieb trotz seiner Müdigkeit lange stehen. Als er schließlich niedersank, hatte er immer noch ein triumphierendes Lächeln im Gesicht.

»Er ist stark, so wie sein Vater es war und seine Mutter jetzt ist. Ich beglückwünsche dich zu deinem Kind. Auch bei den Cruithin ist die Herrscherfolge wichtig. Zwar zählt nicht allein die Herkunft, aber Stärke ist etwas, was jeder Herrscher sein Eigen nennen sollte. Und dieser Junge zeigt jetzt schon, dass er anders ist, als andere Kinder in seinem Alter.«

»Ja, das tut er«, antwortete Arianrhod und winkte Sétanta und Swidger herein. »Es wäre mit aber lieber, Brannon wäre genau wie all die anderen Kinder. Jede Mutter sieht in ihrem Kind etwas Einzigartiges.«

Sétanta fühlte, dass Brannon dieses mütterliche Vorurteil in ganz besonderem Maße erfüllte. Mit ein wenig Unbehagen beobachtete er, wie der Kleine mit seiner Müdigkeit kämpfte und immer wieder die Augen aufriss, so als wolle er unbedingt mitbekommen, was die Erwachsenen zu bereden hatten. Erst als beide Männer im Raum waren und Swidger die Tür schloss, fielen Brannon die Augen zu.

»Nun Sétanta, was führt dich zu mir?«

Dieses Mal nahm der Druide auf einem Hocker Platz und richtete seine Kutte zurecht, bevor er sprach. Er hatte seinem Gesicht eine lange geübte und zerknirschte Miene verpasst.

»Ich habe die letzten Zehnttage abgewartet, um dir Zeit zu lassen, wenigstens deinen größten Schmerz zu überwinden«, sagte er mit gespielter Einfühlsamkeit. »Das, was von deinem Mann und meiner Hütte übrig blieb, haben wir mit den größten Menhiren bedeckt, die wir bewegen können. Dein Einverständnis vorausgesetzt, wurde an dieser Stelle ein … neues Grabmal errichtet, mit allen Dingen, die ein Cruithin auf den Weg ins Andersland benötigt. Ich selbst habe jede einzelne Rune auf die Steine gezeichnet und die notwendigen Beschwörungen gesungen. Nur ausgesuchte Männer schlagen sie nun seit Tagen so tief in den Stein, dass sie die Jahrtausende überdauern können, um Zeugnis abzulegen vor den Göttern und unseren Nachkommen. Sein Name wird niemals in Vergessenheit geraten.«

Jetzt verstand Arianrhod das ständige Schlagen der Meißel. Sie nickte und lächelte ohne wirkliche Freude.

»Ich hatte zuerst geglaubt, dass es sich um die Laute der Handwerker und Schmiede handelte, die unentwegt an ihrer Ausrüstung und Bewaffnung arbeiteten. Erst jetzt kann ich also das helle Singen von Hämmern auf Ambossen vom Klang der Hämmer auf metallenen Meißeln unterscheiden.«

Sie neigte dankend den Kopf und Sétanta bemerkte aus den Augenwinkeln, dass Swidger mit einem Nicken die Worte des Druiden bestätigte.

»Ich danke dir für deine Rücksicht und deinen Fleiß, Sétanta. Es ist gut zu wissen, dass es noch immer Menschen um mich herum gibt, die wissen, was zu tun ist. Auch wenn ihre Königin vor Trauer gelähmt scheint.«

Jetzt war es an Sétanta, dankbar den Kopf zu senken. Aber er tat es nur, um sein zufriedenes Aufblitzen in den Augen zu verbergen und den nächsten Teil seiner Absichten in Gedanken vorzuformulieren.

»Túan hat mir erzählt, dass er auch dich über seine Absicht informierte, den Aufenthaltsort und damit das Wissen um den Trank niemals wieder in Vergessenheit geraten zu lassen. Sein erster Tod hätte dies beinahe bewirkt. Aus diesem Grunde teilte er sein Wissen mit mir und so können wir weiterhin Spiegelkrieger zum Leben erwecken. Das Mittel, die Römer in naher Zukunft aus unserem Land zu vertreiben, steht uns also weiterhin zur Verfügung.«

Sie nickte bestätigend. »So bist du nun derjenige, der *allein* um die Bestandteile des Trankes weiß.« Er erkannte natürlich die beabsichtigte Betonung des Wortes und ihre Angespanntheit, was er auf die unausgesprochene Frage antworten würde.

»Auch mir - einem alten Mann - erscheint es zu gefährlich, so ein wichtiges Geheimnis alleine zu tragen. Deshalb möchte ich auf die Insel Ynys Môn reisen, um dort aus den Schülern der Druiden einen oder zwei geeignete auszuwählen, die diesen Schatz bewahren sollen, wenn mich mein Schicksal ereilt.« Er lächelte selbstironisch. »Wie du siehst, Königin, bin ich nicht mehr der Jüngste.«

Es sah ihr offen ins Gesicht und achtete auf jede einzelne ihrer Muskelbewegungen und den Ausdruck in ihren Augen. Wenn sie jemals Misstrauen für ihn empfunden hatte, verflüchtigte es sich so rasch, wie Inga aus der Tür gerauscht war.

Beinahe schien es ihm, als könne er ihre Gedanken lesen:

Sollte ich mich in ihm getäuscht haben? Seine

Gründe sind mehr als einleuchtend. Er ist alt! Und er ist augenblicklich der Einzige, der das Geheimnis kennt. Wenn er plötzlich an Krankheit oder Altersschwäche stirbt - oder einer feindlichen Waffe zum Opfer fällt -, dann ist das Geheimnis verloren.

Sétanta standen diese Fragen so klar im Kopf, dass er für einige Sekunden darüber nachdachte, ob er jetzt im hohen Alter die Fähigkeit des Gedankenlesens errungen hätte, so wie es in uralten Legenden dem einen oder anderen Druiden nachgesagt wurde.

Arianrhods nächste Worte rissen in aus der Grübelei und bestätigten ihr Vertrauen in ihn.

»Wie lange wirst du für diese Reise benötigen?«, fragte sie und hatte schon die nächste Frage auf der Zunge. »Und was spricht dagegen, einen Vorrat des Trankes herzustellen, damit Púca im Notfall Krieger erwecken kann?«

Sétanta hätte sich beinahe auf die Zähne gebissen, denn Púca war zwar Druide wie er selbst, längst nicht so alt wie Sétanta, aber er wirkte auf Sétanta ein wenig einfältig. Jeder wusste von den beschränkten Fähigkeiten Púcas, doch er tat sein Bestes und heilte die Kranken, schloss Ehen und hielt an den Festtagen die Rituale ab. Allerdings taugte er in Sétantas Augen nicht als Lehrmeister und schon gar nicht als Bewahrer eines solch uralten Geheimnisses.

Trotzdem nickte Sétanta. »Ich denke, dass ich in acht oder neun Tagen wieder hier sein kann. Und ja, natürlich kann mein verehrter Kollege Púca wenigstens dies tun, solange ich fort bin und mein Wissen noch nicht an … *geeignete* Schüler und *jüngere* Träger dieser Verantwortung weitergegeben habe. Ich werde ihm vor meiner Abreise einen Vorrat brauen und mit allen notwendigen Anweisungen vertraut machen«, sagte er scheinbar ergeben.

Aber ich werde ihm niemals alle Einzelheiten und schon gar nicht die Tafel selbst überlassen. Nur mir gehört jetzt diese Macht und ich werde sie nicht aus den Händen geben, solange ich lebe.

Swidger stapfte über das dichte Gras des Lagers und bemerkte mehr beiläufig, dass ein guter Teil der Spiegelkrieger fehlte. Sie hatten auf Anraten Marcellus Maximus Lupinius ein Viertel ihrer Streitmacht an die Westküste von Breith verlegt, angeführt von Maelchon mac Cean, Máiri von den Vacomagi und dem Wolf selbst. Ein weiteres Viertel hatte sich trotz aller anderslautenden Vermutungen an die Ostküste aufgemacht, um unter der Führung von Catriona maqq Horestiani und Fionnghal mac Carnonacae auf eine römische Flotte zu warten, die wahrscheinlich dort gar nicht kommen würde. Aber sicher war sicher.

Der Rest - was augenblicklich die Hälfte bedeutete und etwas mehr als 40.000 Männer und Frauen ausmachte - bereitete sich hier darauf vor, den Marsch in den Süden zu beginnen, der unmittelbar bevorstand. Alle warteten nur darauf, dass sich Arianrhod mac Ruith, die Krone des Nordens, an ihre Spitze setzte und den Vernichtungsfeldzug, den sie vor dem Winter gegen den Hadrianswall erfolgreich geführt hatten, jetzt mit neuem Schwung darüber hinaus tragen und die Römer bis an die Südküste von Breith zu treiben.

Und am besten direkt ins Meer.

Swidger drehte sich noch einmal um und sah beruhigt, wie ein gutes Dutzend der allerbesten Cruithinkrieger das Tor zu Arianrhods Befestigung bewachten. Weitere Paare patrouillierten gegenläufig um das runde Gebäude und verständigten sich ab und an mit den Wachen auf den entfernten Türmen, die Swidger zusammen mit dem Wolf angeregt hatte und die sie weit über die Berge und Täler blicken ließ.

Er war noch mit ähnlichen Gedanken beschäftigt, als er an die gemeinsame Unterkunft kam, die er sich mit Inga teilte. Als Zugeständnis an ihre germanische Herkunft hatte er zusätzlich zum Wappen der Ruiths ein Bild Wotans anbringen lassen. Doch der Cruithin, der es gemalt hatte, besaß wenig Talent, und so blickte dem großen Germanen anstelle eines furchtgebietenden Donnergottes ein etwas schief geratener alter Mann entgegen, in dessen Händen die angedeutete Donnerwolke wie ein Haufen Schafswolle aussah.

Er verzog seinen Mund zu einem verzeihenden Grinsen und hoffte, das sein Gott den Gedanken an ihn höher einschätzte, als die Qualität der Zeichnung. Swidger hatte das leichte Lächeln noch auf dem Gesicht, als er eintrat und Inga schwer beschäftigt vorfand. Sie nahm etwas von einer Stelle und trug sie zu einer anderen. Dann wieder nahm sie den Gegenstand und brachte ihn zurück, wo sie ihn hergenommen hatte. Das ohnehin schwache Lächeln auf seinem Gesicht verschwand.

»Was tust du? Ist dir unser Heim nicht schön genug?«

Sie wirbelte herum, da sie ihn in ihrem Tun nicht hatte kommen hören.

»Heim? Diese armselige Holzhütte nennst du ein Heim?« Sie betrachtete den Gegenstand, den sie gerade in Händen hielt - es war ein einfacher Tonbecher - und stellte ihn so hart auf den kleinen Tisch, dass der Becher zersprang. »Das hier ist ein fremdes Land, und all die Menschen um uns herum -

ob nun tot oder nicht - sind auch Fremde.«

Sie trat an ihn heran und erreichte mit ihrer Körpergröße gerade mal sein Kinn. Trotzdem machte er einen halben Schritt zurück, als sie ihn mit ihrem ausgestreckten Finger aufzuspießen schien.

»Du und ich sind hier die einzigen Germanen. Bei den Römern hatten wir wenigstens noch Landsleute. Hier sind wir völlig allein. Und es sieht nicht so aus, als würde sich das dieses Jahr oder auch in den nächsten zehn Jahren ändern. Ich habe keine Lust, Kinder unter Fremden aufzuziehen und zuzusehen, wie aus Germanen primitive Barbaren werden.«

Swidger machte den Versuch eines Scherzes.

»Die Römer bezeichnen auch uns Germanen als Barbaren. Jeder, der kein Römer ist, ist in ihren Augen ein Barbar.«

»Genau das ist es doch. Wir waren Sklaven, Vasallen und keine freien Germanen …«

»Jetzt sind wir frei.« Auch dieser Versuch verpuffte an ihrer Aufgeregtheit.

»Pah, frei!« Sie hatte sich in Fahrt geredet und jetzt brach alles aus ihr heraus, was sie in all den vergangenen Monaten hingenommen und geschluckt hatte.

»Du verbringst mehr Zeit mit deiner neuen Königin als mit mir, deinem Weib«, warf sie ihm vor und wieder stach ihr ausgestreckter Finger nach ihm.

»Wir sind von keinem Priester …«, wagte er einzuwenden, doch sie kam jetzt richtig in Fahrt.

»Blödsinn, Priester. Wo sollen wir in dieser Wildnis einen germanischen Priester herbekommen? Und wag es ja nicht, mir mit dem uralten Sétanta oder - noch schlimmer - diesem Púca zu kommen. Sie sind weder Germanen, noch kennen sie unsere Bräuche …«

»Aber es sind heilige Männer«, unterbrach er sie wieder und wusste im gleichen Augenblick, dass er schon wieder einen Fehler begangen hatte.

»Pah! Heilige Männer. Ich traue diesem Sétanta nicht weiter über den Weg, als ich spucken kann.« Sie wirbelte herum und schien nach etwas zu suchen, dass sie packen und an die Wand oder nach ihm schleudern konnte. Aber entweder hatte sie es schon eingepackt oder es war nichts in der Nähe, was diesen Zweck hätte erfüllen können.

Swidger stand wie ein steifer Klotz im Raum und musste ihr im Stillen recht geben. Auch er misstraute Sétanta. Im Augenblick war er immer noch auf einer Reise zur Insel Ynys Môn, wurde aber jeden Tag zurückerwartet. Was er dort tat, wusste Swidger nicht, und wenn er genau darüber nachdachte, wollte er es auch gar nicht wissen.

»Ich führe Arianrhods Leibgarde und da ist es meine Pflicht in ihrer Nähe zu sein. Ich bin ihr einziger Schutz«, versuchte er vom Thema Priester und Heirat abzulenken. »Jetzt, wo Túan nicht mehr da ist«, schob er nach und eine Woge unterdrückter Wut und Resignation durchflutete ihn.

Für einen Augenblick sah er ein wenig Mitleid in Ingas Augen, doch die hielt nur einen Moment lang an.

»Du hast ihr schon im Kastell Blicke zugeworfen, gib es zu. Ich war damals fast ständig in ihrer Nähe und hatte Zeit genug, deine Lüsternheit zu sehen.« Sie stellte sich wie ein wütender Stier vor ihn hin und stemmte dabei die Hände in die Hüften.

»Natürlich hab ich sie angesehen, sie *ist* eine schöne Frau und ich bin nicht blind …« gab er zu.

»Aha!«

Nun wurde er selbst wütend und reckte sein Kinn

angriffslustig nach vorn. Zu seiner Genugtuung machte Inga einen Schritt rückwärts.

»Nichts aha! Ich bin ein Mann. Dazu noch ein Germane. Und es ist nicht unsere Art, vor schönen Frauen die Augen zu senken oder abzuwenden, egal ob sie für uns unerreichbar sind oder nicht. Nur Waschlappen und Höflinge tun so etwas. Ich nicht!«, betonte er und hatte die Hoffnung, dass sie ein Einsehen hatte. Schließlich *war* er ein Germane und kein verweichlichter römischer Politiker.

Doch da kannte er die Frauen - und besonders Inga - schlecht.

Mit einer Mischung aus Verzweiflung und Eifersucht donnerte sie ihm entgegen.

»Also ist es wahr, du *hast* Interesse an ihr«, schrie sie ihn an und dabei liefen ihr plötzlich die Tränen aus den Augen. »Und jetzt, wo Túan tot ist, willst du seinen Platz einnehmen. Das ist ja eine schöne Karriere: vom germanischen Kuhtreiber und römischen Vasallen, hin zum Leibwächter und womöglich König der Picten!«

Für mehrere Augenblicke war Swidger sprachlos. Zum einen, weil er seinen Werdegang niemals in dieser Weise gesehen hätte, zum anderen, weil ganz tief in seinem Innern sich etwas regte, dass ihn Arianrhod tatsächlich nicht allein als Schutzbefohlene betrachten ließ, sondern als … Frau.

Er schluckte hart und versuchte diese Gedanken und Ingas Tränen mit Kopfschütteln abzuwehren. Aber er brachte für lange Sekunden kein Wort über die Lippen.

Je mehr Inga Tränen vergoss und sich nun auf die Liegestatt niederwarf und von heftigem Schluchzen durchgerüttelt wurde, desto mehr zog es ihm den Hals zusammen.

»Es ist meine Schuld, das Túan tot ist. Und ich habe an ihr meine Schuld zu bezahlen. So einfach ist das.«

Seine Stimme hatte sich wieder beruhigt, aber in seinem Innern tobte ein Gefühlssturm, beinahe wie in einer Schlacht. Fast sehnte er sich nach einem Kampf. Wie einfach war es doch dort. Freund und Feind waren klar zu erkennen und es gab keine Zeit für Worte und Überlegungen. Man schlug zu und tötete als Erster. Denn eine zweite Chance bekam man dort selten.

Ein neues Gewicht drückte auf seine innere Last, als er diesen Gedanken hatte.

Und doch hat mir Túan eine zweite Chance gegeben, ein zweites Leben. Ich war tot und auf dem Weg nach Walhall. Aber er hat mich wiedererweckt und mich Inga zurückgegeben.

Er wollte dies der weinenden Frau auf dem Bett sagen, doch weder konnte er die richtigen Worte finden noch einen Ton, der sie beruhigen und in seine Arme führen würde. So stand er eine Weile hilflos da und lauschte ihrem Weinen. Als ihr Schluchzen versiegte und sie nur noch leise weinte, hielt er es nicht mehr aus und drehte sich um und fasste an den Türriegel.

»Wo gehst du hin?«, kam es dumpf aus dem Wust ihrer verwirrten Haare.

Die Hand am Riegel wartete er und suchte selbst nach einer Antwort. Er wusste nicht, wohin er hatte gehen wollen.

»Ich mache einen weiteren Kontrollgang. Die Wachen sollen sich nicht an regelmäßige Besuche gewöhnen. Wenn ich zurück bin, können wir vielleicht ohne Streit miteinander reden.« Aber auch hier war seinen Worten anzuhören, dass er nicht daran glaubte.

Als sie nichts darauf erwiderte, öffnete er die Tür und ging hinaus. Er war schon mehrere Schritte fort, als sie mehr zu sich selbst sagte:

»Dann bin ich vielleicht nicht mehr hier.«

Kapitel VIII
A. D. 183, Juni
Der Wolf hetzt die Meute

Dichte Nebelbänke hüllten die römischen Galeeren wie eine Decke aus weichen Federn ein. Die letzten Legionäre, die sich an Bord ihrer Schiffe begaben, wirkten wie Schattengestalten, die Geistern gleich durch das Zwielicht huschten. Die roten Helmbüsche der Offiziere waren blutrote Tupfer auf dem grauen Laken des frühen Morgens.

Ulpius Marcellus fröstelte trotz der Jahreszeit und zog seinen Umhang dichter um sich zusammen. Er stand mit Sidonius Gavius auf dem Achterdeck seines Flaggschiffes und wartete ungeduldig, bis ein Melder die Bereitschaft auch des letzten Schiffes zum Auslaufen anzeigte. Er gab dem Cornicen einen Wink und der stieß mit kräftigem Blasen in sein Cornu.

Er hatte nicht befohlen, dass die Männer besonders leise sein sollten - denn schließlich lag die Westküste Britanniens noch viele Meilen vor ihnen - und trotzdem bewegten sich die Männer, als achteten sie darauf, keine unnötigen Geräusche zu machen.

»Neptun hüllt uns in einen Schleier«, sagte Ulpius Marcellus und sein Tonfall verriet nicht, ob er dies begrüßte oder bedauerte.

»Mir wäre lieber, er würde uns den Nebel für die Zeit unserer Ankunft schicken, Herr. Es sind noch rund 40 Seemeilen bis zu unserem vorgesehenen Landepunkt. Das bedeutet mindestens 24 Hora Fahrt, bei dem mäßigen Tempo, dass du befohlen hast.« Es lag kein Vorwurf darin, sondern Besorgnis.

»Und ich habe befohlen, dass die Ruderer sich nicht verausgaben sollen und wir eine Nacht ruhen und dabei nur so stark rudern, dass uns die Strömung nicht abtreibt. Ich weiß, Sidonius, dass dir dies nicht ganz behagt. Aber ich möchte eine ausgeruhte Rudermannschaft haben, wenn wir unser Ziel erreichen. Ich denke nicht, dass uns die Picten so einfach werden anlanden lassen. Sie werden uns schon auf See angreifen, da bin ich mir sicher.«

Sidonius Gavius grinste für einen Wimpernschlag mit Verachtung, dann hatte er seinen Standardausdruck wieder.

»Unsere Hauptstrategie beruht darauf, dass die Picten uns an ihrer *Ost*küste erwarten und nicht hier in ihrem Rücken. Und trotzdem rechnest du damit, dass sie uns *hier* entgegenkommen? Außerdem habe ich mich über die Boote der Picten informiert, Herr. Und wie du bemerkt hast, vermeide ich das Wort Schiff. Denn diese Nussschalen, die sie besitzen, sind drei bis vier Mal so klein wie unsere Galeeren, haben nur ein Segel und können vielleicht zehn oder zwölf Mann tragen. Wenn sie uns damit auf See angreifen wollten, müssten sie schon Hunderte davon haben.«

»Vielleicht haben sie so viele, wir wissen es nicht, Sidonius. Und sie kennen diese Gewässer besser als wir, schließlich ist es ihre Heimat. Ich rechne auch mit Überraschungen. Weder Magnus Lucius noch mein direkter Vorgänger Caerellius Priscus hatten mit der Verschlagenheit der Picten gerechnet. Ich habe keine Angst vor einer Schlacht, ob zur See oder auf Land. Das, was *mir* Sorgen bereitet, ist das, was ich nicht kenne.«

Schon wieder hatte Ulpius Marcellus es geschafft, seinen Untergebenen zu verblüffen. Es war nicht üblich, dass sich ein Kommandeur von Sorgen geplagt zeigte. Sidonius Gavius musste zugeben, dass er entgegen ersten Bedenken langsam anfing, seinen neuen Befehlshaber nicht nur zu respektieren, sondern echte Sympathie für ihn zu empfinden. Andere Anführer hätten wenig Rücksicht auf die Männer genommen und versucht in Rekordzeit - und damit eventuell in weniger als der halben Zeit, die sie nun benötigen würden - die caledonische Küste zu erreichen.

Doch davon ahnte Ulpius Marcellus nichts.

Sidonius nickte bestätigend, sagte aber nichts mehr. Beide Männer lauschten auf den regelmäßigen Takt des symphonieacus und dem folgsamen Schlag der Ruderer.

Als die Sonne aus dem Meer auftauchte und immer rascher den Morgennebel auflöste, murmelte Ulpius Marcellus so leise, dass es der neben ihm stehende Sidonius kaum verstehen konnte:

»Neptun schenkt uns eine ruhige Überfahrt. Mögen die Götter uns weiterhin begleiten.«

Weder er noch der Mann neben ihm sahen die winzigen Boote, die hinter ihnen am Horizont und in den letzten Nebelfetzen verborgen der Flotte folgten.

Der entfernte Verwandte Ulpius Marcellus´, der auf einem dieser kleinen Boote ruderte, war Marcellus Maximus Lupinius. Er hatte untersagt, die Segel zu setzen und befohlen, nur zu rudern. Er hielt sich soweit es nur irgend ging von den Römern entfernt. Die Picten - nein, die Cruithin - hatten seine Vorschläge ohne zu murren als Befehle angenommen. Natürlich war er nicht allein an Bord des Bootes, das man vielleicht als das Flaggschiff der Currach-Flotte hätte bezeichnen können, das aber genauso klein und unscheinbar war, wie all die anderen Boote.

Maelchon mac Cean und Máiri von den Vacomagi

waren bei ihm.

Lupus, wie sie ihn nannten, setzte ein zwiespältiges Grinsen auf, das ihn noch mehr wie einen Wolf wirken ließ. Einen alten, grauen Wolf; erfahren in vielen Kämpfen und wie jeder alte Wolf einsam. Sein erstes Rudel - Rom - hatte ihn im Stich gelassen, hielt ihn für verschollen und längst tot.

Sein zweites Rudel - die Cruithin - kannten ihn in seiner wahren Identität erst seit kurzer Zeit. Und doch hatten sie ihn aufgenommen. Er verzog den Mund zu einem schiefen Lächeln, das für die Männer und Frauen um ihn herum so aussah, als fletsche er die Zähne angesichts einer römischen Flotte vor seiner Schnauze.

Lupinius strich sich mit einer Hand durch sein fast weißes Haar, das noch von wenigen grauen Strähnen durchzogen wurde.

Dies wird mein letzter Kampf sein, dachte er und fühlte weder Bedauern noch Freude dabei. Über diese Gefühle war er längst hinaus.

Doch bevor ich sterbe, werde ich mich bei Rom und meiner Familie dafür bedanken, dass sie mich vergessen haben.

Bewundernd beobachtete er, wie die Cruithin geschickt jede der verwirrenden Strömungen nutzten, um den Römern im Nacken zu bleiben. Sie hielten dabei gerade so viel Abstand, dass sie noch die Spitzen ihrer Masten am Horizont ausmachen konnten.

Die Sonne war vor einer halben Stunde aus dem Meer aufgetaucht und jeder proreta gab die Position benachbarter Schiffe der Flotte an seinen trierarchus weiter. Nach wenigen Minuten stand fest, dass sie während der Nacht kein Schiff verloren hatten und alle mehr oder weniger geschlossen auf Zielkurs lagen. Und dies, obwohl sie mehrmals mit unterschiedlichen Strömungsrichtungen zu tun gehabt hatten.

Auch an diesem Morgen zog Nebel über die ruhige See und leise Rufe und Kommandos hallten durch die Schwaden.

Ulpius Marcellus stand wie üblich auf dem Achterdeck seines Flaggschiffes und blinzelte ein wenig verschlafen, als auch Sidonius Gavius die wenigen Stufen zu ihm hochstieg und sich neben ihn stellte.

Dieser setzte seine Faust auf sein Herz und wollte ein Wort sagen, als er über die Schulter seines Befehlshabers hinweg auf das Meer hinaus blickte. Sein sich zum Gruß ausstreckender Arm und die gerade noch geballte Faust öffneten sich und wiesen mit dem Zeigefinger auf dunkle Flecken in dem sich auflösenden Dunst.

Marcellus drehte sich herum und sah in die angegebene Richtung. Mehrere Dutzend der dunklen Flecken bildeten eine unregelmäßige Reihe, die in ziemlicher Entfernung zu ihnen im Wasser zu treiben schien.

»Was ist das, Herr?«, fragte Sidonius und versuchte gegen das aufkommende Sonnenlicht etwas zu erkennen. »Die Picten?«

Ulpius Marcellus blieb gelassen und nickte. »Ich hatte es dir doch vor Kurzem gesagt, mein Freund. Sie werden uns nicht so einfach landen lassen. Aber sie sind noch weit weg. Wir haben Zeit genug, um uns bereit zu machen.« Er winkte die anderen Offiziere zu sich heran und gab einige rasche Kommandos. Die Männer schlugen zur Bestätigung nur ihre Rechte auf die Brust und gingen davon, um seine Befehle umzusetzen.

Die Sonne löste nun rasch die letzten Nebelfetzen auf und mehr und mehr der dunklen Flecke tauchten daraus hervor und entpuppten sich tatsächlich als caledonische Currach.

Antonius Farzatio, der trierarchus ihres Schiffes, grinste breit und wischte sich über sein schwitzendes Gesicht. Er war ein mehr als kräftiger Mann - einigen Vergnügungen nicht abgeneigt und davon war die Fresssucht noch die harmloseste - und seine Körperfülle führte dazu, dass er immer schwitzte. Er wischte seine nasse Hand an seiner Tunica ab und ignorierte die missbilligenden Blicke der beiden Männer vor ihm.

»Wenn sie nicht mehr als diese Nussschalen haben, werden wir sie mit unseren Rammspornen in kleine Spreißel verwandeln, Herr.« Er wartete auf Zustimmung und grinste etwas weniger breit, als sie nicht kam.

»Sie werden kaum diese ... Boote bemannt haben, um sich von uns - so mir nichts, dir nichts einfach überfahren zu lassen«, mutmaßte Sidonius Gavius und musterte angestrengt die langsam herantreibenden Feindschiffe. »Ich kann niemanden an Bord entdecken ... aber sie sind immer noch sehr weit weg, ich kann mich auch täuschen ...« Seine Stimme verriet jedoch, dass er nicht daran glaubte.

Auch Ulpius Marcellus und der Schiffskommandant bemühten sich, die genau aus Richtung der Sonne kommenden Schiffe zu betrachten, doch außer den dunklen Bootsrümpfen und den Segeln konnten sie keine Details ausmachen.

»Lasst alle Mann antreten und die Masten und Rahsegel abmontieren. Wir bereiten uns auf eine Seeschlacht vor. Es soll mir recht sein, so einfach und so viele Picten wie möglich auf den Meeresgrund zu schicken«, sagte Marcellus und rückte seinen Helm zurecht und lockerte sein Gladius in der Schwertscheide. »Damit haben wir es an Land mit weniger zu tun. Wenn sie uns hier die Arbeit erleichtern, wollen wir dafür dankbar sein.«

Rufe hallten über das Deck und Hornisten gaben Befehle an die anderen Schiffe weiter. Ruderschlag um Ruderschlag richtete sich die Flotte auf die vielen kleineren Boote aus, die nun zu mehr als einhundert Stück auf sie zutrieben. Und immer weitere tauchten aus den Sonnenstrahlen dahinter auf. Es verging eine viertel Stunde, bis beide Flotten sich aufeinander ausgerichtet hatten, wobei die römische Flotte der einzig aktive Teil war. Die kleinen Schiffe der Picten schienen führerlos in der Strömung zu treiben. Und diese führte die Boote exakt auf die Römer zu.

Ulpius sah, wie Sidonius Gavius seine Stirn befühlte, so als würden ihm seine angestrengten Blicke bald Kopfschmerzen bereiten und beobachtete seinerseits konzentriert die Linie des Feindes. Die Boote hielten ihre Formation bei und doch war niemand an Bord zu sehen. Mittlerweile waren sich die Flotten so nahe gekommen und die Sonne so hoch gestiegen, dass die Römer nicht mehr gegen das Licht blinzeln mussten. Sie hatten eine recht gute Sicht auf die erste Reihe der Currach.

Die erste Reihe ... die Worte trieben wie zäher Honig durch das Gehirn des neuen Statthalters und dann schoss ihm ein neuer Gedanke heiß durch den Kopf.

»Eine zweite Reihe!« Er musste den Gedanken laut ausgesprochen haben, denn sowohl Antonius Farzatio als auch Sidonius Gavius drehten sich ihm zu.

»Ja, eine zweite Reihe dahinter und danach noch eine ...«, zählte der trierarchus auf und sein überhebliches Grinsen signalisierte, dass er dies nicht als Bedrohung ansah. »Auch diese sind winzig; wir werden sie alle zu Treibholz zermahlen.«

Ulpius Marcellus ignorierte dessen Angeberei, sondern achtete gespannt auf Sidonius´ Gesicht.

Anstatt ein weiteres Wort zu sagen, wirbelte dieser plötzlich herum und zeigte nach achtern.

»Dort!«

Die anderen Männer folgten seinem Ruf und blickten in die Richtung, aus der sie gekommen waren.

Mehr als zweihundert Currach bildeten einen dichten Wall aus Holz und Segeln.

Und *diese* Schiffe waren bemannt.

Die Entfernung war doppelt so groß wie die zu den scheinbar unbemannten Booten in ihrer Segelrichtung, doch Ulpius Marcellus lief ein erster Schauer über den Rücken. Wenn auf jedem Currach zehn bis fünfzehn Mann fuhren, näherte sich ihnen damit eine Streitmacht von mindestens 2.000, vielleicht sogar 3.000 Mann. Sie kamen sehr langsam näher und ein Seemann wie Farzatio hätte dies dem Umstand zugeordnet, dass die Picten - wie auch die Römer - gegen die Strömung rudern mussten und vielleicht mit fünfzehn Mann pro Boot an der Grenze der Überladung operierten.

Doch Ulpius Marcellus war mehr Soldat und Stratege als ein Seemann.

»*Diese* dort hinten werden nicht den Angriff führen. *Die* warten auf etwas ...«, sagte er und wieder kroch ihm ein Schauer über die Haut.

Alle drei drehten sich wieder in Segelrichtung und musterten nun mit ganz anderen Augen die Linien der treibenden Boote.

»Da!« Dieses Mal war es Antonius Farzatio, der mit seinem Finger zustieß wie mit einem Dolch und nach vorne deutete. »Die Boote sind mit Seilen aneinandergebunden; so halten sie die Formation.«

Der Abstand hatte sich nun so weit verringert, dass sie auch in die Boote blicken konnten.

»Es ist niemand an Bord zu sehen. Die Schiffe scheinen mit Waren beladen zu sein«, sagte Ulpius Marcellus und betrachtete dicke Packen, die mit Fellen und Stoffen bedeckt waren. Der gesamte Innenraum der Schiffe war vollgestopft. Für einen Augenblick dachte er an unter Decken verborgene Krieger.

Im ersten Moment ein wenig verwirrt, dann nickend, als wäre ihm der gleiche Gedanke durch den Kopf gegangen, fragte Sidonius Gavius: »Aber welchen Nutzen soll das bringen?« Er runzelte gequält die Stirn und schien tatsächlich unter Kopfschmerzen zu leiden, als er die dritte Reihe Boote hinter den ersten beiden unbemannten betrachtete. »Ich sehe dort jetzt auch Krieger stehen. Sie …«

Doch bevor er ein weiteres Wort sagen konnte, traten die Picten endlich in Aktion.

In jedem Boot der dritten Reihe erhoben sich mit Pfeil und Bogen bewaffnete Krieger.

»Sie glauben doch wohl nicht, dass sie schon auf Schussweite heran sind«, begann Antonius Farzatio und schüttelte den Kopf, als die Pictenkrieger ihre Pfeilspitzen in Brand setzten.

Auch Ulpius Marcellus zweifelte am Verstand des Gegners. Doch zu seinen Zweifeln gesellte sich nun ein unangenehmes Ziehen in seinem Bauch.

»Wir nicht, aber ihre eigenen Schiffe …«,

murmelte er und schon zischten die ersten Brandpfeile in die Luft. Er verfolgte die Flugbahn der Geschosse und fand sie gut berechnet. Einer nach dem anderen landete auf den Booten der ersten Reihe und fiel auf verdächtig feucht glänzende Ladung. Zunächst hatte er den nassen Schimmer für Lichtreflexe gehalten. Jetzt jedoch erkannte er die Flüssigkeit als das, was sie war:

Öl!

Sofort fingen drei Dutzend Boote Feuer und die Flammen verbreiteten sich in rasender Eile über die mit Öl getränkten Decken und Stoffe. Und natürlich brannten sie nicht mit sauberer rotgelber Flamme, sondern mit dreckig rußigem Qualm. Im Nu standen schwarze Rauchsäulen zwischen den beiden Flotten. Und Pfeil auf Pfeil flog in hohem Bogen und fand sein Ziel.

Ulpius Marcellus bewunderte die Zielgenauigkeit der Schützen und ein anderer Teil seines Geistes drängte ihn, Befehle zu geben.

»Feuer!«, schrie er völlig überflüssig, denn jeder Römer hatte das unerwartete Manöver gesehen und längst nach Eimern gegriffen. Viele altgediente Legionäre und Seeleute bespritzten das eigene Schiff mit Seewasser. Doch wenn sie zu nahe an die in lodernden Feuersbrünsten stehenden Pictenboote herankamen, würde dies nicht viel helfen.

Dazu kam, dass die immer dichter werdenden Rauchwolken ihnen die Sicht verwehrten und eigenen Geschossen es erschwerten, wenn nicht gar unmöglich machten, die dahinter verborgenen Ziele zu treffen. Doch niemand der Römer dachte jetzt an den Abschuss der Katapulte.

Mit Grauen sahen sie die Flammenboote herangleiten, näher und näher. Nur noch wenige

Minuten und sie würden mit den Triremen der römischen Flotte kollidieren.

»Ausweichmanöver!«, schrie der trierarchus ihres Schiffes und die Ruderer legten sich ins Zeug. Auch sie hatten die heranrückende Feuerwand bemerkt und rissen mit aller Kraft an ihrem Riemen. Schwerfällig drehte sich die große Galeere. Andere Schiffe reagierten ebenso hektisch, und Befehle und Kommandos aus heiseren Kehlen erfüllten die Luft. Das Prasseln der brennenden Schiffe lieferte dazu ein unheimliches Hintergrundgeräusch.

Das Flaggschiff hatte gerade einen Viertelkreis geschafft, als das erste Pictenboot heran war. Ein Drittel der Backbordruderer stieß mit ihren Riemen nach dem Boot, um es auf Abstand zu halten und für ein, zwei Minuten gelang ihnen das auch. Doch die weitere Drehung der Galeere erschwerte ihnen die Abwehr und so verlegten sie sich wieder auf das Rudern und die Unterstützung ihrer Kameraden.

An Deck rannten alle verfügbaren Legionäre mit Eimern herum und bildeten von Steuerbord nach Backbord eine Kette. Die einen schöpften zwischen den Riemen ihrer Ruderer nach Wasser, die anderen schleuderten es auf das brennende Boot.

»Du, trierarchus Farzatio, bleibst hier auf dem Achterdeck und befehligst die Löscharbeiten! Sei gewarnt: Auch wenn hier nur Flammen unsere Gegner zu sein scheinen, könnten sich die Picten dazwischen unbemerkt nähern und uns von Achtern zu entern versuchen. Also behalte das Wasser im Auge!«

Er wartete nicht auf eine Bestätigung, sondern wandte sich an Sidonius Gavius.

»Komm mit mir an den Bug. Dort werden wir uns der Flotte der Picten stellen. Sie kennen vielleicht noch nicht unsere Raben«, sagte er und brachte ein bösartiges Grinsen zustande. »Wir werden ihnen zeigen, wie Römer auf See kämpfen.«

Er wandte sich ab und rannte durch die Mannschaften und Legionäre. Aus den Augenwinkeln sah er, wie ein zweites Boot gefährlich nahe heranglitt und bereits vollständig brannte. Wie eine höllisch heiße Fackel schwamm es auf die Galeere zu und wirkte dabei wie der Eingang zum Orkus. Hässlich kreischende Dämonen schienen in den züngelnden Flammen zu tanzen und die verzweifelten Löschbemühungen der Römer zu verspotten.

Doch deren Anstrengungen zeigten Erfolg. Beide Flammenboote fielen zurück, als die Galeere ihre Wende vollendet hatte und die Ruderer sie wieder ein wenig schneller vorantrieben, als die Strömung die Feuerschiffe.

Marcellus und Gavius atmeten auf, als sie beobachteten, dass auch anderen Triremen das Manöver geglückt war und parallel zu ihnen der zweiten Schiffsformation des Gegners zusteuerten.

Sie sahen aber auch, dass über die Hälfte der römischen Flotte völlig durcheinandergeraten war und viele Schiffe bereits Feuer gefangen hatten. Zu spät erteilte Befehle hatten zu Segeln geführt, die als lodernde und rauchende Fanale die Unfähigkeit ihrer Kommandanten kundtaten.

Der Statthalter und seine rechte Hand bissen die Zähne zusammen, als sie brennende und vor Schmerzen brüllende Männer von den Schiffen springen sahen. Viele davon begannen im Meer zu versinken, anstatt sich schwimmend in Sicherheit zu bringen.

»Schneller!«, schrie Ulpius Marcellus und schlug

mit einer Faust auf die Reling.

Der symphonieacus reagierte sofort und erhöhte das Tempo seiner Trommelschläge. Die letzten unkoordiniert rudernden Männer rissen sich förmlich am Riemen und fanden zu ihrem Takt zurück. Das Flaggschiff nahm Geschwindigkeit auf und setzte sich an der Spitze einer erschreckend kleinen Zahl noch voll funktionstüchtiger Triremen in Fahrt.

Ulpius Marcellus musste seine Wut und Ungeduld mit aller Macht bezwingen, um nicht schon jetzt den nächsten Befehl zu geben. Es dauerte quälende zehn Minuten, bis sich hinter ihm 23 weitere Schiffe formierten und auf annähernd die gleiche Geschwindigkeit kamen.

Mit Genugtuung und einem fast grimmigeren Gesicht als Sidonius Gavius registrierte er, dass wenigstens diese Schiffe nicht in Brand geraten waren und sich auf den Kampf konzentrieren konnten.

»Katapulte bereit machen!« Sein Befehl donnerte über das Schiff und zu den unmittelbar neben ihm fahrenden Galeeren. Ein Ruck schien durch Offiziere und Mannschaften zu gehen.

Das war die Art, die sie kannten.

»Entermannschaften in Formation!«

In Reih und Glied standen die Legionäre und mancher lachte, als er die kleinen Currach mit bis an die Grenze zur Überladung bemannten Picten näher kommen sah. Das Tempo der Galeeren war um ein Mehrfaches schneller als das der kleinen Boote. Die Strömung war nun auf ihrer Seite.

»Raben bereit machen!«

Die Mannschaften an den über zehn Meter langen Enterbrücken standen längst bereit. Sie kannten ihre Aufgabe. Jeder Handgriff saß und das Knarzen der

Seilzüge und das raue Knacken der Zahnräder gab den wartenden Legionären neuen Mut. Der eiserne Dorn des Corvus hob sich und blinkte mit kalter Härte den Picten entgegen.

Sobald er auf das feindliche Deck schlug, würden sie als eine Wand aus Schilden und Speeren vorrücken. Als die Picten auf Schussweite heran waren, konnte Ulpius Marcellus kaum an sich halten.

»Katapulte … Los!«

Mit harten Schlägen lösten die Bedienmannschaften die Sperrhaken aus den Zahnrädern und kesselgroße Steinbrocken flogen den Picten entgegen.

Doch die warteten nicht, bis die Geschosse auf ihren kleinen Booten einschlugen. Sie hatten nur darauf gewartet, dass die Katapulte ihre tödliche Ladung losließen und somit die Flugbahn erkennbar und unabänderlich war. Sie ruderten blitzschnell und mit großer Wendigkeit auseinander, sodass kein einziges Geschoss sein Ziel fand. Mit kläglichem Klatschen spritzten sie knapp aber wirkungslos an den kleinen Booten vorbei auf die Wasseroberfläche und versanken sofort.

Marcellus sah eine Katapultladung nach der anderen im Meer versinken und schrie seinen Frust hinaus:

»Rammgeschwindigkeit!«

Der symphonieacus hatte den Befehl schon erwartet und sich innerlich darauf gefreut. Es machte ihm immer Spaß, wenn sich das ganze Schiff nach seinem Takt richten musste. Wenn es nach ihm ginge, hätte er das Tempo der genau definierten Rammgeschwindigkeit höher angesetzt, da er diese kurzen und seltenen Momente seiner Macht auskostete. Doch wie immer zähmte er seine Begierde und hielt sich strikt an das vorgeschriebene Tempo. Mit scharf akzentuierten Schlägen trieb er die Ruderer an, und beneidete die Männer, die auf Sträflingsgaleeren ihr Leder in das Fleisch der Ruderer peitschen durften. Mit jedem Schlag auf seine Trommel stellte er sich vor, wie das Blut aus aufplatzenden Wunden über die Rücken der Sträflinge spritzte. Nach diesem Feldzug würde er versuchen, sich auf eines dieser köstlichen Schiffe versetzen zu lassen.

Das Flaggschiff stach durch das Wasser wie ein Messer durch gut abgehangenes Fleisch.

Die kleinen Pictenschiffe schienen davonzustieben wie aufgescheuchte Hühner in der Nacht, wenn ein Marder zu Besuch kam. Und wieder wichen sie im letzten Moment aus und schafften es in fast allen Fällen auch aus der Reichweite der Ruderer zu kommen.

Die römischen Galeeren waren mitten unter den Booten der Caledonier, als diese mit Enterhaken nach ihnen warfen und sich an genau bemessenen Seilen mitschleppen ließen. Bevor die Kommandanten begriffen, was die Picten vorhatten, wurden diese von der Strömung ans Heck der Triremen gezogen und holten nun mit beherzten Zügen die Seile ein. Der erste der Picten kletterte bereits an Bord, als die am anderen Schiffsende in falscher Richtung postierte Entermannschaft endlich reagierte und versuchte, sich dem Feind zu nähern.

Doch sie standen zu dicht gestaffelt und es entstand ein heilloses Durcheinander, bei dem sich die Legionäre selbst behinderten. Ihre restlichen Kameraden, die sich auf dem ganzen Schiff verteilt hatten, standen ihnen ebenfalls im Weg und so ging kostbare Zeit verloren.

Die Speere und Pfeile der Picten hielten reiche Ernte und etliche der Krieger sprangen zu den Ruderern hinunter, um dort wie Marder im Hühnerstall ein Massaker anzurichten. Schwerter und Äxte metzelten ein Drittel der Besatzung und Soldaten nieder, bevor die römische Entermannschaft das Vordeck erreichen konnte.

Und nun stand einem gnadenlosen Hauen und Stechen nichts mehr im Wege.

Keine Flammen.

Kein Rauch.

Keine falsche Richtung.

Beide Seiten kochten vor Wut und viele erfahrene Kämpfer agierten mehr wie Berserker, denn wie ausgebildete Soldaten.

Die römischen Offiziere, die ihren Verstand noch beisammen hatten, brüllten kurze Befehle in den Kampflärm und hatten wenigstens bei einigen Legionären damit Erfolg.

Die Picten jedoch hackten mit ihren Äxten und Krummschwertern in blutrünstiger Raserei auf die besser gepanzerten Gegner und errangen so zu Beginn die Oberhand. Meter um Meter drängten sie die immer noch uneinheitlich kämpfenden Angreifer über das Deck, das zunehmend rutschiger wurde, je mehr Blut sich darauf ergoss.

Ulpius Marcellus war eingekeilt zwischen hartgesichtigen Männern, denen er an den verkniffenen Mienen ansah, dass sie wussten, dass sie nicht nur ihr eigenes Leben zu schützen hatten. Mehr als eine Schlacht war trotz zahlenmäßiger Überlegenheit verloren gegangen, weil der Anführer gefallen war. Und er wusste dies genau. Es trieb ihm die Zornesröte ins Gesicht und gleichzeitig gab er ihnen recht.

Sidonius Gavius indes stand genau vor ihm und kam in den ersten Minuten des Kampfes den Picten so nahe, dass er ihnen bis auf Armeslänge gegenüberstand. Er tötete einen Mann mit einer fürchterlichen Narbe im Gesicht und fasste neuen Mut, als er kurz darauf einen zweiten Mann mit einem schnellen Schnitt den Kopf vom Hals trennte.

Die Picten fielen wie Gras unter der Sichel und mit einem Mal wandelte sich die anfänglich wütende Raserei der Römer in kaltblütiges Kriegshandwerk.

Mann formierte sich neben Mann und unvermittelt standen sie geschlossen an Deck. Eine verkleinerte Form der Schildkröte wälzte sich nun Schritt für Schritt den Picten entgegen und stach einen nach dem anderen nieder. Von unten drangen die Jubelschreie der überlebenden Ruderer herauf und feuerte die Legionäre an.

Marcellus gestattete sich einen schnellen Blick zurück aufs Achterdeck und sah Farzatio mit erhobenen Daumen dort stehen. Der trierarchus schien die Schlacht zu genießen, denn er grinste schweißüberströmt zu ihm herüber. Und in der gleichen Sekunde, als in Ulpius der Ärger über dieses Verhalten aufstieg, erbleichte der Schiffskommandant und ließ seinen Daumen sinken. Aus der Entfernung sah es so aus, als gefriere dem Mann das Grinsen im Gesicht.

Ulpius Marcellus blickte wieder nach vorn.

Doch statt auf den Rücken des vor ihm kämpfenden Sidonius zu blicken, sah er genau in die Augen eines Picten.

Er riss seinen Schild hoch und konnte im letzten Augenblick den mörderischen Schlag einer blutbefleckten Axt abwehren, die kurz zuvor den Schädel eines Legionärs gespalten hatte. Denn der Picte stand breitbeinig über der Leiche, grinste und rief dem Römer durch den Kampflärm zu:

»Nun, Römer, komm näher. Meine Axt lechzt auch nach deinem Schädel.«

Sagte es und hob die tropfende Waffe zum Schlag.

Ulpius stach blind mit seinem Gladius durch die Lücke der Kämpfer vor ihm und traf auf Widerstand. Ohne auch nur eine Sekunde innezuhalten, zog er zurück und stieß an der gleichen Stelle mit aller Kraft zu. Die Klinge durchstieß eine Brust und die Spitze des Schwertes trat im Rücken des Picten heraus.

Mit röchelndem Gurgeln sank der Mann nieder und sein Blut mischte sich mit dem eines Legionärs, der dort mit starren Augen lag.

Der Statthalter stand nun in der ersten Reihe und kämpfte so verbissen wie die alten Hasen um ihn herum. Sidonius Gavius stand links von ihm. Sein Helm ragte ein wenig aus den anderen heraus und Marcellus sah, wie sein praefectus classis nicht weniger hart kämpfte wie jeder andere Soldat. Noch einmal gelang es ihnen, einige Meter voranzurücken.

Doch dann war endgültig Schluss damit.

Noch während sie kämpften und scheinbar die Picten zurückschlagen konnten, zeigte das Schicksal sein gehässiges Gesicht: Zuerst waren es nur wenige Römer, die Zeit genug hatten, sich ihre Gegner genauer anzusehen. Ausgerechnet ihr Erfolg verschaffte ihnen die Zeit, nicht nur wild um sich zu schlagen, sondern den Feind zu betrachten.

Und das war der Anfang vom Ende.

Gerade eben niedergestreckte Männer standen scheinbar plötzlich wieder lebendig vor ihnen. Das gleiche Gesicht, dieselben blauen Symbole auf der

Haut.

Die Römer verstanden nicht, dass geköpfte, amputierte Feinde, die sie sicher getötet zu haben glaubten, erneut vor ihnen standen und sie bedrängten.

Sie wussten nicht, dass es sich dabei um Wiedererweckte handelte, um Spiegelbilder eines Originals, das andere Römer in einer anderen Schlacht schon längst besiegt hatten.

Die Verwirrung wechselte in Entsetzen, als zwei, drei und noch mehr völlig identische Picten vor ihnen standen und ihre Waffen schwangen. Die Abergläubischen unter den Römern riefen ihren Kameraden zu, dass sie von Dämonen angegriffen wurden und Rufe nach Göttern und deren Beistand wurden laut.

Selbst die Offiziere wussten nicht, was sie gegen diese unheimlichen Krieger erwidern sollten und zögerten dort, wo sie hätten agieren müssen. Die Befehle und Kommandos blieben aus, und so begann die Formation zu wanken.

Legionär um Legionär wurde niedergemacht und die hinteren Reihen verstanden nicht, warum ihre Vordermänner sich mit aufgerissenen Augen umdrehten und zu fliehen versuchten.

Nur wenige schafften den Sprung ins Meer.

Und noch weniger blieben an der Wasseroberfläche.

Ulpius Marcellus war einer von ihnen.

Er wurde unter ein Wirrwarr aus Rudern getrieben und konnte sich dort so lange festhalten, bis es ihm gelang, die Verschlüsse seines Brustpanzers zu lösen und ihn in die Tiefe der See sinken zu lassen.

Danach konnte er nur noch mit vor Schreck

geweiteten Augen beobachten, wie ein Currach nach dem anderen an den Galeeren anlegte und immer neue Pictenkrieger entließ.

Viele der Gesichter glichen sich wie ein Ei dem anderen.

Nur mit eisernem Willen ertrug Ulpius Marcellus die Tatsache, dass er gerade seine Flotte verlor. Er wusste nicht, wie lange er dem Gemetzel zusah, bis der Rauch seiner brennenden Galeeren sich gnädig über das Meer senkte. Er beobachtete, wie die seltsam widersprüchlichen Strömungen die Skelette ausgebrannter Schiffe auf dem Meer verteilten und eines nach dem anderen in die Tiefe sank.

Er wurde vom Rest der Tragödie abgetrieben und hangelte sich mühsam aus dem kalten Wasser auf ein Stück treibendes Holz, das einmal die Brücke eines Corvus gewesen war. An dem höhnisch nach oben gereckten Dorn klammerte er sich fest und schaukelte im mäßigen Wellengang der See. Mit dem abgerissenen Seil der Enterbrücke band er sich an dem Dorn fest und sank erschöpft nieder. Nur noch schwach hörte er den Kampflärm zu ihm herüberdringen. Die Schreie seiner Soldaten quälten noch lange seine Ohren, bis er endlich bewusstlos wurde und in einen unruhigen Schlaf fiel.

Er wusste nicht, dass ihn das Schicksal einer Strömung anvertraute, die ihn genau dorthin trieb, wo er ursprünglich hatte landen wollen.

Kapitel IX
A. D. 183, Juni
Von Insel zu Insel

Das kleine Feuer in der Mitte des Saales brannte ruhig und verbreitete daher nur wenig Licht. Ab und an knackte ein Scheit auseinander und es prasselte für einen Moment. Die Holzscheite verströmten einen angenehmen Duft nach Harz und Baumnadeln und Sétanta dankte stumm den Bediensteten König Kierans für ihre Umsicht, nur gut getrocknetes Holz zu verwenden. Kein Qualm verpestete die Luft im Raum, obwohl das Feuer in regelmäßigen Abständen mit neuer Nahrung versorgt wurde. Jedes Mal, wenn ein Diener einen Ast hinzufügte, fingen dessen Nadeln sofort Feuer und knisterten kurz auf. Sétanta konnte nur vermuten, dass sein Gastgeber dies extra angeordnet hatte, denn mit der puren Erwärmung der Halle hatte dies nichts zu tun. Scheinbar liebte der alte König den Geruch der verbrennenden Nadeln.

Trotz des Sommers konnten die Nächte in An Mhumhain recht kalt werden und Sétanta schätzte seit vielen Jahren die Wärme der Sonne am Tag und die eines Feuers in der Nacht.

Für die Dauer eines Lidschlages fühlte er sich ein wenig wehmütig, als er daran dachte, dass er erst jetzt - im hohen Alter - seinem Lebenstraum so nahe stand wie nie zuvor und nicht schon viel früher, womöglich noch als junger Druide, mit Saft und Kraft in den Muskeln.

Was hätte ich in all den Jahren bewirken können, wäre mir das Geheimnis des Trankes schon damals in die Hände gefallen, dachte er und musterte den skotischen König.

Kieran war an sich ein stattlicher Mann. Zwar

schon im fortgeschrittenen Alter, also etwa 55 Jahre alt. Damit war er zwar um vieles jünger als sein Gast, aber man sah ihm die vielen Kämpfe an. Immer noch groß gewachsen, mit starken Muskeln und einem Kinn, dem man nachsagte, es könnte den Huftritt eines Ochsen aushalten. Entgegen den in der Bevölkerung weitverbreiteten rötlichen Schattierungen der Haare von lachsfarben bis flammend rot, hatte sein Kopfschmuck ein tiefes Schwarz. Noch nicht mal das auch vorkommende Braun zierte seinen Schädel, sondern eben dieses seltene Schwarz. Aber nicht allein deswegen trug er den Beinamen *der Schwarze*, wie Sétanta wohl wusste. Sondern aufgrund seiner skrupellosen Härte im Umgang mit seinen Gegnern. Viele Gerüchte auf Hibernia rankten sich um Kieran, den Schwarzen. Und das Gerücht, er habe sein Herz an einen alten Dämon verkauft, um die Stellung eines Königs zu erlangen, war da noch das harmloseste. Sétanta hatte von Behauptungen skotischer Druiden gehört, dass bei einem Todesurteil aus dem Munde Kierans schwarzer Atem die Worte begleiten sollte.

Sétantas Miene nahm fast den gleichen dunklen Ausdruck an, wie den seines Gastgebers.

Wenn dieser misstrauische Kerl noch weiter zögert, werde ich ihn töten und mir einen anderen skotischen König oder wenigstens einen Häuptling suchen müssen. Aber das wäre bedauerlich. Ich habe keine Zeit mehr.

Und kaum hatte er den Gedanken gedacht, wurde ihm klar, dass seine Zeit mehrfach begrenzt war. Er musste bald zurück in Arianrhods Kriegslager. Denn den Vormarsch in den Süden durfte er nicht verpassen, sollte das momentan verschwundene Misstrauen Arianrhods nicht gleich wieder zutage treten.

Und außerdem musste er noch seinem Trottel von Sohn einen Besuch abstatten.

Noch einmal schickte er in Gedanken einen Dank an die Diener des Königs. Doch dieses Mal betraf es nicht ihre Fähigkeit das Feuer rauchlos zu nähren, sondern ihr Unvermögen, in der gesamten Halle für ausreichende Beleuchtung zu sorgen. Niemand sah seine dunklen Gedanken über sein Gesicht huschen und die wenig darin verhohlene Verachtung, die er gegenüber dem König empfand.

Hah, König Kieran, spottete der alte Druide lautlos. Du gebietest noch nicht einmal über 500 Krieger und nennst dich König. Wenn Breith, die große Insel, mir gehört und alle Römer auf dem Grund des Meeres liegen, dann werde ich dein Königreich innerhalb eines Tages dem meinen hinzufügen.

Seine düsteren Pläne wurden von Kieran unterbrochen, der das Gespräch wieder aufnahm.

»Ich verstehe immer noch nicht ganz, was mir dein Zaubertrank bringen soll, Sétanta. Er scheint mir nur eine schlechte Entlohnung dafür zu sein, dass ich dich mit Mengen von Waffen ausrüsten soll.« Er beugte sich aus seinem mit Leder und Fellen bezogenem Holzthron nach vorn und betonte seine nächsten Worte mit erstaunlicher Klarheit. »Und wer garantiert mir, dass du dich nicht irgendwann mit all diesen Waffen gegen *mich* wendest?«

Sétanta erhob sich von seinem Platz, auf dem er - scheinbar in respektvoller Entfernung, in Wahrheit aber wegen des dort herrschenden schlechten Lichtes - gesessen hatte. Mit raschen Schritten trat er näher an das Feuer in der Mitte heran, aufmerksam bewacht von der Leibgarde Kierans.

»Das will ich dir sagen, König. Nicht nur, dass ich dir jeden getöteten Krieger wieder erwecken kann - und das wäre an sich schon genug, um all deine Feinde im Zaum zu halten«, schmierte er ihm Honig ums Maul.

Er machte noch einen weiteren Schritt in Richtung des Provinzkönigs und die Wachen ließen es zu. Ihre Hände hatten sie ohnehin die ganze Zeit über auf die Knäufe ihrer Schwerter gelegt und Sétanta befand sich immer noch mehr als zehn Schritte vom Thron entfernt.

»Nein, damit nicht genug«, fuhr der Druide fort. »Ich kann auch aus jedem Einzelnen eine ganze *Schar* erschaffen. Dort wo *einer* fiel, werden sich *zehn* erheben.« Sétanta lächelte nun und dieses Mal war die boshafte Freude darin echt. »Und wie ich weiß, König, bist du der Kunst der Mathematik nicht abgeneigt. Es heißt, deine Geschäfte - egal wie klein oder groß sie sein mögen - ergeben immer einen Gewinn für dich … und dein Volk.«

Die Schmeichelei verfehlte ihre Wirkung nicht. Denn bei aller Stärke und Skrupellosigkeit, die Kieran auszeichnete, war seine Eitelkeit ebenso berühmt wie seine Fähigkeit, andere bei Rechenaufgaben zu übertreffen.

Der König grinste plötzlich und die Dunkelheit seines Gesichtes nahm um eine Spur ab.

»Ja, die Rechenkunst. Es war ein römischer Gesandter, der mir diese Kunst einst beibrachte. Leider war es beinahe alles, was mich an ihm interessierte. Seine Bestechungsgelder nahm ich gerne an, aber irgendwann wurde er mir lästig.« Er grinste noch listiger. »Seinen bedauerlichen Tod habe ich meinem damaligen Konkurrenten um den Thron angelastet. Die Römer können sehr …

unangenehm werden, wenn sie einen ihrer Adeligen in Einzelteilen zerschnitten zurück bekommen.«

Gut zu wissen, dachte Sétanta. Die Römer haben ein ausgezeichnetes Gedächtnis und einen ausgeprägten Sinn für langläufige Planungen. Wenn sie von dem wahren Mörder erfahren, werden sie sicher aufs Neue unangenehm werden.

»Jeder tote Römer ist ein guter Römer« sagte er dagegen laut und beide verfielen in ein Gelächter, sodass einigen der Wachen kalte Schauer über den Rücken liefen.

Was Sétanta jedoch nicht wusste, war, dass jedes Mitglied der Leibgarde vor Aufnahme in die Garde seiner Zunge beraubt worden war. Und ebenso war dem Druiden unbekannt, dass Kieran peinlich darauf achtete, dass niemand der Männer des Schreibens fähig war.

»Nun, wenn ich es also noch einmal überdenke …« Er beugte sich wieder ein wenig nach vorn. »… und nachrechne, dann würden also aus 500 toten Kriegern 5.000 lebendige werden.«

Und die durch den Trank ausschließlich an mich *gebunden sein und keinen* deiner *Befehle befolgen werden, König Kieran von An Mhumhain,* dachte Sétanta und konnte nur mit Mühe verhindern, dass sich seine Belustigung über diese Tatsache auf seinem Gesicht widerspiegelte.

Kieran massierte sein knochiges Kinn. »Da ist es ja fast schade, dass sich alle meine Krieger bester Gesundheit erfreuen.«

»Ja, fast«, stimmte Sétanta zu und beide prusteten lauthals los und verfielen erneut in ein Lachen, dass nur wenig mit echter Freude zu tun hatte. Noch während er lachte, formte sich in Sétanta ein Gedanke, der ihm die Mundwinkel nach außen zwang.

Das ist eine wirklich gute Idee, Kieran. Warum bin ich nicht längst selbst darauf gekommen? Ich muss ja nicht warten, bis mir tote Krieger zu Füßen liegen …

Am nächsten Tag brachte eine kleine Eskorte Sétanta zurück an die Küste, wo Ceallach und sein namenloser Begleiter wieder einmal mit einem Boot auf ihn warteten. Ohne die Skoten auch nur noch eines Blickes zu würdigen, bestieg Sétanta das Currach und nahm nur beiläufig wahr, wie die beiden Männer sich abmühten, das bereits voll beladene Boot ins Wasser zu schieben. Diese erste Ladung brandneuer Schwerter schimmerte beinahe genauso, wie der Glanz, den sie in Sétantas Augen hervorbrachten. Völlig in seine Zukunftspläne vertieft, sahen seine Augen zwar, dass Ceallach das Segel setzte, kaum dass dieser an Bord gesprungen war, aber sein Gehirn beschäftigte sich längst mit der nächsten Aufgabe.

Balor.

Ceallachs stummer Begleiter musste sie noch mehrere Meter weit ins Wasser schieben, bis sich endlich der schwache Wind im Fjord im Segel fing und das Boot allmählich vorantrieb. Das Wasser reichte ihm schon bis zum Herzen, als er von Ceallach an beiden Händen gepackt und an Bord gezogen wurde. Erst als sie den Fjord verlassen hatten, nahm das Boot richtig Fahrt auf.

Als dem Druiden salziges Wasser ins Gesicht spritze, löste er sich aus seinen Tagträumen. Er nestelte an seinem Proviantsack herum, kramte ein in ein sauberes Tuch gewickeltes Brot und Trockenfisch hervor und begann zu essen. Die begehrlichen Blicke

Ceallachs und seines Begleiters ignorierte er.

Als die beiden den richtigen Kurs zur großen Insel eingeschlagen hatten und sich nun mehr wieder ihren eigenen Bedürfnissen widmen konnten, packten sie ihrerseits Vorräte aus und aßen ebenfalls.

Sétanta saß am Bug und drehte ihnen die meiste Zeit den Rücken zu. So bekam er nicht mit, dass sie gelegentlich einen hastigen Schluck aus einem kleinen Krug nahmen und jedes Mal dabei still vor sich hin grinsten.

Das Meer war verhältnismäßig ruhig und ein mittlerweile kräftiger und gleichmäßiger Wind verhalf ihnen über die unsteten Strömungen der skotischen See hinweg. Nach einigen Stunden landeten sie an der Westküste der großen Insel. Sétanta bestieg das Pferd, dass der Stalljunge für ihn an den Strand gebracht hatte und wie so oft verabschiedeten sie sich ohne viele Worte voneinander.

Sétanta zügelte das Pferd und betrachtete die Ansammlung von Holzhütten am Fuß des Hügels. Die etwa zwei Dutzend neu errichteten Gebäude umringten einen kleinen See, der von einem Bach aus dem Hügel gespeist wurde. Eine Herde aus vielleicht 25 Rindern lag in der Nähe dösend in der Mittagssonne und kaute wider. Neben der Herde begannen einige Felder mit von seinem Standpunkt aus nicht identifizierbaren Gewächsen.

Ein wenig abseits bildeten zwei aufrecht stehende Felsbrocken zwei steinerne Wächter zu einem im Schatten liegenden Eingang, der in den Hügel hineinführte. Nur Sétanta kannte den Mechanismus, der im Gefahrenfall diese beiden Felsen bewegen und den Zugang sehr schnell verschließen konnte.

Tief im Schatten verborgen, lag zwischen den Felsen eine massive Holztür, die vor langer Zeit dort errichtet worden war. Sie verschloss den Zugang zu einem Vorraum der Anlage. Beides, Holztür und Vorraum, waren eine Falle für unerwünschte Eindringlinge. Schlossen sich die Felsen, würden die Tür und die Eindringlinge zermalmt werden.

Sétanta hatte schon vor vielen Jahrzehnten diese heilige Stätte auf diese Weise ausbauen lassen. Natürlich hatte er - kaum dass sie fertiggestellt worden war - alle beteiligten Männer ermorden lassen. Und danach persönlich die Mörder getötet. Niemand außer ihm wusste also vom Ausmaß und den Möglichkeiten der Anlage. Es war seine persönliche Fluchtburg. Und wie jede Zuflucht besaß sie geheime Ausgänge.

Dieses ganze Dorf hatte er nur zu einem einzigen Zweck anlegen lassen. Als sichere Quelle für Nahrungsmittel für seinen Sohn und den Bauern mit seiner Frau, die ihn nach seiner Geburt und dem Tod seiner Mutter an Kindesstatt annehmen mussten. Alleine hätte Balor niemals für seinen Unterhalt sorgen können. Seine mangelhaften geistigen Fähigkeiten erlaubten ihm nicht, den Zeitpunkt für Saat, notwendige Feldarbeit und Ernte zu erkennen. Und auch der Bauer war als notorischer Säufer für die Feldarbeit ungeeignet. Wiederum die Frau des Bauern würde alleine auf sich gestellt früher oder später - vor allem im Winter - verhungern. Nur eine Dorfgemeinschaft sicherte hier im hohen Norden von Breith ihr Überleben.

Natürlich hätte Sétanta andere Pflegeeltern für Balor erwählen können, ob mit Drohungen oder Geld. Doch intelligentere Bauern hätten sich eventuell nicht so einfach ausnutzen lassen. Im

Grunde waren der Bauer und seine Frau die perfekte Tarnung. Niemand kam auf den Gedanken, Balor sei sein Kind. Jeder schrieb Balors geistige Schwächen auf den Umstand, dass sein vermeintlicher Vater ein Säufer war. Und die Besuche Sétantas waren für die Dorfgemeinschaft der Beweis für die stetigen Versuche des Druiden, dem jungen Mann Linderung zu verschaffen und - womöglich durch irgendeinen Zauber - eine Heilung zu ermöglichen.

Sétanta gab seinem Pferd die Hacken zu spüren und trabte an den stumpfsinnig glotzenden Rindern vorbei. Er erreichte die Hütte des Bauern und hörte schon von draußen, dass dieser aus vollem Hals schnarchte.

Er stieg ab und band das Pferd an einem Pfahl. Nur kurz warf er einen Blick in die Hütte und sah, dass weder Balor noch die Frau sich darin aufhielten. Auf den Feldern sah er andere Bauern eine Pause machen, doch auch dort waren sein Sohn und die Bäuerin nicht zu sehen.

Sétanta zuckte mit den Schultern. Irgendwo würden sie schon sein. Vielleicht im Wald Holz oder Nahrung sammeln. Also nahm er den kurzen Weg zum Eingang seiner Hügelbehausung. Er durchschritt die Felsenzwillinge und trat in den schmalen Gang hinein. Für einige Sekunden blieb er stehen, bis sich seine ans Sonnenlicht gewöhnten Augen an die Dunkelheit des Zuganges angepasst hatten. Dann ging er weiter.

Er hatte die Tür - die ohnehin nur angelehnt war - noch nicht erreicht, als er leichtes Stöhnen und seltsam schmatzende Geräusche hörte. Auf Zehenspitzen schlich er an die massive Tür und drückte sie so leise wie möglich auf. Als der Spalt groß genug war, dass er seinen Kopf hineinstecken konnte, sah er sofort, was dort geschah.

Die Bäuerin lag auf dem Rücken, die Augen geschlossen und die Beine gespreizt. Balor kniete davor und hatte seinen Kopf in ihrem Schoss. Beides, Stöhnen und Schmatzen, kamen von dem Paar, das so in seine Beschäftigung vertieft war, dass sie den Lichtschein, der durch den Türspalt hereinfiel, nicht wahrnahmen.

Für eine Sekunde war Sétanta überrascht. Er wäre nie auf die Idee gekommen, sein Sohn wüsste, was Sex für Freuden bereiten könnte. Ja, dass er überhaupt sexuelle Bedürfnisse *haben* könnte. Doch scheinbar hatte ihn die Bäuerin nicht nur mit Nahrung und Kleidung versorgt.

Noch bevor sich Sétanta bewegen konnte, öffnete die Bäuerin für einen Moment die Augen und sah ihn sofort. Ihr lustvolles Stöhnen verwandelte sich in einen überraschten und angsterfüllten Schrei, der Balor seinerseits dazu brachte, sich aufzurichten. Seine Bewegungen verrieten Verwirrung, und als er in die aufgerissenen Augen der Frau blickte und dort blanke Angst anstatt Verzückung sah, wandte er sich um.

»Vata?!«, lallte er und Sétanta sah mit Abscheu das Glied seines Sohnes erschlaffen.

»Du kleiner dreckiger Mistkerl«, fauchte Sétanta und stieß die Tür mit einem harten Fußtritt vollends auf. Das Licht fiel nun ungehindert in den Raum und die beiden Nackten blinzelten in die plötzliche Helligkeit.

Der Druide stand nur einen Augenblick still, dann griff er nach einer Metallstange, die direkt neben der Tür an der Wand lehnte und sonst als massiver Riegel diente. Mit zwei Schritten trat er an Balor heran und schlug ihm die Stange quer über den

Rücken. Balor war noch nicht ganz aufgerichtet gewesen und der harte Schlag schickte ihn zurück auf den Boden. Beinahe wäre sein Kopf wieder im Schoss der Bäuerin gelandet, doch die war mit einem Schrei und strampelnden Füßen nach hinten ausgewichen. Ihr Blick zuckte zwischen Vater und Sohn hin und her. Dann - als Sétanta erneut die Stange hob - wirbelte sie herum und floh in die Dunkelheit am hinteren Ende des Raumes.

Der Druide packte die Stange nun mit beiden Händen wie einen Speer und durchstach mit einem kräftigen Stoß die rechte Hand seines Sohnes, spießte sie damit förmlich an den Boden. Der gequälte Schrei Balors vermischte sich mit dem Schrei der Bäuerin, die mit dem Rücken an der hintersten Wand stand, sich eine Decke vor den Körper hielt und entsetzt die beiden Männer beobachtete. Tränen liefen ihr über das Gesicht und ihr ganzer Körper zitterte. Sétanta sah ihr an, das sie wusste, dass der junge Mann trotz seiner Jugend keine Chance gegen ihn hatte. Und dass sie wusste, was sicher auf sie zukommen würde.

Genüsslich verharrte Sétanta mit der Stange am Boden, drehte sie sogar ein wenig hin und her und ergötzte sich an der Qual seines Sohnes und der Qual in den Augen der Frau.

»Ihr beide solltet doch längst wissen, dass ihr *mir* gehört und nichts, gar nichts, tun solltet, was mich erzürnen könnte«, schrie er. »Habt ihr etwa geglaubt, ich sei blind und taub?«, donnerte er ihnen entgegen und stemmte sich dabei immer noch mit der Stange auf den Boden. Balor hatte aufgehört zu schreien und bemühte sich, sich keinen Millimeter zu bewegen. Doch auch nur die kleinste Bewegung seines Vaters trieb ihm Schmerzenstränen in die Augen und sein

Keuchen kam stoßweise aus seinem Mund. Speichel tropfte ihm von den Lippen.

Der Blick der Bäuerin hing an der durchstochenen Hand und ihr Schluchzen schüttelte ihren Körper in Schauern durch. Als Sétanta schließlich mit einem Ruck die Stange nach oben riss und Balor erneut aufschrie, ging sie zu Boden und sackte zu einem weinenden Haufen Elend zusammen.

Balor wollte mit seiner gesunden Hand die verletzte umfassen, doch ein weiterer harter Schlag an die Schläfe schickte ihn in die Bewusstlosigkeit. Wie ein gefällter Baum brach er nieder und rührte sich nicht mehr.

Sétanta atmete zwei Mal tief durch, dann warf er die Stange mit einer heftigen Bewegung zur Seite. Mit langsamen Schritten ging er auf die leise weinende Frau zu. Als er direkt vor ihr stand, stieß er sie mit einer Fußspitze an und riss ihr dann die Decke vom Leib.

»Nun, wo du schon einmal angefeuchtet bist, wollen wir diesen Zustand nutzen, Weib. Und sei versichert, ich werde dafür sorgen, dass du nie wieder das Lager mit ihm teilen wirst.«

Mit brutalem Griff drehte er die Frau herum, sodass sie ihm ihr Gesäß zuwandte, und kniete sich hinter sie. Bevor er begann, zog er seine Kutte aus und betrachtete ihren Hintern.

»Vielleicht ist es eine gute Idee, dich zu töten und wiederzuerwecken«, sagte er und drang in sie ein. »Denn schließlich bin ich nicht immer da, wenn du läufig wirst.«

Kapitel X
A. D. 183, Juni
Trink Weib

Tags darauf fand sich Balor an eine Wand gekettet und die Frau lag mit dem Gesicht nach unten und immer noch nackt direkt vor ihm. Ein Messer ragte aus ihrem Rücken und eine dünne Linie getrockneten Blutes lief von der Einstichstelle an ihrem Körper herab.

Von dem Schlag immer noch benommen, glaubte er dem Bild vor seinen Augen nicht recht. Überhaupt verstand er die Welt nicht mehr.

Natürlich fehlte es ihm an dem, was andere Menschen an normalen geistigen Fähigkeiten vorweisen konnten, so beschränkt sie aufgrund mangelnder Bildung auch sein mochten. Balors Welt war eine einfache, sehr kleine Welt. Das war sie schon immer gewesen. Doch verstand er immerhin so viel, dass die Frau die er für seine Mutter hielt - ihr Name war Ruanna - nun tot vor ihm lag. Auch wenn sie ihn mit der Liebe einer Mutter aufgezogen und sowohl geistig als auch körperlich geliebt hatte, konnte Balor nicht zwischen der Liebe einer Mutter und der Liebe einer Frau unterscheiden. Für ihn war es ein und dasselbe. Ihre Zärtlichkeiten, ihre sexuellen Taten an ihm und mit ihm, empfand Balor als völlig normal.

Und Sétanta, den Druiden, seinen Vater, hatte er noch nie verstanden. Dieser machte seltsame Dinge und sagte Sätze, die Balor nicht begriff. Und was er noch weniger verstand, war die Tatsache, dass sein Vater ihn nicht mochte, ja regelrecht hasste. Bei seinem letzten Besuch hatte er ihm sogar wehgetan, ihn verletzt. Warum er ihn mit der Stange geschlagen hatte, überstieg sein Denk-vermögen.

Balors Schädel brummte und erschwerte ihm noch mehr das Nachdenken. Balor dachte eigentlich gerne über Dinge nach. Manchmal saß er an einem ruhigen Fluss oder einem See und betrachtete sein Spiegelbild.

Beinahe so groß wie sein Vater, streckte sich sein schlanker Körper in die Höhe. Gekrönt von dichtem, braunem Haar, das ihm bis auf die Schultern fiel. Die blauen Augen stammten von seiner echten Mutter, einer Skotin, doch das wusste Balor natürlich nicht. Sein Mund war schmal, dafür aber ein wenig breit geraten. Sein Gesicht strahlte eine Klarheit aus, die seinem Geist fehlte. Doch auf manche Frauen verfehlte es seine Wirkung nicht. Erst wenn das Interesse der älteren Mädchen und jungen Frauen ihn in ein Gespräch verwickeln ließ, merkten sie rasch, dass er ihre Keckheiten nicht begriff und so ließen sie bald wieder von ihm ab.

Ruanna, die dies sehr wohl beobachtet hatte, war bei den ersten Gelegenheiten zugegen gewesen. Balor hatte ihre eifersüchtigen Blicke gesehen, aber deren Bedeutung nicht erkannt. Doch die schnelle Abkehr der Frauen hatte sie sichtlich beruhigt und Balor hatte sie bei einem leise vor sich hingemurmelten Dank an die Götter belauscht.

Ihren wahren Mann, den Bauern, nannte Balor für sich nur *den Säufer*. Zum einen, weil er dessen richtigen Namen nie erfahren hatte – und Ruanna ihn auch nie erwähnte -, zum anderen, weil er selbst in seiner Beschränktheit sah, dass Alkohol einen Menschen in ein Wrack verwandeln konnte. Den Grund für das Saufen sagten ihm weder der Bauer noch Ruanna.

Die Jahre, in denen er von seinem Vater

unbehelligt aufgewachsen war - unterbrochen nur von sehr seltenen Besuchen, nach denen Ruanna immer tagelang geweint hatte -, stellten seine glücklicheren Zeiten dar. Jetzt, nach dem Umzug von der Insel Ynys Môn auf die große Insel, erkannte selbst Balor, dass sich die Zeiten auch für ihn änderten. Und nicht zum Besseren, wie es schien.

Die Bienen in seinem Kopf schienen sich schließlich auf den Heimweg zu machen und Balor wandte endlich den Kopf von der Leiche Ruannas ab und blickte in das Halbdunkel des Raumes.

Sein Vater stand mit dem Rücken zu ihm mehrere Schritte entfernt an dem großen Tisch und hantierte leise mit Dingen, die Balor nicht sehen konnte. Aus zwei, nein drei Gefäßen stiegen kleine Wölkchen und fremdartige Gerüche auf. Sétanta nahm eine Schale von seiner linken Seite, entnahm ihr mit der Rechten etwas und legte es vor sich auf den Tisch. Dabei blieb er nun halb zu Balor gewandt stehen und begann, das Entnommene mit einem sehr scharf aussehenden Messer zu zerkleinern. Als er damit fertig war, schob er die Stückchen in einen nun sichtbaren mittelgroßen Kessel. Dann griff der Druide nach einer großen Wurzel und zerschnitt sie in drei ungleiche Teile. Balor kannte die Wurzel, wusste aber nicht, dass sie Mandragora genannt wurde. Sétanta nahm das mittlere Stück und legte es auf eine Handfläche. Er ließ das Stück mehrmals in der Hand hüpfen, legte es wieder hin und schnitt ein winziges Stück davon ab. Dann wog er es erneut und schien damit zufrieden zu sein. Anschließend zerlegte er das ausgewählte Stück in feinste Teile und warf es in den Kessel.

Balor sah, dass sein Vater als Nächstes einen unregelmäßig geformten Klumpen nahm und die

Prozedur wiederholte. Teilen, ein Stück nehmen, ein oder zweimal etwas davon mit einem Hämmerchen abschlagen, dann wieder ein winziges abgeschlagenes Stück dazu nehmen und das Ganze dieses Mal in einem Mörser fein zermahlen. Das Knirschen des Materials erzeugte in Balor das Gefühl über mit Sand bestreute Steine zu laufen und er regte sich dabei unbehaglich.

Längst hätte er seinen Vater rufen wollen, ob er ihn nicht von den Ketten befreien könnte, damit er ihm bei der Arbeit behilflich sein konnte, doch irgendetwas hielt ihn davon ab. Bei seiner leichten Bewegung hatten die Ketten leise geklirrt, doch Sétanta hatte nicht darauf reagiert.

Dass er es sehr wohl gehört hatte, bewiesen seine nächsten Worte.

»Wurde auch Zeit, dass du erwachst, *mein Sohn*«, begann er und der Hohn blieb selbst Balor nicht verborgen. »Weißt du, es ist nämlich wichtig, dass der Spender bei Bewusstsein ist, wenn die Probe entnommen wird. Das Blut fließt dabei viel reichlicher.« Er machte eine Drehung und hielt dabei das scharfe Messer in der Hand, mit dem er seine Zutaten geschnitten hatte. Er trat einen Schritt auf Balor zu und damit in den Schein des Feuers, das mitten im Raum brannte. Sein hasserfülltes Gesicht wurde halbseitig beleuchtet und Balor rückte unwillkürlich an die Wand.

»Wo willst du denn hin, Trottel? Die Ketten sind nicht lange genug, als das du dich auch nur eine Handbreit bewegen könntest.« Mit raschen Schritten kam Sétanta auf Balor zu und riss an einer Hauptkette, die über Glieder und Ringe alle Teilstücke miteinander verband. Der Ruck zwang Balor an die Wand und mit brutalem Schlag arretierte

Sétanta einen Riegel in ein passendes Loch.

»Nun kannst du nur noch deine Finger und Zehen bewegen, *Sohn*«, höhnte er weiter und trat wieder zwei Schritte zurück.

»Vata«, begann Balor zaghaft und mit flehendem Ton.

»Nenn mich nicht so, Trottel!«, schrie Sétanta ihn an. »Allein, wenn es dir gelänge, mich *Vater* zu nennen, würde ich deine Schmerzen geringer gestalten. Und leider brauche ich dich, sonst hätte ich dich längst getötet.« Als habe dieser Gedanke einen alten Plan hervorgeholt, fasste sich der Druide an das Kinn und grübelte laut nach. »Ich habe sogar mit dem Gedanken gespielt, dich zu töten und mit dem Rest von Túans Trank wiederzubeleben. Aber das Risiko, dass du dann womöglich als Spender unbrauchbar werden könntest, lässt mich diese Idee beiseitelegen.« Er grinste bösartig. »Aber nicht vergessen.«

Für einen Moment schien er nachzudenken und Balor blickte wie erstarrt auf das Messer in der Hand seines Vaters. Es war das gleiche Messer, mit dem er ihn bei seinem letzten Besuch geschnitten hatte. Die Narbe am Arm war gut verheilt, aber immer noch zu sehen. Zu Balors Erstaunen legte sein Vater das Messer auf den Tisch und ging in die Hocke. Sein Blick fiel dabei auf die Leiche Ruannas.

»*Sie* zu töten, war eine leichte Entscheidung. Aber mit dem Trank, den ich mit deinen … Zutaten brauen werde, werde ich sie wiederbeleben. Ich überlege noch, ob ich mir nicht ein paar von ihr erschaffen soll. Soll doch eine davon mit dir vögeln, was soll´s? Vielleicht erhält dich das sogar länger bei Gesundheit, wer weiß? Vielleicht will ich das Original gar nicht mehr. Wer weiß, mit wem sie noch herumgevögelt hat, während ich nicht da war? Am Ende sogar noch mit ihrem eigenen Mann, hahahaha!«

Sein Lachen war mindestens ebenso schrecklich wie seine Worte. Von denen Balor erstaunlich viele verstanden hatte. Vielleicht war es der Anblick seiner Mutter, vielleicht der Schock der Erkenntnis, dass sie tot war. Wie zähes Pech klebten ihm ein paar Worte seines Vaters im Kopf und er wiederholte sie stumm wieder und wieder.

… werde ich sie wiederbeleben … werde ich sie wiederbeleben … werde ich …

»Du kannst sie wieder lebend machen?«

Beide waren überrascht über die Klarheit der Worte. Sétanta nickte unwillkürlich und ihm war anzusehen, dass er nicht mit so einem Satz seines Sohnes, geschweige denn der darin steckenden Erkenntnis, jemals gerechnet hätte. Plötzlich wandelte sich sein Gesichtsausdruck und nahm eine verschwörerische Miene an.

»Jaaa …«, sagte er langsam und fast unhörbar. »Ich kann sie wieder zum Leben erwecken. Schließlich bin ich ein Druide, nicht wahr, Balor?«

Er bemerkte nicht, dass er nach Jahren seinen Sohn wieder mit Namen angesprochen hatte und nicht mit einem abfälligen Titel. Er erhob sich, rückte wieder näher und blickte ihm verschwörerisch in die Augen.

»Du kannst mir dabei helfen, Balor. Ich benötige nur ein kleines Stück von dir, dazu ein wenig Blut. Aber das macht dir doch nichts aus, nicht wahr? Ein kurzer Schnitt, ein kleiner Schmerz und schon morgen kannst du sie wieder haben …«, lockte er und rückte jetzt ganz dicht an ihn heran.

Balor nickte, halb eingeschüchtert, halb

hoffnungsvoll Ruanna bald wieder zu haben.

Dann erhob sich Sétanta wieder und ging zur Leiche hinüber. Mit gespielter Rücksicht legte er seine Hand um den Schaft des Messers, der aus Ruannas Rücken ragte, und zog es langsam aus der Wunde. Sorgfältig wischte er ihr Blut an einem Tuch ab und brannte die Klinge in einer Kerzenflamme sauber. Dann trat er wieder an Balor heran und blickte ihm in die Augen.

»Wenn du nicht so zappelst wie das letzte Mal, dann wird der Schmerz nur sehr gering sein. Und ich verspreche dir, dass ich deine Wunde mit einer sehr schönen Naht schließen werde.«

Balor fühlte, dass er sich auf einen schlechten Handel einließ, doch sein beschränkter Verstand konnte ihm nicht sagen, was an dem Handel schlecht war. So nickte er nur und übersah das triumphierende Glitzern in den Augen seines Vaters.

Sétanta brannte mittlerweile ohnehin vor Ungeduld und setzte die Klinge beinahe an die gleiche Stelle eines Oberschenkels, die auch Túan mac Ruith bei sich gewählt hatte. Doch weder er noch Balor waren sich dessen bewusst.

Balors Schrei war nur kurz und verhalten laut. Zumindest dieses Versprechen hatte sein Vater gehalten. Der Schmerz war geringer gewesen. Doch als er an seinem Bein hinabblickte, sah er ein walnussgroßes Loch darin, aus dem es heftig blutete.

Sétanta hatte sofort eine saubere Schüssel unter die Wunde gepresst und fing jeden Tropfen Blut auf, bis die Schüssel fast randvoll war. Dann stellte er seine Beute beiseite und legte eine dicke Schicht einer mattgelben Paste auf das Loch. Mit raschen Handgriffen umwickelte er den Belag mit sauberen Tuchstreifen und verknotete sie fest.

Fast eine ganze Minute wartete er, ob sich der Verband rot färbte. Doch als dies nicht geschah, richtete er sich auf und nickte anerkennend auf seinen Sohn herab.

»Gut. Wenn wir immer auf diese Weise *verfahren* können, dann werde ich dafür sorgen, dass *sie* wieder zu dir kommt.«

Das Erstaunen war in das Gesicht des Druiden geschrieben, doch Balor war nur mit dem Pochen in seinem Bein und dem Anblick seines Fleisches und Blutes in der Schüssel beschäftigt. Die Worte seines Vaters hörte er zwar, aber er hatte keine Denkreserven mehr, um sie zu verarbeiten.

Mit Schwindel im Blick sah er seinen Vater die Schüssel nehmen und an den Tisch zurückkehren. Er sah noch, wie dieser den Inhalt in den Kessel schüttete und alles mit einem Löffel umrührte, dann umfing ihn die Ohnmacht.

Ein stechender Geruch weckte Balor und er öffnete sofort die Augen. Er war nicht mehr an die Wand gekettet, sondern befand sich auf einem Fell am Boden. Das Pochen in seinem Bein war noch da, aber es schien ihm schwächer geworden zu sein. Seine tastenden Hände fühlten den Verband, der immer noch trocken geblieben war. An einer Stelle war aber ein wenig von der Paste ausgetreten und nun gelangte er mit einem Finger in die Masse. Er zog die Hand zurück und schnüffelte daran. Der stechende Geruch kam von der sich langsam zersetzenden Paste.

Er richtete sich ein wenig auf und sofort stach ein Schmerz durch die Wunde. Also legte er sich wieder zurück. Doch der Moment hatte ihm genügt. Zu seinen Füßen lag Ruanna gerade und mit dem Haupt zu ihm ausgerichtet. Sein Vater beugte sich gerade über sie und hatte ihren Kopf angehoben.

Noch einmal hob Balor den Kopf, doch dieses Mal vorsichtiger. So konnte er beobachten, wie aus dem Mundstück eines Weinschlauches einige Tropfen einer Flüssigkeit in den Mund Ruannas fielen. Er hörte die Stimme seines Vaters leise flüstern. Und die Worte kannte er aus einem uralten Kinderreim:

»Trink, Weib. Yan, túan, tethera, methera, pimp, sethera …«

Doch die Wörter, die sein Vater nach dem Zählreim flüsterte, hatte er noch nie in seinem Leben gehört:

»Fy chwaer wedi marw, llongyfarchiadau i ti! Cymer fy rhodd, defnyddia dy ail gyfle di a wranda: Fydd yna ddim un arall, felly ei ddefnyddia e yn iawn! Bydded ti'n cael dy rwymo arna i am byth a chyfodi di'n fuan!«

Kapitel XI
A. D. 183, Juni
Strandgut

Ulpius Marcellus erwachte als kaltes Wasser in sein Gesicht schwappte und ihm durch seinen halb geöffneten Mund in den Rachen drang. Noch mit geschlossenen Augen würgte und hustete er das Wasser hervor und wunderte sich dabei, dass er noch am Leben war.

Ich danke dir, Neptun, dass du mich am Leben gelassen hast. So werden die Picten noch ihren Spaß an mir haben können, dachte er bitter und spuckte auf den Strand. Er versuchte mit Speichel den überdeutlichen Salzgeschmack zu vertreiben, aber sein Mund lieferte nur sehr spärlich Flüssigkeit.

Was gäbe ich jetzt für einen Krug frisches cervisia?

Immer noch mit geschlossenen Augen lächelte er verzagt und dachte daran, dass – hätte er einen Krug des Bieres und auch seine Kameraden um sich – sie ihn aufgrund seiner unrömischen Vorliebe aufziehen würden.

Er erhob sich auf beide Knie, stützte sich mit den Ellbogen im feinen Kies ab und spuckte erneut. Dann endlich öffnete er die Augen und blinzelte in das Licht der halb am Horizont stehenden Sonne. Für einige Augenblicke überlegte er, ob es die Morgen- oder die Abendsonne war. Doch bevor er sich darüber klar werden konnte, schien es ihm, als wäre aus dem Halbkreis ein etwas größeres Teilstück des Himmelskörpers geworden.

Wieder schwappte Wasser zu ihm heran. Doch nun reichte es schon über seine Unterschenkel und Unterarme, die immer noch flach auf dem Boden lagen. Natürlich war er durchnässt und er fühlte, dass sein Körper völlig ausgekühlt war. Mit verhaltenem Ächzen und steifen Gliedern erhob er sich in einen wackeligen Stand und warf der aufsteigenden Sonne dankbare Blicke zu. Ihre Strahlen waren noch schwach, aber für seinen Körper waren sie die reinste Wohltat. Mehr mechanisch als bewusst streiften seine Hände kleine Steinchen, Muscheln und Holzteile von Gesicht und Armen, die dort klebten oder sich ein wenig in die Haut eingedrückt hatten.

Dabei blieb er zunächst stehen und seine Beine fanden zu alter Kraft zurück, sodass das leichte Zittern rasch verschwand und er vorsichtig ein paar Schritte machte. Doch kaum hatte er sich ein paar Meter bewegt, blieb er wieder stehen und blickte sich um.

Der ganze Strand war von einem Ende zum anderen mit zahlreichen Trümmern übersät. Natürlich konnte er nur einen Teil der Küste sehen, denn sowohl südlich als auch nördlich von ihm ragten nach einigen Hundert Metern Landspitzen hervor, die sein Sichtfeld beschränkten. Doch das, was er sehen konnte, war mehr als genug für ihn.

Die Reste meiner Flotte. Alles, was nicht auf dem Grund der skotischen See liegt, dümpelt nun hier und rottet vor sich hin.

Der Zorn auf sich selbst, auf die Picten und auch auf einige ihre Hilfe verweigernden Götter brachte zumindest in seinem Gesicht ein wenig Wärme hervor. Seine Hände ballten sich zu Fäusten und schienen unsichtbare Gegner zermalmen zu wollen.

Beinahe hätte er das leichte Knirschen im Kies überhört. Aber der Soldat in ihm hatte antrainierte Reflexe und so war sein Herumwirbeln und der Griff an seine Hüfte eine einzige und fließende Bewegung.

Doch seine tastende Hand stieß ins Leere. Kein Schwertknauf bot sich an, von seiner Hand umfasst zu werden.

Erschrocken blickte er auf und sein Zorn und seine Angst wandelten sich in Überraschung, als er sah, wer da auf ihn zu schritt.

»Sidonius!«

Der schlanke Mann zeigte für den Moment der Begrüßung den schwachen Versuch eines Lächelns. Doch kaum war er an seinen Vorgesetzten herangetreten und legte mit seltsam anmutender Geste seine Faust auf sein Herz, kam wieder das griesgrämige Gesicht zum Vorschein, das alle Welt an ihm kannte.

Und recht hat er, wenn er so ein Gesicht macht, überlegte Ulpius Marcellus.

Sein Gesicht erhellte sich und er umfasste die Unterarme seines praefectus classis mit echter Freude.

»Sidonius Gavius, wenigstens du bist mir erhalten geblieben ...«, begann er und konnte sich seine überschwängliche Freude nur so erklären, dass er für jeden Freund, für jeden *Römer* dankbar war, der noch am Leben war. Denn so lange kannten sie sich nicht, als dass er von Gavius echte Freundschaft erwarten konnte.

»Herr, bist du unversehrt?«

Die Sorge um ihn schien Ulpius echt zu sein, und nicht nur der Pflicht geschuldet. Ohne eine Antwort seines Vorgesetzten abzuwarten, trat Sidonius Gavius wieder einen Schritt zurück und betrachtete Marcellus prüfend von oben bis unten.

Unweigerlich horchte Ulpius Marcellus in sich hinein und suchte nach Schmerzsignalen, doch da war nichts zu hören oder zu spüren. Fast ein wenig verlegen und enttäuscht schlenkerte er mit den Armen, um zu zeigen, dass ihm nichts fehlte.

»Nein, keine Wunde, kein abgetrenntes Glied und auch kein ausgeschlagenes Auge, das ich vorweisen könnte als Beweis für meine Beteiligung an der Schlacht. Nur ein niedergetretenes Selbstbewusstsein und eine verlorene Ehre kann ich anbieten«, sagte er zerknirscht.

»Herr, *ich* habe gesehen, wie du gekämpft hast und niemand wird es wagen, dir fehlende Verletzungen als Makel anzulasten. Und was deine Ehre angeht, so sei versichert, dass mehr als ein römischer Feldherr Niederlagen einstecken musste, bevor er letztendlich siegreich war.« Wieder machte er einen Versuch zu lächeln und zu ihrer beider Freude gelang es Gavius auch einigermaßen. »Und ich war nie ein Freund davon, sich bei der allerersten Gelegenheit in sein eigenes Schwert zu stürzen. Diese dumme Angewohnheit hat verhindert, dass unterlegene Feldherren aus ihren Fehlern lernen konnten und bewirkt, dass andere die gleichen Fehler wiederholten.«

Für Sidonius Gavius war dies eine lange Antwort gewesen und Ulpius Marcellus sah das Blitzen in den Augen seines Gegenübers.

»Und bevor du, Herr, auf diese Idee kommen könntest, möchte ich dir mitteilen, dass sich hinter der ersten Baumreihe eine kleine Schar weiterer Legionäre versteckt hält, die in der letzten Stunde zusammenfand. Hättest du dich jetzt nicht erhoben, wären wir den Strand entlang gelaufen, um bewusstlose oder verletzte Soldaten zu finden.«

Ulpius nickte und warf einen raschen Blick auf das Wasser, aus dem sich die Sonne nun beinahe vollständig erhoben hatte.

»Und genau das werden wir jetzt tun, mein Freund.« Er deutete auf sein leeres Scheid. »Und wir werden das an Waffen mit uns nehmen, was uns die See und Neptun freundlicherweise überlassen haben. Ich fühle mich nicht wohl bei dem Gedanken, sozusagen nackt einem Picten gegenüberzutreten.«

Sidonius nickte ebenfalls und drehte sich halb in Richtung Land um. Er winkte und kurz darauf traten ein halbes Dutzend Männer aus dem Schatten der Büsche und Bäume.

Als sie heran waren, teilten sie sich in zwei Gruppen auf verabredeten einige Dinge und begannen mit der Suche. Jeder der Männer warf dabei häufig Blicke aufs Meer und an den Waldrand.

Mehr als zwei Stunden später hatten sie tatsächlich zwei Männer am nördlichen Küstenabschnitt gefunden, im Süden niemanden. Beide nur mit leichten Verletzungen. Überhaupt hatten nur drei weitere Männer nennenswerte Wunden zu beklagen. Drei abgeschnittene Finger bei einem, ein gebrochener Unterarm beim Zweiten und eine tiefe Stichwunde im Oberschenkel beim Dritten. Mit den am Strand reichlich vorhandenen Segeltuchfetzen verbanden sie die Wunden, so gut sie konnten. Allen Legionären war aber klar, dass sie nicht vor Wundbrand und anderen Nachteilen verschont bleiben würden. Leider befand sich kein Heiler unter ihnen. Und wenn sie einen gehabt hätten, hätte er mangels Ausrüstung ebenso wenig helfen können.

Waffen hatten sie – wenig überraschend – nur zwei Schwerter, eine Lanze und einen Schild gefunden. Alle diese Gegenstände hatten entweder in verschachtelten Holztrümmern gesteckt oder in einem Falle auf einem größeren Plankenstück gelegen. Der Rest lag am Grund des Meeres.

Während der ganzen Suchaktion hatten sie auf See weder ein Schiff - sei es römisch oder pictisch - gesehen, noch an Land Hinweise auf den Feind entdecken können. Im Grunde bewies das nicht, das man sie nicht gesehen hatte, doch alle waren sich einig, dass *hätte* man sie entdeckt, sie längst durch eine Pictenhorde massakriert worden wären.

Nun saßen sie am Rand des Waldes im Schatten der Bäume. Weniger um sich vor der erfreulichen Wärme des jungen Tages zu schützen, sondern um nicht wie auf dem Präsentierteller zu sitzen.

Ulpius Marcellus und Sidonius Gavius waren sich nach wenigen Worten einig gewesen, *alle* Soldaten in ihre Beratschlagung einzubeziehen, unabhängig ihres Ranges und Alters. Zehn Mann konnten es sich nicht leisten, auch nur auf einen guten Vorschlag und Gedanken zu verzichten.

»Leider hat uns im Süden die steile Landspitze eine weitergehende Suche verwehrt«, begann Marcellus. »Und gerade dort vermute ich, hätten wir noch den einen oder anderen Kameraden finden können. Zwar haben wir Casparus und Brachius im Norden gefunden, aber wir konnten alle sehen, dass bis zum nächsten Landvorsprung kein einziges Wrackteil mehr an den Strand gespült worden ist.«

Unausgesprochen war jedem klar, das damit die Wahrscheinlichkeit dort Römer zu finden, gegen Null ging.

»Das ist eine generelle Entscheidung Herr« fügte Sidonius hinzu. »Was wollen wir als Erstes tun? Nach weiteren Überlebenden suchen, und wenn ja: wo? Oder schlagen wir gleich einen Weg ein, der uns - wohin - führt?«

Ein älterer Legionär hob die linke Hand, an der ein recht guter Verband seine drei fehlenden Finger verbarg. »Mit Verlaub, Herr, gestatte mir einen Hinweis.« Er schien ein rechter Haudegen zu sein, denn Ulpius sah außer der aktuellen Verletzung den gesamten Arm von Narben übersät und auch der Hals und das Gesicht des Mannes zeigten recht interessante Schrammen. »Im Norden werden die Picten nur zahlreicher, je weiter wir dorthin marschieren würden, schließlich ist dies ihr angestammtes Gebiet.«

Ulpius fiel auf, dass der Mann das Wort Heimat vermied, und spitzte innerlich noch mehr die Ohren.

»In Richtung Süden haben wir sicherlich den längeren Weg zu irgendeiner römischen Einheit oder gar einem Kastell. Doch mir scheint diese Richtung die einzig mögliche für uns zu sein. Nur dort können wir davon ausgehen, dass die Zahl der Picten geringer wird als irgendwo sonst.«

Von den Worten des erfahrenen Soldaten ermuntert, ergriff der Mann mit der Stichverletzung im Bein das Wort.

»Vidonius hat recht, Herr. Außerdem besteht dabei die Hoffnung, dass wir noch auf Versprengte stoßen, die uns verstärken könnten.« Ein verunglücktes Lächeln huschte über sein bärtiges Gesicht. »Nicht das wir eine Stärke erreichen könnten, die es uns erlauben würde, dem Feind entgegenzutreten.« Er schüttelte entschuldigend den Kopf. »Verzeiht, Herr, ich bin gewiss kein Feigling, aber was können zehn oder meinetwegen auch hundert Römer erreichen, was Tausende nicht vermocht haben?«

»Du hast recht, Soldat. Weder an Zahl noch an Ausrüstung haben wir eine Chance auf einen siegreichen Kampf. Und wenn wir noch zehnmal mehr Männer finden sollten, würde dies an dieser Tatsache nichts ändern«, bestätigte er die Meinung des Mannes. Dann blickte er jedem der Schar in die Augen. »Aber wir können eines tun, Männer: Wir können auf dem Weg in den Süden so viel an Informationen sammeln, wie es uns nur möglich ist. Und das Wichtigste dabei scheint mir zu sein, eine Erklärung für den grausigen Umstand zu finden, warum wir niedergestreckten Feinden plötzlich wieder Auge in Auge gegenüberstanden. Welcher Gott der Picten vermag uns Krieger entgegenzuwerfen, die sich wie ein Ei dem anderen gleichen?«

Als er dieses Bild in ihnen hervorrief, wandelte sich so mancher Blick in blankes Entsetzen. Sie alle hatten gegen solche Krieger gekämpft und nur mit Mühe oder Glück überlebt.

»Und sollte auch nur ein einziger von uns den Weg nach Hause schaffen, so wäre diese Nachricht alle Opfer wert. Ich für meinen Teil bin bereit, dafür mein Leben zu lassen. Ich kann und will von euch nichts verlangen, außer der Zusage, diese Nachricht einem römischen Feldherrn zu überbringen! Und wenn irgend möglich auch dem Kaiser.«

Er blickte sich noch einmal in der Runde um und sein Gesicht wurde so dunkel wie die Schatten der Bäume um sie herum.

»Denn dass diese Krieger ein Werk von Göttern, vielleicht sogar Dämonen sein müssen, kann jeder von uns bezeugen.«

Er streckte seine zur Faust geballte rechte Hand kraftvoll in die Mitte des Kreises den sie bildeten und rief:

»Für den Kaiser!«

Nacheinander setzten alle ihre Rechte auf die Faust und wiederholten den Ausruf.

»Für den Kaiser!«

Kapitel XII
A. D. 183, Juni
Auf der Flucht

Vier Tage später und noch zerlumpter als zu Beginn ihrer Flucht gaben sie die Hoffnung auf, noch weitere Überlebende der Flotte zu finden. Niemand sprach es aus, aber jeder dachte es, das konnte Ulpius Marcellus in jedem Gesicht lesen. Gleich am ersten Tag hatten sie südlich der Landzunge, die sie mühsam erklommen und auf der anderen Seite mit waghalsigen Kletteraktionen überwunden hatten, drei Männer am Strand gefunden. Aber sie waren schon tot gewesen. Aus Angst vor umherstreifenden Pictenspähern hatten sie auf eine Beerdigung der Männer verzichtet. Auch wenn sie Münzen gehabt hätten, die sie den Toten als Lohn für den Fährmann auf die Augen hätten legen können, hätten sie dies nicht gewagt. Es wäre ein zu deutlicher Hinweis für den Feind gewesen, dass einige Römer die Seeschlacht überlebt hatten und durch die Wälder flohen. Mehr als der Verzicht auf eine Beerdigung war es dieser Umstand, der sie moralisch schwer belastete.

Ulpius Marcellus glaubte als gebildeter Offizier nicht an eine Existenz nach dem Tode. Und auch für Sidonius Gavius nahm er diese Einstellung als wahrscheinlich an. Aber seine Männer glaubten daran und er sah ihren Augen an, dass sie sich schuldig fühlten, ihren Kameraden den Weg in das Jenseits nicht ermöglichen zu können.

Einer der Männer sprach ein paar Worte, in denen er den Gott Mithras um Hilfe für die Toten bat. Für den Rest dieses Tages sprach keiner der Zehn auch nur noch ein Wort. Wie eine Schar Geister huschten sie durch die enge Schlucht, passierten riesige Felsbrocken, die wie von Götterhand ihnen in den Weg gelegt zu sein schienen und sie unnötig Kraft kosteten.

An diesem vierten Tag saßen sie alle mit zitternden Gliedern auf kaltem Stein und keuchten wie nach einem Gewaltmarsch. Es dauerte lange, bis sie wieder zu Atem kamen und sich gegenseitig in die abgespannten Gesichter schauen konnten.

Mit wenigen Worten hatte Ulpius Marcellus ihre Lage ohne Schonung dargestellt: ausgehungert, noch nicht einmal im Ansatz ausreichend bewaffnet und so erschöpft, dass sie nur zu gern seinem Vorschlag, eine längere Pause einzuhalten, zustimmten.

Sie hatten - jeder für sich - einen Platz zum Schlafen gesucht. Unter einem Haufen abgebrochener Äste, im Wurzelwerk riesiger Bäume oder in einer Mulde mit weichem Moos.

Einer der Männer, Vidonius, hatte nach eigenem Bekunden noch so viel Kraftreserven, dass er sich anbot, trotz seiner fehlenden Finger an einer Hand, einen Baum zu erklettern und sich im dichten Blattwerk einen Schlaf- und Aussichtsplatz zu suchen. Aber er benötigte die Hilfe dreier Männer, um den unteren, astfreien Teil überwinden zu können. Anschließend hatte er sich so in eine weite Astgabel geschmiegt, dass er nicht Gefahr lief, herabzustürzen, sollte er dort einschlafen.

Ulpius Marcellus bezweifelte zwar, dass er dort wirklich von Nutzen sein würde, aber er ließ den Männern die Illusion eines mehr als provisorischen Lagers und einem Mann, der Wache halten wollte.

Für den Rest des Tages und die ganze Nacht fielen sie alle in einen Schlaf, der mehr Ähnlichkeit mit dem Tod hatte als mit erholsamer Nachtruhe.

Ulpius war denn auch der Erste, der früh am Morgen wieder erwachte. Er lag noch warm eingebettet in einem Haufen abgefallener Blätter, als er beobachtete, wie Vidonius nicht weit, aber deutlich über ihm, sich mit völlig verspannten Gliedern im Astwerk regte und leise stöhnte.

Als der Soldat in seine Richtung blickte, legte er einen Finger auf die Lippen und winkte ihm zu, er möge herabkommen. Aber Vidonius schüttelte den Kopf und richtete sich leise in eine Position zurecht, die nun eher der eines Wachpostens entsprach.

Tapferer Kerl, dachte Ulpius und wühlte sich aus seinem Lager.

Nach und nach erwachten alle und versammelten sich bis auf Vidonius um ihren Anführer. Es war sonnenklar, dass sie sich von ihm einen Plan, Vorschläge, *irgendetwas* erhofften, was ihre Lage verbessern würde.

»Wir werden hier an der Küste niemanden mehr finden«, sprach er aus, was alle seit Tagen dachten, aber nicht gewagt hatten, es auch auszusprechen.

»Und der Weg hier an der Küste entlang ist viel zu kräftezehrend. Und noch etwas: wir kommen hier nicht voran. Meine - *unsere* - Hoffnung, noch Kameraden zu finden, hat sich nicht erfüllt«, wiederholte er und zuckte bedauernd mit den Schultern. »Also können wir einen effektiveren Weg nach Süden einschlagen.« Für einen Augenblick hielt er inne, aber niemand widersprach ihm. Er nickte und fuhr fort: »Während dieser Tage haben wir auch nicht *einmal* aus der Entfernung Picten gesehen, weder zu Land noch zu Wasser.« Er ließ unausgesprochen, dass wenn *sie* die Picten gesehen hätten, diese sie höchstwahrscheinlich schon vorher ausgemacht und umgebracht hätten. Er wertete dies als ein unglaubliches Glück und hoffte, es würde ihnen noch eine Zeit lang treu bleiben.

»In diesem Land ist Wasser kein Problem, es gibt Flüsse, Bäche und Seen fast in jedem Tal und an jedem Berg«, fuhr er fort.

Wieder vermied er es zu erwähnen, dass allein dieser Umstand dafür verantwortlich war, dass sie noch am Leben waren. Er wies mit einer Hand zu den steilen Wänden der Schlucht, in der sie sich gerade befanden, und zuckte erneut mit den Schultern.

»Wir werden ein kleines Feuer riskieren und peinlich darauf achten, dass es nur mit trockenem Holz betrieben wird. Brachius wird mit seinem Speer versuchen, ein paar Fische zu fangen und einige von euch könnten sich in den Wald begeben und nach Beeren oder Pilzen suchen.« Dann lächelte er und zupfte an seiner zerschlissenen Tunika. »Und wir werden alle ein Bad nehmen und unsere Kleidung waschen, schließlich sind *wir* keine Barbaren.«

Ein paar der Männer konnten sich zu einem mäßig gelungenen Lachen durchringen.

Casparus - ein jetzt noch schlankerer Legionär als zu Beginn ihrer Flucht -, erhob sich und deutete auf die einzigen beiden Schwerter, die sie besaßen und die Ulpius Marcellus und Sidonius Gavius trugen.

»Ich bitte um eines der Schwerter, Herr. Ich bin recht geschickt darin, es nicht nur als Hieb- und Stichwaffe zu benutzen, sondern auch als einen leidlichen Ersatz für einen Speer oder eine Axt.« Er blickte in den Wald. »Wenn mich nicht alles täuscht, ist dies hier ein hervorragendes Gelände für Kleinwild. Es wäre schön, wenn ich unseren Fisch - den Brachius ja auch erst noch fangen muss - mit einer fleischlichen Alternative bereichern könnte. Ein schöner fetter Hase wäre jetzt genau nach meinem Geschmack.«

Die Aussicht auf eine anständige Mahlzeit und einen bequemeren, aber dafür auch deutlich gefährlicheren Weg, erhellte die Mienen der Männer. Selbst der Legionär mit der Stichwunde im Bein, die sich zu ihrer aller Freude nicht entzündet hatte und die Schwellung trotz der anstrengenden Kletterei langsam zurückging, lächelte hoffnungsfroh.

»Wenn ich nicht gerade verletzt wäre, könnte ich dir helfen. In meinem Heimatdorf habe ich schon als Kind das Wild aus dem Wald auf ein freies Feld gehetzt, wo meine Freunde mit ihren Speeren und Schleudern auf es warteten.« Sein Lächeln hatte etwas Bemitleidenswertes an sich. Denn jedem war klar, dass die Chancen, dass er oder auch nur einer von ihnen wieder die Heimat sehen würde, mehr als schlecht standen.

Um die Stimmung nicht wieder in Trübsal kippen zu lassen, klatschte Sidonius Gavius leise in die Hände.

»Also Männer, ihr habt eure Aufgaben« sagte er mit gespieltem Ernst, der aber sofort in spöttisches Grinsen wechselte. »Aber bevor auch nur einer von euch sich ins Gebüsch schlägt, werden wir alle uns und unsere *Kleidung* säubern. Das Wild riecht uns ja schon Meilen gegen den Wind, bevor wir ihm auch nur in die Nähe kommen.«

Es ging gegen Mittag, als sie sich immer noch die Finger leckten und zufrieden in die Runde blickten. Brachius´ Jagderfolg mit vier kleineren Fischen stand im krassen Gegensatz zum Jagdglück von Casparus. Anstelle eines fetten Hasen kam er mit breitem Grinsen im Gesicht und einem Rehkitz auf den

Schultern in ihr *Lager* zurück. Ohne viel Worte hatte er das Kitz aufgebrochen, ausgenommen und mit fachmännischer Hand in ansehnliche Portionen zerteilt.

Als er Ulpius Marcellus das beste Stück hinhielt, lehnte dieser ab.

»Ehre, wem Ehre gebührt, Soldat. Nimm du das Stück, denn ich glaube nicht, dass ich in der Lage gewesen wäre, mit einem Gladius eine scheue Beute erlegen zu können.«

Allein diese Geste hob die Stimmung und das Ansehen ihres Führers. Das köstliche Fleisch und der Fisch taten ihre Wirkung. Da war es nicht besonders bedauerlich, dass drei Männer mit nur einem Helm voller Beeren für eine süße Zutat beitragen konnten.

Ohne Aufforderung ließen die Männer nach dem Mahl alle Spuren ihrer Anwesenheit verschwinden. Keine Asche, keine Knochen und nicht die kleinste Gräte verrieten nach kurzer Zeit, dass hier ein Trupp Soldaten sich aufgehalten und eine Mahlzeit zu sich genommen hatte. Sogar ihre Schlafplätze kontrollierten sie auf verdächtige Anzeichen und beseitigten diese.

»Wir haben noch einen halben Tag lang Licht, also nutzen wir es« rief Ulpius Marcellus zum Aufbruch.

»Casparus soll mit dem Speer die Vorhut bilden.« Längst hatte Ulpius von dem Mann sein Gladius zurückerhalten. »Dann folge ich und die verletzten Männer. Den Abschluss bildet Sidonius Gavius mit dem zweiten Schwert und unserem einzigen Schild. Wir gehen in einer Linie hintereinander und wir achten darauf, dass wir auf weichem Boden in die Spuren des Vordermannes treten. Sollte jemand auf diese Spur stoßen, wird er nicht wissen, mit wie vielen er es zu tun haben könnte.«

Ulpius Marcellus war klar, dass diese Marschordnung für Römer ungewohnt war. Aber er wollte nicht den kleinsten Vorteil so ohne Weiteres verschenken.

Sie nahmen ihre Positionen ein und marschierten los.

Sie brauchten zwei Tage, um die Fjorde und Buchten der Küste hinter sich zu lassen und gelangten endlich in weniger gebirgiges Gelände. Unterwegs nahmen sie alles an Pilzen und Beeren mit, was sie nicht unnötig aufhielt. Ulpius erlaubte keine langwierigen Suchen, sondern gestattete das Sammeln nur dann, wenn ihnen die Nahrung fast vor die Füße sprang.

Ihre Hauptnahrung aber waren Fische aus Bächen und Flüssen, an denen es wahrlich nicht mangelte. Trotzdem sie mit forschem Tempo gingen, sammelten sie durch die ausreichende Nahrung sogar an Kraft und fühlten sich wohler als zuvor.

Beinahe ärgerte sich Ulpius darüber, dass er sie vier Tage ohne Verpflegung durch die Wildnis hatte hetzen lassen. In einem leisen Gespräch mit Sidonius Gavius äußerte er sogar diesen Selbstvorwurf und staunte nicht schlecht, als dieser statt ihm Vorhaltungen zu machen, nur lapidar sagte, dass er nicht anders entschieden und genauso gehandelt hätte.

»Hinterher ist man immer klüger«, waren seine abschließenden Worte gewesen und sein Blick hatte vorsichtige Zuversicht ausgedrückt.

Und jetzt standen sie am Rande eines dunklen Waldes und blickten auf ein nahe gelegenes Dorf, aus dem kein Laut drang.

Es war kurz vor Einbruch der Dämmerung und Ulpius und Sidonius blickten ein wenig unsicher aus ihrer Deckung.

»Es ist noch nicht so dunkel, dass man annehmen könnte, im Dorf wären schon alle zur Ruhe gekommen«, sinnierte Sidonius und blickte angestrengt von einer Hütte zur nächsten. Doch nichts regte sich.

»Allem Anschein nach ist dies keine befestigte Stellung, sondern ein einfaches Dorf«, fügte Ulpius hinzu und deutete auf die kleine Anzahl Hütten. »Wenn ich richtig zähle, sind es nicht mehr als fünfzehn kleine Gebäude und nur aus wenigen dringt Rauch.«

Sidonius Gavius nickte und deutete vage in die Umgebung.

»Vielleicht sind es Bauern und die Männer befinden sich noch auf den Feldern. Auch wenn sie uns zahlenmäßig überlegen sein dürften, sind es nur *Bauern.* Hätten wir ausreichend Waffen, sähe ich keinen Grund, der dagegen spräche, sich aus dem Dorf alles zu holen, was uns nutzen könnte. So aber stehen uns gerade drei Mann unter Waffen zur Verfügung.«

»Selbst drei leidlich bewaffnete Legionäre haben gegen eine mindestens fünf- oder gar zehnfache Übermacht eine schlechte Aussicht auf verlustfreien Erfolg«, bestätigte Ulpius Marcellus. »Und ich will nicht einen einzigen Mann verlieren, mein Freund.«

Sie beobachteten für mehrere Minuten das Dorf und die Dämmerung machte sich nun deutlich bemerkbar.

Plötzlich trat Vidonius leise an sie heran und legte sein Pilum zu Boden.

»Herr«, flüsterte er und kniete sich dabei neben

dem praefectus classis nieder. »Es ist verdammt ruhig dort, nicht wahr?«

Schon wollte Sidonius Gavius erwähnen, dass sie das längst selbst bemerkt hatten, als der Mann weiter sprach.

»Noch nicht mal Viehzeug ist zu hören …«

Und mit einem Mal war Ulpius klar, was ihn an der Szene gestört hatte. In einem normalen Dorf hätte man selbst zu dieser Tageszeit das abendliche Gackern von Hühnern, das Grunzen von Schweinen oder das Muhen von Rindern hören müssen. Er kannte zumindest in ganz Italien kein einziges Dorf, in dem nicht mindestens ein Hund auf Ziegen oder Schafherden achtgab und ab und an bellte. Längst hätte ein Hund sie bemerken und Laut geben müssen.

Aber von all dem war nichts zu hören. Je länger sie das stumme Dorf betrachteten, desto unwirklicher wurde die Stille.

Ulpius massierte sein unrasiertes Kinn. »Könnte es sein, dass das Dorf verlassen wurde? Nein, dann würde nicht aus einigen Abzugslöchern Rauch aufsteigen«, verneinte er seine eigene Frage. »Vielleicht eine Falle.« Es war mehr ein Gedanke als eine Frage.

Sidonius lenkte mit einer Geste die Aufmerksamkeit der beiden anderen auf den östlichen Rand des Dorfes. »Diese Einzäunung dort sieht mir sehr nach einem Schweinesul aus. Die Erde ist durchwühlt und aufgeworfen, aber ich kann kein einziges Borstenvieh entdecken. Vielleicht wurde das Dorf überhastet verlassen und die Feuer in einigen Hütten schwelen nur noch vor sich hin.«

Ulpius Marcellus blickte zum düsteren Horizont und traf eine Entscheidung. »Wir warten bis zum Einbruch der Nacht. Wenn sich bis dahin weiter kein einziger Laut hören lässt, rücken wir von zwei Seiten auf das Dorf vor. Mit ziemlicher Sicherheit können wir sie dann überrumpeln, bevor sie zu Sicheln, Messern und Heugabeln greifen können. Schließlich sind wir ausgebildete Soldaten und keine Memmen.«

Mit einiger Ungeduld hatten die zehn Römer auf die Finsternis gewartet. Und jede Minute, die verstrich und sich im Dorf auch nicht der geringste Laut vernehmen ließ, steigerte ihre Ungeduld.

Ulpius Marcellus wusste, dass dies genau der Grund war, warum Männer und ganze Schlachten verloren gingen. So unwahrscheinlich eine Falle hier auf sie zu warten schien, desto sicherer war sich Ulpius, dass dies auch immer die Anführer gedacht hatten, *die* in eine Falle getappt waren.

Um seine Männer beschäftigt zu halten, hatte er sie in vier Trupps zu je zwei Mann in ihren eigenen Rücken ausschwärmen lassen. Er hatte nicht die geringste Lust, hier im Dunkeln zu liegen und plötzlich von hinten von stinkenden Mistgabeln aufgespießt zu werden. Es war nicht völlig ausgeschlossen, dass die Dorfbewohner sie hatten anrücken sehen, ihre Männer in den Wald geschickt hatten und sie sich gerade beeilten, in einem weiten Bogen in ihren Rücken zu gelangen.

Aber kurz nach Eintreten der Dunkelheit waren alle Trupps zurückgenkommen. Auch nicht einer hatte etwas Verdächtiges entdecken können.

»Also los, Männer«, flüsterte Ulpius Marcellus, »vier Mann mit mir und der Rest mit Sidonius Gavius.« Er winkte nach beiden Seiten und schlich mit gezücktem Gladius an der Spitze seiner Männer durch die sternklare Nacht. Nur die dünne Sichel des Mondes schickte gerade so wenig Licht herab, dass sie ihren Weg ohne zu stolpern zurücklegen konnten.

Innerhalb weniger Minuten hatten sie die Entfernung vom Waldrand zum Dorf überwunden und ein leichter Wind folgte ihnen und blies ihren verräterischen Schweißgeruch voran. Doch kein Hund bellte und keine Gans gackerte alarmierend.

Ulpius Marcellus dachte noch darüber nach, ob die Picten diese gefiederte Warntruppe genauso nutzten, wie die Legionäre in einem Kastell oder einem Feldlager, als plötzlich der Wind drehte und ihm einen Geruch entgegen blies, den er nur zu gut kannte.

Den metallischen Geruch frisch vergossenen Blutes.

Er hob seine Hand und blieb wie angewurzelt stehen. Ein Blick zu den fünf nachtschwarzen Schatten am anderen Ende des Dorfes zeigte ihm, dass auch sie etwas wahrgenommen hatten.

Er stand mit seinem Trupp an einer der Hütten, aus denen noch Rauch gedrungen war. Auf Zehenspitzen näherte er sich einer einfachen Holztür und die vier Männer formierten sich lautlos hinter ihm. Zwei sollten mit ihm in die Hütte stürmen, die anderen beiden ihnen den Rücken vor eventuell angreifenden Gegnern decken.

Mit einem donnernden Fußtritt trat Ulpius Marcellus die Tür ein und sprang in die Hütte. Sein Gladius zum Schlag bereit, machte er zwei, drei Schritte hinein und wappnete sich gegen einen Feind, der dort auf ihn lauern mochte. Seine beiden Kameraden folgten ihm unmittelbar, doch niemand trat ihnen entgegen. Weder Bauer noch Pictenkrieger. Keine Mistgabel oder Krummschwert drohte auf sie einzuschlagen. Überrascht wirbelte Ulpius herum und suchte jeden Winkel des einzigen Raumes ab, den die Hütte aufbieten konnte.

Aber dann fiel sein Blick auf zwei Bündel, die am Boden lagen und schwach von dem noch glimmenden Feuer beleuchtet wurden. Am unteren Ende des größeren Bündels ragten eindeutig Füße hervor. Doch erst sein zweiter Blick hatte die schwarz angesengten Füße als solche erkannt.

In seinem Kopf entstand eine vage Vorstellung dessen, was hier passiert sein mochte, aber noch weigerte sich sein Verstand, die Ahnung in Gewissheit zu verwandeln.

Er drehte sich um.

»Schickt die beiden dort draußen in die anderen Hütten. Und ihr könnt auch hinausgehen und das Dorf durchsuchen. Hier lebt niemand mehr.«

Seine Stimme hatte die Färbung klirrenden Eises angenommen. Als die Männer die Hütte verlassen hatten, stocherte er mit der Schwertspitze in der Glut und schob die dünne Ascheschicht auseinander. Das Feuer bekam Luft und loderte etwas auf, nicht viel, aber es genügte, um ihm mehr Licht zu spenden.

Fast zögerte er, als er die Spitze seiner Klinge unter den rotbraun gefärbten Stoff des größeren Bündels schob. Doch dann hob er den Stoff an und schleuderte den Fetzen beiseite.

Eine Frau, noch recht jung, wie es schien, lag in einer angetrockneten Blutlache. Sie lag mit dem Rücken zu ihm und doch konnte er die Zeichen nicht übersehen. Sie war ganz sicher vergewaltigt worden, ob mehrfach konnte er nicht sagen, aber eine reichliche Anzahl bunt schillernder Flecken auf ihrer Haut sprach dafür. Ihr langes braunes Haar glänzte an manchen Stellen feucht und er trat einen Schritt näher, ging sogar in die Knie und schnupperte an den nassen Flecken. Deutlich roch er das Sperma.

Ulpius Marcellus erhob sich angewidert und steckte sein Schwert in den Gürtel. Dann griff er den Stofffetzen erneut und legte ihn über die Leiche. Dann trat er an das kleinere Bündel heran. Seine Hand schwebte über einer einfachen braunen Tunika, die an vielen Stellen zerrissen war.

Musst du das tun?, fragte er sich selbst und nickte unweigerlich, um seine stumme Frage zu beantworten.

»Ja, ich muss«, sagte er leise und nun klang seine Stimme wie zerbrechendes Glas, voller Mitleid. Mit spitzen Fingern hob er den Lumpen an und blickte auf einen vielleicht vier- oder fünfjährigen Jungen. Dessen herrlich blaue Augen starrten ihm kalt und starr entgegen.

Auch wenn dies Angehörige des Feindes waren, so waren es doch in diesem Falle keine Krieger, sondern einfache Bauern … Frauen … und Kinder.

Er hatte noch nie römische Feldherren verstanden, die auch solche Menschen töten ließen. Sie faselten immer etwas davon, dass dies die nächste Generation Krieger sei und deshalb getötet werden durften.

Ulpius verachtete sie dafür.

Kein Wunder, dass die Picten uns hassen wie die Pest, dachte er und ließ den Stoff wieder auf das tote Kind sinken.

Er erhob sich und schritt langsam nach draußen.

Sidonius Gavius stand mit allen Männern im Kreis vor dem Eingang. Im schwachen Licht der Mondsichel waren ihre Gesichter hart kontrastierende Schatten. Die verbissenen Mienen machten die dunklen Gesichter nur noch finsterer.

»Wir haben nur Leichen gefunden … ausschließlich Frauen, Greise und Kinder«, begann er und auch ihm war die Wut über dieses Gemetzel anzumerken. »Dieses Mordgesindel hat sich eine ganze Zeit lang an allen Frauen vergnügt, die sie finden konnten, bevor sie weiterzogen. Kein einziger Überlebender.«

Ulpius machte eine Geste, die andeuten sollte, dass er damit gerechnet hatte. Zu Worten war er in diesem Moment nicht in der Lage. Fast eine Minute sagte niemand etwas.

Dann öffnete er den Mund und wollte etwas sagen. Aber der Zorn ließ ihn nur seine Hände zu Fäusten ballen, sich öffnen und wieder zu Fäusten ballen. Es sah aus, als wolle er unsichtbare Hälse würgen und die Knöchel seiner Finger schimmerten fahl und weiß im Licht des Mondes.

»Wenn ich diesen Kommandeur in die Finger kriege, der dafür verantwortlich ist, dann … dann … dieses Mordgesindel …«

»… hat die Männer entweder woanders ermordet oder mitgenommen«, warf Brachius mit grimmigem Ton ein.

Ulpius Marcellus reckte sich und sah seine kleine Schar an.

»Na schön, Männer. Nehmt alles mit, was uns nutzen kann und nicht übermäßig belastet«, befahl er und sah für den Bruchteil einer Sekunde Zweifel im Gesicht einiger Männer aufblitzen.

Sidonius Gavius wagte es, einen Einwand vorzubringen.

»Herr, wenn uns die Picten finden - und die Wahrscheinlichkeit dafür dürfte ziemlich hoch sein - und sie finden bei uns Dinge aus diesem Dorf, werden sie *uns* dieses Massaker anlasten.«

Ulpius fletschte die Zähne und knurrte dabei fast wie ein Wolf. »Es dürfte aus ihrer Sicht egal sein, ob *wir* dies taten oder ein anderer Römer. Also macht es wenig Sinn, hier etwas liegen zu lassen, was unsere Chancen erhöhen könnte.« Er wandte sich ab und überlegte, wie weit sie in der Nacht diesen Ort hinter sich lassen konnten. Aber es half nichts, sie *mussten* von hier verschwinden.

Weniger als zehn Minuten später verschwanden sie im Wald.

Kapitel XIII
A. D. 183, Juli
Von Norden kommt der Tod

Swidger machte ein Gesicht wie der mit dichten Regenwolken vollgepackte Himmel. Grau und stürmisch. Dabei liebte der Germane mittlerweile den Regen in Breith, wusste Arianrhod und blickte nun auch selbst nach oben. In ganz Italien war es jetzt Sommer und sicher würde dort überall die Sonne scheinen. Nur für Augenblicke bedauerte sie es, nicht von goldenen Strahlen gewärmt zu werden.

Als sie an ihre alte Heimat dachte, sah sie aber nicht mehr warme Strände und braun gebrannte lachende Menschen, sondern Sklaven, die unter der Last ihre Waren schweißüberströmt die Straßen entlangkeuchten. Plötzlich wunderte sie sich, dass sie damals nie die Bilder, die sie gesehen hatte, auch richtig einzuordnen in der Lage gewesen war.

Jung, dumm und verwöhnt, dachte sie bitter.

Erst jetzt, Jahre später, erkannte sie die Todesfurcht in den Gesichtern der Gladiatoren im Circus Maximus, die hungernden Bettler und Krüppel in den Straßenecken, die zerlumpten und dreckigen Kinder der Armen und die Abgestumpftheit in so manchem Sklavenauge. Sie hatte damals nie verstanden, dass sie nicht nur eine Römerin war, sondern darüber hinaus als Tochter eines Militärs eine bevorzugte Stellung in der Gesellschaft innehatte. Tägliches Essen, saubere Kleidung und bei jedem Wetter ein kühles Dach oder ein wärmendes Feuer im Raum, war für sie eine Selbstverständlichkeit gewesen. Wahrscheinlich hatte sie geglaubt, dass alle Bürger im Römischen Reich solche Annehmlichkeiten in Anspruch nehmen konnten.

Wie dumm ich doch gewesen bin, dachte sie erneut und reckte dem Regen ihr Gesicht entgegen. Als könnte er sie von ihrer längst abgelegten Borniertheit reinwaschen, genoss sie die frischen Tropfen auf der Haut.

Sie sah nicht, wie die Pictenfürsten, Krieger und Kriegerinnen um sie herum sie lächelnd ansahen und den Ausdruck in deren Augen, dass sie in Arianrhod wahrlich eine der ihren sahen. Ein altes cruithisches Sprichwort besagte, dass nur jemand, der den Regen in Breith liebte, ein wahrer Cruithin sein konnte.

Doch ohne das es auch nur einer der sie umringenden Cruithin ahnte, bewirkte der Regen noch etwas anderes in Arianrhod. Der lange unterdrückte Zorn auf die Römer war auch während des ganzen Winters niemals - und auch zu keinem anderen Zeitpunkt - in Arianrhod erloschen. Jeder Regentropfen bemühte sich, das Feuer, das in ihr brannte, im Zaum zu halten. Und tatsächlich wurden die kleinsten Tropfen auf ihrem heißen Gesicht in winzige Dampfwölkchen verwandelt.

Arianrhod atmete tief und heftig ein. In ihrem Kopf schwirrten Erinnerungen durcheinander und verwoben sich zu schrecklichen neuen Szenarien, wie in der schlimmsten Theateraufführung, die sie jemals besucht hatte. Doch die Dämonen in ihrem Kopf hatten allesamt allzu reale römische Gesichter. Ein Kaiser nach dem anderen, die sich für Götter hielten, und sich wie Abschaum aufführten. Fette und korrupte Senatoren mit ihren Geliebten und Lustknaben. Arrogante und blutrünstige Generäle und Feldherren, die - ohne mit der Wimper zu zucken - im wahrsten Sinne des Wortes über Leichen gingen. Und allen voran ihr Vater, Magnus Lucius und sein

Bluthund Trebius Servantus. Sie wünschte sich, beide wären noch am Leben und sie hätte so die Chance, ihrem Vater noch einmal das Schwert in den Hals zu rammen. Oder an Trebius Servantus eine viel grausamere Rache zu vollstrecken als einen schnellen Streich mit dem Schwert.

Ein heiserer Schrei entfuhr ihrer Kehle und sie riss die Augen auf und senkte den Kopf ihren Anführern zu. Alle um sie herum teilten die aufflammende Begeisterung, die aus ihren Augen sprühte wie Feuer.

Wie sie so auf ihrem Pferd saß, die schwarzen Haare nicht lang und lockig herabfallend, so wie sie sie als Römerin getragen hatte, sondern nach oben gesteckt und mit einem verzierten Lederband zu einem dicken Zopf gebündelt, war sie eine völlig neue Frau, eine Kriegerin.

In ihrem Gesicht trug sie schon lange blaue und schwarze Tätowierungen und nicht nur aufgemalte Runen. Sie hatte von Anfang an darauf bestanden, dass die Verwandlung von Dauer sein und bis zu ihrem Tod auch so bleiben sollte. Sie hatte sich auf die Kunst des cruithischen Tätowierers verlassen und ihm nur wenige Anweisungen gegeben, welche Zeichen und Linien sie haben und vor allem, was sie damit ausdrücken wollte: Sie war der Tod, der aus dem Norden kam.

Nach der Geburt Brannons hatte sie ihren ohnehin trainierten Körper sehr rasch wieder in die menschliche Ausgabe einer blitzschnellen Gazelle verwandelt, angetrieben von den besten Lehrmeistern, welche die Cruithin vorweisen konnten. Und die Cruithin *hatten* gute Ausbilder. Doch diese hatten rasch erkannt, dass sie Arianrhod nur noch Feinheiten des Schwert- und Lanzenkampfes und ihr lediglich unbekannte

Finessen der Cruithin beibringen mussten. Ihre rasche Auffassungsgabe faszinierte sie genauso, wie die gnadenlose Konsequenz, mit der sie ihre Übungen absolvierte.

Der immer noch anhaltende Regen lief ihr nun in Strömen über makellose Muskeln, die ihre Weiblichkeit nicht verloren hatten. Das wenige, dass sie an Kleidung trug, war mehr dazu da, um diverse Klingen und Schwerter zu befestigen, als ihren Körper zu umhüllen. Allein auf den Schultern und dem Rücken trug sie ein ledernes Cape, das verhinderte, dass der kleine Rundschild und der prall gefüllte Pfeilköcher ihr die Haut aufscheuerten. Um ihre Hüften spannte sich ein schmaler Lendenschurz, der ihren Beinen mehr als genug Bewegungsfreiheit ließ, um dem Pferd die Hacken zu geben oder mit den in fast eleganten Ledersandalen steckenden Füßen Tritte auszuteilen.

Noch einmal atmete sie tief durch und sah in vielen Augen die unverhohlene Bewunderung und - was viel wichtiger war - Respekt.

»Ist Sétanta nun endlich wieder da?«, fragte sie ungeduldig und hatte dabei niemanden direkt angesehen.

»Ja, er kam kurz nach Morgengrauen«, antwortete Swidger, der neben ihr auf dem größten Pferd saß, dass die Cruithin hatten finden können. »Er muss von der Küste bis hierher die ganze Nacht geritten sein. Auch er scheint es eilig zu haben, nach Süden vorzustoßen, meine Königin«, setzte er hinzu.

»Vielleicht will er nur unser Land von Römern befreit sehen, bevor er stirbt«, vermutete Caleigh mac Morn und grinste dabei mit einer Mischung aus Verwunderung und Anerkennung. »Schließlich ist er der älteste Druide, den ich kenne. Und ich kenne sehr viele Druiden.«

Arianrhod und Swidger warfen sich einen kurzen und absichtlich wertungsfreien Blick zu, bevor sie beide nickten.

»Nicht der schlechteste Grund, sich zu beeilen. Es ist schon lange Sommer und wir hatten doch länger damit zu tun, unsere Krieger mit ausreichend Waffen auszurüsten. Jetzt aber wollen wir unsere Antwort auf die Entsendung der römischen Flotte dem Kaiser übermitteln …«, sagte die Krone des Nordens grimmig und richtete sich in ihrem Sitz auf.

»Der *Wolf* hat mit Máiri und Maelchon dafür gesorgt, dass sie uns nicht in den Rücken fallen können«, warf Kenneth von Mull ein und grinste dabei über sein breites Gesicht. »Es war also keine schlechte Idee, den Wolf von Westen und Catriona und Fionnghal von Osten aus nach Süden vorstoßen zu lassen. *Was* soll uns aufhalten?«, fragte er in die Runde und erntete von allen ein zustimmendes Nicken.

»Wir waren uns darin einig, dass wenn die Römer eine Flotte schicken, sie mit ihr alles aufbieten werden, was sie entbehren können. An eine *zweite* Flotte glaubt niemand von uns, auch nicht der Wolf«, bestätigte Arianrhod ihren schon lange besprochenen Plan.

»Und es war eine recht ansehnliche Flotte, das muss man durchaus zugeben«, warf Swidger ein. »Aber sie liegt nun am Grunde der skotischen See und ein paar Spreißel an unserer Küste.

Kenneth schüttelte den Kopf. Er schien es immer noch nicht begreifen zu können, dass *Currachs* in der Lage gewesen waren, waffenstarrende römische Galeeren zu versenken. »Wirklich ein schlauer Kopf, dieser Marcellus Maximus Lupinius.«

»Genug geplaudert, meine Fürsten und Fürstinnen«, sagte Arianrhod und blickte todernst auf das Heer, dass sie umgab.

Das Heer der Toten, dachte sie und erinnerte sich an eine der wenigen Äußerungen Sétantas, als sie ihn nach der Wirkung des Trankes gefragt hatte.

»Der Trank ist mächtig, meine Königin, ungeheuer mächtig«, hatte er geantwortet. »Und wie du längst weißt, können aus *einem* toten Krieger viele, sehr viele Krieger erschaffen werden. Aber was dir dein Túan verschwiegen hat, ist, dass auch diese Krieger nur diese zweite Chance haben. Kommen sie erneut ums Leben, bleiben sie für alle Zeit in der Anderswelt.«

Also muss uns diese Armee genügen, dachte Arianrhod. Denn wenn wir die Römer vertrieben haben und sie keine anderen Cruithin mehr töten, dann fehlt uns die Quelle, aus der wir neue Spiegelkrieger schöpfen könnten.

Zum einen bedauerte sie diesen Umstand, zum anderen sagte ihr eine innere Stimme, dass es gut war, nicht unendlich oft die Prozedur der Wiedererweckung an einem Getöteten vollziehen zu können.

Sie blickte um sich und sah nur sehr wenige Cruithin, die noch ihr erstes Leben lebten. In einer plötzlichen Vision sah sie diese im Kampf niedersinken und sich selbst, in eine Druidenkutte gehüllt, ihnen den Trank einflößen.

Das leidenschaftliche Feuer der Rache in ihren Augen wich für die Dauer eines Wimpernschlages einer urtümlichen Angst.

Nein!

Sie würde niemals jemandem den Trank verabreichen und sie schwor sich, wenn sie ganz

Breith und Britannien von den Römern befreit haben würde, dass sie dann die Tafel in die tiefste Schlucht werfen würde, die das Land zu bieten hatte.

Dieser Zauber ist nicht von dieser Welt. Und wenn er seinen Zweck erfüllt hat, sollte er für alle Zeit vom Antlitz der Erde verschwinden.

Kapitel XIV
A. D. 183, Juli
Mordgesindel

Die Gruppe, die durch den Wald hastete, kam Sidonius Gavius wie ein Haufen zerlumpter Bettler vor, anstatt römischer Legionäre. Alle hatten sich aus dem britannischen Dorf mit allerlei Kleidungsstücken und anderen Stoffen versorgt, die ferne Beobachter glauben lassen mochte, bei den zehn Männern handele es sich um Bauern oder Jäger. Einem näheren Blick würde diese Maskerade natürlich nicht standhalten.

Zu ihrer Freude hatten sich die Mörder nicht um die Lebensmittel gekümmert, die im Dorf in angenehmer Menge vorhanden gewesen waren. Seit Tagen hatten sie deshalb nicht jagen oder sich mit zeitraubender Suche nach Pilzen und Beeren aufhalten müssen. Trotz täglichen Rennens und ihres allgemein hohen Marschtempos fühlten sie sich gut. Ja, Ulpius und Sidonius waren sogar der Meinung, dass dieses tägliche Pensum sie ausdauernder gemacht hatte. Natürlich trug die ausreichende Verpflegung einen beachtlichen Teil zu ihrem Wohlbefinden bei.

Sie hatten nun eine ganze Anzahl recht scharfer Sicheln und Messer bei sich, aber gegen Schwerter und Speere wären sie damit selbstverständlich trotzdem unterlegen. Nichtsdestotrotz hatte sich die Miene so manches Soldaten erhellt, als er wieder etwas in die Hand gedrückt bekam, mit dem er sich seiner Haut erwehren konnte. Allerdings war kein Einziger so dumm, sich der Illusion hinzugeben, damit *allein* einem Picten gegenübertreten zu können. Doch mehrere hätten sicher eine Chance.

Während der acht Tage, seit sie das Dorf hinter sich gelassen hatten, waren sie nicht einem einzigen Menschen begegnet. Dieser Landstrich schien leer zu sein und sie waren nicht unglücklich über diesen Umstand.

Am letzten Abend hatten Ulpius Marcellus und Sidonius Gavius ganz offen mit den Männern darüber diskutiert und einige Spekulationen geäußert, warum dies so sein könnte.

Vidonius war der Meinung gewesen, das die Bewohner kleinerer Dörfer und Siedlungen sich vor *den* Römern in Sicherheit gebracht hatten, die auch das Dorf heimgesucht hatten, durch das sie gekommen waren.

Brachius hingegen argumentierte, dass sie dann wenigstens noch einmal auf ein verlassenes Dorf hätten stoßen müssen. Auch die Abwesenheit von Feldern ließ ihn eher vermuten, dass diese Gegend schon vor vielen Jahren verlassen worden war. Entweder ausgelöst durch die Invasion der Römer oder einfach, weil der hiesige Boden wenig Anbaumöglichkeiten bieten mochte. Als Beweis hatte er seine unverletzte Hand in das Erdreich gestoßen und tief unter die Grasnarbe gegraben. Als seine Hand wieder nach oben kam, bröselten Erde und Steinchen heraus und er murmelte etwas von dem fruchtbaren Boden der Poebene, aus der er stammte. Mit Verachtung rieb er sich die Hände und trockene Krümel fielen zu Boden.

Ulpius Marcellus nickte anerkennend, als Brachius ohne Aufforderung die Erde wieder in das Loch schob und die Grasnarbe darüber setzte.

Schließlich einigten sie sich darauf, dass sie Fortuna danken sollten und sie in ihrem weiteren Marsch nicht leichtsinnig werden durften. Dann hatten sie sich zur Nacht niedergelegt.

Das Frühstück am nächsten Morgen brachte zutage, dass sie wohl noch einen, vielleicht zwei Tage ohne Jagd auskommen konnten, es aber vernünftig war, sich sogleich um Nachschub zu kümmern. Sie beschlossen daher, in zwei Gruppen in Sichtweite parallel zu marschieren und verzichteten auf eine Hatz durch den Wald. Zum einen würde es das Wild verschrecken, zum anderen wollten sie ihr Glück nicht überstrapazieren.

Vidonius warf launig ein, dass Götter ziemlich wankelmütig seien und die beiden Offiziere gaben ihm grinsend recht.

Nach etwa zwei Stunden ruhigen Marsches begann es leicht zu regnen. Das Wasser fiel in feinen Tropfen schnurgerade nach unten und zum allgegenwärtigen Rascheln der Blätter im Wind gesellte sich das sanfte Rauschen des Regens. Unwillkürlich verlangsamte sich das Schritttempo der Männer und Ulpius Marcellus und Sidonius Gavius welche jeweils die Spitze einer Gruppe bildeten - verständigten sich stumm mit einem Winken.

Innerhalb von wenigen Minuten durchnässte sie der Regen, der zwar dicht aber immer noch in winzigen Tropfen fiel, dabei noch an Intensität zugenommen hatte. Ulpius begrüßte den Umstand, dass ihre Schritte jetzt noch leiser klangen, als auf dem leidlich trockenen Waldboden der letzten Tage.

Mit einem Mal stand ein riesiger Hirsch vor Sidonius Gavius und beide, Mensch und Tier, blieben für eine Sekunde erschrocken stehen.

Der Hirsch blickte den Mann vor ihm aus großen Augen an. Beide Augenpaare befanden sich auf gleicher Höhe. Auch die Männer hinter Sidonius waren überrascht.

Bevor auch nur einer sich bewegen oder etwas sagen konnte, machte der Hirsch einen Satz zur Seite und gelangte mit wenigen weiten Sprüngen tiefer in den Wald. Die Bäume standen an dieser Stelle nicht besonders dicht, trotzdem konnten sie den Rücken des Hirsches nur noch einmal zwischen den Bäumen auftauchen sehen, dann war er endgültig verschwunden.

»Schade …«, begann Sidonius und lockerte frustriert die Hand am Schwertknauf. Doch bevor er die Waffe wieder ganz in die Scheide stecken konnte, vernahmen seine Ohren Geräusche, die sich nach Hufgetrappel anhörten.

Mit befehlender Geste scheuchte er die Männer in die Deckung der überall stehenden Büsche und einiger dichter Gruppen aus jungen Bäumen, die sich in den Lücken zwischen den größeren um das Licht stritten. Mit einem hastigen Seitenblick beobachtete er, dass auch Marcellus´ Männer sich niederwarfen und in Deckung krochen.

Doch anstelle auf Pferden heranstürmender Picten kam eine ganze Schar der verschiedensten Tiere auf sie zugelaufen.

Mindestens fünf oder sechs Rehe, dahinter ein kleinerer Hirsch als der, der gerade in eine andere Richtung davongerannt war, fegten über den nassen Waldboden. Nur dann, wenn sie nicht auf Blätter oder Moos traten, erklangen ihre hastigen Schritte. Dazwischen flitzten ein paar schlanke Wiesel oder Marder. Etliche Hasen schlugen wie wild einen Zickzackkurs und ein besonders großes Exemplar überschlug sich, als es den Hufen eines fast erwachsenen Rehes ausweichen musste. Der Hase rappelte sich aber sofort auf und schoss in das finstere Loch einer Baumwurzel, das genau vor seiner Nase auftauchte und Schutz bot.

Die Männer duckten sich in ihre Deckung, um nicht versehentlich von einem Huf getroffen zu werden.

Sidonius Gavius staunte nicht schlecht, als unmittelbar neben ihm zwei Wölfe mitten durch die Rehe und den Hirsch rasten, ohne diese auch nur eines Blickes zu würdigen.

Der Regen hatte etwas nachgelassen und erlaubte es den tief ins Moos gedrückten Soldaten wieder besser in den Wald zu lauschen.

Das Getrappel der fliehenden Tiere verebbte langsam und trotzdem waren da noch weitere Geräusche. Aber weder Sidonius noch einer der anderen Römer konnte sie erkennen. Dumpfe Schläge in einem zwar raschen aber nicht rasenden Galopp drangen durch die Bäume und dahinter …

Vorsichtig richtete sich Sidonius Gavius auf und versuchte im Grünbraun des Waldes etwas zu erkennen. Er hatte den Eindruck, dass die gedämpften Tritte nicht von einem Pferd stammen konnten. Also wagte er es, sich in eine halb stehende Position aufzurichten …

… und wurde von der Schulter eines schwarzbraunen Bären gerammt, der plötzlich zwei Büsche durchstieß und sein Maul zu einem ärgerlichen Brüllen aufriss.

Doch anstelle wie die anderen Tiere im Wald zu verschwinden, schien sich der Bär dazu entschlossen zu haben, seinen Ärger oder seine Furcht an dem Menschen vor ihm auslassen zu wollen. Selbst von dem Rempler überrascht, machte er noch vier der dumpfen Tritte, die sie nicht als seine Schritte erkannt hatten. Dann blieb er stehen und wandte sich dem Römer zu, der längst sein Gladius gezogen hatte und das Tier anstarrte.

Sidonius Gavius war gewiss kein Feigling. Aber ein menschlicher Feind wäre ihm jetzt sicher lieber gewesen, ob nun überlegen bewaffnet oder nicht. Denn dieser schwarzbraune Bursche war ein gefährlicherer Gegner. Vor allem deswegen, weil Sidonius noch nie gegen einen Bären gekämpft hatte.

Nur einmal hatte er im Circus Maximus einen Kampf zwischen einem Gladiator und einem Bären gesehen. Und da hatte der Bär gewonnen. Der Gladiator hatte damals gedacht, er müsse dem nach Blut gierenden Publikum eine besondere Vorstellung bieten und hatte den anfangs eher lustlosen Bären gereizt. Mit raschen Stichen in die Flanken und Beine hatte er aus dem Tier eine mordgierige Bestie gemacht. Der Bär blutete schon aus mindestens acht Wunden, als der Mann einen weiteren Fehler machte: Er stellte sich in zehn Metern Entfernung mit dem Rücken zum Bären hin und empfing die kreischenden Jubelrufe des Pöbels. Diese Distanz schien ihm ausreichend zu sein. Das grummelnde Knurren des Bären ging im Geschrei der Massen unter. Und als die Menge schrie und auf das heranstürmende Tier deutete, war es bereits zu spät. Der Gladiator hatte seine Drehung nur zur Hälfte vollzogen, als der Bär heran war und ihm mit einem einzigen Hieb den Hals soweit mit den Krallen aufriss, dass der Kopf nach hinten klappte, nur noch schwach von ein wenig Haut und dem Rückgrat gehalten. Der Rest des Halses war eine einzige rot sprudelnde Quelle gewesen.

Das Bild des sich aufbäumenden Bären über dem zuckenden Leib des Gladiators brannte wie ein Fanal in Sidonius´ Kopf.

Aus den Augenwinkeln sah er die Köpfe der anderen Legionäre aus der Deckung kommen. Die entsetzten Gesichter sah er allerdings nicht. Dafür sah er in den Augen des Bären etwas Erstaunliches. Da war keine Mordlust, sondern schiere Angst.

Was könnte diesem Riesen Furcht einflößen?, schoss es Sidonius Gavius durch den Kopf und er zwang sich, seine Hand um den Griff des Gladius nicht zu verkrampfen. Er machte zwei vorsichtige Schritte rückwärts und versuchte sich zu erinnern, wie das Gelände hinter ihm aussah. Doch für keinen Augenblick ließ er das Tier aus den Augen.

Der Bär grummelte, scheinbar immer noch überrascht, hier einem Menschen zu begegnen. Andererseits schien er zu überlegen, sich einfach wieder umzudrehen und weiter in den Wald zu flüchten.

Vor was hatte dieses Tier Reißaus genommen?

Wieder machte Sidonius einen Schritt zurück und spürte die Äste eines der Büsche in seinen Rücken stechen, durch die der Bär gekommen war. Von zwei Seiten sah er die anderen Männer heranschleichen, Sicheln und Messer in den Händen, aber sichtlich wenig erpicht, mit diesen mickrigen Waffen das Tier anzugreifen.

Plötzlich ruckte der massige Schädel des Bären herum, als einer der Männer einen Ast mit deutlichem Knacken zertrat und sich sofort fluchend zwei Schritte zurückzog. Mit grausigem Brüllen erhob sich der Bär und ragte nun fast drei Meter hoch auf. Seine krallenbewehrten Tatzen fegten durch die Luft und die langen Klauen ließen die Männer respektvoll zurückweichen.

Doch dann tauchte im Rücken des Bären Brachius auf und rammte im vollen Lauf seinen Speer in das

Fell und Fleisch des Riesen.

Wieder schrie das Tier auf und wirbelte zu dem neuen Gegner herum. Und jetzt machte Brachius einen fürchterlichen Fehler. Anstelle die Lanze herauszureißen und erneut zuzustoßen, hielt er sich daran fest. Doch die Wucht der Drehung schleuderte ihn herum und er verlor den Halt. Er lag noch nicht ganz auf dem Boden, als der Bär sich auf ihn stürzte und mit einem grässlichen Knirschen in den Hals des Legionärs biss. Brachius war sofort tot.

Der Bär machte einen weiteren Schritt auf den Toten zu und schien mit einer Pranke noch einmal zuschlagen zu wollen. Doch das war *sein* Fehler. Anstelle sich um die mit Geschrei und erhobenen Waffen heranrückenden Römer zu kümmern, wollte er seine Wut an der Leiche austoben.

Die Krallen des Tieres rissen ein fürchterliches Loch in die Brust von Brachius, als sich gleichzeitig Ulpius Marcellus und Sidonius Gavius mit ihren Schwertern und zwei weitere Männer mit langen Messern auf es stürzten.

Tief stießen sie ihre Klingen in den Leib und rissen sie wieder heraus, nur um sofort erneut zuzustechen. Der Bär hatte sich in seiner Wut wieder auf alle Füße herabgelassen und das wurde ihm nun zum Verhängnis. Noch einmal gelang es ihm, sich zu erheben und mit einem rückwärts geführten Schlag sowohl Ulpius Marcellus als auch einen weiteren Mann zurückzuwerfen. Doch die beiden anderen stachen ein drittes Mal zu, dieses Mal in die ungedeckten Seiten.

Die zum Schlag erhobenen Tatzen sackten nach unten, aber der Bär blieb immer noch stehen. Er riss sein Maul auf und von seinen Zähnen troff das Blut des getöteten Römers.

Mit Grauen wandten sich nun alle Männer von dem todwunden Tier ab. Mit pochenden Herzen machten sie sich daran, einen größeren Sicherheitsabstand zu gewinnen. Und der war auch notwendig.

Der Bär senkte den Kopf und schien sich die Wunden zu betrachten, aus denen sein Blut floss. Noch immer steckte der Speer in seinem Rücken und verursachte bei jeder Bewegung sichtlich höllische Schmerzen. Dazu machte ihn der Geruch des fremden und eigenen Blutes wahnsinnig, doch er schien nicht zu wissen, auf welchen Gegner er sich zuerst stürzen sollte. Er machte einen Schritt auf Sidonius Gavius zu und büßte diese Bewegung mit einem heftigen Stich der Speerspitze in seinem Rücken. Als hätte er plötzlich so viel Verstand, um zu erkennen, dass er diesen Schmerz loswerden konnte, wenn er die Waffe zerbrach, taumelte er mehr als das er schritt, auf den nächsten Baum zu und schaffte es tatsächlich, den Schaft am Stamm abzubrechen. Aber die Metallspitze des Speeres verschob sich dadurch und durchtrennte die nahegelegene Wirbelsäule. Mit einem schrecklichen Gebrüll, das den Männern das Schaudern in die Glieder trieb, starb der Bär und brach endlich nieder.

Sidonius Gavius konnte es nicht glauben. Seine Hand schien plötzlich Tonnen zu wiegen und er bekam weiche Knie. Bevor er allerdings zu Boden sinken konnte, trat Ulpius Marcellus an ihn heran und stützte ihn.

Beide Männer blickten auf den Berg aus Fell und Fleisch.

Ulpius grinste und schlug seinem praefectus classis auf die Schulter, sodass dieser doch noch ein wenig in den Knien schwankte.

»Unser Proviant hat nun eine erstaunliche Erweiterung erfahren ...«, begann er und verlor sofort das ohnehin gequälte Grinsen und deutete auf die Leiche von Brachius. »Und einen guten Mann verloren ... Ich kannte Brachius erst, seit wir in See gestochen sind. Aber in den letzten Wochen schätzte ich ihn mehr und mehr.«

Sidonius Gavius überwand seine momentane Ermüdung und richtete sich auf. Vor allem auch deswegen, weil er den aufschließenden Männern kein Anzeichen von Schwäche geben wollte.

»Es wundert mich mittlerweile, dass er nur einfacher Legionär war. Aber nun ist es zu spät, ihm mehr Verantwortung zu übertragen ...«, antwortete er Marcellus.

Die nun wieder im Wald herrschende Stille wurde aber immer noch von fernen Geräuschen unterbrochen, die sie während des Kampfes nicht wahrgenommen hatten. Als nun die Männer wortlos um die beiden Offiziere, den Bären und ihrem toten Kameraden einen Kreis bildeten, hoben sich einige Köpfe und drehten sich in eine gemeinsame Richtung.

Und jetzt - scheinbar mit vom Kampf geschärften Sinnen - vernahmen sie undeutliche Rufe, das eindeutige Klirren von Metall auf Metall ... und den in ihre Nasen stechenden Geruch von Rauch.

»Mein Freund«, begann Ulpius Marcellus und legte seinem Offizier eine Hand auf eine Schulter. »Es scheint so, als seien die ruhigen Tage vorbei.« Er drehte sich zu Vidonius und drei weiteren Männern um.

»Ihr werdet als erstes Brachius begraben und seine Ruhestätte so tarnen, dass sie niemand finden ... oder ein Tier sich an ihm gütlich tun kann«, befahl er.

»Danach werdet ihr die besten Stücke des Bären in neun gleichmäßige und handliche Portionen zerteilen und den Rest ebenfalls vergraben. Versucht, die Spuren des Kampfes zu verwischen. Alle anderen kommen mit mir.«

Er brauchte niemandem zu sagen, dass sie sich still verhalten sollten. Dicht hintereinander huschten sie durch den immer noch fallenden Regen und brachten innerhalb weniger Minuten eine große Strecke hinter sich. Mit jedem Schritt wurde der Kampflärm offensichtlicher.

Weit voraus sah Sidonius Gavius den Wald sich zu einer Lichtung öffnen und automatisch verlangsamten sie ihr Tempo. Geduckt schlichen sie von Deckung zu Deckung, bis sie sich schließlich nur noch kriechend voran arbeiteten.

Jetzt waren ganz klar Schmerzensschreie zu hören, unterbrochen von lauten Befehlen und dem Knistern brennenden Holzes. Der beißende Rauch drang trotz des Regens bis zu ihnen herüber.

Obwohl er sich bemühte, konnte Sidonius Gavius kein Wort verstehen. Seine Vermutung, dass sie hier Zeuge eines weiteren Massakers einer römischen Einheit wurden, wurde von Zweifeln erschüttert.

Wir müssten nahe genug sein, um ein römisches Wort - ob von einem Soldaten oder Offizier gebrüllt - verstehen zu können, dachte er und schob vorsichtig ein paar dünne aber blattreiche Zweige eines Busches auseinander.

Und kaum hatte er dies getan, weiteten sich seine Augen vor Erstaunen.

Anstelle römischer Legionäre kämpften dort Picten gegen Picten! Und - wenn er sich nicht völlig täuschte - waren mitten unter ihnen auch etliche Skoten. Deren Kleidung war um einiges umfangreicher, als die der fast nackten Picten.

Wieso kämpfen Picten gegen ihre eigenen Landsleute?

Fasziniert beobachtete er den Kampf, der sich scheinbar dem Ende zuzuneigen schien, denn eine Partei - eine Gruppe aus Picten *und* Skoten -, schlachtete mit gnadenloser Brutalität eine immer kleiner werdende Zahl anderer Picten ab.

Ihre Schreie sind um nichts weniger grässlich, als die sterbender römischer Männer, dachte Ulpius Marcellus.

Ein grauhaariger Skote stand breitbeinig über einem aus mehreren Wunden blutenden und am Boden liegenden Picten. Die Schwerthand des Picten schien gebrochen zu sein, denn sie stand in einem unnatürlichen Winkel vom Gelenk ab. Dem Mann standen Schweißtropfen auf der Stirn und sein Gesicht war schmerzverzerrt. Trotzdem überschüttete er den kalt lächelnden Skoten mit hart ausgestoßenen Worten. Sidonius Gavius sprach kein pictisch, aber er nahm an, dass es sich um Flüche oder Schmähungen handelte. Er bewunderte den Mut des totgeweihten Mannes. Scheinbar wollte er den Angreifer zu einem schnellen Hieb verleiten und in keinem Falle den Verdacht aufkommen lassen, dass er um Gnade winsele.

Als der Skote seine schwere Streitaxt hob, spuckte ihn der Picte an und blickte dem Grauhaarigen kerzengerade in die Augen. Der Hieb spaltete den Schädel des Besiegten und die Axt drang tief in den durchweichten Boden ein. Mit grausamen Lachen zog der Skote seine Waffe heraus und spuckte seinerseits auf die Leiche.

Die Römer in ihrem Versteck zuckten nicht mit einem Muskel und vermieden jeden Laut. Nur

Sidonius Gavius presste die Kiefer aufeinander und entwickelte einen Hass auf den Skoten.

Ich weiß nicht, um was es hier ging, aber dies war kein ehrlicher Kampf, das war eiskalter Mord.

Er ahnte nicht, dass er damit zum Einen recht hatte, zu einem anderen Teil aber völlig falsch lag. Die Verwirrung des Römers steigerte sich, als aus der Menge der Skoten und Picten ein uralter Druide trat, sich zu einer Leiche niederbeugte und etwas in den Mund des Toten tropfen ließ. Dabei murmelte er unverständliche Worte.

Doch der Tonfall des Druiden klang sogar bis zu ihm herüber. Jedes einzelne Wort schien wie ein glühendes Eisen zu sein, das seine Haut verbrannte. Und als sich der Druide zu ihm herumdrehte, ohne dass dieser ihn sah und er in dessen Augen blicken konnte, konnte Sidonius Gavius darin ein dämonisches Feuer flackern sehen.

Alt und abgrundtief bösartig.

Kapitel XV
A. D. 183, Juli
Treibjagd

Swidger befand sich inmitten des Getümmels und schwenkte sein Breitschwert wie eine Sense. Seine Klinge hielt reiche Ernte und die Köpfe der Römer flogen nur so von deren Schultern. Die Picten überragten die Römer fast immer um mindestens eine Kopflänge. Nur die römischen Offiziere mit ihren roten Helmbüschen reichten an die großen Krieger und Kriegerinnen heran. Doch alle wurden sie von Swidger übertroffen. Der Germane lachte und stieß immer wieder seinen Schlachtruf aus:

»Wotan!«

Niemand ahnte, dass er damit seine südgermanische Herkunft kundtat, denn weder die um ihr Leben kämpfenden Römer noch die Picten um ihn herum konnten etwas mit diesem Wort anfangen.

Die Römer verstanden nicht, wie ein Mann, umringt von Tod und Verderben, lachen konnte. Selbst die gebildeteren römischen Offiziere hatten keine Ahnung davon, dass selbst *wenn* Swidger hier fiel, er seinen Tod mit Freuden annehmen würde. Wie vielen Germanen war es auch sein Ziel, in Walhall an der Seite Wotans zu sitzen. Und dies konnte er nur, wenn er im Kampf starb und nicht im Bett an Altersschwäche.

Doch im Augenblick sah es nicht so aus, als würde er in Gefahr geraten, geschweige denn zu Tode kommen. Sein Brauner hatte zwar etliche Schnitte abbekommen, doch hielt sich das Tier wacker auf den Beinen. Es schien, als würde die Todesverachtung, nein, die freudige *Todeserwartung* seines Reiters, sich auf es selbst übertragen. Es schnaubte und stampfte heftig mit den Hufen, als Swidger es in einen engen Kreis zwang und er dabei drei weiteren Römern die Brust oder Kehlen aufschlitzte. Wie gefällte Bäume fielen sie aus ihren Sätteln und sanken zu Boden.

Für einige Augenblicke stellte sich ihm kein Gegner mehr und Swidger hatte Gelegenheit nach Arianrhod zu schauen.

Sie saß nur eine Pferdelänge entfernt von ihm auf ihrem Ross und trieb gerade einem Offizier die Klinge ins Herz. Mit raschem Schwung riss sie die Spitze aus der Brust des Mannes und parierte den Lanzenstoß eines Legionärs zu ihrer Rechten. Dessen Waffe wurde nach oben abgedrängt und der Soldat versuchte nun, mit einem Fußtritt ihr Pferd am Kopf zu treffen. Dies sollte ihm die Zeit verschaffen, mit seinem Pilum zu einem neuen Stoß auszuholen. Doch Arianrhods Klinge blieb nicht tatenlos in der Luft hängen, sondern fuhr blitzschnell nach unten und trennte das Bein des Römers kurz unterhalb des Knies ab. Mit einem Aufschrei stürzte der Mann auf die Erde und wurde von den Hufen nachrückender Legionäre am Kopf getroffen. Er sank bewusstlos nieder und Swidger sah, wie das Blut aus der Wunde pulste.

Swidger gab seinem Pferd die Hacken zu spüren und rückte dichter an Arianrhod heran, denn drei Römer hatten sie sich als Ziel auserkoren.

In einer geschlossenen Gruppe pflügten sie sich durch die Reihen der Picten. Die beiden äußeren hatten ihre ovalen Schilde erhoben und schützten so den mittleren Reiter vor Angriffen. Sie ignorierten die Tatsache, dass vier der Krieger dasselbe Gesicht hatten. Aber wahrscheinlicher war, dass sie in der Hitze des Gefechtes wenig Aufmerksamkeit auf die

Züge des Feindes verschwendeten.

Aber Swidger war nicht umsonst der Leibwächter der Königin. Er schaffte es gerade noch, sich zwischen sie und die Römer zu schieben, als der mittlere Reiter einen kurzen Wurfspieß nach Arianrhod schleuderte. Mit einem verächtlichen Grunzen lenkte Swidger die Waffe ab und donnerte im Abschwung sein Breitschwert auf den Schild des linken Reiters. Die Wucht des Schlages war so groß, dass der Schild zersplitterte und die Hand samt daran hängender Schlaufe abtrennte. Der Mann fiel aus dem Sattel und umklammerte mit seiner gesunden Hand den sprudelnden Armstumpf. Seine Schreie alarmierten Arianrhod und sie wandte sich den Angreifern ebenfalls zu.

Die beiden verbliebenen Römer schienen hartgesottene und vor allem erfahrene Legionäre zu sein. Ihres Kameraden beraubt, änderten sie ihre Taktik und griffen nach ihren Kurzschwertern. Einer war damit sogar um einiges schneller als sein Kamerad, der erst seinen Schild von der rechten Hand in die linke wechseln musste. In allerletzter Sekunde gelang es ihm, sein Gladius zu ziehen und damit einen mörderischen Hieb Swidgers abzuwehren. Der zweite drang nun mit seinem Schwert und äußerst harten Schlägen auf Arianrhod ein.

Swidger war zwar mit *seinem* Römer ziemlich beschäftigt, doch konnte er aus schnellen Seitenblicken ersehen, dass jeder Schlag Arianrhod schwer zusetzte. Die schiere Kraft des bulligen Römers würde nach wenigen Schlägen ihre Arme erlahmen lassen, Fechtkunst hin oder her.

Noch während er die wütenden Hiebe des Römers mit seinem Breitschwert und kreischender Klinge abwehrte, schien für den Germanen plötzlich die Zeit stillzustehen. Wie durch dicke Kissen hörte er das metallische Singen der Schneiden und Klingen um ihn herum, die Schreie beider Seiten verdrehten sich zu langem Röhren und das prustende Schnauben seines Pferdes wechselte in dunkles Brodeln heißer Luft. Sein eigener Herzschlag kam ihm vor wie das langsame Stampfen von Pferdehufen auf einem gemütlichen Ritt. Und gleichzeitig wunderte er sich, dass er nicht erstickte, da sich sein Brustkorb nur widerwillig zu bewegen schien.

Und dann geschah etwas, womit der Germane niemals gerechnet hätte.

Er sah Sétanta, den alten Druiden, am Rande des Schlachtfeldes auf seinem Pferd sitzen … und lächeln.

Swidger hatte bislang nur Germanen im Kampf lachen sehen und nur für den Bruchteil eines Augenblickes - der sich nun wie zehn anfühlte -, dachte er darüber nach, ob auch Sétanta sich auf ein Leben in Walhall freute.

Narr, schoss es ihm durch den Kopf. Er ist ein Picte und kein Germane! Er wird in seine Anderswelt gehen, wenn die Zeit für ihn gekommen ist. In Walhall ist kein Platz für Picten.

Und kaum hatte er diesen Gedanken vollzogen, fühlte er Bedauern in sich aufsteigen. Natürlich nicht wegen Sétanta, sondern wegen Arianrhod.

Sie wird nicht mit mir in Walhall sitzen, dachte er und plötzlich zerriss der Bann der Langsamkeit.

Fast beiläufig schlug er sein Schwert in die Ecke zwischen Hals und Schlüsselbein des Römers und wandte sich sofort dem Legionär zu, der Arianrhod mit seinem letzten Stoß den kleinen Rundschild von der Hand geschlagen hatte.

Im Konter hatte sie dem Römer die Spitze ihres Krummschwertes durch dessen linken Unterarm getrieben, doch der Kerl war scheinbar aus Hartholz gemacht. Seine Rechte - seine Schwerthand - wirkte auf Swidger und Arianrhod wie eine zuckende Schlange. Der Mann ließ sich nicht davon abhalten, auf die vermeintliche Barbarin vor ihm einzuschlagen, obwohl sein anderer Arm schlaff an ihm herunterhing und das Blut nur so aus der Wunde schoss.

Doch *eine* Hand ist nicht genug gegen zwei Gegner. Und schließlich musste er dies eingestehen. Er stieß einen ärgerlichen Schrei aus und wandte sich dem in einen Augen gefährlicheren Gegner - Swidger - zu. Plötzlich schleuderte er seinen verletzten Arm nach oben und sein Blut traf den Germanen mitten ins Gesicht.

Ein roter Schleier raubte Swidger die Sicht und reflexartig riss er sein Breitschwert nach oben. Augenblicklich wurde sein Arm durch den donnernden Aufprall des Gladius erschüttert.

Wotan! Und sie hat mindestens vier solcher Schläge überstanden, dachte er und fühlte neue Bewunderung für Arianrhod in sich aufsteigen.

Aber der Römer ließ ihm keine Zeit mehr für weitere Überlegungen, sondern er nutzte die eingeschränkte Sehfähigkeit des Gegners und versuchte seinen nächsten Schlag hinter einem Stück seines Mantels zu verbergen, den er mit der scheinbar doch nicht so nutzlosen verletzten Linken nach oben riss.

Es war das Pech des Römers, dass Swidger diesen Trick kannte und mitten in den Stoff hinein schlug. Zu seinem Glück erwischte er die Klinge von oben und drückte sie gnadenlos herunter. Der fehlgeleitete

Hieb des Römers schnitt seinem eigenen Pferd ein Ohr ab und das Tier bäumte sich schmerzerfüllt und laut wiehernd auf. Aber der Römer konnte sich im Sattel halten und setzte zu einem zweiten Versuch an.

Swidger nutzte die Zeit, die der Mann benötigte, um sein Pferd wieder zu bändigen und stieß ihm mit einem wuchtigen Stoß sein Breitschwert in die Seite. Mit blutigem Schaum vor dem Mund stürzte der Legionär vom Pferd und landete zwischen seinen Kameraden, die dort - der eine tot, der andere kampfunfähig - auf ihn zu warten schienen.

Arianrhod wechselte nun ihrerseits ihr Schwert von der halb betäubten Rechten in die Linke und erlöste die beiden Römer mit schnellen Streichen von ihren Schmerzen.

Swidger wischte sich hastig das Blut aus den Augen und blickte um sich. Aber kein neuer Römer stürmte heran.

Der Kampf war vorbei.

Er drehte sich herum und suchte nach Feinden, aber nur am Rande des Schlachtfeldes fiel gerade der letzte Römer nieder, umringt von drei Kriegern, die unheimliche Brüder waren.

Schon hatten mehrere Picten begonnen, verletzten Feinden den Gnadenstoß zu gewähren. Sie machten keine Gefangenen. Was sollten sie auch mit ihnen anfangen? Es lag nicht in ihrem Interesse Lösegeld von den Römern zu erpressen, wie dies Skoten oder andere Pictenstämme wohl schon oft getan hatten.

Arianrhod und ich, wir wollen kein Geld von den Römern. Wir wollen unsere Heimat befreien.

Arianrhod und ich …

Der Gedanke schien sich in seinem Gehirn festzusaugen wie ein Blutegel am Fleisch eines im

Morast watenden Menschen. Er schüttelte den Kopf und dabei fand sein Blick wieder den Druiden.

Sétanta saß immer noch auf seinem Pferd, aber er lächelte nicht mehr. Mit scheinbar unerschütterlicher Ruhe beobachtete er die Arbeit der Spiegelkrieger, die einen verletzten Römer nach dem anderen töteten, bis sich keiner mehr regte. Und Swidger sah sogar aus der Ferne, dass dem alten Druiden etwas beschäftigte. Er blickte auf die Römer und schien angestrengt nachzudenken, ein schweres Problem zu wälzen.

Swidger versuchte, den Druiden weiter zu beobachten, ohne das es diesem auffiel und wartete ruhig ab.

Arianrhod bekam von diesen Blicken und Gedanken nichts mit, sondern sie war froh, dass der Kampf vorbei war. Die brutalen Hiebe des bulligen Römers zeigten eine Grenze ihrer Fähigkeiten auf, die sie bisher nicht bewusst wahrgenommen hatte.

Bei aller Ausbildung und Können bin ich immer noch eine Frau. Ich mag viele Männer vom Leben zum Tod befördern können. Doch es gibt Krieger, denen ich allein schon durch deren schiere Muskelkraft und Körpermaße unterlegen bin. Ich brauche Swidger!

Und da war noch mehr in diesem Gedanken. Sie konnte das vage Gefühl nicht einordnen, dafür war es zu flüchtig, ja, es schien sich zu weigern, an die Oberfläche zu kommen.

Sie ritt an Swidgers Seite und lachte ihn an.

»Es ist wohl wieder einmal so weit, dass ich mich bei dir für mein Leben bedanken darf, Swidger«, begann sie und angelte sich mit der Schwertspitze den Fetzen eines römischen Mantels vom Boden. Sie wischte damit das Blut von ihrer Klinge und steckte sie dann in den Gürtel. Achtlos warf sie den Fetzen von sich. Sie begann, ihren rechten Arm zu massieren. »Noch höchstens zwei Schläge dieses Römers und ich hätte mein Schwert fallen lassen.«

»Ich hätte das niemals zugelassen, meine Königin« sagte Swidger und schob nun auch sein Schwert in das Scheid auf seinem Rücken. »Du brauchst mir also nicht dafür zu danken, dass ich meine Aufgabe erfüllt habe.« Ein bitterer Zug huschte über sein Gesicht und Arianrhod wusste genau, was er damit meinte.

Sie seufzte, verzichtete aber darauf, ihn zum x-ten Male von seiner Schuld freizusprechen. Stattdessen fasste sie ihn an der Schulter und störte sich nicht an dem Schweiß und dem Blut, das daran klebte; sie sah sicherlich nicht weniger dreckig aus.

»Ich danke dir. Du *bist* mein Schild … mein Halt in dieser Welt«, sagte sie und meinte es auch für sich selbst überraschend wirklich ehrlich. Für einen Moment dachte sie an Brannon. Aber dann schüttelte sie den Kopf. Er würde jetzt - weit oben im Norden - gut von Inga versorgt werden. »Ich wäre dir noch dankbarer, wenn du mich nicht nur *deine Königin* nennen würdest, Swidger.« Ihre Stimme klang leise und sanft und niemand anderer konnte die Worte hören.

Er blickte sie für die Dauer zweier Herzschläge lang an, dann nickte er.

»Arianrhod mac Ruith.«

Sie war sich nicht sicher, ob sie in diesen Worten irgendeine Betonung hatte hören können, aber sie fühlte ein wenig Bedauern darüber, dass sie nicht den Klang hatten, den sie sich erhofft hatte. Außerdem schien zwischen ihrem Vornamen und dem Rest eine winzige Pause gewesen zu sein.

Hat er wirklich gezögert und dann die anderen Worte hinzugefügt, um mir zu zeigen, wer ich bin oder was er in mir sieht?

Wieder schüttelte sie leicht den Kopf und richtete dann ihre Aufmerksamkeit auf die Umgebung.

Auch er wandte den Kopf und sie hatte den Eindruck, dass er ihr für die Konzentration auf das Hier und Jetzt dankbar war. Mit vorsichtiger Geste lenkte er ihre Aufmerksamkeit auf den am anderen Rand des Schlachtfeldes immer noch nachdenklichen Druiden.

»Sétanta ist nicht ganz bei der Sache, wie mir scheint«, sagte er und ahnte nicht, wie falsch er damit lag.

Arianrhod regte sich unangenehm auf ihrem Pferd und ordnete das verrutschte Stück Fell, das ihr als Sattel diente. Sie beugte sich dabei nach vorn und ihre herabfallenden Haare verbargen, dass sie den alten Druiden genau beobachtete.

»Ich habe schon seit Túans Tod das Gefühl, dass irgendetwas nicht stimmt«, murmelte sie Swidger zu, der ebenfalls so tat, als würde er die Krieger dabei beobachten, wie sie sich sammelten. »Er ist oft abwesend, sowohl geistig als auch körperlich.«

Als sie mit dem Fell fertig war, blieb sie gebückt und tätschelte ihrem Pferd den Hals und tat so, also würde sie sich bei ihm bedanken.

Denn Sétanta blickte plötzlich zu ihnen, und für einen Moment zuckte ein ärgerlicher Ausdruck über sein durchfurchtes Gesicht. Er schien darüber verstimmt zu sein, dass er sich dazu hinreißen ließ, Gefühle auf seinem Gesicht zu zeigen; seine sonst perfekte Maske gesenkt zu haben. Doch genauso schnell, wie sein Unmut das Gesicht überzogen hatte, genauso rasch fand er wieder zu seinem Standardausdruck zurück: unpersönlich, ja fast abweisend.

Arianrhod erinnerte sich an die Zeit vor Túans Tod.

Plötzlich war er da gewesen und alle Cruithin hatten so getan, als wäre er schon immer da gewesen. Sie hatte in ihrem Schmerz dieses Verhalten übernommen, dankbar dafür, einen scheinbar alten Vertrauten an ihrer Seite zu finden, der genau wusste, was zu tun war. Damals kannte sie die Bräuche der Cruithin noch nicht. Und auch heute kannte sie längst nicht alle Gepflogenheiten, dieses gar nicht so primitiven Volkes.

Sétanta ritt langsam auf sie zu, und als er in Hörweite kam, rief er ihnen so laut zu, dass es viele der sie umgebenden Krieger und Kriegerinnen hören konnten:

»Es ist Zeit aufzubrechen. Wir müssen diese Treibjagd am Leben erhalten … und den Römern das Leben *nehmen.*« Er grinste dabei und beide - Arianrhod und Swidger - waren sich sicher, das hinter diesem Grinsen mehr steckte.

Arianrhod richtete sich in ihrem Sitz auf und hob die Hand.

»Aiiijjaaaaa!«, schrie sie und die Cruithin antworteten ihr mit einem vielstimmigen Ruf. »Auf, meine Cruithin, lasst uns Römer jagen!«

Kapitel XVI
A. D. 183, Juli
Eintausend zu Neun

Die neun Römer saßen im Dunkel des Waldes und hingen ihren Gedanken nach. Sie hatten weder gewagt ein Feuer zu entzünden, noch sich während der schon hereinbrechenden Dämmerung weiter vom Kampfplatz zu entfernen und ihr Glück in den Tiefen der Wälder zu suchen. Eine unbestimmte Ahnung hatte Ulpius Marcellus von diesem an sich vernünftigen Vorgehen absehen lassen. Vorerst.

Marcellus und Gavius hatten mit tonloser Stimme Vidonius und den drei mit ihm im Wald verbliebenen Gefährten von dem Gemetzel zwischen den offensichtlich verfeindeten Pictenstämmen und den Skotensöldnern berichtet. Denn nichts anderes als Söldner konnten die Skoten gewesen sein, überlegte Ulpius Marcellus.

Sidonius Gavius hatte sich danach um die Zuteilung des Bärenfleisches gekümmert und sorgsam kontrolliert, dass die vier Männer wirklich alle Spuren des Bärenkampfes hatten verschwinden lassen.

Nur aus den Augenwinkeln hatte Ulpius wahrgenommen, das sein Adjutant lange an der Stelle im Wald verharrte hatte, an der der Leichnam von Brachius bestattet war. Nicht der geringste Hinweis deutete darauf hin, dass dort ein römischer Soldat begraben lag.

Erst nach einer Weile hatte sich Gavius von der Stelle entfernt und war leise an die Seite seines Vorgesetzten getreten. Als dieser nicht reagierte und weiter auf den Waldboden vor sich gestarrt hatte, hatte sich Gavius in das feuchte Moos sinken lassen.

Nach und nach hatten sich die anderen sieben Männer zu ihnen gesellt.

So saßen sie also eine Weile in Schweigen vereint.

Gerade als Gavius das Wort an Marcellus richten wollte, schüttelte dieser den Kopf.

»Ich verstehe es einfach nicht, mein Freund«, begann er und hob den Kopf. Fast verwundert registrierte er, dass seine kleine Schar so nah um ihn herum saß.

»Jeder vernünftige Heerführer würde versuchen, alle Stämme gegen uns zu vereinen. Statt dessen bekämpfen sie sich gegenseitig und pflegen ihre alten Händel.«

Sidonius Gavius wollte etwas antworten, doch wieder kam er nicht dazu.

»Darüber hinaus lassen sie auch noch Söldner aus Skotia auf ihre Insel«, fuhr Ulpius Marcellus fort.

»Das ist der Grund dafür, dass wir einen Großteil Britannias einnehmen konnten. Ihre Zerstrittenheit und ein paar Krüge voll Gold hatten ihren Anteil daran, das wir weniger Besatzungstruppen aufwenden mussten, als ursprünglich gedacht«, brachte nun Gavius endlich seine Erklärung heraus. »Und ich bin deswegen nicht traurig, Herr.«

»Trotzdem haben die Picten den Wall überrannt, meine Flotte vernichtet und drängen immer weiter nach Süden vor«, antwortete Ulpius und nun wurde sein Gesicht so finster wie die beinahe völlige Schwärze der Nacht. Nur noch schemenhaft konnten sich die Männer erkennen.

»Mir ist ein zersplitterter Feind lieber als ein einiges Volk, Herr«, versuchte Sidonius Gavius über die Tatsache hinwegzutäuschen, das dieser Feind das sonst so mächtige Rom geschlagen hatte. Ein fast störrischer Ausdruck entstand auf seinem Gesicht, den aber niemand außer Marcellus erkennen konnte.

Ein paar Sterne tauchten am Himmel auf und plötzlich ließ der seit Stunden fallende Regen nach und versiegte dann von einem Augenblick zum anderen. Der fehlende Regen unterstrich die Stille im Wald und selbst die Nachtjäger schienen noch auf etwas zu warten, bevor sie mit ihrer Jagd begannen.

»Je mehr ich über diese Picten nachdenke, Gavius, desto mehr bin ich von ihren Leistungen beeindruckt.« Ein paar weitere Sterne zauberten ein aschfahles Licht auf den Römer. »Was wäre das für ein Gegner, wenn sie sich von Norden bis Süden unter einem Banner vereinen würden? Selbst die wilden Germanen scheinen mir weniger grausam und tödlich zu sein als diese Picten.«

»Es sind Barbaren, Herr, bei allem Respekt, den ich ihnen im Kampf zubillige«, warf Gavius ein. »Sie bemalen sich mit Tiersymbolen und Kreisen und Linien, wie Schauspieler im Theater. Sie laufen fast nackt herum, auch wenn dieses Land mehr Schnee und Eis zu bieten scheint, als die höchsten Berge der Alpen.«

»Aber sie kämpfen wie Männer und nicht wie Schauspieler«, warf unvermittelt Vidonius ein und Ulpius Marcellus musste erst suchen, aus welchem Mund im Dunkel vor ihm die Worte gekommen waren.

»Und ihre Schwerter sind alles andere als primitiv, Herr«, wagte ein anderer Mann einzuwenden. »Sie sind mindestens genauso hart wie unsere geschmiedet, dabei länger und gebogen. Diese gekrümmten Schwerter hinterlassen verdammt tiefe Wunden. Selbst wenn ein Kamerad einen solchen Streich zunächst überlebt, haben die Heiler wenig Aussicht diese Wunden rechtzeitig zu verschließen, bevor der Mann verblutet. Ich habe Männer aus meiner Kohorte gesehen, die ausgelaufen sind wie ein Schwein bei einer Schlachtung.«

Ulpius Marcellus nickte und konnte im Licht der immer zahlreicher werdenden Sterne wieder alle Männer identifizieren.

»Du hast recht, Politos, sie haben gute Waffen und sie sind noch bessere Kämpfer«, bestätigte er den Eindruck des bulligen Mannes, der zwischen Sidonius Gavius und ihm selbst saß. »Auch *ich* habe in der Seeschlacht Legionäre gesehen, die ihr Zögern gegenüber ihren Kriegerinnen mit dem Leben bezahlt haben.«

»… wie die griechischen Amazonen«, sagte ein anderer Mann. »Aber ich schwöre euch: Wenn mir ein Pictenweib gegenübersteht, werde ich nicht zögern, sie zu töten.«

»Mit was willst du das vollbringen, Bartholomäus? Mit deiner Sichel?« Der am weitesten von Marcellus sitzende Mann brachte zwar nur ein leises Lachen zustande und trotzdem genügte es, die bislang trostlose Stimmung ein wenig aufzuhellen.

»Sollen sich doch die Picten gegenseitig die Schädel einschlagen, mir ist es recht. Das erhöht unsere Chancen durch dieses verdammte Land zu kommen«, knurrte Sidonius Gavius und hatte seinen gewohnt mürrischen Ausdruck wiedergefunden. Er schien ihn tatsächlich nur dann aufzusetzen, wenn er in Wahrheit keinen Grund zu Übellaunigkeit zu haben schien. Plötzlich grinste er zur Überraschung aller. »Wir können unsere Messer und Sicheln - so scharf wir sie auch geschliffen haben mögen - durch weitaus effektivere Waffen eintauschen«, begann er und deutete mit einem Daumen hinter sich in Richtung des Kampfplatzes.

»Richtig, mein Freund«, übernahm nun Ulpius Marcellus wieder das Wort. »Und wir warten damit nicht bis zum Morgen, sondern werden uns sofort darum kümmern. Ich möchte nicht von ihren Verwandten überrascht werden, wenn wir inmitten der Gefallenen stehen.«

Es war beinahe Mitternacht, als sie sich wieder an der Stelle befanden, von der aus sie vor Stunden das Gemetzel beobachtet hatten. Die letzten Regenwolken hatten sich verzogen und ein Halbmond und eine Vielzahl von Sternen beleuchteten halbwegs die Kampfstätte.

Die Leichen lagen immer noch dort, wo sie niedergestreckt worden waren und keiner von ihnen hatte etwas anderes erwartet. Aber mehr als dunkle Erhebungen konnte man nicht erkennen. Seltsamerweise war kein einziger Aasfresser bei der Arbeit und es dauerte eine ganze Weile, bis Ulpius Marcellus dieser Umstand auffiel und in ihm das befremdliche Gefühl noch steigerte, dass er die ganze Zeit über empfand.

Sidonius Gavius lag am anderen Ende der lockeren Reihe, die sie gebildet hatten, und blickte zu ihm herüber. Ulpius konnte trotz der mäßigen Sichtverhältnisse sehen, wie sein Adjutant sich fragte, warum er noch zögerte vorzurücken. Die gleiche unbestimmte Ahnung, die Ulpius Marcellus davon abgehalten hatte, das Weite zu suchen, hielt ihn nun davon ab, seinen Männern zu befehlen, sich die Waffen zu holen.

Geduld ist oft ein Grund für das eigene Überleben, dachte Ulpius Marcellus und überlegte, ob diese Weis-heit von einem Philosophen oder einem Militär stammte.

Er hatte sich noch nicht für eine der beiden Möglichkeiten entschieden, als er einen grauen Fleck auf der anderen Seite der Stätte wahrnahm. Wahrscheinlich hatten seine Augen sich erst jetzt so gut an die Lichtverhältnisse angepasst, da er ihm nicht schon bei ihrem Eintreffen an dieser Position aufgefallen war. Irgendetwas sagte ihm, dass dieser Fleck nicht an diese Stelle gehörte. Es war kein dunkler Haufen wie die der Toten auf dem Boden, so verrenkt sie auch dort liegen mochten. Das Grau hatte eher einen halb aufgerichteten Umriss, beinahe so, als säße dort jemand.

Ulpius Marcellus dachte für eine Sekunde über die Möglichkeit nach, dass ein Getöteter wohl auch so niedersinken konnte, dass er - vielleicht an einen Baum gelehnt - eben eine solche Position einnehmen könnte.

Doch dann verschob sich der graue Fleck ein wenig.

Verdammt, warum kann heute kein Vollmond sein, fluchte er und bedeutete mit einer verhaltenen Geste seinen Männern sich nicht zu rühren.

Und jetzt sah er es plötzlich ganz deutlich: der Fleck hatte sich bewegt.

Er wagte es nicht, sich auch nur einen Millimeter zu rühren und spürte mehr, als das er es sah, dass seine Männer die Bewegung ebenfalls gesehen hatten.

Aus dem gedrungenen grauen Fleck wurde eine graue Gestalt, die sich langsam aufrichtete und ihre Glieder zu strecken schien. Scheinbar hatte die Person sehr lange dort gesessen und schien es nun an der Zeit zu finden, sich zu erheben. Atemlos verfolgten Marcellus und seine Männer, wie die Gestalt ein paar Schritte aus dem Waldrand machte und sich dem Mond- und Sternenlicht zuwandte. Aus dem Grau wurde ein fahles Weiß und plötzlich erkannte der Römer, wer oder was dort stand.

Ein Druide.

Seine weiße Kutte schien das spärliche Licht aufzusaugen wie ein Schwamm, zumindest sah es für den Römer so aus.

Doch dann erkannte Ulpius Marcellus, dass sich in das blasse Mondlicht langsam ein weiterer Farbton einschlich. Und auch von anderen Stellen erhob sich der gleiche fahle grüne Schein. Die bisher dunklen Haufen der Gefallenen überzog im wahrsten Sinne ein totenblasser Schimmer, der langsam von Blässe zu einem grünen Leuchten anstieg. Es war für die Römer unheimlich anzusehen, wie sich die Kampfstätte Zug um Zug erhellte und die Leichen von der Schwelle zur Unterwelt zurückzutreten schienen.

Keiner von ihnen ahnte, dass es genau das war, was hier vonstattenging. Noch niemals hatte ein Römer so etwas gesehen oder auch nur davon gehört. Alte Legenden von Kriegern und Helden, die aus der Unterwelt wieder in die Welt der Lebenden zurückkehrten, hatten sie bislang nur im griechischem Theater oder bei Festlichkeiten gehört und niemals für bare Münze genommen.

Aber noch war es nicht so weit.

Ulpius Marcellus beobachtete, wie der Druide seinerseits auf die Toten blickte und seltsame Bewegungen mit den Armen machte. Dabei glaubte er, wieder gemurmelte Worte in pictischer Sprache zu hören und er strengte sich an, irgendeines davon zu verstehen.

Narr, selbst wenn er neben dir stehen würde und seine Worte klar an dein Ohr drängen, könntest du doch nicht verstehen, was er sagt, schalt er sich selbst.

Die ganze Kampfstätte leuchtete nun in dem grünen Licht und die Farbe weckte in den Römern Unbehagen. Die Toten hatten jetzt wabernde Mäntel aus diesem Licht und Dutzende Schlieren krochen über jeden Körper. Wie Würmer und Schlangen zogen sich die Schlieren über die Toten und glühten hell auf, wenn sie Verletzungen passierten.

Auf Ulpius Marcellus wirkte die Szene wie in einer Schmiede. Anstelle von schlagenden Hämmern schmolzen grüne Flammen die Wunden wieder zusammen, und wenn das Feuer vorbei glitt, hinterließ es geschlossene Haut und heile Muskeln. Bei all diesem Glühen wand sich der Druide wie in wonnigen Qualen, er stieß Wörter und Rufe aus, die trotz aller Fremdheit eine unheimliche Wirkung auf die verborgenen Römer ausübte. Den hartgesottenen Legionären trieb es die Gänsehaut in raschen Wellen über die eigenen Körper und mancher hatte Schweißtropfen auf der Stirn, obwohl die Nacht recht kühl war.

Dann beruhigte sich der Druide plötzlich und auch das Wabern verlor seine zuckende und wimmelnde Aktivität. Doch anstelle nun das Leuchten erlosch, wie Ulpius Marcellus es fast erwartet hatte, blieb die Beleuchtung auf einem stabilen Niveau. Der Druide - Ulpius konnte nun im grünen Licht erkennen, dass es der gleiche sein musste, der bei dem Gemetzel die Skoten befehligt hatte - begab sich in die Mitte des Schlachtfeldes und blieb dort bei einer Gruppe von Gefallenen stehen. Es dauerte nur wenige Augenblicke, als sich am Boden etwas rührte.

Allen Römern sträubten sich die Nackenhaare, als sie sahen, wie sich tot geglaubte Glieder wieder zu regen begannen und natürliche Ausrichtungen einnahmen. Und dann - als könnte man das Entsetzen der Römer nicht mehr steigern - richteten sich die Picten zu voller Größe auf und reckten ihre Glieder. Der Druide in ihrer Mitte schien sie nicht im Mindesten zu stören, ja, die Römer hatten den Eindruck, dass sie ihn wie einen Vater akzeptierten und sich ihm in Dankbarkeit zuwandten.

Ulpius Marcellus′ Kehle ruckte hart und beinahe hätte er sich verschluckt und durch Husten verraten, doch dann riss er eine Hand vor den Mund und drückte mit aller Kraft zu. Von beiden Seiten drang verhaltenes Stöhnen zu ihm und er betete zu Jupiter, dass niemand seiner Männer aufschrie oder davonstürmte. Er hätte es keinem verdenken können.

Aber das Schauspiel war noch lange nicht zu Ende.

Ulpius pochte das Herz so laut, dass er befürchtete, die Picten oder der Druide könnten es hören. Trotzdem befasste sich ein erstaunlich unaufgeregter Teil seines Verstandes mit der Frage, welcher Zauber die Toten wieder zum Leben erweckt haben mochte und allerlei Gerüchte um die Fähigkeiten der Druiden schwirrten ihm durch den Kopf. Sein Blick hing wie gebannt an den stummen Kriegern und Kriegerinnen, als ihm auffiel, dass zu Füßen der Auferstandenen immer noch Körper lagen.

Und das grüne Leuchten ist ebenfalls noch da …

Ulpius Marcellus Augen fielen fast aus den Höhlen, als ein eben Erweckter zur Seite trat und sich aus dem Glühen ein zweiter Körper erhob.

Und dann ein Dritter …

Und noch einer.

Die Römer trauten ihren Augen nicht und kein Einziger hätte hinterher sagen können, wie viel Zeit verstrichen war, bis endlich das unheimliche Glühen erlosch und nur noch das Licht der Mondsichel und der Sterne die Krieger beschien.

Ulpius war Soldat und Offizier genug, um selbst in diesem Moment aufkommender Panik sich mit dem dringendsten Dingen beschäftigen zu können. Ohne Frage war seine Schar unterlegen, darüber gab es keinen Zweifel. Aber sein militärischer Verstand rechnete und kalkulierte die nackten Zahlen, die ihm seine Augen lieferten.

Neun Römer.

Eintausend Picten.

Mit aufgerissenen Augen und kaltem Schweiß auf der Stirn sah er zu, wie sich die Armee der Toten in eine Richtung wandte und in nervenzerfetzender Ruhe davonzog.

Der Druide pfiff einmal kurz und ein Pferd trabte gemächlich aus dem Wald. Es hielt durch die Menge der stumm marschierenden Krieger auf ihn zu und wartete ruhig, bis er aufgesessen war. Dann trabte es inmitten der Armee ebenfalls nach Westen.

Kapitel XVII
A. D. 183, August
Inga

Brannon war erst ein 1 1/2 Jahre alt, aber er machte Inga Angst. Sein ganzes Verhalten sprach für ein deutlich höheres Alter, zumindest geistig. Körperlich war er immer noch ein Kleinkind, aber im Gegensatz zu allen anderen Kindern, die Inga jemals in ihrem Leben gesehen hatte, konnte der Sohn Arianrhods und Túans schon laufen.

Im Augenblick fegte er durch den Raum wie ein kleiner Derwisch und scheuchte eine Katze umher, die sich in seine Nähe gewagt hatte. Inga war es leid, sie einzufangen und nach draußen zu befördern. Das dumme Tier schlich sich immer wieder an den Wachen vorbei ins Gebäude und lag mit Vorliebe im Bett des Kleinen. Und jedes Mal, wenn er erwachte, hatte er nichts Besseres zu tun, als das schlafende Tier zu zwicken. Inga hatte den Eindruck, dass das erschrockene Fauchen der Katze ihm besondere Freude bereitete und mehr als einmal hatte sie ihm ihre Krallen in die Haut geschlagen.

Aber Brannon weinte nicht, obwohl er natürlich Schmerzen haben musste. Er blickte nur still auf die Schrammen und legte seinen mit Speichel beleckten Finger auf die Stellen. Dann versuchte er, das Katzenfauchen zu imitieren und hatte damit zunehmend Erfolg. Warum das Vieh aber immer noch ins Haus kam, konnte sich Inga nicht erklären.

Missmutig erhob sich die Germanin und bückte sich nach der Katze, die sich hinter einer Truhe versteckt hatte und mit angelegten Ohren hervorlugte.

Brannon blieb stehen und verfolgte die

Bewegungen seiner Amme. Er wusste ganz genau, dass die blonde Frau nun die Katze in die Arme nehmen und ins Freie bringen würde. Noch bevor Inga das Tier erwischte, tapste er auf die andere Seite der Truhe und griff sich den peitschenden Schwanz, der dort hervorragte.

Mit einem hellen Kreischen fuhr die Katze herum und biss Brannon in die Hand. Der ließ sofort los und die Katze schoss wie ein Blitz aus dem Raum.

»Du kleines Biest«, schimpfte Inga und meinte damit nicht das fliehende Tier.

Doch der Angesprochene ignorierte die Frau völlig und ließ sich einfach auf den Boden plumpsen. Systematisch nahm er alles in die Hände, was sich in seiner Reichweite befand und schlug damit auf den Boden oder an die Tischbeine oder was er sonst finden konnte. Wenn es nicht die ständige Tierquälerei war, die Ingas Nerven strapazierte, so war es dieses permanente Schlagen und Hämmern, Zerren und Ziehen. Wenn der Kleine endlich einmal schlief, hatte sie alle Hände voll damit zu tun, um Löcher zu stopfen und umgefallene Gegenstände aufzuheben. Mittlerweile hatten sich mehrere Handwerker darauf eingestellt, Krüge und Holzgegenstände auf Vorrat zu produzieren, nur um den anhaltenden Bedarf decken zu können.

Wäre er nicht der Sohn ihres verstorbenen Druiden und ihrer Königin gewesen, hätte er sicher längst eine Tracht Prügel bezogen. Und auch Inga schreckte vor diesem Schritt zurück, obwohl alles in ihr sie danach drängte, dem kleinen Unhold Respekt einzubläuen. Aber sie wusste nicht, wie die Picten auf so eine Züchtigung reagieren würden. Es war gut möglich, dass sie sie einfach töteten, weil sie es gewagt hatte, dem Kleinen Einhalt zu gebieten.

Und auch Púca, der stille Druide, war ihr keine große Hilfe. Jedes Mal, wenn sie sich in ihrer Not an ihn wandte, wiegelte er die Auswüchse Brannons mit der Erklärung ab, dass er eben ein wenig lebhafter sei als andere Kinder. Púca sah nicht die bösartigen und heimtückisch lächelnden Blicke, die das Kind um sich warf, wenn es wieder einmal ohne Strafe mit diesem oder jenem durchkam. Einzig Inga sah dies und doch glaubte ihr niemand, wenn sie es zur Sprache brachte.

Natürlich irrte Inga sich in diesem Punkt gewaltig. Aber das konnte sie natürlich nicht ahnen. Dafür war Púca viel zu vorsichtig.

Mehr als eine Stunde ertrug Inga das Klopfen und Reißen Brannons. Dann endlich schien er müde geworden zu sein und sie sah, wie er sich die Augen rieb und mit schweren Lidern blinzelte.

Sie nahm ihn vom Boden auf und legte ihn in sein Bett. Sie wusste, dass er nicht besonders lange schlafen würde, denn er hatte noch nicht zu Abend gegessen. Kaum hatte sie ihm eine Decke über den Körper gelegt, fielen ihm die Augen zu.

Um dann, wenn er in wenigen Stunden erwachen würde, und um sein forderndes Geschrei so kurz wie möglich zu halten, bereitete sie leise eine Mahlzeit für ihn zu und stellte sie griffbereit auf den Tisch. Sie löschte bis auf eine alle Kerzen im Raum und legte sich ebenfalls auf ihr Lager, das sie sich hinter einem schon arg ramponierten Vorhang aus dickem Stoff eingerichtet hatte.

Als sie endlich dalag, dauerte es mehrere Minuten, bis sie sich wirklich entspannen konnte. Das Kind ging ihr auf die Nerven, ja mittlerweile musste sie zugeben, dass sie den Jungen regelrecht hasste. Als Arianrhod noch hier war, hatte sie den Kleinen immer nur für kurze Zeit beaufsichtigt, aber nun war sie rund um die Uhr mit ihm zusammen. Arianrhod befand sich seit vielen Tagen auf einem Feldzug. Und Swidger war mit ihr geritten. Natürlich.

Inga warf einen Blick auf Brannon.

Und er ist nicht mein Kind, dachte sie zornig.

Für eine Weile grübelte sie, was Túan als sein Vater wohl getan hätte, hätte er das Verhalten des Jungen gesehen. Niemand hätte den Druiden aufgehalten, wenn er dem Kind Manieren beigebracht hätte. Aber irgendwo tief in ihrem Inneren ahnte Inga, das selbst Túan und Arianrhod hilflos gegen diese wachsende Skrupellosigkeit und die für sie allzu offensichtliche … Andersartigkeit des Kindes gewesen wären.

Vielleicht hat sie deswegen ihr Kind nicht mitgenommen, fuhr es ihr durch den Kopf. Blödsinn, schalt sie sich selbst. Ein Kind ist nichts, was man auf einen Kriegszug mitnimmt.

Sie schloss die Augen und lauschte den ruhigen Atemzügen Brannons. Es waren diese Augenblicke, in denen er beinahe wie ein normales Kind wirkte, friedlich schlafend, mit einem Gesicht, das von Tag zu Tag eine Schönheit entwickelte, die deutliche Merkmale seiner Eltern auf seltsame Weise in sich vereinigte.

Ein Dämon mit einem Göttergesicht.

Der Gedanke stand plötzlich völlig klar vor ihr und sie riss erschrocken die Augen auf. Doch Brannon schlief weiter.

Dumme Gans, rügte sie sich. Glaubst du denn, er könnte deine Gedanken lesen?

Sie versuchte ihren Atem zu beruhigen und ihre müden Glieder waren ihr eine willkommene Hilfe dabei, endlich doch noch Ruhe zu finden. Aber es dauerte lange, bis sie tatsächlich in einen unruhigen Schlaf fiel. Eine wirkliche Erholung aber war er nicht.

Sie träumte von Kämpfen und schrecklich verletzten Kriegern, Feuer und Rauch wirbelten wild durcheinander. Wie an einem klaren Wintertag sah sie die fürchterlichsten Wunden deutlich vor ihr aufklaffen und Blut und Dreck über die Kämpfenden spritzen. Sie watete durch ein Meer aus Gefallenen, die sie aus starren Augen strafend anblickten, so als wäre sie allein für ihr Leid und ihren Tod verantwortlich. Sie bemerkte, dass sie nur langsam vorankam, wo doch alles in ihr sie trieb, das Schlachtfeld hinter sich zu lassen. Jeder Schritt wurde immer schwerer und schwerer und plötzlich nahm sie wahr, dass sie an einer Hand gezogen wurde. Sie blickte nach unten und sah, das Brannon ihre rechte Hand fest umklammerte und zog und zerrte. Sie wollte weg von den Leichen, er riss sie genau dort hin. Während die Schreie der Verwundeten ihre Ohren quälten, lachte der Junge auf, wenn ein besonders grässlicher Laut zu ihnen herüberdrang. Inga bemühte sich, seine Hand abzuschütteln und der Schweiß trat ihr aus allen Poren, als sie feststellte, dass er nur immer fester zupackte. Seine kleine Hand verwandelte sich in eine harte, braune Pranke, die in ihr Fleisch schnitt und sie schrie ebenfalls auf. Plötzlich erhoben sich einige der toten Krieger und schritten auf sie zu. Sie konnte nicht erkennen, ob es Picten, Römer oder Germanen waren, die mit zerschundenen Gliedern auf sie zukamen. Beinahe hätten die Krieger sie erreicht, als plötzlich Swidger zwischen ihnen auftauchte. Doch anstatt ihr zu Hilfe zu kommen, ließ er sein Schwert fallen und küsste Arianrhod, die neben ihm stand und sie abfällig anlächelte. Als der erste Tote nach Inga griff, vernahm sie die Stimme Arianrhods:

»Komm, küss ihn!«

Die Berührung des Toten durchfuhr sie wie ein Blitz und die wenigen Worte drängten ihre Angst zurück und machten ihrem aufwallenden Zorn Platz. Sie entriss Brannon ihre Hand und donnerte sie dem Toten ins Gesicht, der es gewagt hatte, sie zu berühren. Sie schrie und weinte dabei gleichzeitig, da sie mit ansehen musste, wie Arianrhod ihre Arme um Swidger schlang und ihn inniglich küsste. Mit mehreren Schlägen durchstieß sie die Reihen der Toten und arbeitete sich an das Liebespaar heran. Fast hätte sie die beiden erreicht und wollte sie schon auseinanderreißen, als wieder eine Hand sie am Bein festhielt und stoppte. Wutentbrannt griff sie sich ein zerbrochenes Schwert, dessen Klinge aber immer noch zwei Drittel seiner ursprünglichen Länge besaß, und schlug damit nach der Fessel an ihrem Bein. Die scharfen Ränder schnitten eine Hand ab, und erst als sie die kleinen Finger sah, erkannte sie, dass sie Brannon gehörten. Er brüllte laut auf und sie schrie verzweifelt zurück, doch Arianrhod und Swidger lachten sie nur aus und kümmerten sich weder um ihre Tränen noch um den blutenden Armstumpf des Kindes. Mit bleichem Gesicht wandte sie sich von den beiden ab und bückte sich nach dem Kleinen, der immer lauter schrie …

Inga erwachte schweißgebadet und fasste sich mit geschlossenen Augen an die nasse Stirn, doch die Schreie wollten nicht verstummen. Es dauerte fast eine Minute, bis sie die Augen öffnete und immer noch Schreie hörte.

Das besorgte Klopfen an der Tür brachte sie vollends in die Realität zurück. Sie erhob sich und trat rasch an das Bett des Kindes heran. Sie nahm Brannon auf die Arme, aber er hörte nicht auf, aus Leibeskräften zu brüllen. Das Pochen an der Tür wurde drängender.

»Ich komme ja«, rief sie und öffnete die Tür.

Púca stand mit einem Krieger im Rücken direkt vor der Tür und beide lugten neugierig herein. Für Sekunden hatte Inga den Eindruck, dass die sonst so schläfrig wirkenden Augen des Druiden hellwach waren und jedes Detail des Raumes - und vor allem jede Regung Brannons - scharf musterten.

»Ist alles in Ordnung?«, fragte er scheinbar nur mäßig besorgt und der Krieger schob sich an ihm vorbei und suchte den Raum nach Gegnern ab.

»Jaja, er hat nur Hunger«, wiegelte sie ab und wischte sich den Schweiß von der Stirn. Sie setzte sich auf einen Schemel und begann Brannon aus der vorbereiteten Schüssel zu füttern. Die ersten Brocken schlang er so hastig hinunter, dass er sich verschluckte und alles wieder auf Ingas Brust spuckte. Er verzog das Gesicht und holte Luft, um erneut sein Geheul zu starten, aber Inga war schneller und schob ihm einen halben Löffel Nahrung in den Mund. Zufrieden mampfte er und blickte sie dabei trotzdem strafend an.

Púca wandte sich um und wollte dem Krieger folgen, der wieder nach draußen getreten war, als Inga ihn aufhielt.

»Bleib hier, Druide, ich brauche deine Hilfe.« Sie unterbrach das Füttern für keinen Moment, sondern stopfte Happen um Happen in den gierigen Mund Brannons. »Schließ die Tür, Púca und setz dich zu mir.«

Púca musterte sie und wieder hatte die Germanin das Gefühl, einer lautlosen Prüfung unterzogen zu werden. Doch Púca sagte kein Wort, sondern setzte sich so hin, dass er Amme und Kind genau beobachten konnte.

Am nächsten Morgen ritt Inga mit Púca und einem Trupp von dreißig Kriegern aus dem Lager. Brannon hatten sie bei sich. Die halbe Nacht hatte sie Púca von einer Vision erzählt, die ihr irgendein germanischer Gott im Schlaf gewährt habe. Es fiel ihr nicht schwer, ihre wahren Absichten und Halbwahrheiten oder wenigstens Wahrscheinlichkeiten zu einer Geschichte zu verweben, die ihn dazu brachte, sich selbst und eine Geleittruppe in Marsch zu setzen.

Fast schien es ihr, als begrüße der Druide ihre Absicht, das recht vereinsamte Lager zu verlassen.

Mit abergläubischem Unbehagen, aber unbestreitbarer Faszination hatte sie Púca dabei beobachtet, wie er auf magische Weise einen Adler zu sich rief, ihn auf seinem Arm landen ließ und lange Zeit mit geschlossenen Augen verharrt hatte. Das Tier hatte dabei einen völlig entspannten Eindruck auf sie gemacht, ja es schien sogar ein wenig schläfrig zu sein. Erst als der Druide wieder seine Augen geöffnet hatte, erlangte der Blick des Adler die gewohnte Schärfe zurück. Nur Augenblicke später erhob er sich und stieg mit kräftigen Flügelschlägen in den Himmel auf.

Auf ihre Frage, was er mit dem Adler zu schaffen hatte, antwortete Púca nur wortkarg und murmelte etwas von einer Nachricht an Arianrhod, die beinhaltete, wohin er, Inga und vor allem Brannon sich auf den Weg machen würden.

Inga nickte ein wenig beklommen, seufzte aber innerlich erleichtert und dankbar auf, dass ihr diese

Last von den Schultern genommen worden war.

Nun waren sie auf dem Weg an die Ostküste, um dort zur Streitmacht Catrionas und Fionnghals zu stoßen. Inga hatte sich überlegt, dass sie von dort aus die besten Chancen hätte, einen Weg nach Germanien zu finden. Sei es an Bord irgendeines Handelsschiffes oder in einem von ihr selbst gesteuerten Currach. Offiziell jedoch sollte sie Catriona und Fionnghal die *Vision* überbringen, in der ihr der germanische Gott - sie hatte sich für Loki entschieden, da er der Gott der Täuschung und List war, was aber weder Púca noch die Picten um sie herum wussten - im Traum hatte sehen lassen. Angeblich habe sie Loki vor einer anrückenden römischen Legion gewarnt, die auf das Zentrum des *Pictenaufstandes* zielte. Mit Absicht hatte sie die römische Bezeichnung für die Cruithin gewählt, um ihrer Geschichte mehr Glaubwürdigkeit zu verleihen. Brannon sei hier nicht mehr sicher und so solle er im Schutz einer ganzen Armee von 20.000 Spiegelkriegern der Gefahr entgehen. Die Krieger waren abergläubisch genug, um der Aufforderung des Druiden Folge zu leisten. Die Aktivierung einer bisher nutzlos lagernden Armee erschien ihnen sogar wünschenswert. Alle gierten danach in die Schlacht zu ziehen, anstelle hier im Norden taten- und ruhmlos auf die Rückkehr ihrer siegreichen Kameraden warten zu müssen.

Bis wir an die Küste gelangen, überlegte sie und verkniff sich ein erleichtertes Aufatmen, wird mir auch für Catriona und Fionnghal eine Geschichte einfallen, warum ich mich nicht mehr um diese kleine Bestie kümmern kann. Und sollte mir keine plausible Erklärung einfallen, kann ich immer noch versuchen zu verschwinden, in einem Fluss ertrinken oder mich in der Wildnis verlaufen.

Auch als Brannon anfing nach Nahrung zu schreien, verdunkelte sich ihre Stimmung nicht. Sie schob ihm ein Stück Teig in den Mund, der ihn eine Weile beschäftigen würde, und genoss dabei jeden Schritt ihres Pferdes nach Osten.

Kapitel XVIII
A. D. 183, August
Vom Clan der Ruiths

Arianrhod blickte über die schwelenden Reste des Kastells. Von den Ausmaßen und der Anordnung her erkannte sie es als ein ala quingenaria, dass einmal 500 berittene Römer beherbergt hatte. Doch kein einziger Römer war zu sehen, weder tot noch lebendig. Das Kastell war sicher schon vor Tagen in Brand gesteckt worden und die aufsteigenden Rauchfahnen hatten ihnen den Weg gewiesen. Arianrhod hatte aus zwei verschiedenen Richtungen Spähtrupps vorgeschickt, die ihr die Verlassenheit des Lagers bestätigt hatten. Weitere Späher hatten eine im Hinterhalt liegende Streitmacht oder Falle des Gegners ausgeschlossen und so war sie mit ihrer Armee an das Lager herangerückt.

Ein Teil von ihr befasste sich kurz mit der Tatsache, dass sie der Anblick altgewohnter Gegenstände - ob nun zerstört oder intakt - völlig unberührt, ja kalt ließ. Jeder römische Gegenstand war für sie ein feindliches Artefakt und kein verlorenes Stück Identität.

Swidger saß auf seinem riesigen Braunen zu ihrer Linken und schien ähnliche Gedanken zu hegen.

»Schon seltsam, nicht wahr, meine … Arianrhod. Noch vor einem Jahr hätte mir dieser Anblick Schauer über den Rücken laufen lassen, doch heute …« Mit lässiger Geste deutete er auf eine deutlich sichtbare Spur von Hufabdrücken, die in geordneten Viererreihen vom Kastell in den Süden wiesen. »Also kein Angriff anderer Stämme der Cruithin«, sagte er und Arianrhod verstand sofort, was er mit *anderen Stämmen* meinte.

Sie verstand immer noch nicht, warum sich ihr die normal sterblichen Cruithin nicht anschlossen. Sie bekämpfte doch die Römer, ihren gemeinsamen Feind. Und sie konnte Erfolge vorweisen. Schlacht um Schlacht siegte sie und trieb die Reste der Invasoren vor sich her in den Süden. Das musste doch auch der begriffsstutzigste Clanchef sehen und anerkennen.

Misstrauen sie mir, weil ich als Römerin geboren wurde? Sehen sie in mir immer noch eine Feindin?

Sie blickte auf die Spiegelkrieger, die sich nun fast in geordneten Gruppen um sie zu scharen begannen.

Oder haben sie einfach Angst vor meiner Armee der Toten? Ich könnte es ihnen nicht einmal verdenken; selbst mir sträuben sich manchmal die Haare, wenn ich sechs, sieben und mehr identische Cruithin sehe, die sich nur durch ihre Kleidung und Waffen unterscheiden. Was ist ein Menschenleben wert, wenn es beliebig oft vorhanden ist?

Ein neuer Gedanke tauchte aus ihrer Trübsal schwerfällig nach oben, so als wehre er sich dagegen, in ihr waches Bewusstsein zu gelangen.

Gehe ich fahrlässig mit diesen Kriegern um? Ist es mir egal, wenn sie sterben?

Und dann schoss ihr wie ein heißes Messer ein weiterer Gedanke durch den Kopf.

Warum folgen sie mir? Ich bin weder ihr Druide, noch sind sie durch den Trank an mich gebunden. Wirkt der Bann auch nach dem Tode Túans nach?

Sie sah nach links und bemerkte, dass nicht nur Swidger sie beobachtete. Mehrere Fürsten und Krieger sahen zu ihr herüber und strahlten sie mit offensichtlicher Bewunderung an.

Caleigh mac Morn saß Seite an Seite mit Kenneth

von Mull auf seinem Pferd und grinste von einem Ohr zum anderen. Beide waren in einer Schlacht gefallen - welche die Römer noch für sich entscheiden konnten. Im Nachhinein fiel Arianrhod auf, dass dies die letzte Schlacht gewesen war, die zugunsten ihres Vaters Magnus Lucius ausgefallen war.

Túan hat nur von den Kriegern mehrere Spiegelbilder erschaffen. Von den Fürsten immer nur einen.

Sie konnte nicht wissen, dass er einmal gefehlt hatte und dies bitter mit dem Tod Eamons, seines Schülers, seiner eigenen Gefangenschaft und mit Folter hatte bezahlen müssen.

Er hat also nicht wahllos eine Totenarmee herbeigezaubert, sondern bewusst und nach Plan gehandelt.

Auch dieser Gedanke fühlte sich so an, als schlummere er schon lange Zeit in ihrem Geist und würde nun erst ans Tageslicht gelangen.

»Meine Königin«, begann Caleigh und breitete beide Arme aus und grinste um eine Nuance breiter als zuvor. »Jetzt laufen sie schon wie die Hasen vor uns davon.«

Kenneth hingegen zeigte ein mürrisches Gesicht. »Es wäre mir lieber gewesen, wir hätten diese Ala vernichten können. Jetzt sammeln sie sich irgendwo im Süden und lassen sich bestimmt nicht so einfach abschlachten. Je mehr Niederlassungen, Kastelle und Ortschaften wir zerstören, desto weniger echte Soldaten stellen sich uns entgegen.« Er warf einen Blick auf Caleigh, der sein Grinsen beendete, aber immer noch äußerst zufrieden dreinblickte. Kenneth nickte zu ihm hinüber. »Du magst lachen, mein Freund, aber ich würde sie lieber nach und nach aufreiben, als einer wirklich nennenswerten Armee gegenübertreten zu müssen.«

Caleigh zuckte mit den Schultern.

»Na und, dann eben eine Armee. Auch wenn sie alles aus Breith, vom Wall und aus dem Norden zurückgezogen haben, was wir nicht erwischen konnten: Es kann nicht mehr viel sein, was sie zusammenkratzen können. Und die Entsatzflotte hat ein Desaster erlebt. Ihr Plan, uns in den Rücken zu fallen und von Süden eine Gegenoffensive zu starten, ist nicht aufgegangen. *Sie sind auf dem Rückzug!* Und die Römer sind nicht dumm. Sie wissen, dass sie sich nicht werden halten können, wenn sie keine Verstärkung bekommen.«

Kenneth blickte zwar immer noch misstrauisch, nickte trotzdem aber zustimmend.

»Und es waren nicht so viele Schiffe, wie wir erwartet hatten. Scheinbar war die Vermutung des Wolfes richtig, dass die Römer einfach nicht mehr entbehren können, was sie an den Rand *ihres Imperiums* schicken könnten. All das spricht für Probleme auf dem Festland.«

Arianrhod warf Swidger einen kurzen Blick zu, dann sprach sie laut in die Runde.

»Ich kann euch in allem zustimmen. Das Einzige, was mir Sorge bereitet, ist die Frage, wie sich der Rest der Legio Britannica verhalten wird: Werden sie kämpfen oder werden sie sich in die Heimat verschiffen und uns unser Land endlich wieder überlassen? Wird derjenige, der diese Römer jetzt befehligt, sie in einem sinnlosen Kampf opfern?«

Sie wollte noch etwas sagen, aber plötzlich entstand Bewegung am Rande ihrer Streitmacht. Sie hatte schon die Hand am Knauf ihres Schwertes, als ihr die anhaltende Ruhe auffiel. Das verhaltene

Stapfen wartender Pferde, das Geräusch normal laut sprechender Männer und Frauen verwandelte sich nicht in Kriegsgeschrei und Kampflärm, sondern nahm eher an Lautstärke ab.

Und dann öffnete sich eine Gasse zwischen den Kriegern und weiße Gewänder auf weißen Pferden tauchten auf. Es mussten mindestens zwanzig oder dreißig Männer sein, die sich schweigsam einen Weg durch die Krieger bahnten. Jedes Wort verstummte, wenn die Truppe sich unterhaltende Frauen und Männer passierte.

Arianrhod wunderte sich. Denn Druiden - ob einzeln oder in Gruppen - gehörten zum täglichen Bild der Cruithin, sei es in Friedens- oder Kriegszeiten.

An der Spitze der Druiden ritt ein großer Mann. Irgendetwas an der Haltung des Mannes rief ein Gefühl der Vertrautheit in Arianrhod hervor, dass sie sich nicht erklären konnte. Aber mit jedem Schritt, den das Pferd des Druiden auf sie zumachte, erstarrte sie mehr und mehr. Er hatte wie alle seine Begleiter eine weiße Kutte an, die mit den üblichen Runen und Symbolen verziert war, die fast alle Druiden auf ihrer Kleidung zu tragen pflegten. Aber ein Symbol schälte sich aus der Vielzahl der Zeichnungen heraus und schien wie eine Fackel vor ihr zu brennen.

Sie kannte dieses Zeichen.

Sie selbst trug es auf ihrer Haut.

Das Clanzeichen der Ruiths.

Arianrhod schnappte nach Luft und Swidger, Caleigh, Kenneth und viele andere um sie herum sahen ebenfalls das Zeichen.

Eine Stille senkte sich über die mehrere Tausende zählende Armee, als sich die Kunde schneller als der Wind bis in die letzten Reihen verbreitete. Man hätte ein Blatt fallen hören können, so still war es. Selbst die Vögel und Insekten schienen sich angespannt in Büschen und Bäumen niedergelassen zu haben.

Die Abordnung der Druiden hatte Arianrhod und ihre Führer erreicht und war stehen geblieben. Arianrhod konnte das Gesicht unter der Kapuze mehr erahnen als wirklich sehen. Lediglich zwei funkelnde Augen lagen im Schatten und blickten kalt hervor.

Sie holte Luft und wollte eine Begrüßung äußern, als der Anführer der Druiden bedächtig beide Hände hob und noch behutsamer, ja fast provozierend langsam mit ihnen an die Kapuze griff und sie nach hinten schob.

Das Begrüßungswort blieb Arianrhod im Hals stecken, als sie in das Gesicht des Mannes blickte. Viele der Männer und Frauen um sie herum stießen erstickte und überraschte Rufe oder Worte hervor.

Der Mann vor ihr war Túan.

Und auch wieder nicht.

Als sie ihren ersten Schock überwinden konnte, nahm sie die Unterschiede wahr.

Er hatte das gleiche Gesicht, die gleichen Augen. Doch anstelle von flammender Leidenschaft und sogar Liebe, die Túan allein ihr gegenüber gezeigt hatte, strahlten diese Augen eine Kälte und Härte aus, die augenblicklich ihre aufwallenden - und verloren geglaubten - Gefühle sofort wieder erlöschen ließ.

Dieser Mann war nicht Túan.

Er war ganz sicher ein Ruith, wahrscheinlich ein Bruder, soviel war ihr klar. Und je länger sie in seine Augen blickte, desto deutlicher begriff sie, dass sie Túan nie wieder zurückbekommen würde. Ein versteckter Teil ihrer Seele hatte dies schon lange akzeptiert und sich zurückgezogen. Ein anderer Teil -

der Teil an ihr, der noch Frau war und keine Kriegerin, Rächerin und Königin - hatte sich eine zarte Pflanze erhalten, die sich an das Unmögliche klammerte. In dem Augenblick als der Mann vor ihr sein Gesicht gezeigt hatte, begann sie zu verderben.

Das leise Seufzen, das Swidger neben ihr von sich gab, schien die gleiche Bedeutung zu tragen. Aber Arianrhod war völlig gefangen von dem Gesicht vor ihr, als dass sie den Seufzer gehört, geschweige denn die Botschaft darin verstanden hätte.

Der Blick des Mannes lag ruhig und gefühllos auf Arianrhod und eine plötzliche Stille legte sich über alle, welche die Gruppe sehen konnten. Als sie beinahe unerträglich wurde, öffnete er den Mund.

»Du bist die Krone des Nordens.« Die Stimme klang kräftig und die Worte drückten eine Sicherheit aus, die den Gedanken an eine Frage vergessen ließen.

Arianrhod schluckte und nickte. »Ich bin Arianrhod mac Ruith«, antwortete sie und hoffte, dass ihre Stimme nicht wie die einer ängstlichen Frau klang, sondern wie die einer Heerführerin.

»So sind wir beide Teile desselben Clans«, sagte er. Aber nicht die Spur einer familiären Verbindung klang aus den Worten. Die Kälte, die dieser Mann ausstrahlte, ließ die allerletzten Hoffnungen - wenn sie denn überhaupt noch in Arianrhod vorhanden gewesen waren - verschwinden.

Swidger regte sich in seinem Sattel und machte ein offenkundig zufriedenes und neugieriges Gesicht.

Der Druide nahm sich einige Zeit in die Runde und auf die schwelenden Trümmer des Kastells zu blicken. Erst nach mehr als einer Minute wandte er seinen Blick wieder Arianrhod zu.

»Ich denke, es spricht nichts dagegen, wenn du

hier ein Lager errichten lässt, Krone des Nordens.« Arianrhod fiel auf, dass er es vermied, sie mit ihrem Namen - *ihrem gemeinsamen Clannamen* - anzusprechen. »Wir haben einige Dinge zu bereden … Königin. Und das, was ich dir zu berichten habe und welche Konsequenzen sich daraus ergeben mögen, wird einige Zeit in Anspruch nehmen.«

Er verstummte und schien eine Antwort zu erwarten; vielleicht rechnete er auch mit einer Ablehnung, denn weder er noch seine Begleiter stiegen von den Pferden.

Arianrhod atmete einige Male tief durch und fasste sich.

»Na schön, warum sollte ich einem Verwandten einen Wunsch abschlagen?«, sagte sie und achtete darauf, wie er die Bezeichnung *Verwandter* aufnahm. Aber kein Muskel regte sich in seinem Gesicht.

Sie beglückwünschte sich, auf diese Reglosigkeit ebenfalls ohne irgendeine wertende Bewegung reagiert zu haben und nickte den anderen Cruithin zu.

»Wir errichten ein Lager«, befahl sie. »Schickt trotzdem in alle Richtungen Späher aus und sichert die Umgebung weiträumig.« Sie blickte dem Druiden gerade in die Augen und sprach dabei weiter zu ihren Anführern. »Wahrscheinlich bleiben wir ja ein paar Tage …«

Einige Stunden später hatte die Armee sich auf der Hochebene verteilt. Viele Feuerstellen umgaben den einzigen Palisadenzaun, den man in Kreisform um ein großes Zelt errichtet hatte, das Arianrhod und ihren Fürsten als Lager diente. Berittene Abteilungen streiften durch die angrenzenden Wälder und auf einigen Anhöhen waren Aussichtsposten aufgestellt worden. Außer dem Druidenanführer befanden sich noch drei weitere Druiden verschiedenen Alters im Zelt. Sie warteten geduldig bis der Rest an Speisen abgetragen wurde mit denen sich alle in der letzten Stunde gestärkt hatten. Während des Essens hatte eine seltsame Stimmung vorgeherrscht. Es waren nur sehr wenige Worte gefallen, die sich eher um das Essen drehten, als um die Fragen, die allen nur zu schwer auf der Zunge lagen.

Trotzdem hatte diese gemeinsame Mahlzeit signalisiert, dass sie auf derselben Seite standen. Keine unterschwellige Feindschaft, keine versteckte Drohung beeinträchtigte die Runde.

Als der letzte der Anwesenden sich die Hände abgewischt oder den letzten Bissen mit einem Schluck den Hals hinuntergespült hatte, fiel erneut die Stille wie ein schweres Tuch auf die Versammlung. Außer den vier Druiden saßen Arianrhod, natürlich Swidger sowie Caleigh mac Morn als auch Kenneth von Mull einigermaßen ruhig, aber angespannt auf dem Boden, den nur einige Decken und Felle bedeckten.

Bevor die Stille peinlich wurde, ergriff der Druide das Wort.

»Wie du unschwer an meinem Gesicht erkannt haben dürftest, bin ich tatsächlich der Bruder deines Mannes, Túan. Ich war der ältere von uns beiden, auch wenn zwischen meiner Geburt und seiner nur wenige Augenblicke vergangen sind. Ich überlebte wie er das Massaker an unserer Familie und unserem Clan. Wahrscheinlich, nein ganz sicher sogar, hielt er mich genauso für tot, wie ich ihn.«

Jetzt blickte er in das Feuer, das man entzündet hatte, obwohl weder die Jahreszeit, noch die Tageszeit ein Feuer gefordert hätte. Es war später Nachmittag und das Feuer diente mehr als

Lichtquelle, denn als Wärmespender.

Arianrhod suchte den Blick des Druiden und er schien es zu spüren und aus seiner Erinnerung aufzutauchen. Und für den Hauch einer Sekunde zeigte er endlich ein Gefühl.

»Wie lautet dein Name … Druide«, fragte Arianrhod und wunderte sich selbst, dass sie ihn so angesprochen hatte. Aber ihr war keine andere Bezeichnung eingefallen.

»Ich bin Yan. Yan mac Ruith.« Tatsächlich huschte die Andeutung eines Lächelns über sein Gesicht. »Unsere Eltern hatten sich bei der Wahl unserer Namen einen Spaß gemacht. Es gibt einen alten Schäferzählreim: yan, túan, tethera, methera, pimp, sethera ...«

Er blickte wieder hoch und ein wenig schien ihm die Sentimentalität peinlich zu sein. Nur einen Wimpernschlag später zeigte er wieder die Kälte, die sein Gesicht trotz aller Ähnlichkeit mit Túan völlig anders wirken ließ. Natürlich trug er auch andere Tätowierungen auf seiner Haut als die, welche Túans Gesicht geziert hatten.

»Ich rettete mich in den Wald und kam nach langen Wochen und einigen … unangenehmen Ereignissen auf die Insel Ynys Môn. Dort nahm mich der Orden auf und bildete mich aus. Hätte ich jemals geahnt oder gehört, das Túan noch lebt, so hätte ich ihn gesucht und sicher auch gefunden. So aber hielt ich ihn für tot und - so wie es sich nun für uns darstellt -, hatte er das Glück oder Pech, bei Kennaigh in die Lehre zu gehen. Bei einem Eremiten, fast ohne jeglichen Kontakt zu den Menschen oder gar zum Orden.«

Als könnte allein sein Blick das Feuer zum Erlöschen bringen, strahlten seine Augen plötzlich wieder die Kälte aus, die wie ein krasses Gegenstück zu Túans Glut auf Arianrhod wirkten.

Swidger und die anderen Cruithin saßen gespannt auf ihren Plätzen und wagten es nicht, die Schilderung Yans mit den Fragen zu unterbrechen, die ihnen förmlich die Zungen verbrannten.

»Wüsstest du nicht bereits um das Geheimnis des Bluttrankes«, für einen Augenblick zuckte sein Blick über die anwesenden Krieger, »und würdest du nicht schon von Wiedererweckten umgeben sein, würdest du niemals von dem hören oder auch nur ahnen, was ich euch nun erzählen *muss.«*

Nicht nur durch die Betonung des letzten Wortes ließ er seinen Widerwillen erkennen, sondern auch durch die steinharte Miene, die er dabei aufsetzte.

»Dieser Trank - und die Tafel, auf denen die Zutaten und Anweisungen zu seiner Herstellung festgehalten sind -, stammen aus dunklen Zeitaltern. Die Anweisungen zu seiner Herstellung wurden von dem Bösen selbst und seinen Dienern, blutgierigen Dämonen, vor unbekannten Zeiten in den Stein geschlagen. Wir sind uns sicher, dass dieser Stein älter ist als alles, was je ein Mensch erschaffen hat. Und doch wurde er *für* die Menschen hergestellt: um sie zu quälen, sie sterben zu lassen und sie wiederzuerwecken. Sich an ihrem Leid und erneuten Tod zu ergötzen, das Land immer von Neuem mit Blut und Grausamkeit zu überziehen. Unsere Vorfahren im Orden kannten den Stein und sein Geheimnis sehr wohl und haben versucht uns davor zu warnen. Fast ganz Breith ist mit Steinen übersät, die eine Warnung enthalten: Es wurde das Symbol für Spiegel und Kamm eingemeißelt; der Spiegel steht natürlich für das, was der Bluttrank zu erschaffen vermag; der Kamm mit seinen mehrfachen Zähnen steht für die Gleichheit der Spiegelkrieger. Sie ähneln sich wie ein Zahn dem anderen … mehr noch: sie *sind* gleich!«

Er machte eine Pause und schien nach Worten zu suchen.

»Wir - die Druiden - sind uns ebenfalls sicher, dass er zerstört werden muss. Zermalmt und in feines Pulver zerrieben. Ins Meer geworfen und aufgelöst von der Unendlichkeit des Wassers. Die Erde und alles auf ihr wird nur Bestand haben können, wenn dies gelingt … wem und wann auch immer.«

Er hob den Kopf und sah Arianrhod an.

»Kennaigh hatte als junger Adept den Überfall der Römer auf die Insel der Druiden überlebt. Es war *seine* Aufgabe und *sein* Schicksal, die Tafel zu verwahren und eine Möglichkeit zu finden, sie zu zerstören. Sétanta …« Alle Anwesenden zuckten bei der Nennung des alten Druiden zusammen »… war einst ein enger Freund Kennaighs. Doch über den Umgang mit der Tafel gerieten sie in Streit und verloren sich aus den Augen. So entging auch uns die Kontrolle über den Stein.«

Sein Blick schien nun förmlich in Arianrhods hineinzukriechen.

»Erst als Sétanta von verschwundenen Leichen und mysteriösen Kriegern erfuhr, ahnte er, dass die Tafel erneut aufgetaucht - *und benutzt* - worden war! Und auch wir erfuhren sehr spät von diesem Gerücht. Ich sandte einen Spion aus, der Sétanta im Auge behalten sollte …«

»Púca!«, stieß Swidger hervor und Arianrhod blickte überrascht zwischen ihm und Yan hin und her.

»Richtig«, nickte Yan anerkennend und musterte für einen langen Moment den Germanen mit neuem

Interesse. Dann fuhr er fort.

»Doch Sétanta hatte die Tafel nicht und zunächst war Púca verwirrt. Erst als Sétanta zu eurer Armee und damit auf Túan stieß, war Púca klar, *wer* der Braumeister des Trankes und Erschaffer der Spiegelkrieger war. Und ihr könnt euch vorstellen, wie ihn die Tatsache überrascht hatte, plötzlich einem Ruith gegenüber zu stehen …«

Wieder hielt er inne und rang sichtlich mit seinen eigenen Dämonen.

»Natürlich sandte Púca mir sofort Nachricht und ich machte mich augenblicklich auf den Weg. Doch es ist nicht leicht, sich durch ein Land zu bewegen, das von Römern besetzt ist.«

Yan blickte nun eine Spur entspannter in die Runde und sprach nun Arianrhod direkt an.

»Dir ist bis heute nicht klar, warum sich dir nicht alle Stämme der Cruithin anschließen, nicht wahr, *Königin?* Sie verweigern dir bis heute die Gefolgschaft, obwohl du vielfach bewiesen hast, dass du keine Römerin mehr bist. Noch mehr: *Obwohl* du Erfolge im Kampf erringst, stehst du mit deiner Armee der Toten alleine gegen das Imperium … möchtest du nicht wissen, *warum* dies so ist?«

Arianrhod konnte kein Wort sagen und hatte das Gefühl in jeder Hand ein Dutzend Zitteraale zu halten. Sie konnte das Zappeln ihrer Schläge förmlich auf der Haut spüren.

»*Ich* bin dafür verantwortlich. Wir wussten nicht, wer die Armee der Toten anführt, Sétanta oder jemand anderer. Egal wer, wir mussten erst beobachten, was dieser Heerführer mit dieser Macht anfängt. Als wir es schließlich herausfanden, war es zu spät, um Túan vor der Tafel … und Sétanta zu warnen.«

»Vor Sétanta …?«, warf Arianrhod ein und die Kälte aus Yans Augen kroch ihr ins Herz. »Er hat versucht, Túan das Leben zu retten …«

»Nein!«, fuhr ihr Yan hart und gnadenlos dazwischen. »*Er* hat ihn getötet, deinen Mann … und meinen Bruder. Er hat ihn nur wiedererweckt, um den Aufbewahrungsort der Tafel zu erfahren. Danach hat er ihn rücksichtslos in die Verdammnis geführt. Túan wird nie den Weg in die Anderswelt finden.«

Mehr als alles andere brachte diese schreckliche Aussicht die anwesenden Cruithin zum Erschauern. Und zu der Wut und dem Hass auf die Römer gesellte sich nun in Arianrhod eine neue Glut, die ihr Herz in rasender Eile wieder erhitzte. Mit wildem Blick richtete sie sich in ihrem Sitz auf und schob den Kopf näher an Yans heran.

Seine Kälte und ihre Glut nährten sich aus der gleichen Quelle.

Rache.

»Und wieder einmal ist Sétanta nicht im Lager«, warf Caleigh trocken ein.

Kenneth von Mull rang sichtlich um seine Fassung. »Aber er ist ein Druide … ein Cruithin.«

»Er ist *verderbt.*« Trotz des Sommers und des Feuers im Zelt konnte jeder das Eis in diesen Worten spüren. »Sétanta ist über 140 Jahre alt«, fuhr Yan langsam und betont fort.

Arianrhod und Swidger fuhren sichtlich zusammen und dem Germanen sträubten sich die Haare. Der Inhalt ihrer Unterhaltung nahm nun endgültig Formen an, die seinem Wesen gänzlich widersprachen. Jeder im Zelt konnte dies auf seinem Gesicht lesen.

»Das ist …«, stießen sie beide gleichzeitig hervor.

»… unmöglich?« Yan schüttelte den Kopf. »Wir

Druiden können vieles dafür tun, um länger als normale Menschen zu leben. Aber selbst mit diesen Künsten vermag niemand von uns ein *so* hohes Alter zu erreichen … und dabei noch voller Kraft und Willen zu stecken, so wie dies bei Sétanta der Fall ist.«

»Aber wie …«, warf Swidger ein und machte Anstalten, als wolle er seine Ohren zuhalten oder das Zelt verlassen.

»Es ist der verfluchte Einfluss des Steines, den er als Amulett um den Hals trägt. Kennaigh hat meinem Lehrmeister vor langer Zeit von dem Streit erzählt, den er mit Sétanta hatte. Natürlich ging es um die Tafel und den Einsatz dieses verdammten Trankes. Aus der heftigen Diskussion wurde eine handfeste Rauferei, die in einen gnadenlosen Kampf auf Leben und Tod ausartete. Während dieses Kampfes wurde die Tafel von Kennaigh an einen Felsen geschlagen. Kennaigh war in jungen Jahren ein Bär von einem Mann und er schlug sehr hart zu ...«

Die Härte des Schlages schien sich auf dem Gesicht Yans widerzuspiegeln.

»Trotz der Wucht, die in dem Schlag steckte, brach nur ein sehr kleines Stück ab. Sétanta nahm es an sich. Er trägt es bis zum heutigen Tag um den Hals.«

Jetzt fröstelte es auch Arianrhod wieder und ihre kalte Hand suchte die Swidgers und drückte sie heftig.

»Und auch in diesem Schrecken liegt eine gute Sache verborgen …«, sprach Yan ruhig weiter und hatte alle Augen auf sich ruhen.

»Es zeigt, dass die Tafel vernichtet werden *kann.*«

Zu ihrer aller Überraschung lächelte er plötzlich. Aber es war ein kaltes Lächeln.

»Und ab jetzt, meine Königin …« Der Anrede fehlte jedweder negativer Klang und Arianrhod fühlte, das er es ehrlich meinte. »… werden sich dir die Cruithin nicht mehr verwehren. Ich habe nicht umsonst so viele Ordensbrüder mitgebracht. Sie werden zu den verbliebenen Stämmen eilen und sie davon überzeugen, dass sie ein Teil deiner Armee werden müssen. Denn je früher wir die Römer aus Breith vertreiben können, desto eher können wir uns um die Tafel kümmern.«

Kapitel XIX
A. D. 183, August
Zwei einsame Herzen

Vor drei Tagen hatte Yan mac Ruith fast alle seine Ordensbrüder zu den unentschlossenen Stämmen ausgeschickt. Jeder der Druiden wurde von einem kleinen Trupp Krieger eskortiert und Arianrhod hatte darauf geachtet, dass Wiedererweckte immer von einigen ihrer Spiegelbilder begleitet wurden. Sie wollte von Anfang an zeigen, aus was ihre Armee bestand und das Risiko vermeiden, dass ein anschlusswilliger Fürst seine Truppen wieder zurückzog, wenn er mit Arianrhods Armee zusammentraf. Vielleicht würde der unvermeidliche Schock sogar in Feindseligkeit umschlagen. Aber die Worte eines Druiden wogen schwer und sie hoffte auf die Überzeugungskunst der Gesandten und die reelle Aussicht, ganz Breith von ihrem gemeinsamen Feind befreien zu können.

Yan mac Ruith hatte sich nach der Aussendung der meisten Druiden nur mit einer kleinen Gefolgschaft wieder zurück nach Ynys Môn aufgemacht. Der Abschied war von der gleichen Kälte erfüllt gewesen, wie die anderen wenigen Kontakte, die er mit Arianrhod gehabt hatte.

Jetzt am dritten Tag kehrte Routine in das provisorische Lager ein.

Die Krieger kampierten unter freiem Himmel und außer dem Zelt für Arianrhod und der einfachen Palisade darum hielt sich niemand mit irgendwelchen Bautätigkeiten auf.

Auf allen umliegenden Bergkuppen und Anhöhen waren Wachen aufgestellt und beobachteten das hier nur mäßig hügelige Gelände. Sie konnten weit ins

Land blicken und wären lange vor der Ankunft eines Feindes gewarnt. Trotzdem streiften mehrere Spähtrupps durch die umliegenden Wälder und das Lager selbst war von Wachen in zwei Ketten umringt.

Die Krieger beschäftigten sich mit den Dingen, die in solchen Ruhepausen wohl alle Kämpfer taten. Sie reparierten und schliffen ihre Waffen und besserten ihre Kleidung aus. Es war genug Zeit für die Jagd und an vielen Stellen im Lager drehten sich Spieße mit Braten, dampfte es aus kleinen Kesseln oder lagen Krieger und Kriegerinnen ruhend oder schlafend im Gras.

Arianrhod lag in ihrem Zelt und dachte an Brannon. Sie hoffte, dass Inga mit ihm alleine zurechtkam. In einem Reflex fasste sie sich an die Brust. Doch kein Kind nagte an ihr und doch fühlte sie einen realen Schmerz. Erst als ihre Finger ihr bestätigten, dass dort kein gieriger Mund saugte und kniff, versiegte er.

Beinahe dankbar ließ sie es zu, dass ihre Gedanken von Brannon über Inga zu Swidger schweiften. Sie ertappte sich bei dem Gedanken, es könne seine Hand sein, die auf ihrer Brust lag und fast erschrocken zog sie die Hand zurück. Im ersten Augenblick war sie verwirrt und konnte sich selbst gegenüber nicht eingestehen, wie sehr sie seine scheinbare Berührung als angenehm empfunden hatte.

Sie zwang sich dazu, zu seinem geistigen Abbild in ihr das von Inga hinzuzufügen. Doch es gelang ihr nicht. Stattdessen tauchten in ihr Bilder aus der Vergangenheit auf, in der *er* es war, der ihr zur Seite stand, wenn Feinde sie zu erschlagen suchten.

Natürlich war er da, es war seine Aufgabe, blöde

Kuh, dachte sie und trotzdem entdeckte sie bei längerem Erinnern Blicke von ihm, die nichts mit Pflichterfüllung zu tun hatten. Sie rief sich die Szenen ins Gedächtnis und versuchte all das Blut, Geschrei und den Kampflärm auszublenden und sich nur auf ihn zu konzentrieren.

Ja, so war es gewesen … der Römer hätte mir den Schädel gespalten, wenn ich ihn nicht vorher die Kehle zerschlagen hätte. Und Swidgers Blick hatte sich von Sorge in Bewunderung gewandelt …

Plötzlich waren die Bilder von Kämpfen wie weggewischt. Eine andere Begebenheit drängte in ihr Bewusstsein, so als hätte sie nur darauf gelauert, aufgerufen zu werden.

Inga, Brannon und sie waren in ihrem zur Befestigung ausgebauten Broch im Norden gesessen und sie hatte Brannon ein seltenes Lächeln abgerungen, das nicht von List gefärbt gewesen war. Ein einfacher Ball, den die beiden Frauen hin und her geworfen hatten, hatte ihn erfreut. Swidger war eingetreten, um ihr eine Nachricht zu überbringen und sein Blick hatte sich an ihr beinahe festgesaugt. Ihr Lachen hatte mühelos das misstrauische Gesicht Ingas überstrahlt, der Swidgers Faszination natürlich nicht entgangen war. Nur sie hatte die Reaktionen der beiden damals übersehen. Erst jetzt verstand Arianrhod Ingas anschließende Distanziertheit und Swidgers Verlegenheit.

Und dann als Yan eintraf …

Swidgers erster Blick war genauso schockiert gewesen wie ihr eigener. Und als Arianrhod vor Tagen bei dieser Begegnung von Yan zu Swidger blickte, sah sie darin zunächst nur dessen Verwirrung und gleichzeitige Hoffnung. Doch seine Hoffnung, einen lebenden Túan zu sehen, schwand ebenso schnell, wie ihre eigene, den Geliebten wiederzubekommen.

Und dann traf es Arianrhod wie ein Schlag:

Swidger hatte für eine Sekunde tatsächlich *Eifersucht* aufblitzen lassen. Und sie hatte es zwar gesehen, aber nicht einordnen können. Für diese eine Sekunde musste Swidger geglaubt haben, das Túan zu ihr zurückgekehrt sei.

Und noch ein flüchtiger Blick, nein, eine Bewegung, schob sich vor ihr geistiges Auge. Der Germane hatte deutlich aufgeatmet, als auch er erkannte, das Yan eben nicht Túan war. Arianrhod hatte diese Erleichterung nicht verstanden, jetzt aber schon.

Swidger war froh, dass sein einziger Konkurrent um Arianrhod nicht wieder aufgetaucht war.

Arianrhod hatte längst die Augen geöffnet und an die Zeltdecke gestarrt. Jetzt hielt es sie nicht mehr auf dem Lager und sie erhob sich.

Ich bilde mir das alles nur ein, wischte sie die Bilder und durcheinander wirbelnden Gefühle beiseite. Er ist eine treue Seele und ich fantasiere mir da etwas zusammen, weil ich einsam bin.

Sie blieb stehen und griff nach einem polierten Stück Silber, das ihr leidlich als Spiegel diente. Das Bild einer wilden Schönheit blickte ihr entgegen und selbst die schlechte Qualität des Spiegels konnte ihr Aussehen nicht wirklich trüben.

Die einsame Spiegelkönigin.

Als blicke sie im Spiegel durch ihr Bild als Pictenkönigin hindurch in eine Zeit, als dieses Gesicht noch einer römischen Patrizierin gehört hatte, tauchten darin andere Gesichter auf.

Das ihrer Mutter, die sie schon als junges Kind verloren hatte.

Magnus Lucius, den sie auch jetzt nicht mehr als ihren Vater bezeichnen wollte. Trotzdem war auch sein Gesicht noch immer in ihr.

Centurio Trebius Servantus, der sich Hoffnungen gemacht hatte und sich dann als grausamer Folterer entpuppte.

Und Túan …

Wie im Sturm hatte er ihr Herz erobert und ihre ganze Welt verändert.

Nur kurz sah sie das Gesicht Eamons vor sich. Doch für eine echte Bindung an ihn hatte sie ihn viel zu kurz gekannt. Aber auch sein Bild machte ihr das Herz schwer.

Alle sind sie tot … nur Swidger ist noch bei mir.

Kaum hatte sie diesen Gedanken beendet, stellte sie fest, dass sie Ingas und Brannons Abwesenheit nicht bedauerte. In keinem der beiden Fälle.

Was bin ich nur für eine Mutter? Und wie undankbar bin ich gegenüber Inga? Einst war sie meine Freundin … mit dem Status einer Sklavin. Aber als freie Frau wurde sie zu einer Fremden.

Arianrhod zögerte einen Augenblick, dann trat sie aus dem Zelt ins Freie. Draußen standen ein halbes Dutzend Wachen und blickten sie erwartungsvoll an. Sie wichen respektvoll auseinander und nickten ihr ergeben zu. Zunächst wollte sie stumm an ihnen vorbeigehen, besann sich dann aber anders.

»Wo finde ich Swidger? Ich habe mit ihm zu reden.« Sie versuchte, ihren Worten einen neutralen Klang zu verleihen.

»Er hatte die ganze Nacht Wache und dürfte jetzt schlafen, meine Königin«, antwortete eine der Kriegerinnen. »Wir können ihn wecken und zu dir schicken.«

»Nein, das ist nicht nötig. Ich möchte mich ein

wenig bewegen; drei Tage in einem Zelt tun mir nicht gut.«

Sie lächelte die Wachen an und folgte der Frau, die an das einfache Tor der Palisade trat und es öffnete. Dabei musterte Arianrhod die Kriegerin und bewunderte deren Muskulatur, die aber ihre Weiblichkeit mehr betonte, als verdeckte.

Vor dem Tor standen weitere Wachen und wollten sich ihr als Eskorte anschließen, aber auch ihnen bedeutete sie, auf ihrem Posten zu bleiben.

Erst jetzt fiel ihr auf, dass sie in ihrer ganzen Zeit bei den Cruithin wenig von den Intimitäten zwischen Männern und Frauen mitbekommen hatte. Sie war sich sicher, dass diese stattfanden. Selbst in einem römischen Kastell ließen sich solche Aktivitäten nicht völlig verheimlichen.

Wie ein Blitz huschte ein Bild durch ihre Gedanken, in dem sie sich dicht an Swidger schmiegte und ihn inniglich küsste. Ihre Imagination erzeugte in ihr ein angenehm warmes Gefühl und sie berührte ihre Lippen, so als könne sie dort seine fühlen.

Narrenweib!, schalt sie sich und schüttelte den Kopf und senkte rasch die Hand vom Mund. Nur weil Inga fern von ihm ist und du selbst dich alleine fühlst, kommst du auf dumme Gedanken.

Sie warf einige hastige Blicke um sich, aber niemand schien ihre Geste und ihr Kopfschütteln wahrgenommen zu haben oder sich etwas dabei zu denken. Die Kriegerin, die sie stumm begleitet hatte, schien ebenfalls nichts bemerkt zu haben, zumindest verriet ihre Miene keine womöglich dahinter stattfindenden Gedanken.

Plötzlich standen sie vor dem Zelt das Swidger bewohnte und Arianrhod war sich unschlüssig, ob sie es betreten sollte.

Du kannst ihn schlecht herausrufen und dabei alle ringsum auf dich aufmerksam machen.

Sie wandte den Kopf und sah in einiger Entfernung zwei Krieger ausdruckslos herübersehen. Sicher fragten sie sich, warum sie zu Swidger kam und ihn nicht zu sich befahl.

»Ruft alle Clanführer und Fürsten bei meinem Zelt zusammen«, murmelte sie der Kriegerin zu. Die beiden Männer schienen es trotzdem gehört zu haben und erhoben sich augenblicklich. »Es … hat ein wenig Zeit, der Tag ist noch jung. Es genügt, wenn jeder sein Mittagsmahl zu sich genommen hat. Dann möchte ich alle versammelt wissen.«

Das verschaffte ihr eine leidlich plausible Erklärung … und ein wenig Zeit.

Die Frau nickte und ging davon. Die beiden Männer setzten sich einfach wieder. Sie wussten, wo sich alle Anführer befanden und würden sicher rechtzeitig losgehen, um sie aufzusuchen.

Bevor weitere Beobachter auf seltsame Gedanken kommen konnten, fasste Arianrhod an den Spalt des Zeltstoffes und blickte ins Innere. Swidger lag tatsächlich schlafend und nur halb bekleidet auf einem Fell. Er schnarchte leise und Arianrhod konnte sich ein Lächeln nicht verkneifen. Entschlossen trat sie ein und bemühte sich kein Geräusch zu machen. Mit zwei Schritten war sie an seiner Seite und setzte sich auf den Boden. Dabei ließ sie ihn keinen Augenblick aus den Augen und versuchte, die in ihr hin und her wogenden Gefühle auseinander zu sortieren.

Wieder fühlte sie in sich Wärme aufsteigen und schob es als Ausrede vor sich selbst auf die Tatsache, dass es Sommer war und die Sonne das Zelt deutlich erwärmt hatte. Nur nebenbei bemerkte sie, dass Swidger ein wenig nach Schweiß roch, und erinnerte sich an Túans gleichen Zustand und ein anschließendes Bad in einem kleinen See …

Sie musterte Swidgers Körper und war fasziniert von der Tatsache, dass seine Haut nicht die winzigste Tätowierung aufwies.

Es gab eine Zeit, da war meine Haut ebenfalls so leer wie seine … wie ein unberührter Strand.

Sie bedauerte in keiner Weise, dass sie nun an vielen Stellen Zeichnungen und Ornamente trug. Die leere Haut ihrer Jugend kam ihr nun wie ein Beweis vor, dass sie damals auch ein leeres Leben geführt hatte. Nun prangte das Clanzeichen der Ruiths - ein mysthisches Wesen mit einem Schnabel, das an einem Delfin erinnerte und so gar nicht zum Rest des Tierkörpers passen wollte - unübersehbar auf ihrem Brustbein. Und sie trug es mit Stolz.

Anstelle von Körperbemalung trug der Germane aber eine stattliche Anzahl von Narben, die eine eigene Botschaft verkündeten. Er war ein Krieger, der vor keinem Kampf zurückschreckte. Und das Alter mancher Narbe belegte, dass er von frühester Kindheit an gewohnt war, ein Schwert oder eine Axt zu führen. Und jedem, der ihm im Feld entgegentrat, sagten sie, dass er alle diese Kämpfe überlebt und für sich entschieden hatte.

Arianrhod hob einen Finger und wieder schob sich die Erinnerung an eine Begebenheit aus der Vergangenheit vor ihr offenes Auge: Wie damals ihre Finger Túans Narben am Bein betastet hatten, so folgten nun ihre Fingerspitzen den Narben Swidgers. Aber diese Narben erzeugten in ihr nicht die Ahnung einer Bosheit, welche im Verborgenen lauerte. Diese Narben waren *ehrlich* erworben worden. Kein dunkles Geheimnis stand dahinter und Arianrhod genoss die wohltuende Ruhe, die sie dabei empfand. Sie verhielt einen Moment, als ihr dieser Unterschied klar wurde.

»Warum hörst du auf … Arianrhod?« Die Stimme des Germanen klang dumpf, da er den Kopf in das Fell vergraben hatte und sein Haar wie eine Decke darüber lag.

Ihre Hand zuckte zurück und doch machte ihr Herz einen Sprung, als er sie mit ihrem Namen ansprach und nicht mit *meine Königin.*

»Ich … es tut mir leid, wenn ich dich geweckt habe«, begann sie und wusste nicht, was sie sagen sollte.

Er dagegen drehte sich um, blieb aber liegen. Seine dunkelblauen Augen nahmen einen spöttischen Ausdruck an, den sie an ihm noch nie beobachtet hatte. Sie fühlte, wie ihr Gesicht in Gefahr stand zu erröten.

»Und was hättest du also hier zu tun gehabt, wenn ich nicht erwacht wäre? Wolltest du die Anzahl meiner Wunden feststellen, von denen ich einige - *viele* - in deinen Diensten erworben habe?«

Beide erkannten augenblicklich, dass die Erwähnung seiner Aufgabe die friedliche Stimmung in Gefahr brachte.

Und das wollte er nicht! Arianrhod konnte in seinen Augen sehen, dass er sich innerlich für seine Unbedachtheit verfluchte.

»Entschuldige, Arianrhod, ich wollte damit nicht andeuten, dass ich sie nicht mit Ehre angenommen habe«, schob er hastig nach.

Sie sah ihm an, dass er sich freute, sie hier zu sehen … ohne Beobachter.

Er fasste nach ihrer Hand und sie ließ es nur zu

gerne zu. Als hätte er ihre Gedanken gelesen, sagte er mit fester Stimme:

»Inga ist nicht mehr mein Weib. Und nicht ich habe mich von ihr getrennt, sondern sie hat mich verlassen. Sie hat uns *alle* verlassen, ich spüre es.«

Natürlich konnten beide nicht ahnen, dass Inga die von ihm gefühlte Trennung längst auch physisch vollzogen hatte.

Arianrhod senkte den Kopf. Sie konnte trotzdem nicht verhindern, dass er ihre plötzlichen Tränen sah. Seine nächsten Worte zeigten, dass er ihren Gefühlsausbruch missverstand und sie zu trösten versuchte.

»Vielleicht solltest du Brannon einer anderen Amme geben. Und Inga tatsächlich ohne Aufgabe, nur als deine Freundin, an deiner Seite behalten«, fuhr er fort und umfasste ihre Hände nicht mehr zögernd, sondern entschlossen. »Ich bin vielleicht öfter ein Dummkopf, als ich mir zugestehen will«, gestand er für Arianrhod völlig überraschend ein. »Vor allem, was meine Beziehungen zu Frauen angeht. Ich kann nicht abstreiten, dass ich mich zu dir hingezogen fühle. Doch ich wäre niemals Túan in die Quere gekommen … und ich hätte auch Inga nicht verlassen, wenn sie es nicht getan hätte.«

Ihr Kopf ruckte nach oben und sie hoffte, er könnte in ihren Augen das lesen, was sie nicht über die Lippen brachte. Jetzt war sie weder Kriegerin, noch Königin, jetzt war sie nur eine Frau. Sie wollte etwas sagen, aber er zog sie zu sich herunter und küsste sie. Erst zaghaft, so als fürchtete er, zu weit gegangen zu sein - oder schlimmer - sie könne ihn zurückweisen. Doch dann, als sie seinen Kuss erwiderte und die Arme um ihn legte, zeigte er ihr, dass sich seine Leidenschaft nicht nur auf dem

Schlachtfeld bewies.

Kapitel XX
A. D. 183, September
Sein wahres Gesicht

Fast zwei Monate war es nun her, dass Ulpius Marcellus sich zu einer Änderung ihrer Pläne entschlossen hatte. Natürlich hätte er einfach befehlen können, dass ihm seine kleine Schar in dieses neue Abenteuer folgte. Das womöglich, wenn nicht sogar sicher, ihnen allen den Tod bringen konnte. Aber er hatte auf diesen Befehl verzichtet und sich mit seinen wenigen Soldaten und selbstverständlich mit Sidonius Gavius beraten. Die ganze Nacht über hatten sie im Flüsterton diskutiert und so ihrem Entsetzen über das Gesehene wenigstens ein klein wenig Milderung verschaffen können. In so manchem Gesicht hatte Marcellus an den folgenden Tagen überdeutlich lesen können, dass sie ihm nur unter Aufbietung ihres letzten Fünkchens Gehorsam gefolgt waren. Alles in ihnen schrie danach, sich so weit wie möglich von diesen Dämonenkriegern fernzuhalten. Selbst ihm pochte noch immer dann das Herz, wenn er an die grausige Szene dachte.

Zunächst hatten die meisten - auch Sidonius Gavius - mehr als deutlich klargestellt, dass sie sich so schnell als möglich weiter in den Süden absetzen, sich dort den Resten der römischen Einheiten anschließen und diese zu einer Wiedereroberung der ganzen Insel anführen sollten. Bei sich bezweifelte Ulpius Marcellus zwar, dass dies ohne weitere Unterstützung aus Rom auch nur irgendeine Chance auf Erfolg haben könnte, erwähnte es aber nicht vor den Männern. Letztendlich mussten sie aber alle einsehen, dass es für die gesamte Präsenz Roms auf dieser Insel von weitaus größerer Bedeutsamkeit war, wenn sie herausfänden, was dieser alte Druide mit diesen auferstandenen Kriegern vorhatte. Die Offensichtlichkeit der bestehenden Feindschaft mit Rom schien Ulpius Marcellus nicht die ganze Wahrheit zu sein. Er fühlte, dass mehr hinter der Sache steckte. So konnte er im Morgengrauen alle davon überzeugen, sich von nun an als Spionagetrupp zu betrachten, der hinter den Linien des Feindes Aufklärungsarbeit zu leisten hatte. Vielleicht half es auch, dass er jedem Soldaten seine sofortige Entlassung aus dem Militärdienst in den Ruhestand und eine villa rustica auf seine Kosten versprach, sobald sie wieder in Sicherheit sein würden. *Mit* den Informationen über diesen Druiden und die Dämonenkrieger.

Ein bitterer Zug huschte über sein Gesicht, als er sich an seinen letzten Gedanken am Ende dieser Diskussion erinnerte.

Mit größter Wahrscheinlichkeit werden wir nicht alle heimkehren. Also wird mein Vermögen mehr als ausreichend sein, um den letzten Überlebenden gegenüber mein Versprechen auch halten zu können.

Während einer seiner Nachtwachen hatte er mit der Spitze einer Sichel wenige Worte mit seinem Letzten Willen in ein Stück Rinde geritzt. Er trug es wie einen Schatz mit sich herum und hoffte, dass im Falle seines Todes, wenigstens einer dieser Männer damit sein Leben in Ehre und Wohlstand beenden könne. Und die Erinnerung an ihn bewahren.

Ulpius Marcellus rief sich jeden Tag ins Gedächtnis, dass er schließlich immer noch der offizielle neue Statthalter Roms für Britannia war. Auch wenn sein Plan, den Picten im Westen in den Rücken zu fallen, kläglich gescheitert und seine

Flotte auf dem Grund der skotischen See lag, war er noch nicht bereit, diese ihm vom Kaiser auferlegte Aufgabe - und Pflicht - so mir nichts, dir nichts aufzugeben.

Da kann ich mich ja gleich in mein Schwert stürzen.

Für einen Moment blieb er stehen und alle anderen taten es ihm gleich.

Ich habe gar keine andere Chance, als mit einer kriegsentscheidenden Information, dachte er und tat so, als müsse er ein wenig Luft holen.

Eine Schlacht verloren, aber den Krieg gewonnen. Nur so werden sie mir den Verlust einer ganzen Flotte - vielleicht - verzeihen und mir womöglich auch die Macht über Britannia lassen. Eine Macht, die ich noch nicht einen einzigen Tag innehatte!

Ulpius Marcellus nickte seinen Begleitern stumm zu und sie setzten die Verfolgung der Picten fort. Er hatte es längst aufgegeben, ständig nach dem Druiden Ausschau zu halten, der scheinbar immer an der Spitze der Picten ritt. Doch während der wenigen Male, wo die Römer den Druiden aus der Ferne ausmachen konnten, wirkte er immer ungeduldig und missgelaunt. Sein Pferd tänzelte immer hin und her und dem Reiter war selbst auf große Entfernung anzusehen, dass ihm die Langsamkeit der Krieger ohne Pferd missfiel.

Wenn ich einmal von uns absehe, verfolgt ihn niemand. In diesen Wochen hätten wir es bemerken müssen, wenn jemand anderer ebenfalls seiner Spur folgte. Also, warum hat er es so eilig?

Ulpius Marcellus sah, wie die letzten Dämonenkrieger hinter einem engen Taleinschnitt verschwanden, und erhöhte sein Marschtempo.

Wenn er es so eilig hat, warum lässt er die Krieger

nicht rennen? Schließlich tragen sie keine schwere Ausrüstung und nur wenige Waffen.

Und plötzlich wurde es ihm klar.

Der Druide hatte zwar eine große Anzahl Krieger um sich geschart - und mit jedem überfallenen Dorf, jeder massakrierten Bevölkerung einer Siedlung wurden es immer mehr: aber er hatte nicht einmal für ein Zehntel der Krieger Waffen.

Er kann sich nicht einfach irgendwo hinsetzen und Schmelzöfen bauen! Und das Erz liegt auch nicht griffbereit so herum.

Der Blick des Römers fiel auf die breite Spur, welche die Krieger und das gestohlene Vieh, dass sie als lebenden Proviant mit sich führten, hinterlassen hatten.

Er hat genug zu essen, auch für die Dämonen, die er aus den Gefallenen erschaffen hat. Aber er kann sie nicht in gleicher Weise so einfach bewaffnen. Hätte ich nur eine Ala, dann würde ich selbst diese aufgeplusterte Armee in Stücke hauen!

»Was ist, Herr?« Sidonius Gavius marschierte schon die ganze Zeit an seiner Seite und hatte wohl die Gedanken hinter der Stirn des Statthalters erahnt.

Ulpius Marcellus deutete auf die hinter dem Taleinschnitt verschwundene Streitmacht.

»Ich frage mich, mein Freund, wohin der Druide will. Er ermordet alle, die auf seinem Weg liegen.«

Wieder verhärtete sich sein Gesicht, als er an schwelende Hütten und niedergerissene Siedlungen dachte. Nur Leichen von Kindern warteten dort auf die Ankunft von Aasfressern. Nicht eine einzige Leiche eines Erwachsenen hatten sie entdeckt. Marcellus schüttelte den Kopf, aber das Bild der blutbespritzten Kinderleiber konnte er einfach nicht aus seinem Gehirn vertreiben. Er riss sich zusammen und sprach seine Gedanken offen aus.

»Er erschafft - auf welch wundersame Weise auch immer - aus den Gefallenen eine Mehrzahl neuer Krieger. Er hat keine Zeit neue Schwerter und Äxte zu schmieden; er muss sich mit dem begnügen, was er in den Dörfern vorfindet und das ist sichtlich nicht viel. Und sie nehmen jede einzelne Klinge mit, die sie finden können, wie du weißt.«

Mit Grimm hatten sie schon beim ersten Dorf ihre Hoffnung auf weitere oder bessere Waffen begraben müssen. Immer noch besaßen sie nur zwei Schwerter, einige Messer und eine Handvoll Sicheln.

»Er marschiert nicht in gerader Linie, Herr. Aber wenn ich die Strecke der letzten Wochen jetzt richtig erinnere, dann hangelt er sich in einer groben Nordwestrichtung von Ort zu Ort«, sagte Sidonius Gavius und schaffte es dabei, ein völlig ausdrucksloses Gesicht zu machen. Er schien sich also auch noch nicht im Klaren zu sein, ob es eine gute Sache war, dass sich diese Krieger nicht wie andere Picten auf jeden Römer stürzten, den sie finden konnten. Denn dazu hätte die Dämonenstreitmacht nach Süden ziehen müssen.

»Vielleicht will er zu einem Ort, wo er Waffen finden … kaufen kann … wo vielleicht längst eine Waffenproduktion läuft, von der wir nicht wissen«, fuhr Sidonius fort und spähte in den Taleingang hinein, der langsam in ihr Sichtfeld kam. Stumm deutete er nach vorn und alle verfielen in langsameres Tempo. Oft genug hatten sie erlebt, dass eine Nachhut der Picten zurückblieb, um möglichen Verfolgern aufzulauern. Nicht jedes Mal, aber doch in unregelmäßiger Folge. Der Druide schien ein schlauer Fuchs zu sein.

Schließlich blieben sie alle stehen und gruppierten

sich im Schutz dichten Buschwerks um die beiden Offiziere. Nur nebenbei bemerkte Marcellus, dass sich die Blätter zu färben begannen.

Der Herbst ist nah und in diesem Land bedeutet dies, dass auch der Winter rasch folgt. Und in Eis und Schnee lässt es sich schlecht Krieg führen, dachte er und atmete plötzlich auf.

»Wir haben vielleicht ein wenig Zeit, mein Freund. Wenn ich richtig liege und der Druide auch nur entfernt so denkt, wie ein römischer Feldherr«, sagte er und eine kleine Hoffnung regte sich in ihm.

Sidonius und die anderen Männer sahen ihn fragend an.

»Der Kerl sammelt eine Armee um sich«, fuhr er fort »und wird den Winter dazu nutzen, um sie auszurüsten. Und im nächsten Frühling wird er losschlagen.«

Er blickte nacheinander allen Männern in die Augen und sein listiges Blitzen ließ den einen oder anderen überrascht aufmerken.

»Wir haben zwei Möglichkeiten. Erstens: Wir verfolgen ihn solange, bis er sein Ziel erreicht, und setzen uns erst danach nach Süden ab. Zweitens: Wir wenden uns jetzt sofort nach Süden und schaffen es noch vor Wintereinbruch nach Londinium.« Er zuckte mit den Schultern. »Beides hat Vor- und Nachteile. Verfolgen wir ihn, wissen wir genau, *wo* er ist und könnten ihn im Frühjahr mit einem Angriff zuvorkommen. Leider hieße dies, dass wir uns zu Winterbeginn vom Nordwesten aus durch ganz Britannia bis in den Süden kämpfen müssten. Gehen wir *jetzt*, schaffen wir es mit ein wenig Glück, ohne umgebracht zu werden, und hätten unsererseits mehr Zeit für eine Neuaufstellung und die dazugehörigen Vorbereitungen. Allerdings wüssten wir nicht völlig sicher, wo er sich befindet.«

Er verstummte und betrachtete wieder die Mienen seiner Gefährten.

Antonius, mit mittlerweile gut verheiltem Armbruch, und Casparus machten eindeutige Gesichter. Sie hielten nichts davon, durch Schnee und Eis vor den Picten zu fliehen.

Bartholomäus, Justus und Vidonius schienen unschlüssig zu sein und machten abwartende Gesichter.

Quadratus, dessen Stichwunde im Schenkel sich zu ihrer aller Freude nicht entzündet hatte, und Politos wandten ihre Blicke vom Taleinschnitt und der Richtung, aus der sie gekommen waren, hin und her. Zu offensichtlich rangen sie damit, was sie tun sollten.

»Vielleicht sollten wir uns aufteilen, Herr. Du gehst in den Süden und organisierst ein Heer, das diese Bezeichnung verdient. Ich nehme ein paar Männer und folge diesem Druiden.« Sidonius Gavius war der Ernst und die Erkenntnis anzusehen, dass es ein Todeskommando sein würde.

Aber Ulpius Marcellus schüttelte den Kopf.

»Es ehrt dich, mein Freund, dies vorzuschlagen. Aber ich lehne ab. Wie wolltest du mir Nachricht zukommen lassen, wo sich das Versteck dieses Mörders befindet? Irgendwo zwischen hier und dem Ende der Welt?«

Er lächelte und verzog den Mund zu einem ironischen Grinsen.

»Es war schön, mit euch diskutiert zu haben. Und ich möchte euch schon jetzt für euren Mut und eure Loyalität danken. Nein, für das Wissen um sein Versteck - dass sich im Übrigen im Verlauf des Winters durchaus verlagern kann -, werde ich nicht einen einzigen weiteren Mann opfern.«

Sein Ausdruck wurde wieder ernst.

»Wir gehen nach Süden … sofort.«

Nur ein Tal weiter saß Sétanta auf seinem Pferd und kochte innerlich vor Wut. Der Umstand, dass er niemanden als sich selbst für sein langsames Vorankommen verantwortlich machen konnte, trieb seinen Ärger nur noch mehr in die Höhe. Er hatte schlichtweg nicht daran gedacht, dass ein wachsender Tross immer langsamer wurde, je mehr er anwuchs. Die Zahl seiner Krieger stieg erfreulich an, aber deren Nahrungsbedarf in gleichem Maße. Er war ein Druide, und wie er von sich behaupten konnte, ein sehr guter. Aber ein Stratege oder Planer komplexer Aktionen war er nicht.

Alleine der Umstand, dass er nicht rechtzeitig an eine ausreichende Bewaffnung gedacht hatte, trieb ihm die Zornesadern auf die Stirn. Dazu kam noch, dass er an alles andere als Kleidung und gänzlich banale Dinge gedacht hatte, wie etwa Töpfe und Schüsseln, um - welche Nahrung auch immer - zubereiten zu können. Sicher, sie jagten Wild und hatten aus den Ortschaften allerlei Viehzeug mitgenommen, es geschlachtet und am offenen Feuer gebraten und gegessen. Aber was tun mit dem Rest so eines Viehs? Er konnte es sich bei seiner wachsenden Armee nicht leisten, einen halben Ochsen einfach liegen zu lassen, weil er keinen Karren besaß, auf dem er den Rest hätte transportieren können. Viel zu spät hatte er angeordnet, dass sie auch andere Ausrüstung aus den Weilern mitnahmen.

Also hatten sie Zeit verloren, um primitive Tragen aus dünnen Baumstämmen und Flechtwerk herzustellen, die wenigstens einen Teil ihres Proviants und der Ausrüstung aufnehmen konnten. Erst später hatten sie aus überfallenen Weilern und Dörfern entsprechende Vehikel mitgenommen. Und genau dies hatte sein Tempo immer weiter verringert.

Mittlerweile störte ihn auch der Anblick der überwiegend nackten Krieger und Kriegerinnen. Es lenkte ihn von der Entwicklung eines Planes ab. Überhaupt konnte er sich immer schwerer auf das konzentrieren, was ihn wirklich umtrieb.

Er hatte einige Wiedererweckte zu Anführern ernannt und ihnen mehr schlecht als recht bestimmte Aufgaben zugewiesen. Aber auch sie erwiesen sich als wenig effektiv. Es waren sicher viele ehemalige Krieger darunter, aber der größte Teil von ihnen waren Bauern und Jäger, wobei Letztere noch am brauchbarsten waren. Aber alle zusammen waren sie keine Organisatoren. Ihnen fehlte jegliches Geschick, eine immer größere Menschenmasse mit dem zu versorgen, was sie benötigte.

Und die Waffen.

Sicher hatte er ein paar Dinge bei den Skoten eingekauft. Aber diese lagerten in dem Dorf, in dem er auch Balor, Ruanna und einige Abbilder von ihr untergebracht hatte.

Aber *hier und jetzt* hatte er diese Waffen nicht.

In allen Siedlungen, die sie überfielen, waren natürlich auch Speere und vor allem Äxte zu finden. Aber es waren meist nie mehr als die Anzahl der Bewohner. Und mit jedem Spiegelkrieger, den er erschuf, erschuf er gleichermaßen einen nackten - und unbewaffneten - Krieger.

Ich will kämpfen und kann nicht, weil meine Streitmacht aus nackten Idioten besteht.

Sein Gesicht war finsterer als der wolkenbedeckte

Himmel. Nur nebenbei registrierte sein Verstand, dass die zweite Jahreshälfte mit fliegenden Hufen herantrabte. Er hatte keinen Blick für die bunte Vielfalt der Blätter auf Büschen und Bäumen um ihn herum. Er sah nur regenschwere Wolken. Als es auch noch anfing zu grummeln, war es endgültig um seine Laune geschehen.

»Haaaalt!«, rief er und riss so hart am Zügel seines Pferdes, dass es sich protestierend aufbäumte. Mit zwei schmerzhaften Schlägen brachte er das Tier wieder zur Ruhe und sprang von ihm ab.

»Schlagt ein Lager auf, ich habe genug für heute«, befahl er. Ein Wiedererweckter griff sich die Zügel und führte das Pferd unter die Bäume. Sétanta sah, wie das Pferd den Kopf zurückwarf und ihn böse anfunkelte, doch der Krieger zog es zu einem Baumstamm und band es dort fest. Es warf einen zweiten zornigen Blick auf seinen Herrn, dann fing es an zu grasen.

Der Himmel gab nun ein deutliches Donnern von sich und der Regen folgte unmittelbar darauf.

Mit den hässlichsten Flüchen, die er kannte, rannte Sétanta ebenfalls unter die dicht stehenden Bäume. Während er zusah, wie ein halbes Dutzend Krieger und Kriegerinnen einen primitiven Unterstand aus Ästen und Zweigen für ihn errichteten, wanderten seine Blicke über die Menschen um ihn herum.

Sie sind durch den Bluttrank an mich gebunden, überlegte er und fühlte dabei eine deutliche Regung von Macht.

Aber das macht sie nicht zu besseren Kämpfern! Túan erschuf seine Armee ausschließlich aus Kriegern und nicht aus Bauern und Handwerkern. Bei den nächsten Dörfern werde ich nur noch die

Krieger wieder erwecken, der Rest kann vermodern oder als Festmahl für die Aasfresser dienen.

Er zog seinen Umhang enger um sich, als der Regen immer heftiger wurde.

Die Römer haben sich in den Süden zurückgezogen und alle anderen Pictenstämme verhalten sich seltsam ruhig. Keine alten Händel werden ausgetragen … ES GIBT EINFACH NICHT GENUG LEICHEN!

Er hatte das Gefühl, als könne er die auftreffenden Regentropfen sofort in Dampf verwandeln, so heiß durchfloss ihn der Hass und der Zorn. Dabei hätte er im Augenblick gar nicht sagen können, auf *wen* sich sein Hass den nun konkret bezog. Sicher auf die Römer, und - zugegeben - ein Teil seines Zornes richtete sich auf ihn selbst. Aber seine gefühlte Hitze hatte natürlich keinen Einfluss auf den Regen und das Wasser traf und durchnässte ihn binnen weniger Minuten.

»Beeilt euch!«, rief er und verfluchte die Tatsache, dass es zu spät war, jemandem nach trockenem Holz loszuschicken. Also würde er die Nacht mit klammer Kleidung unter einem Haufen Ästen verbringen müssen.

Mit nur wenig Befriedigung sah er, wie seine Behausung leidlich fertiggestellt wurde, und schob sich hinein. Eine Bäuerin mit stattlichen Brüsten stand unschlüssig daneben und blickte ihn an.

»Du, Weib. Hol mir was zu essen!«, befahl er und betrachtete ihren wohlgeformten Hintern, als sie davon trabte.

Und wenn ich gegessen habe, wirst du mich wärmen.

Kapitel XXI
A. D. 183, September
Ein kleiner Unhold

Púca musste an sich halten, um dem Kleinen nicht auf die Finger zu klopfen. Seit mehr als einer Stunde zupfte und zerrte Brannon heftig an der Mähne des Reittieres, auf dem er und Inga saßen. Der Druide bewunderte die Gelassenheit des Pferdes, dass sich diese zwar harmlosen, aber ständigen Belästigungen gefallen ließ und stur auf seinem Pfad blieb.

Inga schien es gar nicht wahrzunehmen. Entweder ignorierte sie das Kind vor sich oder sie weilte mit ihren Gedanken längst woanders. Púca neigte zu letzterer Vermutung und überlegte zum hundertsten Male, was die Germanin vorhatte. Ihre Ausrede mit der *Vision* fruchtete vielleicht bei den Kriegern, aber nicht bei ihm. Trotzdem hatte er ihrem Ansinnen, an die Ostküste zu reiten und sich dort der Armee Catrionas und Fionnghals anzuschließen zugestimmt.

Meine Aufgabe herauszufinden, wer sich im Besitz der Tafel befindet und wer die Armee der Spiegelkrieger anführt - und vor allem, zu welchem Zweck - habe ich erfüllt, dachte Púca und zwang sich, nicht ständig Brannon mit strafenden Blicken anzufunkeln. Yan mac Ruith hat diese Botschaft längst erhalten und wird entsprechend vorgehen.

Púca ahnte nicht, dass Sétanta sich längst mit der Tafel abgesetzt hatte und sich diese eben nicht mehr im Machtbereich Arianrhod mac Ruiths befand.

Doch ich kann nicht zu Yan mac Ruith stoßen, denn dieses Kind …

Seine Gedanken wurden unterbrochen, als der vorderste Krieger eine Hand erhob und ihr Trupp zum Stehen kam. Ein Späher war in einiger

Entfernung aus dem Wald aufgetaucht und hielt mit mäßigem Tempo auf sie zu. Als er die Spitze des Trupps erreichte, sah Púca, dass dieser das genaue Abbild ihres Anführers war.

»Wir sind nahe der Küste und können in weniger als einer Stunde das Lager erreichen«, meldete er seinem Spiegelbild. Der Angesprochene nickte nur und hob die Hand zum Zeichen, dass sie weiterreiten konnten. Seite an Seite ritten die Spiegelkrieger und Púca fragte sich, wer das Original und wer das Abbild war.

Egal, im Grunde gibt es keinen Unterschied, dachte er und wusste nicht, dass er hier nicht ganz richtig lag.

Die Ankunft des Spähers hatte Inga sichtlich aus ihren Tagträumen gerissen und mehr im Reflex, als mit Überlegung, tat sie das, was Púca nur zu gerne getan hätte. Sie schlug Brannons kleine Hand von der Mähne des Pferdes und hatte ihre Kraft allem Anschein nach wenig seinem Alter angepasst.

Der Kleine schrie sofort auf und griff mit beiden Händen nach ihrer Hand, zog sie an seinen kleinen Mund und biss hinein. Zu Ingas und Púcas Überraschung schienen seine Kiefer schon vollständig mit den Spitzen seiner Zähne ausgestattet zu sein, denn Inga glotzte sprachlos auf ihre blutende Hand. Ihr Blick ging zwischen der kleinen Wunde und dem zufriedenen Grinsen Brannons hin und her.

Auch die Krieger und Kriegerinnen hinter und neben Inga hatten die Szene beobachtet. In manchem Gesicht war zu lesen, dass sie den Klaps längst selbst ausgeteilt hätten und ebenso über die aggressive Reaktion des Kindes erstaunt waren.

»Der Sohn des Túan ist ein Kämpfer. Seine Amme sollte dies respektieren«, drang der dröhnende

Bass eines bärtigen Mannes hinter Púca nach vorn.

Ohne dass sich Púca umdrehen musste, wusste er, dass der Mann Alain hieß und bei allen als übler Raufbold verschrien war. Seine Streitlustigkeit hatte ihn schon mehrfach zu Zweikämpfen verholfen, die er immer gewonnen hatte. Allerdings hatte er niemals seine Gegner verletzt oder gar getötet. Im Grunde war er ein guter Kerl und hatte einfach nur Spaß an einer kräftigen Rauferei. Sein raues Gebaren verziehen ihm alle gerne. Denn im Kampf war er einer der Besten und ihn an der Seite zu haben, bedeutete oft genug den Unterschied zwischen Leben oder Tod. Seltsamerweise gab es von ihm keine Spiegelkrieger.

Also ist er noch nicht gestorben und wiedererweckt worden, dachte Púca und innerlich stieg seine nur mühsam unterdrückte Angst vor den Spiegelkriegern ein wenig nach oben. Äußerlich jedoch hatte sich der Druide sehr gut in der Gewalt.

»Ein Kind testet immer seine Grenzen aus. Es ist die Aufgabe einer Mutter oder einer Amme … oder eines Vaters, ihm diese Grenze mehr als deutlich aufzuzeigen«, antwortete er Alain und verzichtete darauf, sich zu dem Krieger umzudrehen.

»Hah, sag ich doch. Der Schlag der Germanin war viel zu sanft. Sie hätte dem Balg ruhig rote Striemen verpassen sollen. Je früher er die Lektion lernt, dass Aggression unweigerlich zu einer Reaktion führt, desto besser. Ein unüberlegter Schlag kann dir das Leben kosten.«

Jetzt drehte sich der Druide doch im Sattel um und musterte Alain. So eine Antwort hätte er ihm gar nicht zugetraut. Der Mann saß wie ein Berg auf seinem Pferd, das ebenfalls ein großes Tier war. Jedes kleinere Pferd hätte sicher Probleme gehabt, so einen Reiter über eine weite Strecke zu tragen. Alains rotbrauner Bart war in zwei dicke Zöpfe geflochten und reichte ihm bis an den Nabel. Ein ähnlicher und noch dickerer Zopf fiel ihm vom Nacken bis an die Hüften hinab. Ein breiter Gürtel, zwei hosenbeinähnliche Lederröhren mit Lendenschurz aus Fell und lederne Sandalen bis unter die Knie waren alles, was er an Kleidung besaß. Auf dem Rücken trug er einen mittelgroßen Rundschild, dessen zentraler Metallbuckel einen langen und äußerst stabilen Dorn trug. Púca blinzelte in die Mittagssonne und hätte geschworen, dass dem Dorn angetrocknetes Blut anhaftete. Quer über die Beine hatte Alain eine Streitaxt liegen und zwischen Rücken und Schild ragte ein Speer hervor, dessen Klinge auf einer Seite leicht gebogen und auf der anderen Seite mehrere Widerhaken besaß. Wie bei fast allen Cruithin schmückten allerlei Tätowierungen seine Haut. Doch Púca konnte sehen, dass vollständige Darstellungen oder manchmal nur Teile von Bären - Tatzen, ein Kopf mit aufgerissenem Maul und ein übergroßer Penis - dominierten. Offensichtlich gehörte Alain einem Clan an, dessen Zeichen ein Bär war.

»Wenn Brannon dein Sohn wäre … Alain, dann würdest du ihn also sicher zu einem Krieger erziehen?«

Die Frage schien Alain tatsächlich zu überraschen.

»Aber natürlich! Bei allem, was ich von ihm gehört habe und das wenige, das ich in den letzten Wochen selbst an ihm beobachten konnte, beweist, dass er der geborene Krieger ist.«

»Und du glaubst, seine Aggressivität, seine Respektlosigkeit schon in diesem sehr, sehr jungen Alter vor seiner Amme - ja, selbst vor seiner Mutter, unserer Königin - sei ein gutes Omen und nicht ein Hinweis darauf, dass er …« Er zögerte und überlegte, ob er dem Krieger seine Befürchtung kundtun sollte oder nicht. »… *anders* ist?«

Alain schüttelte den Kopf. »Gerade das ist es doch, was ihn auszeichnet …«

»*Auszeichnet?!«* Nun war es an Púca, überrascht zu sein.

»Ja, auszeichnet. Aus Brannon wird einmal ein überragender Anführer werden. Seine Abstammung ist edel, der Clan der Ruiths war einer der ältesten Clans in Breith. Die Römer glaubten sie hätten die Ruiths ausgerottet, doch beide Söhne überlebten und zumindest einer davon hat einen Erben gezeugt. Und unsere Königin, sei es nun, dass sie als Römerin geboren wurde oder nicht, ist mehr Cruithin als manch anderer in diesem Land geborene Krieger oder Kriegerin.«

Inga hatte der Unterhaltung mit Erstaunen und Unbehagen zugehört. Ein schneller Blick auf Brannon zeigte ihr, dass der Kleine ebenfalls seine Ohren gespitzt hatte und ein Gesicht machte, als hätte er jedes Wort verstanden. Als ihr Blick auf die immer noch blutende Wunde fiel, verwandelte sich sein aufmerksames Gesicht in ein zufriedenes Lächeln. Sie hob die Hand, um von ihrer Tunika einen Streifen abzureißen und die Wunde zu verbinden. Er schien es für ein Ausholen zu halten und wartete regungslos auf den Schlag, der dann doch nicht kam. Inga und Púca blickten sich vielsagend an, als Brannon nur noch breiter grinste und sich wieder der Mähne des Pferdes widmete.

»Siehst du, Druide?«, dröhnte Alain und deutete mit einem Kopfnicken auf den Kleinen. »Er weiß ganz genau, dass er dem Tier Qualen und seiner

Amme Schmerzen bereitet hat und eine Strafe verdient hätte. Wenn man ihm nicht von Anfang an die Grenze zwischen Spielerei und Qual aufzeigt, wird er sich diese Grenze selbst - oder gar nicht - setzen. Und wenn er sich in diesem Maße weiterentwickelt, wird es bald zu spät sein, um ihn davor zu bewahren sich ein germanischer Berserker aufzuführen, wenn er soweit ist. Und es wäre ein Verlust für unser Volk, wenn aus ihm anstelle eines überragenden Führers ein Dämon würde.«

Wieder war Púca über die Tiefgründigkeit der Worte Alains überrascht und wandte sich grübelnd wieder um. Nur nebenbei und aus den Augenwinkeln registrierte ein Teil seines Verstandes, dass sie einen Einschnitt zu einem Tal erreicht hatten, an dessen Ende die Ostküste der Insel zu sehen war.

Nichts machte Kriegern mehr Angst als ein unaufhaltsamer Blutrausch. Und in diesem Punkt waren die Cruithin nicht anders als Römer oder Soldaten anderer Völker. Doch auch bei den Cruithin gab es hin und wieder Menschen, die im Eifer des Gefechtes alle Schranken fallen ließen und alles niedermetzelten, was sich in ihrer Reichweite befand. Ob dies nun Freund oder Feind war. Es gab auch in Breith Legenden solcher Vorkommnisse, in denen rasende Männer und Frauen ihre eigenen Familien abgeschlachtet hatten.

Und Brannon trägt alle Anzeichen dieser Veranlagung …

Púcas Gedanken wurden durch das Auftauchen von Wachen abgelenkt, die sie längst gesehen - und wichtiger - als freundlich erkannt hatten. Es waren acht Männer und drei Frauen, die zu beiden Seiten des Tales aus der Deckung der Bäume geritten kamen und ein lockeres Spalier bildeten. Rufe und

Witzeleien wechselten zwischen den Ankömmlingen und den Posten, aber Púca achtete nicht auf sie. Viel mehr beschäftigte ihn die Frage, was den Sohn Arianrhods und Túans so …, - ja, es viel ihm kein anderes Wort ein -, so *böse* wirken ließ. Noch immer hatte er sich nicht entschieden, die zahlreichen Quälereien, die erstaunlich intelligent wirkenden Blicke und den Jähzorn des Kleinen als *andersartig oder gar besessen* zu bezeichnen. Immer noch hoffte er, dass Brannon einfach ein rechter Rabauke werden würde. Púca versuchte sich an andere Kinder zu erinnern, die ähnlich aggressiv und rücksichtslos mit allem umgingen, was ihnen in die Finger kam. Doch auch nach langem Überlegen wollte ihm kein passendes Kind einfallen.

Und schon gar nicht in diesem Alter!, fügte er unheilschwanger hinzu.

Das üppige Gras würde dünner und ging in sandige Dünen über, aus denen zur Küste hin immer weniger Grasbüschel und Halme ragten. Das Lager der Armee erstreckte sich von diesem Übergang bis fast an die höchste Gezeitenlinie.

Púca blickte sich um und bemerkte zahlreiche Posten auf den Anhöhen ringsum, sowie starke Steinwälle im Norden und Süden des Lagers. Es dauerte mehr als eine Minute, bis ihm auffiel, dass das Lager beim Feind verschiedene Gedanken provozieren sollte. Es war so nahe an der Küste, dass es von anrückenden Schiffen leicht ausgemacht werden konnte. Die beiden Mauern sollten dem Feind als Verteidigungswälle erscheinen. In Wahrheit jedoch handelte es sich um eine geschickte Falle. Der Großteil der Truppen war vom Meer aus gar nicht zu sehen, sondern befand sich hinter den Dünen im Wald versteckt. Angreifende Römer würden sich gute Chancen ausrechnen, das scheinbar kleine Lager direkt ansteuern und überrennen zu können, anstelle an den offensichtlich leeren Stränden nördlich und südlich der Mauern einfacher anlanden zu können, aber dann sofort einer Verteidigungsmauer gegenüber zu stehen. Bei genauerer Betrachtung entdeckte Púca mehrere Schneisen in den Dünen, die – geschickt mit dünnen Wänden aus Reisig und darauf geflochtenem Grasflaum getarnt - als natürliche und dichte Sanddünen wirken sollten und es ja auch taten. Denn auch er hatte sie erst beim zweiten oder dritten Blick als Fälschungen erkannt. Und das auch nur, weil er ihnen sehr nahe gekommen war.

Sollten die Römer tatsächlich das Lager direkt angreifen, dienten diese Schneisen als rasche Rückzugswege für die Krieger am Strand. Sollte der Feind sich jedoch spalten wollen und eben außerhalb der Mauern anlanden, so könnten die Krieger aus den Wäldern rasch das Lager verstärken und die Mauern tatsächlich als Verteidigung nutzen. Und es sprach ja nichts dagegen, mit weiteren Kriegern den angelandeten Römern in den Rücken zu fallen.

Plötzlich dröhnte hinter Púca die Stimme Alains auf und ein Schrei, der einem Bären zur Ehre gereicht hätte, hallte über den Strand. Und noch bevor sich der Druide über das Gebrüll beschweren konnte, kam eine ebensolche Antwort aus der Mitte der einfachen Hütten, die den Strand ausfüllten.

Ein Mann, mindestens so groß wie Alain, stand inmitten einer Schar Krieger und Kriegerinnen. Púca hatte den Eindruck, dass sie alle einen Kopf größer waren, als die Spiegelkrieger um sie herum. Weißes Haar zierte den Kopf des Anführers und sofort wusste Púca, wer dort Alain zurückgrüßte.

Fionnghal mac Carnonacae, Oberhaupt des Bärenclans. Er hatte den Bärenschädel, der ihm im Kampf als Kopfbedeckung diente, an eine Stange seiner Hütte gehängt und die Nachmittagssonne ließ das weiße Haar Fionnghals silbern schimmern.

Púcas und Ingas Begleittrupp hielt auf diese Stelle des Lagers zu und selbst Brannon war fasziniert von der überragenden Stärke der Bärenkrieger. Der Blick des Jungen hing förmlich an dem silbrigen Glanz des Haares. Er vergaß sogar an der Mähne seines Reittieres zu reißen und hielt stattdessen seine kleinen Patschhändchen nach vorne gestreckt, so als wolle er nach dem Silberhaar greifen.

Als sie die Gruppe um Fionnghal erreicht hatten, entstand ein rechter Begrüßungstrubel, in dessen Mitte Inga, Brannon und Púca fast unbeachtet auf ihren Pferden saßen. Erst nach einer Weile bemerkte Alain, dass der eigentliche Anlass ihres Hierseins immer noch im Sattel saß.

»Die Amme Brannon mac Ruiths hatte eine Vision, Vater«, dröhnte Alain vorlaut. »Deshalb sind wir hier.«

Erst jetzt fiel dem Druiden die Ähnlichkeit zwischen dem Krieger und dem Clanführer auf. Hätte Alain weißes Haar wie sein Vater besessen, wären die Züge unverwechselbar gewesen. Púca tröstete sich mit dem Gedanken, dass er Fionnghal vorher noch nie getroffen hatte.

Alains Vater hob die Augenbrauen.

»Eine Vision?« Deutlich war ihm anzusehen, dass er von Visionen nicht viel hielt. Er schien der gleiche Haudrauf zu sein, wie sein Sohn. Er deutete auf Púca. »Und der Druide? Ich kenne ihn nicht«, antwortete Fionnghal und wollte schon nach seinem eigenen Druiden rufen lassen.

»Aber ich kenne *dich*, Fionnghal von den Carnonacae, auch wenn wir uns noch nicht begegnet sind.« Púca stieg behände von seinem Pferd und hielt die Zügel einem Krieger hin, der sie nahm und das Tier wegführte. Dann hielt er dem Clanchef seine Rechte hin. »Ich bin ein Bote von Ynys Môn.« Púca musste sich zwingen, jetzt nicht zu Inga und Brannon zu blicken. »Es gibt einiges zu bereden.«

Fionnghal ergriff die dargebotene Hand und drückte sie so fest, dass Púca beinahe die Luft wegblieb.

Jetzt erst drehte sich Púca halb zu der Amme und dem Kind um. »Und diese beiden wirst du sicher kennen, Bärenhäuptling. Die Germanin hatte tatsächlich eine Vision und auch darüber sollten wir reden.«

Fionnghals Blick drückte mehr als Misstrauen aus, doch schließlich zuckte er mit den Schultern und machte eine einladende Geste zu einem Rund aus Hütten. In deren Mitte befand sich eine Feuerstelle mit einem eisernen Dreibein und an diesem hing ein riesiger Kessel. Es brannte zwar kein Feuer, aber ein Mann und eine Frau warfen allerlei Dinge in den Kessel und machten Anstalten, einen kleinen Stoß Holz zu entfachen, der darunter aufgeschichtet war.

»Es wird noch eine Weile dauern, bis das Essen fertig ist.« Er warf einen Seitenblick auf die immer noch auf ihrem Pferd sitzende Inga und Brannon, dem jetzt die Arme erlahmten und der anfing, sich die Augen zu reiben. Der lange Ritt schien ihn endlich müde gemacht zu haben.

Wortlos stieg Inga ab und nahm Brannon in die Arme, der sich einfach an ihre Brust sinken ließ und sichtlich mit seinen schweren Augenlidern zu kämpfen hatte. Eine Kriegerin wies auf eine der

Hütten und Inga trat ein.

Púca konnte von seiner Position aus in die Hütte blicken. Ein junger Hund mit dem gleichen silbernen Haar wie Fionnghal lag in einer Ecke und döste vor sich hin. Als Inga eintrat, hob er träge den Kopf, musterte die Frau und das Kind und legte dann den Kopf wieder nieder. Mit schläfrigem Blinzeln beobachtete er, wie Inga den Jungen zwischen einigen Fellen zum Schlaf niederbettete. Der Druide bemerkte ein leichtes Zögern der Amme, den Jungen in der Gesellschaft des Hundes schlafen zu lassen, doch dann gab sie sich sichtlich einen Ruck. Die Bärenkrieger hatten sich noch nicht vollständig um Púca und Fionnghal gesetzt, als sie schon wieder aus der Hütte kam und sich neben dem Druiden niederließ.

Fionnghal wartete ab, bis das Feuer unter dem Kessel entfacht war und sich die Frau anderen Aufgaben zuwandte. Der Mann blieb und griff nach einer Schöpfkelle, mit der er den Inhalt des Kessels in ruhigen Zügen umrührte. An Púca gewandt, deutete Fionnghal mit einer lässigen Geste hinter sich Richtung Wald.

»Catriona besetzt mit dem Großteil unserer Krieger den gesamten Abschnitt hinter uns und eine weite Strecke nach Nord und Süd. So wie es aussieht, hatte der Wolf«, er meinte damit natürlich Marcellus Maximus Lupinius, »recht damit, als er voraussagte, dass eine römische Entsatzflotte eher im Westen aufkreuzen wird, anstatt an dieser Küste. Trotz aller Aufmerksamkeit, die wir bisher aufrechterhalten konnten, stellt sich doch eine gewisse Langeweile ein. Meine Bären und ich sind es nicht gewohnt, faul auf unserem Arsch herumzusitzen.« Er machte eine Geste, die Inga und Púca einschloss. »Ich hoffe, eure

Vision trägt dazu bei, uns von dieser Langeweile zu befreien und uns das tun zu lassen, was wir am besten können.« Seine Hand fiel auf den Schaft einer Axt, die andere Männer nur mit zwei Händen hätten halten, geschweige denn schwingen können.

Fast zwei Stunden dauerte die Unterhaltung zwischen ihnen an und Púca hatte sichtlich Mühe, den misstrauischen Kriegern die Vision Ingas nahezubringen. Natürlich glaubte er selbst nicht an das Märchen, aber er hoffte immer darauf, dass sich Inga irgendwie verplappern würde und er erkennen konnte, was sie vorhatte. Doch sie blieb bei ihrer ursprünglichen Version. Die Gespräche verliefen sich in Spekulationen, vor allem nach dem Essen, dass sie noch mehr schläfriger machte, als es der lange Ritt ohnehin schon getan hatte. Schließlich verlegten sie sich darauf, erst am nächsten Morgen irgendwelche Entscheidungen zu treffen und verteilten sich auf die Hütten in der Nähe.

Púca lag trotz seiner Müdigkeit noch lange wach und bekam mindestens einen Wachwechsel mit, bevor auch er einschlief.

Lärm und von Ärger gefärbte Stimmen weckten Púca am nächsten Morgen. Er wäre noch gerne liegen geblieben, denn kalte Nebel zogen über den Strand bis in seine kleine Hütte hinein und am liebsten hätte er seine Kutte noch enger um sich gezogen. Doch die Rufe wurden lauter und plötzlich hörte er direkt vor seiner Hütte deutliche Worte.

»Wo ist diese Amme? Warum ist sie nicht bei … bei … diesem Balg?«

Es war eindeutig die Stimme Fionnghals und Púca fragte sich, wie der Fürst dazu kam, den Sohn der Königin als Balg zu bezeichnen. Mit halb verschwollenen Augen rappelte sich der Druide auf und kroch mehr, als dass er ging, aus der Hütte. Mehrere Krieger liefen hin und her und zwei Kriegerinnen schwangen sich auf ihre Pferde und ritten in entgegengesetzten Richtungen davon.

Zwischen den Nebelschwaden konnte der Druide nicht erkennen, was den Anführer des Bärenclans so aufregte und so ging er zu ihm hinüber.

Alain und zwei andere Krieger standen sichtlich ratlos neben Fionnghal und blickten in die Hütte, in der Inga Brannon am Vorabend zum Schlaf niedergelegt hatte.

»Was …?«, begann er und musste sich räuspern, da seine Stimme das allgemeine Stimmengewirr nicht übertönen konnte. Trotzdem schien ihn Alain gehört zu haben und wandte sich zu ihm um.

»Was habe ich dir gesagt, Druide? Dieses Kind muss in seine Grenzen verwiesen werden.« Er schob seinen massigen Körper zur Seite und nun konnte Púca in das Innere der Hütte blicken.

Zunächst konnte er das Bild, das sich ihm bot, nicht begreifen. Dann fiel sein Blick in die hinterste Ecke und dort lag der junge Hund. Doch nicht mehr schlafend, sondern mit heraushängender Zunge und offensichtlich tot. Seine linke Schläfe war eingeschlagen worden und ihm fehlten etliche Büschel seines silbernen Haares. Púca brauchte nur zu Brannon zu blicken, um zu begreifen, was geschehen sein musste. Denn direkt neben Brannons rechtem Händchen lag ein blutbefleckter Stein und der Junge hatte sich die ausgerissenen Strähnen des Hundehaares über den Kopf drapiert.

Doch was die Männer am meisten schockierte, war der glückliche Ausdruck, der Brannons Gesicht überzog. Dazu die Gelassenheit, mit der er immer noch am perfekten Sitz der silbernen Haare arbeitete. Als er dabei die roten Spritzer auf seiner Hand bemerkte, steckte er sich die Finger in den Mund und leckte das Blut ab.

Púca wurde zornig und aschfahl zugleich. Sofort wurde ihm klar, dass Inga nicht mehr im Lager zu finden sein würde. Sicher hatte sie als erste Brannons Tat entdeckt und diese bei ihr das Fass zum Überlaufen gebracht. Es hatte nur dieses letzten Tropfens bedarft, um sich von allem loszusagen. Jetzt verstand er, warum sie - im Schutze einer Eskorte - an die Ostküste Breith´s wollte:

Es war der kürzeste Weg auf das Festland.

Und eine weitere Erkenntnis leuchtete vor ihm wie eine Fackel in der Nacht:

Dieses Kind ist bösartig! Ich muss es in die Obhut des Ordens bringen.

Kapitel XXII
A. D. 183, Oktober
Der letzte Schleier fällt

Der Wind pfiff kalt über das Land und Marcellus Maximus Lupinius zog das große Fell, das ihm Máiri zu Beginn ihres Rittes überreicht hatte, enger um seinen Körper. Trotzdem fror er immer noch und er spürte sein Alter mehr und mehr.

Der Wolf nähert sich seinem Ende, dachte er und verspürte ein wenig Bedauern bei diesem Gedanken. Vielleicht erlebe ich es ja noch, dass die Römer von diesen Picten um mich herum überrannt und für ihre Arroganz bestraft werden.

Er dachte in diesem Augenblick von sich selbst nicht als Römer und auch nicht als Picte. Er wusste im Grunde nicht mehr, wer oder was er war.

Ich bin müde.

Dieser einfache Gedanke beherrschte ihn seit Tagen, nein, seit Wochen. Als der Wind ihm ein Blatt ins Gesicht blies und er es beiseite wischte, stach ihm ein Schmerz wie von einer heißen Nadel durch die Schulter. Doch so schnell der Schmerz gekommen war, genauso schnell war er wieder verschwunden.

Zu welchen Göttern soll ich beten? In welche Welt geht meine Seele, wenn ich sterbe? In den Orkus? Oder in die Anderswelt der Picten?

Die Landschaft um sie herum hatte sich von dem Graubraun der Berge schon lange in ein buntes Blättermeer gewandelt und er genoss jeden Farbton, den sein Auge erfassen konnte.

Dieses Land ist wunderschön. Natürlich könnte es ein wenig – nein: deutlich - wärmer sein, aber nicht so heiß wie Italia, sinnierte er und zupfte erneut am

Fell, das immer wieder verrutschte und den Wind an seinen Körper gelangen ließ.

Seit Wochen ritten sie südwärts und hofften, sich in einer oder zwei Wochen mit der Armee Arianrhods zu vereinigen und ein großes Winterlager zu errichten. Sein Vorschlag, eine der römischen Kleinstädte im Herzen Britannias einzunehmen und als Winterlager zu nutzen, hatte bei den Picten wenig Anklang gefunden.

Vielleicht nur deswegen, weil unsere Kastelle und Städte quadratisch angelegt sind und sie allem misstrauen, was nicht rund ist wie ihre Brochs.

Er war weniger über die Banalität des Gedankens erstaunt, als über den Umstand, dass er sich indirekt also doch noch als Römer sah. Oder nicht? Die Jahrzehnte im Wald, in seiner einsamen Behausung und der lockere Kontakt zu Britanniern und Picten, erschienen ihm jetzt im Nachhinein als die glücklichsten Jahre seines Lebens. Kein Vorgesetzter trug ihm Aufgaben und Befehle auf. Keine Schlacht war zu schlagen und er musste keine anderen Menschen töten. Die oft wochen- und monatelange Ruhe ohne den geringsten Kontakt zu anderen Menschen hatte viele seiner inneren Wunden geheilt. Nur seine Enttäuschung und seinen Frust darüber, dass niemand - kein einziger Römer - sich jemals auf die Suche nach ihm oder seinen Kameraden gemacht hatte, nagte immer noch an ihm.

Im Dienste Roms hätte ich niemals dieses hohe Alter erreicht, schoss es ihm plötzlich durch den Kopf. Auch wenn ich meine Dienstzeit überlebt hätte, so wäre ich dennoch als verbrauchter Mann in meine villa rustica gezogen, hätte noch einige, vielleicht zehn Jahre gelebt. Dieses Land hat mir ein längeres Leben beschert.

Er blickte zu den grauen Wolken am Himmel und dann zu den Kriegern um sich herum.

Und die Picten haben mich am Leben gelassen! Bei meinem Volk hätte ich nie dieses Alter erreicht. Meine Feinde ermöglichten mir ein viel längeres Dasein.

Vage erinnerte er sich, dass er schon früher einen ähnlichen Gedanken gehabt hatte und ein bitterer Geschmack legte sich auf seine Zunge.

Er ritt mehrere Reihen hinter Máiri von den Vacomagi und Maelchon mac Cean und konnte so nicht sehen, warum die Spitze des Trosses plötzlich anhielt. Sie hatten mittlerweile den Abhang eines mittleren Berges hinter sich gebracht und standen auf der Kuppe eines kleinen Vorhügels. Wie eine Welle vollzog sich ihr Halt durch den gesamten Tross. Die Buntheit der Blätter nahm ein wenig ab, als sich die Sonne endgültig hinter einem grauen Schleier versteckte und es so aussah, als sollte der Rest des Tages wolkenbedeckt bleiben.

Hauptsache, es regnet nicht, überlegte der Wolf und reckte den Hals aus dem Fell. Als dabei seine verspannten Wirbel vernehmlich knackten, seufzte er und massierte sich mit einer Hand den Nacken.

Ein Reiter kam zu ihm und winkte ihn nach vorne zu den Anführern der Picten.

Lupinius gab seinem Pferd die Hacken zu spüren. Der plötzliche Ruck ließ erneut einen scharfen Stich durch seine Schulter und jetzt auch noch durch seine rechte Hüfte zucken und er stöhnte leicht auf. Aber niemand achtete auf ihn und teils war er froh darüber, teils betrübte es ihn, dass sich niemand um sein Wohlergehen scherte.

Ich bin nur ein Werkzeug für sie, dachte er bitter und fühlte eine lange verloren geglaubte Einsamkeit in sich aufsteigen. *Sie haben zwar von mir gelernt,* - ein zaghaftes Lächeln stahl sich kurz in sein Gesicht, - *aber ich bin kein Mitglied ihrer Gemeinschaft. Nicht wirklich.*

Er führte sein Pferd zur Rechten Máiris, da links von ihr Maelchon und ein weiterer Krieger keinen Platz ließen. Als er neben ihnen anhielt, deutete sie auf den Späher.

»Die Kundschafter haben einen ziemlich großen Tross von Cruithin entdeckt, der genau auf uns zuhält«, sagte sie mit ihrer glockenklaren Stimme, die so gar nicht zu ihrem herben Äußeren passen wollte.

Als er nichts darauf erwiderte, sah sie ihn an. Ihre blauen Augen kontrastierten mit ihrem roten Haar und wollten genauso wenig zusammenpassen, wie ihre Stimme zu ihrem Körper.

»Es wurden auch viele, *sehr* viele Nackte gesehen. Dazwischen einfache Karren. Dazu Frauen und Männer, die wie Bauern wirken und nicht wie Krieger. Ein seltsamer Tross.« Deutlich war ihr Misstrauen herauszuhören und es war offensichtlich, dass sie von ihm eine Erklärung erwartete.

Aber woher soll ich wissen, um welche Leute es sich handelt? Überträgt sie meine Erfahrung und mein Wissen um Strategie und Taktik auf allgemeine Weisheit? Gar auf Prophetie? Hält sie mich für eine Art römischen Druiden?

Er schüttelte den Kopf und sie missverstand seine Geste. Doch bevor sie ein Wort sagen konnte, fiel ihr Maelchon mac Cean ins Wort.

»An ihrer Spitze reitet ein alter Druide.« Die braunen Augen blickten scharf aus den Höhlen und Lupinius kam sich vor wie ein Hase im Visier eines Adlers. »Die Beschreibung passt recht gut auf einen

Druiden, den wir nur zu gut kennen.«

»Sétanta«, sagte Marcellus Maximus Lupinius ohne Betonung, und als Maelchon und Máiri bestätigend nickten, fühlte er, wie sein Gehirn sofort zu arbeiten begann.

Er hatte Sétanta im Nordlager - jenseits des Hadrianwalls - kennengelernt und beide Männer hatten sich zunächst aus der Ferne und später bei wenigen Gelegenheiten gegenseitig beobachtet. Bei jedem Blick des Druiden hatte sich Lupinius wie auf einem Seziertisch gefühlt. Immer hatte er das Gefühl, dass der alte Druide ihn am liebsten sofort getötet, seinen Kopf auf einen Pfahl gesteckt und den Rest an die Hunde verfüttert hätte. Nur Túans - und später Arianrhods - unausgesprochener Schutz schienen den Druiden davon abgehalten zu haben, seinen Tod zu fordern.

Umgekehrt schien auch der Druide sich in seiner Gegenwart unangenehm zu fühlen. Ja, Lupinius hatte sogar mehr als einmal ein ängstliches Flackern in den Augen des Druiden gesehen. Und damals hatte er sich immer gefragt, was der Grund dafür sein könnte. Er, ein einzelner alter Römer, umgeben von Tausenden Picten, ihrer Gnade ausgeliefert. Warum sollte der Druide ausgerechnet *ihn* fürchten?

Aus dem gleichen Grund, warum sie dich jetzt anblicken und auf eine Erklärung warten, schoss es ihm in den Kopf. Sie respektieren deinen Intellekt und deine Fähigkeit, I und I zusammenzuzählen. Lupinius furchte die Stirn. Aber was glaubte Sétanta, dass ich entdecken könnte, was nicht alle Picten von ihm schon wussten oder wissen durften?

Er blickte in die Richtung, in die Máiri vage gedeutet hatte. In der Ferne konnte er eine schwache Staubwolke ausmachen, unter der sich Sétanta mit seinem Gefolge befinden musste.

»Wenn unsere Späher ihn entdeckt haben, dürften seine auch *uns* gesehen haben«, murmelte er mehr zu sich und wieder rasten seine Gedanken so drängend durch sein Hirn, dass er sicher war, sie könnten sich auf seiner Stirn als huschende Bewegungen zeigen. Er wandte sich an einen der Späher.

»Ist es nicht üblich, dass sich begegnende Picten«, er zögerte für eine Sekunde »… ähm, *Cruithin* begrüßen und sich austauschen oder beratschlagen?«

Er erwartete eigentlich keine Antwort, da es bei jedem Volk so sein sollte. Im Grunde wollte er sie ein wenig beschäftigen und selbst seine nächsten Gedanken ohne Zwischenfrage zu Ende bringen.

»Ich glaube nicht, dass all die Nackten ihre Kleidung verloren haben, ergo dürfte es sich um Spiegelkrieger handeln«, sagte Lupinius in die Runde ohne jemanden dabei anzusehen, sondern starrte angestrengt in die Richtung der diffusen Staubwolke. Irgendwie hatte er den Eindruck, als würde sie sich nicht weiterbewegen.

»Habt ihr noch weitere Späher in seiner Nähe gelassen?« Auch diese Frage war mehr hinauszögernd und rhetorisch, doch Maelchon und Máiri nickten. Er sah die Bewegung nur aus den Augenwinkeln.

»Es *sind* Spiegelkrieger«, stellte er ohne Zweifel zuzulassen fest. »Was mich nur verwirrt, sind die Bauern …« Er wandte den Blick von der sich scheinbar senkenden Staubwolke zu den Pictenfürsten und Kriegern. Sein Gesicht war eine einzige Frage. »Gut, Sétanta ist ein Druide und kann mit Túans Zauber Spiegelkrieger erschaffen. Das ist das, was wir seit mehr als drei Jahren tun.«

Er registrierte nicht, dass sein *wir* mit

wohlwollenden Blicken registriert wurde.

»Aber er marschiert in die falsche Richtung …«

Er ließ den Satz unvollständig zwischen ihnen schweben, da ein weiterer Kundschafter - dieses Mal deutlich rascher als sein Vorgänger - heranritt. Der Mann hielt schnurstracks auf die Gruppe zu. Lupinius konnte sehen, dass dieser ein Abbild eines anderen Mannes war, den er schon mehrfach gesehen hatte, aber nicht mit Namen kannte. Zu ihrer aller Überraschung grinste der Mann und Lupinius sah deutlich, dass dessen Glied unter seinem Lendenschurz hervorragte. Es war voll erigiert, doch entweder war dem Reiter nicht bewusst, das es zu sehen war oder es scherte ihn nicht.

»Ich bringe Grüße von dem Druiden Sétanta«, begann er und deutete lässig mit einer Hand hinter sich. »Er befindet sich auf einer Lichtung dort im Wald und lässt ein Lager aufschlagen«, berichtete er weiter. »Er lädt uns ein, sich ihm anzuschließen und gemeinsam zu speisen.« Jetzt konnte er das lüsterne Funkeln in seinen Augen nicht mehr verbergen. »Und er hat eine Menge Weiber dabei, mehr Bäuerinnen als Kriegerinnen.«

Zustimmende Rufe und Lachen von Kriegern hinter ihnen brachten den Mann dazu, eine Hand zu erheben und eine obszöne Geste seinen Kameraden zu präsentieren. Deren Antwort war noch mehr Gelächter.

Noch immer blickte Máiri misstrauisch, doch dann zuckte sie mit den Schultern.

»Na schön, dann wollen wir ihn mal fragen, was er hier mit Bauern, Karren und Spiegelkriegern tut«, sagte sie und richtete sich kerzengerade auf ihrem Pferd auf.

»Und warum er nach Norden zieht und nicht in

den Süden«, ergänzte Maelchon und ruckte mit dem Kopf, als hätte sein Adlerblick eine Beute entdeckt.

Abwartend saßen sie auf ihren Pferden und schauten zu Lupinius herüber. Doch er hatte keine Erklärung für Sétantas Verhalten und keinen begründbaren Einwand, sich *nicht* den anderen Picten anzuschließen. Die Sonne näherte sich hinter der dünnen Wolkendecke als schwacher Fleck langsam dem Horizont. Sie hätten ohnehin in Kürze selbst nach einem Nachtlager Ausschau halten müssen. Anstelle einer Antwort nickte er nur und gab seinem Pferd das Signal zum Weiterreiten. Innerlich aber legte er sich die Verpflichtung auf, die Augen offen zu halten.

Sétanta konnte sein Glück kaum fassen. Da kam alles auf ihn zu, was er so dringend benötigte.

Ausrüstung. Waffen. Kleidung.

Und vor allem:

Neue Krieger.

Seine permanent brodelnde Wut auf die Römer, die Götter und überhaupt auf alles, hatte mittlerweile ein Ausmaß angenommen, dass er nicht mehr begriff, dass er allein für all die Fehler verantwortlich war, die er allen anderen anlastete.

Er hatte nur noch ein Ziel vor Augen:

Die unersetzliche Tafel in Sicherheit zu bringen, koste es, was es wolle. Er war bereit, alles dafür zu opfern, wenn er sie nur aus der Reichweite Arianrhods, des Druidenordens und aller anderen Cruithin bringen konnte. Seine Augen nahmen die Masse an Kriegern war, die auf seinen Tross zuhielt. Seine Ohren hörten die Worte seiner Späher, doch er hörte nur das, was sein verbohrter Verstand anzunehmen bereit war. Die Tatsache, dass die

Armee, die sich seinem zusammengewürfelten Haufen näherte, bis auf den letzten Mann und jede Frau bewaffnet war, sah er nicht als Bedrohung an, sondern als Chance *seine* Spiegelkrieger mit dem auszurüsten, was sie so dringend benötigten. In Gedanken wanderte er längst über ein Schlachtfeld, übersät mit den Leichen dieser Armee, den Trank in jeden Mund träufelnd und die magischen Worte in die Ohren der Gefallenen, der Ermordeten flüsternd.

Nicht eine Sekunde kam seinem verwirrten Verstand der Gedanke, dass er kurz davor stand, eine ganze Armee seines eigenen Volkes umzubringen.

Er kalkulierte im Kopf schon die Zahlen seiner erweiterten Streitmacht, anstelle zu begreifen, dass er zu einem schlimmeren Mörder wurde, als es die Römer jemals waren.

Es werden meine Spiegelkrieger sein.

Nur mir werden sie folgen.

Nur meinen Befehlen gehorchen.

Etwa zwei Stunden später saßen Lupinius, Maelchon, Máiri und etliche andere Krieger zusammen mit dem Druiden um ein großes Lagerfeuer. Sie schnitten sich herrlich duftende und saftige Stücke Fleisch von einem Rind, dass von zwei Männern ständig über dem Feuer gedreht wurde.

Nach der Ankunft und verschiedenen Begrüßungs-szenen, in denen sich aus beiden Gruppierungen Menschen wiedererkannten und ihr Wiedersehen wortreich feierten, legte sich das Misstrauen, dass Maelchon und Máiri ohnehin nur wenig ausgeprägt erfüllt hatte.

Welche Gefahr für Cruithin sollte schon von einem cruithischen Druiden ausgehen?

Nur in dem Moment, als Sétanta Marcellus Maximus Lupinius entdeckte, war wieder die Angst in den Augen des Druiden aufgeflackert. Nur für einen wirklich kurzen Moment, doch der Wolf hatte sie gesehen.

Lupinius hatte sich so weit entfernt von Sétanta in die Runde gesetzt, dass er nicht in dessen nächster Nähe war, ihn aber doch gut beobachten konnte. Ein unmerkliches Aufatmen des Druiden hatte seinem schwelenden Misstrauen neue Nahrung geliefert, doch immer noch konnte er keinen Grund finden, Sétanta als … gefährlich zu betrachten.

Von den Fürsten auf seine ungewöhnliche Marschrichtung angesprochen, antwortete der Druide ohne zu zögern, dass ihm die unersetzliche Tafel mit dem magischen Geheimnis hier mitten im Kriegsgebiet nicht sicher erschien. Er wolle sie weit im Norden an einen sicheren Ort bringen und dazu habe er eine Schar von Kriegern um sich versammelt. Und in diesem Punkt sprach er sogar die Wahrheit, auch wenn dies weder Lupinius noch die anderen wissen konnten. Er *wollte* die Tafel in Sicherheit bringen. Die Bauern seien Opfer von römischen Strafaktionen und hätten sich ihm angeschlossen. Auch ihre Sicherheit sei im Norden wahrscheinlicher.

Lupinius kaute auf seinem wirklich delikaten Stück Fleisch und nahm auch gerne von dem alkoholischen Getränk, dass so rein gar nichts mit römischem Wein zu tun hatte und ungewohnt herb schmeckte. Aber es rann herrlich kühl seine Kehle hinab. Er hatte seine Mahlzeit so hoch ans Gesicht erhoben, dass er nur knapp darüber seine Blicke auf den Druiden werfen konnte. Er hoffte, dass diesem seine Beobachtung entging. Außerdem wurde der

Druide von Máiri und Maelchon in die Mitte genommen und ständig mit Fragen beschäftigt. Sie hatten das auf ihrem Ritt ins Lager besprochen. Doch Lupinius hatte den Eindruck, dass sich die Fragen vom Charakter eines schwach kaschierten Verhörs längst zu einem belanglosen Plausch verändert hatten. Die Stimmung des Druiden lockerte sich mehr und mehr und beinahe hätte Lupinius dem Druiden dessen Unbefangenheit abgenommen. Der Römer hatte bei aller genussgeschuldeten Verzögerung sein Fleisch schließlich aufgegessen und nutzte nun ein Trinkhorn als Deckung für sein Gesicht. Aber auch dieser Moment ging vorbei und er musste das Horn senken.

Eine schon leicht beschwipste Bäuerin schenkte ihm nach und sein Blick war für einen Augenblick durch sie abgelenkt. Als er den Druiden wieder ansah, blickte er direkt in dessen Augen. Sétanta zeigte für einen Bruchteil einer Sekunde, dass er keinen Augenblick die Anwesenheit des Römers vergessen hatte. Und Lupinius sah noch etwas anderes im Blick des Druiden.

Er hat einen Plan! Und er sieht in mir eine Bedrohung dieses Planes. Worin der auch immer bestehen mag.

Lupinius verfluchte sich selbst, weil ihm nicht einfallen wollte, was der Druide vorhaben könnte.

So schlau ist der Wolf also nicht mehr, dachte er und hob erneut das Horn an seine Lippen. Doch er tat nur so, als würde er trinken.

Ich schicke keinen einzigen Tropfen mehr durch meine Kehle.

Verdammt soll er sein!, fluchte Sétanta und quälte sich damit, ein freundliches Gesicht zu machen. Das

Feuer, unter dem das Rind sich brutzelnd drehte, verschaffte ihm einen leidlichen Schutz. Immer dann, wenn das in die Glut tropfende Fett aufstiebende Flammen und kleine Rauchwölkchen erzeugte, wagte er einen schnellen Blick auf den alten Römer. Sofort hatte er erkannt, dass dieser Römer, so alt er auch war - und er bezog die Hochachtung des Alters damit selbstverständlich auch auf sich - weitaus gefährlicher war, als dieser Banause Maelchon oder dieses komische Weib Máiri. Es war etwas an diesem Marcellus Maximus Lupinius, dass er als echte Bedrohung empfand.

Dieser Römer hat Verstand!

Sétanta antwortete auf eine belanglose Frage Maelchons mit einer noch belangloseren Antwort und registrierte nur nebenbei, dass sich der Fürst damit sogar zufriedengab. Entweder lag es am fortgeschrittenen Konsum des Alkohols oder an dem ganzen Trubel ringsum, dass Maelchon mac Cean, der Adler der Cruithin, jetzt mit verwässertem Ausdruck in die Runde schaute und nichts mehr mit dem Scharfblick eines Raubvogels gemein hatte.

Auch Máiri vom Clan der Vacomagi machte einen unkonzentrierten Eindruck. Doch bei ihr war es schlichtweg Müdigkeit und ein leicht lüsterner Ausdruck in ihren blauen Augen, die einen kräftigen Spiegelkrieger fixierten, wie eine Schlange eine Maus. Sétanta sah aber mit einem Blick, dass Fressen nicht ihr Anliegen war.

Nur dieser verfluchte Römer ist hellwach.

Zwischen gespieltem Lallen und zwei, drei Schlucken aus seinem Horn zermarterte Sétanta sich sein Gehirn, was er denn tun könnte, um *den Wolf* auszuschalten.

Oh ja, er kannte den Spitznamen des Römers und

er wusste von dessen Leistungen bei der Seeschlacht vor einigen Monaten.

Er hat seine eigenen Landsleute ins Meer geschickt, dachte der Druide und übersah völlig, dass auch er sich gegen sein eigenes Volk wandte.

Sétanta sah, dass der Römer durch eine Bäuerin abgelenkt wurde, die ihm sein Horn nachfüllte, und gestattete sich selbst, den Überläufer für mehrere Sekunden genau ins Visier zu nehmen.

Dich werde ich als Ersten töten, Römer.

Lupinius lag wach in seinem Zelt. Nach dem Tagesritt und aufgrund seines Alters war er rechtschaffen müde. Sein Verstand verbot ihm aber einzuschlafen und er dankte Somnus, dass er ihn noch nicht in sein Reich geholt hatte.

Es musste kurz vor Mitternacht sein, doch von draußen drangen immer noch Geräusche zu ihm, die bewiesen, dass etliche Picten noch wach waren und sich unterhielten und feierten. Aus einigen Nachbarzelten und Unterständen drangen rhythmisches Schnaufen und andere eindeutige Laute zu ihm. Also hatten sicherlich viele der Nackten - und wohl auch der Bekleideten - zueinandergefunden.

Insgesamt hätte der Lärmpegel es ihm schon erlaubt einzuschlafen. Aber immer dann, wenn ihm die Lider herabfallen wollten, stach ihm der abschätzende Blick des Druiden ins Gehirn. Fast wie eine heiße Nadel quälte ihn der Blick und ließ ihn die Augen wieder aufreißen. Schließlich richtete er sich aus der liegenden Position auf, fuhr sich mit beiden Händen über das Gesicht und durch das Haar. In Griffweite lagen sein Bogen und sein Gladius. Den alten Brustharnisch hatte er abgelegt und betrachtete ihn nun im schwachen Licht, das durch einen Spalt im Zelt vom nächsten Feuer herüber schien.

Das Ding ist so alt wie ich und sieht auch so aus, dachte er.

Noch während er versuchte, mit den Augen den längst nicht mehr glänzenden Linien der Verzierungen auf dem Metall zu folgen, erlosch das schwache Licht. Es war deutlich ruhiger geworden. Zunächst dachte er, dass nun auch die letzten Krieger sich zur Ruhe legen würden, aber dann drang ein neues Geräusch an seine Ohren.

Es hörte sich an, als wolle sich jemand ein Stück Braten vom Rest des Rindes abschneiden und als spätes Nachtmahl gönnen. Aber dann erinnerte sich Lupinius wieder: Das Rind bestand nur noch aus Gerippe und es war nicht mehr genug Fleisch daran, um so ein Geräusch erzeugen zu können!

Lautlos erhob er sich und schlich sich an die Lücke im Stoff. Seine Linke erweiterte ein wenig den Spalt, seine Rechte hatte längst das Gladius gepackt. Das kalte Metall fühlte sich beruhigend an. Doch in seiner Brust pochte sein Herz, als seine Ohren ein zweites Geräusch neben dem Schneiden identifizierten:

So klingt es, wenn eine Klinge in eine Kehle schneidet und das Opfer ein letztes Gurgeln von sich gibt!

Lupinius wollte schon einen Warnschrei hervorstoßen, als sich ein Schatten vor das Zelt schob, genauso lautlos, wie er sich gerade selbst bewegt hatte. Doch der Schatten strömte eine finstere Aura aus, die Lupinius glatt aus dem Schlaf gerissen hätte, so nah stand der dunkle Schemen vor ihm.

Dem Römer pochte das Herz nun bis zum Hals und der Griff um sein Schwert wurde fester und entschlossener. Wieder setzte er zum Schrei an, doch dann wandte sich der Schatten um und stand ihm genau gegenüber.

Zwei leuchtende Flecken erschienen in Kopfhöhe. Grüne, pupillenlose Flammen wie aus den finstersten Abgründen der Erde funkelten ihm direkt ins Gesicht. Ein rollendes Grummeln aus der beinahe vollkommenen Schwärze der Nacht drang zu ihm und er spürte, wie sämtliche Haare auf seiner Haut sich sträubten. So als würden eiskalte Hände seinen Rücken ertasten, lief ihm ein Schauder den Körper hinunter und für eine Sekunde stand Lupinius wie gelähmt. Immer noch stand er halb verdeckt hinter dem Stoff, doch er hatte das Gefühl, dieses Wesen dort draußen könnte ihn trotzdem sehen.

Und wie zu seiner Bestätigung hob sich im Dunkel langsam ein mächtiger Arm. Nur das Aufblitzen einer polierten Klinge im schwachen Sternenlicht bewahrte Marcellus Maximus Lupinius davor gefällt zu werden wie ein Halm unter der Sichel des Bauern.

Lupinius Starre löste sich in dem Moment, als die Waffe des Grünäugigen den Zenit erreicht hatte und im Begriff stand, auf ihn herabzuschlagen. Jetzt endlich gelang ihm ein Schrei und er war sich nicht bewusst, dass es ein römisches Wort war, dass er herausbrüllte. Mit zwei Schritten stürmte er immer noch brüllend aus dem Zelt und stand dem dunklen Krieger genau gegenüber. Er hob sein eigenes Schwert, um dem Schlag des Angreifers zu parieren und als beide Waffen aufeinanderschlugen, erschien Lupinius der helle Klang unnatürlich laut. Der Schlag war so stark, dass Lupinius in die Knie ging. Er schrie immer noch und aus den Augenwinkeln nahm er viele Bewegungen wahr.

Verschlafene und halbtrunkene Picten suchten nach der Quelle des Lärmes. Aus den verhaltenen Rufen, die sie ausstießen, erkannte der Römer, dass sie hier - mitten unter Freunden - nicht mit einem Überfall gerechnet hatten.

Doch es waren keine Freunde.

Und es waren nicht die Feinde, die sie - wenn überhaupt - erwartet hätten.

Es waren Picten, die sie angriffen!

All das schoss Lupinius durch den Kopf, während er versuchte, den hammerharten Schlägen des Angreifers auszuweichen oder sie wenigstens abzulenken. Sein Schwertarm schmerzte noch immer vom direkten Aufprall des ersten Hiebes und Lupinius war erfahrener Legionär genug, um zu wissen, dass er diesem Gegner auf Dauer nicht gewachsen war. Wäre er ein junger Mann gewesen, so hätte er keine Zweifel daran verschwendet, ob er diesen Mann besiegen konnte. Aber er war eben nicht mehr jung, sondern ein alter Mann. Gut, ein Legionär und mehr als kampferfahren. Aber das war schon lange her und das Alter zeigte längst seine Wirkung. Trotzdem durchfuhr Lupinius für eine Sekunde ein wenig Stolz, als ihm bewusst wurde, dass er immer noch lebte.

Einem anderen Gegner hätte er in die Augen geschaut, um das Funkeln darin wahrzunehmen, wenn dieser eine List oder Finte plante. Er erinnerte sich an eine Behauptung eines seiner Ausbilder, der ihm und allen anderen Rekruten eingeimpft hatte, immer die Waffe des Gegners im Auge zu behalten. Schon damals hatte Lupinius an der Wirksamkeit dieser Regel gezweifelt. Ein Gegner konnte mehr als eine Waffe tragen und auch unbewaffnete Hände und auch Beine konnten für einen Angriff genutzt werden. All dies konnte man nicht gleichzeitig im Auge behalten. Doch die Augen eines Gegners schon. Und sie verrieten fast immer, wenn der Gegner etwas vorhatte. Nur Bruchteile von Sekunden vorher erschien ein Funkeln in deren Augen. Die Lider zuckten, Augenwinkel zogen sich zusammen und die Gesichtsmuskeln verrieten noch mehr Hinweise.

Und das konnte man sehr gut im Auge behalten.

Aber bei diesem Mann half das nichts. Die beiden Augen waren grüne Feuer, die brannten und loderten. Da gab es kein zusätzliches verräterisches Funkeln.

Lupinius nahm aus den Augenwinkeln wahr, dass sich rings um ihn immer mehr kämpfende Paare und kleinere Gruppen bildeten. Er versuchte die Körper von Verletzten und Leichen zu ignorieren, und sich ganz auf den Kampf zu konzentrieren. Es war ihm völlig klar, dass er in Kürze ebenfalls am Boden liegen würde, fiele ihm nicht eine List ein oder käme ihm ein Freund zu Hilfe.

Ein Freund, dachte er bitter und fasste sein Gladius mit beiden Händen. Mit einem mächtigen Schlag wehrte er den Stoß seines Gegners ab, der ihm die Klinge direkt ins Gesicht getrieben hätte. Er fühlte, wie seine Kräfte rapide abnahmen.

Ich habe keine Freunde mehr.

Sein eigener Schwung ließ ihm taumeln, als sein Gegner den Schlag nicht parierte, sondern ins Leere laufen ließ. Plötzlich stand er mit dem Rücken zu ihm und einem weiteren Angreifer auf Speerlänge gegenüber. Dieser neue Feind riss den Mund auf und schnaubte wie ein Stier vor dem Angriff. Lupinius duckte sich und rollte sich auf dem Boden zur Seite weg; es rettete ihm das Leben. Wäre er stehen geblieben, hätten ihn das Schwert seines Gegners im

Rücken und die Lanze des anderen gleichzeitig getroffen. So schnitt die Lanze des Zweiten in die Seite seines ersten Gegners. Die beiden blickten sich nur für eine halbe Sekunde an, dann wandten sie sich gemeinsam dem alten Römer zu.

Sétanta grinste breit, als er sah, wie die beiden Spiegelkrieger - *seine Spiegelkrieger* - den alten Römer in die Zange nahmen.

Das wird er nicht überleben.

In seinem Umkreis nicht weit von Kampfplatz des Römers entfernt, tobte der Überfall mit aller Härte. Er sah, dass die schlaftrunkenen Cruithin nicht verstanden, warum sich plötzlich die gegen sie wandten, mit denen sie noch vor Kurzem gefeiert hatten. In den ersten Minuten waren Hunderte ermordet worden, entweder schlafend oder völlig verwirrt, in fast allen diesen Fällen unbewaffnet. Doch die anderen, welche diese erste Mordwelle überlebt hatten, begriffen sehr schnell, dass der Feind sich in einem wesentlichen Punkt von allen anderen Cruithin - *und Spiegelkriegern* - unterschied:

Diese unheimlichen Augen, die grün und drohend aus den Höhlen leuchteten, waren wie ein Warnsignal.

Sétanta fluchte innerlich, da er es nicht verhindern konnte, dass *seine* Spiegelkrieger dieses Merkmal sofort verriet. Er hatte diesen Effekt noch nie zuvor beobachtet, trotzdem lief ihm ein wohliger Schauer über die Haut. Bei den vergangenen Überfällen hatten seine Spiegelkrieger genauso hart und rücksichtslos gemordet, wie sie es nun taten. Doch das verräterische Leuchten sah er heute Nacht zum ersten Mal.

Ich habe an dem Trank nichts verändert. Nur

anstelle Túans Blut war es mein Lebenssaft, den ich ihnen gegeben habe. Und so steht es seit Urzeiten auf der Tafel: von deinem Fleisch und Blut …

Was weder Túan, Sétanta noch jemals ein anderer Druide erkannt hatten, war die Tatsache, dass mit dem Blut des Spenders, des Braumeisters, auch dessen eigener Charakter mit in den Trank eingebunden wurde.

Bei Túan war es dessen Wildheit und Stärke gewesen, aber eben auch dessen ursprüngliche und verständliche Absicht, sein Land von den römischen Invasoren zu befreien.

Das, was Sétanta seinen Spiegelkriegern verabreichte, war seine Verschlagenheit, seine Machtgier und sein Verrat.

Ein naiver Beobachter hätte beide Parteien in Gut und Böse geteilt. Doch es ist nichts Gutes daran, auch Unschuldige abzuschlachten und beide hatten dies mehr oder weniger bewusst oder - in letzterem Falle - mit voller Absicht getan.

Und was ebenfalls keiner der Druiden wusste, die vom Trank und der Tafel Kenntnis hatten, war, dass sich die schlechten Eigenschaften des Braumeisters von Mord zu Mord steigerten.

Ihre Gier nach Blut würde wachsen bis zur Raserei.

Aus den Augenwinkeln sah Lupinius eine weiße Kutte im Gewirr der Schlacht davonhuschen und es war ihm klar, dass das nur dieser verdammte Sétanta sein konnte. Dass sich der Druide ausgerechnet jetzt davonmachte, anstelle durch irgendeinen Zauber hilfreich einzugreifen, war für den Römer Beweis genug, dass dieser für den Überfall verantwortlich war. Es waren dessen Spiegelkrieger, die hier ihre eigenen Landsleute und Kameraden angriffen und niedermetzelten.

Aber Lupinius hatte an diesen Gedanken nur den Bruchteil einer Sekunde verschwendet, denn jetzt hatte er anderes zu tun, wenn er überleben wollte.

Vier glühende Augen drohten aus der Schwärze der Nacht und deren Besitzer kamen mit langsamen Schritten auf Lupinius zu.

Doch diese kurze Pause hatte ihm genügt.

Er stand wieder und hatte sich einen pictischen Rundschild gegriffen, der blutüberströmt am Boden gelegen hatte. Am Dorn des Mittelbuckels klebte ein Stück Fleisch und Lupinius war sich sicher, dass es kein Bratenstück war. Er atmete heftig aber kontrolliert und fühlte neue Zuversicht.

Anstelle längst tot am Boden zu liegen, habe ich nun einen Schild und immer noch meine Waffe. Er machte einen halben Schritt nach vorn, um seinen Stand zu optimieren und überlegte fieberhaft, was er denn gegen zwei dieser Dämonen tun konnte.

Mit einem römischen scutum hätte ich meine Beine besser schützen können, dachte er und plötzlich kam ihm ein beinahe wahnwitziger Einfall.

Ohne noch lange über die Erfolgsaussichten zu spekulieren, spannte er sich und warf sich den beiden Angreifern direkt vor die Füße. Mit einem heiseren Schrei, der seine letzten Kräfte mobilisieren und die Gegner verwirren sollte, schwang er sein Gladius wie eine Sense und hackte nach den nackten Füßen der Krieger. Zu seiner Überraschung und Freude schnitt die gut geschliffene Klinge wie Butter durch ihre Knöchel und ihre Schmerzensschreie waren lang gezogen und grausam.

Lupinius lag auf dem Rücken und hielt seinen Schild vor sich. Er strampelte mit den Füßen im

Boden, um aus der Reichweite der niedersinkenden Männer zu geraten, doch ganz schaffte er es nicht. Sein aufgerichtetes Gladius ragte wie ein Dorn nach oben und sein erster Gegner stürzte unaufhaltsam hinein. Wie ein gefällter Ochse stak der Mann auf dem Schwert und die Spitze der Klinge ragte nur eine Handbreit aus dem Rücken hervor. Doch Lupinius Schwerthand umklammerte immer noch den Griff und war darunter eingeklemmt.

Der zweite Krieger - der ehemalige Lanzenträger - ignorierte die zuckenden Glieder seines sterbenden Kameraden und das aus seinen eigenen Stümpfen schießende Blut. Er fletschte die Zähne und drehte sich auf den Bauch. Seine riesigen Hände krallten sich in den Boden und zerrten seinen Körper in Richtung des Römers.

Lupinius sah mit Entsetzen, dass der Dämon ihn mit zwei, drei Zügen erreicht haben würde, und sah sich um. Das Schwert des Ersten und die Lanze des Zweiten lagen außerhalb seiner Reichweite. Er hatte nur noch seinen Schild in der Linken. Mit aller Kraft hob er ihn an und drehte seine Faust im Griff. Lupinius kam gerade noch dazu auszuholen, als der Kriechende ihn an den Füßen erreicht hatte.

Doch anstelle sich daran endgültig auf ihn zuzuziehen, packte der Mann eine Wade des Römers und biss mit aller Kraft hinein. Lupinius schrie auf und ließ die Schildhand sinken, als die Zähne in seine Muskeln drangen und sein Gegner den Kopf - und ein Stück römischen Fleisches - zurück riss. Lupinius schrie immer noch, als sein Gegner ausspuckte und sich nun über seinen toten Kameraden wälzte, dessen scheinbar tonnenschwerer Körper Lupinius an den Boden fesselte.

Lupinius keuchte und versuchte die Schmerzen im

Bein zumindest für den Moment zu vergessen. Er war von Kopf bis Fuß in Schweiß gebadet und sein Herz pochte wie die Hufe rasender Pferde.

Der Schild!

Plötzlich verschwand das Gewicht der Leiche auf ihm. Sein anderer Gegner hatte den Körper zur Seite gewälzt, um nicht auch noch diesen überklettern zu müssen.

Lupinius sog scharf die Luft ein und nahm alle verbliebenen Kraftreserven zusammen. Er holte wieder mit der Linken aus und dieses Mal hatte er Glück: Er donnerte die Kante des Schildes genau an die Kehle des Angreifers und hörte trotz des Kampflärmes um sich herum ein scharfes Knacken.

Wie ein Sack Kartoffeln, der von einem Wagen fällt, sackte der Mann zusammen und blieb regungslos liegen. Seine verkrampften Hände waren nur Zentimeter vom Hals des Römers entfernt.

Lupinius Hände verließ jede Kraft und er zitterte an allen Gliedern.

Ich lebe, dachte er und mit raschen Blicken sah er um sich.

Der Kampf zwischen Picten und den Angreifern tobte nun mit aller Heftigkeit. Doch in seiner unmittelbaren Nähe lagen nur Leichen und Sterbende.

Lupinius gönnte sich fast eine volle Minute, bis er sich vorsichtig aufrichtete. Sofort schoss ihm der Schmerz aus der Bisswunde durch das ganze Bein und zurück in sein Bewusstsein. Mehr kriechend als gehend schleppte er sich zurück in sein Zelt und ließ sich dort auf den Boden fallen. Noch immer flatterten seine Glieder und er konnte fast das Stück Stoff nicht fassen, von dem er sich mit einiger Mühe lange Streifen abriss und sie zu einem festen Verband um die Wunde legte.

Nur nebenbei registrierte er, dass sich der Kampflärm weiter entfernte und jetzt auch insgesamt abzunehmen schien. Er konnte sich aber auch täuschen. Er war völlig fertig, sank auf den Boden und schloss die Augen.

Ich kann keine Waffe mehr halten, dachte er und fühlte die Bewusstlosigkeit nahen. Selbst wenn ich es könnte, so würde ich für jeden Gegner ein leichtes Opfer darstellen, Welche Seite hat gewonnen? Werde ich noch einmal erwachen?

Dann wurde es schwarz um ihn.

Máiri hob unwillig den Kopf, als sie den Lärm vernahm. Der Krieger neben ihr schnarchte und schlief so tief, dass ihn auch eine heranrasende Rinderherde nicht hätte wecken können. Máiri lächelte kurz, als sie daran dachte, dass er es trotz seiner Trunkenheit geschafft hatte, sie zu lieben. Und das zu ihrer vollen Zufriedenheit.

Ein heiserer Schrei direkt vor ihrer Hütte vertrieb ihr aber die angenehme Erinnerung. Mehr automatisch griff sie nach ihren Waffen und hob mit der Schwertspitze den Fellvorhang an, der den Eingang verdeckte. Sie sah im vagen Licht der wenigen Sterne mehrere Schatten miteinander kämpfen und dachte dabei seltsamerweise sofort an Sétanta. Sie konnte sich den Gedanken nicht erklären, aber irgendetwas in ihr rief ihr zu, dass der Druide in die Sache verwickelt war. Sie sah eine Kriegerin und einen Krieger mit dem Rücken zu ihr stehen und auf einen Cruithin eindringen, den sie zwar nicht mit Namen kannte, aber wusste, dass er zu Maelchons Clan gehörte.

Nun zögerte sie nicht mehr. Nur zu gut erinnerte

sie sich der Zeiten, in denen die Cruithin sich mit zahlreichen Kämpfen untereinander das Leben schwer gemacht hatten. Allerdings war dies seit der Invasion durch die Römer immer seltener vorgekommen. Doch auszuschließen war es nicht, dass sich der eine oder andere Clanführer Vorteile erhoffte, wenn er sein eigenes Volk an die Römer verriet. Máiri konnte nicht ahnen, dass sie damit falsch und richtig zugleich lag.

Lautlos glitt sie aus der Hütte und warf zwei blitzschnelle Blicke nach links und rechts, doch da war niemand. Zumindest nicht in unmittelbarer Nähe. Der Krieger aus Maelchons Clan sah sie kommen und lenkte die beiden Angreifer mit einem schnellen Vorstoß ab. Prompt wichen sie zurück und liefen Máiri genau vor die Klinge. Sie stieß dem männlichen Angreifer ihr Schwert von hinten durch den Nacken und er brach zusammen, wie ein gefällter Baum. Die Frau neben ihm wurde durch den unerwarteten Tod ihres Mitstreiters für einen Augenblick verwirrt und dies nutzte der Mann vor ihr. Mit einem schnellen Schnitt fetzte er ihr sein Schwert durch den Hals. Doch anstatt irgendein Wort des Dankes an Máiri zu verschwenden, drehte er sich herum und stellte sich neuen Angreifern, die sich aus der Dunkelheit schälten.

Máiri glaubte etwas leuchten zu sehen, konnte aber den Blick nicht von der Frau vor ihr wenden, die immer noch stand und sich mit beiden Händen an die Kehle griff. Der Fürstin erschien es wie die Bewegung einer Schnecke, so langsam drehte sie sich und blickte sie dann plötzlich frontal an.

Máiri von den Vacomagi wäre nicht zur Fürstin gewählt worden, wenn sie nicht besondere Qualitäten besitzen würde. Eine davon war ihr rasche

Auffassungsgabe. Das grüne Funkeln der Sterbenden ließ sie zwar erschauern, aber Angst hatte sie nicht. Und noch etwas zeichnete Máiri aus: sie konnte Dinge beiseiteschieben, die sie davon abhielten zu überleben. Ihr Motto war: erst kämpfen, danach überlegen, warum ihr Feind sie angegriffen hatte.

Also wartete sie nicht, bis die Frau langsam niedersank, sondern trieb ihr mit einem raschen Ausfallschritt die Klingenspitze mitten ins Herz. Dann tat sie es dem anderen Krieger gleich und widmete sich den anrückenden Gegnern.

Der Lärm um sie herum hatte mittlerweile so zugenommen, dass sie erkannte, dass das kein einfacher Überfall war, sondern eine ausgewachsene Schlacht. Die Nacht war erfüllt mit dem Klirren von Stahl auf Stahl, mit dem Singen zitternder Klingen, den Schmerzensschreien der Verletzten und Sterbenden. Gebrüllte Befehle mühten sich um Gehör und weder Máiri noch die Rufenden konnten sehen, ob auch nur einer sich an die Befehle hielt.

Das war keine Schlacht mehr, es wurde ein Massaker. Es gab keine Frontlinien, keine geschlossenen Einheiten, jeder schien gegen jeden zu kämpfen und von Sekunde zu Sekunde stieg die Zahl der Gefallenen. Und wenn sie auf dem Boden lagen und die Augen erloschen waren, konnte niemand sagen, zu welcher Partei dieser oder jene gehört hatten.

Máiri fand sich plötzlich von zwei ihrer eigenen Krieger flankiert und sie bildeten automatisch ein Dreieck. Um sie herum tauchten mehrere der Angreifer auf und die Fürstin sah nur noch auf sie zu zuckende Spitzen von Schwertern und Lanzen. Schwere Äxte schnitten durch die Luft und Streitkolben mit messerscharfen Dornen pfiffen knapp an ihrem Kopf vorbei. Sie stach und parierte, drehte sich zur Seite und achtete dabei darauf, nicht auf dem immer glitschiger werdenden Boden auszurutschen. Feind um Feind sank vor ihnen nieder, aber immer neue tauchten auf.

Und auch eigene Krieger fielen in Scharen zu Boden.

Dann konnte sie plötzlich einen Blick mitten in das Gesicht eines der Gegner machen. Es war wieder eine Kriegerin, in Statur und Größe ihr selbst recht ähnlich. Die Frau trug rabenschwarzes Haar und ein totenbleiches Gesicht. Doch dieser harte Kontrast war es nicht, was Máiri für den Bruchteil einer Sekunde schwanken ließ, sondern das brennende Feuer in den Augen der Frau. Wie grüne Glut aus den Tiefen finsterer Dämonengräber lohte es aus den Augenhöhlen. Máiri konnte in diesem Leuchten keine Pupille erkennen, die Augen waren nur Lichtflecke im Dunkel der Nacht. Die weiße Haut der Frau nahm durch das Leuchten ein fahles grünes Schimmern an, das wie vergiftetes Mondlicht auf die Fürstin wirkte.

Plötzlich sah Máiri außerhalb ihrer Kampfgruppe den alten Römer stehen und zwei dieser grünäugigen Monster auf ihn eindringen. Doch sie konnte ihm nicht zu Hilfe eilen, da die Gruppe ihrer Feinde Verstärkung erhielt. Sie hatte gerade zwei der Gegner zu Boden geschickt, als die Neuankömmlinge in die entstandene Lücke traten.

Jetzt fiel das spärliche Mondlicht auf ihre Gesichter und Máiri hätte vor Überraschung beinahe die beiden Schwerter fallen lassen, mit denen sie vorzugsweise gleichzeitig zu kämpfen pflegte.

Diese neue Krieger waren eindeutig Skoten. Ihre Kleidung war ein wenig umfangreicher als die der

Cruithin. Trotzdem konnte Máiri erkennen, dass sie keine Tätowierungen trugen. Sie trugen typische skotische Helme. Doch in einem Punkt glichen sie allen anderen Angreifern: Es waren Spiegelkrieger. Denn drei von ihnen glichen sich bis aufs Haar. Und sie alle hatten dieses verräterische Leuchten in den Augen.

Máiri stieß einen Kampfschrei aus, der mit ihrer glockenhellen Stimme wie der Ruf einer Göttin durch die Nacht schnitt. Hinter dem Ring der Angreifer antworteten ihr Mitglieder ihres eigenen Clans und neue Zuversicht durchströmte heiß ihre Muskeln und Adern. Auch die beiden Männer neben ihr schienen neue Kraft aus ihrem Schrei und der Antwort geschöpft zu haben. Sie folgten Máiri bei ihrem plötzlichen Vorstoß und hackten sich durch die dreifachen Reihen der Dämonenkrieger. Denn dass dies nur Dämonen sein konnten, war mittlerweile allen klar.

Máiri wusste nicht, wie viel Zeit vergangen war, aber sie meinte zu sehen, dass sich am Horizont ein dunkelgrauer Schimmer zeigte. Vielleicht täuschten sie ihre übermüdeten Augen auch nur. Der Kampflärm war verebbt, nur das Stöhnen der Verwundeten und Sterbenden klang von allen Seiten auf sie ein. Sie hoffte, dass die meisten Laute davon von den Angreifern stammten. Ihre Schwertarme hingen wie Blei an ihrem Körper. Sie betete zu den Göttern, dass dies wirklich das Ende der Schlacht war und nicht nur ein kurzzeitiges Abflauen, bis der Gegner neue Kräfte in den Kampf warf.

Erst als sich Maelchon mac Cean an ihre Seite stellte und ebenfalls einen völlig erschöpften aber ruhigen Eindruck vermittelte, akzeptierte ihr

Kampfgeist, dass die Schlacht zu Ende war. Sie versuchte, die Schwerter in den Gürtel zu schieben, doch ihre Arme versagten ihr den Dienst. Also ließ sie beide Hände mit den Waffen einfach weiter baumeln.

»Was um der Götter willen, war das?« Sie hob mühsam den Kopf und sah auch in Maelchons Augen die Gedanken rasen.

Aber er verweigerte ihr vorerst die Antwort, sondern trat an einen der Gegner heran, der eindeutig ein Skote war. Die Augen des Toten waren weit aufgerissen, aber es war kein Licht in ihnen, weder ein grünes noch ein weißes. Maelchon schüttelte den Kopf, so als wolle er die Bilder darin verscheuchen. Dann machte er zwei Schritte zu einer Leiche, die kunstvolle Zeichnungen trug.

»Ein Icener«, murmelte er. Dann deutete er mit der Spitze seines Krummschwertes nacheinander auf andere Leichen. »Caledonier. Atacotti. Epidier. Und dort wieder ein Icener.«

»Aber die Caledonier und Atacotti kämpfen Seite an Seite mit uns. Die Epidier und die Icener haben sich uns erst vor kurzem angeschlossen«, warf Máiri ein und schüttelte ihrerseits verständnislos den Kopf. »Was bewegt diese Stämme uns in den Rücken zu fallen?«

Maelchon blickte ihr müde in die Augen und Máiri sah hinter seinem Rücken tatsächlich den Horizont jetzt das Grau eines neuen Tages annehmen.

»Ich habe Sétanta während der Schlacht gesehen«, begann er unheilschwanger und seine Stimme klang tiefer als das Brummen eines Bären. »Er stand inmitten der Dämonen mit den grünen Augen …« Fast hätte Máiri Angst vor Maelchon bekommen, so drohend wurde sein Blick. »Und ich sah ihn Befehle geben … den Skoten, den Bauern, den Kriegern … und diesen Dämonen.«

Er spuckte auf den Boden und trat mit aller Wut gegen ein Bein eines Toten.

»Es sind Sétantas Spiegelkrieger. Und sie folgen nur seinen Befehlen. Aber was hat es mit diesen Dämonen auf sich? Warum haben wir sie besiegen können? Sie kämpften so gut wie zehn von uns. Oder wie 30 Römer.«

»Woher hat er diese Bestien?« Máiri fand nun endlich die Kraft, ihre Schwerter in den Gürtel zu schieben und störte sich nicht an dem Blut, das immer noch daran haftete und ihren Lederschutz besudelte.

Dann hörten sie ein Geräusch hinter sich. Aus einem der Zelte erklang ein Stöhnen. Kurz darauf streckte Marcellus Maximus Lupinius seinen Kopf aus dem Zelt, in dem er kurz zuvor aus seiner Bewusstlosigkeit erwacht war. Scheinbar hatte er die letzten Worte gehört. Sie halfen ihm auf, als er einknickte und sahen den blutdurchtränkten Verband an einem Bein.

»Woher die kommen?«

Er verzog schmerzverzerrt den Mund und überhaupt machte er einen fürchterlichen Eindruck, aber seine nächsten Worte waren glasklar.

»Direkt aus der Verdammnis!«

Kapitel XXIII
A. D. 183, November
Mehr tot als lebendig

Die Götter verhöhnen uns, dachte Ulpius Marcellus und betrachtete das Tausendfache Glitzern der Sonnenreflexe auf den Schnee- und Eiskristallen. Er blinzelte zwischen den zu engen Schlitzen zusammengekniffenen Augen hervor und genoss die schwachen Strahlen der Sonne. Es war kalt und noch früh am Tag, aber er hatte sich aufgerichtet und vollständig der Sonne zugewandt.

Es war der erste Tag seit Wochen, der nicht wolkenbedeckt war und aus denen diese nicht unaufhörlich ihre Last abluden. Zu seiner größten Freude war es auch völlig windstill und trotz der Kälte bildete er sich ein, dass ihn die Sonne ein wenig wärmte.

Er wusste nicht genau, wo sie sich befanden. Sie hatten längst die Orientierung verloren und folgten einer groben Richtung nach Süden. Wären die Wolken nicht gewesen, so hätte er sich leidlich nach den Sternen richten können. Er war zwar kein ausgebildeter proreta, doch so viel Seemann war er schon, dass er sich grob zurechtgefunden hätte.

Die Götter verhöhnen uns, dachte er erneut und schüttelte den Kopf. Sol lacht uns aus und trotzdem nehmen wir es ihm nicht übel, dass er uns so lange in Stich gelassen hat.

»Und das seine Abwesenheit einigen meiner Männer das Leben gekostet hat«, murmelte er und fühlte eine innere Kälte gegen den Hauch von Wärme aufsteigen, den die Strahlen seiner Haut gönnten.

Sie hatten zuerst Politos, dann gleichzeitig Justus

und Bartholomäus verloren. Ersterer stürzte in eine Schlucht, die beiden anderen waren schlichtweg erfroren, kurz bevor sie von der nächsten Nachtwache hätten abgelöst werden sollen.

Ausgerechnet die Unverletzten sind tot, die ehemals Verletzten geheilt und immer noch am Leben. Die Götter verhöhnen uns, dachte er zum dritten Mal und wandte sich seinen verbliebenen Gefährten zu.

So wie sie da in dem Unterstand aus mehreren Schichten Moosen und Zweigen lagen, eng aneinander geschmiegt, in Fetzen gehüllt, mit Bärten und zerzaustem Haar, sahen sie aus wie eine räudige Horde Bettler und Nichtsnutze, anstelle wie römische Legionäre.

Dabei waren sie nicht einmal dreckig. Sie rieben sich täglich mit Schnee ab, was einen doppelten Nutzen ergab. Natürlich blieben sie damit einigermaßen sauber. Viel wichtiger aber war die Bewegung und der Effekt, dass sie sich an die Kälte einigermaßen gewöhnen konnten. Die Hauptschuld für ihren optisch zerrissenen Eindruck trugen die Reste von Kleidung und Fellen, die eben durch allerlei Ursachen in Fetzen hingen. Ihr Augenmerk aber richteten sie auf ihre Füße. Sie hatten sich von den Einheimischen sämtliche Tricks abgeguckt, die verhinderten, dass ihre sonnenverwöhnten Füße sich in schwarze faulende Klumpen verwandelten. Und zu Ulpius Marcellus´ Überraschung gelang es ihnen auch bis zum heutigen Tage.

Aber wie lange werden wir noch durchhalten? Ich habe wirklich keine Ahnung, wie weit wir vorangekommen sind; ich kenne dieses Land einfach nicht.

Er musterte die schneebedeckte Landschaft um

sich herum. Sie hatten zwar längst die Bergregionen verlassen und bewegten sich in hügeligem Gelände, das sich mit weiten Tälern und Ebenen abwechselte. Aber wo sie sich exakt befanden, konnte er nicht einmal erahnen.

Im Sommer mochten sich hier allerlei Viehherden an den sicherlich saftigen Gräsern gütlich tun, doch jetzt war davon weit und breit nichts zu sehen.

Sein Versuch, sich an irgendwelchen römischen Niederlassungen neu auszurichten, scheiterte kläglich daran, dass sie keine einzige intakte finden konnten. Die wenigen, auf die sie gestoßen waren, zeugten nur von dem Sturm, der über sie hinweggefegt war. Vernichtet bis auf die Grundmauern. Jegliches schriftliche Dokument, sei es auf Papyrus geschrieben oder in Stein gemeißelt gewesen, war entweder verkohlt oder zerschlagen worden.

Aus eigenem Interesse vermieden sie den Kontakt zu jedweden Menschen. Selbstredend versteckten sie sich vor marodierenden Pictenhorden, sogar vor einzelnen Spähertrupps. So klein diese auch sein mochten, waren sie ihnen doch immer an Anzahl, Bewaffnung und körperlicher Konstitution haushoch überlegen. Von der Tatsache, dass diese alle beritten waren, einmal ganz abgesehen. Und einzelne Picten trafen sie nicht. Bei Britanniern waren sie ebenso vorsichtig. Sie hatten sich Bauern nähern wollen, doch auch sie schienen vom Erdboden verschluckt worden zu sein. Entweder lag dies an diesem alten Druiden, der mordend nach Nordwesten zog oder an den allgemeinen Kriegswirren.

Allein dieser Umstand übte aber auf Ulpius Marcellus eine seltsame Beruhigung aus. Solange sich noch römische Einheiten hier aktiv an Kriegshandlungen beteiligten, bewies es ihm doch, dass sich die Römer noch nicht aus Britannia zurückgezogen hatten … und er mit seiner schrumpfenden Schar nicht allein auf weiter Flur war.

Leider hatte sie das Jagdglück auf Bodentiere verlassen und sie litten die meiste Zeit Hunger. Hin und wieder gelang ihnen in einem Fluss oder flachen See ein Fischfang, den Hauptteil ihrer Ernährung stellten aber Vögel. Sie waren mittlerweile äußerst geschickt darin, mit allem, was sie werfen konnten, kleinere und mittlere Vögel aus dem Geäst von Büschen und Bäumen zu holen. Wenn sie ihre Beute dann gerupft, ausgenommen und unter ihnen aufgeteilt hatten, blieben für jeden Einzelnen nicht mehr als ein paar Bissen übrig.

Auch die Tatsache, dass sie aus mehreren Gründen kein Feuer machen konnten - hauptsächlich aus Mangel an Feuerstein, trockenem Holz und der Rauchgefahr - und ihre Mahlzeiten roh verspeisen mussten, störte keinen mehr. Vor einer Woche hatte sie einen toten und halb aufgefressenen Hirsch entdeckt. Doch das Fleisch hatte trotz der Kälte schon nach Verwesung gestunken, und kein Einziger von ihnen kam auch nur auf den Gedanken, sich ein Stück abzuschneiden und zu essen.

Warum uns nicht schon längst ein Bär oder ein Rudel Wölfe zur Strecke gebracht hat, ist mir ein Rätsel, dachte Ulpius Marcellus und drehte der Sonne nun seinen kalten Rücken zu. Scheinbar gibt es doch noch ein paar Götter, die uns wohlgesonnen sind.

So stand er eine Weile mit der Sonne im Rücken und fühlte jeden einzelnen Sonnenstrahl seine dürren Glieder erwärmen. Nach einer Weile nahm er in der Ferne eine Bewegung im Glitzern der Eiskristalle wahr. Zunächst hielt er es für eine Täuschung seiner lichtüberreizten Augen und er hielt sich eine Hand als Schattenspender an die Stirn, doch die vage Bewegung blieb.

Sofort ging er in die Knie und rüttelte an den Füßen seiner Kameraden.

Ulpius bewunderte ihre Disziplin - oder ihren Wunsch zu überleben -, die sich jetzt dadurch zeigte, dass kein Einziger irgendeinen mürrischen Laut ausstieß, sondern sich ruhig verhielt und sich nur langsam bewegte. Hastige Aktionen fielen auch auf große Distanz viel eher auf, als verhaltene Bewegungen.

Nachdem sie ohnehin unter ihrem Dach aus Zweigen und Moos lagen, begnügten sich Vidonius, Casparus, Quadratus und Antonius damit, sich auf den Bauch zu wälzen. Lediglich Sidonius Gavius robbte an die Seite Marcellus´ und ein wenig höher an einen schneebedeckten Felsen heran, der ihnen bisher als Windschutz gedient hatte.

»Was gibt es?« Die Frage kam in nur mäßig gedämpfter Lautstärke von Sidonius, denn er hatte bemerkt, dass das Objekt ihres Interesses noch weit entfernt war, auch wenn er es noch nicht identifizieren konnte.

»Kann ich noch nicht sagen, mein Freund«, antwortete Ulpius und deutete auf ein paar Baumgruppen, die wie weiße Riesen wirkten, erstarrt unter der Schneelast und zur Bewegungslosigkeit verdammt.

Beide Männer blinzelten und warteten geduldig ab. Ein besseres Versteck, als das, dass sie momentan besaßen, hatten sie nicht. Und eine sinnlose Flucht - in welche Richtung auch immer - würde sie eher verraten, als wenn sie hier still liegen blieben.

Sidonius kniff die Augen zusammen.

»Zwei … nein, drei Gruppen, Herr.«

Auch Ulpius hatte bemerkt, dass sich die Bewegung in einzelne Gruppierungen aufgelöst hatte, die vorsichtig zwischen den Baumgruppen vorrückte.

Ein Lichtreflex blendete ihn und er musste den Kopf senken, bis die Blitze auf seiner Netzhaut abnahmen. Als er wieder den Kopf hob, sah er Sidonius Gavius grinsen. Zunächst glaubte er, sein praefectus classis hätte eine lohnende Beute erspäht, derer sie auch mit ihren mickrigen Waffen gewachsen wären. Dann sah auch er den roten Fleck auf dem Kopf eines der Heranreitenden wippen.

Römer!

Es mussten an die dreißig Mann, also eine komplette turma sein, die da in drei ordentlichen Gruppen durch den Schnee ritten. Und der Mann an ihrer Spitze war eindeutig ein Decurio.

Ulpius und Sidonius hielt es nicht mehr auf dem Boden. Sie sprangen auf und wandten sich ihren Kameraden zu.

»Römer. Es sind Römer!«

Die Vier standen so schnell auf den Beinen, das Ulpius dachte, sie wären von einer Schlange in den Hintern gebissen worden. Noch bevor er ein Wort sagen konnte, rannten die Vier auf die Reiter los und brüllten aus Leibeskräften.

Die beiden Offiziere schlugen sich gegenseitig auf die Schultern, als sie sahen, wie der Decurio eine Hand hob und die Reiter zum Stehen brachte. Ulpius und Sidonius machten keinen Hehl aus ihrer Freude, so unerwartet auf eine römische Patrouille gestoßen zu sein und eilten mit raschen Sprüngen den kleinen Hügel hinab.

Ihre vier Kameraden hatten etwa ein Viertel der Distanz zu den Reitern hinter sich gebracht, und er selbst und Sidonius gerade flaches Gelände erreicht, als der Decurio die erhobene Hand rasch fallen ließ. Nein, aus der Sicht von Ulpius Marcellus wirkte die Geste eher wie ein Befehl und ein grausames Drücken im Bauch ließ ihn im Schritt innehalten.

Dann sah er Vidonius straucheln … und fallen. Ein Pfeil ragte aus seiner Brust und die anderen drei Gefährten verlangsamten ihr Tempo und blieben schließlich entsetzt stehen. Sie rissen die Hände in die Luft und brüllten immer noch.

Und jetzt erkannte Ulpius Marcellus ihren Fehler:

Sie hatten nur unartikulierte Schreie der Erleichterung und Freude von sich gegeben, und kein einziges lateinisches Wort. Aus der Sicht der Reiter mochte es durchaus so aussehen, dass ein Haufen zerlumpter Britannier sich auf sie stürzen wollte. Vielleicht sogar als Lockvogel für eine größere Truppe, die in einem Hinterhalt auf sie lauerte. Sie hatten keinen Fetzen mehr am Leib, den man als römisch, geschweige denn als eine Legionärsuniform hätte bezeichnen können.

Noch bevor er selbst ein Wort auf Latein rufen konnte, erhoben sich von den Reitern weitere Pfeile in die Luft und die drei verbliebenen Lumpenträger spritzten auseinander und wieder auf Ulpius und Sidonius zu. Es würde nicht lange dauern, bis sie einer nach dem anderen tödlich getroffen niedersinken würden.

Ulpius rannte sofort los und riss sich im Lauf die Fetzen vom Leib, um zu zeigen, dass er keine Tätowierungen oder Zeichnungen trug. Sidonius Gavius begriff augenblicklich und tat es ihm nach. Beide schrien sie mit aller Kraft ihrer Lungen

Geheimwörter und Parolen aus, die sicher längst überholt waren, doch immer noch als lateinische Wörter erkannt werden konnten.

Die Reiter beendeten auf ein Zeichen des Decurio ihren Beschuss und zu Ulpius´ Erstaunen setzte auch niemand den Flüchtenden nach. Es mochte sein, dass der Decurio immer noch eine Falle für möglich hielt. Aber scheinbar war der Mann an der Spitze kein Dummkopf. Zumindest er rechnete mit der Möglichkeit, dass es sich nicht um Feinde handelte, sondern um einen wirklich abgerissenen Haufen. Von welchem Volk auch immer. Ulpius schrie immer noch und wedelte mit beiden Händen, doch er sah auch, dass sich je vier Mann nach links und rechts an die Flanken der Patrouille begaben und sie in die Zange nehmen würden.

Schließlich hatten die drei Soldaten ihre beiden Offiziere erreicht und blickten sie mit aufgerissenen Augen an.

»Beruhigt euch und bleibt um der Götter willen stehen«, befahl er in schneidendem Befehlston. Zu seiner Überraschung blieben sie wie angewurzelt stehen und keuchten nur entgeistert vor sich hin.

»Es war mein Fehler«, rief er ihnen kurz zu und wandte sich sofort wieder dem Decurio zu, der ihn aus der Entfernung ruhig musterte. Aus den Augenwinkeln sah Ulpius, wie die beiden Vierergruppen ihre angestrebten Positionen erreichten und im gleichen Abstand zu ihnen stehen blieben wie die Hauptgruppe. Allerdings sah er auch, dass sie ihre Wurfspeere bereithielten. Die Distanz war nahe genug, um sie alle mit ziemlicher Sicherheit aufzuspießen.

Plötzlich kam Ulpius eine Idee.

»Aaaaaachtung!«, brüllte er und seine Soldaten -

auch Sidonius Gavius - nahmen Haltung an.

»In Liniieeeee … antreten!« Seine wenigen Männer richteten sich zu einer exakten Reihe aus.

Ulpius Marcellus hatte ein Organ wie ein Elefant. Ein nicht zu kleiner Teil des Respektes, den seine Truppen und seine Vorgesetzten ihm entgegenbrachten, begründete sich auf seine kräftige Stimme, die auch bei leisen Wörtern jedem Angesprochenen ein Gefühl der Verbundenheit und Loyalität vermittelte. Jetzt hallte seine Stimme über den Schnee wie das Tröten eben eines solchen Elefanten.

Doch dieser Elefant sprach Latein.

Er selbst nahm ebenfalls Haltung an und er hob sogar die Hand zum Gruß.

»Ulpius Marcellus …«, rief er zackig und verzichtete auf seinen rechtmäßigen Titel, den hier jetzt ohnehin niemand ernst nehmen würde »… Soldat des Römischen Reiches entbietet dir seinen Gruß, Decurio!«

Der Angesprochene machte mit seiner linken Hand eine lässige Geste nach links und rechts und Ulpius sah zu seiner Freude, dass sich die Arme der Speerwerfer senkten. Trotzdem wagte er es nicht, eine entspannte Haltung einzunehmen, geschweige denn, sich wieder auf seine *Retter* zuzubewegen. Stattdessen gab der Decurio nun seinem Pferd die Sporen und zwei Männer seiner Einheit folgten ihm; der Rest blieb an Ort und Stelle.

Der scheint seine Leute gut im Griff zu haben, dachte Ulpius und versuchte zumindest der Haltung nach den Eindruck eines römischen Offiziers zu erwecken.

Der Decurio hielt neben Vidonius und warf einen langen Blick auf den Getöteten.

»Wie hieß dieser Mann … *Soldat* Ulpius Marcellus? Wenn dies wirklich dein richtiger Name sein sollte.«

Das Gesicht des Decurio war eine Mischung aus Gelassenheit und Neugier. Doch Ulpius meinte auch so etwas wie Hoffnungslosigkeit, und sogar Verzweiflung, in den Augen des Mannes erkennen zu können. Soweit er sehen konnte, war der Decurio der einzige Vorgesetzte der turma. Deren drei Decurien aber sollten jeweils von einem eigenen Decurio geführt werden. Das dieser Mann hier alleine die Einheit befahl, ließ in Ulpius Marcellus böse Ahnungen aufsteigen.

»Mein Kamerad hieß Vidonius. Und ich allein bin für seinen Tod verantwortlich. Ich konnte ihn nicht davon abhalten, sich über unsere Rettung zu freuen. Es ist alleine mein Fehler.«

Der Decurio blickte ihn eine Weile an, dann brummte er mit einer klaren, aber dunklen Stimme.

»Du bist kein einfacher Soldat. Nenn mir deinen Rang und dann sag mir, was du hier tust und warum du und deine Männer so elendig aussehen.« Trotz seiner Bereitschaft sie als Römer in Erwägung zu ziehen, schien er noch nicht überzeugt zu sein. »Ihr könnt bequem stehen. Wir sind hier nicht in einem Kastell.« Seine Stimme drückte Zufriedenheit aus.

Aha, ein Mann, der lieber im Feld steht und kämpft, als sich auf dem Exerzierhof an seinen Untergebenen auszutoben. Wenn ich ihn - und möglicherweise noch mehr von seiner Sorte - überzeugen kann, mich als ihren neuen Oberbefehlshaber zu akzeptieren und an meiner Seite zu kämpfen, dann habe ich noch Hoffnung.

Laut sagte er:

»Ich bin … Offizier und mein exakter Rang ist im

Augenblick nicht von Belang«, antwortete er mit fester Stimme und sah dem Mann gerade in die Augen. Dann wandte sich Ulpius um und deutete nacheinander auf seine Männer.

»Dies ist Sidonius Gavius, praefectus classis.« Der Benannte zuckte zurück in Habachtstellung und ruckte den Kopf auf den Decurio zu. Natürlich stand Gavius viel höher im Rang als der einfache Decurio, aber Gavius spielte mit, da natürlich auch er sich ihres Aussehens bewusst war. »Dies sind Casparus, Quadratus und Antonius, alle drei Legionäre meiner … Flotte«, fuhr Ulpius fort.

»Hah! Deiner *Flotte?* Du willst mich auf den Arm nehmen, Ulpius Marcellus. Du stehst hier mitten im Schnee, in Lumpen gehüllt und halb verhungert.« Er machte eine Geste, welche die ganze Umgebung umfasste. »Ich sehe hier weder ein Meer noch Schiffe, also lüg mich nicht an.« Dann kam ihm ein Gedanke. »Nein, so einen Unsinn kann sich keiner ausdenken. Also neige ich dazu, deiner Geschichte - so absurd sie mir erscheinen mag - doch so weit Glauben zu schenken, dass ich sie mir im Ganzen anhören möchte.«

Er winkte die beiden Soldaten neben sich nach vorn.

»Durchsucht sie auf Waffen und nehmt sie ihnen ab. Dann soll sich jeder auf ein Pferd setzen, die Hände um den Reiter gelegt und gefesselt. Dann reiten wir zurück in unser Feldlager. Dort werden wir uns ihre Geschichte anhören.« Er wandte sich wieder Ulpius Marcellus zu.

»Bist du mit meinen Befehlen einverstanden … *Offizier* Ulpius Marcellus?«

»Das ist nur fair. Ich möchte nur fragen, wie lange es bis zu deinem Feldlager ist, Decurio …?«

»Decimus Agrippa.«

Marcellus nickte ergeben. »Decurio Decimus Agrippa. Wir sind einverstanden. Es wäre uns eine Freude, mit dir die vespera teilen zu dürfen.«

Decimus Agrippa lachte. »Es sind nur etwa zehn römische Meilen; wir werden es in gut zwei Stunden erreicht haben.«

Marcellus nickte erneut. »So lange werden wir noch aushalten. Es wäre uns eine Freude, mit dir dann eben eine cena teilen zu dürfen.«

»Ihr habt Hunger.« Es war eine Feststellung und keine Frage. Er lachte wieder und wies mit seinem Kinn auf ihre Fetzen. »Mal sehen, was sich unter diesen Lumpen verbirgt. Nach einer gründlichen Rasur, einem ausgiebigen Bad und in anständige Legionärskleidung gehüllt, seid ihr an meiner Tafel willkommen.« Er machte wieder den Eindruck, als nage ein ganz anderes Problem an seinem Gemüt. »Dann sind meine Kameraden und ich mehr als gespannt auf eure Geschichte.« Er blickte sich um. »Sehen wir, dass wir von hier verschwinden; mir gefällt es hier nicht.«

Ulpius Marcellus und seine Gefährten atmeten sichtlich auf. »Uns auch nicht.«

Kapitel XXIV
A. D. 183, November
Die letzten Fünf

Die beiden folgenden Stunden zu Pferd verbrachte Ulpius Marcellus stumm und in Gedanken versunken. Der Mann vor ihm im Sattel sprach kein Wort. Ulpius war es nur recht, denn in Gedanken war er mit ganz anderen Dingen beschäftigt als der Beobachtung der Gegend oder hätte er Interesse an einer Unterhaltung mit dem Soldaten gehabt.

Nur beiläufig registrierte er, dass sie offensichtlich eine andere Route zum Feldlager nahmen, als die Patrouille auf ihrem Herweg genommen hatte, denn er bemerkte keinerlei Hufspuren. Für lauernde Picten wäre der Trupp ein gefundenes Fressen gewesen, hätten sie sich auf dem gleichen Pfad heimwärts gemacht.

Decimus Agrippa scheint mir wirklich ein besonnener Mann zu sein, dachte er und musterte den Decurio, der an der Spitze ritt. Natürlich konnte er ihn nur von hinten sehen, doch auch diese Ansicht ermöglichte Erkenntnisse über einen Menschen.

Der Decurio war von mittelgroßer Gestalt, hatte kräftige Muskeln - ohne dabei massig zu wirken -, und zeigte eine entspannte Haltung.

Entweder ist er ein eiskalter Hund und er hat wirklich keine Furcht, hier draußen auf Picten zu stoßen oder er will damit seinen Männern signalisieren, dass er alles im Griff hat.

Ulpius Marcellus schüttelte den Kopf.

Wie viele Offiziere mögen in dem Winterlager sein? Wenn sie schon einem einfachen Decurio die dreifache Anzahl an Soldaten anvertrauen. Gut, Decimus Agrippa scheint ein guter Mann zu sein.

Dass er kein Narr ist, hat er schon bewiesen. Vielleicht ist die Situation schon so schlimm, dass sie zu solchen Maßnahmen greifen müssen, um die Männer ordentlich zu führen; zumindest den Anschein von Ordnung aufrecht zu erhalten. Aber er selbst war sich im Klaren, dass es nicht gut stand. Roms Präsenz auf dieser Insel stand auf des Messers Schneide. Und es ist meine Aufgabe, diesen Aufstand zurückzuschlagen.

Ulpius konzentrierte sich wieder auf den Decurio.

Wenn sein Feldlager ein reguläres Winterlager ist, können die Picten ihren Vormarsch noch nicht so weit nach Süden vollzogen haben. Auch sie müssen dem Winter Rechnung tragen. Wahrscheinlich, nein ganz sicher, ist das der wahre Grund, warum meine verbliebenen Kameraden und ich überhaupt noch am Leben sind.

Er schluckte einen Brocken den Hals hinunter, als er an seine faktisch nicht mehr existente Streitmacht dachte. Vor allem die letzten Gefährten, die auf ihrer Flucht durch Britannia einer nach dem anderen gestorben waren, standen wie Geister vor seinem Auge.

Das Pferd rutschte auf einem Stück Eis aus und Ulpius Marcellus sah, dass sie sich auf einem zugefrorenem Fluss vorwärtsbewegten. Natürlich nicht in der Mitte, denn dort konnte das Eis vielleicht brüchig sein, sondern am Rand. Trotzdem kamen sie hier schneller voran, als in dem jetzt wieder hügeliger werdenden Gelände.

Sie folgten dem Fluss etwa eine halbe Stunde, danach ritten sie einen Hang aufwärts durch einen Wald.

Ulpius beobachtete, dass alle halbe Stunde Kundschafter eintrafen und sich mit anderen

Männern abwechselten. Allem Anschein nach legte Decimus Agrippa Wert darauf, dass nicht immer die gleichen Späher sich größerer Gefahr aussetzten. Und die rasche Ablösung ermöglichte es ihm, seinen *Sichtradius* auf dem Laufenden zu halten.

Ulpius Marcellus kannte keinen einzigen römischen Offizier, der so eine Anweisung gegeben hatte. Aber die Maßnahme fand seine unumschränkte Zustimmung und er nahm sich vor, sie in ähnlichen Situationen nachzuahmen.

Eine gute Idee ist eine gute Idee, egal von wem sie stammt.

Er kannte Offiziere, die anders dachten. Noch einmal nahm er sich vor, den Decurio in seiner Nähe zu behalten.

Aber noch bin ich nicht so weit.

Am Ende des Rittes hatten sie den Wald hangabwärts durchquert und waren auf eine abgeholzte Lichtung gestoßen, in deren Mitte das Feldlager stand. Auf einen Blick hatte Ulpius Marcellus erkannt, dass es sich um ein langfristig angelegtes Lager handelte. Einige Maßnahmen deuteten sogar darauf hin, dass es von Anfang an als permanentes Lager geplant worden war.

Sie hatten kaum die letzte Baumreihe verlassen, als ein Signal ihre Ankunft meldete und sich auf den Palisadengängen und den Wachtürmen Bewegung zeigte. Trotzdem blieb das Tor solange verschlossen, bis sie es fast erreicht hatten. Decimus Agrippa hielt sogar eine Minute an, in der sein Trupp dichter zusammenrücken konnte, bevor er durch das sich endlich öffnende Tor ritt.

Als sie alle auf dem Vorplatz hielten, sah sich Ulpius Marcellus um.

Das Tor schloss sich rasch hinter ihnen und ein

Teil der Männer auf den Wehrgängen und Türmen blickte ihn und seine gefesselten Männer an. Der Ausdruck in den Augen reichte von Neugier und Misstrauen bis hin zu unverhohlener Angst und Rachsucht.

Sie halten uns für Britannier. Im besten Falle. Vielleicht auch für Picten. Die meisten würden uns am liebsten gleich erschlagen.

Von zwei Seiten näherten sich Legionäre und ein etwas bulliger Centurio mit griechischem Einschlag trat an die Seite des Decurio.

»Was bringst du denn hier für ein verwanztes Pack, mein Freund?«, dröhnte er und bestätigte durch seinen Akzent, das er aus Griechenland stammte. Mit einem Wink stoppte er mehr als ein Dutzend Legionäre, die mit vorgereckten pila einen Kreis gebildet hatten.

Decimus Agrippa blieb auf seinem Pferd sitzen, obwohl schon ein Mann die Hand nach den Zügeln ausgestreckt hatte und sich anbot, das Pferd zu versorgen. Decimus deutete auf Ulpius.

»Dieser Mann nennt sich Ulpius Marcellus und ist ein Römer. Auch seine Männer sind Legionäre. Ich neige dazu, ihm Glauben zu schenken, Freund Eurycles.« Er beugte sich ein wenig herab und sprach so leise, dass es nur der Centurio und Ulpius hören konnten.

»Er behauptet ein Offizier zu sein. Er hatte eine *Flotte*.«

Es dauerte mehrere Sekunden, bis dem Centurio die Konsequenzen klar wurden. Es war offensichtlich, dass er seinem Freund vertraute und zumindest damit rechnete, das in den Worten Wahrheit stecken konnte. Und Ulpius Marcellus sah noch etwas anderes. In den Augen des Centurio war tatsächlich so etwas wie Erleichterung zu sehen, die er sich nicht erklären konnte. Und wieder beschlich ihn eine düstere Ahnung.

»Senkt die Lanzen und schneidet ihnen die Fesseln ab«, sagte der Centurio. Wie zur Bestätigung blickte er zu seinem Freund und nahm dessen Nicken als beruhigendes Zeichen an.

Als Ulpius Marcellus und seine Gefährten nebeneinander und von den Fesseln befreit am Boden standen, saß der Decurio immer noch auf seinem Pferd.

»Ich schlage vor, Freund Eurycles, dass wir diesen Männern ein Bad und anständige Kleidung gönnen, dazu ein Mahl, wie es sich für verdiente Soldaten geziemt. Dieser Offizier …« er deutete auf Ulpius »hat mir versprochen, das er uns eine wirklich gute Geschichte zu erzählen hat.«

Der Centurio hatte bei dem Wort Offizier die Augenbrauen erhoben und wieder diesen erleichterten Ausdruck aufblitzen lassen.

»Ich habe nichts dagegen einzuwenden. Allerdings wird niemand missverstehen, wenn wir sie trotzdem bewachen.«

Decimus Agrippa nickte. »Du bist der Centurio, Freund Eurycles, ich nur Decurio.«

Als Ulpius Marcellus, Sidonius Gavius und ihre drei Begleiter die einfache Therme verließen, war ihr Auftritt nichts weniger als spektakulär. Die Wachen, die sie während der Rasur und des Bades beobachtet hatten, sahen, dass sie keine Runen und Symbole auf der Haut trugen. Stattdessen alte und frische Narben. Ihre Körper waren mehr als mager, doch die Haltung aller fünf zeugte von Stolz und der Freude überlebt zu haben.

Alleine wie sie die angebotenen Speisen in typisch römischer Art zu sich nahmen, vertrieb den Wachen die letzten Zweifel, ob sie es tatsächlich mit Römern zu tun hatten.

Man hatte ihnen allen einfache Legionärskleidung - natürlich immer noch ohne Waffen - gegeben und Ulpius Marcellus und Sidonius Gavius akzeptierten es ohne Einwände.

Nur mit schlecht verborgener Ungeduld hatten Decimus Agrippa und der Centurio - sein vollständiger Name war Eurycles Faustus - ihnen wenigstens während der ersten Minuten beim Essen Ruhe gegönnt. Als sie bemerkten, dass der ärgste Hunger gestillt war, konnten sie nicht mehr an sich halten.

Der Centurio bewies, dass er kein Dummkopf war, als er die belanglosen Worte zu den Speisen beendete und ein neugieriges Gesicht aufsetzte.

»Wenn du, Ulpius Marcellus, eine Flotte hattest, dann stehst du im Rang deutlich höher, als jeder Mann in diesem Lager.« Er machte eine Pause und sein von Lachfalten durchsetztes Gesicht nahm einen trüben Ausdruck an. »Ich fürchte, dass es auch in Londinium niemanden gibt, der über deinem Rang stehen dürfte. Der also *wie* lautet …?«

Ulpius Marcellus tupfte sich ein wenig Olivenöl von den Lippen und schluckte hinunter. Er schob die linke Hand unter die Tunika und holte dort einen kleinen Gegenstand hervor, den er aber noch in seiner Hand verbarg.

»Mein Name ist Ulpius Marcellus und ich bin konsularischer Statthalter Roms für Britannia. Ich folge Caerellius Priscus, der vor mir diesen Posten innehatte und bei einer Patrouille am Wall von den Picten samt seiner Begleitung massakriert wurde.«

Er sah, wie sich die Haltung von Agrippa und Faustus ein wenig anspannte, allerdings blieben sie sitzen und machten keine Anstalten, ihm so ohne Weiteres zu glauben. Ulpius deutete auf Gavius.

»Mein Freund hier ist Sidonius Gavius, mein praefectus classis …«

Decimus Agrippa nickte und wandte sich an *seinen* Freund. »Stimmt, er hatte schon heute Morgen diesen Titel erwähnt, aber ich hatte ihm nicht richtig zugehört.«

»Wir … *hatten* eine Flotte von 75 Galeeren. Es sollte eine Strafaktion gegen die Aufständischen sein. Wir hatten uns einen Plan ausgedacht, der die Picten in ihrem Rücken treffen sollte. Wir steuerten die Westküste Britannias an …« Plötzlich verstummte er.

»Wo sie uns schon erwarteten und noch auf See in die Zange nahmen«, ergänzte Sidonius Gavius, als Marcellus weiterhin schwieg.

»Aber die Picten sind keine Seemacht, sie haben nur diese lächerlichen kleinen Boote«, warf Eurycles Faustus ein und machte ein ungläubiges Gesicht.

Und auch Decimus Agrippa hatte einen Einwand: »Keiner unserer Offiziere hat jemals etwas von einer Flotte erwähnt, die uns zu Hilfe kommen sollte, geschweige denn, eine Offensive gegen die Aufständischen zu führen.«

Ulpius Marcellus öffnete langsam die Faust. In der Handfläche lag ein Siegelring mit dem Wappen des Kaisers Commodus. Seine Stimme war mehr als leise, als er antwortete, und gerade dies verlieh ihr mehr an Intensität, als es eine erhobene je vermocht hätte.

»Dies ist alles, was mir von meiner Flotte und meinem Amt geblieben ist.« Er wandte seinen Blick von dem Ring zu den beiden Männern, die wie gebannt auf das Schmuckstück und Machtzeichen blickten. »Diese … *kleinen lächerlichen Boote*, wie du sie nennst, Centurio, haben uns fertiggemacht, anders kann ich es gar nicht ausdrücken. Und natürlich wusste niemand in ganz Britannia, dass wir mit einer Flotte kommen. Die ganze Aktion stand unter völliger Geheimhaltung.«

Decimus Agrippa und Eurycles Faustus hoben die Augenbrauen, aber immer noch stand ihnen der Unglaube ins Gesicht geschrieben. Allerdings hatten sie auch noch nie gehört, dass ein römischer Offizier so unumwunden seine Niederlage eingestand.

»75 Galeeren sagst du?«, fragte der Centurio und man sah ihm an, wie er rechnete. »Wenn die nach Flottenstandard bemannt waren, waren das fast 7.000 Legionäre und annähernd 13.000 Seeleute. Und ihr fünf seid alles, was davon übrig blieb?« Man sah ihm an, dass ihm ein Schauder den Körper hinablief und sich wieder mehr als deutlich Besorgnis in den Augen zeigte. »Ich fürchte, so viel werden wir nicht mehr zusammenkratzen können.«

Ulpius Marcellus war viel zu sehr in der Erinnerung des Desasters gefangen, als das er auf diesen Einwand einging. Aber Sidonius Gavius nahm es als Anlass, sein übliches mürrisches Gesicht aufzusetzen; trotzdem schwieg er und wollte die Schilderung dem Statthalter überlassen.

»Aber wie konnten euch dann diese Picten auflauern?«, brachte Decimus Agrippa den unausweich-lichen Einwand. »Wenn sie eine Flotte erwarten konnten, dann doch an der Ostküste der Insel und nicht in ihrem Rücken.«

Gavius warf einen Blick auf Marcellus, doch der schien in weiten Fernen zu weilen, also nickte er und antwortete er für ihn.

»Das war auch unsere Überlegung. Aber auf eine geheimnisvolle Weise haben sie uns genau an dem Küstenstreifen eine Falle gestellt, an dem wir anlanden wollten.«

»Dann bleibt nur noch eines übrig: Verrat« Das Wort aus dem Mund des Decurio hatte so eine deutliche Färbung von Verachtung, dass Ulpius Marcellus für eine Sekunde blinzelte. Er wünschte sich, dass es in Rom die gleiche Verachtung für diese Methode in Politik und Machtstreben gäbe.

Für mehrere Minuten sprach niemand ein Wort und immer noch lag der Siegelring auf der Handfläche des Statthalters. Dann schien Ulpius wieder in der Gegenwart angekommen zu sein, denn er richtete seinen Blick auf den Centurio.

»Du sagtest vorhin etwas von *zusammenkratzen*. Hab ich das so zu verstehen, dass du der Ansicht bist, wir würden hier im Süden nicht eine nennenswerte Armee aufstellen können? Zwei oder drei Legionen?«

Beinahe hätte Eurycles Faustus laut aufgelacht und eine mehr als spöttische Bemerkung gemacht, doch mittlerweile glaubte er offensichtlich, dass der Mann vor ihm tatsächlich der neue Statthalter sein konnte. Nur mit Mühe verkniff er sich die Anrede *Herr*, als er Ulpius ansprach.

»Hah, wenn wir nur so viel hätten, wäre mir nicht so unwohl bei dem Gedanken, dass sich mehrere Tausend blutgieriger und geifernder Picten auf uns stürzen werden. Und sie werden kommen, Herr.«

Nun hatte er doch noch zu erkennen gegeben, dass er Ulpius Marcellus als Anführer akzeptierte. Eine gewisse Erleichterung war seinen Worten als leiser Unterton doch zu entnehmen, wie Ulpius auffiel.

Und was wir ihnen noch nicht gesagt haben, ist, dass die Picten in der Lage sind, ihre Toten ins Leben zurückzurufen … und das auch noch in Form von mehreren Exemplaren.

Ulpius Marcellus war klar, dass es diesen Umstand - diese *Tatsache* - hier und jetzt nicht zur Sprache bringen konnte. Die beiden Männer würden nicht nur sofort diese Behauptung anzweifeln, sondern auch den Rest ihrer Geschichte. Im schlimmsten Falle würden sie sie als Spione und Feinde einfach kreuzigen.

Mit einem Seitenblick auf Sidonius Gavius erkannte er, dass auch sein praefectus classis ähnliche Gedanken trug und dessen mürrischer Ausdruck nun sich um noch eine Nuance steigerte.

Und dann wissen wir immer noch nicht, warum dieser alte Druide nach Nordwesten marschiert und dabei seine eigenen Landsleute ermordet. Gibt es nicht nur unter uns Römern Verräter? Und ist der Feind meines Feindes wirklich automatisch mein Freund?

Kapitel XXV
A. D. 183, Dezember
Asyl

Die letzten Monate waren für Sétanta eine einzige Qual gewesen. Nein, keine körperliche Qual, sondern eine geistige. Seit dem verlorenen Überfall auf die Armee Catrionas, Fionnghals und dieses verdammten Römers, befand er sich wie in einem Trancezustand.

Er verstand immer noch nicht, warum es ihm nicht gelungen war, die schlafenden Cruithin alle zu ermorden und sich dann ihrer toten Körper zu bemächtigen. Sein vernebelter Verstand ließ ihn nicht erkennen, dass es schlichtweg die geringere Anzahl seiner Krieger - und noch mehr deren mangelhafte Bewaffnung - gewesen waren, die schließlich den erwachenden und völlig überraschten Cruithin der Gegenseite den Sieg geschenkt hatte.

Trotzdem war es ein einziges Massaker gewesen.

Als er sich mit den 200 bestens ausgerüsteten Spiegelkriegern, die seine inoffizielle Leibgarde darstellten, einer fünffachen Übermacht gegenüber sah, hatte er zornbebend den Rückzug angetreten. Die Rettung der Tafel stand in seinem verdrehten Gehirn über allem anderen. Der Blutrausch, den er dabei selbst durchlebt hatte, klang auch nach dieser langen Zeit immer noch in ihm nach. Ein kleiner Teil seines ursprünglichen Verstandes war entsetzt über die Raserei, die er ausgelöst … und mitgetragen hatte.

Von seiner persönlichen Schutztruppe hatten sich gerade einmal 35 mit ihm absetzen und der anschließenden Verfolgung entziehen können. Der Rest seines Trosses aus Skoten, Cruithin und Britanniern allen Geschlechtes und Alters schien niedergemacht worden zu sein. Aber er fühlte für sie weder Schuldgefühle noch Mitleid; einzig Bedauern um den Verlust der Krieger hatte ihn kurze Zeit erfüllt. An den Rest verschwendete er keinen einzigen Gedanken mehr.

Die ersten Wochen danach hatte er mehr aus Wahnsinn, denn aus rationaler Überlegung heraus, einen Kurs genommen wie ein Huhn, das gejagt wurde.

Den Göttern sei Dank, dass die Tafel nicht sonderlich groß ist und sich gut zu Pferd transportieren lässt, dachte er und fingerte unentwegt an der doppelschichtigen Ledertasche, die er vor langer Zeit extra dafür hatte anfertigen lassen. Nur für Sekunden blitzte das Bild der Bäuerin Ruanna durch seinen Kopf. *Dafür war sie zu gebrauchen.*

Doch diese Momente genügten, um ihn ein Stück aus seiner Benommenheit herauszuheben, denn plötzlich wurde ihm klar, was er tun konnte, nein musste:

Ich hole mir Balor und Ruanna und gehe mit ihnen auf eine der kleinen Inseln im Norden.

Doch dann fiel ihm mit aufwallender Wut ein, dass ihn das auf lange Sicht wieder in eine Sackgasse führen würde.

Dann fehlt es mir wieder an Möglichkeiten Waffen in ausreichender Menge für meine Spiegelkrieger zu erhalten. Nein, ich muss weiter weg.

Über das Wasser …

Ein böses Grinsen stahl sich auf sein Gesicht und er nahm nicht bewusst wahr, dass der Wind ihm schneidend ins Gesicht biss.

Ich werde meinem Freund Kieran einen Besuch

abstatten … und es wird ein sehr langer Besuch werden.

Dann fiel sein Blick auf den Rest seiner Schar. Stumm ritten sie um ihn herum durch den Schnee. Nur wenige befanden sich so nahe bei ihm, dass er ihre Augen sehen konnte.

Diese hier hatten in der Nacht des Überfalls alle ein grünes Leuchten ausgestrahlt, überlegte er und sah die Szene wieder vor sich. Sie alle waren im Blutrausch, auch die Unbewaffneten. Mit blanken Händen - zu Klauen verkrampft - hatten sie sich auf die anderen Cruithin gestürzt. Doch nur ein Teil meiner Streitmacht hatte das grüne Leuchten in den Augen gehabt.

Sein Blick fiel auf eine Markierung, die ihn erkennen ließ, wo sie sich befanden und unwillkürlich schlug er den Weg ein, der ihn in wenigen Tagen zu seinem Versteck und seinem Sohn bringen würde. Sein Geist aber war immer noch im Feldlager der Cruithin in der Nacht des Überfalls.

Durch was unterscheiden sich meine Spiegelkrieger von meinen ... Dämonenkriegern? Die Suche nach einer passenden Bezeichnung hatte ihn ein weiteres Stück zurück in die Realität gebracht und wieder sah er eine Auffälligkeit in der Landschaft, die ihm signalisierte, dass er auf dem richtigen Weg war.

Er blickte zum Himmel und sah, dass es auf Mittag zuging. Er war zwar nicht besonders müde, aber hungrig. Außerdem konnte er im Sitzen - und mit vollem Magen - besser nachdenken. Also hielt er an und seine geschrumpfte Leibwache folgte seinem Tun sofort, ohne das es dazu eines Befehls benötigt hätte.

Sie sind an mich gebunden durch den Bluttrank,

wie alle Spiegelkrieger an ihren Braumeister und Erwecker gebunden sind. Durch mein Fleisch und Blut …

Er wartete dieses Mal mit einer Geduld ab, die er schon lange nicht mehr gezeigt hatte, bis ein einfaches Lager errichtet, ein Feuer entzündet und ein Kessel mit Eintopf aufgestellt waren. Die ganze Zeit blickte er dabei nacheinander jeden seiner Männer an; es war keine einzige Frau dabei, was er angesichts anderer Bedürfnisse ein wenig bedauerte. Jetzt zeigte keiner der Männer das Glühen in den Augen, aber er war sich völlig sicher, dass sie es alle im Kampf gezeigt hatten.

Ist es das Blut oder der Kampf an sich, der die Augen zum Leuchten bringt? Er musste in diesem Moment erkennen, dass er anscheinend doch nicht alle Geheimnisse der Tafel, des Trankes und der Spiegelkrieger zu kennen schien.

Welche Mysterien verstecken sich noch in diesem aten Stein?, dachte er und betrachtete die Ledertasche, die er wie immer unmittelbar neben sich liegen hatte.

Ich lasse dich nie mehr aus den Augen.

Er griff die Schale mit dem Essen, die ihm einer der Männer reichte und begann eher automatisch zu essen als bewusst. Er genoss aber die doppelte Wärme des Feuers und der Speise, die ihn von innen her wohlig erreichte. Bei jedem Bissen rief er sich die ihm seit Jahrzehnten bekannten Sätze der Tafel ins Gedächtnis. Wort für Wort dachte er über sie nach und konnte nichts finden, was er nicht schon wusste. Schließlich landete er wieder bei einem der Kernsätze:

Von deinem Fleisch und Blut …

Túan hat die Zutaten aus seinem eigenen Körper

geschnitten. Ein abfälliger Zug verzog seinen Mund zu einem hämischen Grinsen. Ich habe erkannt, dass sich diese Worte sehr wohl auch auf die Kinder des Braumeisters beziehen und die Krieger trotzdem an mich gebunden sind.

Er runzelte die Stirn und versuchte sich Kämpfe in Erinnerung zu rufen, in denen Túans Krieger gefochten hatten.

Kein Einziger hatte dieses grüne Licht in den Augen. Mit Schaudern sah er aber Túans zweiten Tod vor sich, in dem auch dessen Körper von grünen, wabernden Schlangen gequält wurde …

Plötzlich ließ er die leere Schale fallen und sprang auf. Mehrere seiner Krieger taten es ihm nach und zückten die Schwerter in Erwartung irgendeines Feindes. Doch niemand war weit und breit zu sehen und auch die wenigen Wachen in einiger Entfernung standen ruhig und gelassen.

Die Männer drehten sich ihm zu und sahen ihn fragend an. Doch kein Befehl kam und ihr Druide blieb nur stumm stehen. Also setzten sie sich wieder und begannen, den Rest des Kessels zu leeren.

Sétanta aber hatte etwas entdeckt, dessen er sich zwar bewusst gewesen war, dessen mögliche Bedeutung erst jetzt langsam wie aus unendlichen Abgründen aufzutauchen schien:

Bei Túan und diesen Kriegern hier, war es nicht Balors Fleisch und Blut, sondern tatsächlich meines! Ich hatte zu beiden Zeitpunkten nichts von seinen … Spenden. Es ist wahrlich mein eigenes Fleisch und Blut. Aber damit ist mein Trank dem Túans nur um so ähnlicher. Was unterscheidet sein Fleisch und Blut von meinem?

Er zermarterte sich noch Stunden darüber den Kopf und seine Männer richteten sich stillschweigend darauf ein, heute nicht mehr weiterzuziehen. Als bei Einbruch der Dämmerung die Wachen sich abwechselten und im Lager alle schliefen, war Sétanta immer noch wach und grübelte nach. Schließlich schlief er erfolglos ein.

Was er nicht erkennen konnte, schlichtweg, weil er seine eigene bösartige und verräterische Natur einfach nicht als eine negative Eigenschaft wahrnahm, war, dass es genau diese Charaktermerkmale waren, die aus seinen Spiegelkriegern Dämonenkrieger machte.

Und mit jedem Kampf, mit jedem Blut, dass sie vergossen hatten und vergießen würden, würde das Finstere ihrer Seelen - *seiner Seele* - sie immer blutrünstiger werden lassen. Ein Prozess war in Gang gesetzt worden, von dem der schlafende Druide noch nichts ahnte. Von dem in ganz Breith kein einziger Druide etwas ahnte oder ahnen konnte.

Sétanta träumte von ganzen Horden ihm ergebener grünäugiger Dämonenkrieger, die alles niederwalzten, was sich ihnen in den Weg stellen würde.

Einige Tage später befand er sich an der Küste Breith´s und wartete wieder einmal auf Ceallach und dessen Vetter. Sie hatten Balor und einige Ruannas aus dem versteckten Dorf geholt und Sétanta zweifelte immer noch daran, ob er ihren Nutzen für sein Vorhaben noch richtig einschätzte.

Die Qualität - und Mordlust - meiner Dämonenkrieger scheint um ein Mehrfaches größer zu sein, als die der Spiegelkrieger, die ich mit Balors Fleisch und Blut erschaffen kann.

Die Klarheit dieser Erkenntnis ernüchterte ihn vollends und die seit Monaten auf- und abschwellende Benommenheit schien wie weggewischt zu sein.

Er saß nun seit über einer Stunde im Kies des Küstenstreifens und zeigte immer noch eine Geduld, die er sonst nie aufgebracht hätte. Es amüsierte ihn beinahe, dass er zu solchen Wesenszügen noch oder wieder fähig schien. Andererseits hatte ihn die Tatsache, dass er die Tafel nicht restlos durchschaut oder erforscht hatte, doch mehr erschüttert, als er sich selbst zugestehen wollte. Der lange zurückliegende Streit mit Kennaigh erschien ihm nun in einem anderen Licht.

Mein alter Freund hatte damals wirklich recht, als er meinte, wir sollten die Tafel erst mit allen zur Verfügung stehenden Mitteln und Tricks erforschen, bevor wir auch nur daran denken könnten, sie zu benutzen.

Aber genau das ist der Grund, warum diese Römer immer noch unser Land besetzen. Wenigstens Túan und Arianrhod waren und sind bereit, die Spiegelkrieger zu nutzen, bevor ihre Originale verrotten. Aber es geht alles viel zu langsam. Meine Dämonenkrieger werden alles hinwegfegen und all jene mit ihnen, die sich mir in den Weg stellen.

Breith wird mein Land sein!

Kieran staunte nicht schlecht, als er den alten Druiden wieder sah. Insgeheim hatte er gehofft, ihn nie wieder in seinem Leben zu treffen. Doch trotz des enormen Alters, schien der alte Knabe einfach nicht sterben zu wollen.

Kieran, der Schwarze König, konnte aber nicht anders, als seinen *Freund* mit einem durchaus ehrlich gemeinten Lächeln zu begrüßen.

»Sétanta, mein Freund, willkommen in An

Mhumhain.« Er machte einen nur schlecht kaschierten misstrauischen und neugierigen Blick auf das Gefolge des Druiden. Kieran hob - wie er glaubte unauffällig - eine Hand, um seinen Söhnen und Wachen zu signalisieren, dass er in den Kriegern seines Gastes trotzdem keine Gefahr sah. Vorerst.

Sétanta schlug die Kapuze seines Umhanges zurück und produzierte ebenfalls ein fast aufrichtiges Lächeln. Beide Männer traten aufeinander zu und fassten sich gegenseitig an den Schultern. Auf ein herzliches Drücken Brust an Brust verzichteten sie jedoch. Für sie beide war es mehr als genug Ausdruck der Verbundenheit.

Der König deutete auf einen großen und mit mehreren Fellen belegten Stuhl und Sétanta setzte sich sichtlich dankbarer, als er zuzugeben bereit gewesen wäre. Sein Gastgeber nahm ebenfalls auf einem thronähnlichen Gegenstück am anderen Ende des großen, aber nicht zu mächtigen Tisches Platz.

»Nun, was führt dich auf unsere kleine Insel? Ich hatte gedacht, du wärst im Kampf gegen die Römer mehr als beschäftigt.«

Und in Gedanken fügte er hinzu:

Und je mehr die Römer sich mit euch Picten herumschlagen, desto weniger Zeit haben sie, sich mit uns Skoten zu beschäftigen. Ein Umstand, den ich so lange aufrecht erhalten möchte, wie es nur geht.

Sétanta nickte.

»Unser Vormarsch verläuft in der Tat recht gut. Wir konnten sogar eine Flotte der Römer vernichten, die versucht hatte, uns in den Rücken zu fallen …«, sagte er und verzichtete auf eine Begrüßung. Dabei beobachtete er den Skoten und lauerte sichtlich auf eine Reaktion.

Doch Kieran wusste tatsächlich nichts von dem Umstand, dass ein anderer Skotenfürst sehr wohl Geschäfte mit den Römern gemacht … und sie trotzdem an die Picten verraten hatte. So also war sein Erstaunen echt … und ein wenig furchtsam, als er antwortete.

»Eine ganze Flotte?«

Kieran war kein Seekönig, so wie sich einige anderer seiner *Kollegen* sehr wohl bezeichnen würden. Seine Ambitionen bezogen sich ausschließlich auf Skotia und auch hier hatte er keine weit reichenden Pläne. Im Grunde war Kieran ein typischer Skote. Eigensinnig, misstrauisch, mitunter verschlagen, grausam dort, wo es ihm einen Vorteil einbrachte … und verhandlungsbereit dort, wo er keine Chancen sah, den Gegner zu vernichten oder zu vertreiben. Dieses Verhalten hatte ihn - und seinen Stamm - immerhin bis heute am Leben erhalten.

Kieran überlegte und erinnerte sich an bruchstückhafte Nachrichten anderer Skotenclans und Stämme. Sie hatten von zahlreichen Trümmerstücken berichtet, die eindeutig auf einen Kampf zur See hinwiesen. Viele Leichen seien auch an ihre Küsten gespült worden und Fischer hätten mehr als ein treibendes und verkohltes Wrack gesehen, bevor es in die Tiefe hinabsank. Und noch eines fiel ihm jetzt im Nachhinein zu diesen Nachrichten ein: Niemand hatte von pictischen Leichen oder Trümmerstücken ihrer Boote berichtet. Es erschien ihm aber mehr als unwahrscheinlich, dass bei einer Seeschlacht nur eine Partei Verluste erlitten hatte.

Also haben sie dafür gesorgt, das alles verschwand, was auf Todesopfer und zerstörte Boote hinweisen könnte.

Er fasste sich mit einer Hand an die Nase und kratzte sich leicht. Alle Anwesenden kannte diese Geste und wussten, dass der König angestrengt nachdachte.

Ein schöner Trick. So entstehen Legenden. Es wird nicht lange dauern, bis die Nachricht vom Untergang der römischen Flotte Rom selbst erreicht. Und möglicherweise auch die Behauptung, die Picten hätten dabei keinen einzigen Mann - oder Frau - verloren.

Kieran war zwar nicht der intelligenteste, aber eben doch einer der schlauesten Könige oder Stammesfürsten der Skoten. So senkte er seine Hand zum Tisch und blickte seinen Gast wieder an.

»Es scheint, dass deine Kunst Tote zum Leben zu erwecken und sie in vielfacher Zahl auferstehen zu lassen, nicht nur mir einen guten Dienst tat.«

Er lächelte und zeigte lässig auf einige der Krieger, die an den Wänden verteilt standen und sich bis auf das Haar glichen. Lediglich ihre Kleidung hatte beim Eintreten verhindert, sie sofort als Spiegelkrieger zu erkennen.

Sétanta nickte wieder und betrachtete die Männer.

»Dies war mein Teil an unserem Geschäft. Und wie ich sehe«, und er deutete nun seinerseits auf einige Dinge in der Halle, die es hier früher nicht gegeben hatte, »hast du deine gewachsene Gefolgschaft gut genutzt.«

Jetzt musste der König wirklich ehrlich auflachen. Und alle konnten ein schwarzes Funkeln in seinen Augen aufblitzen sehen.

»Ja, es hat sich für mich gelohnt, mein Freund, mit dir Geschäfte zu machen. Das bringt mich zu meiner anfänglichen Frage zurück: Was führt dich auf unsere kleine Insel?«

Doch bevor Sétanta antworten konnte, besann sich der Fürst.

»Halt, was bin ich doch für ein schlechter Gastgeber?« Er winkte einen Sklaven zu sich. »Lasst Unterkünfte für unsere Gäste herrichten und sorgt dafür, dass ihnen kein Leid geschehen kann, während sie bei uns nächtigen.«

Jedem war klar, dass er damit auch an eine Bewachung der Krieger mahnte. Allein, dass er es so offen erwähnte, bewies, dass es ihm nichts ausmachte, wenn der Druide mitbekam, dass er ihn und seine Leibgarde bei aller *Freundschaft* im Auge behalten wollte. Ein zweiter Sklave trat heran und für einen Augenblick war Kieran erstaunt über dessen Mut, sich ihm ohne Befehl einen Schritt genähert zu haben. Andererseits schätzte er es, wenn man ihm seine Wünsche von den Lippen las.

»Herr, was wünscht du, sollen wir auftragen?«, fragte der Sklave und Kieran verkniff sich gerade noch ein Grinsen, dass seinem Ruf als Schwarzer König womöglich geschadet hätte.

»Nur das Beste, was unsere Küche aufzubieten vermag.« Er sah zu dem Druiden hinüber. »Vielleicht kann ein ausreichend großer Krug Met und ein voller Magen meinen Gast endlich dazu bringen, mir seinen Grund für diesen Besuch zu verraten …«

Der Sklave nickte ergeben und machte sich davon.

Kieran beugte ein wenig nach vorn.

»Es *ist* doch ein Besuch …?«

Jetzt trat auch in Sétantas Augen ein dunkler Ausdruck.

»Ja, aber ein sehr langer Besuch, Freund Kieran. Ich habe vor, den Rest des Winters hier zu verbringen …«

Der König war viel zu schlau, um dagegen zu

protestieren oder bohrende Fragen zu stellen. Er begriff, dass er die Antwort ohnehin auf die eine oder andere Weise erfahren würde. Und wie zu seiner Bestätigung, fletschte Sétanta die Zähne und schaffte es dabei zwar bedrohlich zu wirken, aber diese Bedrohung nicht auf die Skoten zu richten. Kieran erkannte das mit einem Blick.

»Du führst zwar wenige Männer mit dir, aber ein langer Besuch wird auch einige Kosten verursachen.« Er grinste dabei und war sich bewusst, dass er die neu erworbenen Schätze seiner Macht nicht verbergen konnte. »Ich hoffe, wir finden eine Lösung, die uns beide zufriedenstellt … so wie immer.«

»Ein langer Besuch und eine … *wachsende* Gefolgschaft … und viel Arbeit … verursachen sicher Kosten«, antwortete der Druide und sah bei jedem Wort, wie sich die Augen des Königs ein wenig weiteten. »Aber Geld spielt hier keine Rolle, mein Freund. Es wird für dich - wie immer - ein gutes Geschäft sein.«

Kapitel XXVI
A.D. 183, Dezember
Die Insel der Druiden

Die Augen des Onkels ruhten mit einer Mischung aus Wachsamkeit und Ablehnung auf seinem Neffen. Viele Gedanken gingen ihm durch den Kopf und lenkten ihn immer wieder vom Objekt seiner Beobachtung ab.

Die Tatsache, dass sein Bruder Túan - wie auch er selbst - das Massaker der Römer am Clan der Ruiths im Kindesalter überlebt hatte, war nur der Ausgangspunkt für eine ganze Kette an Schicksalsschlägen, den seine Familie, er und sein Orden während seines ganzen Lebens auf sich nehmen hatten müssen. Zum x-ten Male fragte er sich, wie weit es um seine Machtstellung als oberster Ordensführer der Druiden stand, wenn er nicht einmal so eine einfache Sache wie das Überleben seines Bruders nicht viel früher hatte erfahren können.

Scheinbar sind unsere Fähigkeiten als Druiden nicht so groß, wie wir immer dachten.

Seine Stirn umwölkte sich und er strahlte eine noch kältere Stimmung aus, als er es für gewöhnlich ohnehin tat.

Dem Kleinen schien dies aber in keiner Weise zu stören. Er blickte mit einem Maß von Aufmerksamkeit und Neugier um sich, welche die eines normalen Kindes um ein Mehrfaches überstieg.

Es hat viel zu lange gedauert, bis wir die Zeichen richtig gedeutet haben und auch akzeptierten, dass jemand die Tafel gefunden hatte … und sie benutzte. Und ausgerechnet mein eigener Bruder war es.

Nur ein kleiner Teil in ihm war damit zufrieden,

dass Túan die Tafel scheinbar - nein offensichtlich - gezielt und relativ umsichtig eingesetzt hatte.

Musste sich denn auch Kennaigh vom Orden lossagen und als Eremit sein Dasein fristen?, dachte er betrübt und ahnte nur, wie weit alle Druiden wohl heute mit der Erforschung der Tafel gekommen wären, wäre sie die ganze Zeit in ihrer Obhut gewesen.

Oder hätten wir uns genauso heillos zerstritten wie Kennaigh und Sétanta? Wäre der Orden in zwei Lager zerbrochen, womöglich in Feindschaft zueinander gefallen? Dann hätten die Römer noch leichteres Spiel mit allen Cruithin gehabt, als sie es ohnehin schon hatten. Nur unsere nördlichsten, wildesten Stämme haben ihnen die Stirn geboten.

Ein neuer Gedanke tauchte auf und ließ ihn die Augenbrauen heben. Den Blick hielt er aber immer noch auf das Kind gerichtet.

Aber vielleicht hat Kennaigh dies alles vorausgeahnt und sich deshalb vom Orden getrennt. Er hat die Last der Verantwortung - und den Schutz des Geheimnisses - auf seine Schultern genommen. Sicher hat er versucht die Tafel zu ergründen. Aber laut allen Befragungen der ältesten Druiden und vieler Menschen um seine Behausung herum, können wir davon ausgehen, dass er selbst keine Spiegelkrieger erschaffen hat.

Er stellte sich Kennaigh im hohen Alter vor und scheiterte, da er Kennaigh nie kennengelernt hatte.

Der Orden hatte Kennaigh die Aufgabe übertragen, die Tafel zu schützen. Der Orden hatte ihm aber nicht erlaubt, sich mit der Tafel in die Wildnis abzusetzen und sich nie wieder blicken zu lassen …

Trotzdem hat Kennaigh dafür gesorgt, dass die

Tafel nicht verloren ging. Er hat seinem Schüler Hinweise hinterlassen.

Was wäre geschehen, wenn Túan vor der Entdeckung der Tafel zu Tode gekommen wäre? Wären wir darüber glücklicher? Wäre die Welt dann sicherer?

Je länger er sich mit der Tafel beschäftigte, desto griesgrämiger wurde seine Laune. Und er hatte sich Zeit seines Lebens mit der Tafel beschäftigt, mehr oder weniger wie alle Druiden. Doch in den vergangenen Jahren war dies eher eine theoretische Arbeit gewesen, jetzt aber waren die Existenz … und die Auswirkungen des Trankes blutige Realität.

Wir müssen wieder die Kontrolle über die Tafel erlangen!

Wir müssen die Tafel selbst in Händen halten und mit ihrer Hilfe der römischen Besatzung ein Ende setzen.

Und dann müssen wir die Tafel vernichten!

Er atmete aus tiefer Brust kräftig ein und ließ die Luft ebenso tief wieder heraus.

Was passiert, wenn wir alle gestorben sind, unsere Nachfahren wieder Feinden gegenüberstehen und die Hilfe der Tafel benötigten?

Haben wir das Recht, sie ein für alle Mal zu vernichten?

Wäre seine Stimmung eine Wolke gewesen, so hätte sie sich vom dunklen Grau in ein tiefes Schwarz verwandelt.

Púca, der nur wenige Schritte neben ihm saß und ebenfalls das Kind anblickte, bewegte sich unbehaglich in seinem Stuhl, so als könne er die Gedanken seines Oberhauptes spüren.

Und dann das Treffen mit Arianrhod, der Witwe seines Bruders. Yan fragte sich, warum er ihr gegenüber so kühl, ja abweisend reagiert hatte. Er hatte sehr wohl ihre Reaktion auf sein Erscheinen gesehen, die stille Hoffnung darin und auch die sofortige Enttäuschung, als sie begriff, dass er nicht Túan ist. Es war offensichtlich, dass sie Túan aufrichtig geliebt hatte.

Sie führt einen ganzen Krieg, um ihn zu rächen! Sie hat ihren Vater getötet, sich von ihrem Volk und Land abgewandt und sich zum wohl aktuell schlimmsten Feind entwickelt, den Rom aufzuweisen hat.

Ist es das, was mich von ihr abstößt? Dass sie die Rache vollzieht, zu der ich nicht in der Lage bin? Oder die ich - zumindest nicht so - vollziehen kann?

Warum kann ich ihr nicht mit mehr Herzlichkeit zur Seite stehen? Ihr die bisher unentschlossenen Cruithin zuzuführen war sicher eine Hilfe, denn im Augenblick haben wir die Tafel nicht und könnten also auch keine neuen Spiegelkrieger erschaffen.

Und trotzdem nimmt sie den Kampf auf sich.

Dann schlich sich wie ein Dieb die Erkenntnis in sein Bewusstsein.

Würde ich ihr mit mehr … familiärer Verbundenheit entgegentreten, würde sie früher oder später Túan in mir sehen und vielleicht versuchen, mich zu lieben.

Und ich liebe sie nicht; sie ist nicht meine Frau. Ich würde sie enttäuschen. Und wir beide würden noch mehr leiden.

Dann erinnerte er sich an die Blicke des Germanen und dessen Reaktion auf ihn, Yan mac Ruith.

Er hat tatsächlich Eifersucht gezeigt.

Der Druide schüttelte unmerklich den Kopf, um seine gemischten Gefühle zu vertreiben.

Dieser Swidger machte Eindruck auf mich; kein dumpfer Schläger wie viele dieser germanischen Söldner im Dienste Rom. Auch er war einmal ein Feind gewesen. Auch er hat sich von Rom gelöst.

Er ergründete noch einmal seine Gefühle und spürte mit Befriedigung, dass es ihm nichts ausmachte, sich die Witwe Túans und diesen Germanen als Paar vorzustellen.

Mit ihm verbindet sie weit mehr als mit mir. Er scheint sie wirklich zu lieben und er kann ihr geben, wozu ich nie imstande wäre.

Yan mac Ruith fühlte, wie er sich von diesem Thema lösen konnte und wie ein anderer Mensch in seinen Überlegungen sich förmlich nach vorne zu drängen schien.

Sétanta.

Er hat sich verstellt, uns getäuscht, uns jahrelang etwas vorgemacht. Und dann hat er Túan umgebracht! Nicht nur, dass er ihn einfach getötet hat, nein, er musste ihn so vernichten, das ihm auch der Weg in die Anderswelt versperrt bleibt. Nicht einmal nach meinem Tod werde ich meinen Bruder dort wieder treffen können.

Er fletschte die Zähne und alle Anwesenden - auch Brannon - hörten das leichte Knirschen.

Alleine schon dafür wird Sétanta büßen müssen.

Aus den Berichten Maelchons, Máiris und dieses alten Römers Lupinius wissen wir, dass Sétanta die Tafel hat und sich seine eigenen Spiegelkrieger erschafft. Wieder konnte er entkommen und ist seitdem spurlos verschwunden. Selbst ein Dutzend in Adlern fliegende Druidengeister konnten ihn nicht aufspüren.

Yan blickte aus einem Sichtloch des Brochs, das mehr wie eine Schießscharte wirkte, und warf einen entschlossenen Blick auf die schneebedeckte Landschaft.

Wir müssen Sétanta finden … und mit ihm die Tafel! Es ist längst nicht sicher, dass wir die Römer mit den vorhandenen Spiegelkriegern und all den anderen Cruithin wirklich besiegen werden. Das römische Imperium ist groß und wir können nicht wissen, wie viele Reserven sie noch haben und wie bereit sie sind, diese nach Breith zu schicken.

Als Yan sich aus seinen Überlegungen löste und Brannon bewusst ansah, sah dieser ihn ebenfalls hellwach an. Der Ordensführer sah im Blick seines Neffen Neugier und unverkennbar Intelligenz, aber auch eine unverhohlene Mischung aus Faszination und … Wachsamkeit.

»Dieses Kind ist wahrlich … besonders«, sagte er und behielt dabei Brannon im Auge.

Púca nickte leicht und sah zu Yan mac Ruith.

»Ja, er entwickelt sich viel schneller als ein … anderes Kind.« Beide wussten, dass er die Bezeichnung *normal* vermieden hatte, denn Brannon war nicht normal. »Er ist gerade mal eineinhalb Jahre alt und hat schon die Größe und das Gewicht eines doppelt so alten Kindes. Was seine Wahrnehmung und sein Verhalten betrifft, würde ich den Faktor um ein weiteres … vielleicht sogar Mehrfaches erhöhen.«

Yan hob die Augenbrauen, sagte aber zunächst nichts. Púca schien von dem kleinen Augenduell, das er sich gerade mit dem Kind lieferte, nichts mitzubekommen. Nicht das alberne Spiel wer-zuerst-blinzelt-hat-verloren, sondern wer vermochte den anderen dazu zu bringen, die Augen zu senken oder den Kopf abzuwenden, weil er den Anblick des anderen nicht mehr ertrug.

Brannons kleine schwarze Augen wurden in Yans Vorstellung immer dunkler und sie schienen zu wachsen, je länger er in sie hineinsah. Auch die schwarzbraunen Augen Yans weiteten sich und er benutzte einen kleinen Trick, um sie noch größer wirken zu lassen. Er beugte sich unendlich langsam nach vorn, so dass das Kind die Bewegung des Körpers nicht wahrnehmen konnte und nur die drohenden Pupillen auf sich zukommen sah.

Trotzdem hielt der Kleine erstaunlich lange stand, bevor er ohne mit der Wimper zu zucken den Kopf abwandte und nach einer Schale griff, aus der er vor einiger Zeit zu essen bekommen hatte. Seine kleinen Hände packten auch den Löffel und er begann mit beiden Teilen auf den Boden zu schlagen.

Mit einem Seitenblick gewann Yan den Eindruck, Púca bedanke sich stumm bei Yan dafür, dass er seine Behausung komplett mit Fellen ausgelegt hatte, sodass die Hiebe des Kleinen kein nervendes Scheppern oder Hämmern von sich gaben, sondern nur dumpfe Töne erzeugten.

»Welche Hinweise hast du gefunden, die uns sicher sein lassen können, dass er … *bösartig* ist und nicht nur ein Kind, das sich eben schneller entwickelt und mehr Verstand hat als andere Kinder? Was macht an ihm den Unterschied aus zwischen … *außergewöhnlich* und ... *abartig*?«

Púca vermittelte Yan mit seiner Reaktion, dass er diese Frage sowohl als rhetorische als auch als ernst gemeinte erkannt hatte.

»Zunächst einmal zeigte er von Anfang an ein Interesse daran, andere Lebewesen zu quälen. Ob dies nun Katzen, Hunde oder Pferde waren, bei allen hat er großes Interesse für deren Fell gezeigt …«

»Was andere Kinder auch tun: es ist weich und

schlichtweg anders als Menschenhaut; es wärmt und die Tiere genießen es, gestreichelt zu werden«, warf Yan ein und wusste natürlich, dass sein Einwand hier nicht fruchtete.

»Es ist eine Sache, ein Fell zu streicheln … und eine andere, es gezielt und hartnäckig herauszureißen, die Qual des Tieres zu genießen … und es sich mit dem Blut des Tieres an den eigenen Körper zu kleben.«

Jetzt - zum ersten Mal - wandte Yan mac Ruith die Augen von Brannon und sah seinen Spion ungläubig an.

»Er hat *das* getan?«

Púca nickte und beschrieb die kurze Vorgeschichte von Ingas *Vision*, ihrer gemeinsamen Reise vom Nordlager an die Westküste und schließlich zu dem Vorfall mit dem kleinen Hund im Zelt.

»Er hat das arme Tier mit einem Stein erschlagen und sich das Blut auf den ganzen Körper geschmiert. Dann hat er dem Kadaver große Fetzen Fell ausgerissen und sich damit ein eigenes Fell geschaffen …« Púcas Erinnerung erbrachte noch einen Umstand, den er noch keinem erzählt hatte. »Brannon machte den Eindruck, als bedauere er es, dass dieses Tier nicht größer gewesen war. Er betrachtete immer wieder die Lücken in seinem Werk und versuchte sie zu schließen, in dem er Fellteile immer neu drapierte.«

Und bevor Yan weiter fragen konnte, setzte er hinzu:

»Und Erwachsene quält er durch sein permanentes Schlagen auf alles, was in seine Hände gelangt …«

»… was ich aber auch von anderen Kindern schon gesehen habe …«

»Jaja!«, fuhr Púca sofort unwirsch dazwischen und augenblicklich wurde ihm klar, dass er sich im Ton vergriffen hatte.

»Entschuldige Meister, ich wollte dich nicht … unterbrechen.« Er nahm das kühle Nicken Yans als Vergebung an und fuhr trotzdem ziemlich aufgebracht fort: »Das Kind raubt einem einfach jeden Nerv, es gibt praktisch nichts, mit dem man es zufriedenstellen kann. Es hat seiner Mutter … Arianrhod, Königin Arianrhod die Brüste blutig gebissen. So penetrant, dass sich mehrere Ammen abwechseln mussten und eine nach der anderen aufgab. Selbst die Königin war sichtlich froh, als sie Brannon weggeben konnte und mehr noch: als sie mit der Armee auf Kriegszug ging und ihn und Inga im Norden zurückließ.«

»Die Amme ist verschwunden …«, sagte Yan mac Ruith ruhig und sah, dass der Kleine nur so tat, als interessiere in die Vernichtung allen tönernen Geschirrs im Raum. Doch für kurze Augenblicke traute sich Brannon die Augen zu seinem Onkel zu erheben und zuckte immer wieder zurück, wenn er sah, dass er ertappt worden war.

»Ich nehme an, dass nicht nur das Kind der Grund für ihr Verschwinden ist«, fuhr Púca fort. »Sie war früher bei den Römern die Sklavin und Freundin Arianrhods, damals noch Lucia. Während ihrer Befreiung Túans aus einem römischen Kerker, wurde sie zur Gefährtin Swidgers, der nun … äh … Arianrhods Leibwache ist.«

Yan mac Ruith sah, das Brannon nun keine intakten Gefäße mehr fand und sich darauf konzentrierte, die vorhanden Stücke in noch kleinere zu zerschlagen.

»Ich hatte eher den Eindruck, dass Swidger und

Arianrhod …« Yan zögerte. »… nun, wie soll ich es ausdrücken? Sich sehr nahe stehen … zwei Seelen, die alles verloren haben und sich neu orientieren. Meiner Meinung nach wären die beiden ein gutes Paar. Oder täusche ich mich, Púca?«

Púca nickte bestätigend und schien froh darüber zu sein, dass er nicht allein die winzigen Hinweise bemerkt hatte. Dann schüttelte er den Kopf und Yan hob erstaunt die Augen, da er meinte, Púca könnte in diesem Punkt doch noch widersprechen. Aber sein Spion warf einen deutlichen Blick auf den Kleinen.

»Für das nächste Indiz … oder meinetwegen mein nächstes Verdachtsmoment, wäre es vielleicht besser, wenn wir das Kind woanders unterbringen könnten.«

Als hätte Brannon jedes einzelne Wort nicht nur gehört, sondern auch *verstanden,* ließ er plötzlich die Scherben fallen, die er gerade noch in seinen Händen gehalten hatte und hob den Kopf.

Yan mac Ruith beschlich längst das Gefühl, dass er keine weiteren Beweise für die Abartigkeit dieses Kindes benötigte, denn den Ausdruck den Brannon ihm zukommen ließ, konnte er nicht anders als wachsam und … warnend bezeichnen.

Yan richtete sich in seinem Stuhl kerzengerade auf und sprach mit hörbarer Kälte in der Stimme zu Kind und Druiden gleichermaßen, dass es wie eine Gegenwarnung klang:

»Brannon benötigt keine Muttermilch mehr, und wir würden auch kein Weib finden, dass sich seiner annähme. Wenn er weiterhin Milch trinken will, so soll er Kuh- oder Ziegenmilch bekommen. Außerdem scheint er mir längst so weit zu sein, dass er festere Nahrung erhalten kann.« Er winkte einen anderen Druiden heran, der während des ganzen Gespräches kein Wort gesagt hatte. »Du bringst ihn zu Cumail und trägst ihm auf, dass immer mindestens zwei Brüder bei dem Kleinen bleiben sollen. Geht einer für eigene Bedürfnisse aus dem Raum oder aus der Nähe des Kindes, so soll ein anderer an dessen Stelle treten. Wird diese Regel missachtet, werde ich den Betreffenden von der Insel weisen.« Er blickte dem Mann nicht in die Augen, als er nachschob: »Hast du das verstanden, Bruder?«

»Ja, Meister Yan, ich werde dafür Sorge tragen.« Sagte es, nahm sich den Jungen auf den Arm und wandte sich zur Tür. Der Mann hatte das Haus noch nicht verlassen, als Brannon über dessen Schulter den beiden zurückbleibenden Druiden einen Blick zuwarf, der zum Teil Zorn darüber auszudrücken schien, dass er dem weiteren Gespräch nicht mehr beiwohnen durfte, zum Teil drückte es Befriedigung aus. Letzteres konnten sich aber weder Yan mac Ruith, noch Púca erklären.

Als die Tür wieder geschlossen war, sah Yan nur für eine Sekunde scheinbar durch die Bretter hindurch, dann wandte er sich wieder Púca zu.

»Nun sind wir unter uns, also sag, was du beobachtet hast.«

Yan wusste, dass Púca ein aufrichtiger und vor allem sehr aufmerksamer Mann war, dazu beileibe kein Feigling. Aber jetzt zeigte sein Spion doch eine Regung, die er so an ihm noch nie bemerkt hatte. Ein nur sehr vage zu spürendes Unbehagen, fast schon Furcht. Und die Worte drückten auch genau das aus.

»Der Kleine …« kaum hatte er das Wort ausgesprochen, nahm er sich vor, das Kind nie wieder so zu nennen. Erweckte das Wort doch den Anschein von etwas harmlosem, niedlichem, und niedlich war Brannon noch nie gewesen. »Brannon … zeigt ein auffälliges Interesse an uns Druiden.

Und das ist insofern ungewöhnlich, als normale Kinder uns erst als etwas Besonders begreifen, wenn sie ein Alter erreicht haben, in dem sie unser Wirken und unsere Aufgaben zu verstehen beginnen. Brannon jedoch scheint wie eine Schlange zu reagieren, wenn wir - also sozusagen die Maus - in seine Nähe kommen. In jedem Kriegslager - und andere Niederlassungen der Cruithin hat er im Grunde ja noch nicht kennengelernt - sind Ordensbrüder anzutreffen. Bei jedem Einzelnen von ihnen nahmen seine Augen einen Ausdruck an, als würde er eine Beute fixieren.«

»Hhm… und du meinst, das sei besonders … *bedenklich* … ein erhöhtes Interesse an unserem Orden?«, fragte Yan und ahnte, dass da noch etwas anderes war.

»Nein, nicht an unserem Tun oder unserem Glauben, an *uns!«*, betonte Púca. »Ganz besonders reagierte er, wenn Sétanta in seiner Nähe war. Mich dagegen beachtet er im Vergleich zu Sétanta eher nur beiläufig.«

»Vielleicht gehört er zu den wenigen Kindern, die schon jetzt in sich eine Berufung zum Druiden schlummern fühlen?«

Púca riss entsetzt die Augen auf.

»Brannon? Ein Druide?« Púca sprang auf und nahm unwillkürlich eine Stellung ein, die es ihm erlaubt hätte unsichtbare Feinde abzuwehren. »Meister, das kann nicht dein Ernst sein!«

»Vielleicht ist es eine Chance, seinen … *Neigungen* entgegenzuwirken: ihn zu unterrichten, auf einen rechten Weg zu führen, anstelle ihn von Anfang an zu verdammen.«

Púca war für mehrere Sekunden sprachlos.

»Das kann nicht dein Ernst sein«, sagte er noch

einmal und suchte nach weiteren Argumenten. Yan gab zu, dass Púca Brannon monatelang hatte beobachten können und er nicht. Es war Púcas Gesicht anzusehen, dass er sogar familiäre Vorbehalte Yans vermutete. Doch selbst Arianrhod - die *Mutter* - hatte nichts dagegen einzuwenden gehabt, dass Brannon in die Obhut des Ordens kam. Sie schien sogar erleichtert zu sein, dieses … Kind loszuhaben. Beide, Yan und Púca, hatten dies ihren Worten nur zu deutlich entnehmen können.

Einzig der Umstand, dass ihre ehemalige Freundin Inga verschwunden war, vermutlich in Richtung Germanien, hatte sie mehr betrübt, als die Tatsache, dass ihr eigenes Kind auch in Zukunft nicht ständig bei ihr war.

Yan befand für sich, dass es zwar Hinweise - ja, mehr als bedenkliche - gab, Brannon zu misstrauen, aber trotzdem blieb er ein Kind.

»Wir werden Brannon hier unter unserer Obhut und *Aufsicht* behalten …« begann er und sah Púca in die Augen. »Wir *alle* werden ihn beobachten. Seine … Ausbildung hat noch etwas Zeit. Auch wenn er geistig bereit wirkt - das gebe ich zu - so ist sein Körper immer noch der eines Kleinkindes. Wir werden seine Entwicklung verfolgen und ihn ständig im Auge behalten. Zu … gegebener Zeit, werden wir *gemeinsam* darüber entscheiden, was aus ihm werden soll.«

Púca atmete erleichtert auf und entspannte sich sichtlich.

»Kannst du mit dieser Vereinbarung leben, Púca? Ich bin geneigt, dir ein wenig Verantwortung aufzubürden …«

Puca zuckte zusammen, er sah sich schon als männliche Amme ständig von diesem Balg umgeben, anstelle seine Aufgabe als Spion für den Orden in ganz Breith wahrzunehmen.

»… aber ich sehe schon, dass dir diese Aussicht mehr erschreckend als … *interessant* erscheint. Also soll Brannon vorerst bei Cumail und anderen Brüdern leben.«

Púca nickte und ging aus dem Raum.

Yan mac Ruith lehnte sich zurück und betrachtete die Sammlung von Scherben auf dem Boden, die einmal sein Geschirr gewesen waren.

Was interessiert Brannon an Sétanta?

Kapitel XXVII
A.D. 184, Februar
Die Reste zusammenkratzen

Der Regen fiel dicht und schnurgerade herunter und Ulpius Marcellus war froh darüber, dass nicht der geringste Wind wehte. Die für diese Jahreszeit erfreuliche Temperatur war zwar längst noch kein Frühlingszeichen, aber selbst für einen Bewohner des Mittelmeerraumes durchaus erträglich, ja, schon fast eine Erholung für die kalten Nächte in zugigen Zelten oder Unterständen. Selbst in dem Feldlager des Centurio Eurycles Faustus hatten sie alle mehr oder weniger ständig gefroren.

In den vergangenen drei Monaten hatten sich Ulpius Marcellus und seine verbliebenen vier Gefährten Sidonius Gavius, Casparus, Quadratus und Antonius gut erholt und etwas an verlorenem Gewicht zurück gewonnen. Die Verpflegung hielt natürlich keinen Vergleich mit der der Heimat stand, doch waren es gute Legionärsrationen. Vor allem, dass sie täglich zur Verfügung standen und nicht nur sporadisch, wie während ihrer Flucht, machte einen guten Teil ihrer Rekonvaleszenz aus.

Auch wenn alles in Ulpius Marcellus danach drängte, so schnell als möglich die sicher noch vorhandenen höheren Offiziere Britannias aufzusuchen, sie von seiner Position zu überzeugen und sie um sich zu scharen, konnte er nicht von der Hand weisen, dass er mehr Chancen hätte, sie von seinem sich vage bildenden Vorhaben zu überzeugen, wenn er nicht wie ein ausgemergelter Bettler auftrat, sondern wie ein kräftiger Anführer. Und es war sicher von Vorteil, mit Informationen zu kommen, wie es in dem Teil Britannias aussah, in den diese sich seit Langem nicht mehr hineinwagten. Zumindest diese wenigen Pluspunkte musste er besitzen, um sich ihrer Gefolgschaft versichern zu können. Alleine sein Siegelring konnte vielleicht Männer wie Faustus und Agrippa beeindrucken, Feldherren aber nicht unbedingt.

Nach den ersten paar Wochen hatten sich die fünf an Patrouillen beteiligt und auch neue Kameraden und Freunde gewonnen. Vor allem Faustus und Decimus Agrippa hatten sich als überaus hilfsbereit erwiesen.

Der Statthalter hatte sich trotz fehlender Machtsymbole - von dem Siegelring einmal abgesehen - den Respekt fast jeden Mannes im Lager erworben. Seine Vorschläge, wo und wie weit sie die Patrouillen vornehmen sollten, zeugten von Umsicht und dem Willen, keinen einzigen Mann zu verlieren.

Seine Geschichte, mit nur einer Handvoll Männer durch mit Picten verseuchtes Gebiet geflohen zu sein, erschien vielen wie ein Wunder. Die Tatsache, dass er eine ganze Flotte verloren hatte, geriet darüber seltsamerweise immer mehr in den Hintergrund. *Jeder* Feldherr konnte in eine Falle laufen. So war die vorherrschende Meinung und die Fünf taten oder sagten nichts, was diese Meinung hätte untergraben können.

Nach dem dritten oder vierten Ausritt - und ohne, dass sie dabei auch nur einen einzigen Picten gesehen hatten - drängte Ulpius Marcellus auf einen Kontakt zur nächsten größeren römischen Befestigung.

Decimus Agrippa und Eurycles Faustus bestätigten ihm, dass dies Glevium war, ein wenig westlich von ihrem Feldlager. Allerdings sagten sie ihm auch, dass sich nördlich etwa einer Linie von Glevium als Ausgangspunkt, weiter über

Verulamium, bis nach Camulodunum kein Römer mehr wagen konnte. Alle ausgeschickten Spähtrupps in diese Gebiete galten als verschollen, höchstwahrscheinlich von den Picten ermordet. Laut ihren Aussagen flüchteten seit Beginn des Pictenaufstandes vor allem viele Britannier und natürlich alle römischen Siedler über den Fluss Tamesis und darüber hinaus sogar bis nach Londinium. Es war offensichtlich, dass sich zumindest ein Teil der Flüchtenden eine Überfahrt auf den Kontinent und eine Weiterreise ins Reich erhofften. Er konnte es ihnen nicht verdenken.

Wer will sich denn schon von einem Picten den Schädel abschlagen lassen und als Zierde an dessen Pferd baumeln?

Also waren sie nun auf dem Weg nach Glevium. Vor allem deswegen, weil dort eine vage Möglichkeit bestand, eine Galeere zu besteigen und einen Unterhändler zu den Skoten zu schicken, die mit ein wenig Überzeugung durchaus Söldnertruppen stellen könnten. Gegen entsprechende Mengen Gold. Über das er aber im Augenblick nicht verfügte und auch gar nicht wusste, ob solche Geldmengen in Britannia überhaupt noch vorhanden waren.

Die Alternative wäre ein Ritt zum Fluss Tamesis gewesen, um dort eine Flussgaleere zu besteigen und mit ihr rasch bis nach Londinium zu gelangen. Allerdings erschien ihm dieser Schritt noch für verfrüht. Zunächst musste er wissen, wie es um Entsatz bestellt war, wie die Situation an der Linie Glevium - Verulamium - Camulodunum aussah und welche Möglichkeiten sich ihm daraus ergaben.

Oder nicht ergaben.

Ulpius Marcellus hatte sich angewöhnt, in solchen Situationen immer von der schlechtesten Sachlage auszugehen.

Als sie die Garnison Glevium schließlich erreichten, war ihm mit einem Blick klar, dass die Lage noch viel schlimmer war, als er befürchtet hatte.

Ulpius Marcellus und seine Freunde wurden von Decurio Decimus Agrippa und dessen turma begleitet, Centurio Eurycles Faustus beschäftigte sich bereits mit den Vorbereitungen für ihren Abzug. Es hatte geschlagene zwei Tage der Diskussion und der Abwägung aller möglichen und unmöglichen Vorgehensweisen bedurft, um ihn begreifen zu lassen, dass Rom nur dann Bestand in Britannia haben konnte, wenn sich alle vorhandenen Kräfte konzentrierten und eine Gegenoffensive starten würden.

Als sie nun an das von Bewuchs befreite Umfeld der Garnison heranritten, bot sich ihnen ein Bild des Schreckens, dass von dem anhaltenden Regen kräftig untermalt wurde. Der Himmel schien Tränen zu weinen und Ulpius Marcellus hätte es nicht gewundert, wenn einer oder mehrere Männer seiner Begleitung ebenfalls geweint hätten.

Er ließ auf einer Anhöhe halten und betrachtete sich die Szene.

Die Palisaden der quadratischen Umrandung waren dreckig schwarze Stümpfe im Matsch aus durch den warmen Regen auftauenden Schnee. Die ehemaligen Wachtürme ragten wie anklagende und gebrochene Finger in die Höhe. Kein einziger Ziegel auf den Gebäuden aus Stein schien unzerbrochen. Kein einziges Zelt hatte eine intakte Bespannung. Alle Räder von Karren und Wagen waren zerschlagen und verbrannt worden. Die längst verrotteten Skelette von Tieren lagen herum und waren kein Mahl für Aasfresser mehr. Alles triefte vor Nässe und stank immer noch nach Verwesung und kalter Asche.

Der Überfall musste schon Wochen zurückliegen, denn nicht der geringste Rauch stieg von Stellen auf, denen man jetzt noch ansah, dass sie in lodernden Flammen gestanden hatten.

Erst auf den zweiten oder dritten Blick fiel Ulpius Marcellus auf, dass sie keine Leichen der Besatzung sahen. Zumindest nicht auf dieser Seite des Kastells.

»Decurio …«, begann er leise und beugte sich ein wenig zu seinem neuen Freund hinüber. »Was hältst du davon, wenn wir einige Zweiergruppen die Gegend absuchen lassen, während wir von zwei Seiten durch die …«, er schluckte, wie er glaubte unbemerkt, einen unsichtbaren Brocken den Hals hinunter »… ehemaligen Nord- und Südtore in das Lager reiten? Wir treffen uns dann in der Mitte wieder.«

Decimus Agrippa nickte nur stumm und gab seinen Männern entsprechende Befehle.

Sidonius Gavius und ihre drei Kameraden blieben bei der Gruppe Ulpius Marcellus´, dazu fast die Hälfte der turma, die andere folgte dem Decurio.

Sie hatten sich aus westlicher Richtung dem Lager genähert, also mussten beide Gruppen ausholen, um jeweils durch das nördliche und südliche Tor in die Garnison gelangen zu können. Sie hielten dabei einen Abstand, der etwas mehr als eine Pfeilschusslänge betrug, obwohl niemand glaubte, dass sich in dieser Ruine eine Horde Picten versteckt hielt.

Ulpius rechnete zwar damit, dass es in der Umgebung einzelne Pictenspäher geben mochte, die immer wieder einmal das Lager im Auge behielten, glaubte aber nicht an eine permanente Überwachung der Kampfstätte. Und für Hinterhalte gab es in der Landschaft selbst weitaus bessere Stellen, als das Lager.

Beim Vorbeiritt an den zerstörten Palisaden hatten sie ab und an durch Lücken ins Innere der Anlage blicken können. Doch außer eingestürzten Mauern, verbrannten Holzwänden und zerfetzten Zeltresten sahen sie nichts.

Schließlich hatten sie das Nordtor erreicht und ritten langsam in Doppelreihen durch dessen Reste. Auf dem kleinen Platz dahinter sahen sie zerschlagene Ballistae, zu Asche verbrannte Heuhaufen und ein einziges intaktes Katapult. Als sie sahen, was in der Pfanne des Katapultes hing, stoppte der ganze Trupp.

Ein in dreckige Fetzen gehülltes Skelett lag mit dem Rücken darauf, die Arme und Beine hingen in unnatürlichen Winkeln herab, offensichtlich mehrfach gebrochen. Nur einige Lederstreifen und ein kleines Stück roten Stoffes bezeugten, dass es sich um einen Legionär handelte. Der Schädel trug immer noch seinen Helm, doch der saß verkehrt herum, sodass der Mann zu Boden zu blicken schien. Erst auf den zweiten Blick erkannte Ulpius, dass der Helm richtig auf dem Kopf saß, dieser aber um 180° verdreht war.

»Holt ihn dort herunter«, befahl Ulpius Marcellus und Quadratus und Antonius ritten auf das Katapult zu. Sie hatten sich bis auf eine Pferdelänge genähert, als einer der Hufe in einen seltsam geformten Matschhaufen trat.

Ein schmatzendes Geräusch ertönte, als sich ein Seil im Morast bewegte. Das unmittelbar darauf folgende metallische Kratzen kannten alle Legionäre nur zu gut.

Ein Zahnrad des Katapultes bewegte sich langsam.

»Deckung!«, schrie Ulpius und die meisten Reiter warfen sich aus dem Sattel zu Boden, einige wenige andere verschwendeten ihre Zeit damit, ihr Tier zu wenden und ritten geduckt davon.

Wäre das Katapult in einwandfreiem Zustand gewesen, hätte niemand rechtzeitig reagieren können. So aber erschien es Ulpius Marcellus quälend lange zu dauern, bis der Haken sich aus dem Zahnrad gelöst hatte und der hölzerne Arm in die Höhe schnalzen konnte. Tatscählich war es aber nur eine Sekunde gewesen.

Marcellus und die anderen im Schlamm liegenden Männer sahen, wie der Arm des Katapultes seinen höchsten Punkt erreichte und seine Ladung in den Himmel entließ. Mit Schaudern verfolgten sie den kurzen Flug des Skelettes und sahen es hinter einer Ruine verschwinden. Der Klang des Aufschlages war scheppernd, so als wäre es in einen Haufen Schrott gefallen.

Die Männer zu Pferd hörten nur das Geräusch in ihrem Rücken und wendeten abermals ihre Richtung. Entsetzt saßen sie in ihren Sätteln und blickten sich nach allen Seiten um. Mehr als die Hälfte hatte die Schwerter oder Pila gezogen. Doch kein Feind stürmte heran.

Fluchend richteten sich die Männer am Boden auf und versuchten, sich den Dreck und Schnee von der Kleidung zu schlagen. Noch während sie damit beschäftigt waren, ritt Decimus Agrippa mit zehn Mann heran. Er erkannte mit einem Blick, dass keine Gefahr bestand, und verzichtete zu Ulpius Marcellus´ Genugtuung auch auf missbilligende Bemerkungen. Stumm wartete er ab, bis sich die Männer wieder einigermaßen gefangen hatten, dann deutete er mit einer Hand in Richtung des Lagerzentrums.

»Das solltest du dir ansehen, Herr«, begann er und Marcellus bemerkte, *wie* ihn der Decurio angesprochen hatte. Es war das erste Mal, dass er ihn *Herr* nannte. Während Ulpius und die anderen Männer aufsaßen, sagte Agrippa kein Wort, sondern hatte einen resignierten Ausdruck im Gesicht, noch stärker als sonst.

Nachdem es immer noch in Strömen regnete, verzichtete Ulpius Marcellus auf das peinliche Reinigen seines verschmierten Gesichtes und überließ diese Arbeit dem Regen. Längst waren sie alle bis auf die Haut durchnässt. Ihre Hoffnung, sich in diesem Lager trocknen zu können, ein wärmendes Feuer und Speise zu erhalten, dazu noch ein anständiges Nachtlager, hatten sie schon beim Anblick der Garnison aus der Distanz begraben gehabt.

Ihre deprimierte Stimmung wandelte sich aber in völlige Fassungslosigkeit, als sie den Mittelpunkt des Lagers erreichten.

Ein großes Gestell stand dort gerade und unversehrt wie Hohn im Vergleich zu den verkohlten Resten jeglichen anderen Holzes. Es ragte mehr als zwei Mannslängen in die Höhe und hatte eine starke rechteckige Plattform. Auf dieser Plattform standen in Reih und Glied etwa 30 Legionäre.

Oder das, was von ihnen übrig war.

Ihre Körper, oder besser gesagt ihre Skelette, wurden durch Pfähle aufrecht gehalten, auf die man sie gesteckt hatte. Es war nicht mehr zu erkennen, ob dies geschehen war, als sie noch gelebt hatten oder schon tot gewesen waren. Ulpius hoffte auf Letzteres. An die Spitze der Gruppe hatte man einen

Offizier gestellt und neben ihm einen Mann mit der Standarte der Einheit. Allerdings zeigte das Zeichen nach unten. Allen Männern fehlte der Kopf und nur die leeren und vor sich hin rostenden Helme saßen auf den Schultern.

Der Decurio wandte den Blick zu Ulpius Marcellus und Sidonius Gavius.

»Hast du so etwas schon einmal gesehen, Herr?«

»Ich habe davon gehört. In Rom.«

Die Erinnerung schien ihm Ewigkeiten zurückzuliegen. Er schüttelte den Kopf und konnte aber den Blick dabei von den Toten nicht abwenden.

»Aber ich hielt es für Übertreibung. Glaubst du …« er zögerte und wandte nun doch seine Augen zu dem Decurio. »… glaubst du, sie waren noch am Leben, als man sie …«

»Ich denke nein, sonst müsste es wenigstens ein paar Spuren von Widerstand auf dem Gestell geben«, antwortete Decimus Agrippa.

Ulpius Marcellus atmete auf, doch der Decurio sprach weiter.

»Ich habe solche Stätten schon zweimal gefunden. Und auch dieses Mal kommt mir die gleiche Frage in den Sinn.«

Sidonius Gavius überwand endlich sein andauerndes Schweigen.

»Und welche Frage ist das?«

Decimus Agrippa machte eine Geste, welche das ganze Lager einbezog.

»Wo ist der Rest der Besatzung?«

Ulpius Marcellus und Sidonius Gavius blickten sich um. Die 30 auf dem Gestell und der Mann auf dem Katapult schienen die einzigen Leichen im gesamten Lager zu sein.

Acht Tage später saßen Ulpius Marcellus, Sidonius Gavius, der Decurio Agrippa und Centurio Faustus in einer der bescheidenen Thermen des Kastells Verulamiums und hatten dessen Kommandeur Gaius Fabius in ihrer Mitte.

Sie genossen nach all der Zeit der Entbehrungen natürlich die wohlige Wärme und den lange vermissten Luxus, kamen sich aber auch deplatziert vor. Doch ihr Gastgeber hatte auf diesen Ort für ihre Unterhaltung bestanden.

Fabius hatte sichtlich freudig reagiert, als Marcellus und Faustus mit ihrer gesamten Truppe in Verulamium einmarschiert waren. Allerdings hatte ihn die Nachricht, das Glevium dem Erdboden gleichgemacht worden war, schier erschüttert. Er hatte natürlich permanent die Nachrichten vom Aufstand erhalten und auch Meldungen über das unaufhaltsame Vordringen der Picten vernommen und diese auch ernst genommen. Doch das die Lage so bedrohlich war, hatte sein Verstand schlichtweg beiseitegeschoben.

Fabius war ein römischer Soldat durch und durch und er glaubte an die Überlegenheit römischer Kultur und vor allem der militärischen Macht Roms in der gesamten bekannten Welt. Die Schilderungen der Gräueltaten der Picten waren für ihn Beweis genug für deren Primitivität. Und auch die Zahlen, die andere Kommandeure über die Picten äußerten, stellte er infrage. Wahrscheinlich lag seine Reaktion einfach daran, dass er noch nie direkt gegen Picten hatte kämpfen müssen.

Ulpius Marcellus, und natürlich auch Sidonius Gavius, hatten wohlweislich weder Agrippa, Faustus, und erst recht nicht Fabius, von den pictischen Kriegern erzählt, welche der alte Druide aus den

Toten erschaffen hatte. Je länger diese Beobachtung zurücklag, desto mehr erschien sie ihnen selbst immer mehr wie eine Fata Morgana.

Seltsamerweise genügte Gaius Fabius Marcellus' Siegelring als dessen Legitimation, der neue Statthalter Roms für Britannia zu sein. Vielleicht trug auch der Umstand dazu bei, dass sich der bisherige Statthalter Caerellius Priscus in Luft aufgelöst zu haben schien. Von dessen Ermordung hatte er nichts gehört. Allein, dass diese Information von Ulpius Marcellus auf die Insel gelangt war, erschien ihm als weiterer Umstand, Marcellus Glauben zu schenken.

»Es erscheint mir immer noch übertrieben, dass du dein Feldlager so leicht aufgegeben hast, Centurio«, führte er die Diskussion fort, die sich schon eine Weile hinzog und Gefahr lief, im Kreise zu verlaufen. »Wenn wir unsere Befestigungen so mir nichts dir nichts aufgeben, ist es kein Wunder, dass der Vormarsch der Picten nicht gestoppt wird.«

Er warf Eurycles Faustus einen Blick zu, der signalisierte, dass *er* nicht so ohne Weiteres das Feld räumen würde. Bevor Faustus darauf antworten konnte, warf Ulpius Marcellus diesem einen beruhigenden Blick zu.

»Centurio Faustus bekleidete im Kastell am Ende den obersten Rang, alle anderen Offiziere waren nach und nach von den Picten niedergemetzelt worden«, sagte er nachdrücklich. »Und außerdem hat er von mir den *Befehl* für den Abzug erhalten. Es dürfte dir doch einleuchten, dass viele kleinere Kontingente von einigen Hundert Mann oder meinetwegen auch 2.000 Mann keine Chance gegen eine Armee von 50.000 Picten haben.« Eindringlich sah er dem Mann in die Augen, der ungläubig vor sich hinstarrte und die aufsteigenden Dampfschwaden verfolgte.

»50.000?«, er zog seinen Stoff enger um die Hüfte und schien trotz der Wärme zu frösteln. »Mehr Dampf, bei Pluto!«, schrie er und hinter den Schwaden huschte ein Sklave hastig die Stufen hinunter, um unter dem Raum, in dem sich die Männer besprachen, für mehr Dampf zu sorgen.

»Ich glaube nicht an eine solche Armee … Statthalter. Woher willst du das wissen? Du sagst, deine Flotte von rund 20.000 Mann sei in eine Falle gelockt worden. Man kann Fallen ohne viele Männer errichten; das ist einer der Vorteile von Fallen. Außerdem bin ich der Meinung, dass eine Falle ein Beleg für die Feigheit des Gegners ist. Wären sie so zahlreich, wie du behauptest, dann könnten sie sich uns im offenen Kampf stellen. Aber das wagen sie nicht.«

Ulpius Marcellus schüttelte den Kopf und hoffte inständig, dass nicht alle Befehlshaber der noch existierenden Kastelle die Meinung Fabius´ teilten.

»Ich habe die … Boote der Picten gesehen und überschlägig gezählt. Alleine die Armee, die sich mir entgegenstellte, hatte mindestens 20.000 Mann. Und mir sind Informationen zu Ohren gekommen, die noch von zwei weiteren Armeen sprachen. Der Hadrianswall ist überrannt, Fabius … *überrannt!* Das kannst du doch nicht von der Hand weisen!«

Ulpius bemerkte, wie die Temperatur wieder anstieg. Offensichtlich hatte der Sklave rasch reagiert.

»Mir erscheint als einzige Möglichkeit«, fuhr er fort »die Picten aufzuhalten, ja, eine Gegenoffensive zu starten, wenn wir alle unsere Kräfte konzentrieren und uns in gewohnter römischer Disziplin verhalten. Wir haben die besseren Waffen, die besseren Taktiken. *Sie* sind wie eine tödliche Welle. Und

Wellen kann man brechen. Allerdings nur mit starken Hindernissen und nicht mit kleinen Häufchen.«

Gaius Fabius war klar, was Ulpius mit Häufchen meinte.

»Es ist längst an der Zeit, dass wir alle Reste zusammenkratzen«, warf Decurio Agrippa ein. »Ich habe Glevium gesehen und andere zerstörte Siedlungen. Wenn die Picten schon so weit in den Süden vorgerückt sind, *haben* wir nicht mehr viel, was wir zu einer nennenswerten Armee vereinen können, praefectus Fabius.«

Auch sein Tonfall war leidenschaftlich, dennoch versuchte er, seiner Stimme einen höflichen Klang zu verleihen. Schließlich war er nur ein kleiner Decurio. Allein der Umstand, dass er in diese Runde mit einbezogen war, ließ ihn wagen, so mit dem Kommandeur Verulamiums zu sprechen.

Gaius Fabius griff nach einem Kelch mit Wein und trank einen tiefen Schluck. Betont sorgfältig setzte er ihn ab und blickte Decimus Agrippa an.

»Du sprichst davon *Reste* zusammenzukratzen, *Decurio.* Ich befehlige keine Reste, *meine* Garnison ist komplett …«

»Umso wichtiger ist es, diese Männer nicht aufzureiben sondern sie mit allen anderen Einheiten zu vereinen«, sprach nun Eurycles Faustus und tupfte sich den Schweiß von der Stirn. Seltsamerweise war er der Einzige, der richtig schwitzte. »Ich will irgendwann wieder in meine Heimat«, sagte er, wobei nicht klar war, ob er damit Rom oder Griechenland meinte. »Und zwar am besten in einem Stück. Mir gefällt die Vorstellung gar nicht, eine Kohorte anzuführen, die auf ein Holzgestell gepfählt wurde.«

»Mir ebenso wenig, Centurio Faustus. Aber ich

bleibe dabei: Meine Truppen werden Verulamium nicht aufgeben. Wir sind gut gerüstet, es befinden sich noch mehrere andere Kastelle in der Nähe und stehen zur Verstärkung bereit.« Dann kam ihm ein Gedanke. »Wir sollten Kuriere aussenden, die unsere Nachbarn alarmieren. Wenn alle gerüstet sind, sollen sie doch kommen, diese Barbaren.«

Ulpius Marcellus schüttelte bedauernd den Kopf.

»Wir müssen davon ausgehen, dass längst nicht mehr alle Kastelle existieren. Die Kommandeure, die noch über Truppen verfügen, werde ich zusammenrufen und bei Londinium konzentrieren. Londinium ist unsere größte Stadt im Süden und es steht ein großes Kastell zur Verfügung. Und eine massive Mauer. Außerdem bildet der Fluss Tamesis eine gute weitere Grenze. Die Brücken und Übergänge lassen sich leichter verteidigen als offenes Gelände. Das wird es Angreifern erschweren, uns einfach zu überrennen.« Er warf einen beschwörenden Blick auf Gaius Fabius. »Komm mit mir und kämpfe wie ein Römer!«

»Ich *bin* ein Römer und ich *werde* kämpfen. An dem Ort, an den mich mein Kaiser gestellt hat«, antwortete Fabius stolz und erhob sich.

Es war klar, dass jedes weitere Wort reine Zeitverschwendung gewesen wäre. Als er den Raum verlassen hatte, nahm Decimus Agrippa das Glas des Kommandeurs und leerte den Rest des Weins.

»Wäre schade gewesen. Und Fabius wird ihn nicht vermissen, wenn die Picten anrücken.« Dann erhob er sich und streckte Ulpius Marcellus die Hand zur Hilfe hin. »Komm, Statthalter, es hat keinen Sinn hier in Verulamium. Hoffen wir, dass die anderen mehr geneigt sind, uns zu glauben.«

Kapitel XXVIII
A.D. 184, März
Cear Arianrhod

»Bist du soweit?«, fragte Swidger, streichelte ihr kurz über die Wange und schob eine Strähne ihres Haares über ihre Schulter zurück.

Arianrhod sah in seinen dunkelblauen Augen ehrliche Liebe zu ihr, aber auch Besorgnis. Er wusste, dass der heutige Tag über ihr weiteres Leben entscheiden würde. Und dass er mit keinem Wort versucht hatte, sie zu beeinflussen, zeigte, dass er ihr vertraute.

Kurz blitzte der Gedanke an Brannon in ihr auf. Sie hatte ihn nur zu bereitwillig Inga überlassen. Natürlich konnte sie kein kleines Kind bei einem Kriegszug bei sich haben. Aber auch trotz aller Gefühle, die sie ihm als Mutter entgegenbrachte, konnte sie nicht verhehlen, dass sie tief in ihrem Innern spürte, dass dieses Kind Unglück bringen würde. Ingas Flucht zunächst aus dem Nordlager nach Westen und dann endgültig aus Breith, erschien ihr wie eine Bestätigung dieser Ahnung.

Sie hatte sich lange mit Púca und Yan über Brannon unterhalten und beide hatten ihr nahegelegt, den Jungen in die Obhut des Ordens zu geben. Auch hierzu hatte sie zugestimmt. Wer war sie schon, dass sie Druiden, den Wissenden der Eiche, widersprechen könnte? Und im Gegensatz zu ihr konnten sich die Druiden auf Ynys Môn ständig um Brannon kümmern. Gewiss würden sie ihm eine Ausbildung zukommen lassen. Jedoch nicht zum Druiden. Yan hatte dies mit aller Nachdrücklichkeit ausgeschlossen. Wenn ihrer Befürchtung nur ansatzweise eine Berechtigung zugrunde lag, würden sie ihn nie mit dem Wissen und Fähigkeiten eines Druiden ausstatten und ihn damit eventuell zu einem gefährlichen Gegner zu machen. Was Yan zwar nicht mit einem Wort gesagt, sie deutlich zwischen seinen Worten heraushören konnte, war, dass sie ihn töten würden, stellte sich heraus, dass Brannon auf irgendeine Weise besessen war.

An dieser Stelle des Gespräches war sie wie in eine andere Welt abgeglitten. Sie hatte die Worte der beiden Druiden gehört, und sogar darauf geantwortet. Hinterher hätte sie nicht mehr sagen können, was gesprochen worden war. Dass die beiden das Potenzial Brannons ohne jeden Zweifel als gefährlich einstuften und nicht als außergewöhnlich, zeigte ihr, dass sie scheinbar als Mutter die Größe der Gefahr nicht wahrhaben konnte oder wollte.

»Arianrhod?« Swidgers Stimme holte sie aus der Erinnerung zurück.

»Ich bin bereit,« antwortete sie fest. »Es ist das vierte Jahr, in dem wir kämpfen. Und ich wünsche, dass es zu keinem Fünften kommt. Es ist an der Zeit.«

Er nickte und sie konnte ihm ansehen, dass er ihre Hoffnung anzweifelte, dies könne das letzte Kriegsjahr sein.

Natürlich, er ist ein Krieger und hat sein Leben lang gekämpft, dachte sie.

Sie wollte sich aus ihrem Stuhl erheben, zögerte unmerklich und tat, als wolle sie noch einmal in den großen Raum blicken, so als ob sie noch etwas vergessen hätte.

Kann er denn ein Leben in Frieden führen?

Sie verfluchte sich stumm, weil ein altes römisches Vorurteil offensichtlich immer noch in ihr schlummerte und die Meinung vertrat, dass ein

Germane ein brutaler Schläger war und nichts anderes kannte als Blut und Schwert. Sie hob ihre Hand und streichelte ihrerseits über sein markantes Gesicht. Als ihre Finger seine Lippen berührten, nahm er ihre Hand und beugte sich zu einem langen Kuss zu ihr hinunter.

Er ist ein Krieger. Aber kein dumpfer Schläger. Sie lächelte, als der Kuss sich in die Länge zog. *Und er kann zärtlich sein.*

Mit einem nicht zu geringem Bedauern beendete sie den Kuss und erhob sich.

»Vielleicht sollten wir heute Nacht an dieser Stelle fortfahren«, neckte sie ihn und freute sich über das Aufleuchten seiner Augen. »Jetzt sollten wir sie wirklich nicht mehr warten lassen.«

Er verbeugte sich vor ihr und lachte.

»Wie du meinst, meine Königin … der Nacht«, fügte er schelmisch hinzu und richtete seine Kleidung und Waffen. Er trat an die Tür und öffnete sie.

Vor dem Raum befanden sich die üblichen Wachen und Arianrhod fühlte Verbundenheit und Stolz gleichermaßen in ihrer Brust, als sie an ihnen vorbei schritt. Es waren 20 Spiegelkrieger und auch andere Cruithin, die noch nicht gestorben und wiedererweckt worden waren. Arianrhod war immer noch erstaunt, dass diese Menschen es akzeptierten von ehemaligen Toten - und ihren Ebenbildern - umringt zu sein. Vielleicht lag es daran, dass sie rasch erkannt hatten, dass die Gestorbenen eine zweite Chance erhalten hatten und die Spiegelkrieger begannen, eigene Leben zu führen. Zumindest soweit dies der Krieg zuließ. Es war für alle überraschend und faszinierend zugleich gewesen, zu erleben, dass sich manche Spiegelkrieger mit Absicht wie ihr

Original kleideten und bewaffneten, andere sich dagegen neu ausstaffierten, um sich von ihrem Ursprung abzusetzen.

Im Kampf hatten beide Varianten die Gegner noch mehr verwirrt und erstarren lassen.

Weder Arianrhod, Swidger, noch ein anderer Cruithin konnten wissen, dass sich hier die Eigenschaften des Braumeisters widerspiegelten und sich in seinen Schöpfungen wiederfanden. Auf lange Sicht würden die Spiegelkrieger Túans eigene Wesenszüge entwickeln, die zwar immer noch dem Original sehr ähnlich sein, doch aufgrund unterschiedlicher Erfahrungen und Erlebnisse zwangsläufig entstehen würden.

Von all dem ahnte Arianrhod nichts, als sie den großen Rundbau verließ und sich einem weiteren Spalier näherte. Sie blieb für einen Moment stehen und Swidger und ihre restliche Leibwache formierte sich hinter ihrem Rücken und hielt an.

Alle Fürsten der ersten Stunde standen dort und blickten sie aufmunternd an.

Maelchon mac Cean, ein Raubvogel in Menschengestalt.

Ihm gegenüber Máiri von den Vacomagi, die rote Flamme der Cruithin.

Neben ihr Catriona maqq Horestiani, kräftig und immer zurückhaltend. Im Kampf allerdings eine Furie.

Fionnghal mac Carnonacac, Fürst des Bärenclans. Hinter ihm stand ein Riese von Mann, der die gleichen Gesichtszüge trug. Arianrhod wusste, dass dies sein Sohn Alain war.

Arianrhod bedauerte, dass Sileas mac Ducantae nicht hier sein konnte. Sie war im Norden geblieben, um die dortigen Cruithin zu führen, die der unwahrscheinlichen, aber nicht unmöglichen Gefahr einer Invasion der Römer von den nördlichsten Inseln herab begegnen sollten.

Mehr als ein Dutzend der Fürstinnen und Fürsten standen hier und ließen unsichtbare Ströme von Kraft und Anerkennung zu ihr fließen.

Für sie bin ich längst eine der ihren. Wie werden mich die anderen betrachten? Gut, Yan mac Ruith hat mir versichert, dass sie den Weisungen der Druiden Folge leisten würden. Aber wird es auch so sein?

Sie schritt durch den Weg, den die Kriegerinnen und Krieger säumten und ihre Leibwache folgte ihr. Als sie die vordersten Fürsten erreicht hatte, setzten sich diese alle in Bewegung und die gesamte Gruppe schritt geschlossen über die flache Kuppe der Anhöhe bis an den Rand derselben.

Dann stand sie wenige Schritte vor der Kante der Anhöhe, welche die zweite Stufe des tafelartigen Berges bildete. Die Erste war nur ein schmales Band, doch auch hier standen Krieger dicht an dicht. Es waren 15 oder 16 weitere Abordnungen von Clans, die dort mit ihren Anführern standen, wenige Meter unterhalb der Stufe, auf der Arianrhod stand. Bei jeder Gruppe befand sich ein Druide. Sie alle blickten zu ihr hinauf.

Yan mac Ruith stand ein paar Schritte von ihr entfernt.

Als sie an die Kante getreten war, hatten sich die Gespräche der Masse gelegt, die sich zu Fuß des Tafelberges in der Ebene angesammelt hatte. Der Anblick raubte Arianrhod schier den Atem. Sie wartete, bis sich Ruhe über die Massen gesenkt hatte, dann sah sie Yan auffordernd an.

Er hatte nur darauf gewartet und trat an ihre Seite.

Sein Blick schweifte über die Menge, dann hob er langsam beide Hände. Das letzte Gemurmel verstummte.

»Cruithin, ich entbiete euch meinen Gruß«, rief er laut. Er senkte die Arme und seine Stimme drang klar bis in die hintersten Reihen.

»Seht euch um! Was seht ihr?«

Er wartete einige Augenblicke, dann huschte ein angedeutetes Lächeln über sein Gesicht. Allerdings fehlte ihm die Wärme und Leidenschaft, die Túan hätte spüren lassen. Trotzdem gelang es ihm, die Menge zu führen. Dann hob er einen Arm und deutete hier und dorthin.

»Dort stehen Taexalae … und nicht weit von ihnen Epidier.« Seine Hand beschrieb einen weiten Bogen und verharrte kurz bei mehreren großen Gruppen, ja ganzen Streitmächten. »Vacomagi … Creones, Attacotae und Maeatae.« Seine zeigende Hand schwang im Kreis herum und hielt bei jedem Namen für einen Augenblick inne. «Icener, Carnonacae, Ducantae, Ciarraige … und viele mehr.”

Er atmete heftig und Arianrhod sah, dass ihn bei aller Kühle dieser Anblick nicht unberührt ließ.

»Unter euch stehen aber auch Kriegerinnen und Krieger, die wir verloren glaubten. Gefallen im Kampf gegen die römischen Besatzer. *Und sie waren auch tot, ermordet von Rom!«,* donnerte er und zustimmende Rufe hallten über die Ebene.

»Ein Mann - ein Druide - erfüllte die Legende und nahm sich der Toten an.«

Er machte eine winzige Pause und ließ Männern und Frauen Zeit, sich an die uralte Legende zu erinnern. Wenige der Cruithin - doch alle Druiden - erinnerten sich an die Warnung auf den uralten Steinen.

»Er gab ihnen das Leben zurück, um sie erneut gegen den Feind zu führen. Und er erschuf aus ihnen weitere Brüder und Schwestern, die den Kampf aufnehmen … *und ihn in das Lager des Feindes tragen würden!«*

Kriegsrufe und andere Schreie erhoben sich und erschrockene Vögel machten sich vereinzelt davon.

»Es war mein Bruder, Túan mac Ruith, der die Spiegelkrieger erschuf, die ihn, euch und uns von Sieg zu Sieg begleiteten.«

Er vermied es zu erwähnen, dass die ersten Schlachten fast ausschließlich von Spiegelkriegern gefochten worden waren. Es war nicht sein Anliegen Uneinigkeit und Eifersucht zu schüren, sondern das genaue Gegenteil.

»Und gerade als ich die Nachricht erhielt, mein tot geglaubter Bruder sei noch am Leben, wurde er verraten und getötet.«

Unruhe machte sich breit, viele hatten davon noch nichts vernommen.

Arianrhod sah aus den Augenwinkeln, dass sich Swidger für alle anderen unmerklich rührte, doch sie bemerkte es sehr und wusste, was ihn immer noch quälte.

»Der Verräter ist geflohen«, fuhr Yan fort »und es erschüttert mich und meinen ganzen Orden, dass es einer von uns war, der die Macht des Bluttrankes missbrauchte. Viele von euch kennen ihn und seinen Namen: Sétanta.«

Er senkte den Kopf, als wolle er den Flüchtigen auf nicht existente Hörner nehmen. Seine Stimme fiel um mehrere Tonlagen, doch immer noch konnte sie jeder Einzelne vernehmen.

»Bevor wir uns um diesen Verräter kümmern, haben wir eine unmittelbare Aufgabe zu erfüllen.« Er hob den Kopf und auch seine Stimme. »Die Römer fliehen vor uns wie aufgescheuchtes Wild. Sie hatten eine Flotte geschickt, die uns in den Rücken fallen sollte. Diese Flotte liegt nun auf dem Grund des Meeres«, donnerte er erneut und wieder erhoben sich Rufe aus Tausenden Kehlen. Viele schlugen mit ihren Schwertern gegen Schilde und aus den Schlägen wurden rhythmische Takte, die die Erde erzittern ließen.

Yan wartete geduldig ab, bis der Lärm abflaute und er erneut die Aufmerksamkeit der Menge hatte. Dann trat er an Arianrhod heran.

»Viele von euch kennen diese Kriegerin, *alle* von euch kennen ihren Namen … Arianrhod mac Ruith.« Zu Arianrhods Überraschung nahm Yan ihre Hand und sie bemerkte ein winziges Zucken in Swidgers Gesicht … und seiner Schwerthand. Doch er hatte sich sofort wieder in der Gewalt. Von Yan drohte ihr nicht die geringste Gefahr.

Und ihm auch nicht.

»*Sie* hat die Römer am Wall besiegt.«

»Haaiihh!« Der Ruf brandete wie eine Welle durch die Masse.

»*Sie* hat den Wall überrannt und dem Erdboden gleichgemacht«

»Haaaiiihhh!«

»*Sie* hat die Cruithin vereint und unter ein Banner gestellt!«

»Haaaiiiihhh!« Der Ruf schien sich kaum noch steigern zu können, obwohl die Aussage dahinter nicht ganz stimmte. Doch mit Kleinigkeiten wollte Yan seine Absicht nicht gefährden.

»Sie wird uns gegen die Römer führen und unser Land wieder befreien!«

»Ruith! Ruith! Ruith!« Die Erde bebte unter dem

Namen und dem Dröhnen der stampfenden Tritte und Schläge mit den Waffen.

»Sie ist die Krone des Nordens. Ruft ihren Namen, Cruithin! Cear Arianrhod!«

»Cear Arianrhod!«, wiederholte die Menge.

»Cear Arianrhod!« Die Fürstinnen und Fürsten neben ihr fielen in den Ruf mit ein.

»Cear Arianrhod!« Es klang wie ein Schlachtruf.

Die Trägerin des Namens zitterte unmerklich, so überwältigend schlug ihr die Kraft ihrer Armee entgegen und durchdrang jede einzelne Faser ihres Körpers. Sie zog ihr Schwert und hielt es steil in den Himmel. Als sie den Mund öffnete, verstummte die Menge innerhalb weniger Augenblicke. Eine erwartungsvolle Stille senkte sich über die Krieger.

Sie atmete heftig und ihre Brust hob sich in rascher Folge. Jeder konnte sehen, dass sie das Feuer ergriffen hatte.

Sie *war* die Krone des Nordens.

»Tod allen Römern!«, rief sie.

»Tod! Tod! Tod!«, flutete es zu ihr zurück.

Kapitel XXIX
A.D. 184, April
Londinium

»Verulamium ist überrannt?«, rief Ulpius Marcellus und drängte sein Pferd durch die dichten Reihen der Menschen. Von allen Seiten drang die Nachricht an ihr Ohr. Die ganze Stadt befand sich in Aufruhr und jeder schien die Schreckensnachricht schon vernommen zu haben.

Schlechte Nachrichten sind schneller als der Wind, dachte der Statthalter und konnte sein Pferd gerade noch am Zügel reißen, um zu verhindern, dass es einen Jungen niedertrampelte, der allein mitten auf der Straße stand.

Sidonius Gavius zwängte sich wie er durch die Gassen und hatte alle Mühe, sein Pferd am Ausschlagen zu hindern. Der ganze Lärm und das Geschrei der Masse übertrug die Nervosität und blanke Angst auf die Tiere. Gavius drängte sich dicht neben Marcellus.

»Es heißt, Gaius Fabius sei tot und mit ihm seine ganze Garnison.« Er hatte dabei seine Stimme so weit gesenkt, dass sie im Trubel nur von Marcellus vernommen werden konnte. Es war ihm anzusehen, dass er über die Nachricht vom Tod des sturen Garnisonskommandeurs erschüttert war, gleichzeitig aber ein Gesicht machte, das nur eine Botschaft vermittelte:

Selbst schuld. Der Mann hatte ja nicht hören wollen.

»Wahrscheinlich führt er jetzt eine kopflose Kohorte an, die auf einem Holzgestell steht«, schob der praefectus classis nach und Ulpius konnte deutlich eine verbissene Befriedigung durchklingen hören.

Sie waren auf dem Weg ins Kastell, dass sich am nördlichen Rand der Stadt als Hauptbestandteil der recht mageren Befestigungen erhob.

In den beiden vergangenen Monaten hatten sie Aurelius Scapula, den Kommandeur der Garnison, überzeugen können, dass sie alle vorhandenen Wälle verstärken und den Bau der Stadtmauer vorantreiben mussten. Natürlich kannten sie alle die Geschichte vom Aufstand Boudiccas - oder wie sie auf britannisch hieß: Breaca - vor rund 120 Jahren. In den alten Berichten hieß es, dass der Ansturm der Aufständischen bis hierher nach Londinium gelangen konnte. Die Stadt war damals zwar deutlich kleiner gewesen und fast völlig unbefestigt, doch Ulpius Marcellus fürchtete, dass auch die jetzigen Mauern den Picten nicht viel Widerstand leisten würden. Damals hatten die achtfach unterlegenen Römer den Aufstand niederschlagen und die gesamte Armee Boudiccas vernichten können. Ulpius Marcellus hoffte auf ein gleiches Kriegsglück.

Endlich machten die Menschen ihnen Platz und sie ritten dicht hintereinander durch die engen Straßen.

Ulpius Marcellus und sein Freund hatten sich das riesige Flüchtlingslager südlich des Flusses Tamesis angesehen und waren erschüttert über die Zustände, die dort herrschten. Im Grunde war der Fluss der einzige Schutz vor dem anrückenden Feind für die Zivilbevölkerung. Fast 60.000 Menschen drängten sich in Zelten und armseligen Unterständen. Alle waffentauglichen Männer waren längst zwangsrekrutiert worden und absolvierten seit Wochen ein Kampftraining. Nur die Alten, Frauen und Kinder bevölkerten das Lager, dass diese

Bezeichnung nach Ulpius´ Meinung nicht verdiente. Es glich mehr einer stinkenden Kloake, denn einer menschenwürdigen Unterkunft. Wäre der Fluss nicht gewesen, wäre die Situation noch viel schlimmer. Sie hatten über 100 Mann dafür abstellen müssen, dass flussaufwärts keine Abfälle und Fäkalien in den Fluss gelangten, sondern dort Trinkwasser geschöpft werden konnte. Wenn so viele Menschen auf so engem Raum zusammengepfercht waren, war es nur eine Frage der Zeit, bis Seuchen ausbrechen konnten. Nur mit eiserner Disziplin - und dem recht ruppigen Einsatz von Schlagstöcken und drohenden Speerspitzen - hatten sie die verängstigten Menschen zur Vernunft bringen können.

Die Backstuben, Garküchen und Schlachter arbeiteten ununterbrochen. So wie ihnen Mehl, Gemüse und Fleisch geliefert wurde, so unmittelbar verarbeiteten sie es. Es war schon zu Einbrüchen in Lager gekommen und sie mussten mehr als einen Unvernünftigen seiner gerechten Strafe zuführen. Die Missetäter wurden mit einer abgehackten Hand - und Ulpius wertete den Umstand, dass es nicht die Schwerthand war, als Zugeständnis an ihre Situation - als warnende Beispiele ins Lager zurückgeschickt und er betete zu den Göttern, dass diese Maßnahmen genügten.

Aber wenn wir mitten im Kampf stehen, haben wir für so etwas keine Zeit mehr, dachte er und wich einem Karren mit einem Berg frisch gebackener Brote aus, der auf die Brücke zuhielt, die sie vor wenigen Minuten in umgekehrter Richtung passiert hatten. Auch an dieser Brücke und den anderen Übergängen des Flusses hatten sie Posten aufgestellt, die verhindern sollten, dass Flüchtlinge in die Stadt strömten und Zwangsrekrutierte die Kaserne und ihre

Posten verließen. Trotzdem herrschte ein einziges Chaos in der Stadt.

Sie wechselten von der kleinen Straße in eine breitere nach Nordwesten, die sie vom Forum, dass sie gerade hinter sich gelassen hatten, am Amphitheater vorbei zum Südtor der Garnison bringen würde.

Überall war hektisches Treiben zu sehen. Die reicheren Bewohner waren in ihren Häusern und nur ihre Sklaven hasteten mit allen möglichen Aufträgen von hier nach dort. Wahrscheinlicher aber war, dass viele sich längst an die Südküste Britannias abgesetzt hatten. Alle Handwerker und Manufakturen arbeiteten Tag und Nacht und nur wenige erschöpfte Arbeiter und Sklaven lagen in Ecken und Nischen und genossen die kurze Zeit, die man ihnen zur Erholung einräumte. Alles was Räder hatte, schien sich auf den Straßen zu befinden. Nur wenige Reiter zwängten sich fluchend durch die Menge und mehr als einmal kam es zum Streit, wenn jemand absichtlich oder unabsichtlich verletzt wurde.

Die Luft war kühl, obwohl die Sonne sich - selten genug - von ihrer besten Seite zeigte und zu versuchen schien, die Angst der Menschen mit ihrem warmen Licht zu besänftigen. Die beiden Römer hatten den Eindruck, dass man die Angst förmlich riechen konnte.

Sidonius Gavius ritt an Ulpius Marcellus´ Seite, als sie die Nähe des Theaters erreicht hatten. Hier waren deutlich weniger Menschen unterwegs.

Kein Wunder, dachte Ulpius. Wer möchte wohl Theaterstücke und Spiele erleben, wenn der Feind jeden Tag vor der Stadt auftauchen kann.

Sidonius Gavius deutete auf eine große Gruppe mäßig bewaffneter Männer, denen man ansah, dass sie gerne woanders gewesen wären, als auf dem Weg ins Kastell und auf dessen Wehrgänge. Doch die ausgebildeten Legionäre und Unteroffiziere, die sie begleiteten, nutzten jede Minute, um ihnen Ordnung und Disziplin einzutrichtern.

Das macht sie aber nicht zu besseren Kämpfern, geschweige denn zu Legionären.

Ulpius sah auf einen Blick, das höchstens ein Viertel davon wusste, wie man mit einem Schwert umging, der Rest …

Nun, wir brauchen auch Männer, die Wasser schleppen und Brände löschen können. Verwundete zu den Ärzten und Pfeile, Speere und Steine zu den Katapulten und Ballistae tragen können.

Als hätte Sidonius Gavius seine Gedanken gelesen, raunte er Ulpius zu:

»Nicht viel los mit ihnen, Herr. Wenn es nach mir ginge, würden wir diese Männer bei ihren Familien belassen. Dort werden sie sicher besser kämpfen, als wenn sie auf einer Mauer stehen, und nicht wissen, ob ihre Familien überhaupt noch leben.«

Ulpius Marcellus nickte.

»Du weißt, dass ich daran gedacht habe, Freund Sidonius. Andererseits *brauchen* wir jeden Mann auf den Türmen und Mauern. Wenn wir die nicht halten, werden die Picten alles überrennen, ob ausgebildete Legionäre oder verzweifelte und zu allem entschlossene Männer, die Frau und Kind schützen wollen.«

Sie ritten an einer weiteren Gruppe vorbei, die anstelle Waffen Eimer mit Pech und ganze Bündel von Pfeilen schleppten. Dahinter folgten einige Wagen mit einer solchen Menge von Pila, wie sie selbst Ulpius Marcellus noch in keinem Feldlager gesehen hatte.

»Aurelius Scapula scheint ein wahres Organisationstalent zu sein«, rief Sidonius Gavius durch den Lärm der ratternden Räder auf der gepflasterten Straße. »Ich hätte nicht gedacht, dass er unsere Vorschläge so konsequent umsetzen würde … und vor allem: es auch mit den vorhandenen Mitteln kann.«

Statt einer Antwort nickte Ulpius nur anerkennend, denn jetzt hatten sie das Südtor erreicht und wurden ohne angehalten zu werden, von den Wachen durchgelassen. Mittlerweile waren ihre Gesichter - und ihre Stellung - jedem Soldaten der Garnison bekannt und sie beide erfreuten sich vorzeigbarer Rüstungen, anstelle der einfachen Legionärskleidung, die sie noch im Feldlager Eurycles Faustus getragen hatten. Natürlich hatten sie keine einzige Sesterze, geschweige denn einen Betrag bei sich geführt, der die Kosten für diese Ausstattung und Bewaffnung hätte begleichen können. Aber Aurelius Scapula hatte ihnen in bürokratischer Gründlichkeit Schuldscheine ausgefertigt, die auch von seinem Glauben Zeugnis ablegten, dass sie den ganzen Aufstand zurückschlagen und bald wieder zum Tagesgeschäft übergehen konnten.

Und er hatte - natürlich ganz ohne Eigennutz - einen seiner Söhne als Gläubiger eingetragen. Dazu einen deutlich höheren Betrag, als in Rom für eine vergleichbare Rüstung üblich war. Besonders praktisch war, dass diesem Sohn Scapulas die Manufaktur gehörte, welche die Harnische für die ganze Garnison schmiedete und herstellte.

Wahrscheinlich verdient er auch an diesen Speeren und Pfeilen gehörig mit, dachte Ulpius Marcellus, als er an die Wagen dachte, die hinter ihnen die Straße heranrollten. Wenn es uns hilft, den Sturm zu überleben, soll es mir recht sein.

Er beugte sich zu einem Centurio hinab, der mit brüllenden Kommandos eine reguläre Truppe befehligte und nutzte dabei dessen Atempause zwischen zwei Kommandos.

»Centurio! Wo finde ich Aurelius Scapula?«

Der Mann verschluckte sich beinahe und zwei der ihm gegenüber stehenden Männer konnten sich ein leichtes Grinsen nicht verkneifen. Der Centurio riss die Faust an seine linke Brust und streckte den Arm zum Gruß. Dann öffnete er die Faust und deutete auf den zentralen Weg, der mitten durch das Kastell führte.

»Nach meiner Information befindet sich der Kommandeur auf einem der Türme des Nordtors, Herr.« Er blickte zum Himmel auf und machte ein neidisches Gesicht. »Allerdings nicht mehr lange, denn unser Kommandeur legt Wert auf seine cena; und es ist bald Mittag.«

Nachdem ihm Ulpius und Sidonius gedankt hatten und weiterritten, drehte sich der Mann wieder seiner Einheit zu.

»Was gibt es da zu grinsen?«, hörten sie ihn donnern. »Wenn die Picten euch nicht den Arsch aufreißen, könnt ihr sicher sein, dass *ich* das tue!«

Sie hörten noch, wie die ganze Truppe in Habachtstellung ging und der Centurio seine Männer mit Befehlen nur so bombardierte, bis sie an mehreren Schmieden vorbeikamen und seine Stimme durch das Hämmern daraus überdeckt wurde.

Je näher sie dem Nordtor kamen, desto zuversichtlicher wurde ihre Stimmung und die Bilder des Flüchtlingslagers in ihrem Kopf rückten in den Hintergrund. Hier gab es keine Zivilisten mehr, sondern nur noch reguläre Truppen. Ulpius Marcellus war schon immer ein Freund geregelter Verhältnisse gewesen. Selbst der einheitliche Aufbau römischer Kastelle, die gerade Ausrichtung der Straßen und Gebäude und damit eine klare Orientierung entsprachen völlig seiner inneren Einstellung. Natürlich war er kein Pedant, aber es verschaffte ihm Vertrauen, wenn er sah, dass neben den Katapulten ordentliche Stapel von Geschossen lagerten, genügend Eimer mit Löschwasser, Sand und Pech bereitstanden. Der Statthalter hatte in vielen Kämpfen seinen Mut ausreichend bewiesen, doch er konnte nicht verleugnen, dass ihn der Anblick Tausender voll ausgerüsteter Legionäre weitere Kraft gab. Mit einem Seitenblick erkannte er, dass es seinem allseits griesgrämigen praefectus classis ebenso erging. Sidonius Gavius zeigte nach all den Monaten ihrer Flucht endlich wieder einmal den Hauch eines zufriedenen Gesichtes.

Sie erreichten schließlich das Nordtor und stiegen von den Pferden. Ein Stallbursche hatte sie schon kommen sehen und war ihnen ein paar Schritte entgegengelaufen.

»Ist der Kommandeur hier auf dem Tor?«, fragte Sidonius Gavius und der Mann nickte stumm und deutete auf einen der Aufgänge des Tores.

Sie überließen ihm die Pferde und schritten zügig die Stufen hinauf. Als sie die oberste Ebene mit den Zinnen erreicht hatten, staunten sie über das dichte Gedrängel, dass dort herrschte. Ein bekanntes Gesicht drehte sich ihnen zu und kam ihnen entgegen.

»Quadratus, alter Freund«, begrüßte Ulpius ihn und sie drückten sich die Unterarme. »Was ist los? Wo ist Aurelius Scapula?«

Der Legionär wandte sich wieder halb um und deutete auf den dichtesten Haufen von Männern, die alle in eine Richtung blickten. »Ich fürchte, dass der Kommandeur sein cena entweder wird hier einnehmen müssen oder gar nicht«, begann er und Ulpius Marcellus konnte eine Staubwolke am Horizont wahrnehmen.

Der Statthalter und sein Begleiter wurden von den anderen Soldaten bemerkt und eine schmale Gasse wurde für sie geöffnet, sodass sie den Rücken des Kommandeurs sehen konnten, der nahe an der Mauerbrüstung stand. Sie gingen zu ihm und er wandte sich ihnen zu.

»Hast du schon von der Vernichtung Verulamiums gehört, Kommandeur?«, fragte Marcellus und konnte seine Aufregung nicht ganz verbergen. »Ist es nur ein Gerücht oder die Wahrheit?« Immer noch hoffte er, Gaius Fabius dazu bewegen zu können, mit seinen Männern hier nach Londinium zu kommen.

Scapula schüttelte den Kopf.

»Es ist leider kein Gerücht. Mein Spähtrupp - oder was davon übrig blieb - hat es bestätigt: Verulamium wurde dem Erdboden gleichgemacht.«

»Und wann rechnest du mit der Ankunft der Picten? Wie weit sind sie noch entfernt? Hat der Späher …?«

Ulpius Marcellus wurde durch ein weiteres betrübtes Kopfschütteln unterbrochen. Aurelius Scapula machte einen Schritt zur Seite und Ulpius hatte freie Sicht nach Norden. Die Staubwolke war trotz vorherrschender Windstille ein wenig näher herangerückt.

»Sie sind schon da!«

Kapitel XXX
A.D. 184, April
Sétantas Verrat

»Vielleicht solltest du jetzt zu Bett gehen, Herr«, sagte Sidonius Gavius leise und konnte dabei ebenfalls seinen Blick nicht von dem Bild abwenden, das sich ihnen bot. Er und Ulpius Marcellus standen mit mehreren Wachen auf der obersten Etage des Tores und blickten nach Norden in die Nacht. Er war müde und fröstelte ein wenig und hoffte auch selbst noch einige Stunden Schlaf bekommen zu können. »Ich glaube nicht, dass sie heute Nacht noch angreifen werden. Sie hätten es längst tun können und ein wenig wundert es mich, warum sie es nicht getan haben.«

Ulpius Marcellus zog seinen Umhang enger um sich, blickte aber weiterhin auf den Feind, der in der Dunkelheit wartete. Eigentlich war es gar nicht so dunkel, denn der Schein von Hunderten, wenn nicht gar Tausenden Lagerfeuern zog sich wie ein flammendes Band von einem Ende des Horizonts zum anderen durch die Nacht.

»Der Anführer dieser Picten ist nicht dumm, mein Freund«, antwortete der Statthalter und wies mit einer Hand auf die Linie der Feuer. »Er zeigt uns, dass er eine sehr große Streitmacht mit sich führt. Er gibt uns - und unseren Männern - Gelegenheit die Feuer zu zählen und daraus Rückschlüsse über seine Stärke zu ziehen. Es gibt den Männern aber auch die Zeit nachzudenken … und Angst aufkommen zu lassen. Wirklich nicht dumm, der Mann.«

»Sie!«, warf Sidonius ein.

»Was?«

»Es heißt, der Anführer der Picten sei eine Frau,

Herr«, ergänzte Sidonius und sah nur an dem Schatten, der sich vor dem Feuerschein bewegte, dass sich Ulpius Marcellus ihm zugewandt hatte.

Auf allen Türmen und Wehrgängen hatte man die sonst üblichen Feuer gelöscht oder in Richtung des Feindes durch bespannte Holzwände verdeckt. Aurelius Scapula hatte dies befohlen und mit der Erfahrung begründet, dass Wachposten früher vor den Feuern wie wandelnde Zielscheiben patrouilliert und so manchem Pfeil aus der Dunkelheit zum Opfer gefallen waren. Auch er wollte keinen einzigen Mann mehr vor der Schlacht verlieren.

»Woher hast du das, Sidonius? Ich meine, woher will man wissen, dass die Picten von einer Frau angeführt werden?« Die Stimme kam ganz nahe an sein Ohr und Gavius verstand, dass der Statthalter nicht wollte, dass es die anderen Männer hörten. Obwohl sich Sidonius sicher war, dass dieses Gerücht jedem im Kastell, ja vielleicht sogar in der ganzen Stadt bekannt war, flüsterte auch er.

»Die Flüchtlinge, Herr«, antwortete er. »Aber es sind nur Gerüchte.«

Gerüchte verbreiten sich schneller als der Wind, dachte er und wusste nicht, dass sein Freund einen ähnlichen Gedanken schon am Vortag gehabt hatte, wenn auch in einem anderen Zusammenhang.

»Nun, wir wissen, dass die Picten auch Frauen kämpfen lassen.« Die Worte kamen Ulpius Marcellus sehr leise über die Lippen. Trotzdem glaubte Sidonius Gavius, darin eine Mischung aus Bewunderung und Unbehagen zu erkennen. Wie zu seiner Bestätigung fuhr der Statthalter fort. »Bei den Griechen soll es Stämme gegeben haben - oder vielleicht immer noch geben - die nur aus Frauen bestehen. Sie nennen sie Amazonen und es sollen fürchterliche Kriegerinnen sein. Sie schneiden sich eine Brust ab, um besser mit Pfeil und Bogen schießen zu können.« Er schüttelte den Kopf und es war Gavius klar, dass seinem Freund das Bild amputierter Frauen durch den Kopf schoss, die mit einer vernarbten Brusthälfte auf ihre Feinde zustürmten und sie allein mit ihrem ungewohnten Anblick in Angst und Schrecken versetzten. Auch er selbst konnte sich der Wirkung dieses Bildes nicht entziehen.

»Erinnerst du dich an die Seeschlacht, Herr?«, fragte er und wusste natürlich, dass keiner von ihnen dieses Desaster jemals in ihrem Leben vergessen würde. »Die Picten, die unsere Galeeren stürmten, bestanden zwar zu einem großen Teil aus Männern. Aber ich glaube mich auch an etliche Kriegerinnen zu erinnern, die in ihrer Mordlust den Männern in nichts nachstanden. Und wenn du dich an den Aufstand der Icener erinnerst, Herr, dann weißt du natürlich, dass ihre Königin eine Frau war.«

»Boudicca«, kam es leise und sehr dicht neben ihm aus der Dunkelheit. »Also scheint an diesem Gerücht mehr Wahrheit zu sein, als blanke Phantasterei.«

Ulpius Marcellus zuckte mit den Schultern, doch das konnte Gavius mehr erahnen, als sehen. »Aber schlussendlich ist es egal, ob die Picten von einem Mann oder einer Frau angeführt werden.«

Sidonius Gavius nickte seinerseits unsichtbar im Dunkel, war aber anderer Meinung.

»Frauen können unter gewissen Umständen … konsequenter … und gnadenloser sein als Männer«, sagte er flüsternd und zog nun ebenfalls seinen Umhang enger um sich.

»Na schön, ich stimme dir zu, Freund Sidonius.

Heute Nacht werden sie nicht mehr angreifen. Also nutzen wir die letzten Stunden vor dem Kampf«, sagte Ulpius Marcellus und beide machten sich auf den Weg in ihre Unterkünfte.

Als sie schließlich in ihren Betten lagen, nur wenige Meter voneinander entfernt, starrten sie in die Finsternis des Zimmers. Vor ihren offenen Augen bildete sich das Abbild einer Kriegerin zu Pferd, von Kopf bis Fuß mit geheimnisvollen Zeichnungen und Runen bedeckt, ein bluttriefendes Schwert schwingend und blankem Hass in den Augen.

Keiner von ihnen ahnte auch nur, wie nahe sie damit der Wahrheit kamen.

Sétanta blickte auf die lang gestreckte Reihe von Lagerfeuern, die sich in einer Distanz von etwa einer halben römischen Meile nördlich der Stadt hinzog. Er schätzte, dass mindestens 60.000 Cruithin dort lagerten und sich - jeder auf seine Weise - auf die Schlacht vorbereiteten. Sein Verstand hatte sich in den letzten Monaten verändert und er hatte dies sehr wohl bemerkt. Doch seiner Meinung nach sah er nun klarer, als jemals zuvor in seinem Leben.

Dass es genau andersherum war, konnte sein verwirrter Geist nicht mehr erfassen, geschweige denn verstehen. Auch was die Ursache für seine schleichende Veränderung war, konnte er nicht ahnen. Zu sehr war er schon der Macht des Bluttrankes und des Steinfragmentes erlegen. Der permanente körperliche Kontakt mit der unheiligen Tafel, die er nicht mehr für eine Sekunde aus den Augen ließ, tat ein Weiteres. Seine angeborene Verschlagenheit und sein immer schon vorhanden gewesener Eigennutz hatten sich unter dem Einfluss des dämonischen Steins in Wahnsinn, blanke Bosheit und Verfolgungswahn gewandelt. Längst hatte er mit allem gebrochen, was ihn in jungen Jahren noch als schützenswert und wertvoll erschienen war. Ein freies Breith, ohne römische Besatzer. Die Arbeit und Seelsorge als wissenschaftliches und geistiges Mitglied der cruithischen Gesellschaft. Sein Werk als einer der Wissenden und Heger und Pfleger druidischer Künste. Alles vergessen und verloren. Nur die gefährlichen Talente eines Druiden schienen sich gesteigert zu haben. Der Teil seines Verstandes, der zumindest diese Veränderung wahrnahm, begrüßte sie und nahm sie als Beweis, dass mit ihm alles in bester Ordnung sei. Die *Anderen* waren die Fehlgeleiteten, die *Anderen* waren die Verräter und Mörder.

Dass er selbst der wandelnde Tod war, entzog sich so völlig seiner Wahrnehmung, dass er seine letzten Taten einfach nicht mehr wusste. Sie waren aus seinem Gedächtnis so gründlich gelöscht wie eine Kerzenflamme durch eine hereinbrechende Sturmflut.

Er hatte Balor und alle Ruannas getötet.

Die Spiegelkrieger, die er mit seinem eigenen Fleisch und Blut erschaffen konnte, waren weitaus mächtiger und gefährlicher, als die, die er mit den *Spenden* seines Sohnes erschaffen hatte.

Er hatte Kierans Gastfreundschaft schamlos ausgenutzt, und dessen im Grunde einfache Denkweise in einen Vorteil - *seinen* Vorteil - verwandelt. Ein ausgelassenes Gelage, das ihre Geschäfte besiegeln sollte, endete in einem Blutbad, in dem seine verbliebenen 50 cruithischen Dämonenkrieger den ganzen Stamm Kierans abgeschlachtet hatten. Sie hatten alle Kinder, Frauen und Alten ins Meer geworfen und er hatte die skotischen Männer zu Dämonenkriegern wiedererweckt. Aus einem Dutzend Leichen hatte er Hunderte Dämonenkrieger erschaffen. Doch seine Mordlust war damit nicht befriedigt gewesen. Nach Kierans Clan fielen ihm noch weitere skotische Stämme zum Opfer.

Nun stand er mit über 2.000 Dämonenkriegern, alle bis an die Zähne bewaffnet, im Osten der Stadt, welche die Römer Londinium getauft hatten, und wartete auf den richtigen Zeitpunkt.

Sidonius Gavius schreckte hoch, als der erste Laut an seine Ohren drang. Natürlich kannte er den Klang von Trommeln. Doch *diese* Wucht, gebündelt in einem Schlag, musste von vielen, sehr vielen Trommeln stammen. Er hatte die Augen noch halb geschlossen und registrierte, dass es immer noch Nacht war. Als für einige Zeit kein weiterer Schlag kam, überlegte er, ob nicht doch vielleicht eine andere Ursache für den Laut verantwortlich sein könnte und nur sein schlaftrunkener Verstand aus einem umstürzenden Schrank oder etwas Ähnlichem den Klang von Kriegstrommeln geformt hatte. Als dann der Nächste kam, verwarf er die Hoffnung auf eine natürliche Ursache. Noch während er sich von seinem Bett erhob und eine Kerze entzündete, dröhnten weitere Schläge über die Mauer bis hinein in sein Quartier. Der Abstand zwischen dem Ersten und den weiteren Schlägen war lang gewesen und er stellte sich vor, wie die Picten dies auf einer langen Frontlinie zustande brachten. Mit nicht geringem Unbehagen tauchte in ihm die Ahnung auf, dass diese Armee sehr wohl diszipliniert zu sein schien und kein wilder anstürmender Haufen Barbaren war, wie noch zu Zeiten des Boudicca-Aufstandes.

Er trank einen tiefen Schluck mit Essig versetzten Wassers und spürte die erfrischende Wirkung des Trankes. Kaum hatte er seinen Harnisch geschlossen und seine Waffen angelegt, klopfte es auch schon an seiner Tür.

Sidonius Gavius öffnete und Ulpius Marcellus stand in voller Rüstung vor ihm.

»Ich denke, es ist soweit«, sagte der Statthalter ruhig und Sidonius konnte in dem schlecht erleuchteten Gang nur schwer die Augen seines Freundes erkennen. Marcellus´ Helm ragte knapp über dessen Augenbrauen auf und der rote Helmbusch verdeckte eine der wenigen Fackeln ein paar Meter weiter den Flur hinab.

»Ja«, antwortete er einfach und löschte die Kerze wieder. Nur für eine Sekunde amüsierte er sich über sich selbst mit einer Mischung aus Hoffnung und Naivität, weil er mit seiner Umsicht auch seine Zuversicht offenbarte, jemals wieder in dieses Quartier zurückzukehren. Hätte er die Kerze brennen lassen, würde dies bedeuten, dass es ihm egal sei, wenn diese umfiele und das Gebäude in Brand setzte. Es hätte auch bedeutet, dass er nicht mehr in der Lage sein könnte, zurückzukehren.

Der Lärm anderer Legionäre und Offiziere, untermalt von den jetzt in einem etwas rascheren Takt geschlagenen Trommeln, riss ihn aus diesen Gedanken. Ohne weitere Worte stürmte er dicht hinter Ulpius Marcellus regelrecht aus dem Gebäude und rannte - flankiert von Dutzenden Legionären - in Richtung der Nordmauer des Kastells. Sie hatten sich am Abend - also erst vor wenigen Stunden - mit Aurelius Scapula noch einmal besprochen und mehrere Dinge miteinander vereinbart.

Eines davon war der Umstand, dass Scapula - und

das sehr bereitwillig - endgültig das Kommando über alle Truppen an Ulpius Marcellus abgetreten hatte. Sidonius Gavius rechnete zumindest mit der Möglichkeit, dass dies Scapula auch unter dem Gedanken akzeptiert hatte, weil ein Feldherr oft genug zu Tode kam, wenn er eine Schlacht an vorderster Stelle schlug. Und was würde ihm all sein Geld und das seiner Familie nutzen, wenn er erschlagen am Boden lag?

Der zweite Punkt ihrer Vereinbarungen ergab, dass Ulpius Marcellus und Sidonius Gavius die Truppen vom Nordtor aus befehligen würden und Aurelius Scapula die Verteidigungsanlagen im Westen - und damit einen der Übergänge über den Fluss - halten sollte. Centurio Eurycles Faustus, Decurio Decimus Agrippa und weitere Centurio Scapulas waren entlang der ganzen Stadtmauer verteilt und befehligten von dort ihre Einheiten. Im östlichsten Teil der Stadt waren die wenigsten Truppen platziert worden. Sie hatten sich mangels anderer Informationen auf die Linie der Lagerfeuer verlassen, die andeutete, dass die Masse der Picten aus Nordwesten anrückte und nur ein kleiner Teil - wenn überhaupt - auch den Osten der Stadt bedrohte.

Sidonius Gavius und Ulpius Marcellus wussten beide, dass diese Annahme auf wackligen Beinen stand. Aber sie rechneten auch damit, das beim Vorrücken des Gegners und den ersten Kampfhandlungen die Flüchtlinge aus der Stadt sich genau in diese Richtung absetzen würden. Ob mit oder ohne ihre Erlaubnis. Die Wege über den Fluss nach Süden waren Nadelöhre in Form von wenigen Brücken. Dort lagerten aber schon Zehntausende Flüchtlinge aus ganz Britannia. Diese würden mit Sicherheit weiter Richtung Süden fliehen. Den

Stadtbewohnern stand nur der Weg nach Osten frei. Und sie alle konnten sich von einem Mob überrannte Legionäre nicht leisten. Jedwedes Hindernis würde nur zu noch mehr Panik führen und sie in ihrem Kampf behindern.

Als Aurelius Scapula sie verlassen hatte, hatten Marcellus und Gavius diesen Punkt noch einmal durchdacht und waren zu keiner besseren Lösung gekommen. Sie brauchten eine massive Verteidigung in einem Bogen von Westen nach Nordosten. Eine Lücke mussten sie dem Volk lassen. Und vielleicht auch sich selbst.

Sidonius Gavius hastete hinter Ulpius Marcellus die Stufen hoch. Als sie die Brüstung erreichten, dämmerte am Horizont ein Flaum des kommenden Tages. Die letzten verschwindenden Sterne und das noch spärliche Licht kündeten einen herrlichen Tag an. Nur die Menschen auf der Erde machten sich bereit, aus diesem Tag, einen fürchterlichen zu machen.

Die Trommeln der Picten hatten ihren eintönigen Rhythmus geändert und das Pochen eines Herzens angenommen.

Sidonius spürte die Erde vibrieren und kurz darauf, wie sein Körper im gleichen Takt bebte.

Ich habe keine Angst, dachte er verwundert und erfreute sich am Licht des kommenden Tages.

Er sah, wie auch Ulpius Marcellus in das heller werdende Morgenlicht blickte. Als die Sichel der Sonne den Rand des Horizontes überschritt, blinzelten beide und hoben die Hand um die Augen zu schützen. Doch sie wandten sich nicht ab.

»Du bleibst an meiner Seite, Arianrhod!«, rief Swidger und schwang sich auf sein Pferd. Es stampfte und schien begierig zu sein, loszustürmen. Nur mit Mühe konnten die Krieger um sie herum ihre Reittiere bändigen. Die Anspannung und die Trommeln trieben sie an und sie wollten laufen, laufen, laufen.

»Aber ja«, antwortete Arianrhod und zog einen Gürtel fester zusammen. Sie tätschelte den Hals ihres Pferdes und sprach einige Worte in dessen hoch aufgestelltes Ohr. Dabei lächelte sie und stieg dann mit einem eleganten Schwung auf. Der Schimmel, den sie ritt, war ein prächtiges Tier, mit starken Flanken und einer weißen Mähne, die lang und dicht zu beiden Seiten seines Halses herabfiel.

»Kannst du jetzt schon mit Tieren sprechen?«, fragte Swidger und blickte sie halb belustigt, halb verständnislos an.

»Nein, ich habe ihm nur ein paar Worte gesagt, die ihn beruhigen sollen. Ich habe sie von … Túan gelernt. Was sie bedeuten, weiß ich nicht, aber er hatte mir versichert, dass jedes Pferd sie verstehen wird.«

Er zögerte nur einen Moment, dann nickte er.

»Alles, was uns hilft, diese Schlacht lebend zu überstehen, soll mir recht sein. Túan war ein großer Mann. Und ich wäre viel ruhiger, würde er heute an unserer Seite reiten.«

Arianrhod hörte nicht die geringste Eifersucht in seinen Worten und freute sich, dass sie beide Túans Namen erwähnen konnten, ohne sich gegenseitig zu misstrauen. Sie lenkte ihr Pferd an die Seite des Germanen und bedeutete ihm, er möge sich zu ihr herüberbeugen. Vor den Augen aller Cruithin um sie herum gab sie ihm einen Kuss.

Catriona und Máiri grinsten breit und Maelchon sogar unverhohlen anzüglich, sagten aber nichts.

Dann richtete sich Arianrhod auf und blickte über die Armee, die sich links und rechts von ihr in einer endlosen Linie hinzog. Sie standen in der vordersten Reihe und Swidger machte einen kurzen Blick zurück. Dicht an dicht standen die Krieger und Kriegerinnen und es war ihm nicht möglich, das Ende der Truppen zu sehen.

»Also dann, Cruithin aller Stämme«, rief sie und ihre Stimme hallte weit über die Köpfe der Streitmacht. »Lasst uns Römer töten!«

»Haaiihhhh!«, schallte es tausendfach zurück und die Trommeln steigerten den dumpfen Herzschlag gleich dem Takt der donnernden Hufe.

Ulpius Marcellus vernahm, wie sich das Tempo der Trommeln steigerte. Dann glaubte er, eine Frauenstimme in der Ferne etwas rufen zu hören. Die tausendfache Antwort der Picten hörten aber alle Römer auf den Mauern. In das dröhnende Schlagen der Trommeln mischte sich nun der Lärm donnernder Hufe. Der ganze Horizont schien sich zu bewegen und so mancher der Legionäre empfand es, als rolle der Boden selbst auf das Kastell und die Stadt zu, so geschlossen kam die erste Welle herangerast. Eine Staubwolke erhob sich und wirbelte rasch in die Höhe. Im ansteigenden Licht des jungen Tages erkannten sie bald, dass die Picten in großen geordneten Reitergruppen angriffen. Mehr als zehn etwa gleich große Scharen fegten über das flache Land und Ulpius konnte sich nicht erklären, wozu die Lücken gut sein sollten.

Vielleicht hoffen sie, damit den Geschossen besser ausweichen zu können, dachte er und versuchte die Zeit abzuschätzen, bis die Picten auf Schussentfernung der am weitest reichenden

Katapulte heran waren.

»Katapulte bereit machen!«, schrie er und hob seine Rechte mit dem Schwert.

Die Pictenhorden hielten schnurgerade auf die Mauer zu und schienen die Absicht zu haben, den Hagel der unvermeidlichen Geschosse unterlaufen zu wollen. Je näher sie kamen, desto schneller trieben sie ihre Pferde an.

Ulpius Marcellus konnte sehen, dass ihre Reittiere kleiner als die der Römer waren, fast so niedrig in ihrer Schulterhöhe wie Rinder und Kühe. Was er aber auch sah, war, dass diese ein wahnsinniges Tempo erreichten, sicher schneller, als es die größeren römischen Pferde vermochten.

Die auch schwere Reiter mit Rüstungen tragen müssen, kam ihm ein Gedanke. Die uralte Frage: Was ist besser? Schnell und nur leicht geschützt zu sein oder langsamer, dafür aber gut gepanzert?

Gleichzeitig mit einigen der Geschützführer bemerkte er, dass die Picten fast die Distanz überwunden hatten, welche die Römer mit ihren Geschossen erreichen konnten. Er hatte auch gesehen, dass viele der Katapulte hastig auf die Reitergruppen ausgerichtet worden waren.

»Katapulte … los!«, schrie er und riss den Schwertarm herunter.

Die ersten Treffer sind immer die effektivsten, dachte er und verfolgte den Flug der Steinbrocken und Feuerbälle.

Der Himmel zwischen der Mauer und den Picten füllte sich mit Gestein und schwarzen Rauchfahnen. Mehr als einhundert Brandgeschosse stiegen in die Höhe. An der Spitze der ballistischen Bahnen spuckten die Todesboten schon im Flug Funken und Flammen von sich, als wollten sie den Angreifern ein

Bett aus feuriger Erde bereiten. Die Picten sahen natürlich, was auf sie zuflog und plötzlich teilten sich die Gruppen und wichen in die freien Gassen aus. Die Geschosse befanden sich schon wieder im Sinkflug, aber die Formationen der Picten hatten sich überraschend schnell den Flugbahnen angepasst. Einige der Geschosse fanden trotzdem ihr Ziel und fegten wie ein Schwert durch die Reihen der Reiter. Mindestens zehn, vielleicht sogar ein Dutzend, wurden entweder direkt getroffen oder konnten vor ihnen stürzenden Kriegern nicht mehr ausweichen. Knochen brachen bei Mensch und Tier und einige stürzten in ihr eigenes Schwert. Aber die Masse der Geschosse schlug ohne direkte Wirkung auf dem Boden ein.

Ulpius fluchte und registrierte erneut, dass diese Picten nichts mit dem stumpfsinnigen Ansturm der Icener gemein hatten. Doch er hatte keine Zeit mehr, sich damit zu befassen, denn kaum waren die Steinbrocken auf der Erde gelandet, glaubte er, das Rattern von Rädern zu hören. Zunächst dachte er an Belagerungstürme, doch die hätte er längst sehen müssen. Und auch der Ton würde bei solchen schweren Geräten viel tiefer sein. Diese Räder klangen aber viel heller.

Nein, die Picten bauen keine Türme, grübelte er. Und für Rammböcke ist es noch zu früh … dazu müssten sie erst einmal …

Er unterbrach seinen Gedanken, denn er sah plötzlich, was das Geräusch verursachte.

Streitwagen!

Er hatte schon davon gehört, dass die Picten auch über diese Waffe verfügten, doch gesehen hatte er bisher nur Infanterie, Reiterei und die Besatzungen von Booten. Bevor er dazu kam, zu überlegen, was sie sich mit den Wagen vor den Mauern erhofften, sah er, dass die Krieger und Kriegerinnen, die hinter dem Lenker freihändig auf den Wagen standen, ein kleineres Gegenstück römischer Brandgeschosse in den Händen hielten. Für einen Augenblick war er so verblüfft, dass er nicht fähig war, einen Befehl zu rufen. Mit unverhohlener Bewunderung beobachtete er, wie die Gespanne mit den kleinen Pferden heranpreschten und die stehenden Picten geschickt die Balance hielten. Ja, er sah sogar, dass die Wagen keine festen Plattformen besaßen, sondern ein dichtes Flechtwerk aus Lederstreifen, die einen sicheren Stand erlaubten und dennoch die Fahrzeuge leicht und sehr elastisch bleiben ließen. Es erschien ihm, als klebten die Fahrzeuge förmlich auf dem Boden, anstelle zu Hüpfen wie römische Streitwagen, wenn deren Räder auch nur über geringe Unebenheiten rollten.

»Bogenschützen … Pfeile los!« Er hörte seine eigene Stimme den Befehl rufen und hoffte, dass die Pfeile bei diesem Tempo überhaupt ein Ziel fanden. Aber die Picten mussten viel näher an die Mauer heran, da sie ihre Geschosse nur mit Körperkraft schleudern konnten.

Je schneller die Wagen fahren, desto weiter können sie werfen, fuhr es ihm durch den Kopf und wieder musste er der Taktik der Picten Respekt zollen.

Dann flog eine Wolke aus Pfeilen in die Reihen der Angreifer und endlich kam es zu nennenswerten Treffern. Reiter und Tiere schwankten getroffen oder brachen tot zu Boden und bildeten Hindernisse für die Nachrückenden. Viele Pferde schafften es, über die Toten hinwegzuspringen, andere konnten ausweichen und fegten weiter ihrem Ziel entgegen.

Wieder andere hatten nicht dieses Glück und krachten in die sich teilweise in Schmerzen windenden Körper hinein. Wagen brachen auseinander, Splitter bohrten sich in Körper von Mensch und Tiere und wütende und gequälte Schreie erfüllten die Luft.

Dann hatten die Wagen mit den Feuerwerfern ihr Ziel erreicht.

Erst jetzt schienen die Werfer eine Hand zu ihrer Sicherung an das Gestell der Wagen zu legen, mit der anderen wirbelten sie ihre feurigen Kugeln über ihren Köpfen.

Mit waghalsigen Manövern schwenkten die Lenker die Gespanne nach links und gleichzeitig nutzten die Werfer den zusätzlichen Schwung, um ihre feurige Last in die Luft zu entlassen. Ein Schwarm flammender Boten flog auf die Mauern zu und viele prallten scheinbar nutzlos daran ab. Aber mehr als der Hälfte der Geschosse gelang es, die Mauer zu überwinden und alles in Brand zu setzen, was es dort gab.

Ulpius konnte im immer dichter werdenden Rauch und Staub kaum noch sehen.

Und meine Bogenschützen und Speerwerfer ebenfalls nicht! Die haben damit gerechnet, dass wir Brandbomben werfen und uns zum Teil selbst damit die Sicht nehmen. Im Schutz des Qualmes haben sie ihre Wagen herangeführt und jetzt hilft es ihnen sogar, darin zu entkommen.

»Schießt auf alles, was sich bewegt, Männer!«, brüllte er und sah, dass seine Bogenschützen Pfeil um Pfeil abfeuerten. Die Vorräte in den Körben schwanden rapide und Sklaven, sogar Zivilisten, hasteten über die Wehrgänge, um die leeren Körbe durch volle zu ersetzen.

Der Statthalter warf einen raschen Blick zurück und sah, das einige der Gebäude im Kastell und in der Stadt bereits brannten. Er sah aber auch, dass man die Brände noch unter Kontrolle hatte. Die Vorbereitungen zahlten sich aus. Sidonius Gavius und er hatten ihre alten Kameraden Quadratus, Antonius und Vidonius dazu abgestellt, für reibungslosen Nachschub zu sorgen und die Löscharbeiten zu beaufsichtigen. Natürlich hatten sie das getan, um sie aus der Schusslinie zu halten. Wenigstens sie sollten nach Hause kommen, sollten die Dinge … unerfreulich verlaufen. Doch im Augenblick gab es noch keinen Anlass für solche Bedenken.

Er wandte sich wieder um und hatte den Eindruck, dass sich der Kampflärm ein wenig gelegt hatte. Tatsächlich sah er durch schnelle Blicke nach links und rechts, dass die Mehrzahl der Legionäre kein Ziel zu finden schien. Mit gespannten Bögen und wurfbereiten Speeren lauerten sie darauf, dass sich der Rauchschleier verzog oder sich Lücken zeigten, die ein lohnendes Ziel freigaben. In seinem Rücken schallten die Rufe der Bedienmannschaften der Katapulte und Ballistae, die nachluden und mit knackenden Zahnrädern die Wurfarme und Seile spannten. Ab und an entlud sich eine der Waffen und schickte sein Geschoss über die Mauer. Doch die Mehrzahl der Geschützführer hatte erkannt, dass es Munitionsverschwendung war, und blickte mehr oder minder abwartend zu ihm und anderen Offizieren hoch.

»Beschuss einstellen!«, rief er. Eine letzte abgefeuerte Brandbombe kam seinem Befehl zuvor und flog qualmend davon. Er hörte den Aufschlag und sah im Dunst auch ein Aufflackern am Boden.

Doch ihm folgten keine Schmerzensschreie.

Plötzlich wurde es deutlich ruhiger. Sie alle vernahmen sich entfernende Hufe und Räder. Als auch die Kommandeure und Gruppenführer verstummten, drang das Knistern vieler Feuer umso deutlicher an sein Ohr.

Sidonius Gavius trat an seine Seite und wischte sich Schweiß und Ruß vom Gesicht.

»Diese Wagen waren eine Überraschung. Zumindest für mich, Herr«, sagte er und machte trotzdem ein zuversichtliches Gesicht. »Aber wir haben sie zurückgeschlagen.« Es war ihm anzusehen, dass er auch das als Überraschung ansah. »Ich hätte nicht gedacht, dass die erste Welle so schwach ausfallen würde.«

Ulpius Marcellus wollte gerade seiner Zustimmung Ausdruck verleihen, als ihm etwas an den Worten seines praefectus classis störte.

»Ich bin mir nicht sicher, was das zu bedeuten hat, mein Freund«, sagte er nachdenklich und wandte sich wieder der anhaltenden Wolke aus Rauch und Staub zu, die von einem aufkommenden Wind langsam angetrieben wurde. Leider sah es so aus, als triebe sie genau in Richtung des Kastells und der Stadt. »Ihr Vorgehen spricht eine andere Sprache, Sidonius. Sie rasen nicht unorganisiert heran, sondern die wissen genau, was sie tun.«

Er nahm von einem Sklaven einen Krug mit Essig versetzten Wassers entgegen und machte einen kräftigen Schluck. Dann reichte er seinem Freund den Krug.

Gavius nickte dankend und trank ebenfalls.

Der Wind hatte ein wenig zugenommen und blies den Rauch auf dem Gelände vor der Mauer nach Osten hin ab. Es entstanden erste freie Stellen, an denen man tote Tiere und Picten erkennen konnte und auch einige zerstörte Wagen.

»Der Trick mit den Lücken hat unsere Geschosse fast wirkungslos gemacht«, fuhr Gavius fort. »Und dann haben wir zu spät gesehen, dass sie ihrerseits Brandgeschosse einsetzen würden. Diese Streitwagen waren verflucht schnell …«

Wieder hatte Ulpius den Eindruck, dass er etwas übersah, und blickte rasch durch die größer werdenden Lücken im Dunst auf den Horizont. Er konnte die dunkle Masse aus Pferden, Picten und Wagen sehen, die sich neu formierten und auf etwas zu warten schienen.

Der Wind treibt den Rauch nach Osten, überlegte er und dachte an die Möglichkeit, nein, an die Wahrscheinlichkeit, dass sich bereits flüchtende Zivilisten seines Schutzes erfreuen konnten. Und dann erkannte er, was sein Unterbewusstsein schon lange vor ihm bemerkt hatte.

Der Rauch zieht nach Osten. Und die Schwaden vor dieser Mauer tun es nicht!

Er stürzte mit drei, vier Schritten an die Brüstung und Sidonius Gavius folgte ihm automatisch. Das Knistern vieler Feuer - das ohne ihre Aufmerksamkeit zu erregen sogar stärker geworden war - hatten sie die ganze Zeit vernommen und es zum Großteil ihren eigenen Geschossen zugeschrieben. Doch jetzt sahen sie, dass das Geräusch - und der Qualm, der sich weigerte nach Osten abzudriften - von den Feuern stammte, welche die pictischen Brandbomben verursacht hatten. Direkt unter ihnen brannten die hölzernen Bestandteile der Mauer und das Feuer schien sich auszubreiten, anstelle mangels Nahrung abzuklingen.

»Griechisches Feuer!«, rief Sidonius Gavius und

er wandte sich mit schreckgeweiteten Augen dem Statthalter zu.

Der hatte sich bereits umgewandt und war an die kastellseitige Brüstung getreten.

»Löschtrupps auf alle Wälle!«, schrie er so laut er konnte und sah, wie Dutzende Gruppen im Laufschritt seinem Befehl folgten. »Die Picten benutzen Griechisches Feuer!«

Er hoffte, dass allen klar war, dass hier Sand die beste Waffe gegen dieses Mistzeug war. Er wandte sich wieder Gavius zu.

»*Wir beide* hätten es wissen müssen, Sidonius! Die Picten haben es auch bei unserer Flotte eingesetzt. Sie müssen durch irgendjemanden von diesem verfluchten Feuer erfahren haben.« Er blickte auf den Horizont mit den ruhig abwartenden Horden. »Sie lassen das Feuer die Arbeit machen, Sidonius. Und wenn wir es nicht bald löschen, werden sie kommen und einfach durch die Asche reiten …«

Aber die Picten taten ihnen nicht den Gefallen und ließen ihnen keine Zeit, sich um die Brände zu kümmern. Gerade als die ersten Männer keuchend mit Eimern voller Sand die Treppen heraufkamen, setzten sie sich wieder in Bewegung.

Mit einem gellenden Aufschrei stürzte ein Sklave rücklings auf den Wehrgang. Ein pictischer Speer ragte aus seiner Brust und zitterte noch nach, als der Mann schon keinen Mucks mehr machte. Seinen toten Händen entglitt der Henkel des Eimers und der Sand rieselte nutzlos auf den blutbedeckten Boden.

Nicht völlig nutzlos, dachte Ulpius Marcellus und duckte sich rasch hinter eine Zinne, als ein Pfeil auf ihn zuschoss. Der Sand verhindert, dass wir auf dem Blut ausrutschen. Es wäre mir lieber gewesen, er hätte die Flammen unter mir erstickt.

Er trat einen Schritt zurück, um einer pechschwarzen Schwade zu entgehen und schnappte gierig nach Luft. Schweiß troff ihm unter dem Helm hervor und brannte in seinen Augen.

Es dauert nicht mehr lange, und ich habe keine Männer mehr, die Sand auf die Brände schütten können. Und Sand habe ich bald auch keinen mehr.

Ein Legionär griff nach dem Eimer und mit blanken Händen schaufelte er das meiste des Sandes in ihn zurück. Er schob sich geduckt an die Zinne, die der Sklave zuvor aufgesucht hatte, und kippte den Eimer mit der Öffnung über die Kante. Er hatte ihn zur Hälfte geleert und erhob sich, um auch den Rest in die Flammen zu werfen, doch das war ein Fehler. Mit einem erstickten Laut ließ er den Eimer über die Mauer fallen und blieb stocksteif stehen. Er wankte und Ulpius sah, dass in seinem Hals ein Pfeil steckte. Noch bevor der Mann in die Knie sinken konnte, flog ein weiterer Pfeil heran und blieb in einer seiner Augenhöhlen stecken. Dann erst kippte der Mann über die Mauer und verschwand aus Marcellus′ Sichtfeld.

Die schießen gezielt auf die Löschmannschaften. Die wissen wirklich, was sie tun!

Mit einem wütenden Schrei packte er einen der Wurfspeere, die in einem Gestell bereitstanden. Ihre Zahl war schon rapide gesunken, doch noch kamen Sklaven und füllten die Köcher immer wieder auf. Als er damit an die Lücke zwischen zwei Zinnen trat, gleichzeitig den Arm zum Wurf erhob und nach einem Ziel suchte, erstarrte er vor Entsetzen. Der Boden vor den Mauern war dicht mit Kriegern bedeckt und er brauchte sich kein Ziel zu suchen. Mit aller Kraft schleuderte er den Speer hinunter und wusste, er würde damit einen Feind treffen. Doch er nahm sich nicht die Zeit nachzusehen, ob er auch getroffen hatte.

Ulpius Marcellus wirbelte herum.

»Sturmleitern!«

Sein Warnruf setzte sich in Windeseile entlang der Wälle fort. Und auch an anderen Abschnitten der Verteidigungsanlage hatte man die Gefahr erkannt. Alles, was eine Waffe halten konnte, stürmte auf die Wehrgänge und die wenigen Türme.

Sidonius Gavius war immer noch an seiner Seite und deutete auf die Ballistae und Katapulte. Marcellus begriff sofort und dachte nur eine Sekunde darüber nach, ob er die Männer der Bedienmannschaften ebenfalls auf die Wälle befehlen sollte.

Noch nicht!

»Ballistae und Katapulte! Schießt mit allem, was ihr habt«, schrie er ihnen durch den immer lauter werdenden Kampflärm zu. Er deutete über die Mauer. »Dort draußen stehen Tausende Picten. Lasst sie eure Gaben kosten!«

Die Männer an den Geschützen antworteten ihm mit grimmigem Geheul und sogar die Legionäre um ihn herum fielen in die Rufe ein. Wie auf dem Entersteg eines Schiffes oder als testudo auf freiem Feld standen sie Mann neben Mann und bildeten mit ihren scuti eine kompakte Wand. Alle richteten ihre pila auf die Lücken und würden zumindest zu Beginn versuchen, damit die Sturmleitern zurückzustoßen.

Noch während Ulpius Marcellus überlegte, wie die Picten es mit den dichten Rauchschwaden hielten, bekam er die Antwort vor Augen geführt. Dort wo die Flammen schon bis an die Zinnen loderten, ließ sich natürlich kein Feind blicken. Doch es hatte schon etwas Unheimliches an sich, aus Schwaden grauen und schwarzen Rauchs plötzlich Picten auftauchen zu sehen, denen der Qualm nichts anzuhaben schien. Diese Schrecksekunde genügte, um den ersten Angreifern den Sprung auf die Brüstung zu ermöglichen. Es standen schon fünf von ihnen Ulpius und seinen Männern gegenüber, als die Römer endlich ihre Starre überwinden konnten.

»Für Rom!«, brüllte Marcellus und machte zusammen mit den Männern einen raschen Vorstoß.

Doch die Picten hatten ebenfalls Schilde, die sie schützten. Rund und kleiner, damit aber auch leichter. Sie schlugen oder lenkten damit die pila achtlos zur Seite und hackten mit Äxten und Streitkolben ihrerseits nach den Köpfen der Römer. Dabei gerieten sie so nahe an ihre Gegner heran, dass beide Seiten sich in die Augen sehen konnten. Blanker Hass stand sowohl auf dieser, als auch auf der anderen Seite in die Gesichter geschrieben. Von den ersten fünf Picten gingen zwei durchbohrt zu Boden. Auch vier der Römer sanken mit eingeschlagenen Schädeln nieder und wurden sofort von Kameraden aus der zweiten Reihe ersetzt. Die Mauer aus Schilden war wieder geschlossen, doch dieser kurze Schlagabtausch hatte genügt, um weitere Picten die Mauer überwinden zu lassen.

Viele Römer sahen dies, konnten es jedoch nicht verhindern. Sie hatten mehr als genug damit zu tun, sich die Picten vom Hals zu halten, die ihnen gegenüberstanden und immer zahlreicher wurden. Sich an die Zinnen zu stellen und die Leitern umzustoßen, dazu hatte keiner der Verteidiger eine Chance.

Plötzlich sah Ulpius Marcellus mehrere schwarze Rauchfahnen aus dem Kastell über die Mauer auf die

Picten zuschießen. Noch während er einem hässlichen und überall tätowierten Feind die Spitze seines pilum in den Rachen stoßen konnte, vernahm er das Krachen der Aufschläge und dutzendfache Schreie. Er verzog das Gesicht zu einer verbissenen Fratze, als sich die Schmerzensschreie in Rufe der Qual wandelten. Er stellte sich vor, wie die Getroffenen als lebendige Fackeln durch die Reihen ihre Mitstreiter rannten und Angst und Panik verbreiteten.

»Für Rom!«, schrie er noch einmal und ein Ruck ging durch die Linie aus Schilden, Speeren und schwitzenden Männern.

»Vorwärts!«, brüllte er und freute sich, dass mit ihm 20 Mann gleichzeitig einen Schritt nach vorn machten. Acht Picten brachen zusammen und machten es den Verbliebenen schwer, sich zu bewegen. Es blieb kaum Platz, um mit einer Waffe auszuholen: vorne die Römer, hinten die Mauer.

Ulpius konnte sehen, dass zwar neue Krieger auf den Leitern standen, aber nicht auf die Brüstung springen konnten, da dort einfach nicht genug Raum für sie war. Einige der Picten hoben ihre Waffen und wollten damit aus erhöhter Position die Mauer aus römischen Schilden überwinden. Aber plötzlich fegten aus zwei Richtungen Dutzende Pfeile heran und schickten die Krieger zu ihren Freunden auf den Boden zurück.

»Vorwärts Legionäre, macht sie nieder!« Dieses Mal war es Sidonius Gavius, der die Männer anfeuerte und Ulpius Marcellus staunte ein wenig über dessen Kampfgeist. Im Grunde war ein praefectus classis ein Beamter, ein Verwalter. Doch Ulpius beglückwünschte sich, in Gavius einen Freund *und* Kämpfer an seiner Seite zu haben.

Ohne nachrückende Krieger waren die wenigen auf der Mauer den Römern unterlegen. Innerhalb einer Minute hatten sie alle Picten auf den Wällen niedergemacht und stürmten mit heiseren Schreien und neuem Mut an die Zinnen, die nicht von Flammen umgeben waren.

Wir müssen diese Brände löschen! Dieses verfluchte Griechische Feuer lässt sich nicht mit Wasser bekämpfen.

»Sand!«, schrie er. »Bringt alles, was ihr habt! Wir müssen die Brände löschen.«

Er machte sich nicht die Mühe nachzusehen, ob jemand seinem Befehl Folge leisten würde. Gäbe es noch Sand, würden sie ihn bringen. Wenn nicht …

»Stoßt die Leitern um, Männer!«

Mittlerweile hatten die Verteidiger auf der Mauer begriffen, dass es Selbstmord war, sich frontal in die Lücken der Mauer zu stellen. Von beiden Seiten schoben sie Lanzen zwischen Zinnen und Leitern und benutzten sie als Hebel. Es waren vier Mann nötig, um auf diese Weise eine einzige Leiter von der Wand zu hebeln und mühsam nach hinten zu neigen. Mit schweißnassen und vor Anstrengung roten Gesichtern kämpften die Römer gegen das Gewicht, der noch auf den Sprossen stehenden Picten. Als sie endlich die Senkrechte erreicht hatten und die erste Leiter sich zu neigen begann, stießen sie mit einem Aufschrei kräftig nach und fielen in Jubelgeschrei, als die Leiter stürzte.

Ulpius Marcellus sah sich blitzschnell um. Zu seiner größten Überraschung hatten zu beiden Seiten die Männer auf den Wällen ähnliche Erfolge erzielen können. Nur zu seiner Linken sah er in ca. 50 Metern Entfernung noch zwei Picten mit Legionären kämpfen. Noch während er den Kampf beobachtete, wurden die Angreifer getötet und von den Siegern über die Mauer geworfen.

Ein Blick ins Kastell zeigte ihm, dass mehrere Gebäude unrettbar verloren waren, bei anderen aber die Brände gelöscht werden konnten.

»Wo bleibt der verdammte Sand!«, schrie ein Decurio ein paar Meter von ihm entfernt. Er kannte dessen Namen nicht, hatte aber gesehen, dass sich der Mann wacker geschlagen hatte. Eine Schnittwunde an dessen Hals blutete heftig, schien ihn aber nicht weiter zu behindern.

Sidonius Gavius hatte währenddessen mehrmals über die Mauer geblickt und sich immer wieder rasch zurückgezogen. Jetzt trat er zu Marcellus und keuchte immer noch heftig.

»Das hätte ich nicht für möglich gehalten, Herr. Wir hatten die Mauer schon beinahe verloren und jetzt …«

Der Statthalter nickte und sah mit Freude, dass endlich Männer mit Sand eintrafen und sie rasch und gezielt in die Flammen warfen. Allerdings erschrak er innerlich, als er sah, wie wenige es waren und keine mehr folgten, als die Ersten wieder den Wall verlassen hatten.

»Es stand auf Messers Schneide, mein Freund. Ich frage mich nur, wie vielen Wellen wir noch Stand halten können …«

Er trat nun seinerseits nach vorn und blickte überrascht über die Mauer.

»Sie ziehen sich zurück!«

Ungläubig wandte er sich Sidonius Gavius zu. Bevor er aber ein weiteres Wort sagen konnte, vernahm er den Klang von Kriegshörnern. Rasch drehte er sich in die Richtung des Geräusches, das aus Westen kam.

»Das sind keine römischen Hörner … und auch keine pictischen.«

Sétanta sah dem Kampf erregt zu. Bei jedem Picten und jedem Römer, den er sterben sah, klopfte sein Herz stärker in seiner Brust. Sein Verstand - nein, Verstand konnte man das nicht mehr nennen - sein *Irrsinn* ließ nicht mehr zu, dass er Freund von Feind unterscheiden konnte.

Sie *alle* waren seine Feinde.

Sie *alle* standen ihm im Weg.

Also musste er sie auch *alle* vernichten.

Nur dann konnte er über Breith herrschen, seine eigenen Dämonenkrieger erschaffen und das Land von allem reinigen, was es in seinen Augen beschmutzte. Er stellte sich ein Reich vor, in dem alle Pictenstämme vereint waren, zusammengeschweißt durch den Tod und den Bluttrank. Ganz Breith würde nur seinem Befehl folgen und sich nicht in Streitereien und Feindseligkeiten ergehen, so wie seit Urzeiten. Eines glaubte er von den Römern gelernt zu haben: Man konnte nur etwas wirklich Großes erschaffen, wenn man rücksichtslos mit Blut und Schwert regierte. Absprachen, Verhandlungen und Verträge waren nichts wert. Niemand hielt sich an sie. Verrat gab es allerorten und zu jeder Zeit.

Dass er selbst zum größten Verräter an seinem Volk geworden war, oder im Begriff stand, es jetzt endgültig zu werden, kam ihm nicht in den Sinn. Zu verwirrt waren seine Gedanken, die einzig von der Macht der Dämonen geleitet wurden und die immer mehr die Herrschaft über ihn erlangte.

Sein hohes Alter - und damit eine recht kurze Regentschaft - hatten noch zu Beginn seiner

Besessenheit Bedenken in ihm aufkommen lassen. Doch mittlerweile war auch dieser Punkt beiseitegeschoben. Lebte er denn nicht schon länger als jeder andere Mensch auf dieser Erde? Hatte das kleine Fragment der Tafel ihm nicht schon ein überlanges Leben geschenkt? Er war sich sicher, dass nun, da er endlich nach all den Jahren der Suche im Besitz der Tafel war, diese ihm auch noch viele weitere Jahre schenken würde. Jahre, in denen er das Land befreien und seine Herrschaft aufbauen konnte.

Dass es eine Schreckensherrschaft sein würde, die unendliches Leid für die Betroffenen und deren Familien bedeuten würde, entzog sich völlig seinen Überlegungen. Er dachte nicht den Bruchteil einer Sekunde daran, dass er dafür zuallererst tausendfachen Mord - an seinem eigenen Volk - begehen musste, um seine Armee zu erwecken.

Er hatte auch den Punkt übersehen, dass die Dämonenkrieger, die er erschaffen hatte, einen Preis verlangten, den er bisher einfach zu begleichen vermochte. Auch wenn ihm gar nicht bewusst war, *dass* er eine lautlose Rechnung bezahlte. Jedes Blut, das ein Dämonenkrieger vergoss, steigerte dessen Gier nach noch mehr Blut. Ein germanischer Berserker war ein lahmes Bübchen gegen einen dieser Krieger. Der Druide, der Braumeister, der sie erschuf, war zwar ihr Herr und Meister, und sie folgten jedem einzelnen seiner Befehle. Doch diese Befehle entstanden nicht aufgrund reiflicher Überlegung und den Zwängen des Überlebens gegen irgendeinen Feind geschuldet.

Sie entstammten den Forderungen der uralten Dämonen, die den Stein erschaffen und die Worte eingemeißelt hatten, die nur einem einzigen Zweck dienten: ihren Durst nach Blut zu stillen.

Sétanta sah, dass die Römer nicht lange würden durchhalten können. Zwar konnten sie noch die Mauern des Kastells und ihre starken Rüstungen und Waffen nutzen, doch was konnten 10.000 Römer gegen 60.000 rachsüchtige Cruithin ausrichten?

Ich werde euch alle vernichten, dachte er und genoss die Macht, die er in seinem Rücken spürte. 2.000 Dämonenkrieger standen dort. Bis auf seine Leibwache von 50 Mann waren sie einst Skoten gewesen. Doch jetzt zählte das nicht mehr. Das Einzige, was nun zählte, war, dass es *seine* Dämonenkrieger waren.

»Geht!«, befahl er. »Und macht sie nieder.«

Er gab ein Zeichen und die Hörner erschallten. In seinen Ohren klang es wie Musik aus der Anderswelt.

Arianrhod sah, dass die Römer nicht viel gegen die Massen tun konnten, die sie ihnen entgegenschickte. An vielen Stellen brannten die Wälle und es würde nur eine Frage der Zeit sein, bis dort Lücken entstanden, durch die sie in das Kastell und in die Stadt gelangen würden. Das Griechische Feuer machte seine Arbeit und mit zufriedenem Ausdruck registrierte sie, dass die Verteidiger mit nur wenig Sand ein paar der Feuer eindämmen konnten.

Der Rauch erlaubte es ihnen, Sturmleitern heranzubringen und aufzurichten. Kaum schlugen die Leitern an die Mauer, stürmten Spiegelkrieger hinauf und sprangen über die Zinnen.

Als dann das kurzzeitige Bombardement wieder einsetzte, verfolgte sie dessen schauderhafte Wirkung. Sie wollte schon die neben ihr auf ihren Pferden sitzenden Fürsten fragen, ob sie die Krieger zurückziehen sollten, bis der Wall niedergebrannt war. Doch plötzlich drang das Dröhnen von Hörnern zu ihnen herüber und ihre Blicke wandten sich nach Westen.

Sie alle erkannten, dass es sich um keine römischen Signale handelte und für eine Sekunde herrschte Verwirrung.

»Verbündete der Römer?«, fragte sie und konnte sich nicht erinnern, solche Töne schon einmal vernommen zu haben.

»Vielleicht«, sagte Maelchon mac Cean. »Das sind skotische Hörner. Und dieses Pack hat sich schon des Öfteren für Gold angedient.« Er spuckte verächtlich aus und zog sein Schwert.

»Die Römer laufen uns nicht weg«, sagte Arianrhod. »Es gefällt mir nicht, wenn mir ein unbekannter Feind in die Flanke gerät.« Sie packte ihr Krummschwert und stieß es in die Luft. »Maelchon und Máiri, ihr kommt mit mir. Catriona und Fionnghal beschäftigen die Römer.«

Dann stieß sie ihrem Pferd die Hacken in die Seite und mehr als 5.000 Cruithin und Spiegelkrieger folgten ihr zu Pferd.

Ulpius Marcellus sah, wie eine unbekannte Armee am westlichen Horizont auftauchte und immer noch in die Hörner stieß. Er hatte keine Ahnung, wer dort kam, aber eines sah er: Die Ankömmlinge wandten sich nicht gegen die Stadt und das Kastell. Und noch etwas sah er: Eine große Einheit der Picten schwenkte herum und ritt den Neuankömmlingen entgegen.

»Der Feind meines Feindes ist mein Freund«, murmelte er und wusste nicht, wie falsch er damit lag.

»Was hast du gesagt, Herr?«, fragte Sidonius

Gavius und wusste nicht, wohin er zuerst blicken sollte. Nach Westen, wo sich ein möglicher Retter befinden mochte oder nach Norden, wo sich die Picten für ihren dritten Ansturm in Stellung brachten.

»Sidonius, mein Freund. Egal wer das sein mag, er beschäftigt die Picten. Und ich bin nicht gewillt, hier tatenlos zuzusehen. Wir werden unsere Chance nutzen. Ich möchte mit so vielen Reitern wie möglich den Picten entgegenreiten. Du bleibst hier und löscht die Brände, sorgst für Mannschaften, Waffen und Gerät auf den Wällen. Wenn ich einen möglichst großen Teil der Picten niedergemacht habe, kehre ich zurück und wir empfangen sie mit frischen Truppen auf den Wällen.«

»Aber …«, begann Sidonius Gavius und Ulpius sah ihm an, dass er einwenden wollte, dass er kein Kommandeur war. Doch der Statthalter lächelte nur kurz und zuversichtlich und wandte ich dann mehreren Meldern zu, die immer in seiner Nähe standen. Er gab ihnen einen kurzen Befehl und schon bliesen sie das Signal für die Alae in ihre Hörner.

Marcellus winkte noch einmal zu Sidonius Gavius, dann war er fort.

»Es sind Skoten«, schrie Swidger und achtete darauf, dass er nicht von Arianrhods Seite gedrängt wurde. Sie ritten in vollem Galopp auf die Skoten zu und sahen, dass diese alle zu Fuß waren. »Wir werden sie in Grund und Boden reiten«, rief er und hoffte sichtlich, ihr damit Mut zuzusprechen.

Doch Arianrhod benötigte keines weiteren Zuspruchs, um kämpfen zu können. Sie überlegte nur die ganze Zeit, warum niemand - auch nicht Marcellus Maximus Lupinius - sie vor dieser Möglichkeit gewarnt hatte. Schon ihr Vater, der praefectus castrorum Magnus Lucius, hatte sich ab und an skotischer Söldner bedient.

Warum habe ich nicht damit gerechnet?

»Die Römer haben sich eine Söldnertruppe eingekauft«, rief Maelchon mac Cean, so als hätte er ihre Gedanken gelesen und trieb sein Pferd ein wenig zur Seite, damit er und seine Reiter einem kleinen Hain nach rechts ausweichen konnten. In wenigen Augenblicken würden sie auf die Skoten treffen und Máiri schwenkte mit ihren Vacomagi nach links. Swidger und Arianrhod stießen mit dem Hauptteil der Reiter genau auf die Mitte zu. Immer noch brandeten die schauerlichen Klänge der skotischen Carnyx an ihre Ohren und längst konnten sie auch das Gebrüll der Angreifer hören. Aber anstelle irgendeines Kampfrufes waren es unartikulierte Schreie, die grausam und gierig klangen.

Arianrhod sah, dass die Skoten zwar dicht an dicht, aber trotz allem ungeordnet marschierten. Dahinter Dutzende lockerer Reihen, die gerade Platz genug zu den Vordermännern ließen, dass sie ihre Speere, Äxte und Schwerter frei schwingen konnten. Sie suchte sich eine Stelle aus, bei der vier oder fünf Skoten mit Streitäxten bewaffnet waren. Sie hoffte, dass es ihnen bei dieser Gruppe gelang, ihre Schnelligkeit, die Höhe als Reiter und ihre langen Schwerter als Vorteil nutzen zu können. Sie sah, das Swidger eine Pferdelänge vor ihr ritt. Mit leichtem Druck dirigierte er sein Pferd vor ihr eigenes, dann hatten sie die ersten Skoten erreicht.

Swidger brach wie ein Sturm durch die erste Reihe und schlug mit seinem Breitschwert um sich, sodass ein Schwall skotischen Blutes sie traf, bevor sie selbst in die Feinde stoßen konnte.

Der Skote, der vor ihr auftauchte, war nicht größer

als sie selbst, dafür war er beinahe so breit wie zwei Männer. Er führte eine Streitaxt mit sich, die an beiden Seiten runde Klingen aufwies. Er hatte die Axt schon erhoben gehabt, als sie noch zwei Pferdelängen von ihm entfernt war. Jetzt fuhr die Axt mit einem Zischen auf sie zu, dass sie glaubte, eine Schlange würde um den Stiel gewunden sein.

Doch Arianrhod hatte damit gerechnet und hieb ihm die Klinge ihres Schwertes auf einen Unterarm. Leider fand sie nicht den richtigen Winkel und sie glitt an seinem Armschutz ab. Aber auch sein Schlag fuhr um Haaresbreite am Hals ihres Pferde vorbei. Sie hatte keine Zeit nach ihm zu sehen, denn ihr Pferd rannte den Mann hinter dem Klotz einfach nieder. Dabei geriet es aus dem Rhythmus und musste sich erst fangen. Diese Sekunde genügte einem Skoten, seinen Speer durch den Hals ihres Tieres zu treiben und es sich überschlagen zu lassen. In hohem Bogen flog Arianrhod aus dem Sattel und landete mit dem rechten Bein auf dem Boden. Sie versuchte erst gar nicht, stehen zu bleiben, sondern rollte sich ab und stand mit gezücktem Schwert einem anderen Skoten gegenüber, der wie seine Kameraden zurückgewichen war, als Arianrhods Pferd stürzte und wild mit den Hufen um sich keilte. Noch im Aufschwung schlug sie nach dem Skoten. Der wehrte ihren Schlag mit der Kugel eines Streitkolbens ab und stieß ihr damit gegen die Brust. Arianrhod trieb es die Luft aus den Lungen und sie taumelte zwei Schritte rückwärts. Sie rempelte gegen ein Hindernis, dass sich ebenfalls wie ein Rücken anfühlte und sie hoffte es sei Swidgers. Mit einem wütenden Schrei drückte sie sich wieder nach vorn und schlug eine schnelle Reihe von Hieben auf den Träger des Streitkolbens. Der Mann war stärker als sie, aber längst nicht so flink. Acht, neun, zehn Hiebe konnte er abwehren, dann hob er beide Hände, um ihr mit einem Schlag den Schädel zu zertrümmern. Arianrhods Klinge war dennoch schneller. Mit aller Kraft, die sie aufwenden konnte, fegte sie ihr Schwert waagrecht über seinen Kopf und hackte ihm beide Hände an den Gelenken ab. Der Mann brüllte wütend auf und Hände und Kolben fielen zu Boden. Doch anstelle vor Schmerzen aufzujaulen oder sich um das Blut zu kümmern, dass aus seinen Stümpfen schoss, machte er zwei Schritte auf Arianrhod zu und riss seinen Mund auf, als wolle er sie beißen. Dabei übersah er einen Huf von Arianrhods Pferd, der in letzten Reflexen vor und zurück zuckte. Der Huf traf ihn voll an einem Knöchel und er sackte mit einem Bein in die Knie. Er versuchte, sich mit den blutenden Stümpfen am Boden abzustützen, aber Arianrhod ließ ihm dafür keine Zeit mehr. Mit einem senkrechten Stoß trieb sie ihm ihre Klinge durch den Nacken und riss sie sofort wieder heraus. Der Mann brach zusammen und rührte sich nicht mehr.

Swidger war plötzlich wieder neben ihr und schrie ihr irgendetwas zu, aber auf eine seltsame Weise war ihr Gehör gedämpft und sie nahm alle Laute um sich herum wie durch eine dicke Schicht Stoff wahr. Schläge gegen Schilde waren dumpfe Töne. Das sonst helle Scheppern von Metall auf Metall klang wie das Klopfen auf Holz. Die Rufe und Schreie der Gegner, ihrer Cruithin und selbst Swidgers, der ganz nah bei ihr stand, waren unverständliche Laute.

Beide hackten und schlugen sie unentwegt um sich, genau wie die Cruithin, die neben ihnen kämpften. Immer gelang es ihr nur in allerletzter Sekunde, einem tödlichen Schlag auszuweichen oder ihn zu parieren. Sie tötete zwei, vielleicht auch drei der Skoten, dann fühlte sie, wie sich etwas veränderte.

Es lagen mehr Cruithin auf dem Boden als Skoten, obwohl sie ihnen zahlenmäßig weit überlegen waren. Über die Hälfte der Cruithin hatten ihre Pferde verloren, waren gestürzt oder abgesprungen. Sie konnte nicht sagen, wohin die verbliebenen Reiter verschwunden waren. Sie hoffte, dass sie die Formation der Skoten durchstoßen hatten, wendeten und sie von hinten angriffen. Aber sehen konnte sie es von ihrem Standort aus nicht.

Wieder schrie ihr Swidger etwas zu und sie glaubte, darin das Wort *Dämonen* herauszuhören, aber sie konnte sich auch täuschen. Das vor ihr waren Menschen und keine Monster. Als die Klinge eines Skoten ihr in den Oberschenkel fuhr, schrie sie auf und der Klang ihres eigenen Schreies hallte in ihrem Kopf lauter, als es ihren Ohren möglich war.

Der Schmerz pulste heiß durch ihre Muskeln, aber ihr Kampfeswille ließ es nicht zu, dass sie sich zurückzog. Sie rammte dem Krieger mit einem rechten Haken die Faust gegen die Kehle und er röchelte halb erstickt. Im Rückschlag fetzte ihre Klinge ihm die Kehle aus dem Hals. Für einen Augenblick schienen die Gegner innezuhalten, um sich ihre Opfer genauer anzusehen. Ein dichter Ring Skoten hatte sich um sie, Swidger und etwa 20 weiterer Cruithin gebildet.

In dem Moment, als Arianrhod mehrmals schluckte, um den Druck aus ihren Ohren zu nehmen, sah sie in einiger Entfernung einen Kopf mit weißem Haar aus der Masse der Skotenkrieger ragen. Ihr Verstand präsentierte ihr das entsprechende Gesicht dazu, doch ihr Herz schrie ungläubig dagegen auf. Der Mann, der dort auf seinem Pferd saß und kalt lächelnd die Schlacht beobachtete, war niemand anderer als …

… Sétanta.

»Arianrhod!«

Plötzlich konnte sie einigermaßen wieder hören und Swidgers Ruf so nahe an ihrem Ohr machte sie beinahe erneut taub. Er deutete auf den Druiden.

»Der Dreckskerl kommandiert die Skoten!«, schrie er.

Kaum hatte er es ausgesprochen, stürzten die Skoten auf sie zu und sie verloren Sétanta wieder aus den Augen. Swidger schwang sein Breitschwert wie eine Sense und hielt damit drei der Skoten auf Abstand. Auch die anderen Cruithin bildeten nun einen Ring um sie und fast wollte sie verärgert dagegen protestieren. Aber dann begriff sie, dass die Cruithin dies auf einen raschen Befehl Swidgers hin getan hatten.

»Schau ihnen in die Augen!«, brüllte er und köpfte dabei einen der Feinde vor ihm.

Arianrhod pflegte in einem Zweikampf immer die Augen des Gegners zu beobachten. Doch in einer tobenden Schlacht, in der es weniger um Taktik und Finten ging, sondern um pausenloses Hauen und Stechen, hatte sie dafür bisher keine Zeit gehabt. Sie suchte die Augen eines Gegners und als sie Blickkontakt zu einem hatte, schien es ihr, als sauge auch sein Blick sich an ihrem fest.

Sie erstarrte und wäre jetzt für jeden Gegner ein leichtes Opfer gewesen. Das bösartige Leuchten in den Augen erinnerte sie an das Feuer, dass ihren Túan vernichtet hatte. Grüne Flammen füllten die Augenhöhlen der Skoten und sie begriff, dass es sich um Spiegelkrieger handeln musste. Doch es konnten nur Ausgeburten des Orkus sein, die hier für Sétanta die Schlacht schlugen. Augenblicklich blitzten Bilder und die Erkenntnis durch ihren Kopf, was das bedeuten musste.

Sétanta hatte wirklich Túan ermordet und nicht ihr zuliebe zum Leben erweckt. Yan hatte dies behauptet und sie hatte die ganze Zeit Zweifel an seinem Vorwurf gehegt. Der Druide wollte die Tafel für sich und er hatte dieses Ziel auch erreicht. Was er mit dieser Macht vorhatte, hatte sich Arianrhod nicht vorstellen können. Aber dass er sie und die Cruithin angriff und nicht die Römer, zeigte nur zu deutlich, dass er Verrat übte. Welche weiteren Ziele dahinter standen, konnte sie sich in ihrer Überraschung nicht vorstellen.

Wie mit einem Bann belegt, tauchte ihr Blick in den grünen Abgrund des Dämonenkriegers ein und suchte darin nach Antworten.

Der Kampflärm schien sich nicht mehr steigern zu lassen, als plötzlich von zwei Seiten das Krachen von Hunderten Schlägen und Schreien aufbrauste. Mit brachialer Gewalt stürmten Maelchon zur Rechten und Máiri von der linken Flanke, gefolgt von einigen Hundert berittener Cruithin und Spiegelkriegern in den Ring der Dämonenkrieger und trieben sie auseinander. Sie trampelten den Skoten in die Rücken und ließen ihre Pferde aufsteigen, als wollten sie die Angreifer in den Boden stampfen.

»Arianrhod! Komm!«, rief Swidger und packte sie an einer Hand.

»Schon gut, ich verstehe!«, schrie sie zurück und sprang hinter einer Kriegerin in den Sattel. Kaum hatte sie sich mit einer Hand an dem Gürtel der Frau festgehalten, stieß diese dem Tier die Hacken so fest in die Seiten, dass es empört aufstieg. Noch im Niederfallen der Vorderhufe zerschlug sie damit einem am Boden liegenden Skoten den Schädel. Sein Blut spritzte nach allen Seiten.

Ulpius Marcellus hatte in aller Eile so viel Reiter um sich geschart, wie es möglich war. Natürlich hätte er aus allen Teilen der Stadt weitere Reiter heranziehen können, aber er ahnte, dass es hier um jede Minute ging. Egal, wer sich den Picten gerade entgegenstellte, er hielt sie davon ab, die Römer an die Wand zu nageln. Und wer dieser unbekannte Verbündete auch sein mochte, er würde es zu schätzen wissen, wenn die Eingeschlossenen einen entlastenden Ausfall machen würden.

Als sich auf seinen Befehl hin das Nordtor öffnete, stand mehr als eine komplette ala milliara hinter ihm. Die Männer auf den Wällen stießen in alle Hörner, die sie finden konnten und geleiteten damit die Ala durch das Tor.

Sogar Rufe mit *Victoria* erschallten, aber Ulpius war sich sicher, dass sie weit davon entfernt waren, einen Sieg zu erringen.

Das Gelände unmittelbar vor der Mauer des Kastells war übersät mit Leichen und Trümmern. An vielen Stellen brannte es und manche der am Boden liegenden Kriegerinnen und Krieger bewegten sich noch oder schleppten sich nach Norden.

Ulpius ignorierte sie und schrie Kommandos. Er wollte eine geschlossene und mehrfach gestaffelte Kampflinie gebildet haben, bevor sie auf die Picten stießen.

Im Westen sah er die Schlacht toben und schätzte, das mindestens ein Zehntel der Pictenarmee darin verwickelt war.

Der größte Teil bleibt also mir, dachte er und sah, wie sich seine Reiter in perfekter Linie bewegten.

Als sie etwa einhundert Meter Abstand zur Mauer erreicht und damit ein hindernisfreies Gelände vor sich hatten, ließ er das Tempo steigern. Rasch hatten sie die Geschwindigkeit für eine Attacke erreicht.

Die Picten hatten sie natürlich kommen sehen und setzten sich ihrerseits in Bewegung. Er sah, dass ihre vorderste Linie aus Streitwagen bestand und überlegte, ob sie auch jetzt mit kleinen Brandgeschossen kämpfen würden. Aber er sah keine Rauchfahnen aufsteigen.

Also kein Griechisches Feuer. Vielleicht haben sie alles für die erste Welle verbraucht, überlegte er und griff sich einen Wurfspeer.

Er hob ihn steil in die Höhe.

»Für Rooom!«, rief er lang gezogen.

»Roooommmm«, antworteten die Legionäre und er spürte, dass ihnen diese aktive Kampfweise mehr lag, als das Verharren auf Mauern.

Sie ritten mitten in einen Hagel hinein. Die Picten auf den Streitwagen hatten ihre Brandgeschosse tatsächlich verbraucht und gegen pralle Köcher mit Pfeilen ausgetauscht. Ulpius Marcellus sah die Wolke aus gefiedertem Tod auf sie zufliegen und riss in letzter Sekunde seinen Schild nach oben. Er fühlte mehr als ein halbes Dutzend Aufschläge und zwei der Pfeilspitzen drangen durch den Schild. Eine davon stach ihn in den Unterarm, den Göttern sei Dank aber nicht besonders tief. Trotzdem schnitt die Klinge bei jeder Bewegung in sein Fleisch und er fühlte sein Blut warm auf sein Bein tropfen.

Er senkte rasch den Schild und sah, dass die Picten nur noch Sekunden brauchten, um auf sie zu treffen.

»Speeeree!«, brüllte er und warf seinen eigenen

mit aller Kraft. Leider gelang ihm damit kein direkter Treffer, sondern der Speer fuhr in die Speichen eines Streitwagens und ließ ihn wie von einem Katapult geschossen, in die Luft schleudern. Lenker und Kämpfer folgten im hohen Bogen und knallten seitlich von ihm auf den Boden. Plötzlich hatte Ulpius Marcellus eine Lücke in den Reihen der Picten vor sich. Ein größerer Felsbrocken im Boden war die Ursache dafür. Doch Marcellus hatte ihn zu spät bemerkt und riss in letzter Sekunde sein Pferd in die Höhe und sie schafften es, das Hindernis zu überspringen.

Beim Aufsetzen auf den Boden fuhr ihm die Spitze des Pfeiles schmerzvoll in den Arm und mit einem Ruck löste er den Griff und ließ den Schild einfach zur Seite fallen. Er hoffte, dass niemand der Folgenden darüber stolpern würde, aber darauf konnte er jetzt keine Rücksicht nehmen. Er zog mit der Rechten sein Schwert aus der Scheide und konnte es gerade noch heben, um den Schlag einer Pictenkriegerin abzublocken. Sie fegte so dicht an ihm vorbei, dass ihr braunes Haar seine Schulter berührte. Automatisch blickte er ihr nach. Sie drehte sich aber nicht zu ihm herum, sondern tötete den Mann hinter ihm mit einer lässigen Beiläufigkeit, die ihm den Schweiß aus allen Poren trieb.

Immer noch genügte den Römern ihr anfänglicher Schwung, um sie tiefer in die Reihen der Picten gelangen zu lassen, aber es war klar, dass sie diese Masse nicht würden durchbrechen können. Sie schafften noch etwa dreißig Meter, dann war das Gedränge zu dicht und alle kämpften mehr oder weniger im Stand und nach allen Seiten schlagend. Wie von Zauberhand waren die Streitwagen verschwunden. Sie hätten jetzt keinen Platz mehr zum Rangieren gehabt und wären eine leichte Beute für jeden Reiter gewesen. Marcellus ahnte zwar, dass sie sich wieder auf die Mauer stürzen würden, hoffte aber, dass sie wirklich keine Brandbomben mehr hatten.

Und dann stand plötzlich die Kriegerin wieder vor ihm. Allerdings saß sie jetzt auf einem Schimmel und nicht auf dem Braunen, den sie gerade noch geritten hatte. Er fragte sich, wie sie so rasch die Pferde hatte wechseln können, wurde aber durch ihren vehementen Angriff abgehalten, sich weiter über solche Nebensächlichkeiten den Kopf zu zerbrechen. Sie deckte ihn mit einer rasenden Folge von Schlägen ein und ein Teil von ihm bewunderte ihre Kraft. Sie zeigte kein Ermüden, während seine Muskeln schon darum kämpften, sich nicht zu verkrampfen. Ihr Krummschwert hatte ungefähr die gleiche Länge wie sein Gladius, aber sie schlug so rasch zu, dass er keine Lücke für einen Gegenschlag fand. Er war dazu verdammt, ständig Abwehrbewegungen zu machen, anstelle sie in Bedrängnis zu bringen. Seine freie Schildhand fingerte unablässig nach einem weiteren Speer, von denen er noch einige in seinem Köcher am Sattel hatte. Doch immer dann, wenn er den Schaft eines Speeres erreicht hatte, flutschte er ihm durch die blutbenetzten Finger. Erst nach dem vierten oder fünften Versuch gelang es ihm einen Speer zu packen und ihn der Kriegerin ins Herz zu stoßen. Sie blickte noch immer überrascht, als sie vom Pferd kippte.

Ulpius Marcellus drehte sein Pferd im Kreis und eine weitere Kriegerin stellte sich ihm entgegen. Wäre er nicht schon schweißgebadet gewesen, hätte ihm ihr Anblick dazu gebracht. Es war das gleiche Gesicht, die gleichen Tätowierungen, aber wieder der

Braune, den sie zuerst geritten hatte. Noch während sie auf ihn eindrang - mit dem gleichen verächtlichen Grinsen, dass ihre Vorgängerin gezeigt hatte - verstand er, was sie war.

Eine dieser Schöpfungen des alten Druiden! Er vermag aus Toten mehrere neue Kriegerinnen und Krieger zu formen.

Dann fiel es ihm wie Schuppen von den Augen.

Das ist der Grund für diese Massen von Picten!

Das ist die Erklärung für den Fall des Hadrianwalles.

Das war es, was meine Flotte vernichtet hat.

Er hatte die ganzen Monate seit dieser Tragödie überlegt und gerechnet. Woher hatten diese Barbaren all diese Krieger? Sie konnten sich nicht über 100 Jahre versteckt gehalten haben. Und wozu auch? Boudiccas Armee hatte zum großen Teil aus einfachen Menschen, Bauern und Handwerkern, bestanden, nur zu einem geringen Teil aus richtigen Kämpfern. Das war der Grund für das Scheitern des Aufstandes gewesen. 10.000 Römer gegen 80.000 Picten und Britannier. Wären sie auch nur halb so stark wie diese unheimlichen Krieger gewesen, so hätten schon damals die Römer ganz Britannia aufgeben müssen.

Aber jetzt ist es soweit!

Glasklar stand die Erkenntnis vor seinen Augen.

Diese Schlacht können wir nicht gewinnen.

Für eine Sekunde dachte er an die unerwartete Verstärkung, die im Westen gegen die Picten kämpfte.

Sind es Römer, so wüsste ich davon. Oder irgendeiner der anderen verbliebenen Offiziere.

All diese Gedanken hatten weniger als die Zeit für drei Herzschläge benötigt und sein Körper und seine antrainierten Reflexe hatten ihn in dieser Sekunde davor bewahrt getötet zu werden. Mit einer Mischung aus Angst und Wut explodierte er förmlich und schlug der Frau den Kopf von den Schultern. Er wandte sein Pferd um und sah zwei weitere Ausgaben der Pictin auf ihn zustürmen. Die Mordlust in ihren Augen stand seiner in nichts nach. Er wusste nicht mehr, wie er es schaffte, eine von ihnen zu töten und die andere hinter sich zu lassen.

Er stieß sein Pferd brutal durch die Reihen der Kämpfenden und schrie die ganze Zeit: »Folgt mir! Folgt mir!«

Viele der Römer glaubten, er würde nun den Rückzug antreten, aber Ulpius Marcellus hatte ein ganz anderes Ziel.

Ich muss wissen, wer dort im Westen kämpft! Vielleicht kann ich mit meiner Ala seine Gegner im Rücken treffen. Dort werden wir mehr Picten töten können als hier.

Sétanta lächelte ein hämisches Grinsen, als er bemerkte, wie eine ansehnliche Menge römischer Reiter einen Ausfall machte und nach Norden stürmte. Sie stellten sich dem Hauptteil der berittenen Cruithin und beide Seiten erlitten große Verluste. Sein Grinsen nahm einen triumphalen Zug an, als er sah, wie sich die Cruithin, die gegen seine skotischen Dämonenkrieger kämpften, plötzlich zurückzogen. Und auch die Römer lösten sich aus ihrem Kampf und schienen sich zurückzuziehen. Aber anstelle ins Kastell zu reiten, schwenkten sie nach Westen herum.

Sie kommen hierher!

Im ersten Augenblick verwirrten ihn beide Manöver, denn in seinen Augen gab es keinen Anlass dafür, sich zurückzuziehen. Weder die eine noch die andere Seite schien so viel Verluste erlitten zu haben, dass sie Gefahr lief, den Kampf zu verlieren.

Die Cruithin denken, dass ich den Römern zu Hilfe eile. Sie wollen nicht in die Zange genommen werden. Und für den Augenblick mag es sogar stimmen.

Sein hässliches Lachen besaß keine echte Freude, sondern drückte nur seine abfällige Meinung aus, die er für beide Seiten empfand. Seine Augen aber blickten mit Eiseskälte über das Schlachtfeld. Die Befürchtung der Cruithin konnte er trotz seines nicht mehr klaren Verstandes nachvollziehen.

Aber warum ziehen sich die Römer nicht hinter ihre Mauern zurück?

Er kniff die Augen zusammen und blickte an die Stelle zurück, an der eben noch Cruithin gegen Römer gefochten hatten. Nun gewann er den Eindruck, dass dort mehr Römer am Boden lagen als Spiegelkrieger. Dann verstand er.

Die Römer wären dort aufgerieben worden. Der römische Kommandeur eilt seinem unbekannten Retter - also mir - entgegen und erhofft sich, wenigstens diesen Teil der Cruithin zwischen sich und mir abschlachten zu können.

Er nickte zustimmend, doch seine Augen zeigten dabei kein Gefühl.

Mehr Blut, als der Boden aufzunehmen vermag.

Dann hatten die Römer die sich zurückziehenden Cruithin erreicht.

Arianrhod sah, dass die Wunde an ihrem Bein immer noch blutete. Doch so viel wusste sie aufgrund ihrer Erfahrung mit Verletzungen, dass es sich nur um eine Fleischwunde handelte und keine große Ader betroffen war. Der kalte Schauer, der ihr dagegen immer noch den schweißnassen Rücken hinab rann, machte ihr weitaus mehr Sorgen. Nun, nicht der Schauer an sich, sondern der Grund dafür.

Welche dunkle Macht treibt Sétanta dazu, sich gegen sein eigenes Volk zu erheben?

Für den Bruchteil eines Augenblickes zuckte ihr der Gedanke durch den Kopf, dass auch sie sich gegen Rom gewandt hatte, gegen ihr Volk, aus dem sie geboren worden war.

Er kämpft gegen uns, anstelle gegen die Römer! Und dazu führt er auch noch fremde Söldner in unser Land.

Fast war es eine Erleichterung, als sie - dicht an der Swidgers Seite - die Römer erreichte. *Das* war der Feind, den sie bekämpfen wollte. Noch während sie dem ersten Römer den Schädel spaltete, zeigte ihr inneres Auge aber nur das Bild Sétantas.

Sie sah nicht, dass in Swidgers Augen Sorge um sie auftauchte. Er begriff, dass sie mit ihren Gedanken nicht im Hier und Jetzt weilte. Swidger sah den Ausdruck in ihrem Gesicht und hoffte, dass das Bild, das sie wohl sah - welches auch immer es sein mochte -, sie nicht das Leben kosten würde. Im Kampf mit den Gedanken woanders zu sein, war der schnellste Weg nach Walhall.

Er hatte eine ihn selbst überraschende Abgeklärtheit angenommen, die er bisher bei keinem Kampf gefühlt hatte. Immer war er leidenschaftlich gewesen, ganz nah an der Grenze zur Raserei. Er war erstaunt und stolz zugleich, dass er überhaupt kämpfen konnte, ohne mit Schaum vor dem Mund seine Gegner niederzumachen. Augenblicklich wurde ihm klar, dass er selbst Gefahr lief, sich durch

Grübeleien ablenken zu lassen. Als hätte er den Hebel an einer Belagerungsmaschine umgelegt, schob er alle Gedanken beiseite und stürzte sich mit neuer Kraft zwischen Arianrhod und einen Römer mit rotem Helmbusch.

Ulpius Marcellus konnte fast den Schwertarm nicht mehr heben. Hatte er einen Picten erschlagen, standen drei neue vor ihm. Mit Verzweiflung in den Augen sah er Legionär um Legionär niedersinken.

Anstelle Picten abzuschlachten, werden wir abgeschlachtet, dachte er und wehrte zum Hundertsten Mal den Schlag eines Picten ab. Hätten wir wie sie keine Helme und Brustpanzer, wären wir nur noch eine kleine Schar. Oder längst tot.

Der Kampf hatte sich wieder in westliche Richtung verlagert und er konnte zwar die Reihen der unbekannten Krieger sehen, aber weder ein Banner noch deren Kleidung erkennen, die ihm Auskunft über ihre Herkunft erlaubt hätten. Immer weiter schob sich die Schlacht nach Westen und aus der Ferne mochte es für andere so aussehen, als trieben die Römer die Picten vor sich her und auf den unbekannten Verbündeten zu. Doch die Bewegung entstand mehr oder weniger zufällig.

Marcellus war kurz davor, den Rückzug zu befehlen, als er mitten im Schlachtfeld einen blonden Hünen kämpfen sah; eindeutig ein Germane. Aber anstelle auf Seiten der Römer zu kämpfen, wie es sich für einen germanischen Legionär ziemte, schien er äußerst bemüht zu sein, eine pictische Kriegerin abzuschirmen, die selbst wie ein Furie focht und von oben bis unten mit Dreck und Blut besprenkelt war. Auch die sie umgebenden Picten betrachteten den Germanen offensichtlich als Verbündeten, denn kein einziger griff ihn an.

Ulpius Marcellus sah, dass dieser Tatbestand es dem Germanen leicht machte, einen Römer nach dem anderen zu töten. Sie alle zögerten den entscheidenden Moment zu lange, wenn der Blonde auf sie traf.

Was um der Götter willen, ist auf diesem Schlachtfeld los?, überlegte er und sah, dass sie sich jetzt ganz nah an der Schlachtlinie der fremden Armee befanden. Dann konnte er endlich einige der Krieger lange genug sehen, um zu erkennen, welchem Volk sie entstammten.

Skoten!

Welcher Kommandeur hat es geschafft, die Skoten zu erreichen und sie zum Kampf gegen die Picten zu bewegen?, überlegte er und konnte nicht ahnen, dass er völlig falsch lag.

Die Picten ihrerseits erkannten, dass sie jetzt von zwei Seiten attackiert wurden. Es schien ihren Kampfgeist aber nur noch mehr anzustacheln. Die Skoten hielten ihnen erstaunlicherweise stand, ja sie schienen sie sogar vor sich herzutreiben, genau auf die Römer zu. Plötzlich waren die geringen Abstände zwischen den Kämpfenden aller Parteien verschwunden. Es war eine einzige Masse hauender, stechender, schreiender Kämpfer und Kämpferinnen. Das Tempo hatte so zugenommen, dass niemand die Zeit zu finden schien, nur um Atem holen zu können.

Ulpius Marcellus hatte den Germanen aus den Augen verloren, ahnte aber, dass dieser sich immer noch dort befand, wo er ihn vor Kurzem noch sein Breitschwert hatte schwingen sehen. Mitten im Gewühl glaubte er, dessen blondes Haar wirbeln zu sehen, aber sicher war er sich nicht. Er tötete eine pictische Kriegerin, die ihm mit nur einem Arm angriff. Ihre langen Haare endeten genau auf gleicher Höhe wie ihr linker Oberarm, aus dessen Stumpf immer noch das Blut pulste. Ihr Kampfwille war ungebrochen, ihre Kraft dagegen sichtlich schon. Sie sank einfach zur Seite, als er ihr sein Gladius ins Herz stieß. Ihr Pferd wäre davongestoben, hätte es Platz dafür gehabt. So stieg es verängstigt auf und schlug mit den Hufen um sich. Als es wieder mit allen Hufen auf dem Boden stand, fand sich Ulpius Marcellus plötzlich der Pictin gegenüber, die vorhin den Schutz des Germanen genossen hatte.

Sie muss eine ihrer Fürstinnen oder Clanchefinnen sein!, dachte er und hob sein Schwert zum Schlag.

Sétanta weidete sich am Lärm der Schlacht und es war ihm gar nicht bewusst, dass er sich wie ein Stück Eisen von einem Magneten immer weiter hineinziehen ließ. Zwar war er noch von dichten Reihen seiner Dämonenkrieger umgeben, und er musste nicht selbst kämpfen. Aber er hielt in der einen Hand seinen Druidenstab und in der anderen ein Schwert.

Seine Besessenheit hatte ein Maß erreicht, dass ihm jeden abgetrennten Körperteil wie ein Geschenk betrachten ließ. Die Ströme von Blut, die um ihn herum vergossen wurden, betrachtete er als Labsal, die seinen alten Körper mit neuer Kraft erfüllte. Und tatsächlich war dies auch beinahe so. Die dämonischen Mächte führten die Lebensenergie der Sterbenden in seinen Körper. Das Hochgefühl, dass ihn augenblicklich erfüllte, entschädigte ihn für all die eingebildeten Leiden und Demütigungen, die er in den vergangenen Jahrzehnten scheinbar hatte erdulden müssen. Die Schreie der Verletzen und Sterbenden klangen in seinen Ohren wie die schönste

Musik. Sein Lachen hatte einen idiotischen Ausdruck angenommen, aber niemand hatte Gelegenheit, sich darüber zu wundern oder es mit Grausen wahrzunehmen.

Er hatte 2.000 Dämonenkrieger in die Schlacht geführt und sie hatten sich wie die zehnfache Menge von Kriegern geschlagen. Natürlich hatten römische Legionäre dieser Kraft nichts entgegenzusetzen. Und es kam pausenlos vor, dass Römer in Angst und Schrecken erstarrten, wenn sie erkannten, dass mehrere Krieger völlig identisch aussahen. Sie fielen Spiegelkriegern zum Opfer, mit verständnislosem Ausdruck im Gesicht, den sie noch trugen, auch wenn das Licht in ihren Augen schon erloschen war.

Stießen sie auf grünäugige Dämonen, starben sie rasch, außer sie ergriffen die Flucht und starben erst, wenn sie cruithischen Klingen wie zur Erlösung zum Opfer fielen.

Und auch die Cruithin, welche selbst Spiegelkrieger waren, starben in Scharen, wenn sie auf Sétantas Dämonenkrieger trafen. Die Reihen lichteten sich auf jeder Seite, ob Römer oder Cruithin.

Doch selbst 2.000 Krieger aus der Schattenwelt waren nicht genug für die Armee, die Arianrhod und Swidger anführten. Es dauerte Stunden, bis sich das Blatt wendete und die Zahl der Dämonenkrieger langsam aber unaufhaltsam sank.

Sétanta bekam nichts davon mit, so gefangen war er im Rausch der Macht und der lange nicht mehr gefühlten Kraft, die seine Adern und Muskeln durchströmte.

Er sah nicht, welchen schrecklichen Blutzoll Römer und Cruithin bezahlten, um auch nur einen seiner Dämonen zu töten.

Er sah nicht, dass beide Parteien längst aufgehört hatten einander zu bekämpfen, sondern sich nur noch auf den Kampf gegen die Skotensöldner konzentrierten.

Er sah nicht, dass die Reihen um ihn herum lichter wurden und er nur noch von 100, dann 70, dann 30, am Ende nur noch von einem Dutzend Dämonenkriegern umgeben war.

Er sah auch nicht, dass ein römischer Offizier beinahe Arianrhod getötet hätte, wäre nicht Swidger dazwischengefahren.

Und er sah auch nicht, dass es diesem Offizier nur mit allerletzter Kraft und mit panischer Flucht gelang zu verhindern, dass Swidger ihn tötete.

Erst als kein einziger Römer mehr am Leben war oder sich noch am Kampf beteiligte, als die letzten beiden Dämonenkrieger durch Catriona, Maelchon und Swidger niedergestreckt wurden, schwand wie zäher Schleim der Wahnsinn aus seinen Augen und er begann seine Umgebung wieder wahrzunehmen.

Er hielt immer noch Stab und Schwert in der Hand, aber kein Cruithin näherte sich ihm. In einem Umkreis von zwanzig Schritten um ihn herum hatte sich ein massiver Kreis aus über 1.000 Cruithin und Spiegelkriegern gebildet. Die Schlacht am Kastell und an der Stadt tobte noch, doch hier im Westen befanden sich keine Römer mehr.

Und keine lebenden Dämonenkrieger.

Swidger, Arianrhod und einige der Fürsten saßen schwer atmend und völlig ausgepumpt auf ihren Pferden. Sie befanden sich Sétanta genau gegenüber. Aber er schien sie noch nicht wahrzunehmen. Ihre Blicke drückten Abscheu, Hass, Verwirrung, Wut und auch unverhohlene Angst aus. Sie sahen ihm in die Augen und erkannten, dass er wahnsinnig geworden sein musste. Es vergingen mehrere Minuten, bis er sie ansah und ein Teil seines Verstandes zurückzukehren schien.

Mit erstauntem Blick sah Sétanta auf die Leichen seiner Krieger, die schrecklich zugerichtet in Teilen oder verrenkten Körpern am Boden lagen und Gestank und Blutgeruch verbreiteten. Er saß auf seinem Pferd und konnte nicht begreifen, wieso er bei all der ihn immer noch innewohnenden Kraft nicht der Sieger dieser Schlacht war. Die beiden Gegenstände, die er in Händen hielt, waren für ihn nur Gewichte, die seine erstarkten Arme kaum registrierten. Sein Geist konnte die Flut der Gefühle, die in ihm tobten und von all den Umstehenden auf ihn eindrangen, nicht verarbeiten, geschweige denn zuordnen oder eine sinnvolle Tat daraus entstehen lassen.

Erst als seine Augen direkt in die Arianrhods schauten, tauchte er aus dem geistigen Nebel auf, den das vergossene Blut erzeugt hatte. Sein Blick nahm eine stählerne Härte an und wie unsichtbare Dolche stachen sie nach der Königin. Das stumme Duell dauerte fast eine ganze Minute, doch Arianrhod hielt seinem Blick stand.

Dann begriff er.

Er hatte verloren.

Der letzte Rest klaren Verstandes in ihm verfluchte die Dämonen, die ihn in die Falle gelockt, ihn ausgenutzt hatten, nur um ihren Blutdurst zu stillen. Seine Linke ließ das Schwert fallen und einige der Umstehenden entspannten sich sichtlich.

Doch er hatte das Schwert nur fallen gelassen, um eine Hand frei zu haben, eventuell nach dem Stein zu greifen, der sich in der ledernen Tasche befand, die schwer an einer Seite zog. Aber dann besann er sich und seine tastende Hand verharrte mitten in der Bewegung.

»Ich bin ein Druide. Ihr habt nicht das Recht mich zu töten«, sagte er und seine Stimme klang völlig fremd, selbst in seinen Ohren.

»Du bist ein elender Verräter und Mörder, Sétanta! Und ich - die Krone des Nordens … *deine Königin* - werde dich deiner Strafe zuführen.« Arianrhods Stimme klang wie kalter Stahl.

Für eine Sekunde spielte er mit dem Gedanken, sich seiner druidischen Künste zu bedienen. Aber selbst seine Kräfte würden nicht ausreichen, all die Cruithin zu beeinflussen, die ihn augenblicklich umgaben.

Schön, sie wird mich also nicht hier töten … Das gibt mir die Chance, es später zu versuchen. Niemand dieser Narren ahnt, welche körperliche Kraft ich gewonnen habe.

»Lass deinen Stab fallen!«, donnerte Maelchon mac Cean und ließ sein Pferd einige Schritte machen.

Ich habe immer noch die Tafel, dachte Sétanta und unwillkürlich glitt die Hand zur Ledertasche.

Seine Fingerspitzen hatten die Tasche noch nicht erreicht, als ein blitzschnell geschossener Pfeil Catrionas seine Linke durchbohrte.

Sétanta schrie, aber nicht wegen des Schmerzes, den er völlig ignorierte, sondern aus Wut, die Tafel nicht berühren zu können. Seine Rechte umklammerte immer noch den Stab, doch als er die Hand auch nur einen Fingerbreit hob, fand ein zweiter Pfeil sein Ziel.

Mit zornbebender Brust, scheinbar Funken sprühenden Augen und mit bluttriefenden Händen musste er es zulassen, dass Swidger an seine Seite ritt, die Ledertasche von der Halterung schnitt und sie an sich nahm.

Als der Germane die Tasche an seinem Sattel befestigt hatte, richtete er sich wieder zu dem Druiden um und musterte ihn einige Herzschläge lang. Auch er hielt dem Blick des Verräters stand. Dann beugte sich Swidger nahe an ein Ohr Sétantas und flüsterte:

»Es wird mir eine Freude sein, die Strafe für deinen Verrat an Túan und deinem Volk zu vollstrecken. Und eines schwöre ich dir bei meinen Göttern, Verräter: Ich werde mir Zeit lassen.«

Kapitel XXXI
A.D. 184, Mai
Der Dreifache Tod

»Ich halte es immer noch für einen Fehler, sich jetzt mit dem Verräter zu befassen«, grummelte Maelchon mac Cean und leerte seinen Becher. Dann hielt er ihn auffordernd in die Höhe und ein Junge schenkte ihm nach. »Wir hätten die Römer vernichten sollen, anstelle ihnen jetzt Gelegenheit zu geben zu fliehen.«

Arianrhod seufzte und nahm ihrerseits einen Schluck. »Mein Rachedurst gegenüber den Römern ist momentan gestillt, mein Freund. Sie haben sich aus Londinium und allen anderen Niederlassungen zurückgezogen. Unsere Späher berichten, dass sie an die Küste ziehen.« Sie zuckte mit den Schultern. »Und es ist mir egal, auf welche Weise sie Breith verlassen: ob tot oder fliehend.« Dann wurden ihre Augen wieder hart. »Meine Rache an Sétanta jedoch kann nicht länger warten.«

Als er zustimmend nickte, lächelte sie kalt und schob noch einen Satz nach.

»Wir werden uns um die Römer noch kümmern, Maelchon, sei dessen gewiss.«

Catriona maqq Horestiani nickte.

»Und das Oberhaupt des Ordens - dein Schwager - drängt ebenfalls auf die Vollstreckung«, sagte sie und ihre Stimme war ein warmer, weicher Klang gegen Maelchons scharfen Ton. »Er sagt, dass jeder Tag, an dem der Verderbte - er benutzte tatsächlich diesen Ausdruck - noch lebt, würde sich dessen schädlicher Einfluss auf alle anderen Druiden … und Cruithin auswirken. Yan mac Ruith zeigt immer noch Genugtuung darüber, dass wir den Verräter hier auf die Insel gebracht haben. Seinen Worten nach ist es lange her, dass ein Druide angeklagt, verurteilt … und hingerichtet wurde. Sehr lange.«

Sie hatte in der winzigen Pause Arianrhod einen Blick zugeworfen, der nichts anderes besagte, als das jeder auf der Insel - und mittlerweile in ganz Breith - wusste, dass das Kind der Königin … anders war. Und damit jedwedem Bösen gegenüber anfällig.

Auch Swidger warf Arianrhod einen Blick zu. Er sah, dass sie den Hinweis nur zu gut verstand und auch er gab Catriona unumwunden recht. Er wusste, innerlich hatte Arianrhod längst mit Brannon gebrochen und war froh, dass er in der Obhut des Ordens war. Sie sah sich nicht in der Lage, ihm eine Mutter - ob eine gute oder schlechte, war in ihren Augen dabei unwesentlich - zu sein.

Swidger hatte der Diskussion von Anfang an beigewohnt, sagte jedoch kein Wort. Ab und zu nippte er an seinem Becher, aber da es kein Met war, fand er wenig Gefallen daran. Und auch die ganze Unterhaltung fand wenig Anklang bei ihm. Wenn es nach ihm gegangen wäre, hätte er den Verräter schon auf dem Schlachtfeld geköpft. Doch die Druiden wollten - nein, sie *mussten* - ein ganz bestimmtes Ritual vollziehen.

Er nahm noch einen Schluck und starrte dann in den leeren Becher.

Wenigstens darf ich meinen Teil dazu beitragen, dachte er grimmig.

Swidger kam sich vor, als stünde er an der Pforte zu Walhall. Er war sich sicher, dass niemals zuvor je ein Germane an dieser Stelle gestanden und das erlebt hatte, was er nun erleben, geschweige denn, eine wesentliche Rolle darin spielen würde.

Es war Nacht und am Himmel war von Sternen übersät. Alle Druiden der Insel - und mehrere Dutzend aus ganz Breith - hatten sich eingefunden, um diesem Ereignis beizuwohnen. Einige Tausend Cruithin und ebenso viele Spiegelkrieger bildeten eine Schutzmacht, wie sie nie zuvor auf Ynys Môn anzutreffen gewesen war.

Nicht weit des hölzernen Podestes, auf das man den Delinquenten bringen würde, stand ein Scheiterhaufen aus trockenem Holz, mit Pech getränkt und weit entfernt von jedem Haus. Man hatte nach der Verhandlung fast zehn Tage warten müssen, bis sich ein windstiller Tag einstellte, der es ihnen ermöglichte, die Strafe zu vollziehen.

Nun schritten zwanzig Cruithinkrieger, Männer und Frauen, durch ein Spalier aus Druiden. In ihrer Mitte Sétanta, gefesselt, geknebelt und nur in einen einfachen Umhang gehüllt. Púca schritt drei Schritte hinter Sétanta und trug zum Erstaunen des Germanen einen Streitkolben bei sich, der als Kopf eine Kugel mit beachtlichen Ausmaßen besaß. Gefährlich aussehende Schneiden zogen sich über die Oberfläche der Kugel und Swidger ahnte, was diese Waffe anrichten konnte. Sétantas äußere Zeichen, die ihn als Druiden auswiesen, hatte man ihm genommen. Auch das Amulett mit dem Splitter des Steins hatte Yan mac Ruith mit spitzen Fingern vom Hals Sétantas gehoben und an einen geheimen Ort gebracht. In einer zweiten Reihe säumten weitere Krieger mit Fackeln den Weg zur Hinrichtungsplattform. Immer dann, wenn Sétanta zu seiner Linken und Rechten Druiden passierte, wandten diese sich von ihm ab. Die Krieger allerdings behielten ihn im Auge und hatten ihre Hand auf dem Griff ihres Schwertes.

Swidger verfolgte die Prozession, die von dem tiefen Loch im Boden, in das man Sétanta gesperrt hatte, bis zu ihm herauf auf das Podest reichte. Der Germane dachte an das Loch - und ähnliche Verließe bei den Römern und seinem eigenen Volk. Das Loch hatte die fünffache Höhe und die dreifache Breite eines großen Mannes, ausgekleidet mit glatten und mit Öl getränkten Holzbalken, die es jedem unmöglich machten, sie mit blanken Händen aus dem Gefüge zu brechen oder daran nach oben zu klettern. Die Balken waren so dicht aneinander gefügt, das nicht ein Baumblatt dazwischen gepasst hätte. Von einem Finger oder Pflock oder was auch immer gänzlich abgesehen.

Jede halbe Stunde warf ein Wächter einen Blick in den Schacht und kontrollierte die Anwesenheit des Inhaftierten. Weder Wasser noch Nahrung wurden einem Verurteilten gegönnt und mancher war verdurstet, bevor er hingerichtet werden konnte. Der Sinn hinter einem windstillen Tag war der, dass selbst die Asche eines Verurteilten sich nicht über das Land verteilen sollte, sondern aufgesammelt und ins Meer geworfen werden musste, wo sich jedes Staubpartikel in der Unendlichkeit der Wellen verlor.

Neben Swidger standen Arianrhod und Yan mac Ruith. Sie in neue königliche Utensilien gekleidet, die mehr von ihrem Körper offenbarten, als die Dinge, die sie zuvor getragen hatte. Ihre langen Zöpfe waren neu geflochten worden und bildeten auf dem Kopf eine Art Kranz, beinahe eine Krone, bevor sie auf ihre nackten Schultern fallen durften. In die Zöpfe waren Misteln und Eicheln eingeflochten, ihre Schultern zierten neue Symbole, die sie als Cear Arianrhod, die Krone des Nordens, auswiesen und damit zur Königin aller Cruithin in ganz Breith. Der breite Gürtel, der ihren Lendenschurz hielt, zeigte das Clanzeichen der Ruiths, das mystische Wesen mit dem Schnabel. Ihre Brüste lagen blank, nur geschmückt von blauen Zeichen und Symbolen, die nach Swidgers Meinung nichts von der erotischen Anziehungskraft ihrer Brüste nehmen konnten.

Yan mac Ruith trug die weiße Kutte der Druiden. An den Säumen von Armen, Hals und am unteren Stoffende reihten sich Tiersymbole aneinander, die alle die Kräfte der Cruithin und die Fähigkeiten der Druiden beschworen. Monde und Sterne krönten an manchen Stellen geheimnisvolle Runen, deren Bedeutung Swidger nicht kannte und von denen er im Grunde auch nicht wissen wollte, welche unheimlichen Mächte sie darstellten.

Als die Wache mit Sétanta an das Podest gelangte, setzten Trommeln ein. Púca bedeutete dem Verurteilten durch einen Stoß in den Rücken, er möge sich die wenigen Stufen hinaufbewegen, doch Sétanta blieb stehen. Einen weiteren Schlag, der einen normalen Mann hätte umwerfen können, nahm er genauso reaktionslos hin und blieb weiterhin stehen.

Swidger kniff misstrauisch die Augen zusammen und führte seine Hand an das Breitschwert, dass er wie immer auf dem Rücken trug. Er war überrascht, dass so ein alter Mann wie der Druide diesen Schlag hatte widerstehen können. Er konnte nicht ahnen, dass Sétanta trotz seines hohen Alters weit mehr Kraft besaß als ein normaler Mann.

Púca holte zu einem wuchtigen Schlag aus und plötzlich riss Sétanta die Hände auseinander. Die Teile der Fessel fielen in kleinen Stücken von seinen Händen, als wären sie aus dünnen Grashalmen. Noch bevor irgendjemand reagieren konnte, griff der

Druide nach dem Schwert einer Kriegerin neben ihm. Zu ihrer aller Überraschung gelang es ihm, seine Finger um den Griff zu schließen, doch dann traf ihn der mörderische Schlag Púcas im Rücken und streckte ihn nieder. Sétanta keuchte und wollte sich erneut aufrichten, doch Púca drosch ihm die Kugel des Kolben auf eine Schulter, sodass es laut und vernehmlich knackte. Mit einem gellenden Schrei brach der Verurteilte nieder.

Sétanta wusste, dass er keine Chance mehr hatte zu entkommen. Er spürte zwar die Kraft in sich, die ihn das vergossene Blut auf dem Schlachtfeld beschert hatte. Doch er spürte auch, dass sie seit seiner Gefangennahme täglich geschwunden war. Trotzdem war er immer noch stärker als jemals zuvor in seinem Leben. Jetzt, ohne Kontakt zu dem Splitter und der Tafel selbst, klärte sich sein verwirrter Verstand von Stunde zu Stunde und er ahnte, dass dies der Anfang vom Ende war. Doch gleichzeitig war er so durchdrungen von der Gier nach Leid und Blut, dass er sich nichts mehr wünschte als neues Blutvergießen, Mord und Krieg. Die Schläge, die ihm Púca zukommen ließ, hätten ihn früher umgeworfen. Jetzt war er stolz darauf, ihnen widerstehen zu können.

Auf dem Weg vom Loch zur Plattform - auf der er sein Leben verlieren sollte, ginge es nach seinen Feinden - hatte er es geschafft, die Fesseln zu lockern und Faser für Faser zu zerreißen. Besonders stolz war er darauf, dass dieser Einfaltspinsel von Púca nichts davon mitbekam, obwohl dieser hinter ihm lief.

Sie hatte die Stufen zur Hinrichtungsplattform noch nicht ganz erreicht, als er ein Blitzen darunter zu sehen glaubte. Irgendetwas schien sich dort im

Licht der Sterne und der wenigen Fackeln zu spiegeln. Aber er konnte sich auch getäuscht haben. Er blieb einen Moment stehen und seine Bewacher missverstanden sein Zögern. Ein weiterer Schlag ging auf seinem Rücken nieder.

So leicht mache ich es euch nicht.

Er wankte zwar, blieb aber stehen. Noch nicht einmal ein Keuchen kam über seine Lippen. Aus den Augenwinkeln sah er, dass Púca zu einem mehr als harten Schlag ausholte.

Jetzt!

Er riss die Hände auseinander und wollte sich dann umdrehen, um Púca den Streitkolben aus der Hand zu reißen. Er sah aber, dass eine Kriegerin günstiger zu ihm stand und ihr Schwert eine viel bessere Waffe darstellte, als der schwere Kolben. Blitzschnell schnappte er nach dem Griff und triumphierte bereits, als seine Finger sich darum schlossen. Doch er schaffte es nicht mehr, das Schwert zu ziehen, da ihn ein weiterer Schlag Púcas auf den Boden schickte. Sétanta keuchte schmerzerfüllt. Immer noch fühlte er sich stark genug, um es mit einigen seiner Bewacher aufzunehmen. Seine Hände krallten sich in den Boden und stützten sich ab. Er verlagerte sein Gewicht auf die Beine und wollte sich in die Höhe stemmen. Er hatte sich bereits zur Hälfte erhoben, als der Kolben auf seine Schulter donnerte und er seine Knochen brechen fühlte. Sein Schrei drückte all seine Wut und seine Enttäuschung aus.

Kurz bevor er auf dem Boden aufschlug, glaubte er, in der Dunkelheit unter dem Podest zwei kleine Augen blitzen zu sehen. Dann umhüllte ihn Schwärze.

Von beiden Seiten packten Krieger und Kriegerinnen den am Boden Liegenden und zerrten ihn in eine kniende Stellung. Als sie ihn losließen, sackte er wieder zusammen.

»Er ist bewusstlos«, konstatierte Púca und winkte nach hinten. Eine Frau mit einem Kessel trat an den Bewusstlosen heran und schüttete ihm Wasser über den Kopf. Mit einem Ächzen regte sich Sétanta wieder und wurde sofort von vier Kriegern auf seine Beine gestellt. Er wankte noch ein wenig und ein weiterer Schwall eiskalten Wassers brachte ihn wieder zur Besinnung.

»Das war … *erstaunlich*, Verräter«, knurrte Púca dicht am Ohr des Verurteilten. »Aber auch dumm. Hast du gehofft, wir würden es zulassen, dass einer der Krieger dir einen schnellen Tod ermöglicht? Du wirst drei Mal sterben, so wie es der Brauch will. Und es wird mir eine Freude sein, jeden einzelnen Akt genau zu beobachten und zu genießen, Mistkerl. Es ist nur Schade, dass ich nicht einer deiner Henker sein darf.«

Sétanta erwiderte nichts darauf und stöhnte, ohne den Versuch, den Laut zu unterdrücken, als man ihn erneut und mit dreifachen Seilen fesselte.

Mit harten Griffen schaffte man ihn auf das Podest und zwang ihn, sich auf die Knie niederzulassen. Zu beiden Seiten standen je vier Cruithin und hatten ihre Schwerter gezogen. Mit einem Schlag verstummten die Trommeln.

Swidger schritt auf ein Zeichen Yans von hinten an Sétanta heran und zog etwas aus seinem Armschutz.

»Ich habe die Ältesten des Ordens befragt«, begann Yan mac Ruith und richtete seine Augen auf die Menge, die sich um das Podium versammelt hatte, »und keiner von ihnen konnte sich daran erinnern, jemals einen Druiden gesehen zu haben, der eines Verbrechens für schuldig befunden und der Hinrichtung zugeführt wurde. Auch die überlieferten Erinnerungen unserer Vorgänger haben wir besprochen und keine Schandtat gefunden, die ein solches Urteil gerechtfertigt hätte. Es erfüllt mich mit Trauer und Zorn, dass es während meiner Führerschaft geschehen konnte, dass ein Mitglied der Wissenden, ein Weiser und Seher, ein Hüter der Riten und Beschützer der Gemeinschaften zu einem Verräter werden konnte. Wir haben längst alle Vergehen Sétantas aufgeführt, bezeugt und bewiesen. Zahlreiche Augenzeugen haben seine letzte Schandtat erleben müssen und nur den Göttern ist es zu verdanken, dass wir seiner habhaft wurden und ihn nun seiner gerechten Strafe zuführen können.«

Swidger wartete darauf, dass das Oberhaupt des Ordens noch etwas zu der verfluchten Tafel und dem Trank sagen würde. Ein wenig mulmig war ihm schon dabei. Er war zwar kein Spiegelkrieger und schon gar keiner dieser Dämonen mit den leuchtenden Augen. Aber er war ein Wiedererweckter und so ganz genau wusste er nicht, wie die Druiden zu solchen Erweckten standen.

Doch die nächsten Worte Yan mac Ruiths beruhigten seine Bedenken.

»Wie es seit Alters her überliefert ist, werden die schwersten Verbrechen mit dem Dreifachen Tode bestraft. Und durch seine Verdienste um unser Volk und seinen besonderen Status als … Beschützer unserer Königin und Freund des ersten Opfers Sétantas, erlaube ich dem Germanen Swidger, die erste Tötung vorzunehmen.«

Jetzt setzten wieder die Trommeln ein und

Swidger trat noch dichter an Sétanta heran. Bevor dieser womöglich erneut sich zu einer Abwehr entschloss, nahm Swidger eine mehrfach verdrehte Lederschnur und schlang sie dem Druiden um den Hals. Er machte sich nicht die Mühe, einen Knoten zu schlingen, sondern zog die Schnur eng um die Kehle des Verräters. Er spürte den Widerstand des alten Druiden und er war überrascht, mit welcher Stärke sich Sétanta gegen sein Schicksal aufbäumte. Aber gegen die eiserne Kraft des hünenhaften Germanen hatte er keine Chance. Dann beugte sich Swidger zum Ohr Sétantas hinunter und flüsterte ihm zu:

»Es ist mir eine Ehre, dir die Luft zu rauben«, grummelte er düster. »Ich werde mir Zeit lassen und es genießen, wenn du zappelst und nach Luft japst. Dir zuzusehen, wie dein Gesicht erst rot, dann blau anläuft und dir schließlich die Augen aus dem Kopf quellen. Aber ich werde dich nicht ersticken«, überraschte er Sétanta, dem nun doch die Angst in die Augen trat, was aber keiner der Umstehenden und schon gar nicht Swidger hinter ihm sehen konnte. »Die Freude dich zu töten, schenke ich der Königin, der Frau des Mannes, den du qualvoll hast sterben lassen. Sie wird dir den Schädel einschlagen und ich habe ihr geraten, nur so stark zuzuschlagen, dass du nicht beim ersten Hieb die Besinnung verlierst oder in den Tod gehst. Du sollst wenigstens einen Teil der Schmerzen erleiden, die du tausendfach anderen und unschuldigen Menschen zugefügt hast.«

Seine Stimme klang nun wie die Hels oder eher Garms, so finster drangen seine Worte an das Ohr Sétantas. Swidger richtete sich auf und zog dabei die Lederschnur noch enger.

Sétanta hatte die Hände auf den Rücken gefesselt, doch seine Füße zuckten und versuchten, ihm das Aufstehen zu ermöglichen. Doch Swidgers eisenharter Griff und seine gebrochene Schulter vereitelten den kläglichen Versuch. Er riss den Mund auf und Swidger hörte, wie sein Opfer versuchte, die Frische der Nachtluft einzusaugen. Doch nicht das Geringste davon gelangte in dessen Lungen. Seine Brust lechzte nach Luft, aber so sehr er sich auch anstrengte und sichtlich bemüht war, die sicher rasenden Schmerzen in der Schulter zu ignorieren, so unmöglich war es ihm, auch nur einen winzigen Atemzug zu machen.

Swidger ließ sich wirklich Zeit und zog nur sehr langsam die starke Lederschnur enger und enger. Schließlich fühlte er, wie der Widerstand Sétantas erlahmte. Noch zwei Herzschläge lang hielt er die Schnur straff gespannt, dann lockerte er seinen Griff und Sétanta sackte wie ein Haufen nasser Lappen auf den Holzboden. Rasch beugte sich der Germane nieder und fasste an den Hals des Verräters. Ein schwacher Puls bewies, dass der Druide noch lebte und mit unverhohlener Befriedigung erhob sich Swidger und warf die Schnur achtlos beiseite.

Dann trat er an Arianrhod heran und blickte sie einen Moment stumm an. Er legte ihr eine Hand auf eine Schulter und flüsterte ihr dann zu.

»Er ist nicht tot. Es ist dein Recht als Königin … und Witwe Túans, ihm das Leben zu nehmen.«

Arianrhod riss überrascht die Augen auf und dachte daran, was Swidger womöglich riskierte, weil er nicht wie vorgeschrieben den Delinquenten erstickt hatte. Er hatte es ihr zwar angekündigt, doch so ganz hatte sie ihm nicht geglaubt. Gleichzeitig fühlte sie jetzt Dankbarkeit in sich, und entschloss sich, seiner Empfehlung zu folgen.

Ein Schlag ist nicht genug für dich, du Drecksau, dachte sie und ihre Knöchel knackten, als sich ihre Finger fest um den Griff des Streitkolbens schlossen, den ihr zuvor Púca gereicht hatte. *Ich werde fest zuschlagen, Sétanta. Aber nicht zu fest.*

Der Druide lag flach auf dem Boden und schien für alle wie tot. Sie war sich dessen bewusst, dass alle Augen auf ihr ruhten. Jeder ihrer Schritte, jede ihre Bewegungen würde sicher Teil einer Legende werden.

Wann hatte je eine solche Hinrichtung stattgefunden? Sie, eine ehemalige Römerin, jetzt Königin aller Cruithin, führte die rituelle Dreifachtötung aus. An einem Druiden!

Sie hatte in diesem Krieg schon viele Männer getötet. Römer, Skoten, Dämonenkrieger. Aber ein Druide war selbst für sie etwas anderes. Sie blickte eine Sekunde auf die wehrlose Gestalt vor ihr und dachte daran, was diese Tat aus ihr machen würde. Doch bevor sie ins Grübeln und Zweifeln kommen konnte, sah sie, dass sich ein Finger Sétantas bewegt hatte.

Wenn es jemand gesehen hat, könnte Swidger in Schwierigkeiten geraten.

Sie hoffte darauf, dass sich alle Blicke auf sie konzentrierten und hob entschlossen die Hand mit der Waffe. Als sich zum zweiten Mal ein Finger regte, ließ sie den Kopf des Kolbens auf Sétantas Schädel niedersausen. Sie wusste, wie viel Kraft man aufwenden musste, um einem Menschen den Schädel zu Brei zu zerschlagen. Was sie nicht wusste, war, dass der Druide immer noch Kräfte in sich hatte, welche die eines normalen Menschen überstiegen.

Das Ergebnis war ein Schlag, den jeder als tödliche Absicht bewertet hätte, doch er tötete Sétanta nicht. Die Klingen auf dem Kolben rissen ihm die Kopfhaut samt Haaren vom Schädel. Blut spritzte nach allen Seiten und nicht wenig davon traf auf Arianrhod und die acht Wächter der Cruithin. Auch Púca, der sehr nahe am Podium stand, bekam einen Teil davon ab.

Arianrhod ahnte und hoffte gleichzeitig, dass ihr Schlag nicht tödlich war. Sie wusste, dass das Gesetz aber verlangte, dass jeder Akt der Hinrichtung tödliche Wirkung zeigte. Also erhob sie erneut die Hand mit der Waffe.

Für dich, Túan, dachte sie und legte alle Kraft in den Schlag.

Als der Streitkolben niederfuhr, hörten alle das Knacken des Schädels und sahen Hirnmasse und Blut aus dem Schädel spritzen.

Arianrhod sah im Schein der wenigen Feuer und im Licht der Sterne beinahe selbst wie ein Dämon aus.

Endlich, dachte sie und ließ die besudelte Waffe zu Boden fallen. Ein Strom von Blut ergoss sich von Sétantas Kopf und tropfte durch die Spalten der Plattform.

Yan mac Ruith sah sehr wohl, dass weder Swidger noch Arianrhod sich an die Regeln des Rituals hielten. Doch der Teil in ihm, der nicht Oberhaupt des Ordens war, sondern Familienmitglied, spürte genau, dass die beiden ein Recht auf ihre Rache hatten. Fast beneidete er sie, dass sie den Verräter töten durften und ihm nur der rituelle Teil blieb, der mit absoluter Sicherheit garantierte, dass sich der Delinquent niemals wieder erheben würde.

Nur für eine Sekunde blitzte der Gedanke durch

seinen Kopf, dass selbst diese Wunden verschwunden wären, würde jemand Sétanta mit dem Bluttrank wiedererwecken.

Aber das wird nicht geschehen, Verräter. Niemand wird dir eine zweite Chance geben, dafür sorge ich!

Er sah es als seine persönliche Aufgabe und Pflicht an, Sétantas Asche ins Meer zu werfen. Dafür zu sorgen, dass sich aus dessen Leichnam niemals Spiegelbilder erheben würden. In vielen Nächten hatte er Albträume durchlitten, in denen genau das geschehen war: Er hatte Sétanta hingerichtet und ein gesichtsloser Druide hatte den Verräter wiedererweckt, ihn in mehreren Exemplaren zum Leben erweckt und als vielfache Geißeln der Menschen in die Welt geschickt.

Er folgte Arianrhod mit Blicken, sah, wie sie die Leiche Sétantas verließ und sich Swidger näherte, der ihr eine Hand auf die Schulter legte und ihr Trost spendete.

Wer teilt meinen Schmerz mit mir? Ich hatte nur wenige Jahre als Kind mit meinem Bruder leben dürfen. Dann hielt ich ihn für tot und fühlte mich von allen verlassen. Meine Familie ermordet, mein ganzer Clan abgeschlachtet. Und dann … eine Römerin?

Kaum hatte er den Gedanken beendet, wusste er, dass er Arianrhod Unrecht tat. Sie war keine Römerin mehr, sie war eine Cruithin … die Witwe seines Bruders. Sie war das letzte Überbleibsel seines Clans.

Und Brannon?

Alles in ihm sträubte sich gegen den Gedanken, dass auch der Junge zu seiner Familie zählte.

Sie liebt den Germanen, lenkte er sich ab und

beobachtete seltsam gelassen, wie sich die beiden aneinanderschmiegten, blutbesudelt wie sie waren.

Vielleicht ist es sogar gut, dass sie einen Fremden liebt, als einen Cruithin. So finden zwei Verlorene zueinander.

Er schüttelte unmerklich den Kopf und trat an die Leiche heran. Mit raschem Griff packte er den verbliebenen Rest vom Haar Sétantas, zog damit dessen Kopf nach oben und schnitt mit einer schnellen Bewegung durch dessen Kehle. Neues Blut entströmte der Wunde und Yan sah, dass er mitten in einer roten Lache kniete, die nur deswegen nicht größer geworden war, weil das meiste davon durch die Ritzen in den Boden tropfte. Seine zuvor blütenweiße Kutte zierten trotzdem viele Blutflecke.

Ich werde die Erde unter dem Podest abtragen und ebenfalls ins Feuer werfen lassen, dachte er und erhob sich. Er blickte auf das Messer in seiner Hand und das darauf klebende Blut des Druiden.

Wie viel Bosheit steckt in diesem Saft?

Brannon, der sich die ganze Zeit unter der Plattform versteckt hatte, starrte mit weit aufgerissenen Augen in die Dunkelheit. Cumail und ein weiterer Druide, die ihn beaufsichtigen sollten, dachten, dass er tief und fest schlafen würde. Lange vor allen anderen war er durch die Nacht gekrabbelt, wie ein Tier auf der Suche nach Futter. Alle Hunde im Ort hatten sich leise winselnd zurückgezogen, selbst die größten und schrecklichsten unter ihnen. Der kleine Junge verbreitete eine Aura um sich, die sie das Fell sträuben und den Schwanz einkneifen ließ. Der Schein der wenigen Fackeln konnte seine Anwesenheit nicht verraten. Er hatte keinen Laut von sich gegeben, selbst dann nicht, als er seine Mutter, den blonden Mann und den anderen in der weißen Kutte dabei beobachtet hatte, wie sie einen weiteren Mann getötet hatten.

Er hatte die Qual des alten Mannes gespürt, und auch dessen körperliche Kraft, die ihm dennoch nicht davor bewahrt hatte, hingerichtet zu werden. Er wusste nicht, warum man den Mann umgebracht hatte. Er wusste nur, dass er sich mit ihm verbunden fühlte. Auf eine Weise, die er noch nicht verstehen konnte. Doch das Band, das ihn mit diesem Mann verknüpfte, war stärker als das, das er für die Frau empfand, die er als seine Mutter bezeichnete. Nicht mit diesem Wort, aber mit dem Gefühl, dass jedes Kind eindeutig mit seiner Mutter vereinte.

Brannon hatte all die Geräusche vernommen, das Schlagen der Trommeln, die ihm unverständlichen Worte - obwohl er genau zugehört hatte -, die dumpfen Schläge des Streitkolbens und das Knirschen brechender Schädelknochen. Doch all dies war nichts gegen das Geräusch tropfenden Blutes, das warm auf seinen Kopf, seine Haut fiel und seinem unvergleichlichen Geschmack. Kein Trank, keine Speise, die er bisher genossen hatte, konnte ihm diesen Genuss verschaffen.

Er hatte die ersten Tropfen eher zufällig auf sich fallen fühlen. Mit kindlicher Neugier hatte er seine Finger den dunklen Saft aufnehmen lassen und ihn sich in den Mund geführt. Als dann Sétantas Schädel zerschlagen wurde und dann auch noch seine Kehle als Quelle diente, hatte Brannon sich mit offenem Mund darunter gesetzt und versucht, soviel Blut zu trinken, wie ihm angeboten wurde.

Brannon war satt und trotzdem ein wenig enttäuscht, als der Blutstrom versiegte. Er schlief schon, als Krieger die Leiche Sétantas nahmen, auf den nahen Scheiterhaufen hoben und das Feuer entzündeten.

Kapitel XXXII
A.D. 184, Juni
Wie die Lemminge

»Ich gebe dir recht, Herr, dieses Land ist ein seltsames Land.«

Sidonius Gavius hatte sein Pferd angehalten und einen langen Blick in Richtung der Stadt geworfen, die einige Tage hinter ihnen lag und an vielen Stellen immer noch rauchte. Die dünnen Säulen waren selbst hier am Beginn des Flussdeltas immer noch in der Ferne auszumachen. Seit Tagen war es windstill und zu ihrer aller Freude auch regenfrei.

Verwundert blickte Ulpius Marcellus zu seinem praefectus classis und es dauerte einige Sekunden, bis er sich an seine eigene Bewertung über Britannia erinnerte, als sie es vor scheinbar unendlich langer Zeit angesteuert hatten. Dann schüttelte er den Kopf.

»Nein, Freund Sidonius. Wir irrten beide, ich damals und du jetzt. Nicht das Land ist seltsam, sondern die Menschen und ... Wesen, die es bevölkern.«

Auch er warf einen Blick zurück und dachte an die wunderlichste Schlacht zurück, die er je in seinem Leben geschlagen hatte.

Menschen und unheimliche Krieger, wie er sie noch nie zuvor gesehen hatte. Eine Übermacht, die anstelle eines stupiden Ansturms Taktiken eingesetzt hatte, wie sie auch einem römischen Kommandeur zur Ehre gereicht hätten. Das Eingreifen in höchster Not von einem scheinbaren Verbündeten, der sich dann doch als Feind erwiesen hatte. Der völlig überraschende Rückzug der Picten, obwohl es nur eine Frage der Zeit gewesen wäre, bis sie die Stadt und das Kastell überrannt und alles vernichtet hätten.

Wieder schüttelte der Römer seinen Kopf und konnte es immer noch nicht begreifen.

»Ich sage es dir, Freund, im Vertrauen: Rom hätte nie seinen Fuß auf diese verdammte Insel setzen dürfen. Denn dass sie verdammt ist, haben wir beide erlebt und mit unglaublichem Glück oder dem Segen aller unserer Götter *überlebt.*«

Er deutete auf den breiten Strom von Flüchtlingen, die von erschreckend wenigen Soldaten begleitet wurden.

»Das ist alles, was von Roms Präsenz auf dieser Insel geblieben ist. Wir haben nichts mehr, was wir diesen Picten auch nur mit der geringsten Aussicht auf Erfolg entgegenstellen könnten. Roms Zeit in Britannia ist vorbei!« Dann blickte er seinem Adjutanten ins Gesicht. »Und ich bete jeden Tag, dass sich diese Krieger damit begnügen, uns nur zu vertreiben.«

Sidonius Gavius nickte zustimmend und nun hatte er wirklich einmal einen Grund für sein fast immerwährendes griesgrämiges Gesicht.

»Und ich, Herr, bete darum, dass genügend Schiffe an der Küste auf uns warten. Alles Gold, jede Sesterze und jeder Schmuck, der in Londinium aufzutreiben war, haben wir Aurelius Scapula mitgegeben. Wir werden sehen, wie weit seine Verbindungen zu Händlern sich dieses Mal nicht nur für ihn, sondern für uns alle auszahlen werden. Ich hoffe nicht auf Kriegsschiffe. Du weißt selbst, das Rom mit unserer Flotte alles geschickt hatte, was es für diese Insel entbehren konnte. Rom kämpft gegen mehr Feinde als gegen diese Picten und … Monster.«

»Und doch werde ich für jede Galeere und jedes mit Nahrungsmitteln und Wasser beladene Handelsschiff dankbar sein, Sidonius. Die Überfahrt nach Gallien ist kurz. Doch danach …?«

Sie hatten schon darüber gesprochen, obwohl beide den Eindruck gehabt hatten, dass es längst nicht sicher war, dass sie lebend die Küste erreichen und dort ein Schiff würden besteigen können.

»Die Landung in Gallien wäre nicht das Problem. Der lange Weg aber … über Land und über die Alpen ist unmöglich.« Er sah auf verängstigte Frauen und Kinder, Händler, Handwerker und sehr, sehr wenige Sänften mit wohlhabenden - besser *ehemals* wohlhabenden - Bürgern. »Nicht mit diesen Leuten.« Er straffte die Schultern. »Wir werden uns an der Küste Galliens entlang nach Iberia bewegen müssen, dann durch die Meerenge in unsere heimatlichen Gewässer. Überall werden uns Feinde oder Piraten auflauern. Auch diese Route ist gefährlich, doch erscheint sie mir mehr Chancen zu bieten als der Landweg.«

Sidonius Gavius´ Miene schien um einige Nuancen dunkler zu werden.

»Wenn wir überhaupt so weit kommen«, murmelte er und schien zu glauben, dass Marcellus es nicht gehört hatte. Doch der Statthalter hatte gute Ohren und es sehr wohl vernommen, verzichtete jedoch auf eine Entgegnung.

Er hat recht. Mir wäre deutlich wohler, befänden wir uns schon auf einem Schiff.

Ulpius Marcellus nahm die Zügel in die Hand und gab dem Pferd die Hacken zu spüren. Mit mäßigem Tempo ritten er und Sidonius Gavius an dem scheinbar endlosen Flüchtlingsstrom entlang und gelangten erst nach einer halben Stunde an dessen Spitze. Dort stießen sie auf Decurio Decimus Agrippa und seinen Freund Eurycles Faustus. Der Centurio machte zu ihrer Überraschung ein freudiges

Gesicht. Noch bevor sie ihn ganz erreicht hatten, platzte es aus ihm heraus.

»Nur noch wenige römische Meilen und wir haben den Hafen von Regulbium erreicht. Und Scapulas Kundschafter berichten, dass dort Schiffe warten.« Er grinste breit. »Und weitere erwartet werden.«

»Wie viele?«, rief Ulpius Marcellus durch den Lärm des Trosses.

»Sicher nicht genug, Herr«, antwortete Faustus achselzuckend. »Aber was können wir daran ändern?« Trotzdem lächelte er weiter. »Aber es sind einige griechische Kaufleute darunter.«

Jetzt verstand Marcellus die Freude des Centurio. Griechische Handelsgaleeren hatten einen großen Stauraum. Sie würden darin viele Menschen unterbringen können.

Die letzten Meilen hatten sie überraschend viel Zeit gekostet und längst war die Dämmerung der Nacht gewichen. Zunächst hatte sich Ulpius Marcellus nicht erklären können, warum sich das Tempo immer mehr verzögerte, je näher sie dem kleinen Flusskastell gekommen waren. Als er nun jedoch das Kastell - und die Stadt darum - vor sich sah, erkannte er den Grund für die Verlangsamung. Nun, die Bezeichnung Stadt war ein wenig übertrieben für die Ansammlung von einfachen Häusern und Hütten, welche das Flusskastell umgaben.

Das Kastell und alles darum platzte aus allen Nähten. Und sicher verbarg die Dunkelheit das meiste von dem Chaos, dass dort herrschen musste.

Ulpius hatte sein Pferd angehalten und Gavius tat es ihm stumm nach. Auch er blickte fasziniert auf die

Szene.

Das Kastell konnte vielleicht vier- oder sogar fünftausend Mann beherbergen. Jetzt überfluteten es mehr als fünf Mal so viel und immer weitere strömten nach. Außerhalb der recht mageren Befestigungen kampierten die Flüchtlinge mehr oder weniger unter freiem Himmel. An jedem Haus brannten Fackeln und machten die Nacht beinahe zum Tag. An der lang gezogenen Mauer des einfachen Kais herrschte ein Lärm, dessen auf- und abschwellende Wogen bis zu ihnen drangen. Niemand schien in der Lage zu sein, sich einfach niederzusetzen und auszuruhen, obwohl sie alle mehr als erschöpft sein mussten. Ulpius hörte Offiziere Befehle schreien, einzelne Worte konnte er aber nicht verstehen.

In dem kleinen Becken des Hafens lagen etliche Schiffe dicht an dicht und auch dort erhellten Fackeln die Nacht. Marcellus stieg ein Frösteln den Rücken hoch und eine Gänsehaut nach der anderen fuhr ihm über den Körper, als er daran dachte, was passieren würde, sollte eine Fackel einen Brand auslösen. Viele der Schiffe hatten schon Flüchtlinge aufgenommen, aber immer noch kletterten weitere Menschen mit dem wenigen, was sie bei sich führten, über provisorische Stege und Planken von Bord zu Bord. Bis an die absolute Grenze beladene Schiffe legten vorsichtig ab und schlängelten sich durch die anderen in die Nacht hinaus. Niemand würde auch nur freiwillig eine Stunde länger bleiben. Allein der Schutz der Nacht und das - Neptun sei Dank - ruhige Meer verhinderten, dass es schon jetzt zu einer Panik kam.

Wie von einem Magneten angezogen - in Wahrheit aber von der Menge mitgetrieben - hatten

Ulpius Marcellus, Sidonius Gavius und einige Legionäre sich während der Betrachtung dem Kastell genähert und wurden nun vom Menschenstrom ebenfalls an den Kai gespült.

In all dem Chaos blieben die Pferde und die wenigen Ochsen, die schwer mit Menschen beladene Karren zogen, erstaunlich ruhig.

Vielleicht ist es die Kühle der Nacht, welche verhindert, dass sich die Gemüter erhitzen. Und die Dunkelheit mag ihrerseits eine trügerische Sicherheit vermitteln, dachte Ulpius und sah in einiger Entfernung zwei Unteroffiziere Scapulas unentwegt Befehle erteilen.

Als er näher kam, erkannte er einen der Söhne Scapulas, der inmitten einer Gruppe von Sklaven stand und ein breites Grinsen im Gesicht trug. Seine Toga strahlte selbst auf diese Entfernung den Atem von Luxus aus. Zwei starke und mit höllisch scharf aussehenden Schwertern bewaffnete Männer bildeten den Schutz des Händlers, dessen Börse sichtlich schwer an seinem Gürtel hing. Noch während Ulpius den Händler musterte, passierten diesen zwei ältere Männer in guter Kleidung und verharrten nur einen Augenblick bei dem jungen Mann. Dann winkten sie nach hinten und Frauen, Kinder, sogar einige mit Waren belastete Sklaven, kletterten daraufhin auf eine Planke, die vom Kai auf ein Schiff führte.

Für einen Augenblick war Ulpius verwirrt, dann verstand er.

Der Sohn Scapulas - sein Name war Mathaeus, wie ihm nun einfiel - verkaufte Plätze auf einem oder mehreren der Schiffe. Und Ulpius war sich sicher, dass Mathaeus dies nicht ohne Wissen und Einverständnis seines Vaters tat.

Der Zorn, der in Ulpius Marcellus augenblicklich

aufstieg, war fast so groß, wie der Zorn auf sich selbst, der seit langem in ihm schwelte und ihn Tag für Tag von innen her verbrannte. Seit seiner missglückten Landung in Britannica hatte er eine Folge von Niederlagen hinnehmen müssen, die allem widersprach, was er bisher in seinem Leben zuwege gebracht hatte. Wenn nicht schon die Niederschlagung des Aufstandes und eine ruhmreiche Herrschaft Roms auf dieser Insel, so sollte doch wenigstens die Rettung möglichst vieler Römer mit seinem Namen verbunden werden.

Sidonius Gavius musste ebenfalls die Szene beobachtet und die richtigen Schlüsse gezogen haben, denn noch bevor Ulpius Marcellus sein Pferd auf den Händler zutreiben konnte, legte er seinem Statthalter eine Hand schwer auf den Arm.

»Herr, lass es, wenn ich es wagen darf, dir einen Rat anzubieten«, sagte er. »Die Stimmung hier ist ein ausgedörrter Wald. Nur ein kleiner Funke genügt, um ihn in Flammen aufgehen zu lassen«, fuhr er fort und seine Geste umfasste alles: die Schiffe, den Kai, die überfüllten Straßen und Häuser. »Ich bin heilfroh, dass es noch zu keinen Streitereien gekommen ist. Und die wird es früher oder später geben, Herr, da bin ich mir sicher. Aber es macht keinen Sinn, wegen ein paar Goldstücken vorzeitig eine Panik auszulösen.« Er nickte in Richtung des Händlers und seine Stimme troff nur so von Verachtung als er weitersprach. »Wir können ihn im Augenblick sogar brauchen, Herr. Sein *Geschäft* vermittelt den Menschen den Eindruck, dass es nur eine Frage des Geldes ist, um überleben zu können … und nicht eine Frage der Zeit.«

Er machte eine Pause und drehte sich in die Richtung zurück, aus der sie gekommen waren und nun endlich auch das Ende der Flüchtlingskolonne die Umgebung des Kastells erreicht zu haben schien.

»Ich bin erstaunt, dass uns die Picten so lange in Ruhe lassen, Herr.«

Marcellus´ Miene hatte nun die gleiche Finsternis angenommen wie die seines praefectus classis.

»Ich auch, mein Freund, ich auch.«

Dann trieb er langsam sein Pferd durch die Menge und an dem immer noch Geld in seine Börse stopfenden Mathaeus Scapula vorbei und suchte nach der kleinen Hafenkommandantur, in der er dessen Vater, Aurelius Scapula, vermutete.

Die Sonne stieg langsam aus dem Meer und ihre ersten Strahlen fielen auf die wenigen Schiffe, die nach Südosten segelten. Ein schwacher Wind ließ die Segel nur wenig aufblähen, doch die meisten Schiffe fanden genug Freiwillige, die sich an die Ruderbänke setzten und trotz aller Müdigkeit an den Riemen zogen. Die Schiffe, die keine Ruder besaßen, bildeten Nachzügler, die sehnsüchtig den Vorauseilenden nachzuschauen und auf stärkeren Wind zu hoffen schienen.

Ulpius Marcellus gähnte herzhaft und konnte seinen Blick nicht von den Schiffen nehmen, deren tief liegende Seitenwände verrieten, dass sie bis an die Grenze des Machbaren belastet waren.

Und sicher viele davon auch darüber hinaus. Ein schwacher Sturm, selbst ein stärkerer Seegang, und sie alle sinken auf den Grund des Meeres ...

Er dachte an die viel zu kurze Nacht zurück und gähnte erneut.

Sie hatten Aurelius Scapula rasch gefunden und darauf verzichtet, ihn wegen seines Sohnes und dessen Skrupellosigkeit anzusprechen. Vielmehr hatte sie die Nachricht erfreut, dass er weitere Schiffe angekündigt hatte. Sie hatten seine sich reibenden Hände förmlich vor sich sehen können, auch wenn er mit ihnen tatsächlich keine solche Bewegung vollzog. Nach einer ausgedehnten Besprechung waren sie in einen bleiernen Schlaf gefallen, den sie viel zu früh wieder hatten abbrechen müssen.

Ein paar Brocken hastig hinuntergeschlungenes Brot, ein Schluck schalen Weines und ein Apfel hatten ihr Frühstück ausgemacht.

Nun standen sie auf dem Dach des höchsten Hauses, dass ihnen einen freien Blick auf den kleinen Hafen und den dort immer noch anhaltenden Betrieb erlaubte, und betrachteten die Ausschiffung der Flüchtlinge.

Ihnen allen war völlig klar, dass jedes ablegende Schiff, jede kleinste Nussschale dazu beitrug, die Anzahl der Probleme zu reduzieren, die sie hätten, würden sie über weniger Schiffe verfügen.

Zuwenig sind es ohnehin, dachte Ulpius Marcellus und fragte sich, wie lange es wohl dauern würde, bis dies die ersten der Zurückbleibenden begreifen würden. Natürlich blieben alle Soldaten zurück. Sogar eine Art Bürgermiliz hatte Scapula aufgestellt, ob mittels militärischem Druck oder mittels Bestechungsgeldern wusste er nicht. Im Grunde war es Ulpius Marcellus egal.

Er schätzte, dass bisher annähernd 10.000, allerhöchstens 15.000 Menschen, die Insel hatten verlassen können. Was ungefähr magere 50 bis 55 Schiffe bedeutete. Alle waren sie hoffnungslos überladen gewesen und ihm graute immer noch bei dem Gedanken, wie viele wohl beim ersten Problem jämmerlich ersaufen würden.

Während der Nacht schienen einige weitere

Handelsschiffe eingetroffen zu sein, trotzdem war der kleine Hafen nun so leer wie zu normalen Zeiten. Er hatte ein Fassungsvermögen für vielleicht fünfzehn Schiffe, wenn sie sich einigermaßen bequem bewegen wollten, zwanzig, wenn es sehr eng zuging. In der Nacht waren es mehr gewesen; jetzt wirkten die verbliebenen neun fast verloren.

Wir *sind verloren, wenn nicht deutlich mehr kommen,* dachte Ulpius Marcellus und spähte auf das Meer hinaus. Er glaubte, am Horizont ein einzelnes Segel ausmachen zu können, allerdings konnte es auch nur ein Reflex im Wasser gewesen sein.

Ein plötzlicher Tumult am Kai hielt ihn davon ab, weiter auf das Meer zu starren. Eine Menschenmasse befand sich dort und schrie und gestikulierte wild.

Sieben der letzten neun Schiffe waren brechend voll mit Menschen beladen und mühten sich mit zähen Ruderbewegungen, um aus der Hafeneinfahrt zu kommen. Dabei hatten sich zwei der Schiffe gegenseitig behindert und schließlich gerammt. Der Zusammenstoß war aufgrund der mäßigen Geschwindigkeit gering gewesen, doch hatten sich die Ruder ineinander verhakt und die beiden Schiffe blockierten die Ausfahrt. Die Schiffe dahinter kamen langsam näher und deren Kapitäne und Mannschaften brüllten mehr oder weniger sinnlose Befehle und Aufforderungen zu den beiden verkeilten Schiffen.

Trotz dieser Ablenkung schienen die Menschen am Kai endlich begriffen zu haben, dass nicht genügend Schiffe zur Verfügung standen und allem Anschein auch keine weiteren mehr kommen würden. Die Schreie Richtung Hafenausfahrt verwandelten sich innerhalb der Menge binnen Sekunden in Wut- und Angstschreie. Ulpius

Marcellus konnte vom Dach des Hauses die Veränderung perfekt verfolgen. Mit nicht geringem Schock sah er, wie sich die bisher in ihrer Illusion einige Menge rasend schnell in einzelne Gruppierungen zerteilte, so als hätte ein Irrer eine Handvoll Fleischstücke in ein Rudel ausgehungerter Löwen geworfen. Für mehrere Minuten schrien sich die Menschen an der Hafenmauer an, dann kam es zu ersten Rangeleien und binnen Augenblicken zu handfesten Schlägereien.

Kein Soldat griff ein oder trieb die Streithähne auseinander. Auch Ulpius Marcellus war viel zu sehr überrascht vom blitzartigen Wechsel der Emotionen, als das ihm dies gleich aufgefallen wäre.

Sein Blick zuckte immer wieder zwischen dem Horizont und der Schlägerei hin und her. Könnte er mit Rufen auf neue ankommende Schiffe hinweisen, würde sich der Tumult sicher rasch legen.

Doch es kam kein Schiff.

Stattdessen drang ein Signalhorn an sein Ohr.

Zunächst hielt er es für ein römisches Signal, doch weder Tonfolge noch Rhythmus passten zusammen. Dann akzeptierte sein Verstand das, was ihm seine Ohren zuführten.

Es war ein Pictenhorn.

Und kein einzelnes ...

Jeder Mensch innerhalb und außerhalb des Kastells hatte dcn dröhnenden Klang der Pictenhörner vernommen. Und für eine scheinbar ewig andauernde Sekunde schien alles wie zu Eis erstarrt zu sein.

Ulpius Marcellus stand wie angewurzelt auf dem Dach und sah mehrere Dinge gleichzeitig, anderes hörte er nur und sein Geist lieferte ihm die dazu passenden und schrecklichen Bilder.

Der Lichtfleck am Horizont entpuppte sich als das quadratische Segel einer römischen Flussgaleere. Dahinter tauchten weitere Segel gleicher Art aus dem Glast der Sonne auf.

Scapula hatte scheinbar alles zusammengezogen, was er in Regulbium und in dessen Gegenstück Othona am nördlichen Ufer des Flusses Tamesis hatte finden können.

Die Menge vor ihm auf dem Kai schien zu explodieren und spritzte förmlich auseinander. Menschen stürzten sich in das Hafenwasser und schwammen mit aller Kraft auf die verbliebenen Schiffe zu. Viele andere fielen unfreiwillig ins Wasser und wurden rücksichtlos unter die Wasseroberfläche gedrückt.

Den beiden verkeilten Schiffen gelang es endlich, sich voneinander zu lösen und das erste durchfuhr die Hafeneinfahrt. Dessen Ruderer fanden allerdings keinen einvernehmlichen Rhythmus und das Schiff trieb nach Steuerbord ab. Das zweite jedoch schien bessere Ruderer an Bord zu haben und nahm innerhalb weniger Schläge ein nennenswertes Tempo auf. Leider war das erste noch nicht ganz zur Seite abgetrieben, sodass das zweite Schiff ihm noch ins Heck schlagen konnte.

Aus dem Kastell erhob sich ein tausendfacher Schrei, eine Kakophonie der Angst. Ulpius konnte förmlich sehen, wie die Menschen durch die Gassen rannten, sich in Häusern oder irgendwelchen Löchern verkrochen, die Augen weit aufgerissen und den baldigen Tod vor Augen.

Vielleicht ist das auch meine letzte Stunde, dachte er und konnte sich endlich aus seiner Erstarrung lösen. Auch Sidonius Gavius und andere Männer um ihn herum fanden heraus, dass die beiden Salzsäulen, zu denen ihre Beine geworden waren, zu mehr taugten, als bloßer Stütze des Körpers.

»Alle Legionäre auf die Wälle!«, brüllte er und hoffte, dass die Soldaten seinem Befehl auch folgen würden. Helm und Körperpanzer bezeugten allen, wer und was er war. Von Aurelius Scapula und seinen Offizieren war keine Spur zu sehen. Ein Hornist machte zwei erfolglose Versuche, bis er sich zusammenreißen konnte und ein vernünftiges Signal zustande brachte.

Ulpius hastete die Treppen hinunter und stieß am Hauseingang auf Quadratus, Casparus und Antonius. Ohne viele Worte schlossen sie sich ihm und Gavius an. Am Kai fanden sie noch Platz und die Menschen wichen ihnen mehr aus Angst, denn aus Respekt aus. Ohnehin waren die meisten ins Wasser geflohen und strebten mit mehr oder weniger gekonnten Schwimmbewegungen den davoneilenden Schiffen nach. Selbst die beiden noch fast leeren Schiffe hatten Fahrt Richtung Meer aufgenommen. Marcellus sah, dass deren Besatzungen bemüht waren, so viele Menschen aufzunehmen wie sie konnten. Die Ruderer jedoch nahmen keine Rücksicht auf die Schwimmenden und mancher Schwimmer bekam einen Schlag auf den Kopf und versank stumm und unbeachtet.

Kaum hatten Ulpius und seine Männer die unmittelbare Umgebung des Hafens verlassen, standen sie einer Wand fliehender Menschen gegenüber. Doch zu ihrer aller Erstaunen flohen nicht alle Richtung Hafen, sondern viele versuchten, sich nach Süden abzusetzen. Aus Westen kam der Feind, im Norden war der Fluss und im Osten das Meer. Trotzdem war es ein einziges Drängen, Schubsen und

Schlagen, bis es ihnen gelang, sich von einer Gasse in eine etwas größere Straße durchzukämpfen.

Ulpius Marcellus hörte, dass der Hornist unentwegt seinen Befehl hinaus blies und sah, dass er tatsächlich von vielen Soldaten gehört und befolgt wurde.

Römische Disziplin!

Mit grimmigem Ausdruck stieß Ulpius Marcellus mit seinem Schild eine Lücke in die Menge und pflügte wie eine miniaturisierte Form einer Testudo durch die Menschen. Mehr und mehr Soldaten schlossen sich ihnen an und als sie das letzte Gebäude der Kleinstadt erreichten, fanden sie dort schon einige Hundert Legionäre vor. Die Soldaten machten einen unentschlossenen, wenn nicht sogar hoffnungslosen Eindruck. Kein einziger Offizier war zu sehen. Ulpius Marcellus ahnte, wo diese alle abgeblieben waren und kochte innerlich vor Wut.

Später! Wenn es für mich noch ein später gibt.

»Legionäre!«, schrie er und alle Köpfe ruckten zu ihm herum.

»Ich bin Ulpius Marcellus, konsularischer Statthalter Roms in Britannia und damit euer oberster Befehlshaber. Aurelius Scapula - und alle anderen Offiziere seines Stabes - sind nicht aufzufinden. Ihr untersteht ab sofort meinem Befehl. *Ich repräsentiere Rom.*« Als er diese letzten drei Worte ausrief, kam er sich lächerlich vor. Es änderte aber nichts an der Tatsache, *dass* er der Repräsentant Roms war. »Unsere heutige Aufgabe ist es, die Aufständischen solange aus dem Kastell zu halten, bis römische Schiffe und die anderer Freunde, die Zivilisten - *und uns* - aufnehmen können. Solange halten wir die Stellung und zuletzt den Hafen. Nehmt Aufstellung vor den Gebäuden außerhalb des

Kastells, bildet eine geschlossene Phalanx! Wenn der Feind anrückt, werden wir uns nicht aufreiben lassen, sondern uns ins Kastell zurückziehen. Kämpft um jeden Meter! Lasst euch nicht umgehen! Je weiter wir uns geordnet zurückziehen können, desto dichter werden unsere Reihen stehen. Macht keinen Ausfall! Greift nicht an! Dies ist eine Schlacht, in der wir den Feind nicht vernichten können, sondern uns nur zurückziehen. Jeder einzelne überlebende Legionäre und Zivilist ist ein Sieg für Rom! Es mag die Zeit kommen, in der wir die Picten schlagen können, aber das ist nicht heute!«

Er hatte längst alle Gesichter auf sich gezogen und sah in vielen Hoffnung aufkeimen. In vielen anderen sah er nichts als Zweifel und Resignation.

»Kämpft für die Frauen und Kinder, die jetzt in diesem Moment auf die Schiffe steigen!«

Und die reichen Säcke, die sich einen Platz erkauft haben!

»Kämpft Legionäre!«

Er hoffte, dass seine Behauptung der Wahrheit entsprach und saß dankend auf einem Pferd auf, dass ihm ein Mann zugeführt hatte. Auch seine Kameraden und andere Legionäre bekamen Pferde. Mit rund fünfzig Mann stob er durch eine Gasse, welche die Soldaten gebildet hatten.

Jubelschreie empfingen sie, als sie die letzten Häuser hinter sich ließen und von den Soldaten gesehen wurden, die das Hornsignal als erste gehört und befolgt hatten. Die Linie der Römer reichte tatsächlich von einem Ende der Kleinstadt bis zum anderen. Sie stand noch nicht dicht geschlossen, füllte sich aber zusehends. Allein sein Anblick, in einer glänzenden Offiziersrüstung, ließ die Männer zusammenrücken und Stellung annehmen.

Leider waren es nur drei Reihen.

Die Masse der Picten, die ihnen gegenüberstand, betrug mindestens das Zehnfache. Und sie stand still und schien sich über das Gewusel in dem Kastell und zwischen den Häusern zu amüsieren wie ein Riese vor einem Ameisenhaufen.

Dann hob der Riese einen Fuß für den tödlichen Tritt.

Ulpius Marcellus wusste nicht, was es war, dass die Soldaten rings um ihn standhaft bleiben ließ. Ihre Situation in Regulbium war weitaus schlechter als in Londinium. Sie hatten keine Mauern, die sie schützten, kein großes, stark befestigtes Kastell mit ausgebildeten Truppen stand ihnen zur Seite, keine Katapulte oder Ballistae unterstützen ihren Kampf. Nur Legionäre zu Fuß und viel zu wenige zu Pferd warfen sich dem Feind entgegen. Darüber hinaus waren durch die Schlacht bei Londinium viele Einheiten dezimiert worden oder existierten nur noch in Resten. Eine geschlossene und aufeinander eingespielte Truppe bildeten sie alle nicht.

Ist es der Gedanke an Frauen und Kinder? Mancher mag ... Verbindungen geknüpft haben, doch die meisten dürften ohne Angehörige ihren Dienst tun.

Marcellus sah, wie sich die Picten näherten und versuchte ein entschlossenes Gesicht zu machen. Er wusste, dass jede seiner Bewegungen, jede Geste registriert wurde und sich auf geheimnisvolle Weise die ganze Frontlinie entlang mitteilen würde.

Ist es wirklich nur der Drill? Wie lang kann eine harte Ausbildung solchen Massen widerstehen?

Dann war die erste Welle der Picten heran.

»Pilaaaaaa!«, schrie er und hob seinen ersten

Speer, zielte nur kurz, um ihn dann in die dichten Reihen der Picten zu schleudern. Er machte sich nicht die Mühe nachzusehen, ob seine Waffe das Ziel tötete, sondern griff sofort nach dem nächsten Speer. In kürzester Zeit hatte er seine Pila verschossen und bildete sich ein, dass die Picten ein wenig im Schritt verharrt waren. Mit ihm zusammen hatten auch alle anderen Legionäre in seiner Nähe ihre Pila geworfen und viele Treffer erzielt.

Er hatte gerade noch Zeit, sein Gladius zu ziehen, dann stand der erste Picte direkt vor seinem Pferd. Die Versuchung, mit einer Gruppe Reiter die Picten auseinanderzutreiben und sie dann auch von der Seite mit Schwerthieben zu attackieren, war übergroß. Er wusste, dass das ein Fehler wäre.

»Haltet die Linie!«, brüllte er und hackte nach links und rechts. Zwischen den Schlägen bemühte er sich, sein Pferd in Bewegung zu halten, damit es nicht aufgespießt werden konnte. Für jeden Krieger, den er tötete, rückte ein neuer nach, manchmal mit einem anderen Gesicht, manchmal mit dem gleichen. Ulpius hoffte, dass die Soldaten, die noch keine Bekanntschaft mit den unheimlichen Kriegern und Kriegerinnen gemacht hatten, diesen Umstand so spät wie möglich bemerken würden. Es war ihm klar, dass die ohnehin dünne Verteidigungslinie sofort zusammenbrechen würde, wenn ein Römer verstand, dass er gegen immer den gleichen Feind focht. Tief in ihm saß der Schock noch immer und harrte auf irgendeine Erklärung, die nichts mit Zauberei und Magie zu tun hatte. Aber wenigstens hatte der pragmatische Teil seines Verstandes akzeptiert, dass die Picten viele Krieger gleichen Aussehens aufbieten konnten.

Und es auch *jetzt* taten.

Eine schlanke Kriegerin mit hellbraunen Haaren trat vor sein Pferd und stieß mit einer langen Lanze nach dessen Hals. Hastig riss er am Zügel und sein Brauner schwenkte den Kopf nach links. Um Haaresbreite zischte die Klinge der Lanze am Ohr des Tieres vorbei und kam Ulpius´ eigenem Kopf bedrohlich nahe. Er beugte sich ein wenig nach rechts und holte gleichzeitig mit dem Schwert zum Schlag aus. Mit voller Wucht traf er die Lanze am Schaft und die Frau ließ sie mit einem heiseren Schrei fallen. Scheinbar hatte sein Schlag ihre Hände geprellt. Aber sie erholte sich rasch und griff blitzschnell zu einem dieser verfluchten gebogenen Schwerter, die dazu noch ein Stück länger waren als römische gladi.

Ulpius Marcellus nutzte den Schwung von Pferd und Schlag und richtete sich wieder im Sattel auf. Mit den Hacken dirigierte er sein Pferd wieder gerade gegen den Feind und mit seiner Linken hob er seinen runden Reiterschild. Er hatte ihn kaum auf die richtige Höhe gebracht, als gleichzeitig zwei Schläge pictischer Äxte auf ihn niedergingen. Mit einem Ächzen versuchte Ulpius, den Aufprall abzufedern, doch eine gewisse Taubheit musste er hinnehmen. Weitere Hiebe prasselten auf sein Schild und mit jedem einzelnen Schlag schien das Gewicht des Schildes zuzunehmen.

»Marcellus!«

Der Schrei hinter ihm - es musste Gavius gewesen sein, auch wenn dessen Stimme seltsam verzerrt klang - ließ ihn herumfahren. Mehr durch Zufall hielt er dabei sein Gladius vor das Gesicht und so traf ihn der Schlag mit der Axt nicht voll, sondern schob ihm nur die eigene Klinge quer darüber. Hätte sein Helm keine seitlichen Schutzklappen besessen, hätte ihn die Schneide seines eigenen Schwertes das Gesicht abgesäbelt. Trotzdem zerschnitt er sich vom Wangenknochen bis zum Kinn das Gesicht und der Schmerz schoss wie ein heißes Eisen in sein Fleisch.

Neben seine Verzweiflung trat nun Wut. Wut auf sich selbst, auf diese verdammten Picten, ihre unheimlichen Mehrfachkrieger, den alten Druiden mit dem grausamen Zug um den Mund, der dies alles verbrochen haben musste und überhaupt auf diese ganze vermaledeite Insel. Ulpius dachte nicht mehr nach, wohin er schlug. Alles was nackt und blau und irgendwie wahnsinnig aussah, war Ziel seiner Schläge. Er keilte um sich wie ein wildes Pferd, so als wolle er alle Dämonen der Unterwelt alleine vernichten. Er schrie und wusste nicht, was er schrie, nein, er hörte sich selbst gar nicht schreien. Seine Schenkel und Füße malträtierten sein Reittier mit harten Stößen und nur die Tatsache, dass sein Pferd wie durch ein Wunder noch keinen einzigen Kratzer abbekommen hatte, ermöglichte, dass es die Kampflust seines Reiters noch ignorieren konnte. Vielleicht waren es aber auch die unentwegten körperlichen Befehle, die es gehorsam ausführte und an einer Flucht hinderten.

Neben Ulpius Marcellus kämpften die anderen Berittenen mit ähnlicher Verbissenheit. Nur Sidonius Gavius schien eine erstaunliche Distanziertheit bewahren zu können, aber niemand außer Ulpius hatte die Zeit sie zu bemerken.

Die Zahl der Gefallenen auf beiden Seiten nahm rasend schnell zu. Schon rutschten die ersten Füße - ob von Mensch oder Tier - auf Blut, Schleim und zerfetztem Fleisch aus. Manchmal entging durch solch eine unbeabsichtigte Bewegung ein Kämpfer seinem Schicksal, manchmal stürzte er aber direkt in eine bluttriefende Klinge und starb, seltsam verrenkt und mit stumpf werdenden Augen.

Plötzlich fand sich Ulpius Marcellus von einem Dutzend Legionären zu Fuß umgeben, die alle einen frischen Eindruck machten und entschlossen die Picten zurücktrieben. Dabei bildeten sie einen Halbkreis geschlossener Schilde Richtung Feind und eine offene Reihe in seinem Rücken. Verwundert sah sich Ulpius um und fand Sidonius Gavius außerhalb des Kreises an eine Mauer eines kleinen Hauses gedrängt. Der Schweif seines Pferdes peitschte gegen die rauen Steine der unverputzten Wand.

Ulpius sah, das sein Adjutant ihm etwas zurief, konnte jedoch nichts hören, obwohl die Entfernung nicht mehr als drei Pferdelängen betrug. Er schüttelte den Kopf und noch einmal blickte er sich rasch nach Feinden um, doch der Ring um ihn hielt stand. Mit vorsichtigen Bewegungen drängte Ulpius sein Pferd nach hinten und ritt an die Seite seines Freundes, der immer noch sprach. Aber kein Laut drang an Marcellus´ Ohren.

Er schluckte ein paar Mal heftig und mit deutlichem Kratzen im Hals. Sein gesamter Mundraum und seine Kehle fühlten sich an, als befände sich darin ein Eimer Sand. Beide Arme sanken wie bleierne Anker an seinen Seiten herunter und schlagartig spürte er, wie sein Schädel heftig pochte, so als würde ein Picte mit einem Hammer darauf schlagen.

Ulpius´ Gesicht war ein puterroter Fleck, der wie die Fratze eines Dämons unter dem Helm hervorstrahlte. Sidonius Gavius zuckte nicht mit einer Wimper, sondern sprach unentwegt auf ihn ein. Seine Worte drangen wie durch dicke Stoffschichten an seine Ohren und erst, als ein eiskalter Schwall

Wasser in sein Gesicht spritzte und ihm Gavius den Rest in einer fast leeren Schale zum Trunk reichte, nahm das Rauschen in seinen Ohren ein wenig ab.

»Scapula hat uns Entsatz geschickt« schrie er. »Seine Männer kamen mit einigen Schiffen in den Hafen, aber dort ist kein einziger Mensch mehr. Die Leute sind nach Süden geflohen.«

Sidonius legte sichtlich alle Kraft in seine Stimme. Trotzdem kamen die Worte wie dicker Brei bei Ulpius an.

Ulpius trank den Rest des Wassers und ließ die Schale einfach fallen. Er schluckte einmal, war aber nur zu einem Krächzen fähig.

»Die Stadt ist verloren«, schrie Gavius weiter und deutete auf die immer noch dichten Reihen der Picten, die auf Kastell und Hafen zumarschierten. Es war nicht nötig, auf die beinahe nicht mehr vorhandene Verteidigungslinie und die Leichen darunter zu zeigen.

»Rück…«, krächzte Marcellus und verfluchte seine den Dienst versagende Stimme, doch Gavius hatte ihn verstanden.

»Rüüüückzuuuug!«, brüllte sein praefectus classis und sofort erklang das entsprechende Hornsignal zweifach aus verschiedenen Richtungen. Scheinbar hatte nicht nur ein Hornist auf den Befehl gehofft.

Stumm deutete Marcellus auf die Reihe der äußersten Häuser und machte das verabredete Zeichen. Sidonius Gavius nickte nur.

»Setzt die Häuser in Brand!«

Seinem Befehl folgte ein zweites Hornsignal und wieder sahen sie die Ausführung sehr schnell durch aufflackernden Rauch und Flammen bestätigt. Sie hatten alle Häuser am Stadtrand mit Öl, Stroh und allem Brennbaren füllen lassen, was sich in den letzten Stunden hatte finden lassen. Sie hofften, so den Rückzug auch der letzten Nachzügler ermöglichen zu können.

Ulpius Marcellus betete zu den Göttern, dass sich niemand in diesen Häusern versteckt hielt.

Sie wendeten ihre Pferde und stoben mit einem kläglichen Rest Reiter durch die leeren Gassen. Zurückgelassene Karren und jedweder Hausrat lagen überall herum, doch sie kamen schnell voran. Innerhalb weniger Minuten hatten sie wieder den Hafen erreicht.

Ulpius Marcellus erwartete dort Truppen auf den Kaimauern zu sehen, bewaffnet mit Speeren und Pfeilen, um den Rückzug der Verletzten und der restlichen Verteidiger zu schützen.

Doch dort stand niemand.

Stattdessen sah er eine einzige Galeere in Hafenbecken schaukeln, mit dem Heck zur Kaimauer ausgerichtet. Alle Ruderbänke schienen besetzt zu sein, doch die Ruder standen senkrecht in die Höhe. Ein Corvus war vom Bug zum Heck geschleppt worden und diente als provisorische Brücke. An seinem Ende stand Aurelius Scapula und winkte ihnen zu. Auch er rief etwas, doch immer noch fühlte Ulpius einen dumpfen Druck auf seinem Schädel lasten.

Er blickte sich zu Sidonius um und erschrak über dessen rasend schnell erbleichtes Gesicht. Offensichtlich hatte sein Freund sehr wohl verstanden, was seinen Ohren unverständlich geblieben war.

»Er fordert uns auf, sofort an Bord zu kommen, Herr.«

Sie hielten ihre Pferde an und waren in Windeseile vom Rest des Trupps und ersten

Fußsoldaten umringt.

»Und die Verletzten ...?« Er drehte sich um und deutete auf die Männer um ihn herum. »Was ist mit ihnen?«, begann Ulpius und staunte, dass es ihm gelang, jede einzelne seiner Silben zu ertragen, die wie Trommelschläge seinen Schädel von innen zu zerreißen drohten.

Gavius zuckte nur mit den Schultern. Sie blickten beide auf die Galeere und sahen, dass sie bereits mit Soldaten bis zur Grenze beladen war. Jeder weitere Mann erschien ihm wie ein unzumutbares Risiko.

»Komm endlich an Bord, Statthalter!« Es waren die ersten Worte, die Ulpius einigermaßen klar hören konnte, doch sein Verstand weigerte sich, die Konsequenzen zu akzeptieren, die dem Kommandeur allem Anschein nach keine Probleme zu bereiten schienen.

»Was ist mit den Zivilisten?«, rief er ihm zu, deutete nach Süden und zuckte unter dem Schmerz seines Rufes zusammen.

»Sie sind verloren«, kam die Antwort klar und deutlich und Scapula machte ein Gesicht, dass ihnen zeigte, dass ihm das Schicksal dieser Menschen völlig egal war. Zum größten Teil waren es Britannier, der Rest römische Zivilisten, in seinen Augen scheinbar entbehrliche Opfer.

Fassungslos starrte Ulpius Marcellus in die Augen des Kommandeurs. In seinem Rücken hörte er das laute Prasseln des Feuers. Ein Windstoß hatte die Brände weiter angefacht und er konnte zu beiden Seiten die Flammen in die Höhe schlagen sehen. Mittlerweile hatten sich fast dreihundert Legionäre um sie versammelt und blickten genauso wie er entsetzt auf das letzte Schiff und die brennenden Häuser. Dann wandte er sich wieder dem ehemaligen

Kommandeur Londiniums zu und sah draußen auf dem Meer mehrere Schiffe warten. Es waren einige Galeeren und etwa zwei Dutzend Handelsschiffe.

Dieser Mistkerl! Erst nimmt er sie aus und dann lässt er sie im Stich.

»Du nimmst mit allen Schiffen Kurs auf die weißen Felsen im Westen und nimmst so viele Menschen auf, wie möglich ist«, schrie er und versuchte seiner Stimme einen zuversichtlichen und zugleich drohenden Unterton zu verleihen. »Ich werde versuchen, den Rücken der Flüchtlinge mit diesen Männern hier zu decken. Wenn du bis morgen Abend von mir keine Nachricht erhältst, schlage dich an der Küste von Gallien entlang bis nach Iberia durch und dann durch die Meerenge nach Italia. Ich wünsche dir Glück, Aurelius Scapula.«

Er hätte den Befehl nicht zu wiederholen brauchen, denn sie hatten die Route schon beim ersten Gespräch so festgelegt. Doch Ulpius Marcellus wollte möglichst viele Zeugen auf beiden Seiten haben.

Und wehe dir, wenn ich überlebe und dich irgendwann wieder finde.

Ohne ein weiteres Wort drehte er sich um und blickte in die Augen der letzten Dreihundert.

»Ich habt die Wahl Männer: Sterbt in den Flammen oder ersauft jämmerlich im Meer.« Wie um seine Worte zu unterstreichen, fauchte ein Windstoß den Geruch der Flammen bis zu ihnen herüber. »Oder ehrt euch selbst, eure Vorfahren und eure Nachkommen mit einer Tat, die eines Römers würdig ist: Kämpft gut und rettet die Menschen, die dort draußen den Picten schutzlos ausgeliefert sind. Jeden einzelnen, den wir vor den Barbaren retten können, wird sich an uns und unseren Kampf erinnern und ihn in die Welt tragen. Kämpft überragend und womöglich werden einige von uns überleben.«

Er riss seine Schwerthand in die Höhe.

»Für Rom!«

Ulpius Marcellus war mit seinen Kräften völlig am Ende. Säße er nicht auf einem Pferd, wäre er längst zusammengebrochen. Umso mehr bewunderte er die Legionäre, die seit Verlassen des brennenden Flusskastells und der Siedlung mehr oder weniger ununterbrochen im Laufschritt geflüchtet waren. Nur für eine Stunde hatten sie im Schutze der Nacht gerastet und das wenige gegessen und getrunken, was sie mit sich führten. Sie hatten kein Feuer entzündet. Trotzdem waren sich alle im Klaren, dass die Picten sehr genau wussten, wo sie sich befanden. Es benötigte keiner Worte, um zu erkennen, dass die Picten mit ihnen ein grausames Spiel spielten.

Sie hatten kein Problem gehabt, den Weg der Flüchtlinge zu finden. Fast auf jedem Schritt wiesen ihnen weggeworfene Gegenstände die Richtung. Leider lagen auch einige Tote und viele Erschöpfte - vor allem Alte und Kranke - am Rand der Route. Ulpius konnte nichts für sie tun. Ob er sie mit einem Schwerthieb vor schlimmeren bewahrte oder sie von den Picten getötet würden, würde nichts am Endergebnis ändern. *Sie* waren wirklich verloren. Seine Hoffnung galt dem Großteil der Flüchtlinge - unter ihnen sicherlich viele Kinder - die ihr Heil an der Südküste Britannias suchten. Die Schiffe, die er in der Nähe der Galeere Scapulas gesehen hatte, hatten auf ihn leer gewirkt. Er hoffte, dass Scapula seinem Befehl gefolgt war und eine geeignete Stelle gefunden hatte, wo sie die Menschen aufnehmen konnten.

Sie hatten mehrere kleine Angriffe der Picten überstanden, die in ihrer Stoßkraft erstaunlich schwach gewesen waren. Trotzdem hatte es ihn einen Mann nach dem anderen gekostet. Die Schar, die ihm noch zu Verfügung stand, schmolz wie Schnee unter der Sonne Italias. Ulpius war sich sicher, dass die Picten sie mit einem ernst gemeinten Angriff alle hätten töten können. Dass sie es nicht taten, nahm er gerne an. Gleichzeitig jedoch zeigte es ihm, dass sie etwas vorhatten.

Sie treiben uns wie Vieh über das Land!

Auch an diesem Morgen hatten sie zwei dieser verlustreichen Plänkeleien überstanden und augenblicklich begnügten sich die Picten damit, sie aus der Ferne zu beobachten und immer den gleichen Abstand zu halten. Das einzige, was Marcellus am Leben hielt, war sein Verantwortungsgefühl und der Geruch nach Salzwasser, der ihm sein einigen Stunden in der Nase kitzelte.

Es ist nicht mehr weit zur Küste, dachte er und blickte zum Himmel auf. Es hatte seit Tagen nicht geregnet und innerlich musste er über sich selbst lachen, da er über Wochen durchnässt durch das Land geflohen war und sich nach der Sonne gesehnt hatte. Und nun war sein Mund, sein Rachen, sein Hals ausgedörrt, wie die Wüsten Ägyptens. Nur seine Haare und seine Haut klebten vor Schweiß an seiner Kleidung. Er stank und alle um ihn herum stanken genauso wie er.

Der Geruch der Angst, dachte er und wischte sich den Schweiß von der Stirn. *Der Geruch des Todes. Würden sie uns nicht verfolgen, triebe uns alleine unser Gestank über das Land. Und ausgerechnet jetzt regnet es einmal nicht. Es ist wirklich ein seltsames Land.*

Dann klang plötzlich ein römisches Hornsignal an seine Ohren. Doch es kam aus weiter Ferne …

Dem Signal antwortete ein vielstimmiger Schrei, deutlich näher.

Sidonius Gavius hob mühsam eine Hand und wies auf den Horizont. Die Sonne stand genau darüber und warf ihr blendendes Licht auf sie. Marcellus kniff die Augen zusammen und blinzelte in das Gleißen. Er glaubte, dunkle Punkte am Horizont ausmachen zu können. Aber es konnten auch nur seine Augen sein, die ihm Gespenster vorgaukelten.

Dann erscholl das Signal ein zweites Mal und er meinte, es käme aus Richtung der See.

Scapula!

Vielleicht hatte der Mistkerl doch Wort gehalten und stand nun bereit. Ulpius Marcellus packte die Zügel seines Pferdes.

»Komm, mein Freund, es ist nicht mehr weit«, murmelte er ihm zu.

»Den Göttern sei Dank«, antwortete Gavius und Marcellus musste gegen seinen Willen lachen.

Auch die anderen Männer fassten Hoffnung und mobilisierten ihre letzten Kräfte und rannten los. Dabei warfen sie immer wieder Blicke zurück, doch die Picten hielten die Distanz. Das Signal erklang in regelmäßigen Abständen ein drittes und ein viertes Mal. Die Antwort von der Menge der Flüchtlinge, der sie sich näherten, nahm dabei immer freudigere Töne an.

Die tanzenden Punkte vor Marcellus' Augen verwandelten sich tatsächlich in Menschen, die aufgeregt am Rande einer Abbruchkante standen, in die Luft sprangen und mit den Armen aufs Meer hinaus winkten.

Es müssen Scapulas Schiffe sein, dachte Marcellus

und neue Zuversicht erfasste ihn. *Die Picten wollten also nur ganz sicher sein, dass wir das Land verlassen. Ihre Angriffe sollten uns genau hierher treiben.*

Ein verbittertes Lächeln stahl sich in sein Gesicht.

Wenigstens diese Menschen habe ich retten können.

Er erreichte mit seinen Männern die Masse der Zivilisten und es bildete sich eine Gasse, in der man ihn bereitwillig an die Kante reiten ließ. Mehr als einhundert Meter unter ihm und nur wenige Schiffslängen vom schmalen Strand entfernt, schaukelten Scapulas Flussgaleeren im Meer. Ulpius musste erneut blinzeln. Die Sonne brach sich in Reflexen auf dem Wasser und die weißen Kreidefelsen leuchteten in ihrem Licht blendend auf. Für Ulpius Marcellus wirkte es wie ein Gruß Sols.

Leider währte seine Freude nur Augenblicke. Urplötzlich wandelten sich die Freudenrufe in Angstgeschrei. Sofort blickte Marcellus zurück und sah die Picten in rasendem Tempo heranreiten. Und zwischen den Reitern fegten ihre Streitwagen heran.

Das ist das Ende, dachte Ulpius und griff nach seinem Schwert.

Marcellus hatte den Eindruck, schon seit Stunden zu kämpfen, doch in Wahrheit waren es nur Minuten. Die Picten hatten nur wenige Herzschläge benötigt, die Römer zu erreichen und sie mit einem Hagel aus Pfeilen und Speeren einzudecken. Die Zivilisten hatten sich in ihrer Verzweiflung an den Rand der Küste gedrängt und waren einer nach dem anderen abgestürzt oder sogar freiwillig gesprungen. Frauen hatten ihre Kinder in die Arme gedrückt und sich mit Tränen in den Augen einfach fallen lassen. Die

Männer versuchten, an der steilen Klippe hinabzuklettern, ebenfalls Kinder auf den Rücken gebunden oder an ihren Hals geklammert. Andere rissen sich die Kleider vom Leib und banden sie zu Stricken zusammen; aber entweder sie hielten nicht der Belastung mehrerer Menschen stand oder sie waren einfach zu kurz.

Ulpius sah dies alles aus den Augenwinkeln und es trieb ihm Tränen des Mitleids und Zorns in die Augen. Er kämpfte und wich dabei Schritt um Schritt selbst an den Rand der Klippe zurück.

Jetzt haben sie uns da, wo sie uns wollten, dachte er und parierte mit rasch erlahmenden Muskeln den Schlag einer Kriegerin. *Und jetzt verstehe ich ihre Absicht. Es hat ihnen nicht genügt, uns aus den Städten und Kastellen zu vertreiben. Sie hätten auch ihre verfluchten kleinen Boote als schwimmende Lohen schicken können, aber sie haben es nicht getan. Sie* wollten, *dass es Zeugen gibt, wenn sie die letzten Römer ins Meer werfen. Wie die Lemminge stürzen wir hinab ...*

Der letzte Schritt, den er rückwärts machte, fand keinen Widerstand mehr. Er kippte nach hinten weg und sah noch, wie die Klinge, die ihn den Kopf von den Schultern getrennt hätte, wirkungslos durch die Luft schnitt.

Kapitel XXXIII
A. D. 184, August
Härter als Stahl

Von oben bis unten in Schweiß gebadet und völlig erschöpft ließ Yan den mächtigen Meißel sinken. Noch immer klang in seinen Ohren das helle Singen des auf den Stahl treffenden Hammers nach. Auch Swidger neben ihm machte einen müden Eindruck und der schwere Hammer in seiner Rechten zog wie Blei an seinem Arm. Dann ließ er ihn fallen und setzte sich mit einem Seufzen nieder.

»Mit diesem Ding schaffen wir es niemals den Stein zu zertrümmern, Druide«, sagte er und deutete auf die Tafel, die beinahe unversehrt am Boden lag und sie zu verhöhnen schien. »Und leider habe ich nicht die Möglichkeit Thor um seinen Hammer zu bitten.«

Yan mac Ruith setzte sich ebenfalls und warf den Meißel neben den Hammer. Mit missmutigem Blick starrte er auf dessen verbogene Spitze.

»Dieser Meißel ist der härteste und größte, den unsere Schmiede herstellen konnten. Und dieser Hammer und deine Kraft sind unglaublich«, lobte er. »Und trotzdem gelingt es uns nicht, ein Stück Stein - selbst nach Stunden - damit zu zerschlagen. Ich verstehe es nicht.«

Púca, Maelchon mac Cean und Arianrhod hatten die fruchtlosen Bemühungen der beiden mitverfolgt und auch die Versuche anderer Männer, den Blutstein zu vernichten. Die stärksten Krieger hatten es versucht, mit allem, was die Cruithin an Werkzeugen und Waffen hatten aufwarten können. Sie alle waren gescheitert. Selbst einen römischen Mahlstein und das stählerne Zahnrad eines

Katapultes hatten sie herangeschafft und damit ihr Glück versucht. Am Ende war beides in Trümmer gegangen. Nur der Stein blieb ohne weiteren Schaden zu nehmen liegen und schien über sie alle seinen Spott zu vergießen.

Dankbar nahmen Yan und Swidger jeweils einen Krug mit Wasser entgegen und nahmen tiefe Schlucke daraus. Als sie absetzten und in die Runde schauten, sahen sie Ratlosigkeit in den Augen der anderen. Nur Púca machte ein Gesicht, das anzeigte, dass er noch nicht aufgegeben hatte.

Yan mac Ruith glaubte sogar, einzelne Gedanken über die Stirn des Druiden huschen zu sehen. Aber er war zu müde, um sich so weit konzentrieren zu können, um auch nur den Versuch zu starten, sich in den Geist seines Glaubensbruders zu versetzen. Als er länger in das Gesicht Púcas blickte, bemerkte er, dass dessen Blick nicht zufällig auf die Tafel starrte oder gedankenverloren sogar durch sie hindurch, sondern ganz konkret einen bestimmten Punkt zu fixieren schien. Er versuchte, der Blickrichtung genauer zu folgen, und natürlich hatte er bald die Stelle gefunden, die Púca so fesselte, dass dieser wie in einer eigenen Welt zu weilen schien.

Es war die Stelle mit dem einzigen Makel, den die Tafel aufwies. Allerdings hatte sie diesen Schaden schon vor langer Zeit genommen. Damals, während des Streits zwischen Sétanta und Kennaigh …

Plötzlich schien Yan die gleiche Magie erfasst zu haben wie Púca und alle im Raum spürten sofort die Veränderung in der Stimmung der beiden Druiden.

»Was ist los?«, fragte Maelchon mac Cean und hob misstrauisch den Kopf. Aber von draußen drangen keine Warnsignale an sein Ohr. Die Wachen vor dem riesigen Broch, in dem sie sich befanden, blieben ruhig. Maelchon sah zu Swidger hinüber und der deutete achselzuckend auf die Druiden.

»Die beiden scheinen wie gefesselt zu sein«, sagte er und ein ungutes Gefühl schlich sich über seine verschwitzte Haut.

Arianrhod erhob sich aus ihrem Sitz und berührte ihren Schwager leicht mit der Hand. Wie von einer Nadel gestochen, zuckte Yan zusammen und erhob sich so rasch, dass auch Púca aus seiner leichten Trance erwachte.

Bevor jemand etwas sagen konnte, blickten sich beide in die Augen und nickten sich bestätigend zu. Stumm überließ Púca seinem Ordensführer das Wort.

»Auf eine unheimliche Weise vermag es dieser Stein, den Geist eines Menschen zu verwirren. Wir wissen viel über seine Kräfte, doch ganz offensichtlich nicht alles. Wir alle, vor langer Zeit Kennaigh …«, er zögerte und sah schnell zu Arianrhod »… dann Túan - ja, selbst Sétanta - ahnten und ahnen wahrscheinlich nicht einmal, welche Geheimnisse diese Tafel wohl noch vor uns zu verbergen in der Lage ist.«

»Und doch …«, warf Púca ein und deutete mit spitzer Geste auf die Tafel.

»… und doch«, nahm Yan mac Ruith bestätigend die Worte auf, »kann die Tafel vernichtet werden.« Er kniete sich nieder und führte seinen Finger fast zögerlich über die Stelle, an der vor Jahrzehnten ein Splitter abgebrochen worden war. »Dieser Schaden hier beweist es: Im Kampf zwischen Kennaigh und Sétanta brach ein Stück ab. Und sie beide hatten weder Meißel noch den Hammer eines germanischen Gottes.«

»Aber wie …«, begann Swidger und blickte ratlos in die Runde. Immer wenn die Geschehnisse unerklärliche Formen annahmen, fühlte er sich fehl am Platz.

»Wie sie das vermocht haben?«, fragte Yan mit rhetorischem Unterton und zuckte seinerseits mit den Schultern. »Ich nehme an, ohne jeglichen Zauber oder wundersame Werkzeuge.«

»Es ist das Blut.«

Die vier Worte Púcas schienen die Temperatur im Raum um etliche Stufen sinken zu lassen und tatsächlich fühlte selbst Yan mac Ruith seinen Schweiß kalt auf der Haut stehen. Wieder nickte er und gleichzeitig sanken seine Schultern resignierend nach unten.

Swidger stand sein Unverständnis nur zu deutlich im Gesicht. Lediglich Arianrhod und Maelchon ahnten, was nun kommen würde.

»Der Stein *kann* vernichtet werden …«, begann der Pictenfürst und brachte einen Gesichtsausdruck zustande, der Befriedigung und Enttäuschung gleichermaßen ausdrückte.

»Nur nicht *jetzt*«, ergänzte die Königin und sah ihren Schwager an. Ihr Gesicht war eine einzige Aufforderung, ihre Vermutung bestätigt zu bekommen.

»Ja, er kann vernichtet werden. Doch all das vergossene Blut hat ihn - zumindest für den Moment - unzerstörbar werden lassen. Und bevor ihr fragt: Ich habe keine Ahnung, wie viel Zeit vergehen muss, bis er endgültig vernichtet werden kann. Tage … Monate … Jahre … ich weiß es nicht.«

»Doch eines dürfte sicher sein«, warf Púca ein und machte ein finsteres Gesicht. »Der Stein darf keinem einzigen weiteren Tropfen Blut ausgesetzt sein. Es würde seine Macht immer weiter erhalten. Und … es ist nicht sicher, dass wir es noch erleben werden, dass der Stein seine Kraft verliert … aushungert … verdorrt, wie ein saftloses Blatt an einem toten Baum.«

Jetzt verstand Arianrhod Yans Resignation. Er konnte es in ihren Augen sehen.

»Also …?«, begann sie.

»Also werden wir ihn in ein sicheres Versteck bringen müssen. Mit allen Konsequenzen, die sich daraus ergeben«, nahm Yan mac Ruith den Faden auf und straffte seine Schultern. Er hatte eine Entscheidung getroffen. »Dieses Versteck *muss* hier auf Ynys Môn sein; nie wieder darf der Aufenthaltsort der Tafel nur einem einzigen Druiden bekannt bleiben. Und es wird eine der zentralen Aufgaben unseres Ordens sein, die Tafel so lange zu bewachen, bis sie einst zerstört werden kann. Darüber hinaus werden wir dafür sorgen, dass ihr niemals weiteres Blut geopfert wird. Wie lange der Zeitraum auch sein mag, den sie braucht, um - möglicherweise - zu … verhungern; jedes weitere Blut würde diese Zeit in die Länge ziehen.«

»Du sagtest gerade: *möglicherweise.* Du bist dir also nicht sicher, dass sie verdorren kann?«, warf Maelchon mac Cean ein und sein Raubvogelkopf schien auf ihn hacken zu wollen.

Yan machte jetzt so ein betrübtes Gesicht, das sie alle begriffen, dass die Aufgabe, die Tafel zu verwahren, zu einer langen, sehr langen Mission werden würde.

»Ich habe schon während meiner Zeit als Adept von den ältesten unseres Ordens gehört, dass die Tafel aus uralten Zeiten stammt. Niemand konnte mir sagen, vor wie langer Zeit sie erschaffen wurde. Ich kann mir nicht vorstellen, dass sie ununterbrochen unzerstörbar war, ob nun versteckt oder nicht. Es *muss* Zeiten gegeben haben, in denen sie hätte vernichtet werden können. Also werden wir auf eine solche Zeit warten müssen.«

»Der Ort muss sicher sein«, warf Swidger ein. 9999»Gibt es hier auf der Insel solch einen Platz?«

Yan mac Ruith überlegte und nickte nach einer Weile.

»Er ist nur mir und einigen anderen Druiden bekannt«, sagte er und blickte ihnen allen in die Augen. »Und so soll es auch bleiben: nur wenige Druiden werden eingeweiht werden. Und vor ihrem Tod wird immer nur ihr Nachfolger das Geheimnis erfahren.«

Er schwieg so lange, dass die anderen begannen, sich unwohl zu fühlen, dann hob er wieder den Kopf.

»Geht nun, Swidger, Maelchon … und auch du … Königin. Púca und ich, und die drei Druiden, die den Ort kennen, den ich meine, wir werden die Ersten sein … die Hüter des Steins.«

Kapitel XXXIV
10 Jahre später
A.D. 194, Winter
Brannon mac Ruith

»Wäre er nicht der Sohn der Königin, hätte man ihn längst töten sollen«, knurrte Púca und warf einen finsteren Blick auf Cumail, der müde und niedergeschlagen auf seinem Platz saß. Púca kochte vor Wut und am liebsten wäre er in die Kammer Brannons gestürmt und hätte ihn erschlagen.

»Es ist nicht leicht, sein eigenes Kind zu töten, mein Bruder«, antwortete Cumail und Púca sah ihm an, dass der alte Druide dankbar war, dass er für den Rest des Tages und der Nacht von der Pflicht enthoben war, auf Brannon achtzugeben. Ohnehin hatte er in all den Jahren schon mehrfach bei dieser Aufgabe versagt. Doch jedes Mal hatte ihm der Ordensmeister verziehen und anschließend nur wenige Tage von der Aufgabe entbunden. Immer, wenn er dann zu seinem Schutzbefohlenen in dessen Broch - im Grunde ihr gemeinsames Gefängnis - zurückgekehrt war, hatte ihn der Junge abfällig und schadenfroh angelächelt. Allein dieses Lächeln bescherte Cumail schlaflose Nächte, wie Púca sehr wohl wusste, ob nun in der Nähe des Jungen oder nicht.

»Der Clan der Ruiths besteht nur noch aus der Königin, ihrem Sohn und Yan. Wer fast seinen ganzen Clan verloren hat, geht nicht leichtfertig mit dem Leben der Verbliebenen um«, ergänzte der alte Druide und zeigte dabei ein Gesicht, das offenbarte, dass er genau wusste, damit den aufgebrachten jüngeren Druiden nicht beruhigen zu können.

»Aber jetzt ist er zu weit gegangen, Cumail«, fuhr

Púca erbost fort und deutete auf die junge Frau, die weinend in einer Ecke saß und die Hände in ihrem Umhang vergraben hatte. An mehreren Stellen war der Stoff zerrissen und ihr langes Haar hing in wirren Strähnen von ihr herab.

»Er hat sie vergewaltigt, Cumail! Bei allen Göttern: er ist erst zwölf Jahre alt!«

Cumail nickte erschüttert. »Aber sie lebt und wird es - hoffentlich - eines Tages verwinden können.«

»Ich hoffe es ebenso«, sagte Púca und begann wieder im Raum hin und her zu laufen. »Ich bete zu den Göttern, dass sie von ihm kein Kind empfängt …«

Erschrocken fuhr der alte Druide von seinem Stuhl auf und machte ein paar Schritte auf seinen Ordensbruder zu. Dann griff er an dessen Kutte und klammerte sich Hilfe suchend daran fest. »Das dürfen wir niemals zulassen. Weder bei diesem Mädchen noch jemals bei einem anderen …«

Das Mädchen hatte plötzlich aufgehört zu schluchzen und hatte den Kopf erhoben.

»Lieber töte ich mich, bevor ich einen Bastard dieses … dieses *Abschaums* in mir wachsen lasse!«

Beide Druiden traten rasch zu ihr und gingen vor ihr auf die Knie. Sie fassten sie an den Händen und drückten sie fest. Anstelle zurückzuschrecken, klammerte sie sich ebenfalls mit ihren Fingern daran.

»Niemals werde ich die Mutter von einem … *Ding*, dass dieser Mistkerl gezeugt hat!«, stieß sie hervor und ihrem Gesicht war anzusehen, dass sie es todernst meinte.

»Es gibt einige Frauen und auch Druiden - mich eingeschlossen» fuhr Cumail fort, »die sich darauf verstehen, ungewollte Schwangerschaften zu vermeiden. Je früher wir mit …«

»Mach es sofort, Druide, auf der Stelle!« Sie stieß die Hände der Männer von sich und erhob sich so rasch, dass die beiden einige Schritte zurückwichen. Sie blickte ihnen in die Augen und schien sie damit festnageln zu wollen. »Ihr sagt niemanden etwas, keiner anderen Frau, keinem anderen Menschen auf der ganzen Insel …«

»Aber Yan mac Ruith muss es wissen!«, betonte Púca und ließ seinerseits erkennen, dass er hier zu keinem Kompromiss bereit war.

Das Mädchen blickte von ihm zu Cumail und der nickte ihr mit zerknirschtem Blick zu. »Der Meister *muss* es wissen, Kindchen …«

»Ich bin kein Kind mehr, alter Mann!«, donnerte sie und zeigte jetzt eine Entschlossenheit, die sie nach Púcas Meinung bei der verhängnisvollen Begegnung mit Brannon hätte gebrauchen können.

Sie ist eine junge, starke Frau. Und trotzdem konnte sie sich des Zwölfjährigen nicht erwehren, dachte er erstaunt und mitfühlend. Gleichzeitig erfasste ihn zum Tausendsten Mal das Misstrauen, dass er dem Jungen gegenüber empfand.

Er ist besessen. Yan muss das doch endlich einsehen. All die Jahre der Ausbildung sollten aus dem Jungen einen Menschen machen und kein ... Monster.

Er selbst hatte einen Teil der Ausbildung an Brannon durchgeführt. Nicht die Ausbildung zu einem Druiden, nein. So dumm war niemand auf der Insel, als dass sie einem *womöglich* Besessenen auch noch das Handwerkszeug vermittelten, mit dem er noch größeres Unheil anrichten konnte.

Nein, die Schulung, die Brannon von Púca, Cumail, einigen anderen Druiden und von Yan mac Ruith, seines Vaterbruders persönlich erhalten hatte, umfasste Mathematik, Astronomie, Geschichte und Politik, selbst Lesen und Schreiben. Die Druiden waren zwar der festen Überzeugung, dass Wissen nur von Mund zu Mund vermitteln werden sollte, doch betraf dies ausschließlich die Kenntnisse und Fertigkeiten, die ein *Druide* erlangen sollte. Anderes Wissen, sozusagen weltliche Fähigkeiten, wollten sie dem Jungen geben, um ihm eine Chance auf ein normales Leben zu ermöglichen. Auch Ackerbau und Viehzucht hatten sie versucht, doch Brannons Umgang mit allem Lebenden - egal ob Pflanzen oder Tiere - hatte sie recht schnell davon abgebracht, aus ihm einen Bauern zu machen.

Kein einziger Druide - und selbstredend auch kein Krieger - hatte dem Jungen das Kämpfen beigebracht, oder Strategie und Taktik. Allerdings konnte niemand verhindern, dass der Junge die Krieger und Kriegerinnen bei solchen Übungen beobachtete.

Brannon hatte in den zwölf Jahren seines bisherigen Lebens eine unheimliche Entwicklung durchgemacht.

Er war viel schneller als jedes andere Kind gewachsen, das Púca oder irgendjemand sonst auf Ynys Môn jemals beobachten durfte. Mit drei Jahren rannte Brannon schneller als jede Katze und jeder Hund im Umkreis und manches Tier hatte dies mit dem Leben bezahlt. Brannon zeigte keine Scheu, sich das blutige Fell der erlegten Tiere auf die nackte Haut zu legen und allen als Trophäe zu zeigen.

Er konnte im Alter von elf Monaten fließend Cruithin sprechen und mit zwei Jahren auch Latein. Yan mac Ruith war der Meinung gewesen, dass es dem Jungen womöglich ein Leben im Römischen Reich - weit weg von Breith - eröffnen könnte.

Im Alter von vier Jahren konnte der Junge reiten und selbst Brot backen. Allerdings hatte er es nur ein einziges Mal gezeigt. Er hatte einen Backofen befeuert, ohne dass auch nur ein Wölkchen Rauch aufgestiegen war, den Teig korrekt zusammengemischt, geformt und auf perfekte Weise gebacken. Vor den Augen der erstaunten Druiden und anderer Bewohner des Dorfes hatte er sein Brot allein aufgegessen und keinen einzigen Krümel dabei zu Boden fallen lassen oder jemanden davon gegeben.

Púca wertete diese Demonstration als Warnung, dass der Junge mehr lernte, als man ihm beibrachte. Nach diesem Beweis seines Könnens hatte er allerdings nie wieder selbst für sein Essen gesorgt, sondern sich mit allem bedienen lassen. Yan mac Ruith hatte es stillschweigend hingenommen.

Vieles von dem, was man ihm beibrachte, schien den Jungen entsetzlich zu langweilen. Trotzdem ließ er die Unterweisungen über sich ergehen. Irgendwie schien nach Púcas Meinung Brannon immer darauf zu lauern, ein ganz bestimmtes Wissen zu erlangen. *Was* dies jedoch alles sein mochte, darüber konnten er und Yan nur in privaten Gesprächen spekulieren. Völlig einig waren sie sich aber, dass jegliches geheime Wissen der Druiden – und ganz besonders alles, was es über den Trank, die Tafel und die Spiegelkrieger zu wissen gab -, niemals an die Ohren des Jungen gelangen durfte. Der Aufenthaltsort der Tafel war das bestgehütete dieser Geheimnisse.

Dies bedeutete aber auch, dass man dem Jungen jegliche Auskunft über seine Eltern vorenthielt. Jede Schilderung deren Lebens hätte zwangsläufig das Gespräch auf die Themen gebracht, die Yan mac Ruith für verboten erklärt hatte. Auch seine Mutter galt dem Jungen als tot, von den Römern ermordet.

Nun war Brannon mac Ruith zwar dem Alter nach immer noch ein Kind, sein Körper jedoch hatte die Größe und Form eines Erwachsenen angenommen. Púca und Yan mac Ruith beschworen die Götter, dass das Wachstum des jungen Mannes so bald als möglich beendet sein mochte. Was beide ein wenig befremdete, war der Umstand, dass außer seinem schwarzen Kopfhaar der ganze Körper Brannons glatt wie der eines Säuglings war. Weder Achsel- noch Schamhaare, geschweige denn der zarte Flaum eines Bartes zierten den schlanken, aber muskulösen Körper des Jungen.

Ein Zwölfjähriger im Körper eines Mannes, dachte Púca. Ich sollte ihn längst als Mann betrachten und auch so behandeln.

»Schade, dass ich ihn nicht als Vergewaltiger *behandeln* darf«, murmelte er leise.

»Sofort!«

Das Wort riss Púca aus seinen Überlegungen. Er hob den Kopf und sah die junge Frau immer noch vor sich stehen. Es konnten nur Augenblicke vergangen sein, denn die Tränen auf ihren Wangen waren noch feucht. Púca nickte und wandte sich an Cumail.

»Bleib hier und bereite sie vor. Ich weiß, was du benötigst und werde es dir ohne Aufsehen bringen.« Dann wandte er sich an die Frau. »Ich kann dich beruhigen, Mädchen. Du wirst von deinem Peiniger kein Kind austragen müssen …« Er sah, dass sie trotzdem erschrak. »… aber das Geschenk eigener Kinder bleibt dir erhalten; ich schwöre es.«

Sie schluckte und konnte kein Wort sagen. Bevor er sich bewegen konnte, schritt sie rasch zu ihm und umarmte ihn. Dann hörte er ihre Stimme ganz leise an seinem Ohr.

»Ich weiß nicht, warum ihr diesen Abschaum am Leben lasst, Druide. Aber wenn ich die Chance dazu habe, werde ich sein Essen mit einer Zutat würzen, welche die letzte sein wird, die sein verderbter Mund genießen kann.«

Das Ziel der Drohung und die Sorge aller eingeweihten Druiden fläzte sich auf einem Fell, dass sich groß und flauschig auf dem Boden der Kammer ausbreitete. Er grinste, da sein Schwanz sich immer noch so anfühlte, als stecke er in dem Mädchen. Er sah an sich herunter und genoss den Anblick seines Schweißes, der in der feuchten Hitze des Raumes nicht trocknete, sondern von neuem Schweiß aus den Poren ergänzt wurde. Er hatte einem seiner Bewacher - im Stillen betrachtete er sie längst als seine Sklaven - aufgetragen, das Feuer kräftig anzufachen und flache Schalen und Krüge mit Schnee im Raum zu verteilen. Der Schnee war längst geschmolzen und die Schalen, die in der Nähe des Feuers standen, hatten ihn als Dampf in den Raum abgegeben. Der Schweiß rann ihm in dünnen Rinnsalen am Körper hinunter und tropfte von seinem Schwanz auf den Boden. Das Blut des noch vor Kurzem jungfräulichen Mädchens vermischte sich damit und fiel in blassroten Tropfen auf das Fell.

Brannon schob eine Hand darunter und fing einige der Tropfen auf. Mit der anderen Hand schob er vom Ansatz des Gliedes Schweiß, Sperma und Blut über die Eichel, sodass es in seine offene Hand tropfte. Für einige Augenblicke betrachtete er die kleine Pfütze in seiner Hand, dann schleckte er sie mit der Zunge leer.

Hätte sie nicht so geschrien, hätte ich ihr Blut direkt aus ihrer Möse trinken können.

Kaum hatte er das Bild vor Augen, meldete sich sein Magen. Brannon erhob sich, trat an einen der noch halb vollen Krüge und tauchte seine Hände hinein.

»Alain, schick´ mir etwas zu essen!«, rief er über die Schulter. »Ich habe Hunger.« Sein Tonfall hatte nicht die Spur einer Bitte an sich. Vor der Tür zu seiner Kammer ertönten Schritte und nach einiger Zeit knirschte das schwere Schloss. Die Tür schwang langsam auf.

Alain mac Carnonacae, der Sohn Fionnghals, stand im Rahmen und hinter ihm ein Mann mit zwei Schüsseln, aus denen es dampfte.

Den Mann mit dem Essen kannte Brannon nicht besonders, sondern sah in ihm nur einen seiner vielen Diener. Er verrichtete ohne Worte seine Arbeit und hielt in der Regel seinen Blick gesenkt. So konnte er nicht sehen, dass die Augen des riesigen Kriegers vor ihm wie von einem Schleier überzogen waren.

Aber Brannon mac Ruith sah die Augen Alains. Vor allem wusste er, warum der Krieger wie betäubt blickte. *Er* war für den Zustand Alains verantwortlich.

Brannon konnte sich nicht erinnern, wann es begonnen hatte. Schon im Kindesalter hatte er gefühlt, das einige Menschen und viele Tiere auf ihn reagierten. Geistig schwache Wesen wie Kleintiere hatten mit ihrem Verhalten anfangs sehr verwirrend auf seine Gedanken geantwortet. Ein Teil war einfach geflohen, ein anderer war aggressiv geworden und wieder ein anderer Teil war wie gebannt stehen geblieben. Die Tiere zitterten als er sich ihnen näherte, schienen aber nicht in der Lage zu sein, dem Zwang seiner Augen entfliehen zu können. Genüsslich hatte er sich an ihrer Angst ergötzt, sie oft minutenlang mit den Augen förmlich aufgespießt und es nach einer Weile mit irgendeinem spitzen Gegenstand auch getan.

Wie ein Medicus hatte er solche Begebenheiten studiert, genau verglichen, welche Tiere ihm zum Opfer fallen konnten und welche ihr Heil in der Flucht suchten. Alles was Federn trug, zog sich mit hastigen Flügelschlägen zurück, kleinere Felltiere wie Mäuse, Ratten und Hasen fielen oft einfach tot um. Ihr kleines Herz setzte einfach aus. Größere Tiere wie Hunde, Wölfe oder gar Bären blickten ihn in seinen jungen Jahren aus der Entfernung mit blitzenden Augen an und verfolgten jeden seiner Schritte. Als er fünf oder sechs Jahre alt war, flüchteten sie, wenn er ihnen zu nahe kam. Jetzt, wo er doppelt so alt war, konnte er einige von ihnen in seinen Bann ziehen. Nicht alle, aber doch bei jedem Versuch mehr und mehr.

Bei Menschen sah es ganz ähnlich aus. Einfache Gemüter nahmen gar nicht war, dass er sie wie ein Hündchen an der Leine führte. Ihnen war nicht bewusst, wenn er mit ihnen spielte und sie Dinge tun ließ, die sie gar nicht beabsichtigt hatten. Allerdings war bei dieser Gruppe keine einziger Druide. Brannon ahnte, dass er dies noch nicht wagen durfte. Überdies führten seine vorsichtigen Manipulationen anfangs noch zu sehr kleinen Handlungen. Er veranlasste zum Beispiel eine Frau, die sich die Füße waschen wollte, ihre Kutte viel höher zu heben, als sie es sonst in seiner Gegenwart oder der irgendeines anderen Mannes getan hätte. Einmal hatte er einen seiner *Essenssklaven*, wie er sie bei sich nannte, dazu gebracht, übrig gebliebene Geflügelknochen zu zerschlagen und die abgenagten Knorpel zu essen. Doch seine ersten Erfolge hatten ihn rasch übermütig werden lassen. Noch vor zwei Jahren hätte er sich beinahe verraten, als er eine Frau dazu brachte, stillzustehen, während er vor ihr onanierte, um dann sein Ejakulat von seinem Glied abzulecken. Er hatte nicht bedacht, dass die Frau einen Mann hatte, der sie beinahe umgebrachte hätte, als er bei einem Kuss das Sperma roch. Er schlug sie halb tot, bis endlich andere einschritten. Die Frau hatte keine Erinnerung an die Untat Brannons und weinte und beteuerte, ihrem Mann treu gewesen zu sein. Am Ende wurde sie aus dem Dorf geworfen und konnte von Glück reden, dass man sie nicht wegen Ehebruchs in einem Moor ertränkt hatte.

Danach hatte er erst nachgedacht, bevor er sich an weitere Versuche machte. Sein größter Erfolg aber war der Krieger Alain. Brannon war stolz darauf, den Sohn des Fürsten mac Carnonacae in seinen Bann gebracht zu haben. Es hatte lange gedauert. Seine ersten Vorstöße waren fast zarte geistige Berührungen gewesen, die ihn in ihrer Sanftheit selbst überrascht hatten. Er hielt sich von klein auf für einen harten Burschen und jeder seiner menschlichen Kontakte war ein Zeugnis von Interesselosigkeit an anderen. Nur was ihm einen Vorteil brachte, auch wenn er noch so klein war, brachte ihn dazu, wenigstens so zu tun, als könnte er normal mit anderen Menschen agieren.

Bei all dem wusste Brannon mac Ruith gar nicht genau, was ihn zu solchen Taten befähigte. Er ahnte zwar, dass es etwas mit seiner Herkunft zu tun hatte. Doch niemand erwähnte auch nur mit einem Wort seine Eltern. Yan mac Ruith war der einzige Verwandte, den er kannte. Laut dessen Auskunft waren sein Vater und seine Mutter tot, ermordet von den Römern. Der Zorn, der ihn dabei ergriff, spülte für Stunden, ja manchmal für Tage, jeden klaren Gedanken aus seinem Kopf. Wenn er sich in einen solchen Wutanfall hineinsteigerte, flohen alle Tiere, wenn er sich ihnen auch nur auf zwanzig Schritte näherte. Einmal war eine Herde Rinder in die Wälder geflohen, als er mit hochrotem Kopf an ihnen vorbei schritt und sie gar nicht einmal beachtet hatte. Etliche Männer und Frauen verbrachten Stunden damit, die Tiere wieder zu beruhigen und einzufangen.

Brannon war sich aber sicher, dass Blut *ein* wesentlicher Bestandteil des Geheimnisses darstellte, das ihn selbst und seine bisher nur ihm bekannten Fähigkeiten umgab. Der Geschmack von Blut war einfach unglaublich. Seine Süße, sein metallischer Geruch, die Farbe von Hellrot bis fast Schwarz übten eine Magie auf ihn aus, dass er jeden Tropfen genoss, egal aus welcher Quelle.

Kaum hatte Brannon diesen Gedanken gedacht, nahm er die beiden Männer vor sich wieder war. Da das Essen in den Schalen des Sklaven immer noch dampfte, konnten nur Wimpernschläge vergangen sein. Mit hämischen Grinsen sah er in Alains verschwommenen Blick.

»Stell es auf den Tisch und dann verschwinde, Bursche«, raunzte er den Mann an, der nur nickte und sich verzog, kaum, dass er der Aufforderung nachgekommen war.

»Alain, mein Freund« seine Stimme war ein schmieriger Film, der jede Schnecke vor Neid hätte erblassen lassen, »bleib bei mir und leiste mir Gesellschaft. Ich habe mit dir zu reden.« Den letzten Satz hatte er mit aller Intensität ausgesprochen, die er aufbieten konnte. Brannon sah, dass jede einzelne Silbe ein Kettenglied war, dass sich um die starken Muskeln des Kriegers legte und zu einer eisernen

Fessel zusammenfügte.

Noch ein wenig mehr.

»Setz dich zu mir und lang nur zu«, forderte er ihn auf und sah, wie sich die Pupillen des Mannes weiteten, der Körper aber gehorchte und sich ihm gegenüber an den Tisch setzte. Die Hände Alains bewegten sich langsam auf ein Messer zu und er spießte damit ein Stück gebratenes Fleisch auf. Er führte den Bissen zum Mund und kaute mechanisch. Weder mit Tönen noch mit den Augen ließ er Wohlgeschmack oder Missfallen erkennen.

Probieren wir doch noch etwas.

»Nimm das Messer und schneide dir in den Arm, mein Freund.«

Ohne den Blick von Brannon nehmen zu können, senkte Alain die Hand mit dem Messer und setzte die Klinge auf seinem linken Unterarm an. Dann schnitt er mit einer langsamen Bewegung hinein. Das Blut floss sofort und lief auf den Tisch. Aber Alain kaute unbewegt weiter.

»Iss ruhig weiter, mein Freund«, fuhr Brannon mit siegessicherem Grinsen fort und nahm sich seinerseits die zweite Schüssel und begann ebenfalls zu essen. Dabei ließ er seine Augen tief in die seines Opfers eintauchen. Alain wirkte trotz seiner Größe und Masse neben dem schlanken Brannon jetzt wie ein Schoßhund.

»So, und nun da wir so nett beieinander sitzen und schmausen, erzähl mir doch etwas über meine Eltern …«

»Ja«, antwortete der Krieger und schluckte den Bissen hinunter.

Brannon warf noch einen Blick auf die blutende Wunde am Arm seines Bewachers, die nicht sonderlich tief war und schon zu gerinnen begann.

Doch der kurze Blick hatte genügt, um die Verbindung abzuschwächen. Zu seiner Überraschung bedurfte es aber keines weiteren Befehles, denn Alain schien immer noch gefangen zu sein. Trotzdem zeigten seine nächsten Worte, dass er noch zu eigenständigen Entscheidungen fähig war.

»Wenn ich dir die Geschichte deiner Eltern erzählen soll, dann muss ich dir auch von der Tafel berichten …«

Brannon spürte sofort, dass er einen Volltreffer gelandet hatte. Er hatte schon immer geahnt, dass es mit seinen Eltern eine besondere Bewandtnis hatte. Er verzichtete auf Worte, sondern hielt nur seinen Bannblick völlig konzentriert auf die Augen Alains gerichtet. Minuten vergingen, in denen sein Opfer stumm blieb und in fernen Zeiten zu schweben schien.

»Meine Eltern …?« Mehr wagte er nicht zu sagen. Aber es genügte, um den Krieger den Faden wieder aufnehmen zu lassen.

»Dein Vater hieß Túan, Túan mac Ruith. Und deine Mutter heißt Arianrhod mac Ruith …«

»Heißt?«, wagte er einzuwerfen. »Sie ist noch am Leben?« Überraschung und Zorn zugleich schossen Brannon durch den Körper und beinahe hätte er wieder den Kontakt zu Alain verloren.

»Ja, sie lebt. Sie ist die Königin aller Cruithin.«

Königin ... dann bin ich von edler Abstammung?!, dachte Brannon und wieder fuhr ein Gewitter widerstreitender Gefühle durch ihn.

»Doch früher hieß sie Lucia und war die Tochter eines Römers …«

Jetzt war Brannon völlig verwirrt.

Seine Mutter, eine Römerin?

»Langsam, mein Freund!« Wieder war seine

Stimme ein einlullendes Wispern. »Lass dir Zeit und fang ganz von vorne an. Mein Vater …?«

»… war ein Druide. In seinem Besitz befand sich eine Steintafel aus uralter Zeit …«

- Ende -

Personenregister

Picten und Druiden

Alain - Sohn von Fionnghal mac Carnonacae
Arianrhod mac Ruith - geboren als Römerin mit dem Namen Lucia, jetzt Königin der Picten und Heerführerin der Spiegelkrieger
Balor - Sétantas geistig behinderter Sohn
Brannon mac Ruith - gemeinsamer Sohn Arianrhods und Túans
Caleigh mac Morn - Fürst
Catriona maqq Horestiani - Fürstin
Cumail - Druide auf der Insel Ynys Môn
Fionnghal mac Carnonacae - Fürst des Bärenclans und Vater von Alain
Kenneth von Mull - Fürst
Maelchon mac Cean - Fürst
Máiri von den Vacomagi - Fürstin
Púca - Druide und Spion im Auftrag Yan mac Ruiths
Sétanta - Druide
Túan mac Ruith - Druide, Geliebter und Ehemann Arianrhods
Yan mac Ruith - Druide, Bruder von Túan, Oberhaupt des Druidenordens auf Ynys Môn

Römer

Antonius - Legionär, einer der Gefährten Ulpius Marcellus´
Aurelius Scapula - Kommandeur der Garnison Londinium
Bartholomäus - Legionär, einer der Gefährten Ulpius Marcellus´
Brachius - Legionär, einer der Gefährten Ulpius Marcellus´
Caerellius Priscus – kurzzeitiger Nachfolger Magnus Lucius´ als Statthalter Roms in Britannia
Decimus Agrippa - Decurio und Mitglied der Garnison in Londinium
Eurycles Faustus - Centurio, griechischer Abstammung, Freund von Decimus Agrippa
Gaius Fabius - Kommandeur des Kastells Verulamium
Marcellus Maximus Lupinius - Veteran, Lupus, der Wolf
Mathaeus Scapula - Sohn von Aurelius Scapula
Politos - Legionär, einer der Gefährten Ulpius Marcellus´

Publius Netello - Decurio im Dienste Caerellius Priscus
Quadratus - Legionär, einer der Gefährten Ulpius Marcellus´
Sidonius Gavius - rechte Hand und Adjutant von Ulpius Marcellus im Range eines praefectus classis
Ulpius Marcellus - neuer Statthalter Roms in Britannia
Vidonius - Legionär, einer der Gefährten Ulpius Marcellus´

Andere Völker

Ceallach - Skote, Handlanger Sétantas
Inga - Germanin, Freundin Arianrhods; ihre ehemalige Sklavin und Geliebte Swidgers
Kieran – Skote; auch: »der Schwarze«, König von An Mhumhain, Verbündeter Sétantas
Ruanna - Britannierin, Pflegemutter Balors und Sklavin Sétantas
Swidger - Germane, Leibwache Arianrhods

Glossar

151: Anzahl der überlebenden Römer bei der »Schlacht in der Sanduhr« (siehe Band 1: »Druide der Spiegelkrieger«).
Ala milliara: Doppelte Ala, also zweimal 500 Mann.
Ala quingenaria: Alen- oder Reiterkastell für 500 Berittene. Es gab auch größere Alenkastelle *ala milliaria.* Solche Kastelle konnten eine Fläche von bis zu 60.000 m² erreichen.
An Mhumhain: oder Cúige Mumhan; südlichste Provinz Irlands.
Beneficarius trirarchi: Rechte Hand des Schiffskommandanten; erledigte alle anfallenden Verwaltungs- und Logistikaufgaben.
Berserker: in einen Blutrausch oder Wahn fallender Krieger. Oft eingesetzt in den ersten Schlachtreihen, da sie scheinbar Verletzungen und Tod nicht scheuten. Die Römer kannten solche scheinbar unbezwingbaren Gegner von den Germanen und nannten diese Eigenschaft Furor Teutonicus, germanische Angriffslust.
Boudicca-Aufstand: Im Jahr 60 und 61 A.D. führte die Pictenkönigin der Icener einen blutigen Aufstand gegen Rom. Mehr als 80.000 Picten und Britannier traten 10.000 römischen Legionären entgegen. Aufgrund Selbstüberschätzung und mangelnder Disziplin der Aufständischen gewannen die Römer und vernichteten angeblich nur mit 400 eigenen Verlusten die gesamte Streitmacht Boudiccas.
Camulodunum: das heutige Colchester.
Carnyx: Metallische Kriegshörner; etwa 150 cm lang. Das obere Ende bildet einen Tierkopf, dessen Maul weit geöffnet ist.
Cena: römische Bezeichnung für das Mittagessen.
Cornice: Hornbläser oder Trompeter; er bläst die Cornu, eine Trompete aus mehreren zusammengesetzten Metallröhren und übermittelt damit die Befehle des Kommandeurs an die Truppe.
Corvus (plural: corvi): Rabe; Enterbrücke auf römischen Kriegsschiffen. An der Unterseite einer ca. 1,2 m breiten und 10,9 m langen hölzernen Brücke ist ein metallener Dorn angebracht, der beim Fallen auf ein feindliches Schiff dieses fest mit der Brücke verbindet. Eine Entermannschaft kann übersetzen und die gegnerische Schiffsbesatzung bekämpfen.
Currach oder Curragh: Kleines einfaches Ruderboot und einem Segelmast. Etwa 4,5 bis 5,5 m lang; bestehend aus Eschen- und Eichenholz, bespannt mit Ochsenhäuten, mit Hartz

und Teer wasserdicht gemacht, diente es für kleinere Reisen und Überfahrten zu nahen Inseln.

Decurio: Führer einer Gruppe von 10 Legionären (Decurie). Auch die römische Reiterei hatte ursprünglich eine Unterteilung einer Turma (ca. 30 Mann) in drei Decurien mit jeweils einem Decurio als Anführer.

Eamon war Túans Schüler (siehe Band 1 »Druide der Spiegelkrieger«). Eamon wurde von Römern gefangen und zu Tode gefoltert.

Ellan Vannin: Die heutige Isle of man in der Irischen See.

Fortuna: römische Göttin des Glücks und des Zufalls.

»Fy chwaer wedi marw, llongyfarchiadau i ti! Cymer fy rhodd, defnyddia dy ail gyfle di a wranda: Fydd yna ddim un arall, felly ei ddefnyddia e yn iawn! Bydded ti'n cael dy rwymo arna i am byth a chyfodi di'n fuan!«

»Meine tote Schwester, ich beglückwünsche dich! Nimm meine Gabe, nutze deine zweite Chance und höre: Es wird keine weitere geben, also nutze sie wohl! Sei an mich gebunden für alle Zeit und bald wirst du dich erheben!«

«Fy mbrawd wedi marw ...

»Mein toter Bruder ...

Garm: Höllenhund Helheims

Glevium: das heutige Gloucester

Hatrisches Feuer: Mischung aus Bitumen und Schwefel; ähnlich dem griechischem Feuer; benannt nach der antiken Stadt Hatra, deren Bewohner damit erfolgreich mehrere Angriffe römischer Kaiser abwehren konnte.

Hel: nordische Göttin der Unterwelt (Helheim)

Hibernia oder auch Skotia: römischer Name für das heutige Irland.

Honesta missio: Ehrenvollen Entlassung; i. d. R. nach ca. 20 bis 25 Jahren Militärdienst.

Hora: römische Stunde; nicht exakt nach kleineren Einheiten definiert, sondern variiert mit unterschiedlichen Längen in Tag- und Nachtstunden.

Londinium: das heutige London

Mithras: Ursprünglich aus dem Iran stammender Gott. Im 2. Jhd. A. D. sehr beliebt bei Soldaten und Händlern.

Othona: Nördliches Gegenstück zu Regulbium.

Parma equestris: Ovaler Reiterschild; ca. 115 x 60 cm groß

und 5 Kg. schwer.
Praefectus classis: Befehlshaber einer Provinzialflotte mit mehr administrativen anstelle von militärischen Aufgaben, trotzdem römischer Soldat. Dem Statthalter der Provinz unterstellt.
Proreta: Bugoffizier; stand am Bug (prora) des Schiffes und warnte vor Untiefen und war für die Navigation verantwortlich. Untersteuermann und Mitglied des nautischen Personals an Bord römischer Galeeren. Er war gleichzeitig Wachhabender des Vorschiffs, etwa im Rang eines zweiten Offiziers und auch für die Navigation zuständig.
Regulbium: Kleines Kastell am südlichen Ufer der Themse (Tamesis). Diente zusammen mit dem nördlichen Kastell Othona als Schutz für die Einfahrt in den Kanal.
Scutum: römischer Rechteckschild (Plural: scuta). Kante an Kante - und über Kopf angeordnet - konnten sich damit Legionäre zu der berühmten Schildkrötenformation (Testudo) zusammenschließen.
Sol: Römischer Sonnengott.
Somnus: römischer Gott des Schlafes.
Spatha (Plural: Spathae): Zweischneidiges, vorwiegend als Hiebwaffe eingesetztes Schwert. Unterschiedliche Längen, aber i. d. R. länger als ein Gladius.
Symphonieacus oder auch pituli: Unterer Mannschaftsgrad, der durch Schläge auf eine Trommel den Ruderern den Riementakt vorgibt.
Tamesis: die heutige Themse
Trierarchus: Schiffskommandant
Trireme: Römisches Kriegsschiff (Galeere) mit jeweils drei Ruderreihen Backbord und Steuerbord.
Turmae (plural für Turma): Eine Turma besteht aus 30, später 33 Reitern. 16 Turmae bilden eine Ala, also rund 500 Mann.
Vespera: römische Bezeichnung für Abendessen; die Hauptmahlzeit des Tages.
Verulamium: das heutige St. Albans
Wotan: (auch Wodan) südgermanische Variante von Odin, dem Donnergott der Germanen.
«**Yan, túan**, tethera, methera, pimp, sethera ... Eins, zwei, drei, vier, fünf, sechs ..." im Schäferdialekt von Keswick in Cumbria
Ynys Môn, Insel der Druiden. Die Römer nannten die Insel Mona. Im Jahre 60 A. D. fiel ein römisches Kontingent über die Insel her und vernichtete die meisten der dortigen heiligen

Stätten der Picten, um den Stämmen ihren religiösen Hintergrund zu nehmen. Viele Druiden flohen oder nahmen sich das Leben.

Quellennachweis

Boudicca´s Rebellion AD 60-61, Nic Fields, Osprey Publishing, 2011, ISBN 978-1-84908-313-3

Den Kelten auf der Spur, Leo Verhart, Philip von Zabern Verlag, ISBN 978-3-8053-3888-2

Die Druiden - Gesellschaft und Götter der Kelten, Jean Markale, Weltbild-Verlag, 1996, ISBN 978-3-89350-438-9

Die Geschichte des Krieges – Vom Altertum bis heute, Saul David (Hrsg.), Dorling Kindersley, ISBN 978-3-8310-1706-5

Die Kelten - Mythos und Wirklichkeit, Stefan Zimmer (Hrsg.), Theiss, ISBN 978-3-8062-2693-5

Die Legionen Roms, Nigel Pollard, Joanne Berry, Theiss, ISBN 978-3-8062-2633-1

Geschichte der Schiffahrt, Jochen Brennecke, Siegloch Edition, ISBN 978-3-8003-0169-5

Karfunkel - Küche 2: (u.a.) Zu Gast bei Griechen und Römern, Karfunkel-Verlag, ISBN 978-3-935616-38-6

Kriege und Schlachten - 5000 Jahre Militärgeschichte, R. G. Grant, Dorling Kindersley, ISBN 978-3-8310-0949-7

Mythologisches Lexikon, Hermann Jens, Goldmanns Gelbe Taschenbücher, 1958

Pictish Warrior AD 297-841, Paul Wagner, Osprey Publishing, 2002, ISBN 978-1-84176-346-0

Römer im Schatten der Geschichte, Robert Knapp, Klett-Cotta, ISBN 978-3-608-94703-8

Strongholds of the picts, Angus Konstam, Osprey Publishing, 2011, ISBN 978-1-84603-686-6

Wahrhaft siegt, wer nicht kämpft - Die Kunst der richtigen Strategie, Sun Tsu, Bauer-Verlag, ISBN 978-3-762-0541-6

… und das Internet

Für mich muss auch eine fiktive Geschichte ihre Wurzeln immer in der Realität haben, sonst wirkt sie m. M. nach wenig glaubwürdig, selbst wenn es sich bei den drei Spiegelkrieger-Romanen zweifelsfrei um Fantasy handelt.

Ich habe versucht, viele Dinge des täglichen Lebens der Picten, Britannier, Römer und anderer Völker so genau wie möglich einzusetzen. Natürlich bin ich kein Historiker oder Archäologe, aber verlässliche Quellen für solche Recherchen gibt es zuhauf. Sie korrekt einzusetzen, ist aber eine andere Sache. Sollte ich bei den Spiegelkrieger-Romanen also Fehler begangen haben (und ich bin mir sicher, dass berufene Spezialisten solche finden werden), so möchte ich mich dafür entschuldigen. Ich hoffe, sie werden mir als literarische Freiheit verziehen.

Am schwierigsten gestaltete sich aber für mich die Suche nach Belegen zur Sprache der Picten. Nach meiner Vorstellung funktioniert auch ein magischer Spruch nur dann, wenn das Ziel die Worte verstehen kann, ob nun tot oder nicht. Als Prä-Kelten sollen die Picten Vorformen des Walisischen oder Gälischen gesprochen haben; die ältesten Hinweise deuten auf kornische und kymrische Dialekte hin. Ohne die Hilfe von Britta Schulze-Thulin wäre es mir schlichtweg unmöglich gewesen, den Spruch für den Bluttrank (wenigstens auf walisisch) zu formulieren. Nochmals dafür ein herzliches Dankeschön.

Die Grundidee für die Spiegelkrieger war jedoch die belegte geschichtliche Tatsache, dass die Picten um das Jahr 180 n. Chr. herum den römischen Hadrianswall überrannt hatten. Ich fragte mich, wie sie das wohl geschafft haben mochten. Schließlich waren die Römer zur damaligen Zeit, *die* militärische Großmacht schlechthin. Und schon begann es in meinem Gehirn zu rattern …

In meiner fiktiven Version der Geschichte blieben sie allerdings nach diesem fulminanten Erfolg nicht einfach dort oben im Norden Britanniens, sondern führten ihren Befreiungsfeldzug bis an die Südspitze der Insel.

Viele Details wie z. B. die pictischen Boote (Currach), gekrümmte Schwerter, Tätowierungen, Pictensteine mit allerlei Einmeißelungen wie Spiegel, Kämme, mysthische Tiere, römische Taktiken (Testudo und Corvus), Hinrichtungsarten wie die Dreifachtötung, abschreckende Trophäen wie abgeschlagene Köpfe am Pferd befestigt, auf Holzgestellen in Reih und Glied aufgestellte Römerleichen und noch viel, viel mehr sind schreckliche, aber sehr reale Fakten. Dies ist keine Fantasy oder ein Produkt meines Autorenhirns, sondern brutales und praktiziertes Kriegsgeschehen gewesen.

Die Größenordnungen der Kämpfe und Schlachten sind durchaus realistisch. Ich verweise hier nur auf die Schlacht am Mons Graupius im Jahr 83 oder 84 n. Chr. Der Pictenfürst Calgagus führte hier eine Armee von 30.000 Mann gegen rund 20.000 Römer. Trotz seiner deutlichen Übermacht verlor Calgagus. Seine ungeschickte Vorgehensweise spiegelt sich ähnlich in einer der ersten Schlachten in Band I »Druide der Spiegelkrieger« wider. Rund 20 Jahre früher führte die berühmte Icener-Fürstin Boudicca (oder auch Breaca) 80.000 Picten gegen 10.000 Römer. Trotzdem verlor sie die Schlacht.

In der Folge davon wurden römische Siedlungen besser befestigt und ausgebaut; viel später eben o.g.

Schutzwall des Kaisers Hadrian, und noch einmal später der Antoniuswall weiter nördlich, der aber nur sehr kurze Zeit bestand und dann aufgegeben wurde.

Natürlich wollte ich hier trotz der Möglichkeit, die sich durch den Bluttrank ergibt, keine Massen von Spiegelkriegern erschaffen, was ja zu weitreichenden logistischen Problemen geführt hätte. Tatsächlich ließ ich den Druiden Sétanta in Band II diesen Fehler begehen, vor ihm Túan und später Arianrhod aber nicht.

In Band III »Dämon der Spiegelkrieger« wird dies ein wenig anders sein …

Der Autor

Ein Druide der Picten
gegen eine römische Legion.
Ein ungleicher Kampf.
Römer … mir graut vor eurem Schicksal.

Britannien ist von römischen Legionen besetzt. Doch ein junger Druide der Picten findet ein Mittel für seine Rache und beginnt den Sturm auf den Hadrianswall. Und er findet die Liebe seines Lebens: die Tochter seines größten Feindes …

Seine Armee ist pervertiert.
Aus Spiegelkriegern werden Dämonen.
Sie kennen weder Heimat noch Gnade.
Nur ein Bündnis kann sie aufhalten.

Das Kind des pictischen Druiden und der ehemaligen Römerin ist der dunklen Macht der Tafel verfallen. Aus dem Kind wird ein Dämon, der sich nicht mit Britannien zufrieden geben will. Seine Rache- und Eroberungsgelüste führen nach Rom …

Printed in Poland
by Amazon Fulfillment
Poland Sp. z o.o., Wrocław

16367562R00298